Den »Mädchen« gewidmet:
Rita, Dorothy, Anne, Goldie und Annette

Mein Dank gilt William, Dvorine, M. D., Shirley Herz, Michael Levy, M. D., Linda Ray, Philip Rinaldi, Cathi Rosso, Chris Tomasino, Howard Weiss, Victor Gotbaum, Kathy Schrier. Marty wie immer. Und Kate Miciak, die Beste.

»Ich wurde dazu erzogen, den Unterschied zwischen Recht und Unrecht zu erkennen. Ich wußte, daß es nicht richtig war, darüber nicht die Wahrheit zu sagen. Aber ich wußte nicht, daß es rechtswidrig war.«

Oliver L. North

»Das Geheimnis des Erfolges ist, das Geld aus ihren Taschen in unsere zu bringen.«

Xenia Smith

Teilhaberin, Smith & Wetzon

»Nur über meine Leiche!«

Auf diesen verbalen Ausbruch folgte ein dumpfer Schlag von solcher Wucht, daß der vergoldete Spiegel vibrierte, als sei jemand gegen die Wand dahinter gestoßen worden. Wetzons Augen wurden groß, als ihr Bild im Spiegel verwackelte. Das Handgemenge – oder was es sonst war – kam aus der Herrentoilette nebenan. Noch ein lauter Schlag, wütende Stimmen.

Der Spiegel bedeckte die Wand fast völlig, so daß es keinen Flecken gab, an dem sie lauschen konnte. Frustriert betrachtete sie ihr Spiegelbild und runzelte die Stirn. »Neugier kann gefährlich sein«, sagte sie.

Die Tür ging auf, und eine Frau in einem schulterfreien roten Taftkleid kam herein. Janet Barnes. Frau von Goldie Barnes, dem Löwen der Wall Street und Vorstandsvorsitzenden von Luwisher Brothers, zu dessen Ehren dieses Abendessen gegeben wurde. Eine riesige rote Schleife bedeckte Janets üppigen Busen und fast den ganzen rechten Arm. Sie rauschte an Wetzon vorbei zu den Kabinen.

Dann setzten plötzlich die lauten Stimmen und das Gerangel wieder ein. Und Wetzon vernahm das leise Grollen einer weiteren Stimme.

Hastig nahm Wetzon ihre winzige, seidene Handtasche mit dem Schnappverschluß und huschte hinaus. Gefährlich oder nicht, sie mußte sehen, wer das war.

Sie stellte sich unauffällig hinter eine dicke rosa Marmorsäule und behielt die Tür zur Herrentoilette im Auge in der Hoffnung, die Männer nicht bereits verpaßt zu haben. *Neugierig, Wetzon,* schalt sie sich und grinste. Gleich darauf wurde sie durch das Erscheinen des alten Herrn persönlich entschädigt. Goldie Barnes kam aus der Herrentoilette, das Gesicht rot vor Zorn, die Brust in heftiger Bewegung unter dem weißen, gefältelten Smokinghemd. Auf den Fersen folgte ihm Neil Munchen, Goldies Schützling, der für das Telemarketing – Phantasiename für Kundenwerbung über Telefon – bei Luwisher Brothers verantwortlich war. Neil hatte einen schwachen rötlichen Striemen auf der Wange. Sie entfernten sich in der entgegengesetzten Richtung von Wetzons Säule, auf den prächtigen Ballsaal zu. Sie war noch unschlüssig, ob sie hinter ihnen hergehen sollte, da kamen aus der Herrentoilette Christopher Gorham, Leiter der anderen Privatkundenabteilung bei Luwisher Brothers und Wetzons Begleiter an diesem Abend, John Hoffritz, geschäftsführender Direktor, dem Chris und Neil unterstellt waren, in Maklerkreisen unter dem Spitznamen »Search« bekannt, und Destry Bird, der Dritte im Bunde, nicht ganz so freundlich »Destroy« genannt.

Höchst sonderbar. Irgendein Palaver hatte in der Herrentoilette stattgefunden, und es hatte alles andere als freundschaftlich geklungen.

Die drei Männer, wie drei Pinguine in ihren Smokings, blieben vor der Tür stehen. Wetzon brannte darauf, etwas aufzuschnappen, und rückte ganz langsam um die Säule herum. Dann öffnete sich die Tür der Herrentoilette wieder, und wie aus einem Zirkuswagen voller Clowns tauchte noch eine Gestalt auf – ein Mann wie ein Walroß, dick und watschelnd, mit schiefer Fliege. Wetzon kannte ihn nicht. Als hätten sie auf ihn gewartet, öffneten die Pinguine ihren Kreis, um das Walroß aufzunehmen. Es wurde immer merkwürdiger.

»Zuckerstück, da bist du!«

Verflixt. Das mußte ja kommen, daß Smith hereinplatzte, sie beim Lauschen störte und sogar noch die Aufmerksamkeit auf sie lenkte.

»Warum versteckst du dich hinter der Säule?«

Die drei Pinguine nahmen Haltung an, wachsame Augen in erstarrten Gesichtern, und das Walroß machte sich unauffällig, als Smith Wetzons Hand packte, sie hinter der rosa Marmorsäule vorzog und den Blicken aussetzte.

»Wohin um Himmels willen bist du verschwunden?«

Xenia Smith, groß, schlank und strahlend in ihrem glänzenden goldenen Carolyne-Roehm-Kleid, war die andere Hälfte von Smith & Wetzon, der Personalberatungsfirma, die die zwei Frauen vor sechs Jahren gegründet hatten. »Weißt du nicht, daß man einen attraktiven Mann wie Chris Gorham nie allein lassen sollte?«

Hatte Smith Chris nicht in der Gruppe vor der Herrentoilette bemerkt? Offenbar nicht.

»Genaugenommen«, sagte Wetzon ironisch, »bin ich Chris gefolgt, damit sich keine andere Frau an ihn heranmachen kann. Jetzt hast du alles verdorben. Hast du ihn denn nicht gerade aus der Toilette kommen sehen?«

Smith schaute Wetzon verdutzt an. »Das würde ich nicht tun, wenn ich du wäre, Wetzon. Die Leute werden denken, mit dir stimmt was nicht, und sie hätten recht.«

»Ach laß, Smith, es war Spaß. Ich interessiere mich nicht für Chris ...« War es der Mühe wert? Wetzon seufzte und ließ sich von Smith wieder in den Ballsaal schleppen. Was für einen Sinn hatte es, mit Smith zu diskutieren? Sie hörte nie zu und wußte sowieso immer alles besser. Smith würde nie die Tatsache akzeptieren, daß Wetzon ein ernst zu nehmendes Verhältnis mit Silvestri hatte, dem Detective der New Yorker Polizei, den Wetzon vor drei Jahren bei den Ermittlungen im Mordfall Barry Stark kennengelernt hatte.

»Außerdem wirst du alles verpassen. Goldie hat angekündigt, daß er vor dem Essen ein paar Worte sagen möchte.«

»Ich habe bereits das interessanteste Ereignis des Abends verpaßt, vielen Dank auch«, murrte Wetzon.

Die beiden Frauen schlängelten sich durch das Gedränge der anderen Gäste in Abendkleidung, die ebenfalls ihre Plätze suchten. Es sah wie eine Konferenz von Smokings und Carolyne-Roehm-Kleidern aus, und Wetzon stand in ihrem seidenen kleinen Schwarzen da.

»Wall Street wird allmählich eine richtige schmuddlige UN mit den ganzen bunten Gesichtern, allerdings muß ich sagen, daß Ellie Kaplan eben mit einem ziemlich attraktiven Chinesen an der Bar gesprochen hat«, kommentierte Smith mit flapsiger Ironie.

»Hübsche Beine«, flüsterte heißer Atem in Wetzons Ohr. Eine Hand streifte ihr Hinterteil und verweilte ein wenig zu lang, um ein Versehen zu sein. Smith war vor ihr und konnte weder hören noch sehen, wie ihr derzeitiger Liebhaber, Jake Donahue, seinen üblichen Annäherungsversuch bei Wetzon machte.

»Verschwinden Sie, Jake«, zischte sie und machte einen Schwenk zur Seite, so daß seine Hand abrutschte.

»Ah, Jake.« Smith hatte sich umgedreht und ihn

entdeckt. Er war kaum zu übersehen – groß und bullig, rothaarig, durchdringende blaue Augen.

Noch eine Merkwürdigkeit. Donahue war irgendwie an Luwisher Brothers interessiert, sonst wäre er heute abend nicht hier.

Mit den hohen Wangenknochen, der olivfarbenen Haut und den mandelförmigen Augen war Smith eine wahre Femme fatale. Sie konnte jeden Mann haben, und deshalb mußte Wetzon immer wieder staunen, daß sie sich mit Jake Donahue eingelassen hatte, diesem Widerling, der Investoren betrogen, bei der Regierung ausgepackt, Namen genannt hatte und dem man dann in einem Tenniscamp, wo kooperative Wirtschaftskriminelle ihre Zeit absaßen, ein paar Monate lang ein wenig auf die Finger geklopft hatte.

O ja, Jake Donahue war durchaus attraktiv, auf die gleiche Art, wie alle mächtigen Männer attraktiv sind. Aber in Wetzons Augen strahlte er nur Gier aus. Und Gier zerstörte die Börsenmaklerbranche, die sie kannte und liebte.

Sie kamen zu ihren Tischen, als gerade der erste Gang, Shrimps *en croûte*, von Kellnern in schwarzen Smokings serviert wurde. *Wer sind die Aufseher und wer die Insassen?* fragte sich Wetzon und mußte ein Kichern unterdrücken.

»Ich dachte, Goldie wollte eine Rede halten.« Sie stieß Smith, die am nächsten Tisch saß, mit dem Ellbogen an.

»Schsch.«

Sie sah zum Ehrentisch hinüber. Goldie war hinter dem verschwenderischen Blumenschmuck kaum zu sehen. Luwisher Brothers hatte sich ganz schön ins Zeug gelegt bei diesem Abschiedsessen zu Ehren ihres

Vorstandsvorsitzenden, eines der letzten großen alten Männer der Wall Street.

Der Stuhl neben Wetzon war leer, und sie schaute sich nach Chris Gorham um. Sie hatte Chris als ehrgeizigen jungen Börsenmakler bei Merrill Lynch kennengelernt und war in Verbindung mit ihm geblieben, als er stellvertretender Geschäftsführer bei Drexel wurde. Sein rasanter Aufstieg zu einem Geschäftsführerposten bei Luwisher Brothers war für Wetzon nicht überraschend. Er konnte nun Eigenkapital in einer Firma haben, weil Luwisher Brothers eine der letzten der reinen Personengesellschaften war, die es noch an der Wall Street gab. Wenn er Gesellschafter wurde – und das stand in Aussicht –, würde Chris über Nacht zum Multimillionär werden, wenn die Firma aufgekauft oder in eine Aktiengesellschaft umgewandelt werden sollte. Er hatte alles – abgesehen davon, daß es in seinem Familienleben kriselte. Vor sechs Wochen war seine Frau mit den Kindern nach Charleston zu ihren Eltern gefahren.

Als er Wetzon eingeladen hatte, ihn zu diesem Bankett zu begleiten, war sie geschmeichelt gewesen, und es hatte sie interessiert, wie diese internen Feiern der Selbstbeweihräucherung abliefern. Und außerdem war es gut fürs Geschäft, wie Smith immer sagte.

Sie entdeckte ihn. Mit dem Rücken zu Wetzon beugte er sich über den Ehrentisch und versuchte offenbar, von Goldie Barnes angehört zu werden. Jeder versuchte, mit Goldie Barnes zu sprechen, so schien es, denn die sich vor ihm drängelnden Firmenangehörigen versperrten Wetzon beinahe die Sicht auf ihn. Goldie Barnes gehörte zum zweiten Establishment (wenn man die Morgans, die Schiffs, die Lehmans und die Loebs und ihresgleichen als erstes Establishment betrachtete) an der Wall Street, ebenso wie Sandy Weill, der die Seele von Shearson war, der verstorbene Sy Lewis, der Bear von Bear Stearns, Nate Gancher von Oppenheimer und Don Regan, der Merrill Lynch ins zwanzigste Jahrhundert gebracht und in Reagans Weißem Haus Schiffbruch erlitten hatte. Alles Männer, die dem privaten vornehmen Klub der alten Wall Street die Sache aus der Hand genommen hatten und damit gut gefahren waren. Sie hatten sich aggressiv hineingedrängt, und der Wandel im Geschäftsstil, der große Umfang, der zu einem heillosen Durcheinander bei Transaktionen führte, und schließlich die finanziellen Rückschläge in den Siebzigern bereiteten ihnen den Weg, die Führung an der Wall Street zu übernehmen. Dieser Wandel, der gegen Ende der Vierziger begonnen hatte, nach dem Krieg, erreichte 1981 einen Höhepunkt, als Sandy Weill Shearson Hammill, Hayden Stone, Faulkner, Dawkins & Sullivan, Loeb Rhoades, Hornblower Weeks, Noyes & Trask an American Express verkaufte.

Am Ehrentisch setzte sich das Walroß, das Wetzon vor der Herrentoilette gesehen hatte, neben Goldie Barnes und beobachtete jede Geste von Chris mit höflicher Miene und scharfen Augen. Seine Lippen bewegten sich, doch Wetzon war die Sicht durch eine zum Blumenschmuck auf dem Tisch gehörende, gewaltige rosa Pfingstrose verstellt. Zwischen Goldie und dem dicken Mann stand Ellie Kaplan, die größte Produzentin bei Luwisher Brothers. Ellies vorzeitig ergrautes Haar, zu einem dicken Pony gefönt, fiel über ihr Gesicht. Sie trug ein langes, silbrig glitzerndes Kleid mit einem runden Ausschnitt, der den Brustansatz dezent andeutete. Goldie hob die Hand und tätschelte Ellies Wange. Sie war die erste Börsenmaklerin gewesen, die Luwisher Brothers einstellte, und Goldie hatte sich für sie stark gemacht. Ellie wandte sich mit geschürzten Lippen an den dicken Mann. Sie schien etwas Spöttisches zu sagen. Der dicke Mann nahm ein Naseninhaliergerät aus einer Innentasche und atmete tief ein, erst mit einem Nasenloch, dann mit den andern, ohne auf Ellie zu achten. Als sie vom Tisch zurücktrat, nahmen Hoffritz und Bird schnell ihren Platz ein. Hoffritz mit seinem schmierigen Lächeln schob die Drinks von der Tischkante weg und drängte sich an Goldie. Bird legte einen Arm um Goldies Schulter. Goldie schüttelte ihn ab. Die alte Ordnung veränderte sich also erneut. Goldie Barnes hatte die muffige, verstaubte hundertjährige Firma Luwisher Brothers als Konkurrenten um die fetten Börsendollars in Dividendenpapieren ins Feld geführt. Er war eine Legende, und an der Wall Street ging das Gerücht, daß Search und Destroy versuchten, ihn hinauszudrängen.

Wetzon blickte zu Smith' Tisch hinüber. Smith unterhielt sich angeregt mit einem attraktiven weißhaarigen Mann, der Felix Rohatyn ziemlich ähnlich sah. Man konnte sich auf Smith verlassen, daß sie den einen Mann in der Finanzwelt fand, den Wetzon für sexy hielt.

Oben am Ehrentisch war Goldie auf seinem Stuhl herumgerutscht, so daß Wetzon ihn jetzt voll im Blick hatte. Er war ein Riese im maßgeschneiderten Smoking mit einem prachtvollen weißblonden Schopf, der von der Sonne streifig gebleicht und wie eine Mähne straff nach hinten gekämmt war. Er sah von Kopf bis

Fuß wie der goldene Löwe aus, der Name, unter dem man ihn an der Wall Street kannte, und ganz und gar nicht nach den amtlichen fünfundsechzig Jahren. Goldie stand auf und beugte sich mit einem Glas Bourbon in der Hand vor, um mit Chris zu sprechen. Während sie ihn beobachtete, sah sie Chris erstarren, wie von einem Schock. Der Löwe schüttelte die Mähne. Ein kleines Lächeln verzerrte sein fleischiges Gesicht und endete, ganz ähnlich wie beim MGM-Löwen, mit einem Grollen.

Den ungeheuer dicken Mann neben dem Löwen schien der Wortwechsel außerordentlich zu amüsieren. Goldie setzte sein Glas ab. Chris machte eine ausholende Armbewegung, als wollte er seine Rede unterstreichen, und warf dabei mehrere Gläser um, darunter Goldies Bourbon und einen Wasserbecher. Der dicke Mann wuchtete sich hoch, nachdem er ein paar Spritzer Wasser abbekommen hatte.

In dem Durcheinander tauchten John Hoffritz und Destry Bird auf und nahmen ihre Plätze am Ehrentisch ein, während Chris ängstlich und kleinlaut einem Kellner winkte, der herüberkam und die Pfütze mit einer Leinenserviette aufwischte.

Goldie setzte sich wieder und hob ein Glas an die Lippen. Er schaute zu seiner Frau hinüber, die sich mit Alton Pinkus unterhielt, einem Mitglied des Aufsichtsrats von Luwisher Brothers und früheren Funktionär des Gewerkschaftsverbandes AFL-CIO. Janet Barnes hatte eine tiefe Falte zwischen den Augen, und sie gestikulierte energisch mit ihrer Gabel.

Ellie Kaplan beendete ihre ziemlich aufgeregte Unterredung mit einem Kellner, der Wetzon den Rücken zukehrte, und rutschte auf ihren Stuhl am Tisch fast im gleichen Augenblick, als Chris seinen Stuhl mit einem Ruck zurückzog und sich neben Wetzon setzte. Chris war sichtlich außer sich, vermutlich weil Neil Munchen an Goldies Tisch saß.

»Irgendwas passiert?« Wetzon spießte eine winzige Garnele auf. Wie merkwürdig und gespannt die Atmosphäre im Ballsaal geworden war.

Chris wollte etwas sagen, wurde aber vom Klang eines Messers auf Glas unterbrochen. Alle wandten sich zum Ehrentisch hin.

Goldie Barnes nahm einen kräftigen Schluck aus seinem Glas Bourbon und trank Wasser aus dem Pokal vor sich nach. Er erhob sich langsam von seinem Stuhl, ein sonderbares angedeutetes Lächeln im Gesicht.

»Meine Freunde, es schmerzt mich aufrichtig, Ihre kleine Feier zu verderben ...« Er hielt inne, hustete und schaute zu den Kristallkronleuchtern hoch. Sicher kam nun ein Scherz. Der Löwe, hieß es, hatte viel Sinn für Humor.

Wetzons Blick wurde durch ein gedämpftes Stöhnen rechts von ihr abgelenkt. Chris saß vornübergebeugt, mit hochgezogenen Schultern und gesenktem Kopf.

Jemand schnappte nach Luft.

Wetzon blickte wieder auf Goldie Barnes. Er fuchtelte mit den Armen.

Chris warf den Kopf herum und sprang auf.

Jemand schrie: »Goldie!«

»Nein!«

»Du lieber Gott!«

»Helft ihm doch!«

Alle im Saal erhoben sich fast gleichzeitig. Goldie hielt sich die Kehle. Er hustete, würgte, machte entsetzliche Geräusche. Sein Gesicht wurde rot, dann blau. Er schien zu tanzen. Mit einer letzten verkrampften Bewegung stürtzte er vornüber auf den Ehrentisch zwischen die Gläser und Teller. Das Blumenarrangement fiel zu Boden. Einige Gäste sprangen beiseite.

Der Tisch schwankte heftig, dann brach er unter der schweren Last von Goldie Barnes zusammen.

Die Nachmittagssonne drang durch die offenen Glastüren, und die berauschenden Düfte des Sommers wehten ins Zimmer und kitzelten Wetzons Nase. Sie hatte die Füße auf den Schreibtisch gelegt und versuchte krampfhaft, sich auf den ausführlichen Nachruf auf Goldie Barnes in der *New York Times* zu konzentrieren.

»Wuschudascheisohna?« Smith hatte den Mund mit Chips vollgestopft.

»Wenn du das freundlicherweise für mich übersetzen würdest.« Wetzon warf einen Blick über den Zeitungsrand auf ihre Partnerin, die die Unverschämtheit besaß, ausgeschlafen wie nach acht Stunden Nachtruhe auszusehen, und munter und voller Tatendrang war.

»Wuß-test-du-daß-er-ei-nen-Sohn-hat-te?«

»Wer?«

»Warum bist du so schwer von Begriff? Goldie Barnes natürlich. Wer denn sonst?«

»Nein, das wußte ich nicht.« Sie überflog den Nachruf. »Da steht es. ›Hinterbliebene . . . Janet Barnes . . .

Goldman Barnes II.‹ . . . Aha, er ist bei L. L. Rosenkind. Ist das nicht interessant?«

»Väter und Söhne«, bemerkte Smith wissend.

Wetzon nickte, während sie halb auf Smith hörte und halb auf die gewandte Art, wie B. B. – ihr Assistent Bailey Balaban – am Telefon mit einem potentiellen Kunden umging. Er entwickelte wirklich Geschick, wie er sich auf einige vielversprechende Kandidaten konzentrierte, die Wetzon dann weiter betreuen konnte. »Es war Herzstillstand.«

»Ich meine, ich habe gehört, daß er an schwerem Asthma litt – den Sauerstofftank überall dabei, so schlimm war es.«

Das Telefon läutete einmal, zweimal, ein drittes Mal. Wetzon griff zum Hörer. »Smith & Wetzon.«

»Wozu haben wir B. B.?« brummte Smith.

Wetzon legte die Hand auf die Sprechmuschel. »Er ist mitten in einem Kontaktgespräch.«

»Tag, Wetzon, hier ist Sharon.«

»Haben wir einen Harold Alpert hier?« Smiths Frage war laut und rhetorisch.

»Tag, Sharon, ich habe versucht, für Sie auf dem laufenden zu bleiben.« Wetzon schüttelte den Kopf über Smith und schwang die Füße vom Schreibtisch, fegte die Zeitungen auf den Boden und blätterte die »Fahndungsbogen« durch, bis sie Sharon Murphys fand.

»Sharon Murphy?« formte Smith mit den Lippen.

Wetzon zeigte mit dem Daumen nach oben.

Harold Alpert erschien in der Tür und machte einen nervösen und besorgten Eindruck. Es war jetzt beinahe vier Jahre her, daß Harold bei Smith & Wetzon als Sommerpraktikant und Kundenwerber angefangen hatte. Sie hatten ihn zum Juniorpartner gemacht, allerdings unter der Bedingung, B. B. zu unterstützen, wenn viel zu tun war. Smith stand auf und winkte Harold in den Garten hinaus.

»Ich glaube, ich bin jetzt bereit, Gespräche zu führen, Wetzon.« Sharon hatte eine heisere, erotische Stimme, die ein ungeheuer erfolgreiches Verkaufsinstrument war – sie brachte die Leute dazu, ihr zuzuhören. »Es ist ganz furchtbar hier . . . Sie werden es wohl gehört haben.«

»Was gehört?« Wetzon wußte, daß in diesem Zweigbüro einige wichtige Personen abgesprungen waren. Es war ein Jammer, daß sie nicht wenigstens bei einigen die Hand im Spiel gehabt hatte. Aber man konnte nicht überall sein, und sie regte sich nicht mehr darüber auf. Man konnte noch so gut sein, aber einige potentielle Kandidaten fielen immer durch die Ritzen.

»Hm, ich will nicht zuviel sagen – ich glaube, sie schneiden unsere Anrufe mit –, aber wir haben in den letzten drei Monaten drei wirklich große Produzenten verloren, und Wally nimmt plötzlich die Büroleitung sehr ernst.«

»Wenn er es nicht tut, wird er das Büro loswerden. Wall Street ist voll von Managern, die solche Posten suchen.« Seit dem Crash im Oktober 1987, seit Hutton von Shearson geschluckt worden war, seit Drexels Verkauf der Privatkundenabteilung, Pru-Baches Kauf von Thomson McKinnons Einzelhandelsgeschäft und Drexels spektakulärem Konkurs war die Privatkundenbranche erheblich geschrumpft. Geschäftsführer gab es wie Sand am Meer, und die Firmen konnten zunehmend wählerisch sein und waren es auch. Das größere Problem war, daß ziemlich viele Geschäftsführer mittelmäßig waren: Sie konnten nicht motivieren, nicht rekrutieren und nicht handelseinig werden, das heißt, einen Börsenmakler nicht bewegen, sich an sie zu binden. Es war der Alptraum eines Headhunters, eine ganze Reihe perfekter Kandidaten vorweisen zu können, jedoch keine Geschäftsführer, die in der Lage waren, den Vertrag zu unterschreiben.

»Die Stimmung ist scheußlich. Wally führte mich zum Mittagsessen aus – um über meine Fortschritte zu sprechen, sagte er, nachdem er mich in den drei Jahren, die ich schon hier bin, übersehen hat –, und dann hat er ausschließlich von sich geredet und wie schwer es sei, alle bei Laune zu halten.«

»Warten Sie ... Sie haben das letzte Jahr mit dreihundertfünfzigtausend abgeschlossen. Wo stehen Sie nach den ersten fünf Monaten dieses Jahres?«

»Zwei fünfzig.«

»Klar, daß er Sie zum Mittagessen ausführt. Er hätte Sie zu *Lutèce* einladen sollen.«

»Dieser miese Typ. Wir sind in das Schnellrestaurant um die Ecke gegangen. Er käme sowieso bei *Lutèce* nicht rein. Ich weiß nicht, Wetzon. Einfach in ein anderes großes Maklerhaus zu gehen – ich weiß nicht. Ich glaube, ich brauche eine sehr aggressive Kundenwerbeatmosphäre, und ich möchte eine Vorauszahlung. Ich gehe nicht ohne Geld.«

»Sie könnten zu Luwisher Brothers gehen und dort in die Kundenwerbung einsteigen. Neil Munchen hat ein gutes Programm laufen. Aber sie zahlen nichts voraus.«

»Und sie sitzen da unten. Ich habe gerade eine Wohnung in der 59. Street gekauft. Ich möchte zu Fuß zur Arbeit gehen. Jeden Tag mit der U-Bahn runterzufahren würde mich verrückt machen. Ich müßte ein Vermögen für Taxis ausgeben, und außerdem ist mein Therapeut da oben.«

»Okay, warum sprechen Sie dann nicht mit Dayne Becker und Loeb Dawkins? Sie bekommen den Vertrag, den Sie wollen, und vielleicht können Sie sogar noch ihren eigenen Kontakter vertraglich festschreiben.«

»Also gut, in Ordnung. Verabreden Sie etwas für mich, bevor ich kneife. Sagen wir, ein Gespräch diesen Mittwoch um fünf und das andere nächsten Mittwoch. Stadtmitte. Und nicht mit dem Geschäftsführer bei Dayne Becker, mit dem Sie mich letztes Jahr zusammengebracht haben. Er war mir unsympathisch. Er war zu überheblich.«

»Ja, Sie haben recht. Es gibt einen prima jungen Geschäftsführer im Büro 54. und Fifth. Er wird Ihnen gefallen.«

Wetzon legte auf, als Harold sich mit gesenktem Blick an ihrem Schreibtisch vorbeischob und in sein winziges Kämmerchen im Vorzimmer zurückging. Sie hatten ihn überredet, den Bart zu stutzen, damit er nicht mehr wie ein orthodoxer Rabbi aussah, aber mit dem Schnurrbart, der Hornbrille und dem latschigen Gang war er ein zweiter Groucho Marx. Sie unterdrückte ein Grinsen.

»Und?« Smith stand in der Tür zum Garten.

»Sie möchte eine aggressive Atmosphäre und im voraus etwas auf die Hand.«

»Die wissen nie, was sie wollen, Wetzon. Du solltest gar nicht hinhören. Sag ihnen einfach, so und so.«

»Wo bist du gestern abend noch hingegangen?« Wetzon hatte nicht vor, Smith Gelegenheit zu geben, ihr wieder einmal vorzuhalten, daß Börsenmakler sie ständig ausnutzten. »Ich habe dich gesucht, nachdem ...«

Smith lächelte geheimnisvoll. »Jake kennt Janet Barnes von früher. Wußtest du, daß sie eine Fingerhut ist?« Sie musterte ihr Gesicht in einem Taschenspiegel und zupfte mit einer Pinzette ein verirrtes Augenbrauenhaar aus.

»Die Spirituosendynastie? Im Ernst?«

»Die haben wahrscheinlich das ganze Gesöff gestern abend zum Einkaufspreis bekommen.« Smith legte den Spiegel und die Pinzette in die Schreibtischschublade. »Vielleicht rufe ich sie an und spreche ihr mein Beileid aus. Ich kannte Goldie ganz gut ...« Ihre Stimme verlor sich.

Sie heckt etwas aus, dachte Wetzon, die beobachtete, wie es in Smith arbeitete, *klick, klick, klick. Sie überlegt, ob Jarnet Barnes auf irgendeine verrückte Weise nützlich sein könnte.* Smith war fest entschlossen, zur New Yorker Gesellschaft zu gehören, und da sie jetzt mit Jake Donahue befreundet war, würde sie es vielleicht schaffen. Jake war ein Zauberer, wenn es um Beziehungen ging.

Wetzon zog die Jacke aus und hängte sie über die Stuhllehne. »Janet ist wahrscheinlich bei ihrer Familie und ihren Bekannten gut aufgehoben, Smith. Und du hast Goldie so gut wie nicht gekannt. Vielleicht eine Karte von uns beiden ...«

Smith schnitt ihr mit einem kurzen »Ich mach' das schon« das Wort ab. Sie summte leise. »Weißt du, Wetzon, du wirst allmählich eine richtige kleine schwarze Wolke.« Sie rümpfte ihre zierliche Nase und sah Wetzon streng an. »Ist dir klar, daß ständig Leute in deiner Nähe sterben?« Sie brachte den Seidenschal um ihren Hals in Ordnung.

»Glaubst du das wirklich?« Wetzon versuchte, gleichgültig zu wirken, doch ihre Stimme zitterte. Der gleiche Gedanke war ihr auch schon durch den Kopf gegangen. »Bin ich eine Art Magnet, der Unglück anzieht? Oder liegt es nur an unserem verrückten Beruf?« Sie ertappte sich dabei, daß sie einen Dolch auf Sharon Murphys Karteikarte kritzelte, dann riß sie sich zusammen und radierte ihn aus.

»Ehrlich, Schatz, ich glaube nicht, daß die ganzen Verurteilungen wegen Insidergeschäften und Betrug etwas Positives bewirkt haben.«

»Das Bild des Börsenmaklers in der Öffentlichkeit ist miserabel, und in letzter Zeit habe ich mich oft nach Gesprächen mit Leuten, mit denen wir zu tun haben, so dreckig gefühlt, daß ich am liebsten unter die Dusche gegangen wäre.«

»Hör auf!« Smith hielt eine Hand hoch. Wir arbeiten in einem verrückten Beruf. Denke immer daran, unser Motiv ist, das Geld aus ihren Taschen in unsere zu bringen.« Sie packte eine neue Mine für ihren goldenen Kugelschreiber aus und warf die alte weg, die klirrend in den Messingpapierkorb fiel. »Aber ich muß dir sagen, daß zum erstenmal, seit . . .«

»Sag's bitte nicht.« Sie wußte, daß Smith den letzen Mord erwähnen wollte, in den Wetzon verwickelt war, im Winter des großen Schneesturms.

Smith nickte feierlich. »Die Karten, Zuckerstück. Ich weiß nicht . . . ich kann es nicht erklären . . . es ist ein Gefühl, als wäre etwas Unausweichliches um dich.« Sie lächelte. »Jetzt reg dich nicht auf. Ich meine, du solltest ein Medium konsultieren.«

Wetzon stöhnte auf. »Ach, Smith. Nein, ich will davon nichts wissen. Kann ich den Dingen nicht ihren Lauf lassen? Ich liebe Überraschungen. Die machen das Leben doch erst so verdammt lustig.« Sie meinte es sogar ernst. »Außerdem wurde Goldie Barnes nicht ermordet.« Sie schaute auf die Liste der Personen, mit denen sie sprechen mußte.

»Hm.« Smith war beleidigt. »Ich habe bloß einen ernsthaften Vorschlag gemacht. Ich fürchte, dir steht einiger...«

»Telefon für dich, Smith.« B. B. klopfte an den Türrahmen.

»Destry Bird.«

Wetzon und Smith starrten sich an. Smith griff zum Hörer.

»Destry... ja... hm, natürlich, Sie haben unser tiefstes Mitgefühl... ja... Sie wissen, daß wir Ihnen zu Diensten sind.«

Sie machte Wetzon groteske Grimassen, und ihre Augen funkelten. »Montag? Wir könnten um neun kommen... aha, verstehe. Halb zwölf paßt gut.« Sie sah Wetzon an, die ungeduldig nickte. »Also bis dann.« Sie legte auf.

»Worum geht es?«

»Wir sind eingeladen, bei Luwisher Brothers über neue Einstellungsverfahren zu reden.«

»Neue Einstellungsverfahren? Wer übernimmt die Firma?«

»Er hat mich nicht aufgeklärt.«

»Der König ist tot, es lebe der König.«

Smith fixierte das Telefon, dann Wetzon. »Es paßt ihnen nicht um neun wegen einer polizeilichen Ermittlung.« Sie schauderte.

»Eine polizeiliche Ermittlung? Weswegen? Die Verfahren? Eine Buchprüfung? Was?«

Dunkle Wolken hatten sich vor die Sonne geschoben, ohne daß sie es bemerkt hatten. Ein Windstoß fegte durch die offenen Türen, wirbelte Papiere auf und blies sie in alle Ecken. Die Frauen sprangen auf und schlossen mit einiger Mühe die Glastüren. Ein gezackter Blitz fuhr aus dem dunkelgrauen Himmel und schlug in den hohen Holzzaun, der den Nachbargarten abschloß. Gerade als der Zaun Feuer fing, öffnete der Himmel seine Schleusen, und die Flut löschte die Flammen. »Es geht los«, sagte Smith.

Sie nahmen ein Taxi zum Luwisher Tower gegenüber dem World Trade Center, Smith im pflaumenblauen Kostüm und Wetzon im dunkelblauen Nadelstreifen. Smith war wie immer zu spät gekommen, und jetzt steckten sie im Stau der Autos, Lastwagen und Taxis, die im Schneckentempo vom FDR Drive im unteren Manhattan abbogen. Die Temperaturen waren seit dem frühen Morgen rasant gestiegen, und es war heiß.

»Er schreibt, daß ihm die Schlußprüfung in Algebra Sorgen macht.« Smith las einen Brief von ihrem Sohn Mark, der sein erstes Quartal an St. Paul's fast hinter sich hatte und zum erstenmal von zu Hause fort war. »Wie ich ihn vermisse«, sagte sie plötzlich und berührte die Augenwinkel mit einer Fingerspitze. »Ich auch, aber genießt er es nicht?«

»Ich weiß nicht.« Smith sah aus dem Fenster auf die Baustelle, die eine Spur der Schnellstraße beanspruchte, und runzelte die Stirn. »Ich kann zwischen den Zeilen lesen, und ich weiß, daß er mich vermißt. Aber Jake meint, er muß eine Weile für sich sein.«

Wetzon gab es nicht gern zu, nicht einmal vor sich selbst, aber Jake Donahue hatte recht. Mark war jetzt fünfzehn, und es war an der Zeit, daß er sich aus der engen Beziehung zu seiner Mutter löste.

»Das Schuljahr ist ja fast vorbei. Er ist bald zu Hause.« Ihr Taxi stieß an die Stoßstange des Lieferwagens vor ihnen, und der Fahrer, ein kleiner Latino, schoß aus seinem Wagen und begann, auf Spanisch auf den Taxifahrer einzuschreien, einen Schwarzen mit unbewegtem Gesicht. Ihr Fahrer öffnete die Tür und schrie zurück: »Scheiß Mex . . .«, als ein Verkehrspolizist auftauchte, die Stoßstange inspizierte und dann beide Fahrer wieder auf ihre Plätze winkte. Der Verkehr geriet wieder in Bewegung.

»Sag es bitte keinem, Wetzon, aber ich glaube, Jake ist eifersüchtig auf Mark.«

Es war absolut nicht Smiths Art, sich so besorgt zu äußern. Doch Smith hatte sich in letzter Zeit sehr verändert. Sie ging seit über einem Jahr zu einem Therapeuten. Ihr Leben schien sich seit der Katastrophe mit Leon stabilisiert zu haben, und ganz bestimmt arbeitete es sich leichter mit ihr.

»Du lieber Himmel, Smith, wem sollte ich es sagen? Und warum soll er auf einen fünfzehnjährigen Jungen eifersüchtig sein?« Falls der große Jake Donahue tatsächlich eifersüchtig war, dann mußte Smith das selbst verursacht haben, indem sie den Sohn gegen den Liebhaber ausgespielt hatte.

»Jake hat für Mark arrangiert, daß er den Sommer in Arizona verbringt und auf einer Rinderfarm arbeitet.«

»Ja? Hört sich toll an. Freut sich Mark darauf?«

»Ich weiß nicht. Ich habe nicht mit ihm darüber gesprochen. Ich wollte warten, bis er zu Hause ist.«

»Das geht in Ordnung, bestimmt. Und falls nicht, dann gehe *ich,* und du kannst mit Mark das Geschäft den Sommer über führen.«

»Wetzon, falls ich es dir in letzter Zeit nicht gesagt habe: Du bist eine wunderbare Freundin – und ich liebe dich.« Sie faltete den Brief zusammen, schob ihn in den Umschlag und verstaute ihn in der Aktentasche.

»Nanu, danke, Smith.« Wetzon war überrascht und auch ein bißchen gerührt.

»Also dann.« Smith wand sich, um den Rock glattzuziehen, der hochgerutscht war. »Kommen wir zum Geschäft. Ich möchte, daß du bei diesem Treffen mich reden läßt.«

»Was . . .« In diesem Moment hielt ihr Taxi mit einem Ruck an, und der Fahrer schaltete den Taxameter ab. Er stand auf sechzehn Dollar und fünfundachtzig Cent.

»Gib dem Mann bitte einen Zwanziger, Wetzon. Ich habe meine Brieftasche vergessen.« Smith öffnete die Tür und rutschte aus dem Taxi.

Der Luwisher Tower war eine der neuen Granit-Glas-Monstrositäten, die sich achtundsechzig Stockwerke hoch über den Finanzdistrikt im unteren Manhattan auf aufgeschüttetem Land erhoben. Der kleinen Gruppe von Börsianern, die sich am 17. Mai 1792 unter der Platane vor 68 Wall Street versammelt und die Einrichtung gegründet hatte, aus der später die New Yorker Aktienbörse wurde, wäre allein bei dem Gedanken schwindelig geworden.

Bei jeder anderen Gelegenheit hätte Wetzon sich schrecklich geärgert, doch an diesem herrlichen sonnigen Tag im Juni war sie milde gestimmt. Smith war

Smith, und auch durch die Therapie würde sich ihr narzißtisches Wesen nicht ändern. Sie sah auf die Uhr. »Wir sind fünfzehn Minuten zu früh.«

»Siehst du, ich habe dir gesagt, du brauchst mich nicht zu hetzen. Du willst immer so früh aufbrechen.«

»Ich kann es nicht ausstehen, zu spät zu kommen.«

»Du bist diejenige, die zu einem Therapeuten gehen sollte, denke ich.« Smith strahlte sie an.

»Möchtest du auf einen Kaffee hineingehen?« Wetzon deutete auf einen kleinen Croissantladen mit Ginganvorhängen auf einer Ebene mit der Halle, neben einem Walden-Books-Geschäft von der Größe einer Flugzeughalle.

»Nein, gehen wir gleich nach oben. Wir können unsere Nasen pudern.«

Ein besonderer Aufzug war programmiert, direkt zu Luwisher Brothers, der die acht obersten Stockwerke gehörten, zu fahren. Der Bau war ein Gemeinschaftsunternehmen von Luwisher Brothers und einem internationalen Immobilienkonzern, der zehn Stockwerke des Gebäudes besaß. Den Rest des Wolkenkratzers teilten sich der New Yorker Sitz eines großen Versicherungsunternehmens, die Zentrale von Merryweather Funds, einer Firma von Ruf für Investmentfonds, und Grover, Newman, eine der größten Anwaltsfirmen der Welt.

Die Wände des Aufzugs waren mit braunem Leder überzogen wie ein Polstersofa, und die Beleuchtung war gedämpft, gestreut durch das bunte Glas der Zwischendecke. Und der Aufzug sprach. »Guten Morgen«, sagte er mit Digitalstimme. »Dieser Aufzug fährt zu Luwisher Brothers. Bitte wählen Sie Ihre Etage.«

»In welchem Stock hat Destry gesagt?

»Siebenundsechzig.« Smith drückte auf das glänzende Messingquadrat, und der Aufzug stieg geräuschlos. Die Lämpchen über den Türen begannen im sechzigsten Stock zu blinken und erloschen, als die Türen sich im siebenundsechzigsten weich öffneten.

Rechts von den sechs Aufzügen, je drei auf beiden Seiten, befand sich ein kleiner Empfangsbereich, der in blassem Maulwurfsgrau ausgelegt war. Links und rechts ging ein breiter Korridor ab, der durch die ganze Breite des Gebäude zu führen schien. Der Raum war zwei Stockwerke hoch und wurde von einem Oberlicht gekrönt, wodurch er an eine Kathedrale erinnerte. Wetzon unterdrückte ein Lachen. Schöne Kathedrale. Hier betete jeder zu Mammon, dem Gott des Goldes. ›Goldies Kirche‹ hatte ein Spaßvogel sie genannt.

An den Wänden, die in einem blasseren Maulwurfsgrau gestrichen waren, hingen Blumenbilder von Georgia O'Keeffe, bei denen Wetzon immer das Gefühl hatte, sie betrachte bunte Darstellungen von weiblichen Geschlechtsorganen.

Ein echter Baum mit fast weißer Rinde und schönen silbernen Blättern wuchs hydroponisch aus einem riesigen Topf mit Wasser und Steinchen und reckte seine Äste bis zum Oberlicht hinauf. Die Fenster reichten vom Boden bis zur Decke.

Aber das auffallendste Merkmal des Raums war die geschwungene Marmortreppe mit einem offenen Eisengeländer an einer Seite. Von der Stelle, von der sie nach oben blickte, konnte Wetzon ein Bataillon von Hosenbeinen sehen, die zu einer Gruppe von Männern gehörten, die am oberen Ende der geschwungenen Treppe hin und her liefen.

Eine junge Frau mit stumpf abgeschnittenem, schulterlangem Haar saß hinter einem Schreibtisch mit Glasplatte, redete am Telefon und schrieb eine Nachricht auf einen Notizblock. »Danke für Ihre Ansichten«, sagte sie. »Ich werde sie an alle weiterleiten.« Sie legte auf und lächelte sie an. Sie hatte tadellose Zähne und trug sehr wenig Make-up. »Was kann ich für Sie tun?«

»Xenia Smith und Leslie Wetzon. Wir haben einen Termin bei Destry Bird.«

»Wir sind ein bißchen zu früh dran«, fügte Wetzon hinzu und handelte sich einen finsteren Blick von Smith ein.

Die Frau griff zum Telefon und drückte einen Knopf. »Hallo, Maggie hier. Ms. Smith und Ms. Wetzon sind da.« Sie wartete.

»Okay.« Sie legte auf und gewährte ihnen einen weiteren Blick auf ihre perfekte Kieferorthopädie. »Mr. Bird ist in einer Sitzung, aber er wird gleich für Sie da sein.«

»Wo geht es zur Toilette?« fragte Smith.

»Gleich nach den Aufzügen. Zweite Tür rechts.«

»Ich warte hier.« Wetzon, die immer sehr langsam in Wut geriet, fühlte sich allmählich von Smiths Ermahnung beleidigt, ihr das Reden zu überlassen. Unter gar keinen Umständen. Für wen hielt sich Smith denn? *Sag das nicht mir, sag's ihr,* würde Wetzons Freund Carlos raten, aber Smith war so feinfühlig, daß sie spürte, wenn Wetzon ihren Siedepunkt erreicht hatte. Dann wurde sie sofort fürsorglich und aufmerksam und lenkte Wetzon von ihrem Zorn ab.

»Wie du willst«, sagte Smith leichthin, »obwohl ich meine, etwas mehr Farbe in deinem Gesicht würde dir guttun. Du siehst völlig fertig aus.« Sie hielt inne, und als sie sah, daß ihre Bemerkung keine Wirkung zeigte, hob sie die Schultern, ging an den Aufzügen vorbei und verschwand nach rechts.

Zwei Arbeiter in Overalls mit Farbklecksen stiegen aus dem Aufzug und brachten den sauren, stechenden Geruch nach Zigaretten und kaltem Schweiß mit. Der größere der zwei trug eine mit Farbe verspritzte Stehleiter. Der kleinere reichte Maggie ein Blatt Papier. »Miss Gray?«

Die Empfangsdame nickte, sah sich den Arbeitsauftrag genau an und schickte sie die Treppe hoch.

Die Gruppe der Hosenbeine am oberen Ende teilte sich vor den Arbeitern, dann gingen zwei Paare die Treppe hinunter und kamen in Wetzons Sicht. Vor Überraschung lief ihr Gesicht rosa an.

Der erste Mann war groß, ging leicht vorgebeugt und hatte den triefäugigen Blick eines Bassets. Der andere war ein untersetzter Mann mit sich lichtendem Haar. Er trug einen neuen grauen Anzug. Der erste Mann war Artie Metzger, Detective Sergeant der New Yorker Polizei, der zweite war Silvestri, der den neuen Anzug anläßlich seiner Beförderung zum Detective Lieutenant im vorigen Monat gekauft hatte.

Welch interessante Wendung der Ereignisse, dachte Wetzon. Aber Destry hatte gegenüber Smith etwas von einer Zusammenkunft mit der Polizei an diesem Morgen erwähnt. Wetzon schlenderte zum Fuß der Treppe und wartete ab, bis Silvestri und Metzger sie entdeckten. Doch sie waren ins Gespräch vertieft und nahmen sie vermutlich nur am Rand als einen Rock mehr wahr.

»Was stellen wohl zwei nette Kerle wie ihr beide an so einem Ort an?«

»Les. . .« Silvestri starrte auf sie hinunter. Einen kleinen Moment lang zeichnete sich echtes Staunen auf der berufsmäßigen Maske ab.

Als Antwort grinste sie schelmisch. Silvestri warf ihr immer vor, daß sie nur ihrer Nase folgte und der Polizei dazwischenfunkte. Was würde er jetzt sagen? Schließlich war sie unschuldig hier, rein geschäftlich für ihre Firma. »Tag, Artie«, begrüßte sie Metzger und überging Silvestris verwirrten Blick. Sie zog eine große Schau ab, als sie ihnen die Hand schüttelte, erst Metzger, dann Silvestri, stets des wachsamen Blickes von Maggie Gray bewußt, und dann mit ihnen zu den Aufzügen ging. Metzger drückte auf den Abwärtsknopf, und ein Licht blinkte, eine Tür ging auf. Die Männer stiegen ein und drehten sich zu ihr um. »Bitte wählen Sie Ihr Stockwerk«, bemerkte der Aufzug. »Drücken Sie H, um in die Halle zu fahren.«

»Bis später, Les.« Silvestri nahm sein kleines Notizbuch vor und blätterte es durch, als suche er etwas. Nachdem er sich von dem Schock, sie hier zu sehen, erholt hatte, gab er nichts mehr preis, und dabei wußte er, daß sie darauf brannte, zu erfahren, was hier vor sich ging.

»Moment mal, ihr zwei.« Die Türen begannen sich zu schließen. »Was führt euch in mein Revier?« Sie schob ihre Aktentasche zwischen die Türen, die ein wenig auseinandergingen, gerade so weit, daß sie Silvestris Antwort hören konnte.

»Mord.«

»Mord?« wiederholte sie, während sie die geschlossenen Aufzugtüren anstarrte.

»Mord? Hast du gerade Mord gesagt?« Wetzon hatte nicht einmal gehört, daß Smith hinter sie getreten war.

»Smith!« Sie warf sich herum. Der Musical-Refrain ging ihr durch den Kopf. *Er sagte Mord, da da da dam, er sagte Mord, da da da dam.*

»Entschuldigen Sie, Ms. Smith, Ms. Wetzon. Mr. Bird erwartet Sie jetzt oben im Konferenzzimmer.« Maggie Gray in cremefarbener Seide stand neben ihrem Schreibtisch und gab ihnen ein Zeichen.

Wer war ermordet worden? Wetzons Gedanken drehten sich im Kreis. Wer war gestorben außer . . . Als sie an der Treppe waren, kamen die zwei Arbeiter vom oberen Stock herunter. Einer trug die Leiter, der andere ein großes Gemälde, das halb mit einem schmutzigen Stück Sackleinen bedeckt war. Smith drängte sich zwischen den Männern durch. Das Sackleinen verrutschte ein wenig, und darunter kam ein Ölporträt des verstorbenen Goldie Barnes zum Vorschein.

»Der König ist tot, es lebe der König«, sagte Wetzon.

Smith drehte sich um und sah auf sie hinab. »Was ist denn los mit dir? Nun mach schon.«

Die Treppe mündete auf eine Galerie, von der man das Stockwerk darunter überblickte. Auf diesem Stock befanden sich das Penthaus mit dem Speiseraum der Leitenden und die Chefbüros. Nur ein Eisengeländer wie das an der Treppe stand zwischen der Kante der Galerie und dem freien Raum. Über ihnen war das Oberlicht, durch das die Mittagssonne drang, so daß man sich fast wie im Freien fühlte. Ein Picasso aus seiner Dada-Periode – nur Winkel, ängstliche Kanten – hing an der Wand gegenüber. Laute Stimmen drangen aus der halboffenen Tür des Konferenzzimmers.

Wetzon legte eine Hand auf Smith' Arm und hielt sie zurück. Johnny Hoffritz' Stimme mit ihren kräftigen Alabama-Rhythmen war unverkennbar. »... konnte nicht leise gehen ... war klar, daß er noch einmal versuchen würde, uns einen reinzuwürgen.«

»Na, das war auch kaum zu erwarten, daß er leise gehen würde.« Destry Birds Tonfall verriet eindeutig die Oberschicht Virginias, gute alte Familie. Irgend jemand lachte schallend, dann fuhr Destry fort. »Besser auf diese Weise ...«

»Für uns.«

»Meine Damen ...«

Smith und Wetzon, beim Lauschen ertappt, fuhren zusammen. Sie standen vor einer königlichen Korpulenz, einem ungeheuer dicken Mann im makellosen grauen Nadelstreifenanzug und weißen Hemd, dem Kostüm des Investmentbankers oder Börsenmaklers.

Wetzon erkannte ihn sofort als den Mann, der bei dem Bankett links neben Goldie gesessen hatte.

Der dicke Mann atmete mit kurzen lauten Schnaufern, als wäre er die Treppe hinaufgerannt, was vermutlich zutraf, und unter dem Arm trug er eine flache Ledermappe. Ein schaler Pfefferminzgeruch umgab ihn. Er heftete sich an Wetzons Ellenbogen, da sie mehr seine Größe hatte als die beeindruckende Smith, die mindestens einen Kopf größer war. So führte er Wetzon mitten ins Konferenzzimmer, während eine amüsierte Smith die Nachhut bildete.

»Ah, da sind Sie ja. Gut. Dann mal los.« Hoffritz saß am oberen Ende des Konferenztisches aus Nußbaum auf dem großen Lederstuhl, den er nach hinten gekippt hatte – auf Goldies Stuhl. An der Wand hinter seinem Kopf war ein großer leerer Fleck, eine Spur heller als der übrige Raum, wo einst ein großes Gemälde gehangen hatte. Mit dem kleinen Kopf und dem fliehenden Kinn hatte Johnny Hoffritz etwas von der Gottesanbeterin an sich. Seine braunen Augen standen weit auseinander und waren halb bedeckt von feinen, fast durchsichtigen Lidern. Eine Zigarette löste sich in der Tasse mit schwarzem Kaffee auf, die er mit einem Ruck beiseite schob. »Noch eine Runde Kaffee … Chris?« Seine Finger schnippten träge in Chris Gorhams Richtung. Gorhams Gesicht mit den hohen Wangenknochen lief bis zu dem zu kurzen sandfarbenen Haar rot an. Mit zusammengebissenen Zähnen stand er auf, grüßte Smith und Wetzon kaum und verließ das Zimmer. Er stand offenbar ganz unten in der Hackordnung.

»Nehmen Sie Platz«, forderte Destry Smith und Wetzon auf. Er schüttelte dem dicken Mann die Hand, ohne aufzustehen. »Doktor …« Destry hatte glattes braunes Haar mit exaktem Seitenscheitel und runde glänzende Backen, eine fast babyzarte Haut und einen kleinen rosa herzförmigen Mund. Eine gebogene Nase mit Höcker vermochte kaum zu verhindern, daß er weichlich aussah.

Smith setzte sich selbstverständlich neben Johnny Hoffritz. Es war leicht zu erkennen, wer der neue Führer war. Da Goldie nicht mehr da war, könnte sie vielleicht einige persönliche Vorstöße machen.

Der dicke Doktor, wer immer er war, kam Wetzon zuvor und ließ seine gewaltige Masse auf dem Stuhl neben Smith nieder, so daß er die beiden trennte. »Ich bin Dr. Ash, Carlton Ash.« Er sagte es in einem Ton, als müßte Wetzon den Namen kennen. Sie lächelte ihn höflich an, und er reichte ihr eine Schinkenseite in der Form einer Hand, die sie schütteln durfte. Er atmete schwer.

»Fangen wir an.« Hoffritz schlug mit der flachen Hand auf den Tisch. »Neil, reiß dich endlich von dem verdammten Telefon los.« Er zog eine Zigarette aus einem Päckchen und steckte sie, ohne sie anzuzünden, in den Mundwinkel.

Neil Munchen, dunkelhaarig, dunkeläugig, eine frühe Sonnenbräune und einen blauen Fleck auf den Wangen, sah entschieden fremdländisch neben dem andern aus. Er legte den Hörer auf, setzte sich neben Wetzon und nickte ihr zu. Seine schwere goldene Rolex blinkte sie unter seiner steifen weißen Manschette hervor an.

Aus einer Westentasche nahm Dr. Ash ein kleines Inhaliergerät und inhalierte ein nach Pfefferminz riechendes Spray, indem er nacheinander je ein Nasenloch zudrückte.

Chris kam mit einem weißhaarigen Schwarzen in

schwarzem Anzug zurück, der ein silbernes Tablett mit Tassen und einer großen Kaffeekanne trug.

Wetzon empfand die Runde, abgesehen von Neil Munchen, als ausgesprochen angelsächsisch. Ein ziemlich großer Unterschied zu der Art, wie Goldie Barnes in seinen besten Tagen Luwisher Brothers geleitet hatte, dachte sie. Goldie glaubte, Einwanderer hätten mehr Hunger im Bauch.

»Schließ die Tür, Dougie.« Dougie war Douglas Culver, Leiter der Finanzierungsabteilung, ein rundlicher gemütlicher Typ aus Georgia mit trägem Lächeln und schnellem Verstand.

Die besondere und höchst attraktive Eigenart von Luwisher Brothers war, daß jeder produzierte; das heißt, jeder hatte Kunden und erledigte die Arbeit des Börsenmaklers/Finanzberaters neben seinen anderen Aufgaben. Das bedeutete, daß Teilhaber, Direktoren und Abteilungsleiter ihr eigenes Gewicht hatten.

»Ich lege es dar«, begann Hoffritz, nachdem alle Tassen bis auf Wetzons, die Koffein mied, gefüllt waren. »Und ihr hakt ein, wo ihr wollt. Jeder hier kennt Smith und Wetzon. Sie sollen Makler für uns rekrutieren, aber wir haben in letzter Zeit nicht viel von ihnen gesehen.«

Wie reizend, dachte Wetzon. Na schön. Smith wollte reden, also würde sie Smith dieses heiße Eisen überlassen. Und sie zweifelte nicht daran, daß Smith damit fertig würde. Noch keiner hatte sich mehr als einmal mit Smith angelegt.

Smith blickte in die Runde und bedachte jeden am Tisch mit einem strahlenden Lächeln. »Meine Herren, ich brauche Ihnen nicht zu erzählen, was für ein Klima derzeit an der Wall Street herrscht. Sie wollen große

Produzenten? Zahlen Sie Ihnen die Vorauspauschalen, die andere Firmen zahlen.«

»Wir kaufen keine Makler. Es ist ein *Privileg,* hier arbeiten zu dürfen.« Destry predigte die Firmentaktik.

»Es gibt nicht mehr sehr viele große Produzenten. Sie sind seit dem Crash von 87 eine seltene und vom Aussterben bedrohte Art geworden, und sie möchten dafür belohnt werden, daß sie in diesem unsicheren Klima so gut zurechtkommen. Die Makler sind nervös, verunsichert. Sie haben Angst davor, die Stelle zu wechseln und keine Konten übertragen zu können.« Sie sah Wetzon an.

»Das ist richtig«, nahm Wetzon den Faden auf. »Ich spreche jede Woche mit Hunderten von Maklern, und wir wissen, welche Qualität Sie bei Luwisher Brothers wünschen. Wir würden Ihnen nie jemanden vorführen, der nicht beste Qualität ist.« Sie ließ den Blick um den Tisch wandern. »Klar, wenn Sie Makler sehen möchten, die Probleme auf ihrer Börsenregistrierung haben oder die ihre Produktion mit unlauteren . . .«

»Das hängt doch wohl von dem Problem ab. Wir können jeden Fall für sich betrachten. Ich setze voraus, daß jeder Börsenmakler früher oder später irgendeine Anzeige bekommt.« Destry sah Hoffritz an, der nickte. Es ging das Gerücht, daß Destry Birds Lizenz zwei Monate lang suspendiert worden war, während er bei Marcus, Jones in Richmond arbeitete.

»Sprechen wir doch über dieses sogenannte Klima.« Dr. Ash richtete seine Aufforderung an Wetzon. Er schürzte die Lippen und schnaufte schwer beim Sprechen. Sein Bauch drückte gegen die Tischkante.

»Das Klima ist die unberechenbare Natur des Marktes«, sagte Smith.

»Zum erstenmal suchen Makler langfristige Sicherheit«, ergänzte Wetzon. »Geld, stabile Firmen, streßfreie Umgebung.«

»Ja«, schnaufte Dr. Ash. »Gut, gut.« Er nickte Hoffritz zu. Hoffritz lächelte, ohne die Lippen zu öffnen, und bewegte dabei die Zigarette, die herabzuhängen begann. »Sollen wir das neue Profil des Luwisher-Maklers diskutieren? Wir würden gern so viele Leute von der Sorte sehen, wie Sie uns zeigen können.«

»Sie brauchen Sie bloß herzubringen, und wir werden mit ihnen einig«, sagte Destry.

Neil Munchen starrte in seinen Kaffee und sah bedrückt aus.

»Okay, Carl?«

Dr. Ash nahm ein Blatt Papier aus seiner Mappe und schob es an Smith vorbei zu Hoffritz, der auf die Seite schielte.

Smith räusperte sich gekünstelt und sah Wetzon an, die einen Stenoblock und einen Federhalter aus der Aktentasche nahm.

»Wir möchten Makler sehen, die verheiratet sind, mit Kindern, mit Verbindlichkeiten wie Hypotheken, Privatschulen. Gute Produzenten, die auf zwei fünfzig oder dreihundert brutto kommen.«

Wetzon hörte auf zu schreiben. Das war verrückt. Zwar hatten die meisten Makler schwere Verbindlichkeiten, aber wie konnte eine Firma die jüngeren Makler von vornherein ausgrenzen? Es ergab keinen Sinn.

»Und wir würden gern einige Frauen sehen. Erzählen Sie mir nicht, Mädchen, daß Sie nicht ein paar präsentieren können.«

Er ließ die zerkaute Zigarette in seine Tasse fallen.

Smith' Lächeln gefror auf ihrem Gesicht. Wetzon

konnte beinahe ihre Gedanken lesen. »Mädchen« war ein rotes Tuch, besonders für Smith. Wetzon schaute auf, doch ohne eine Miene zu verziehen. Hoffritz merkte nicht einmal, daß er beleidigend war.

»Und zufällig«, fuhr Hoffritz fort, »setzen wir auch Tom Keegen darauf an.«

»Tom Keegen!« platzte Smith heraus. Sie versuchte nicht einmal, ihre Gelassenheit zu wahren. Smith haßte Tom Keegen, ihren Hauptkonkurrenten. Sie hatte vor Jahren einen Zusammenstoß mit ihm gehabt. »Jeder weiß, daß Keegen auf zwei Seiten absahnt, und er macht es genauso hier bei Luwisher Brothers.«

»Wir haben durch ihn in letzter Zeit ein paar gute Leute gesehen«, sagte Chris.

Wetzon legte den Federhalter hin. Der Schleimscheißer. Chris wußte, daß Keegen ein mieser Typ war. Jeder wußte es. Aber wenn ihnen heutzutage in der Wall Street Moamar Gaddhaffi Makler schickte, würden sie sogar mit ihm arbeiten. Man konnte nicht mehr sagen, die Zeiten ändern sich – sie hatten sich geändert.

»Wir mögen seine Arbeit« sagte Hoffritz. »Und wir mögen Ihre Arbeit, Mädchen, zeigen Sie uns also, was Sie tun ...«

Die Tür zum Konferenzzimmer wurde mit einem gewaltigen Kraftausbruch aufgestoßen, und Ellie Kaplan stolzierte ins Zimmer. »Was versucht ihr hier ungestraft unter den Teppich zu kehren?« Sie sah furchtbar aus – zerknittertes Seidenkostüm, das normalerweise gepflegte graue Haar zerzaust, das Gesicht geschwollen und verzerrt –, keine Spur von der eleganten Frau im glitzernden Silberkleid auf dem Bankett. Ellie blieb abrupt stehen, starrte auf den Fleck an der Wand hinter Hoffritz' Kopf und heulte auf: »Was habt ihr mit seinem Porträt gemacht?«

»Hören Sie, liebe Ellie . . .« Dougie sprang auf, legte einen Arm um sie und streichelte ihren Rücken, worauf sie in Tränen ausbrach und die Arme um ihn schlang. Sein Gesicht drückte Ekel aus.

Wetzon, die instinktiv aufgestanden war, um Ellie Kaplan zu helfen, fing die Blicke zwischen der Viererbande auf, denn Neil Munchen war eindeutig ein Außenseiter.

»Ach, Wetzon, könnten Sie so gut sein, und die arme gute Ellie zum Wasch . . .« Dougies Stimme verlor sich. Er machte sich von der völlig aufgelösten Frau los und stieß sie geradezu auf Wetzon.

»Natürlich tut Wetzon das, stimmt doch, Wetzon?« Smith' Ton war vielsagend.

Das Telefon auf der Anrichte begann zu läuten, dreimal, Pause und noch einmal drei kurze Klingelzeichen. Neil nahm ab. »Ja?« Er sah Hoffritz an und zeigte mit dem Hörer auf ihn. »Für dich.«

Hoffritz stand langsam auf und nahm den Hörer. »Ja. Hm, du weißt, was du zu sagen hast. Nein. Scheiße, sag einfach, daß wir über Goldie Barnes vorzeitigen Tod schockiert waren und es uns schwerfällt, zu glauben, daß er ermordet wurde.«

Ellie stützte sich zitternd vor Erregung auf Wetzon, als sie aus dem Zimmer gingen. »Und wie«, sagte sie.

»Oh, gewiß haben sie ihn getötet. Da sitzen sie so selbstgefällig und verteilen die Beute. Tja, da wäre nichts zu verteilen, wenn er nicht gewesen wäre.«

Ellie Kaplan stellte einen aufklappbaren Make-up-Spiegel auf ihren unaufgeräumten Schreibtisch, betrachtete ihr Spiegelbild und zog eine Grimasse. Sie fuhr mit einem Schildpattkamm durch die dicken wirren Locken ihres silbergrauen Haars. Als Mittvierzigerin war sie mit dem aufsehenerregenden grauen Haar und den dichten tiefschwarzen Augenbrauen, was die Leute allgemein als gutaussehende Frau bezeichneten. Heute jedoch war die Haut um die dunklen Augen aufgedunsen und fleckig. Sie drückte ein paar Tasten an ihrem Quotron und starrte auf das Gerät.

Wetzon saß auf einem bequemen Klubsessel vor Ellies Schreibtisch. »Sie meinen, Goldie wurde tatsächlich ermordet? Ich dachte, es wäre Herzversagen, durch das Asthma.«

»Dachten wir alle.« Ellie bürstete mit einem Zobelhaarbürstchen Rouge auf ihr Gesicht, legte roten Lippenstift auf, packte die Utensilien in einen blauen Nylonbeutel, zog den Reißverschluß zu und ließ Beutel und Spiegel in die offene Schublade auf der rechten Seite fallen. Sie zündete eine Zigarette an und inhalierte tief. »Hat Hoffritz Ihnen nichts gesagt? Glaubt er, er kann es verheimlichen? Die Polizei war heute morgen hier und hat alle vernommen. Sie sagen, Goldie wurde ermordet.« Sie hackte wieder auf die Tastatur, um weitere Informationen anzufordern. »Hmhm ... ein Viertel rauf ... Entschuldigen Sie mich, Wetzon. David!«

Die Tür ging so schnell auf, daß Wetzon glaubte, wer immer sie geöffnet hatte, mußte davorgestanden und gelauscht haben.

»Ellie?«

»David Kim – Wetzon.« Ellie sah nicht von der Maschine auf.

»Sie sehen gut aus, David«, bemerkte Wetzon.

»Das kann ich zurückgeben, Wetzon.«

Sie grinsten sich an, beide belustigt, daß Ellie sich nicht erinnerte, wie er seine Stelle bei ihr bekommen hatte.

Den Bruchteil einer Sekunde lang betrachtete Ellie sie verblüfft, dann tippte sie sich mit zwei Fingern an die Stirn.

»Wie konnte ich vergessen, daß ihr beide euch kennt? Es war mir tatsächlich entfallen.«

»Wie konnte sie vergessen, daß ich dafür verantwortlich bin, daß Sie hier sind, David?« Wetzon lachte. »Und dazu gratis, könnte ich hinzufügen.«

»Ich weiß nicht, Wetzon.« Davids Ton war hänselnd.

»Macht nur weiter, ihr zwei, amüsiert euch gut. Ich

werde einfach dasitzen und versuchen, Geld zu verdienen.« Ellie beobachtete aus dem Augenwinkel, was sich auf dem Quotron tat.

»Noch ein Achtel rauf. Ich glaube, wir sollten anfangen, unsere Leute herauszunehmen.«

»Hast du den Umfang gesehen?« David Kim war groß, schlank und Asiate – Koreaner genaugenommen –, ungefähr fünf- oder sechsundzwanzig. Er langte über Ellies Schulter und tippte auf der Tastatur. Sie wandte ihm das Gesicht zu, und Wetzon las soviel nackte Intimität darin, daß sie sich wie eine Voyeurin fühlte. Dann war es vorbei. Aber sie hatte es gesehen. Wetzon stand auf.

»Sie haben zu tun, ich mache mich davon.«

»Gehen Sie nicht, Wetzon.« Sie hatte ihr dickes Kundenbuch aufgeschlagen und studierte es. »David, Dwayne möchte uns Kaffee bringen, ja? Nimm inzwischen alle heraus, während ich mit Wetzon rede.«

»Bitte koffeinfrei für mich.« Wetzon setzte sich wieder. Falls David Kim die Bitte übelnahm, ließ nichts in seinem Gesicht oder Benehmen darauf schließen. Er lächelte die Frauen an und schloß die Tür hinter sich.

Ellie seufzte. »Ich bin so froh, daß ich ihn habe. Ich stehe in Ihrer Schuld, Wetzon.«

Wenn jeder, der an der Wall Street »in ihrer Schuld stand«, diese tilgen sollte, könnte sie sich zur Ruhe setzen und in Saus und Braus leben. Als Wetzon David Kim kennengelernt hatte, war er einer der Mathematikgenies im Doktorandenprogramm der Columbia gewesen. Er war an sie verwiesen worden, weil er eine Teilzeitarbeit suchte, um seine Unkosten zu decken und ihm etwas Taschengeld zu beschaffen, und Wall Street war der passende Ort für seine Talente.

»Gefälligkeit«, hatte Dougie Culver es genannt, nachdem Wetzon David bei Ellie vorgestellt und Ellie ihn sofort genommen hatte. »Betrachten Sie es als Gefälligkeit, Wetzon, und bei einer richtigen Vermittlung machen wir es bei Ihnen wieder gut.«

»Was ist an David Kim nicht richtig?« hatte sie gefragt.

Wiedergutmachen klang ziemlich stark nach *Ich kümmere mich um dich, Schätzchen* und machte sie wütend.

»Sie sind die Beste, Wetzon«, hatte Dougie gesagt und es dabei belassen – statt Zahlung.

Ellie schob das Geschäftsbuch beiseite. »David hat einen ausgesprochenen Instinkt für Optionen. Ich habe ihn als Juniorpartner in die Firma gebracht. Das heißt, er hat seine eigenen Kunden und hilft mir bei meinen. Er ist phantastisch beim Ausarbeiten von Strategien und Stellagegeschäften ... Ich weiß nicht, es ist fast mystisch.«

»Glauben Sie wirklich, daß einer von ihnen Goldie getötet hat?«

»Aber nein, ich meine nicht richtig *getötet.* Goldie hatte so schlimmes Asthma. Er hatte ein Sauerstoffgerät in seinem Büro, um Gottes willen. Sehen Sie, es kann nicht Mord gewesen sein, aber diese Bestien – Search and Destroy –« Ellie lachte bitter. »Diese Geier drängten ihn heraus, und er wollte nicht leise gehen.«

Hoffritz hatte das in beinahe den gleichen Worten gesagt, als Smith und Wetzon gelauscht hatten.

Ihr Kaffee wurde von Ellies Verkaufsassistenten gebracht, einem schlanken jungen Mann, der ein wenig tuntig wirkte.

»Hallo!« sagte er und lächelte Wetzon an, als kenne er sie.

»Danke, Dwayne. Das ist Wetzon . . .«

»Ich weiß.«

»Wie dem auch sei.« Ellie wartete nicht einmal, bis Dwayne das Zimmer verlassen hatte, ehe sie fortfuhr, indem sie sich auf dem Stuhl zurücklehnte und die Arme im Nacken verschränkte. »Ich werde Goldie schrecklich vermissen. Er war mein Mentor, er hat mir in der Branche auf die Beine geholfen. Ich war nämlich früher Lehrerin. Ich unterrichtete Twoey in Fieldston.«

»Twoey?«

»Goldman Barnes der Zweite. Er konnte seinen Namen nicht sprechen, als er klein war, und bezeichnete sich als Twoey, und das blieb an ihm hängen. Oh, verdammt . . .« Sie begann wieder zu weinen.

Das Telefon summte. Schniefend nahm sie ab. »Ja. Nein. David soll sich um ihn kümmern. Keine Anrufe bitte, solange Wetzon hier ist.«

»Wer ist der dicke Mann? Dr. Dingsbums.«

»Ha! Dr. Carlton Ash, der fette Arsch. Er hat den gleichen Grad wie ich – in der Ausbildung –, und *ich* nenne mich nicht Doktor.« Sie stand auf und öffnete die Tür eines kleinen Garderobenschranks. An der Innentür war ein Ganzfigurspiegel, und sie betrachtete sich kritisch darin. »Ich sehe zum Kotzen aus.« Sie schloß die Tür und setzte sich an den Schreibtisch.

»Er ist bei Goodspeed und Partner.«

»Goodspeed? Die Consulting-Firma?«

»Ja. Der fette Arsch hat irgendeinen Leistungsbericht geschrieben. Search und Destroy haben ihn engagiert. Goldie war deswegen richtig wütend. Wir haben immer auf die altmodische Art Geld verdient, meinte er.« Sie lachte. »Hoffritz und Bird hatten andere Vorstellungen.« Sie trank einen Schluck Kaffee und drückte ihre Zigarette in dem Steuben-Aschenbecher aus. »Trinken Sie aus, Wetzon. Vielleicht können wir ins Geschäft kommen.«

»Ellie, ich kann Sie nicht von Luwisher Brothers wegholen. Die Firma ist Kunde bei mir.«

»Sie können, wenn ich Sie darum bitte. Es sieht ganz danach aus, daß ich hier so oder so aussteige.« Sie zündete eine neue Zigarette an. »Die haben etwas vor. Ich weiß es. Carlton Ash hat seinen fetten Wanst hier in den vergangenen Monaten spazierengeführt und in irgendeinem Code Notizen in sein kleines Buch eingetragen.«

»Code? Woher wissen Sie, daß es ein Code ist?«

»David. Er versteht sich sehr gut aufs Schnüffeln.«

»Glauben Sie also, daß einer von ihnen Goldie getötet haben könnte, um ihn aus dem Weg zu schaffen?« »Um Gottes willen, nein. Hören Sie, die sind alle aus dem Süden, richtige Kotzbrocken, aber sie sind nicht dumm. Sie verlangten von Goldie, ihnen seinen Anteil zu verkaufen. Sie setzten ihn unter Druck, und er wehrte sich, und sein Asthma wurde schlimmer. Mann, er war in den letzten drei Monaten zweimal im Krankenhaus. Und dann kam das, was Goldie die Nacht der langen Messer nannte, der Abend vor dem Essen. Sie zogen diese verrückte Janet hinein, und sie wollte Twoeys Interessen wahren, und dann zogen die Knaben aus dem Süden die gewetzten Messer.« Sie neigte den Kopf zurück und trank den Kaffee aus, stellte die Tasse auf den Tisch und legte die Zigarette auf die Untertasse. »Komisch . . . Er kam am Tag des Abendessens in meinem Büro vorbei und sagte, er habe eine letzte Karte im Ärmel.«

»Worum geht es in dem Bericht?«

»Weiß ich nicht.« Sie berührte wieder einige Tasten und beobachtete die Maschine. »Der fette Arsch machte immer wieder Andeutungen, daß er die Branche aufrütteln würde. Den Ash-Bericht, nannte er ihn, das aufgeblasene Arschloch. Aufgeblasenes Arschloch.« Sie fuhr sich mit der Hand durch das Haar. »Ich werde diesen wunderbaren alten Goldie Barnes vermissen.«

Wetzon trank einen Schluck von dem bitteren Kaffee. »Erinnern Sie sich, was Goldie sagte, unmittelbar bevor er zusammenbrach?«

Das Telefon summte.

»Ich kann mich wirklich nicht erinnern, Wetzon. Die Polizei hat mir die gleiche Frage gestellt.« Eine tiefe Falte bildete sich zwischen ihren Augenbrauen, als sie das Telefon abnahm. »Jeder? Gut. Und die andern? Ja.« Sie legte auf. »Ich muß mich wieder an die Arbeit machen.« Sie blickte auf die Maschine. »Danke, Wetzon.«

Wetzon zog ihr Kartenetui aus der Kostümtasche. »Hier ist meine Karte, Ellie. Ich schreibe meine Privatnummer auf die Rückseite. Rufen Sie mich an.« Ihr Federhalter machte einen Tintenklecks auf die Nummer, deshalb nahm sie eine neue Karte statt der mit dem Klecks.

»Bestimmt, Wetzon. Wir sprechen uns.«

Sie gaben sich die Hand, und Wetzon ging aus dem Büro. Sie blieb auf dem Rückweg zum Konferenzzimmer an der Tür zu David Kims Büro stehen. Er war über sein Telefon gebeugt und sah sie nicht. »Es ist wichtig. Unterschreiben Sie einfach«, sagte er gerade. »Ich erzähle Ihnen später alles darüber.« Smith würde sagen, daß sie bescheuert war, weil sie für die Vermittlung nicht bezahlt worden waren, aber Wetzon war stolz auf das, was David Kim aus sich gemacht hatte. Sie ging über den breiten Korridor, in dem die Georgia O'Keeffes hingen, und war wieder im Empfangsbereich.

»Wie geht's der armen Ellie?« fragte Maggie Gray ohne großes Interesse, als Wetzon an ihr vorbeiging.

»Es geht.« Wetzon stieg die geschwungene Treppe hinauf und kam zur Tür des Konferenzzimmers, als die anderen auftauchten.

»Wetzon«, sagte John Hoffritz, als er sie entdeckte. »Ich möchte Ihnen für Ihren Vorschlag danken. Wir wissen das wirklich zu würdigen.« Er drückte kräftig Smith' Hand. Smith lächelte freundlich und schien rundum zufrieden. »Ich bin davon überzeugt, daß für uns alle etwas dabei herausspringen wird.« Er lächelte gequält. »Wir räumen das Feld, damit Sie mit den Leuten ungehindert reden können.«

Diese Smith, dachte Wetzon und wurde von Carlton Ash unterbrochen. »Schön, daß ich Sie kennengelernt habe.« Der dicke Mann rückte Wetzon zu dicht auf die Pelle.

Sie wich zurück. »Soviel ich weiß, arbeiten Sie an einer Studie über die Branche.« Er starrte sie an. »Ich würde sie gern lesen. Das heißt, wenn sie keine geschützten Informationen enthält.«

Seine Augen wurden matt. Kleine Schweißperlen bildeten sich am Haaransatz und auf der Oberlippe. »Was für ein Bericht? Ich weiß von keinem Bericht?«

»Was Sie nicht sagen. Aber wenn Sie die Branche wirklich aufrütteln wollen, würde ich mich freuen, es zu erfahren.« Sie bedachte ihn mit einem herzlichen

Lächeln und kam sich genauso verlogen wie alle andern vor.

»Ich bin als beratender Psychologe hier.«

»Selbstverständlich«

»Haben Sie eine Geschäftskarte?«

»Komm schon, Wetzon«, mischte sich Smith ein. »Gehen wir. Wir haben eine Menge Arbeit.«

»Sekunde.« Wetzon schüttelte Smith' ab, die an ihrem Ärmel zupfte, und gab Dr. Ash ihre Karte. Kurz darauf saßen Smith und Wetzon in einem Taxi, das sie zu ihrem Büro brachte. »Willst du mir nicht verraten, warum wir es so eilig haben, Smith?«

Smith lehnte sich bequem zurück und betrachtete ihre knallroten Fingernägel. Sie sah Wetzon affektiert aus dem Augenwinkel an, antwortete aber nicht.

»Was hat Hoffritz gemeint . . . den Weg frei machen, damit wir mit den Leuten reden können? Für was für einen Vorschlag hat er mir so überschwenglich gedankt?«

»Wir werden ein bißchen für sie Detektiv spielen, neben unser Vermittlerarbeit.« Smith zog ein Stück Papier aus ihrer Aktentasche. Es war ein Scheck von Luwisher Brothers über zehntausend Dollar, ausgestellt auf Smith & Wetzon.

»Was! Die haben uns einen Honorarvorschuß gegeben. Kein Witz. Das ist phantastisch, Smith.«

»Nein, Schätzchen. Makler sind immer noch die Bedingung. Das hier ist für etwas viel Interessanteres.« Wetzon spürte Hitze in sich aufsteigen. »Smith, in was hast du uns da hineingeritten?«

»Hör zu, Wetzon, mit unserer Erfahrung . . .«

»*Unserer* Erfahrung?«

»Na ja, ich sagte ihnen, es sei dein Vorschlag. Du

hast Beziehungen . . . Kenntnisse von früheren Mordfällen. Sie möchten, daß wir den Mörder vor der Polizei finden.«

»Oh, nein, Smith, du . . .«

Smith lächelte triumphierend. »Sie haben uns engagiert, damit wir herausbekommen, wer Goldie Barnes getötet hat.«

»Ich kann ihm keine Fünfunddreißighundert-Dollar-Garantie für drei Monate geben. Nicht bei den Zahlen, die er mir gegeben hat. Ich brauche seine laufenden Abschlüsse.«

»Haben Sie ihn darum gebeten?« Wetzon ließ sich die Wut nicht anmerken.

»Hm, nein. Ich dachte, Sie könnten das machen.«

»Na gut, ich mach's, aber ich möchte Ihnen etwas vorschlagen. Lassen wir uns etwas einfallen. Wenn Sie ihm keine fünfunddreißighundert Dollar anbieten können und er die höhere Auszahlung gern hinterher als Leistungsprämie hätte, und ich weiß von ihm, daß ihm das lieb wäre, warum kann man nicht das Ganze als Anreiz behandeln? Wenn er hundert Prozent seiner Bruttoproduktion in den ersten zwei Monaten behalten kann, dann achtzig Prozent in den nächsten zwei Monaten und sechzig Prozent für den Rest des Jahres? Das ist eine Garantie dafür, daß er sich ungeheuer anstrengen wird.«

»Mann, Wetzon, das ist wirklich gut. Da wäre ich nie draufgekommen. Ich will es versuchen.«

Wetzon legte das Telefon auf und schrie. »Was ist schlimmer als ein Börsenmakler, der sich nicht verändern will?«

»Ein Unternehmer, der sich nicht entscheiden kann«, riefen B. B. und Harold pflichtbewußt im Chor. Smith drehte sich verärgert nach ihnen um.

»Schließt bitte die Tür hinter euch.« Sie schickte sie mit einer Handbewegung hinaus.

»Immer langsam«, sagte Wetzon. »Vergiß nicht, daß wir das neue Luwisher-Profil suchen, was immer das ist. Fangen wir damit an, daß wir eine Kartei geeigneter Personen zusammenstellen. Wir bereiten einen Werbespruch vor und fangen morgen an, sie abzubieten.«

»Was spricht gegen heute?« Smith' Ton war beinahe streitsüchtig. Sie stampfte durch ihr gemeinsames Büro, das einmal das Speisezimmer eines Sandsteinhauses aus dem 19. Jahrhundert gewesen war, gab Harold einen Extraschubs in den Rücken und schloß energisch die Tür. Das vordere Zimmer, wo früher eine große Küche mit Speisekammer und der Hausflur gewesen waren, diente ihnen als ihr bescheidenes Empfangszimmer. Darin standen B. B.s Schreibtisch, ein kleiner Zweisitzer und drei schmale Stühle. Für Harold war ein Kämmerchen abgeteilt worden. Die Südwand von Smith' & Wetzons Büro bestand nur aus Fenstern und Glastüren, die auf einen Garten gingen, wo sie bei gutem Wetter von den ersten Anzeichen des Frühlings bis zum ersten Herbstfrost ihre Mittagspause verbrachten. Die weißen Eisenmöbel waren dieses Frühjahr frisch gestrichen worden und sahen prächtig aus zwischen den Rot- und Rosatönen der Tulpen und den dicken Stämmen der lila Wistarien, die an den Backsteinmauern kletterten.

»Warum fängst du nicht heute mit den Anrufen an, wenn ich fragen darf?« wiederholte Smith und trat neben Wetzon.

Wetzon sah ihre Partnerin mit zusammengekniffenen Augen an.

»Meine Güte, hast du eine Laune. Das kommt davon, daß du dich mit Koffein vollpumpst und nichts ißt. Gehen wir nach draußen und reden miteinander.« Sie nahm den Strohhut mit dem großen Gänseblümchenstrauß vom Regal und öffnete die Glastür. »Ich bin hungrig, und unsere Sandwiches weichen bestimmt schon durch.« Sie waren auf dem Rückweg zum Büro bei ihrem bevorzugten Sandwichladen *What's Cooking* vorbeigefahren und hatten Geflügelsalat mit Brokkoli und Dill auf Pitabrot mitgenommen. »Wenn wir nicht essen, bekomme ich auch so schlechte Laune wie du.«

»Du hast völlig recht, Zuckerstück.« Smith' Laune wurde plötzlich sonnig. »Hier, ich trage alles nach draußen, und du holst die Teller.« Sie suchte rasch die diversen Papiertüten zusammen, dazu ihr Cola Light und Wetzons Perrier, und war auch schon durch die Tür. »Scheiße!« sagte Wetzon ins leere Zimmer hinein. Sie nahm zwei Plastikteller und zwei Plastiktassen aus dem Einbauschrank im Bad und ging zu Smith in den sonnenüberfluteten Garten.

»Ist das nicht herrlich?« sagte Smith, als sei es ihre Idee gewesen. Sie zog einen Eisenstuhl ganz in die Sonne und benutzte ihren Reflektor. Ihr schöner olivfarbener Teint ging schon in einen leuchtenden Bronzeton über.

Wetzon betrachtete sie neidisch. Die Sonne war bei ihrer hellen Haut für sie tabu, und sie schützte sich das ganze Jahr über mit Creme und trug einen Hut beim ersten Schimmer der Frühjahrssonne. Ihr Freund Carlos behauptete, sie habe einen Hutspleen, was wohl stimmte, denn sie hatte an die dreißig Hüte in Schachteln, an Haken oder gestapelt auf dem alten hölzernen Hutstock in ihrer Wohnung.

Smith öffnete das Cola Light und das Perrier mit einem Knall und goß es mit einer Geste ein, als wäre es Champagner. Sie lächelte Wetzon an. »Zieh deinen Stuhl vor, damit du um Gottes willen ein bißchen Sonne abbekommst. Du siehst total erschöpft aus.«

Wetzon ließ den Stuhl, wo er stand, halb im Schatten und war plötzlich wütend und verstimmt. Irgendwie hatte Smith die Laune mit ihr getauscht.

»Smith, ich meine, wir sollten über den Schlamassel reden, in den du uns gebracht hast.«

»Was für einen Schlamassel? Wetzon, bitte. Nach so langer Zeit hast du von diesem Geschäft immer noch weniger Ahnung als ich. Indem wir den Mord untersuchen . . .«

»Wir sind nicht ermächtigt, eine Morduntersuchung durchzuführen, Smith.« Sie setzte sich auf dem Stuhl um, weil sie zu schwitzen begann. Es war heiß geworden, gerade an der Grenze, wo es ungemütlich wurde.

»Betrachte es einmal so. Was immer wir herausbekommen, können wir deiner geschätzten Polizei übergeben. Aber wichtiger ist, daß wir einen Fuß bei Luwisher Brothers hineinbekommen. Wir werden aufdekken, wo die Leichen begraben sind, und soviel Schmutz zutage fördern . . .« Sie leckte sich vielsagend die Lippen. »Es wird uns für immer fest mit der Firma verbinden.«

»Smith! Verdammt, das ist Erpressung.«

»Wetzon, hör endlich auf, so naiv zu sein. Das ist Geschäft.« Sie biß kräftig in ihren Sandwich. »Mmm. Köstlich«, murmelte sie und ließ Wetzon im Zweifel, ob sie über die Situation oder den Sandwich redete. »Komm schon, du alte Schwarzseherin, das wird lustig, um nicht zu sagen, lukrativ.«

»Aber wir mischen uns in eine Morduntersuchung ein.«

»Wie denn? Sag mir bloß, wie. Indem wir ein paar Fragen stellen, ein wenig herumstöbern? Wie?«

»Ach, ich weiß nicht.« Wetzon packte ihren Sandwich, und Geflügelsalat tropfte aus einer aufgerissenen Stelle in der Pitatasche.

»Wir machen es also. Okay?«

»Ich komme gegen dich nicht an. Ich möchte nicht streiten.« Sie knabberte um den Rand des Sandwichs, als äße sie ein schmelzendes Eis am Stiel. »Aber du mußt mir versprechen, daß wir aussteigen, wenn wir die Polizei stören.« Silvestri würde wütend auf sie sein – und dies war gar nicht ihre Schuld. Sie hatte versucht, sich herauszuhalten.

Smith strahlte. »Na, das kann ich leicht versprechen. Schatz, ich würde niemals wollen, daß wir . . .«

»Ach, sei still, Smith.« Wetzon aß den Rest ihres Sandwichs im Gefühl, wieder einmal von Smith manipuliert worden zu sein. Auf der anderen Seite mußte sie sich eingestehen, daß sie die Situation, in der sie sich befanden, faszinierend fand.

Smith zog den Reflektor herunter und sah verletzt aus. »Du brauchst nicht so ungnädig zu sein. Ich kenne dich. Wenn das deine Idee gewesen wäre, würdest du damit angeben. Außerdem sah es nicht nach einem Mord aus. Es war offenbar ein Schlaganfall.«

»Wenn ich recht verstehe, bist du Experte in Gerichtsmedizin?«

»Hm. Du weißt, daß ich ein gutes Gespür habe. Außerdem sagen die Karten ...«

»Die Karten sagen, wir sollen einen Mord untersuchen?«

»Na ja, nein, nicht genau. «Sie lächelte Wetzon an. »Sei ehrlich, Zuckerstück, du ärgerst dich ein ganz kleines bißchen, daß ich mit dabei bin und du es nicht für dich allein hast.«

»Das ist nicht wahr, und das weißt du. «Wetzon merkte, daß sie stotterte. *Hatte Smith recht? Nein, das konnte nicht sein.*

»Wetzon.« B. B. war an der Tür. »Howie Minton für dich.«

»Howie Minton?« stöhnte Smith. »Nicht schon wieder. Wie viele Jahre geht das schon?«

»Er hat letzte Woche angerufen.« Wetzon lachte. Sie stand auf und wischte die Krümel von ihrem Rock. »Sag ihm, daß ich gleich da bin, B.B.« Zu Smith sagte sie: »Er möchte es wieder probieren. Ich glaube, ich arbeite jetzt fünf Jahre mit ihm, stimmt's?«

»Mindestens.« Smith reckte ihr Kinn wieder zum Reflektor.

»Diesmal ist es soweit, sagt er.«

»Hm.«

»Diesmal könnte es ernst sein. L. L. Rosenkind macht keine Eigenhändlergeschäfte mehr. Ich bat Howie, es zu überdenken und mich nur anzurufen, wenn er es wirklich ernst meint.«

»Wie finde ich das?«

»Er macht in den laufenden zwölf Monaten brutto über eine Million.«

Smith ließ den Reflektor mit einem Bums fallen. »Mann!«

»Smith.« B. B. erschien wieder an der Tür. »Jake.«

»Ah, gut.« Smith ging hinter Wetzon ins Büro. »Räumst du draußen auf, B. B.? Sei so gut.«

Sie trennten sich, gingen zu den Schreibtischen und griffen zu den Telefonen.

»Jake, Liebling«, hauchte Smith.

»Tag, Howie«, sagte Wetzon.

B. B. kam mit einer verzweifelten Miene ins Büro. »Wetzon«, flüsterte er. »Ich habe vergessen, es Ihnen zu sagen. Ein Brief für Sie ist durch Boten gekommen. Er liegt auf Ihrem Tisch.«

»Ich habe darüber nachgedacht, Wetzon, meine Freundin«, drang Howies ölige Stimme aus dem Hörer. »Ich möchte weiterkommen. Ich nehme eine Woche Urlaub, und danach können wir loslegen.«

Wetzon hob den Brief vom Tisch auf. Er war in violetter Tinte an sie adressiert. Das Papier war schweres Bütten von der Tiffany-Art.

»Du bist ein solcher Schatz ...«, sagte Smith gerade.

»Prima, Howie«, sagte Wetzon, während sie den Brief umdrehte und mit einem Finger aufriß. »Ich stellte eine Firmenliste für Sie zusammen, und dann reden wir wieder miteinander, wenn Sie zurück sind.«

Sie legte das Telefon rechtzeitig auf, um Smith sagen zu hören: »Sie ist eifersüchtig, daß ich ihr diesmal die Schau stehle.« Wütend drehte sie sich mit dem Stuhl um, bereit, es mit Smith auszufechten, und zog dabei automatisch die Karte aus dem Umschlag. Die Unterschrift ließ sie innehalten. Sie war von Janet Barnes.

Die trauernde Witwe lud sie beide zum Mittagessen am Montag ein.

Wetzon trat nach ihrer Ballettstunde auf die 57. Street, euphorisch gestimmt wie immer nach dem Kurs, so lebendig, daß ihre Haut wie aufgeladen prickelte. Ihr langes aschblondes Haar, das sie aus dem Knoten gelöst hatte, wippte als lockerer Pferdeschwanz hin und her, während die feuchten Strähnen in ihren Kopf trockneten. Als sie auf den Broadway zumarschierte, überlegte sie, daß sie zu Fuß nach Hause gehen könnte. Es war noch hell, und sie würde eine von vielen sein, die in Kostüm und Reeboks – der bevorzugten Aufmachung der berufstätigen Frau in Manhattan – nach Hause ging.

»Juhu, Häschen!« Carlos stand an der Ecke Broadway und 57. oder, besser gesagt, machte Jetés, der schlanke, geschmeidige Körper noch genauso gelenkig wie damals, als beide Gruppentänzer am Broadway gewesen waren.

»Du erregst Aufsehen, du wunderbares Geschöpf.« Sie fing ihn ein, indem sie die Hände auf seine Schultern legte, ihn festhielt und einen Kuß auf die Lippen drückte. Sie waren genau gleich groß.

»Als ob mir das war ausmachte.« Er warf den dunklen Kopf zurück. Der große Diamantknopf an seinem linken Ohrläppchen funkelte. Genaugenommen funkelte alles an Carlos. »Ich bin nicht derjenige mit dem vorschriftsmäßigen Kostüm und den unpassenden Schuhen. Schämst du dich deiner alten Freunde?« Er bedachte sie mit einem strengen Blick, aber dabei lächelte er breit, und in seinen tiefschwarzen Augen sah sie das vertraute teuflische Glitzern.

»Wie kannst du so etwas Schreckliches sagen, aber von dir ist ja nichts anderes zu erwarten.« Carlos verabscheute ihren Beruf, hielt ihn für herzlos und gemein. Wetzon vermied es, darüber zu sprechen. »Wo gehst du hin?«

»Hoch zu Arthur.« Er legte seinen Arm um sie und nahm ihre Aktentasche.

»Wie geht es Arthur?« Sie machte einen halbherzigen Versuch, ihm die Tasche wegzunehmen, dann gab sie auf.

»Über beide Ohren mit Stiftungen und Immobilien beschäftigt. Wie geht's dem Sergeant?« Sie gingen jetzt den Broadway hoch.

»Er ist Lieutenant geworden.«

»Schön. Jetzt kann er sich eine Frau leisten.«

Sie blieb stehen und drohte ihm mit dem Finger. »Sieh mich an, Ungeheuer. Siehst du mich als Frauchen?«

Er starrte sie an, neigte den Kopf zurück und zur Seite, schloß ein Auge. »Ach, ich weiß nicht. Du könntest gut aussehen mit einer Schürze.«

»Wehe, du sagst noch ein Wort.« Sie gingen im Gleichschritt weiter. »Ich komme gerade vom Kurs . . .«

»Das habe ich bemerkt.«

»Wie? Falls das wieder eine witzige Bemerkung auf meine Kosten sein soll, bekommst du die Wolldecke im Juli nicht.« Sie besaßen gemeinsam eine Wolldecke in Rot, Weiß und Blau, die sie zusammen anläßlich der Zweihundertjahrfeier gehäkelt hatten, als sie 1976 für Bob Fosse in *Chicago* tanzten. Sie hatten verabredet, sich die Decke zu teilen, indem sie jeder jeweils ein Jahr besaß, und dies war ihr Jahr – wenigstens bis zum 4. Juli.

»Nein, ehrlich, Häschen. Du hast deinen Sinn für Humor völlig verloren, seit du die Firma mit dem Barrakuda hast.«

»Fang nicht damit an.« Carlos und Smith haßten sich, und Wetzon sorgte dafür, daß die zwei nicht zusammenkamen, denn dann flogen regelmäßig die Fetzen.

»Liebes, es macht mich wahnsinnig, daß du nicht siehst, was für eine intrigante Lügnerin diese Frau ist.« Sie gingen Arm in Arm, links, rechts, links, rechts.

»Was gibt's Neues bei dir?«

»Themawechsel?«

»Ich versuche es.«

»Okay. Ich hör' schon auf – vorerst. Keiner ist so blind wie die, die nicht sehen wollen. Warte mal, was gibt es Neues . . . Nichts Besonderes. Ich bin mit Mort Hornberg im Gespräch, die Choreographie für sein neues Musical zu machen.«

Wetzon blieb stehen und hielt ihn fest. »Nichts Besonderes? Das ist *die* Sensation!«

Wetzon und Carlos kannten sich seit Wetzons erster Woche in New York, wohin sie gezogen war, um Tänzerin zu werden. Sie hatten sich in einem Kurs kennengelernt und waren in Broadway-Musicals, auf Tourneen und Sommergastspielen Partner gewesen. Sie hatten unter Gower Champion, Bob Fosse, Michael Bennett und Ron Field gearbeitet, die alle inzwischen tot waren. Als Gruppentänzer hatten sie eine Show nach der anderen gemacht, von der Premiere bis zur letzten Vorstellung, bis Wetzon Smith kennengelernt hatte. Die Begegnung fand an einem Punkt in Wetzons Leben statt, als sie die Dreißig überschritten hatte und dachte, daß sie eigentlich keine alternde Gruppentänzerin sein wollte. Sie war es leid, zu knausern und zu sparen, leid, die Arbeitslosenversicherung zu zahlen und in einer winzigen dunklen Wohnung fünf Treppen hoch zu wohnen.

Smith hatte vorgeschlagen, zusammen eine Firma zu gründen, und Wetzon hatte zugehört. Das alles schien hundert Jahre her zu sein. Jetzt waren sie die angesehensten, möglicherweise die besten Headhunter, deren Revier Wall Street war. Wetzon hatte aus der fünf Treppen hohen Mietwohnung ausziehen können und eine Viereinhalb-Zimmer-Wohnung in der West 86. Street gekauft.

Auch Carlos hatte die Zeichen der Zeit erkannt. Er wußte, daß es nicht viele Rollen für alternde Tänzer gab, aber er hatte ein Firma gegründet, während sie noch in der Tanzgruppe von *42nd Street* auf Zehenspitzen über den Broadway hüpften. Princely – nach Carlos Prince – Service. Princely Service beschäftigte arbeitslose Künstler und war so unglaublich erfolgreich, daß Carlos die Firma schon sehr bald von seiner Wohnung in Greenwich Village aus leiten konnte und Tänzer in die ganze Stadt ausschickte, um für Yuppies Wohnungen zu putzen, einzukaufen und das Abendessen zu bereiten. Vor vier Jahren dann hatte Marshall

Bart, der mit ihnen in der Tanzgruppe begonnen hatte und Choreograph geworden war, Carlos eine Gelegenheit geboten, weil Marshall auch die Aufgaben des Regisseurs übernommen hatte. Der Rest war Geschichte. Carlos war wieder am Theater, jetzt voll als Choreograph, und hatte einen anderen alten Tänzer engagiert, der für ihn Princely Service leitete.

In der 74. Street lockte der Fairway-Markt sie mit dem Duft reifer Erdbeeren für neunundneunzig Cent die Schachtel. Wetzon kaufte zwei Schachteln und fand Carlos drinnen in der Käseabteilung, wo er sich mit dem Mann hinter der Theke über Vermont-Käse unterhielt.

Sie stieß ihn mit dem Finger in die weiche Seite unter dem Brustkorb. »Her mit der Aktentasche und Mund halten.«

Er reichte ihr die Aktentasche mit reglosem Gesicht und hob die Hände. »Sie können Ihre Knarre wegstekken.«

»Das Amsterdam Festival ist am Sonntag. Willst du kommen?

»Klar. Nach zwölf. Ich brauche meinen Schönheitsschlaf.«

»Ich rufe dich an.« Sie küßte ihn auf den Nacken und grinste über seinen gekünstelten Schauder. Er war ihr bester Freund. Er brachte sie zum Lachen. Sie hatten viel Freude und Kummer geteilt – Kummer besonders in letzter Zeit, wo jeden Tag einer, mit dem sie gearbeitet hatten, an irgendeiner Form von Aids erkrankte.

Carlos warf ihr eine Kußhand zu.

Alles Gute und bleib gesund, dachte sie. Sie ging schräg hinüber zur Amsterdam Avenue und kam bei *Baci* vorbei, wo Jerome Robbins mit dem Blick zur Straße saß, las und ein Nudelgericht aß. Niemand kümmerte sich um ihn, obwohl jeder wissen mußte, wer er war. Wetzon liebte die Upper West Side von Manhattan. Es bestand so ein selbstverständliches gutnachbarliches Verhältnis – leben und leben lassen, das war die Einstellung gegenüber den bekannten Persönlichkeiten, selbst den Berühmten. Die Upper West Side hatte weder die Arroganz der East Side noch das Selbstbewußtsein des Villages, sondern einen eigenen Charakter, der weitgehend von Künstlern – Schauspielern, Tänzern, Musikern und Schriftstellern – geprägt wurde. Sie hatten sich in den sechziger und siebziger Jahren wegen der vernünftigen Mieten hier angesiedelt. Jetzt waren fast alle Gebäude in Gemeinschaftsbesitz übergegangen, und es war eine feine Gegend geworden mit teuren Eigentumswohnungen. Sogar ein *Conran's* hatte gegenüber von *Zabar's* aufgemacht. Aber die Gegend hatte immer noch das intellektuelle Flair, auch wenn die Bewohner viel wohlhabender geworden waren.

Wetzons Wohnung befand sich in einem der vor dem Zweiten Weltkrieg gebauten Häuser mit den hohen Decken und geräumigen Wandschränken. Die Portiers waren nicht forsch und militärisch, und die schäbige Aura der alten Marmorhalle wirkte tröstlich. Der Selbstbedienungsaufzug war alt und sollte ersetzt werden, dachte sie, als er auf ihrer Etage ruckend anhielt. Da würde wieder eine Umlage auf sie zukommen. Gut, daß sie es sich leisten konnte.

Sie schloß ihre Tür auf, und der wundervolle Duft einer Tomatensoße wehte ihr entgegen. An der Wand ihr gegenüber hing die alte Stepparbeit mit dem Zickzackmuster in Rosa und Weiß, die sie auf dem Flohmarkt gefunden hatte. Sie ließ Aktentasche und Handtasche auf die weiße Parkbank im Flur fallen, streifte die Jacke ab und lehnte sich an den runden Durchgang zur Küche. Der kleine Schwarzweißfernseher auf der Küchentheke lieferte das Hintergrundgeräusch.

»Hallo, Les.« Silvestri, in Jeans und dem ärmellosen T-Shirt, das er als sein italienisches Hochzeitshemd bezeichnete, blickte nicht nicht auf. Er stand über dem Suppentopf aus feuerfester Keramik und rührte mit dem Holzlöffel die köstliche Soße.

»Hallo.« Sie stellte sich hinter ihn, schlang die Arme um seine Taille und legte die Wange an seinen Rücken. Manchmal dachte sie, sie würde aufwachen und er wäre fort, wäre nie wahr gewesen.

»Irgendwas riecht gut«, sagte sie.

»Nur das alte Familienrezept.« Abruzzi spezial nannte er es, nach jenem Teil Italiens, aus dem seine Großeltern gekommen waren. Er wandte sich zu ihr um und sah auf sie hinab. Er hatte die unglaublichsten türkisfarbenen Augen, die schiefergrau wurden, wenn er zornig wurde oder im Dienst war. Im Moment waren sie türkis. Sie und Silvestri waren seit drei Jahren zusammen, und es prickelte immer noch, wenn er sie berührte.

»Nur das alte Familienunterhemd?« fragte sie, um ihre Erregung zu überspielen.

»Ist das eine boshafte Bemerkung gegen Italiener?«

»Von mir? Um Gottes willen, nein. Ich liebe Italiener.«

Er hielt ihr einen Löffel Soße zum Probieren hin. »Was meinst du?« Eine Linie aus roten Punkten lief über sein Hemd.

»Ich meine, der Koch ist sehr sexy.« Sie berührte die dicke Soße mit der Zungenspitze. »Wunderbar. Das Vorsingen ist vorbei. Sie sind eingestellt.« Sie kicherte. »Ziehen Sie sich aus.« Es war ein Scherz, den sie machte, seit sie einen besonders langweiligen, als Sensation angekündigten Film mit dem Titel *Die unerträgliche Leichtigkeit des Seins* gesehen hatten. Der Held war allein vom Sex motiviert, und »Ziehen Sie sich aus« war die Quintessenz jedes ernsten Gesprächs, das er mit Frauen führte.

Silvestri drehte die Flamme unter der Soße herunter. »Es gibt sautierte Kalbskoteletts, Salat, Pasta. Okay?«

»Okay? Wie könnte ich klagen? Ich habe mir einen Macho geangelt, der auch am Herd die Stellung hält. Mannomann. Ich habe einfach Glück.« Sie gab ihm einen Klaps auf den Po und sprang aus der Küche und über den Flur ins Schlafzimmer. In Sekundenschnelle hatte er sie eingeholt.

Sie liebten sich ein zweites Mal in der Dusche und setzten sich endlich um neun Uhr hin, um Silvestris aufwendiges Menü zu essen.

»Ist das köstlich«, sagte Wetzon. »Ich fühle mich so angeheitert, daß ich dich jetzt glatt fragen könnte . . .«

Silvestri lehnte sich auf dem Stuhl zurück und grinste sie an. »Ich warte schon die ganze Zeit darauf. Warum hast du so lange gebraucht?« Er goß den Rest aus der Weinflasche in sein Glas.

»Ich weiß, du kannst es nicht leiden, wenn ich in eine Morduntersuchung gerate . . .« Sie hielt inne, in der Hoffnung, er werde ihr helfen, doch er verschränkte die Arme und wartete. Die Farbe seiner Augen verrieten ihn. Sie waren türkis. »Du bist wirklich ein Schuft«, sagte sie und lächelte lieb.

Er lachte. »Also?«

»Ach, verdammt! Wurde Goldie Barnes ermordet?«

»Ich kann nicht . . .«

»Ach vergiß es.« Sie wollte aufstehen.

Silvestri streckte seine Hand aus und legte sie schwer auf ihre Schulter. »Möchtest du mir erzählen, was du heute morgen bei Luwisher Brothers gemacht hast?«

»Ist das fürs Protokoll, Sir? Holst du dein kleines schwarzes Buch heraus?« Sie küßte den Rücken seiner Hand auf ihrer Schulter. »Ich will dir was sagen. Warum tauschen wir nicht einfach Wissen gegen Wissen?«

»Mann, bist zu zielstrebig. Ich brauche keine einzige von deinen Fragen zu beantworten, aber du mußt auf meine antworten.«

»Sagte er, nachdem er sie wild und leidenschaftlich geliebt, ihr ein üppiges Mahl gekocht und sie mit Wein abgefüllt hatte, um ihre angeborene Zurückhaltung zu überwinden.«

»Angeborene Zurückhaltung. Das ist gut. Sprich, Lady, oder ich schleppe ich eigenhändig auf die Wache.« Er verschränkte wieder die Arme.

Sie wurde rot und trat ihn mit den nackten Füßen unterm Tisch. »Ich glaube, etwas an unserer Beziehung ist absolut nicht in Ordnung. Du hast alle Rechte.«

»Ich bin eben Italiener«, sagte er. »Außerdem ist es mein Beruf.« Er griff in die Innentasche seines Jacketts, das über der Stuhllehne hing, und holte tatsächlich sein kleines schwarzes Notizbuch vor. »Was, sagtest du, hattest du dort zu tun?«

»Ich habe nichts gesagt, aber wenn du es wissen mußt, wir beraten Luwisher Brothers.« Sie schnitt ihm ein Gesicht.

»Kanntest du Goldie Barnes?«

»Nicht gut. Wir haben uns gegrüßt, mehr nicht.« Sie sah ihn ernst an. »Wurde er ermordet?«

»Was weißt du über die anderen dort? Hoffritz und seine Mannschaft.« Er blätterte die Seiten um, und sie sah, daß er einige wohlbekannte Namen aufgeschrieben hatte. Hoffritz, Bird, Gorham, Munchen.

»He, ich glaube, ich werde hier benutzt. Das ist nicht fair. Sag mir nur eines. Wurde Goldie ermordet? Ich werde keine weiteren Fragen stellen. Er sah aus, als würde er ersticken, als hätte er einen Asthmaanfall.«

»Er sah aus, als würde er ersticken?« wiederholte Silvestri. »Was zum Teufel sagst du da, Les? Willst du mir erzählen, daß du *dort* warst, um Gottes willen?«

»Na sicher war ich dort. Ich habe dir gesagt, daß ich zu einem Essen bei einem Geschäftsführer gehe. Du hörst mir nie zu.«

»Ich kann's nicht glauben.« Er schlug auf den Tisch, daß die leeren Teller klirrten. »Wie kennst du bloß jeden . . .«

»Es ist mein Beruf, jeden in Wall Street zu kennen. Und New York ist sowieso eine kleine Stadt. Ich komme nie irgendwohin, ohne daß mir jemand über den Weg läuft, den ich kenne oder der jemanden kennt, den ich kenne.«

»Ach, vergiß es. Mit wem warst du dort – nicht zufällig mit Hoffritz?« Er war sarkastisch, und sie konnte das Kichern nicht zurückhalten.

»Chris Gorham.«

»Ach du dickes Ei!«

»Wirst du mir jetzt über Goldie Bescheid sagen?«

»Nein.« Er räumte die Teller zusammen und trug das Geschirr in die Küche.

Sie folgte ihm und begann, die Spülmaschine einzuräumen. »Du hast mir schon gesagt, daß du wegen eines Mordes dort warst.«

»Wer, ich? Daran kann ich mich nicht erinnern.«

»Doch, als die Aufzugtür sich schloß.«

»Ich redete von der Hitze.«

Sie gab ihm einen Stoß. »Es macht mich wütend, wenn du das tust.«

»Wenn ich was tu?« Er zog sie an sich und küßte sie. Er schmeckte süß, nach Wein und Tomaten. »Du kannst wirklich hilfreich sein, weil du die Spieler kennst.«

»Stimmt«, murmelte sie in sein Hemd. »Was geben Sie mir, wenn ich kooperiere, Officer?«

Er lachte und ließ seine Hand langsam über ihren Rücken wandern. »Gott, ich sage dir äußerst ungern etwas, weil du garantiert dafür sorgst, daß du in die Sache hineingezogen wirst.«

»Nun komm schon, Silvestri, finde dich damit ab, ich stecke bereits drin, wenn auch nur am Rande.« Es war Morgen, und Wetzon stand in der offenen Tür zum Bad und sah ihm beim Rasieren zu.

»Ach, verdammt«, sagte er. »Goldie Barnes wurde allem Anschein nach vergiftet.«

»Was heißt das – allem Anschein nach?«

»Genau das, Les.«

»Erfahre ich sonst nichts? Eine Hand wäscht die andere?«

»Nein.«

»Warum hast du den Fall?«

»Weil es während meiner Schicht passiert ist.«

»Aha.« Sie runzelte die Stirn. »Es macht unheimlich Spaß, hier herumzuhängen und nichts zu erfahren.«

Sein Spiegelbild grinste sie an. »Ich möchte, daß du mir alles sagst, was du weißt. Für uns ist erst mal jeder und jede verdächtig.«

Sie überlegte einen Augenblick. »Es müssen hundert Personen bei dem Essen gewesen sein, Silvestri. Das sind ziemlich viele Verdächtige. Und alles sagen, was ich weiß . . .« Sie hielt inne, weil sie sich fragte, ob dies der richtige Zeitpunkt sei, ihm mitzuteilen, was Smith getan hatte. »Ich habe da ein moralisches Problem.«

Er zog seine Augenbraue hoch und fuhr sich mit einem Kamm durch das lichter werdende Haar. »Ich höre.«

Sie ließ ihn vorbei und folgte ihm in das aufgeräumte Schlafzimmer. Sie hatte das Bett gemacht, während er duschte. Er tastete unter seiner Bettseite und zog seine Schulterhalfter vor, nahm die Pistole heraus und legte sie vorsichtig auf die Steppdecke. Nachdem er das Ledergeschirr angelegt hatte, prüfte er seine Waffe und schob sie wieder in die Hülle unter dem rechten Arm.

Wenn sie Silvestri beim Anziehen zusah, hatte Wetzon immer das Gefühl, daß dies das gleiche Ritual war, wie wenn man eine Frau ansah, die ihr Make-up auflegte. Die Waffe und seine Beziehung dazu übten eine besondere Faszination auf sie aus. Auf eine merkwürdige Weise behandelte er seine Pistole so, wie er sie behandelte.

Er richtete sich auf und fing ihren Blick auf, und sie fühlte sich nackt und bloßgestellt, obwohl sie bereits ihr Nadelstreifenkostüm trug. »Was für ein moralisches Problem?« fragte er. Er küßte sie auf die Nase und ging in den Flur, um sein Jackett zu holen.

Sie spürte, daß seine Gedanken bei seiner Arbeit waren und daß er nicht zuhörte, aber sie folgte ihm dennoch durch den Flur. »Was ich über Luwisher Brothers weiß, gilt als vertrauliches Wissen.«

»So etwas gibt es bei einer Morduntersuchung nicht.«

»Sagst du.«

»Möchtest du mitfahren?« Er stand ungeduldig an der Tür.

Sie schüttelte den Kopf. »Ich glaube nicht. Ich muß ein paar Anrufe erledigen, und ich möchte die Zeitung durchsehen.« *The Wall Street Journal* und *The Times* lagen auf dem Boden vor der Tür.

Er drückte den Abwärts-Knopf des Aufzugs und stellte sich wieder zu ihr an die Tür. »Wie sieht dein Nachmittag aus?«

»Weiß nicht. Freitags ist nicht viel los bei diesem Wetter. Alle brechen früh in Richtung Hamptons auf. Warum?«

»Ich möchte, daß du rüber ins Revier kommst und mit uns über deine Investmentbanker sprichst.«

»Ach, Silvestri . . .«

»Kein ›ach Silvestri‹. Du hast immer dabeisein wollen, jetzt ziehe ich dich hinein.«

»Ich muß darüber nachdenken.« »Nein, mußt du nicht.« Er schloß die Tür.

Sie goß die letzten Tropfen Kaffee aus der Melittakanne und bestrich die zweite Hälfte ihres Brötchens mit Butter, während sie sich fragte, wo die Grenzen der Vertraulichkeit überquert werden konnten. Was war richtig, was war falsch? War sie verpflichtet, es ihrem Kunden zu sagen? Sie strich die köstliche Aprikosen-Orangen-Marmelade von *Sarabeth's* auf das Brötchen und hob den Becher zum Mund.

Und was war mit Smith? Sie würde es ihr sagen müssen. Verdammt. Da versuchte sie, zurückhaltend und neutral zu sein, und dann schubsten Silvestri und Smith sie in eine Morduntersuchung. Sie stellte den Becher auf die Theke und faltete das *Journal* auf, um die Artikel auf der ersten Seite zu überfliegen. Die Schlagzeile in der Mitte der Seite lautete »Barnes' Tod vermutlich Mord«. Der Artikel gab John Hoffritz' Erklärung wieder, wie sie sie mitgehört hatte, aber keine neue Information, außer daß die New Yorker Börse an diesem Tag um zwölf Uhr eine Schweigeminute zum Gedenken an Goldie Barnes einhalten wollte. Unter *Kleine Meldungen – Firmen und Finanzen* blieb Wetzon hängen und las einen kurzen Artikel. S&S Sedlet Securities, eine kleine Maklerfirma mit Sitz in Atlanta, hatte ein Kaufangebot für L. L. Rosenkind vorgelegt.

»O, nein!« rief sie laut. Die Stellensuche für Howie Minton hatte sich erledigt. Er würde wahrscheinlich bleiben und sehen, wieviel er rausschlagen könnte. Und er würde ganz schön was bekommen, davon war sie überzeugt, weil keine Firma es sich leisten konnte, einen großen Produzenten zu verlieren. S&S Sedlet würde wahrscheinlich wie üblich einen Vertrag für zwei oder drei Jahre anbieten, mit einer Prämie am Anfang für große Produzenten, damit sie blieben, und einer weiteren Prämie am Ende, die auf der jährlichen Produktion während der Laufzeit des Vertrages basierte.

Sie dachte gerade, daß Smith wieder einmal recht behalten hatte, als das Telefon läutete. Sie wischte sich die klebrigen Finger ab und meldete sich.

»Wetzon!« Es war Smith, atemlos, als wäre sie gerannt, was überhaupt nicht zu ihr paßte. Sie trieb keinen Sport, hielt nichts davon, und ihr Stoffwechsel gab ihr recht. »Wetzon?«

»Ja.«

»Hast du den Artikel über Sedlet und den Kauf von Rosenkind gelesen?«

»Ja. Sag's nicht, bitte.«

»Was sagen?«

»Ich-hab-es-ja-gewußt über Howie Minton. Jetzt wird er abwarten und sehen, was er geboten bekommt, damit er bleibt . . .«

»Na ja, selbstverständlich bietet man ihm eine Prämie, damit er bleibt, aber er wäre sowieso nicht weggegangen. Ich rufe dich nicht deswegen an. Ich kenne Seth Sedlet und seinen Bruder Sean.

»Wirklich? Woher?«

»Frag nicht. Sie sind *Piraten.* Sie übernahmen die erste Firma für die ich gearbeitet habe, und stießen sie Stück für Stück ab. Sie werden Rosenkinds Aktivposten verkaufen und die Firma auslöschen – was an sich nicht schlimm ist, nur daß Wall Street immer kleiner wird. Wenn sie Rosenkind auflösen, haben wir einen Ort weniger, wo wir Makler herausholen können.«

»Gut, sie haben ein Angebot vorgelegt, aber vielleicht bekommen sie Rosenkind nicht.«

»Darauf würde ich mich nicht verlassen, Schatz. Rosenkind hat ein Cash-flow-Problem.«

»Wer hat das nicht?«

»Bist du auf dem Weg in die Stadt?«

»Ich möchte nur zu Ende Kaffee trinken und die *Times* überfliegen.« Sie hörte ein Telefon läuten. »Wo bist du?«

»Im Büro natürlich. Wo sollte ich sonst sein? Du kennst doch Jake, er geht gern früh raus.«

Smith las normalerweise die Fachpresse nicht. Sie überließ es Wetzon, sie über das Geschehen an der Wall Street auf dem laufenden zu halten, während Smith Wetzon über die Gesellschaftsnachrichten aus *W,* das Wetzon dumm fand, ins Bild setzte.

»Sag mir eins, Smith. Was macht Jake eigentlich?«

»Warum bist du so zu mir, Wetzon? Jake ist ein wunderbarer, fürsorglicher Mann. Er hat einen hohen Preis gezahlt für das, was er getan hat. Er bekommt im September seine Lizenz zurück, und er...«

»Sag bitte nicht, er steigt wieder ins Geschäft ein.«

»Kleines, sei nicht naiv. Er ist nie ausgestiegen.«

Wetzon legte den Hörer auf, aß das Brötchen mit großen wütenden Bissen auf und stellte das Geschirr in die Spülmaschine. Natürlich hatte Donahue nie aufgehört. Wie *konnte* sie nur so naiv sein? Es war erstaunlich, was in Wall Street akzeptiert wurde, selbst nach dem Crash und dem Skandal mit den Insider-Geschäften.

Gerade vor drei Monaten hatte sie wider bessere Einsicht Bruce Pecora, einen Börsenmakler mit zwei Kundenklagen und einem anhängigen Gerichtsverfahren, bei einer großen Firma untergebracht, nachdem sie den begierigen Geschäftsführer über alle Vorbehalte gegenüber dem Makler informiert hatte. Bruce war tatsächlich von beinahe jeder anderen Firma an der Wall Street abgelehnt worden. Nur zwei Jahre im Geschäft, und er brachte es brutto auf 350 000 Dollar. Wie war das möglich? Was für eine Frage. Ein Konto von hunderttausend Dollar hatte in einem einzigen Jahr sechsunddreißigtausend Dollar an Provisionen gebracht. Er hatte eine Alles-oder-nichts-Mentalität.

Aber das Headhunter-Geschäft ging nur noch schleppend, weil die Makler im Hinblick auf einen Wechsel ängstlich waren, und die Produktion war zurückgegangen, weil die Kunden im Hinblick auf den Markt ängstlich waren. Smith hatte sie überredet, Pecora ohne Bedenken anzubieten. »Irgend jemand wird ihn haben wollen«, sagte sie, »und wie verdienen uns schöne fünfundzwanzigtausend. Und ist er erst dort, dann ist es deren Problem.«

»Mein Gott, Smith, wenn etwas schiefgeht, wirft es ein schlechtes Licht auf uns.«

»Dieser Junge ist eine Zeitbombe, die kurz davor ist zu explodieren«, sagte ein Geschäftsführer zu Wetzon. »Wir passen bei ihm.«

Mike Norman, der die Loeb-Dawkins-Filiale im Rokkefeller Center leitete, hatte sie angerufen und dringend um Makler gebeten. »Haben Sie niemanden für mich? Machen Sie schon, schicken Sie mir Makler.«

»Ich habe einen, aber er macht Ärger, Mike. Gerichtsverfahren, Beschwerden von Kunden. Hitzköpfig.«

»Wie sind seine Zahlen?«

»Drei-fünfzig, zweites Jahr.«

»Phantastisch. Wann kann ich ihn sehen?«

»Er macht Ärger, Mike.«

»Ich kann mit ihm umgehen, Wetzon, überlassen Sie ihn einfach mir.«

Berühmte letzte Worte. Am Tag vor dem Bankett für Goldie Barnes hatte Loeb Dawkins Bruce Pecora auf Vorschlag der New Yorker Börse in Urlaub schicken müssen. Es sah ganz so aus, als werde die Börse Pecoras Lizenz einziehen.

Wetzon hatte sich furchtbar gefühlt, verantwortlich.

Und Smith hatte sie angeschnauzt: »Mike ist alt genug. Er wußte, was er tat. Und wir haben unser Geld.«

Das Telefon läutete wieder, als sie gerade aus der Tür war und das Sicherheitsschloß abschloß. Sie zögerte, dann drehte sie den Schlüssel um und sprang zum

Telefon. Zu spät. Der Automat schaltete sich ein. Na gut, laß die Maschine laufen und antworten. Es war wahrscheinlich eine Telefonumfrage oder irgendein Verkäufer.

Das erste Geräusch, das sie hörte, war angestrengtes Atmen – genau, was sie jetzt brauchte, einen, der ins Telefon keuchte –, dann eine Stimme, die in einem rauhen Husten unterging.

»Ms. Wetzon. Ich muß Sie so schnell wie möglich sehen.«

Sie nahm ab. »Bleiben Sie dran, Dr. Ash.« Sie schaltete die Maschine ab. »Sind Sie noch da?«

»Ich muß mit Ihnen über...«

»Lassen Sie mich raten«, unterbrach sie ihn ungeduldig. »Sie wollen mir von der Studie berichten.«

»Ich besorge Ihnen eine Kopie, aber...«

»Oh, gut.« Wie hatte er ihre Nummer bekommen? Sie stand nicht im Telefonbuch ... dann erinnerte sie sich. Sie mußte ihm die Karte mit dem Tintenklecks gegeben haben, die eine, die sie Ellie nicht gegeben hatte.

»Aber darüber wollte ich nicht mit Ihnen sprechen.« Ash schnappte nach Luft. »Können wir uns morgen früh bei Luwisher Brothers treffen – um halb acht?«

»Halb acht? Morgen ist Samstag.«

»Das ist mir bewußt.« »Muß es dort sein?«

»Ja. Ich möchte Ihnen etwas zeigen. Ich warte bei den Aufzügen im siebenundsechzigsten Stock auf Sie.«

»Warum gerade ich?«

»Ms. Wetzon, warum machen Sie es mir so schwer? Ich möchte mich im Moment lieber noch nicht an die Polizei...«

»Die Polizei?«

»Ich möchte, daß Sie mir Ihr Wort geben, niemandem von unserem Treffen zu erzählen. Niemand.«

»Mein Wort?« Sie runzelte die Stirn. »In Ordnung. Und worum geht es?«

»Ich glaube,« seine Stimme schwand fast zu einem Pfeifen – »ich weiß, warum Goldie Barnes ermordet wurde.«

Besorgte Makler von L. L. Rosenkind blockierten die Telefonleitungen, als Wetzon ins Büro kam. B. B. kümmerte sich um manche, gab einige wenige an Harold weiter, noch weniger an Smith, die sich nur herabließ, mit den größten Produzenten zu sprechen, und ließ für Wetzon diejenigen in der Leitung, die speziell nach ihr gefragt hatten.

Das Telefon ans Ohr geklemmt, bedeutete Smith ihr mit den Lippen, *wird langsam Zeit,* und malte ein großes X auf den »Fahndungsbogen« vor sich, und die Abscheu vor Maklern stand ihr ins Gesicht geschrieben. »Ja, sicher, Sie können sich darauf verlassen, daß wir das Beste für Sie tun, aber auf Ihrem Niveau haben wir keine große Auswahl.« Sie steckte einen Finger in den Mund und deutete stumm an, *mir kommt das Kotzen.* »Wir melden uns bei Ihnen mit ein paar Vorschlägen.« Sie legte auf. »Verlogener Dreckskerl. Kannst du dir das vorstellen? Er erzählt B. B., daß seine Produktion bei einer halben Million liegt. Nur, das war einmal – 1984.« Sie klang gereizt. »Du bist nie da, wenn ich dich brauche.«

»Ich weiß, ich weiß. Aber jetzt bin ich hier und nehme die Sache in die Hand, damit du dir die Finger nicht schmutzig machen mußt.«

»Wetzon, weißt du was? Du bist unmöglich geworden. Du hast auf alles eine freche Antwort.«

»O, bitte!« Wetzon warf die Aktentasche unter den Schreibtisch und blätterte ihre Nachrichten durch. Laura Lee hatte angerufen. Sie plante eine Nachmittagseinladung für eine gemeinsame Freundin, Anne Altman, die sich gerade verlobt hatte.

Wetzon hatte Laura Lee Day in ihrer ersten Zeit als Headhunterin kennengelernt, als Laura Lee Maklerin bei Merrill gewesen war, und sie hatte ihr geholfen, zu Oppenheimer zu wechseln. Sie waren, sehr zu Smith' Kummer, gute Freundinnen geworden. Smith war genaugenommen auf alle Bekannten von Wetzon eifersüchtig und versuchte, sie schlechtzumachen.

»Okay, vergiß es«, sagte Smith. »Ich sehe schon, daß du schlecht gelaunt bist. Ich möchte nicht streiten.« Sie lächelte Wetzon an, als sei diese ein unmögliche Person, der man ihren Willen lassen müsse. »Ich möchte über Janet Barnes reden. Ich sprach heute morgen mit Johnny und sagte ihm, daß sie uns für Montag zum Mittagessen eingeladen hat.«

»Entschuldige. Johnny?«

»Johnny Hoffritz. Herrgott, Schatz, wer sonst? Er sagt, Janet hat allen Grund gehabt, sich zu wünschen, daß Goldie ins Gras beißt.«

Wetzon, die nicht schlecht gelaunt gewesen war, spürte, wie ihre Laune verging. *Ins Gras beißen? Du lieber Gott.* Sie las in ihrem Terminkalender. Keine Gespräche. Nur Notizen, wen sie anrufen sollte. Sie ließ sich auf den Stuhl plumpsen.

»Smith, falls wir diese sogenannte Untersuchung durchführen, laß es uns richtig machen. Wir führen Akten, Notizen und liefern jede Woche einen Bericht über unsere Fortschritte. Lassen wir es um Gottes willen nicht zu einer Lawine aus Klatsch werden. Wem sollen wir übrigens Bericht erstatten?«

»Johnny.«

»Aha, klar, Johnny.«

B. B. klopfte an die Tür und öffnete sie. »Bruce Pecora für dich, Wetzon.«

»Oh, wunderbar«, stöhnte Smith. »Sag ihm, sie ist nicht da. Wehe, du sprichst mit ihm. Der Mistkerl hat einen Rattenschwanz von rechtlichen Problemen anhängen. Sie ziehen seine Lizenz ein.«

»Ts, ts, wie schnell wir unsere Meinung ändern.« Wetzon drückte den Durchstellknopf. »Hallo, Bruce, wie geht es Ihnen?«

»Hm, ich kann Ihnen sagen, Wetzon.« Bruce hatte eine Aussprache wie ein gemeiner Gauner, aber solange er das dicke Geld machte, kümmerte sich niemand darum. Jetzt jedoch, wo er in Schwierigkeiten war – richtigen Schwierigkeiten im Unterschied zu potentiellen Problemen –, fiel jedem gleich sein Straßenakzent auf. »Ich sitze auf dem trockenen und warte, daß diese Arschlöcher mich wieder zulassen – und ich warte nicht gern. Ich verdiene nichts. Ich möchte, daß Sie mir was anderes zeigen. Ich habe Geschäfte zu erledigen, und die sammeln sich an.«

»Bruce, ich weiß nicht, welcher Art dieses Problem ist, aber Sie kommen nirgendwo an, bevor es aus der Welt geschafft ist. Sie haben hundertfünfzigtausend von Loeb Dawkins im voraus angenommen. Selbst wenn sie die Sache mit der Lizenz bei der Börse klären, werden sie sie nicht an Sie weitergeben, bevor Sie alles zurückgezahlt haben.«

»Scheiß drauf, Wetzon. Was glauben Sie, was ich die drei Monate hier gemacht habe, mir einen runtergeholt? Ich habe Geschäfte gemacht, mehr als die meisten von diesen Flaschen im Büro. Sie stehen in *meiner* Schuld, verdammt noch mal. Außerdem garantiere ich, daß sie meine Lizenz zurückgeben. Es bleibt ihnen gar nichts anderes übrig.«

»Drecksack«, sagte Smith laut aus ihrer Ecke des Zimmers.

Wetzon wandte Smith den Rücken zu. »Ich verstehe nicht, Bruce. Weiß ich etwas nicht?«

»Ich bin letzte Woche mit einem kleinen Gerät zur Arbeit gegangen. Ich habe alles auf Band. Ich rede mit der Börsenaufsicht, falls sie mir krumm kommen.«

»Schwein«, sagte Smith.

In Wetzons Kopf begann es zu hämmern. »Bruce, passen Sie auf, ich habe das nicht gehört. Okay? Diesmal kann ich Ihnen leider nicht helfen. Sie sind meine Kunden.«

»Mistkerl«, sagte Smith.

»Okay, Wetzon, nichts für ungut.«

»Nichts für ungut, Bruce.« Sie legte langsam auf. Wieder die gleiche Frage. Wo lagen ihre Verpflichtungen? Sollte sie ihren Kunden sagen, daß der Makler, den sie dort untergebracht hatte, behauptete, er habe illegale Geschäfte auf Band?

»Und?« fragte Smith.

»Ich brauche ein moralisches Urteil. Sprechen wir darüber, Smith. Ernsthaft.«

»Nichts für ungut.« Smith kicherte. »Nur ein schönes, dickes Honorar, das wir behalten dürfen, weil er drei Monate gewartet hat, bis er sich selbst kaputtgemacht hat, vielen Dank.«

»Irgendwie komme ich mir gemein vor.«

»Bleib auf der Erde, Wetzon.« Sie lachte. »Was für ein moralisches Urteil möchtest du diskutieren?«

»Ich bin nicht sicher, ob du die richtige Person bist, um ein moralisches Urteil zu erörtern. Ich wäre bei Oliver North besser aufgehoben.«

»Wenn du jetzt vielleicht aufhörst, komisch zu sein, Wetzon, möchte ich dir sagen, daß Oliver North ein Patriot und Held ist. Ich fühle mich geehrt, mit Oliver North in Verbindung gebracht zu werden.«

Wetzon lachte. Smith war so todernst, daß sie komisch war. »Bruce Pecora hat mir gerade mitgeteilt, daß er wieder eingesetzt und daß Loeb Dawkins seine Lizenz übertragen wird, weil er irgend etwas Illegales von ihnen auf Band hat.«

»O Mann! Wirklich?« Neid schlich sich in Smith' Stimme. »Ich wußte gar nicht, daß der Mistkerl so gerissen ist.«

»Halt mal kurz die Luft an, Smith. Bevor du zu sehr über Bruce' Raffinesse aus dem Häuschen gerätst, haben wir ein Problem . . .«

»Ein Problem? Wir haben kein Problem. Wir haben unser Geld bekommen.«

»Müssen wir nicht Mike Norman sagen, daß Bruce eine Falle gestellt hat?«

Smith sprang auf. »Bist du wahnsinnig? Wir tun nichts dergleichen. Genaugenommen wissen wir nichts davon und wußten nie davon. Lies es auf meinen Lippen, Wetzon, nie, nie, nie.«

»Okay, okay.« Wetzon warf die Hände hoch. »Er hat nie angerufen.«

»Wir können sagen, daß er angerufen hat und von uns vermittelt werden wollte – was doch stimmt, oder?«

»Stimmt.«

»Und wir haben nein gesagt, richtig? Wir haben doch nein gesagt.«

»Gewiß.«

»Du gibst mir am besten eine Kopie von seiner Karteikarte, nur für den Fall, daß Mike anruft, wenn du nicht da bist. Haben wir Pecoras Privatnummer?«

B.B. klopfte und machte die Tür auf. »Sam Herlihy für dich, Smith.«

»Mmm. Das ist nett. Geschäftsführer zu streicheln zahlt sich manchmal aus.« Sie setzte sich an ihren Schreibtisch, gähnte ausführlich und nahm den Hörer ab. »Hallo, Tagchen, Sam. Wie geht's Ihnen?«

»B. B., mach bitte für Smith eine Kopie von Percoras Karte.«

»Mach ich, aber wer ist Sam Herlihy? Er ist ziemlich unangenehm am Telefon gewesen. Wollte nicht warten . . .«

Wetzon warf einen Blick auf Smith. Ihre Körpersprache drückte Wut aus.

»Er ist der Geschäftsführer von L. L. Rosenkind . . .«

Smith erhob sich vom Stuhl, die eisige Stille vor dem Sturm. »Ich werde nichts dergleichen tun, und drohen Sie mir nicht. Ach, wirklich? Ich bitte um Verzeihung, Sam, aber wir werden mit *jedem* in Ihrem Büro sprechen, der uns anruft, und wir werden weiterhin in Ihrem Büro anrufen und mit *jedem* sprechen, der uns empfohlen wird. Und dagegen können *Sie* überhaupt nichts tun.« Sie machte eine Pause. »Ich werde ausrichten, wie Sie sich fühlen.« Sie knallte den Hörer auf die Gabel. »Frechheit! Er verlangt – du glaubst es nicht

– *verlangt,* daß wir uns verdammt noch mal aus seinem Büro heraushalten sollen.«

Wetzon lächelte. »Hm, natürlich will er, daß wir uns von seiner Wiese fernhalten und nicht seine schönsten Blumen pflücken. Meint er, er könnte uns zwei arme hilflose Frauen einschüchtern?«

»Darauf kannst du deinen Kopf verwetten. Deshalb war es gut, daß ich zuerst mit ihm gesprochen habe.«

»Du tust so, als wäre ich leicht einzuschüchtern.«

»Bist du es etwa nicht?«

»Scheiße. War sein letztes Wort eine Nachricht an mich?«

»Ja. Sam sagte, nach all den Jahren, die wir uns kennen, würde er mir alles zutrauen. Aber er ist schokkiert, hör zu – *schockiert,* daß *du* versuchen würdest, seine Makler abzuwerben und ihn gegenüber der neuen Geschäftsleitung schlecht dastehen zu lassen.«

Wetzon lachte. »Geschäft ist Geschäft.«

Smith schlug die Augen zum Himmel auf. »Gott sei Dank, endlich lernt sie dazu.«

Dann liefen die Leitungen heiß. Bis Mittag hatten sie keine Gelegenheit, miteinander zu reden.

»Mir ist es heute zu heiß, um draußen zu sitzen.« Wetzon war in den Garten gegangen und stand in der drückenden Hitze und Feuchtigkeit. »Ich bleib' drinnen bei der Klimaanlage, Edison sei's gedankt.«

»Schön. Ich habe mit sechs Leuten Termine für nächste Woche ausgemacht. Harold könnte die weiteren Gespräche führen, oder du. Ich habe einfach keine Lust, mit ihnen zu reden. Ich gehe jetzt und versuche, zeitig rauf nach Redding zu kommen und mich neben den Pool zu legen. Was für Pläne hast du fürs Wochenende?«

»Ich treffe mich mit Silvestri . . .«

»Prima! Sieh zu, daß du etwas über den Mord an Goldie herauskriegen kannst.«

»Silvestri möchte über Luwisher Brothers Bescheid wissen, vertrauliche Informationen und den Klatsch über die Topleute dort.«

»Verständlich. Silvestri möchte, daß ihm jemand die Arbeit abnimmt. Gib ihm einfach ein paar Krümel, Nebensächliches, du weißt schon. Du hast ihm doch nichts von unserem Geschäft erzählt?«

»Nein. Nein. Jedenfalls noch nicht.«

»Nie, wenn es recht ist. Das ist vertraulich zwischen *uns.*«

»Smith, ich . . .«

»Ich meine es ernst, Wetzon. Keine Diskussionen. Möchtest du hochfahren und morgen den Tag mit uns verbringen? In der Stadt wird es schrecklich sein.«

»Nein, ich kann nicht.« Sie überlegte kurz. »Übrigens ist da noch etwas, das ich dir nicht gesagt habe, und du mußt mir versprechen, daß du es keinem weitersagst.«

»Was? Selbstverständlich sage ich es nicht weiter. Du weißt, du kannst mir vertrauen, Schatz. Auf Ehre und Gewissen.«

Nein, sie wußte nicht, daß sie Smith vertrauen konnte.

Smith hatte sich in der Vergangenheit einige wirklich schlimme Dinge geleistet, aber das war jetzt etwas anderes. Sie hatten einen Auftrag. Sie würde das Risiko eingehen, es ihr zu sagen. Halb acht morgen in der Wall Street an einem Samstag war ein wenig gespenstisch. Jemand mußte wissen, wohin sie ging, und Silvestri wollte sie es lieber nicht sagen.

»Auf Ehre und Gewissen«, wiederholte Wetzon. »Okay, wenn du es weitersagst, bring ich dich um.«

»Nun sag schon.«

»Ich treffe Dr. Ash auf seine Bitte morgen um halb acht bei Luwisher Brothers.«

»An einem Samstag? Warum denn das?«

»Er wollte es mir am Telefon nicht sagen. Er sagte, er muß mir etwas zeigen. Ich denke, es hat etwas mit dem Bericht, an dem er arbeitet, zu tun. Er sagt, er weiß, warum Goldie ermordet wurde.«

»Das bedeutet, er muß wissen, wer es war. Vielleicht sollte ich mitkommen.«

»Samstag morgen, halb acht, Smith. Nein. Außerdem sagte er ausdrücklich, ich solle allein kommen.«

»Hm. Gut. Aber du mußt mich danach sofort anrufen und mir alles berichten.«

»Bestimmt.« Wetzon wandte sich wieder ihrer Arbeit zu und griff zum Telefon.

»Jetzt will ich dir etwas sagen, das unbedingt geheim bleiben muß.«

Wetzon sah Smith an. »Okay.«

»Johnny möchte, daß wir Ellie Kaplan und ihren Kavalier möglichst schnell ersetzen.«

Es war heiß wie in einem Backofen, die Sonne stach um halb fünf immer noch, und es war so schwül, daß einem das Atmen schwerfiel. Das Pflaster brannte durch die Sohlen von Wetzons Ferragamos. Sie zog die Jacke aus und trug sie über dem Arm.

An Feiertagen im Sommer leerte sich Wall Street mit der Schlußglocke. Um vier Uhr war jeder auf dem Weg nach den Hamptons.

An Sommerwochenenden blühte die Stadt auf. Die Restaurants waren nicht überfüllt, Kino- und Theaterkarten waren leichter zu bekommen, und es gab Straßenfeste, Flohmärkte und Kunstausstellungen.

Wetzon trödelte, keine Frage. Sie wollte nicht mit Silvestri und seinen Detectives reden. Noch nicht. Was hatte Smith noch gesagt? Sag ihnen, was sie ohnehin herauskriegen.

Das Siebzehnte Revier war in der 51. Street, aber Wetzon ging daran vorbei, die Second Avenue hoch bis zur 53., wo sie ein Häagen-Dazs kannte. Sie kaufte eine Portion Schokoladeneis mit Schokoladensplittern und ließ sich einen Becher statt einer Eiswaffel geben, damit es nicht auf sie tropfte.

Das Reviergebäude sah mehr nach einer Grundschule als nach einer Polizeiwache aus. Die Polizei war zur Institution geworden. Sie wollte Polizeiwachen aus eindrucksvollem Beton sehen, schwarz vom Schmutz und Ruß der Jahre, mit massiven Türen, hohen Steintreppen und mit einem diensthabenden Polizisten hinter dem Schreibtisch, erhöht auf einem Podium, so daß man den Hals verrenken mußte, um ihn zu sehen.

Dieses Reviergebäude wirkte nicht einschüchternd.

Trotzdem betrat Wetzon das Siebzehnte mit einem mulmigen Gefühl im Magen. Sie würde mit Silvestri Streit bekommen.

Die Beamtin in Zivil am Schreibtisch, eine Frau in einem blauen Hosenanzug aus Polyester und mit orangefarbenem Haar, war neu und kannte sie nicht, so daß sie förmlich angemeldet wurde.

Der Lärm aus dem Bereitschaftsraum drang auf den Korridor. Drinnen saßen fünf oder sechs Detectives an abgestoßenen grauen Metallschreibtischen, in verschiedenen Stadien ihrer Tätigkeit, Berichte tippend und telefonierend. Eine unglückliche Familie aus dem Mittelwesten, Mami und Papa und zwei kulleräugige Kinder in Latzhosen voller Schokoladenflecken, meldeten ihren Ford Kombi als gestohlen. Schreibmaschinen klapperten, und zwei Nutten beschwerten sich, man habe sie ohne jeden Grund aufgegriffen. Plastik- und Pappbehälter mit Essen und Kaffee standen überall herum. Sämtliche Wände waren mit grauen Aktenschränken zugestellt. In einer Ausnüchterungszelle lag ein unangenehmer Klotz, der laut schnarchte. Notizzettel waren an jedes freie Fleckchen an der Wand geklebt oder an schief hängende Schwarze Bretter geheftet. Und jede Menge Kalender mit Eselsohren, die alles zeigten, von Landschaften bis zu leicht bekleideten Frauen.

Auf dem Boden in einer vollgestellten Ecke ließ eine monströse Pflanze, mehr tot als lebendig, die Blätter hängen. Eine Schabe saß dreist auf einem Blatt. *Igitt*, dachte Wetzon.

Silvestri hatte jetzt ein eigenes Büro, wenn man es so nennen konnte, einen etwas größeren Raum zwischen Hasenställen, ohne Fenster.

Der Fußboden war mit graubraunen Linoleumfliesen ausgelegt. Ringsum im Zimmer hingen Klammerbrettchen an Nägeln; an der Außenwand hinter Silvestris frisch gestrichenem schwarzen Metallschreibtisch gab es eine große Anschlagtafel aus Kork, an die ein Stadtplan geheftet war, daneben einige Arbeitsbogen und noch ein Kalender mit Eselsohren.

Metzger telefonierte gerade in seinem Büro direkt neben Silvestris Zimmer und winkte ihr zu. Sie warf ihm eine Kußhand zu und ging in Silvestris Büro. Eine große Frau in engen Hosen, in denen sich ein hübsch gerundeter Po abzeichnete, stand bei Silvestri und unterhielt sich mit ihm. Wetzon räusperte sich.

»Detective Mo Ryan, Les Wetzon«, sagte Silvestri lässig. »Mo arbeitet mit mir und Metzger zusammen.«

Mo Ryan richtete ihre kornblumenblauen Augen auf Wetzon und musterte sie unverfroren. Wetzon erwiderte das Kompliment und sah rotes gelocktes Haar und Pfirsichteint, rosa Sommersprossen und einen großen Busen. Mo, die Wetzon überragte, reichte ihr eine feste Hand und sagte ohne allzu große Begeisterung: »Sehr erfreut.«

Wetzon sträubte sich innerlich. *Werde ich eingeordnet oder was?* dachte sie. Mo Ryan und sie schätzten sich ab. »Nett, Sie kennenzulernen«, log Wetzon und fing Silvestris türkisfarbenen Blick auf. Er lachte sie aus und wollte sie vielleicht sogar ein bißchen ärgern.

»Holen wir Metzger dazu, Mo, und Kaffee für die ganze Runde. Koffeinfreien für Les.« Er wartete, bis Mo draußen war, dann sagte er: »Komm vom hohen Roß herunter, Les.« Er ging um den Schreibtisch herum, stand vor ihr und fuhr mit einem Finger über ihre Seite, von der Achselhöhle bis zur Taille. Sie spürte die Hitze zwischen ihnen durch die dünne Seidenbluse.

»Ist sie neu?«

»Wer, Mo?«

»Nein, Barbara Bush.«

Er grinste sie an. Sie liebte seinen holzig-rauchigen Geruch.

»Sie ist schon eine Weile hier.«

»Aha.«

Er machte einen schnalzenden Laut mit der Zunge. »Ich werde das übergehen. Mo hat es gerade zum Detective gebracht. Es ist ihr erster Fall. Sie wird einige gute Erfahrungen machen.«

»Hoffentlich dienstlicher Art.«

Silvestri grinste wieder und setzte sich. Trotz der Klimaanlage war es schwül im Zimmer. Ein großer Ventilator in der Ecke blies matt heiße Luft auf sie.

Wetzon hängte ihre Jacke über die Lehne eines häßlichen zerkratzen Holzstuhls und blieb mit der Strumpfhose an einem Splitter hängen, als sie sich setzte. »Verflixt!« Sie betrachtete das klaffende Loch am Knie und zerrte den Rock darüber. »Ich weiß nicht einmal, warum ich hier bin«, murmelte sie.

»Du bist hier, um uns Hintergrundinformationen über Personen bei Luwisher Brothers zu geben, die Goldie Barnes gut genug kannten, um ein Mordmotiv zu haben.«

»Warum muß ich das tun? Bestimmt könnte es jemand anderes auch. Das bringt mich in eine unangenehme Lage. Es handelt sich um einen Kunden. Und einige von diesen Leuten haben mir im Vertrauen Dinge über sich gesagt.«

»Hör zu, Les, ich verlange von dir keinen Vertrauensbruch.« Er machte eine Pause. »Noch nicht.«

»Noch nicht.«

»Aber es würde mir das Leben viel leichter machen, weil deine Beobachtungen verläßlich sind.«

»Ich glaube, ich habe ein Kompliment gehört.« Sie strahlte ihn an. »Aber du scheinst nicht zu begreifen, daß das, was ich weiß, sehr persönlich sein könnte, mir im Vertrauen bei einem Drink erzählt. Daß ich eine vertrauliche Mitteilung für mich behalte, ist ein Prüfstein meiner Zunft. Ich schädige meine Glaubwürdigkeit irreparabel, wenn ich das Vertrauen breche.« Sie erinnerte sich daran, daß sie sich einmal mit Destry Bird auf einen Drink getroffen hatte, als er neu in New York war. Sie hatten beide Perrier bestellt, und er hatte ihr anvertraut, daß er gerade Mitglied der Anonymen Alkoholiker geworden war. »Zu persönlich, um es irgendwem anzuvertrauen«, sagte sie und schüttelte den Kopf.

»Ich werde beurteilen, was ...«

»Nein, das wirst du nicht. Du kannst nicht. Ich habe einen Beruf, den ich sehr ernst nehme, im Gegensatz zu dir.«

Sie war verletzt. »Ich muß beurteilen, was ich dir

sage. Ich kann nicht einfach meine Moral über Bord werfen ...«

Die Luft zwischen ihnen knisterte, und Wetzon schaute weg, zupfte an dem Loch in der Strumpfhose, zog den Rocksaum gerade. Als sie aufsah, waren seine Augen schiefergrau.

»Ich hoffe, wir stören nicht«, sagte Mo Ryan. Sie hatte noch einen Knopf an ihrem Hemd geöffnet, und ihr Busenansatz war sehr deutlich zu sehen. Sie warf sich lässig auf einen Stuhl, den sie aus dem Bereitschaftsraum hereingezogen hatte, und Metzger stellte sich an den Türrahmen, wo er die beste Sicht auf den Busenansatz hatte.

Silvestri nahm eine Schluck Kaffee, verzog gequält das Gesicht und stellte den Pappbecher ab. »Mann, ist der heiß ...«

»Soll ich Ihnen einen Eiswürfel holen?« fragte Mo Ryan eifrig und sprang auf.

Wetzon starrte Silvestri streng an, während er mit einem Finger auf Mo zeigte und ihn langsam senkte. Mo folgte dem Hinweis und ließ sich wieder auf den Stuhl sinken. Sie wirkte leicht ernüchtert.

»Unterhalten wir uns über Luwisher Brothers, Les.« Silvestri langte hinter sich und zog die Arbeitsbogen von der Korktafel. Er nahm ein Notizbuch aus der Innentasche seines Jacketts und blätterte die Seiten durch, bis er eine leere fand. »Erzähl uns von der Firma.«

»Über die Firma an sich kann ich nicht viel sagen, außer daß sie von den drei Söhnen eines eingewanderten deutschen Juden namens Nathaniel Luwisher, der im Bürgerkrieg ein Vermögen mit Baumwolle machte, gegründet wurde.« Sie sah über die Schulter nach

Metzger, der anscheinend abgeschaltet hatte, da er sich mehr für den malerischen Anblick von Mo Ryans Busen interessierte. »Die Leitung der Firma ging, glaube ich, nach dem Zweiten Weltkrieg von der Familie in andere Hände über. Der einzige unter den Nachkommen, der sich dafür interessierte, Luwisher Brothers zu leiten, fiel im Krieg. Die anderen verlegten sich auf Kunst, Politik und Medizin. Ich glaube, es gibt einen Luwisher, der in Umweltproblemen aktiv ist, Bionahrung oder etwas in der Richtung.«

Metzger gähnte ungezwungen.

Silvestris Telefon läutete. Er nahm ab. »Ja?« Er hörte gespannt zu. »Okay.« Er legte auf und nickte Metzger fast unmerklich zu. »Weiter.«

Wetzon schlug ein Bein über und spürte, wie sich Schweiß in den Kniekehlen sammelte. Sie trank einen Schluck des abgekühlten Kaffees. »Ich weiß nicht, was du davon noch wissen willst. Es könnte einen Luwisher-Nachkommen geben, der den Namen nicht mehr trägt. Das kann ich natürlich nicht wissen. Immerhin ist interessant, daß die erste Generation und die zweite, glaube ich, nichts als Söhne und nur ein oder zwei Töchter hervorbrachte. Danach gab es Scharen von Töchtern und sehr wenige Söhne.«

»Wem gehört denn das Kapital?« fragte Metzger.

»Ich weiß nicht. Es ist eine Privatfirma. Die Angestellten, die Teilhaber wurden, besitzen Anteile – bestimmte unter ihnen. Luwisher-Nachkommen möglicherweise. Goldie Barnes selbstverständlich. Sie müssen nichts publik machen, weder die Aufschlüsselung des Eigentums am Kapital noch die Bilanzen. Aber es dürfte für euch ziemlich leicht sein, denke ich, herauszufinden, wer wer ist.«

Silvestri schrieb etwas in sein Notizbuch. »Wie geht das genau vor sich, wenn man dort Teilhaber wird?«

»Auch das weiß ich nicht genau. Ich kann es dir nur ungefähr sagen. Um Teilhaber zu werden, muß man wohl ein Topproduzent sein, sagen wir, über eine Million Dollar als Bruttoproduktion, in anderen Worten ist das die jährliche Gesamtsumme des Maklers an Provisionsforderungen an Kunden.« Sie dachte kurz nach.

»Und der Makler muß mit Sicherheit einen superguten Ruf haben, was bedeutet, daß er keine Probleme mit der Aufsicht hat.«

»Sag das bitte noch mal, Les.«

»Du meinst, das mit der Aufsicht?« Er nickte. »Jede Maklerfirma hat eine Rechtsabteilung, die mit der New Yorker Aktienbörse zusammenarbeitet, um das Marktgeschehen zu überwachen und zu garantieren, daß der Handel den Vorschriften der Börsenaufsichtsbehörde SEC und der Börse entspricht. Verstanden?«

»Verstanden.« Silvestri wedelte mit der Hand. »Weiter.«

»Beteiligungen läßt man denen zukommen, die große Abschlüsse tätigen, Leuten wie John Hoffritz, die durch Fusionen und Aufkäufe Umsatz in die Firma bringen.« Sie ertappte sich dabei, daß sie überlegte, ob Twoey Geschäftsanteile erbte oder ob die Partnergruppe Goldies Anteil von Twoey und Janet zurückkaufen mußte.

»War Goldie mit den Luwishers verwandt?« fragte Mo. Sie holte ein zerdrücktes Päckchen Kent aus der Hemdtasche, raschelte mit dem Cellophan und schüttelte eine Zigarette heraus.

»Nicht daß ich wüßte.« Sie sah, daß Mo eine Notiz in

ihr Buch schrieb. Sie würden das nachprüfen, aber Wetzon war ziemlich sicher, daß es keine Verbindung gab. Goldie war splitternackt, wie er immer gesagt hatte, zu Luwisher Brothers gekommen, gleich nachdem er aus der Armee ausgeschieden war. »Noch etwas?« Es war stickig im Zimmer. Sie stand auf und griff nach ihrer Jacke. Mo ließ ein gelbes Feuerzeug schnappen und zündete die Zigarette an, um Rauchschwaden in der dicken Luft zu verbreiten.

»Nicht so eilig, Les. Du kannst uns ein paar Stichworte zu den Spielern sagen.« Silvestri sortierte die Arbeitsbogen und breitete sie auf dem Schreibtisch aus.

Mit einem Seufzer setzte sie sich. »Ich möchte gern wissen, wie Goldie getötet wurde, wenn es erlaubt ist.«

»Ich habe es dir bereits gesagt. Er wurde vergiftet.«

»Das weiß ich. Ich wollte wissen, mit was für einem Gift? Wie wurde es gemacht?«

»Das ist vertrauliches Wissen.«

»In anderen Worten, nur du und der Mörder wissen es?«

Er bedachte sie mit einem Blick, der nur als höhnisch beschrieben werden konnte. »Ganz recht.«

»Okay.« Sie akzeptierte das. »Schieß los.« Sie machte es sich auf dem Stuhl bequem. Das bedeutete, daß es vermutlich auf dem Bankett vor aller Augen passiert war. Nein. Das waren bloß Vermutungen. Es mußte nicht unbedingt so sein. Es konnte ein langsam wirkendes Mittel sein, etwas zu Hause Verabreichtes . . .

»Hoffritz.«

»Er wird wahrscheinlich Luwisher Brothers weiterhin leiten. Er ist schon lange Teilhaber. Muß eine Menge Kapital angehäuft haben. Sehr geschäftstüchtig und ganz Südstaatler – Alabama, glaube ich.« Sie strahlte Silvestri an und dachte: *In Wahrheit ist er eine verschlagene, verlogene Schlange aus dem Süden und hätte absolut alles getan, um sich Goldie vom Hals zu schaffen, damit er die Firma leiten könnte.* Aus dem Augenwinkel sah sie, daß Mo Romane schrieb und nur mit Mühe nachkam. Gut.

»Destry Bird.«

»Glatt. Vermutlich jetzt, wo Goldie tot ist, die Nummer zwei. Aus Virginia, Oberschicht. Sehr sogar, glaube ich. Er und Hoffritz sind ein ernst zu nehmendes Gespann. Die Börsenmakler nennen die zwei Search und Destroy. *Und wende keinem von beiden den Rücken zu,* dachte sie.

»Bitte, Les?« Hatte er ihre Gedanken gelesen?

Sie verbarg ihre Gefühle und erinnerte sich, wie die zwei Männer Goldie am Ehrentisch umringt hatten, unmittelbar bevor Goldie aufstand, um zu sprechen – und zu sterben. »War es in seinem Jack Daniel's?«

Mo hob rasch den Kopf, aber Silvestri zeigte keine Regung. Zu spät. Was immer Goldie getötet hatte, war gefunden worden; es *war* in Goldies Drink gewesen.

In der Erinnerung hörte sie Goldies Stimme – denn es war seine Stimme gewesen, davon war sie jetzt überzeugt – aus der Herrentoilette, die sagte: »Nur über meine Leiche.«

»Ist dir etwas eingefallen, Les?« Silvestri beugte sich über den Tisch vor, seine Frage eine Anklage, den Blick gespannt auf sie gerichtet.

Sie schloß die Augen, um ihn auszuschalten, und sah wieder den Ehrentisch vor sich. »Nur, daß sich alle um Goldie drängten. Die Leute gingen auf ihn zu, um ihn ihrer Wertschätzung zu versichern.«

»Schöne Wertschätzung«, bemerkte Metzger.

Sie schüttelte den Kopf. »Ich habe wirklich nichts Ungewöhnliches gesehen.« Sie sah im Geiste Chris wild gestikulieren und Goldies Drink verschütten. Jemand hatte ihn ersetzt . . . Sie hob den Kopf und stellte fest, daß Silvestri sie durchschaute. Sie zuckte die Achseln und sah ihn mit großen, unschuldigen Augen an.

»Douglas Culver«, las er von einem Arbeitsbogen ab.

»Er ist der Chef der Finanzierungsdienste. Ein wirklich netter Typ. Noch einer aus dem Süden. Diesmal ist es Atlanta, glaube ich. Mit ihm läßt sich dort am besten reden.« Sie erinnerte sich an Dougies angeekelten Blick, als Ellie vor ihm zusammengebrochen war. Entweder hatte er etwas gegen Frauen, oder er mochte Ellie nicht.

»Neil Munchen.«

»Neil leitet das Telemarketing-Programm.« Sie stellte die Beine gerade und schlug sie in der anderen Richtung über. Sie fühlte sich, als säße sie in einer Pfütze aus Schweiß.

»Telemarketing?« fragte Mo und sah von ihrem Notizblock auf. Sie nahm einen letzten scharfen Zug aus der Zigarette und trat sie auf dem Boden aus. Sie trug rote Pumps.

»Kundenwerbung per Telefon. Sie haben ihre Leute am Telefon und Hinweise von Dun und Bradstreet und anderen überall im Land. Die Werber melden die Gespräche an, beurteilen die Bankgeschäfte und den Hintergrund aufgrund des Hinweises, und dann ruft der Makler zurück und preist die Aktie des Tages an, gewöhnlich eine, für die die Firma die Trommel rührt.«

»Klingt sehr nach unsolider Transaktion«, sagte Mo. »Welcher schlaue, reiche Mann würde einem absolut Fremden private finanzielle Informationen über das Telefon mitteilen?«

Wetzon lächelte, froh, eine gefunden zu haben, die naiver war als sie. »So läuft es, und so kaufen sie Aktien. Unternehmensleiter, reiche Leute, geschäftstüchtige Leute. Es ist ein sehr erfolgreiches Programm – das heißt, die Firma holt dabei eine Menge Geld heraus, die Makler ebenso. Es werden auch wirklich intelligente Leute reingelegt.«

»Ich begreife es einfach nicht«, sagte Mo mit einem Blick auf Silvestri. »Wir ziehen doch ansonsten Diebe aus dem Verkehr.«

»Verstehen Sie mich nicht falsch. Das ist kein Betrug. Es ist vollkommen legal, und manche Investoren machen damit sogar Gewinn.«

»Was ist mit Munchen?« mischte sich Silvestri ein. »Was weißt du von ihm?«

»Neil war Goldies Schützling. Er lernte Telemarketing bei Lehman, und Goldie holte ihn zu Luwisher Brothers, um ein Konkurrenzteam zu Lehman aufzustellen, weil Goldie mit Sheldon Amble bei Lehman in Fehde lag.«

»Sheldon Amble.« Silvestri schrieb den Namen in sein Notizbuch. »War dieser Sheldon Amble bei dem Bankett?«

Wetzon lachte. »Nur im Geist. Sheldon entzog sich vor einigen Jahren der Mühsal des Irdischen.« *Moment*, dachte sie, *Moment.* Sheldon Amble.

»Ja, Les?«

Sie blinzelte schuldbewußt. Sie brauchte Zeit, um sich klarzuwerden, um sich zu erinnern. Er hatte es ihr an der Nasenspitze angesehen, daß ihr etwas eingefallen war, und wußte auch, daß sie es nicht mitteilen würde.

»Nichts. Ehrlich, Silvestri.« Sie betrachtete ihre Hände.

»Woher stammt dieser Munchen?« fragte Metzger. »Auch so ein Hinterwäldler?«

»Nein, Artie.« Sie lachte. »Ob ihr es glaubt oder nicht, keiner von diesen Burschen ist ein Hinterwäldler. Wenigstens nicht nach außen hin. Sie sind gediegene Leute aus dem tiefen Süden.«

»Munchen kommt also nicht aus den Südstaaten?« Silvestri blieb bei der Sache.

»Nein? Auf keinen Fall. Er kommt eindeutig von Long Island.« Sie sprach es wie die New Yorker aus, mit dem harten *g*, so daß es zu einem Wort wurde, *Longisland.* »Jude. Zu dunkel und unangelsächsisch für sie. Ein Außenseiter in diesem Verein. Überprüfe seine Sonnenbräune. Ein heimlicher Goldkettenträger, wie er im Buche steht.« Sie erinnerte sich an die Schramme auf seiner Wange, als er aus der Herrentoilette kam. »Sind wir bald durch? Ich muß ein paar Telefonate erledigen.«

»Tatsächlich, Les?« Nun stotterte er.

»Ach, hör auf, Silvestri. Ich muß Laura Lee wegen der Einladung, die wir planen, anrufen.«

»Christopher Gorham.«

Sie schnitt ihm ein Gesicht und schlug das Bein erneut über. »Ich war mit Chris an dem betreffenden Abend zusammen, weil seine Frau – Abby – ihn sitzengelassen hat. Er war deswegen durcheinander.« *War er das?* dachte sie. Er war wegen irgend etwas aus der Fassung, aber sie hätte wetten können, daß es mehr mit Goldie als mit Abby zu tun hatte. »Ihm untersteht das Büro, in dem die Börsennotierungen zusammenlaufen. Ich kenne ihn, seit er in der Branche ist. Er ist kein Mörder.« Sie konnte sich nicht vorstellen, daß Chris genug Wut ansammeln könnte, um jemanden zu ermorden.

»Jeder könnte ein Mörder sein, Les. Das solltest du inzwischen wissen.« Seine Stimme hatte einen warnenden Unterton. »Dazu gehören nur ein unvernünftiger Augenblick und ein Motiv.«

»Chris nicht. Er ist gut protestantischer Herkunft – Connecticut, glaube ich. Greenwich. Beste angelsächsische Referenzen. Gewann eine Bronzemedaille im Schwimmen bei Olympischen Spielen irgendwann.« Und wurde als Teilhaber bei Luwisher Brothers übergangen, dachte sie, behielt es aber für sich. »War's das?« Sie stand auf.

»Noch einer.« Silvestri sah sie finster an. »Dr. Carlton Ash.«

Sie setzte sich. »Ich kenne ihn überhaupt nicht.« Sie dachte kurz nach. »Er paßt nicht hinein. Er ist Berater bei Goodspeed Associates. Er wurde von Luwisher Brothers engagiert, um irgendeine geheime Studie zu erstellen, und er hängt seit Monaten dort herum.«

»War er bei dem Bankett?«

»Ja. Er saß direkt neben Goldie. Kann ich jetzt gehen?« Sie stand schnell auf und nahm ihre Jacke. »Wiedersehen zusammen.« Sie öffnete die Tür. »Deine Klimaanlage stinkt.« Sie schloß die Tür.

Silvestri holte sie im Bereitschaftsraum ein. »Warum die große Eile, Les?«

»Ich habe es doch gesagt. Ich habe vergessen, Laura Lee anzurufen.«

»Warum habe ich das Gefühl, daß du mir etwas verheimlichst?«

»Ich? Würde ich so was tun, Silvestri?« Sie reckte sich und küßte ihn auf die Wange. Er schwitzte. Sein Hemd war naß, besonders um die Schulterhalfter.

»Du lügst«, sagte er. »Bis später.« Er strich ihr über den Nacken und ging in sein Büro zurück. Metzger hatte sich auf ihren Stuhl gesetzt und unterhielt sich mit Mo. Silvestri gestikulierte mit den Arbeitsbogen.

Wetzon wandte sich ab. Um sie herum schien sich die Geschäftigkeit des Bereitschaftsraums – schrillende Telefone, eine kreischende Betrunkene, ein wimmerndes Kind – zu steigern.

Sheldon Amble, der starke Mann bei Lehman, war nicht im eigenen Bett gestorben. Seine Geliebte war eine junge Maklerin bei einer anderen Firma gewesen. Eine Frau, so ging das Gerücht um, die Sheldon Goldie Barnes weggenommen hatte.

Die Frau war Ellie Kaplan.

New York City zeigte sich im Sommer frühmorgens von seiner besten Seite, taufrisch. Die Luft war sauber, mild und ein wenig feucht. Das Junilicht sickerte durch einen leichten Dunstschleier, den die Sonne bis zur Mitte des Vormittags wegbrennen würde.

Unterdessen war etwas fast Kleinstädtisches an den leeren Straßen, den wenigen verschlafenen Joggern, dem spärlichen Verkehr.

Wetzon fühlte sich zu elegant angezogen in dem Jackenkleid aus lavendelfarbenem Leinen, obwohl es ganz leicht und weniger förmlich als ihre übliche Geschäftskleidung war.

Der Bahnsteig der U-Bahn an der 86. und Broadway war entsetzlich heiß und nicht abgekühlt vom Vortag. Wahrscheinlich würde er bis zum Herbst nicht abkühlen. Aber der »I«-Zug kam rasch, und Wetzon stieg in den Wagen, dessen Klimaanlage so gut funktionierte, daß die Schweißtröpfchen auf ihrem Gesicht kondensierten wie ein kalter, nasser Schlag.

Der Wagen war kaum besetzt, wie um Viertel vor

sieben an einem Samstagmorgen zu erwarten war. Sie setzte sich und schlug die *Times* auf der Wirtschaftsseite auf, indem sie sie automatisch auf das schmale New Yorker U-Bahn-Format faltete, um lesen zu können, ohne beim Umblättern jemandem zu nahe zu kommen. Am anderen Ende des Wagens zeterte eine Frau in einem leuchtendgelben Strandkleid auf Spanisch laut mit zwei Kindern, die um eine der Haltestangen in der Mitte Fangen spielten. Sie war von Gepäckstükken umgeben, von denen eines eine riesige rote Kühltasche war. Vielleicht wollten sie nach Coney Island.

An der 79. Street stieg eine Gruppe von sportlich aussehenden, braungebrannten Teenagern ein. Sie sprachen Deutsch, und Mädchen wie Jungen hatten Shorts an und trugen Rucksäcke. Wetzon konzentrierte sich wieder auf die Zeitung und las gerade über Probleme bei Shearson, als sich die Jugendlichen plötzlich über sie beugten. Sie merkte, daß sie unter dem U-Bahn-Plan saß. Sie lächelte sie an und rutschte auf einen anderen Sitz.

»Wohin möchtet ihr fahren?« fragte sie.

»Fulton Fish Market«, antwortete ein sehr blonder junger Mann.

»Ihr seid ein bißchen spät dran. Jetzt gibt es nichts mehr zu sehen. Ihr müßt wirklich so um fünf hinkommen.« Sie mußte über die enttäuschten Gesichter lachen. »Ihr könnt es versuchen. Steigt an der Chambers Street in die 2 oder 3 um. Ich glaube, Fulton ist die zweite Station. Oder ihr könnt mit diesem Zug zur Endstation fahren, das ist South Ferry, und mit der Fähre nach Staten Island oder am Wasser entlang zum South Street Seaport spazieren und den Fischmarkt für einen anderen Tag aufheben.«

Sie setzten sich in der Mitte des Wagens hin, um es zu besprechen, und Wetzon hob wieder die Zeitung.

Es war einer der neueren Züge, und die Kühle und die wenigen Menschen machten die Fahrt fast zu einem Vergnügen. Aber sie war müde. Und sie ärgerte sich darüber, früh aufstehen und an *ihrem* Samstag hinunterfahren zu müssen, um jemanden zu beschwichtigen, der nicht einmal ein Kunde war. Andererseits war sie wirklich neugierig auf Ashs geheimen Bericht. Was könnte so streng geheim sein, daß es die Branche erschüttern würde?

Zum Glück hatte sie keine Fragen nach ihrer Verabredung beantworten müssen, denn am Abend vorher hatte Silvestris seinen Pokerabend gehabt, und da er selbst als Gastgeber an der Reihe war, spielten sie in seiner Wohnung in Chelsea, und er hatte dort geschlafen.

Der Zug raste die fünf oder sechs Meilen zwischen der 86. Street und Cortlandt Street, der Station des World Trade Centers, wobei er alle acht oder neun Straßen hielt, um Passagiere aufzunehmen oder abzusetzen. Selbst in der Stoßzeit dauerte die Fahrt nur eine halbe Stunde. Heute, ohne das Gedränge der ein- und aussteigenden Passagiere, waren es nur zwanzig Minuten gewesen.

Wetzon stieg rasch die steilen Stufen der nicht funktionierenden Rolltreppe zu dem an ein Einkaufszentrum erinnernden Erdgeschoß des gewaltigen World Trade Center hoch. Von einigen wenigen Imbißstuben und Cafès abgesehen, waren die meisten Geschäfte in dem riesigen Komplex geschlossen. Sie staunte, wie viele Tische in dem größten Café besetzt waren. Ihr Blick huschte darüber, und sie wäre gern auf einen eiskalten Koffeinfreien eingekehrt. Aber es war schon Viertel nach sieben, und sie würde zu spät kommen, wenn sie sich nachgäbe.

Später am Morgen würden Touristen die Gegend überschwemmen, und die Geschäfte und Restaurants würden öffnen. Ein Tag – fast, aber nicht ganz – wie jeder andere Tag im Finanzdistrikt, natürlich mit der Ausnahme, daß die hektischen, unter Hochspannung stehende Hauptpersonen, die Verkäufer und Händler, fehlten.

In der Wall Street – bildlich, nicht buchstäblich, weil sehr wenige Börsenmaklerfirmen tatsächlich in der Wall Street zu Hause waren – kamen die Geschäftemacher sogar an Samstagen und Sonntagen im Sommer kurz zur Arbeit. Manchmal schaute ein besonders ehrgeiziger Makler in zwangloser Kleidung bei seinem Büro vorbei, um ein paar Anrufe zu erledigen und Papierkram aufzuarbeiten, aber das Tempo war entschieden gemächlicher.

Und hin und wieder kam ein Makler (oder wie die Firmen sie inzwischen meist nannten, ein Finanzberater) an einem Wochenende vor seinem Ausscheiden und Wechsel zu einer anderen Firma vorbei, um sein »Buch« zu kopieren, das wertvolle Auszüge von Kundenkonten enthielt.

Inoffiziell wußten die Firmen, daß Makler das taten, und ärgerten sich darüber, begriffen aber, daß sie einen Kunden nicht daran hindern konnten, ihnen sein Konto zu entziehen. Die Zeit vor dem Ausscheiden war besonders gefährlich, denn wenn ein Makler ertappt wurde, wie er sein Buch kopierte, wurde er fristlos gefeuert und seine Papiere wurden einbehalten. Das bedeutete allerdings nicht, daß die neue

Firma ihn nicht nehmen würde. Sie wollte ihn immer noch, nur würde die Übergangszeit schwerer und länger.

Offiziell bekämpften die Firmen, besonders Merrill, die Übertragung von Konten mit Zähnen und Klauen. In einigen Staaten waren die Firmen dazu übergegangen, dem Makler bei einem Wechsel eine befristete Einschränkung aufzuerlegen, um ihn daran zu hindern, seine alten Kunden zu seiner neuen Firma zu locken. Aber es funktionierte nie über längere Zeit. Es wurde nur erreicht, daß der Makler aus dem Tritt kam, und das war der Grund, warum sie es taten. Wenn der Makler aus dem Tritt war und nicht arbeiten konnte, blieb das Konto vielleicht bei der ursprünglichen Firma. Manche Firmen waren auch dazu übergegangen, den Konten des Maklers eine Prämie zuzuschlagen, das heißt, den im Büro verbleibenden Maklern hohe Provisionen zu geben – siebzig Prozent oder mehr –, damit sie sich um die Konten des ausgeschiedenen Maklers bemühten, und den Kunden bei den ersten Geschäften hohe Abschläge von den Vermittlungsgebühren anzubieten. Es konnte boshaft werden. Eine große Firma hatte tatsächlich über die Lautsprecheranlage bekanntgegeben, wie viele Konten die Firma gehalten hatte, nachdem ein Makler weggegangen war. Es war eine Form von Psychoterror, um die Makler bei der Stange zu halten.

Wetzon verließ das World Trade Center durch den Eingang zum Tower One, überquerte die Straße und ging über den überdachten Fußweg zum Luwisher Tower Building.

Sie blieb einen Moment in der riesigen, eleganten Halle mit ihren Boutiquen stehen. Wo hatte Dr. Ash –

oder der fette Arsch, wie Ellie ihn genannt hatte – sie treffen wollen? Bei den Aufzügen. Im Erdgeschoß? Nein, oben. Die Halle war leer bis auf einen uniformierten Aufseher, der aus einem Styroporbecher Kaffee trank. Er sah sie an und nickte verschlafen. Sie hatte längst gelernt, daß einen niemand aufhielt, wenn man selbstbewußt auftrat und wußte, wohin man wollte, oder wenigstens so tat. Sie stieg im siebenundsechzigsten Stock aus dem Aufzug und stieß direkt mit Chris Gorham zusammen, der angerannt kam, um einzusteigen. Sie prallten so heftig aufeinander, daß beide zurücktaumelten. Er faßte sich zuerst und drängte in den Aufzug, indem er Wetzon grob wieder hineinschob, als sich auch schon die Türen schlossen. Die programmierte Stimme erfüllte den Wagen, während Chris auf den Knopf zur Halle drückte, ohne sie loszulassen.

»He«, rief sie wütend, als sie sich gefaßt hatte. »Lassen Sie los.« Sie versuchte, ihn wegzuschieben. »Was dagegen? Was machen Sie denn da?«

»Was machen *Sie* denn da, Wetzon, verflucht noch mal?« Chris ließ sie los und lehnte sich schwer atmend an die Wand des Aufzugs. Sein Gesicht war gerötet. Er trug perfekt gebügelte Khakihosen, ein blaues LaCoste-Hemd, Turnschuhe ohne Socken und hatte einen Tennisschläger in einer weiß und blau gestreiften Segeltuchtasche.

»Es handelt sich um eine private Sache, Chris.«

»Eine private Sache«, äffte er sie nach. »Jede Wette.« Seine Augen verengten sich zu Schlitzen. »Na ja, vergiß es. Es ist vorbei.« Er sackte zusammen, schien zu schrumpfen wie ein Ballon, aus dem jemand die Luft herausgelassen hatte.

»Geht es um Abby? Das tut mir wirklich leid, Chris.« Er wirkte enttäuscht. Mitfühlend streckte Wetzon die Hand aus und berührte seinen sonnengebräunten, muskulösen Unterarm.

»Wer? Ach so. Abby. Richtig.« Er blickte auf ihre Hand auf seinem Arm. »Kommen Sie, trinken Sie eine Tasse Kaffee mit mir.«

Sie schüttelte den Kopf. »Es geht nicht. Ich komme sowieso zu spät.« Er tat ihr leid, aber sie wollte sich nicht in ein kaputtes Privatleben ziehen lassen.

Die Türen öffneten sich zur Halle, und Chris stieg aus. Er drehte sich um. »Fahren Sie nicht hinauf, Wetzon.«

»Was reden Sie da? Ich muß.« Sie drückte auf siebenundsechzig. Der Aufzug verkündete seinen Morgengruß.

»Machen Sie, was Sie wollen.« Er zuckte die Achseln und kehrte ihr den Rücken, als sich die Türen schlossen.

Was für ein sonderbares Benehmen, dachte die, während sie gähnte und wegen des Drucks auf den Ohren durch die schnelle Fahrt des Aufzugs den Unterkiefer kreisen ließ. Irgend etwas an Chris wirkte falsch. Als wäre er verkleidet, ein Junge, der einen Erwachsenen imitiert.

Sie trat im siebenundsechzigsten Stock aus dem Aufzug in eine fast totale Stille. Kein Carlton Ash. Niemand. Sie ging an dem leeren Schreibtisch vorbei in den Empfangsbereich. Sonnenlicht strömte durch das Oberlicht und malte verwirrende Muster auf die Wände, Teppiche und Möbel. Es war wunderschön.

»Hallo?« rief sie zaghaft. »Dr. Ash?« Wo hatte er sie treffen wollen? Sie war sicher, daß er gesagt hatte, vor den Aufzügen. Sie sah auf die Uhr, Sieben Uhr vierzig. Die Stille und Leere waren unheimlich, als wäre sie das einzige menschliche Wesen, das auf der Welt übrig war, nachdem man die Wasserstoffbombe abgeworfen hatte.

Sie schauderte. Was für ein trübseliger Gedanke an so einem herrlichen Tag. Sie ging auf die Marmortreppe zu. Vielleicht wartete Ash im Konferenzzimmer auf sie. Drei Stufen vor ihr glitzerte etwas in der Sonne. Sie bückte sich, um es aus der Nähe zu betrachten. Es war ein Uhrenkristall, in einem Stück, aber beschädigt. Er war klein und eigenartig geformt. Eine Damenuhr. Jede konnte sie verloren haben. Zwar gab es nur wenige Maklerinnen, aber die Firma war voller Frauen in untergeordneten Positionen. Sie ging die Treppe hinunter und legte den Kristall auf den Empfangstisch. Dann stieg Sie langsam wieder hinauf. Ihre Absätze klapperten auf dem Marmor, ansonsten herrschte absolute Stille. Oben angekommen, rief sie noch einmal: »Dr. Ash?«

Keine Antwort.

Sie öffnete die Tür zum Konferenzzimmer. Es war leer. Drei Styroporbecher standen auf dem Konferenztisch. Der Aschenbecher war voller Zigarettenkippen und Asche. Sie ging in das Zimmer.

Hinter ihr schlug die Tür mit einem Knall zu. Vor Schreck fuhr sie zusammen und stieß dabei an den Tisch. Kaffee schwappte aus einem der Becher. *Reiß dich zusammen, Wetzon, es war nur die verflixte Tür,* sagte sie sich. Weswegen sollte sie nervös sein? Ein Luftzug kann eine Tür zufliegen lassen. Sie ging zur Tür zurück und drehte den Knauf, um aufzumachen. Sie war verschlossen.

Na, das ist *ein schönes Willkommen,* dachte Wetzon, und sie lachte laut. Dann: *Das ist nicht komisch, Wetzon. Du könntest das ganze Wochenende hier sein, und was würdest du essen und wo Pipi machen?*

Das genügte. Sie rüttelte am Türknauf und trommelte mit der Faust an die Tür. »He! Ich bin eingeschlossen!« Sie rieb ihre Handkante. »O Scheiße!« schrie sie und machte Rumpelstilzchen mit dem Fuß. Der Instinkt sagte ihr, daß das Zimmer vermutlich schalldicht war. »Himmel, Arsch und Wolkenbruch!« Sie stampfte um den Konferenztisch herum und feixte über den verschütteten Kaffee. »Und ich wisch auch nicht auf.«

Sie zog einen Stuhl vor und setzte sich. Sie sah zu dem großen Fleck an der Wand hoch, wo Goldies Porträt gehangen hatte, dann ließ sie rasch den Blick durch das Zimmer wandern und suchte nach einem Ausgang, den sie möglicherweise übersehen hatte. Zwölf Stühle standen um den Konferenztisch, drei standen schief. Die Anrichte . . . *Idiot,* dachte sie – *das Telefon.* Sie sprang auf, lief auf die andere Seite des

Tisches und schnappte das Telefon von der Anrichte. Sie bekam das Freizeichen, wählte die Auskunft mit der 411 – sie würde einfach die Nummer des Gebäudes anrufen, und sie würden jemanden hochschicken, um sie hinauszulassen –, bekam das Freizeichen, versuchte es noch einmal, bekam wieder das Freizeichen. Sie probierte es mit ihrer Nummer zu Hause, und es passierte das gleiche. Sie drückte die 9. Nichts. Sie knallte den Hörer auf. »Verdammt, verdammt!« Sie ging wieder zur Tür und schlug mit beiden Händen dagegen, dann stakste sie zurück zum Tisch. Sie war trotz der Klimaanlage in Schweiß gebadet.

Nur Dr. Ash und Smith wußten, wo sie war, und Smith war über das Wochenende in Connecticut. Smith würde versuchen, sie anzurufen, sich aber vermutlich keine Gedanken machen, wenn sie sie bis morgen nicht erreichte. Silvestri würde verrückt spielen, wenn sie nicht nach Hause käme. Hmmmmm. Das war ein Gedanke. Er schien nie eifersüchtig – oder ließ es sich wenigstens nicht anmerken, falls er es war.

Sie erdachte dramatische Szenarios, wie sie am Montag morgen die Tür aufschließen und eine Verrückte finden würden, als ihr einfiel, daß bestimmt an diesem Morgen Makler kommen würden, um zu arbeiten. Sie würde vernünftig sein, die *Times* weiterlesen und abwarten. Irgendwann mußte jemand auftauchen. Schließlich war es immer noch sehr früh.

Aber Chris war dagewesen. Was hatte er hier so früh gemacht? Und warum hatte er es so eilig gehabt?

Und wo war Dr. Ash?

Sie betrachtete den verschütteten Kaffee, der eine schmierige schwarze Lache auf dem Tisch bildete. Also gut. Falls sie längere Zeit hier warten müßte, wollte sie nicht in solcher Unordnung sitzen. Sie zog ein Kleenex aus der Handtasche, ließ es auf die Pfütze fallen und beobachtete, wie die Flüssigkeit das Papiertaschentuch braun färbte. Vorsichtig schob sie den Styroporbecher von sich weg zur Mitte des Tisches hin. Der Becher faßte sich warm an. *Chris,* dachte sie. Sie zog den Becher zu sich hin. Es war außer Kaffe noch etwas anderes im Becher, aber er war zu voll, um sehen zu können, was es war.

Gegenüber standen noch ein Becher und ein Plastikteller voller Krümel. Sie stand auf und ging um den Tisch herum, nahm den fast leeren Becher und goß den Inhalt des ersten Bechers vorsichtig in den anderen. Auf dem Grund des ersten Bechers lag ein Inhaliergerät ähnlich dem, das sie bei Carlton Ash gesehen hatte. *Um Gottes willen,* dachte sie und ließ den Becher fallen. Er fiel auf die Seite und rollte von ihr weg.

Unerklärlicherweise voller Angst stand sie auf und probierte es noch einmal an der Tür, rüttelte am Knauf und schlug mit der wunden Faust dagegen. Der Knauf drehte sich in ihrer Hand, und die Tür begann sich zu öffnen. Sie trat beiseite, erstaunt, als die Tür aufging und Dougie Culver in Jeans und blau-weiß gestreiftem Hemd mit noch einem Styroporbecher in der Hand dastand. Der Schrecken stand ihm ins Gesicht geschrieben.

»Du lieber Himmel, Wetzon. Sie haben mich zu Tode erschreckt. Was machen Sie denn hier zu dieser unchristlichen Zeit?«

Sie sah auf die Uhr. Bloß zwanzig Minuten waren in dem verschlossenen – war es das wirklich? – Konferenzzimmer vergangen. Sie kam sich ein bißchen albern vor. Sie sah Dougie an, der wartete. »Ich sollte hier jemanden um halb acht treffen, aber er ist nicht da. Ich dachte, er könnte das Konferenzzimmer gemeint haben, aber als ich drinnen war, schlug jemand die Tür zu und schloß mich ein.«

Dougie hörte mit amüsierter Miene zu. »Dramatisieren wir da nicht ein bißchen, Wetzon?« Er fummelte an dem Schnappverschluß herum. »Es könnte wohl eingerastet sein«, sagte er unschlüssig. »Oder vielleicht haben Sie aus Versehen den Knopf gedrückt und sich selbst eingeschlossen.«

»Ich bin keine hysterische Frau, Dougie Culver, verzichten Sie also auf diesen gönnerhaften Ton.«

Er gluckste. »Das mag ich so an Ihnen. Sie nehmen kein Blatt vor den Mund.« Er tätschelte ihren Arm. »Nun machen Sie schon, seien Sie so nett und teilen mein Frühstück mit mir.«

Er tätschelte seinen Bauch, der über den Bund seiner Jeans hing. »Und dann können Sie mir erzählen, wen Sie alles treffen wollten.« Ohne ihre Antwort abzuwarten, ging er über den Korridor weg und auf sein Büro zu.

»Dougie ...« Ach, verdammt. Ihr Magen knurrte. Allein der Gedanke, zwei Tage ohne Nahrung eingesperrt zu sein, hatte sie hungrig gemacht. *Was für ein Kind du bist,* Wetzon, dachte sie. Sie folgte Dougie Culver.

»Haben Sie mein Büro schon gesehen, Wetzon?« Er ging durch die offene Tür und winkte sie herein. Der Blickfang im Büro war nicht der obligatorische gewaltige Mahagonischreibtisch, der Computer, der Quotron, das Telerategerät und das Sortiment von vier selbständigen Telefonen, nicht einmal der unglaubliche Blick auf den New Yorker Hafen und die Freiheitsstatue, die durch den Morgendunst ragte, sondern vielmehr eine vom Boden bis zur Decke reichende Vitrine mit allen Arten, Formen und Farben von Muscheln.

»Donnerwetter!« sagte Wetzon. Ein riesiger Brocken rosiger Korallen auf Augenhöhe lockte sie an.

»Meine große Sammlung.« Er schloß die Tür.

»Sie treiben Sporttauchen?«

»So oft ich die Gelegenheit habe.«

»Einfach toll.«

»Setzen Sie sich doch.« Er schnitt einen kleinen Zimtkuchen auf einem Plastikteller in Keile. »Greifen Sie zu.«

Sie riß sich mit Mühe von der Vitrine los und nahm ein Stückchen, während sie sich auf einen der zwei gepolsterten Stühle vor seinem Schreibtisch fallen ließ. Der Stoff hatte die gleiche Farbe wie die Koralle in der Vitrine.

»Ich sehe, Sie haben den Stoff darauf abgestimmt ...« Sie deutete auf den Schaukasten.

»Reiner Zufall, Wetzon.« Er lächelte auf seine träge Art.

»Das soll ich glauben!« Sie biß in das Stückchen. Es war überraschend frisch und locker.

Er sah sie erwartungsvoll an. Als sie seinen Wink nicht aufnahm, begann er in seiner gedehnten Redeweise. »Erzählen Sie mir nicht, daß Sie sich darauf verlegt haben, Makler hier im Morgengrauen an einem Samstag zu sprechen.«

»Nein, Dougie. Keinen Makler, obwohl ich dafür bekannt bin, Leute an seltsamen Orten zu seltsamen Tageszeiten zu treffen. Sie wissen doch, was für Spinner die Makler sind.«

Er lächelte sie an, der kahle Schädel glänzend im hellen Sonnenlicht.

»Ich werde Ihnen nichts erzählen, Dougie, versuchen Sie also nicht, etwas aus mir herauszulocken.« Sie nahm noch ein Stückchen von dem Gebäck. »Das schmeckt. Nicht dieses klebrige Zeug, was man sonst bekommt.«

»Wetzon!« Er mimte Entsetzen. »Sie wissen daß ich Ihren Lippen nicht so minderwertiges Zeug anbieten würde. Nein, nein. Eine unserer Angestellten hat Beziehungen zu Gourmetbackwaren. Wir werden an sechs Tagen in der Woche beliefert. Sonntags ist man auf sich selbst gestellt.« Er nahm das letzte Stück und aß es. »Also Wetzon, mein Ehrenwort als Gentleman aus dem Süden, daß ich nichts verrate . . .«

»Nein. Ich behalte vertrauliche Dinge für mich.«

»Das weiß ich, Sie sind ein echter Profi. Jeder in Wall Street respektiert Sie. Sie haben eine prima Firma, und wir verlassen uns darauf, daß Sie uns weiterhin die erstklassigen Leute schicken, die Sie selbst immer gewesen sind.«

»Na, Dougie, wenn das kein netter Werbespot ist. Legen Sie doch ein gutes Wort bei Hoffritz für uns ein.«

Dougie lächelte, hob langsam seine Füße in den Cole-Haan-Mokassins auf den Schreibtisch und lehnte sich auf dem Ledersessel zurück. »Nun, Wetzon, Sie wissen doch, daß Sie bei Hoffritz nie die Anerkennung finden, die Sie verdienen, weil Sie sich zum Pinkeln setzen.«

Sie starrte ihn einen Moment an, nicht sicher, ob sie sich nicht verhört hatte. »Ich bin nicht sicher, ob ich verstanden habe, was Sie sagten.«

Es kostete Mühe, das Gesicht nicht zu verziehen.

»Sie haben richtig gehört.« Er war todernst.

Sie mußte lachen. Sie konnte es nicht verkneifen. »Das mag ich so an Ihnen, Dougie, Sie nehmen kein Blatt vor den Mund.«

Ein gedämpfter Schrei, die Tonlage einer Frau.

Ihre Blicke begegneten sich. Wetzon war zuerst an der Tür und riß sie auf.

Der Schrei klang gequält und kam vom Stockwerk darunter.

Ellie Kaplans Gesicht war verzerrt.

»Ellie, um Gottes willen«, rief Dougie, als er an die Balkonkante trat.

Sie hörte auf zu schreien und starrte, die Hände am Gesicht, mit blankem Haß und Abscheu zu Dougie hoch, dann wich sie rückwärts auf die Aufzüge zu und verschwand aus dem Blickfeld. Dougie murmelte etwas in den Bart, das sich wie »Weiber« anhörte.

»Was ist denn hier los?« John Hoffritz tauchte im weißen Tennisdreß in der Halle auf, eine Zigarette im Mundwinkel.

»Du meine Güte.« Dougie taumelte zurück und trat dabei mit seinen Mokassins auf Wetzons Zehe. Er sah auf das untere Ende der Treppe hinab.

»Verdammt, Dougie«, murmelte Wetzon. Sie drehte sich um und humpelte von ihm weg, um ihren Fuß zu reiben. Auf ihrer weißen Strumpfhose was jetzt ein dunkler Fleck.

»Wetzon?« Destry Bird stand vor ihr. *Wo war der hergekommen?* Er blickte an ihr vorbei zur Treppe. »Was zum Teufel . . .«

»Tut doch was, tut doch was!« schrie Ellie.

Wetzon trat an die Balkonkante und blickte hinunter. Unten lag etwas auf der Marmortreppe. Zuerst sah sie die Schuhe, die Sohlen, neue Schuhe, schwarze Schuhe ... und wußte, wer es war, bevor sie das Gesicht des Mannes sah, das von dem gewaltigen Körper verdeckt war. Carlton Ash lag auf dem Rücken wie ein gestrandeter Wal, verkehrt herum, sein Unterkörper auf den Stufen, der Kopf gräßlich verdreht auf dem Bodenteppich. Eine dunkle Aureole aus Blut hatte sich um seinen Kopf gebildet. Sein Gesicht war blau.

Sie spürte das Blätterteigstück im Hals hochkommen und schluckte hinter vorgehaltener Hand.

»Bleiben Sie zurück, Wetzon.« Hoffritz versuchte, sie aus dem Weg zu drängen. »Verdammt, was machen *Sie* überhaupt hier?«

Sie rührte sich nicht. Ihre Füße schienen am Boden festgewachsen zu sein, ihr Blick klebte an dem Ding auf der Treppe. Neil Munchen war jetzt unten. Er bückte sich und hob Carlton Ashs schlaffe Hand an, um den Puls zu fühlen. Er blickte zu den Gesichtern hoch, die hinunterstarrten, und schüttelte den Kopf. »Wir rufen lieber die Polizei an.«

»Noch nicht«, meinte Hoffritz. »Ruf 911 an, und sag ihnen, daß wir hier einen Unfall hatten. Ich will ein wenig Zeit gewinnen. Laß Jed Backer kommen, damit wir schnell eine Erklärung herausgeben. Und schiebe seinen Kopf weg. Der Perser ist eine Viertelmillion Dollar wert.«

»Sie dürfen ihn nicht berühren, John.« Wetzon sprach leise, obwohl sie am liebsten geschrien hätte. »Er ist tot. Sie müssen ihn so liegen lassen, damit die Polizei ihn sieht.«

»Halten Sie sich heraus, Wetzon. Das geht Sie nichts an«, fuhr Destry sie an.

»Wetzon hat recht«, sagte Dougie ruhig, indem er seine Hand unbefangen über ihren Rücken wandern ließ.

»Ach, scheiß drauf«, sagte Hoffritz. »Aber legt etwas unter seinen Kopf, damit er den verdammten Teppich nicht versaut. Ich rufe Jed Backer an.« Er ging über den Flur weg.

»Bei Johnny könnt ihr euch jederzeit auf den angemessenen Kommentar verlassen«, bemerkte Dougie. »Klasse bricht immer durch.«

»Gut, daß es nicht gestern passiert ist. Da hätten wir keinen zum Arbeiten gebracht.« Destry machte eine ausholende Geste und folgte Hoffritz.

Neil sah zu Wetzon hoch. »Würden Sie bitte anrufen, Wetzon?«

»Nein, ich mach das schon«, sagte Dougie. »Neil, such etwas, um den armen fetten Trottel zuzudecken. Das hält man nicht aus, wie der uns anguckt.«

Wetzon schaute auf Dr. Ash hinunter. Seine rechte Hand war verkrampft, der Zeigefinger deutete auf sie – eine Anklage. Sie drehte sich nach Dougie um, der eine wegwerfende Bewegung machte.

»Galgenhumor.« Seine Hand ruhte auf ihrer Hüfte. »Wetzon, ob Sie sich um Ellie kümmern könnten?« Er gab ihr einen kleinen Klaps auf den Rücken und ging ins Konferenzzimmer. Wetzon wollte schon die Treppe hinuntergehen, als ihr das Inhaliergerät in der Kaffeetasse einfiel. Carlton Ashs Inhaliergerät. Was hatte es in der Tasse zu suchen – vor allem, was war zwischen dem Augenblick, in dem es in die Tasse fallengelassen wurde, und Ashs Tod passiert?

Sie folgte Dougie, blieb aber an der Tür stehen. Dougie rief die 911 an, während sie lauschte. Das Telefon schien richtig zu funktionieren.

Als er auflegte, fragte sie: »Hatte Dr. Ash ein Büro im Haus?«

»Er benutzte Angelos Büro auf der Etage unten.«

»Wer, ist Angelo?«

»War, nicht ist. Angelo La Rocca. Er war unser Mann für Rechtsfragen. Sprang vor ungefähr sechs Monaten vor einen Zug der Linie F. Fünfundvierzig Jahre alt. Jammerschade. Wir haben noch keinen Ersatz gefunden, deshalb habe ich mich um diese Sachen gekümmert. Wir haben Ash in Angelos altes Büro gesetzt, nicht weit von Ellie.«

Gleichsam als Antwort hörte man Ellies Stimme von unten, die immer lauter wurde und nach Neil schrie, er solle eine Ambulanz rufen, ihn zudecken, ihn von der Treppe fortschaffen.

»Bitte, Wetzon.« Dougies Augen flehten sie an.

»Okay, okay.« Sie ging aus dem Konferenzzimmer, dachte wieder an das Inhaliergerät und machte kehrt. Dougie sprach wieder am Telefon.

»Das Glück ist uns hold«, sagte er. »Wir haben sie in der Hand, und sie wissen nichts davon.« Er machte eine Pause. »Später.« Er legte auf.

Wetzon rannte von der Tür weg und war schon auf der halben Treppe, als sie spürte, daß Dougie oben stand. Aus Angst, auf dem glatten Marmor den Halt zu verlieren, drehte sie sich nicht um.

»Passen Sie auf, Wetzon.« Neil kam hinter ihr herunter. Er hatte eine Leinentischdecke in der Hand, die er aufschüttelte und über Dr. Carlton Ash fallen ließ. Ash war abgehakt.

Es beunruhigt sie nicht einmal, daß er tot ist, dachte Wetzon. »Wo ist Ellie?«

»In ihrem Büro vermutlich.« Neils Sonnenbräune hatte einen Anflug von Grau. Er trug unter seinem Sporthemd eine Goldkette um den Hals.

»Neil, was ist eigentlich mit der Studie, an der er gearbeitet hat?«

»Was soll damit sein?«

»Sie wissen schon. Sie sollte streng geheim sein.«

»Sie ist, Wetzon. Er war gerade damit fertig geworden.«

Neil sah elend aus. Er schien als einziger von Carlton Ashs Tod betroffen, vielleicht abgesehen von Ellie.

»Wo ist sie dann, Neil? Haben Sie sie gesehen?«

Er schüttelte den Kopf. »Er ...«

Drei Börsenmakler eilten über den Flur. Sie platzten vor Neugier. »Tag, Wetzon«, grüßte einer. Juggy Greenfield. Wetzon hatte ihn letztes Jahr bei Luwisher Brothers untergebracht.

»Was ist hier los? Ellie hat uns gerade gesagt, daß jemand einen Kopfsprung die Treppe runter gemacht hat.«

»Das stimmt. Am besten bleiben Sie aus dem Weg, bis ein Arzt da ist.«

»Ach so, klar.« Trotzdem eilten Juggy und seine Kumpane weiter auf den Empfangsbereich zu. Wetzon kümmerte sich nicht darum, sondern ging zum Boardroom und den umliegenden Büros.

Der Boardroom war leer, ein Meer von L-förmigen Schreibtischen, die Quotron-Geräte unheimlich still. Sie hörte leise Stimmen murmeln, als sie an David Kims Büro vorbeikam. Es war plausibel, daß auch David arbeitete, wenn Ellie das tat. Sie kam an der geschlossenen Tür von Ellies Büro vorbei und hörte jemanden reden. Ellie konnte warten.

Die Tür zum letzten Büro auf dieser Etage war fest geschlossen. Kein Laut drang heraus. Das mußte das Büro sein, das Carlton Ash benutzt hatte. Wetzon öffnete beherzt die Tür und trat ein – dann wich sie unwillkürlich vor Schreck einen Schritt zurück.

Carlton Ashs Büro war demoliert worden.

Sie bewegte sich langsam in das kleine Büro, weil sie dachte, es könnte jemand hinter der Tür stehen. Nein. Es war kein Mensch da. Schubladen hingen offen heraus, Papiere lagen durcheinander auf Haufen, Bücher waren aus den Regalen gerissen. Der Papierkorb war auf den Schreibtisch gekippt worden und lag verkehrt herum darauf. Das einzige Geräusch kam vom Computer. Ein Tornado war durch das Zimmer gebraust, aber es war sowieso nicht besonders wichtig, denn der frühere Benutzer war tot, und das war's. *Auf diese Weise endet die Welt, auf diese Weise endet die Welt.* T. S. Eliots Worte kamen ihr in den Sinn. *Nicht mit einem Knall, sondern mit einem Winseln.*

Ein Winseln. Sie konnte es hören. Es kam aus dem Computer. Jemand hatte ihn eingeschaltet gelassen. Derjenige, der das Zimmer demoliert hatte – oder Dr. Ash? Sie ging um den Schreibtisch herum und starrte auf den Bildschirm. Er war leer. Der Computer gab einen Pfeifton von sich, der den Atemgeräuschen von Dr. Ash nicht unähnlich war. Als sie ein W für

Wetzon eingab, erschien ein verrückter Salat aus Buchstaben und Zahlen, als hätte er einen Nervenzusammenbruch.

Auf dem Schreibtisch lag Carlton Ashs weiche Ledermappe, kaputt, mit aufgerissener Naht. Sie hob die zerrissene Klappe mit dem Fingernagel an. Nichts. Was auch immer daringewesen war – zweifellos der geheimnisvolle Bericht, an dem er gearbeitet hatte –, es war verschwunden.

Sie starrte aus dem Fenster. Der Nebelschleier hatte sich verzogen, und die Aussicht auf die Statue und die Schiffe war so scharf und leuchtend, als wäre sie auf Glas gemalt.

Was mochte in dem Bericht stehen, das jemanden veranlassen konnte, dafür zu töten? Doch halt. Nicht so schnell. War Ash ermordet worden? Und falls ja, war der Grund, daß er etwas über Goldies Tod wußte?

Sie angelte in ihrer Handtasche nach dem Federhalter und benutzte ihn, um kauernd die auf dem Boden verstreuten Papiere durchzusehen. Nichts, was auch nur entfernt wie Seiten eines Berichts aussah. Dann stand sie auf und untersuchte die herausgezogenen Schubladen. Nichts außer dem üblichen Büromaterial. Heftmaschine, Tesaabroller, eine Dose Heftklammern, Bleistifte. Eine Schublade hatte eine Hängevorrichtung für Akten, es hingen auch Ordner drin, die allerdings leer waren. Sie ging sie durch, um sich zu vergewissern, und benutzte dazu die Spitze des ungeöffneten Federhalters. Wer auch immer das getan hatte, er war jedenfalls gründlich gewesen. Sie seufzte und steckte den Kuli wieder in die Handtasche.

Eine Reihe hoher Bücherregale nahm die schmale Wand neben der Tür ein, doch die Bücher lagen auf dem Boden, hingeworfen wie Stoffpuppen. Einige Buchrücken waren geknickt. Sie wühlte sich durch den Trümmerhaufen. Sie erkannte das rote Verzeichnis der Effektenhändler Nordamerikas von Standard & Poor mit zerfledderten Seiten, das grüne Jahrbuch der Wertpapierbranche, dessen Einband zerfetzt war, und mehrere andere Nachschlagewerke, die sich alle mit rechtlichen Problemen auf den Wertpapiermärkten befaßten. Ein Wörterbuch in Fetzen. Ein Buch über Börsengeschäfte, zwei Bücher über Optionen, ein halbes Dutzend oder mehr Bücher über Aktienrecht. Ihr schauderte. Zerstörte Bücher waren wie Leichen. Das war ein Unglückszimmer. *Beide* früheren Bewohner waren tot.

Silvestri, dachte sie. *Er sollte darüber Bescheid wissen, auch wenn es nicht sein Revier ist.* Sie würde kein Vertrauensverhältnis zu einem Kunden brechen, weil er es ohnehin bald erfahren würde.

Sie schlenderte aus Dr. Ashs Büro, an den geschlossenen Türen vorbei zum Boardroom, und winkte Juggy Greenfield und seinen Freunden ungezwungen zu. Sie lachten schallend, als ob einer gerade einen Witz erzählt hätte. Die denkbar schlimmsten Situationen beschworen den schwarzen Humor der Wall Street herauf.

Sie setzte sich an den ersten besten Schreibtisch mit Telefon und rief Silvestri an. Man konnte ohne weiteres nach draußen telefonieren. Silvestri und Metzger waren nicht erreichbar, und sie mußte mit Mo Ryan vorliebnehmen.

»Richten Sie ihm bitte aus, daß ich bei Luwisher Brothers bin«, sagte Wetzon ihr. »Es hat hier einen Unfall gegeben. Dr. Carlton Ash ist tot.« Sie gab Mo

Ryan die Adresse und legte mitten in Mos Antwort auf. Ihre Hände zitterten.

Sie ging zurück zu Ellies Büro. Drinnen hörte sie Ellie mit jemandem sprechen. Wetzon klopfte und öffnete die Tür. Im Zimmer roch es nach Alkohol.

Ellie war allein und telefonierte. Sie nickte Wetzon zu, sagte ins Telefon: »Muß Schluß machen«, und legte auf. Sie trug eine graue Leinenhose und eine weiße Wickelbluse aus Seide mit tiefem V-Ausschnitt. Ein goldenes kugelförmiges Amulett baumelte an einer langen Gliederkette um ihren Hals. »Entsetzlich, nicht?« Sie deutete auf die offene Flasche Jack Daniel's auf dem Tisch. »Möchten Sie einen Schluck?«

»Nein, danke«, lehnte Wetzon ab. »Zu früh für mich.« Aber es war verlockend. Im Büro war es eiskalt. Sie spürte die Gänsehaut an den Armen unter dem Jackenärmel. Sie setzte sich vor Ellies Schreibtisch, auf ihre kalten Hände, damit sie stillhielten.

Ellie goß eine großzügige Portion Whiskey in einen bräunlichen Kaffeebecher mit der Aufschrift Eine Frau ist der bessere Geschäftsmann und trank den größten Teil davon. »Ich habe ihnen gesagt, sie sollen einen Teppich auf diese verdammte Treppe legen und ein anderes Geländer anbringen, aber nein, auf mich hört ja keiner. Sie wissen immer alles besser.« Sie leerte die Tasse und schenkte nach. »Wenn das fette Schwein Frau und Kinder hat, werden diese das letzte aus uns herausklagen.«

»Ein Unfall? Sie glauben, es war ein Unfall?«

»Ja, natürlich, Wetzon. Was denn sonst? Ich habe es gerade David erzählt ...« Sie deutete auf das Telefon.

»David hat Sie angerufen?«

»Ja. Warum?«

»Von seinem Büro?«

Ellie runzelte die Stirn und strich das Haar hinter die Ohren. »Nein, er ist nicht hier. Ich habe gerade am Telefon mit ihm gesprochen. Er hilft samstags immer seinen Eltern. Er war . . .« Sie starrte mit abgespanntem Gesicht das Telefon an.

»Ich habe jemand in seinem Büro gehört. Ich dachte, es wäre David.«

Ellie schüttelte energisch den Kopf, so daß ihr Haar wie ein grauer Satinvorhang nach vorne fiel. »Nein. Das kann nicht sein.« Sie stand plötzlich auf, nahm den Becher und ging aus dem Zimmer. »Kommen Sie mit, Wetzon.« Wetzon folgte ihr in David Kims Büro. Ellie drehte sich nach Wetzon um und machte mit dem Becher eine ausholende Bewegung. »Sehen Sie, er ist nicht hier.«

Das Büro war geschmackvoll eingerichtet, funktional und hübsch. Ein offener schwarzer Diplomatenkoffer stand unter dem Schreibtisch. »Aber seine Aktentasche.«

»Ach, die läßt er oft hier. Glauben Sie mir, Wetzon, Sie haben sich geirrt.« Ellie tätschelte die Lehne von Davids Stuhl in Gedanken, fast geistesabwesend. Dennoch hatte die Geste unmißverständlich etwas Besitzergreifendes.

Wetzon nickte. »Ich muß mich verhört haben.« Irgend jemand konnte Davids Büro benutzt haben, oder Ellie wußte aus irgendeinem Grund nicht, daß David dagewesen war, oder sie deckte ihn. Nur eine Antwort war richtig, sie hatte die Wahl.

Sie gingen langsam in Ellies Büro zurück. Ellie schloß die Tür hinter sich. »Ich glaube, am besten holen Sie mich hier heraus, Wetzon.«

»Wohin möchten Sie gehen?«

Ellie drehte das goldene Amulett zwischen Daumen und Zeigefinger. »Ach, ich weiß nicht. Ich dachte immer, ich würde ewig hierbleiben, aber jetzt, wo Goldie tot ist . . .« Sie ließ sich auf den Stuhl sinken, die Augen halb geschlossen, der Mund schlaff. »Ich habe die ständigen Streitereien hier so satt. Doug ist der einzige anständige Mensch in dem Haufen, und wer weiß, ob man bei ihm sicher sein kann. Er hat so einen dicken südlichen Zuckerguß, daß sich darunter genauso etwas Ekelhaftes verbergen könnte. Finden Sie für mich eine nette, ruhige, erstklassige regionale Firma, vielleicht wie Tucker.«

»Auch für David?«

»Ja. Und meinen Assistenten Dwayne.« Sie sah Wetzon an. »Wir kommen auf zwei Millionen für die laufenden zwölf Monate.«

»Nicht schlecht.«

»Allerdings. Nicht schlecht für eine ehemalige Lehrerin.« Sie trank ihren Becher aus und schenkte einen letzten Schluck aus der Flasche ein, die damit geleert war. Dann schraubte sie die Kappe wieder auf und ließ die Flasche krachend in den Papierkorb neben dem Schreibtisch fallen. »Das war's.« Sie hob den Becher. »Auf den großen Dr. Carlton Ash selig. Sein Ableben widerlegt das Sprichwort, daß nur die Guten jung sterben.« Ihr Mund zuckte. »Wollen Sie mir wirklich keine Gesellschaft leisten, Wetzon? Es ist noch genug drin, um zu probieren.«

»Das sind sehr bittere Gefühle, Ellie.«

»Sie haben den fetten Arsch nicht gekannt.«

»Hat das alles mit der Studie zu tun, die er für die Firma ausarbeitete?«

»Was meinen Sie mit *das alles?* Was machen Sie überhaupt heute hier, Wetzon?« Ellie starrte sie jetzt mit offener Feindseligkeit an.

Wenn noch ein einziger sie das fragte, würde sie anfangen zu schreien. Aber jetzt konnte es vermutlich keinen Schaden anrichten, wenn sie es sagte. »Er bat mich, ihn hier zu treffen.«

»Er? Wer?« Sie nahm einen Schluck Bourbon und schloß die Augen.

»Der große Carlton Ash selig.«

Ellie stellte den Becher hart auf den Tisch. »Wirklich?«

»Er wollte mir eine Kopie der Studie geben.«

»Zweifellos frisch aus der Presse.« Mit flattrigen Händen zog sie eine Zigarette aus einem zerdrückten Päckchen und zündete sie an.

»Zweifellos.« Wetzon schwieg einen Moment. »Er sagte auch, er wisse, wer Goldie getötet hat.«

Ellie lächelte. »Ich glaube, niemand hat Goldie getötet, außer Goldie sich selbst. Der fette Arsch hat nur versucht, sich wichtig zu machen, Wetzon, Sie sind reingelegt worden:« Sie lachte und schwang sich mit dem Stuhl herum, um die Aussicht zu betrachten. »Er wird eine schöne Schlagzeile in der *Daily News* abgeben.«

»Mein Gott, Ellie . . .«

»Verurteilen Sie mich nicht, Wetzon. Sie wissen nicht alles.«

Die Tür ging auf, und einer der jungen Makler, denen Wetzon vorher begegnet war, steckte den Kopf herein. »Die Polizei will alle draußen im Boardroom sehen, und zwar so schnell wie möglich.«

Ellie seufzte. Sie holte eine blaue Nylontasche und

den Make-up-Spiegel vor und fuhr mit dem Kamm durch ihr Haar, dann legte sie sorgfältig Puder auf und zog die Lippen nach.

Wetzon stand auf. »Gibt es auf dieser Etage eine Damentoilette?«

»Selbstverständlich. Gleich nach dem Büro vom fetten Arsch. Herren links, Damen rechts.«

»Ich bin gleich wieder da.«

Der Flur verengte sich am entgegengesetzten Ende der Etage und bildete ein T. Wetzon ging nach links, ungefähr zehn Schritte durch den Gang, und als sie *Herren* in dicken Buchstaben auf der Tür sah, merkte sie, daß sie falsch abgebogen war. Sie machte kehrt. Blieb stehen. Sie öffnete zögernd die Tür zur Herrentoilette. Niemand da. *Ist auch gut so, Wetzon. Stell dir vor, du hättest einen erwischt, wie er gerade . . .*

Sie unterdrückte ein Kichern.

Der enge Gang führte an der Herrentoilette vorbei. Neugierig ging sie bis zu seinem Ende weiter. Auf dem Türschild stand AUSGANG, TREPPE 2.

Das Vorgehen der Polizei, dachte sie gähnend, war in jedem Bezirk, bei jedem Mord ein bißchen anders, aber es war immer mit Warten verbunden. Wie bei Theaterproben. Die Gruppentänzer mußten sich immer gedulden, bis der Regisseur oder der Choreograph die Szene fertig hatte.

Der diensthabende Detective war ein Lieutenant namens Weiss, ein dunkler Mann mit einer phantastischen schwarzen Mähne. Er trug einen sehr gut geschnittenen, leichten grauen Anzug, ein blaues Buttondown-Hemd und eine hellblau auf dunkelblau getupfte Seidenkrawatte, weiche schwarze Ballyschuhe. Sehr modisch für einen Samstagmorgen.

Wetzon, die im Boardroom wartete, bis sie an die Reihe kam, langweilte sich. Sie spürte, wie ihre Gedanken rastlos umherschweiften. Hoffritz, Bird, Dougie waren nicht hier. Wahrscheinlich waren sie getrennt verhört und mit einer gewissen Rücksicht behandelt worden. Schließlich waren sie die leitenden Direktoren. Die drei anderen Makler waren auch schon fort. Vermutlich hatte sich jeder für den anderen verbürgt.

Sie griff zum Telefon, drückte auf 9 und rief Smith in Connecticut an. Smith antwortete mit schlaftrunkener Stimme. »Tut mir leid, daß ich dich geweckt habe«, flüsterte Wetzon.

»Sprich lauter. Wo steckst du?«

»Ich kann nicht lauter sprechen. Carlton Ash ist gerade ermordet worden.« Sie überging Smith' erstaunten Ausruf. »Ich bin noch bei Luwisher Brothers. Ich melde mich wieder.« Sie legte trotz Smith' Protest auf.

Sie stand auf und streckte sich; am liebsten hätte sie ein Bein auf den Schreibtisch gelegt und sich darüber gebeugt, aber ihr Rock war viel zu eng, und außerdem war sie nicht allein. Sie sah auf die Uhr. Zehn. Es kam ihr vor, als wäre sie schon einen ganzen Tag hier. Sie ging hinüber und setzte sich zu Ellie, die eine Halbbrille mit rotem Rahmen trug und eine *Barron's* durchblätterte.

»Was gibt's?« fragte Ellie. Sie sah Wetzon über den Brillenrand an.

»Sie nehmen sich viel Zeit für Neil.«

»Lächerlich.« Ellie schmiß die Zeitschrift hin und sah auf die Armbanduhr. »Verdammt, ich habe den Kristall wieder verloren.«

»Arbeiten Sie oft samstags?«

»Es ist sehr schwer, sich auf dem laufenden zu halten, wenn die Augen den ganzen Tag am Quotron kleben – das bittersüße Lied der Optionenmakler.«

»Heißt das ja oder nein?«

Ellie lächelte ironisch. »Was soll das, Wetzon?«

»Tut mir leid.« Wetzon betrachtete ihre Hände. Ein Fingernagel war abgebrochen.

Zwei Polizisten in Uniform standen am Eingang zum

Boardroom und unterhielten sich. Beide waren junge Männer mit buschigen Schnauzbärten und langem Haar, das sich über den Kragen ringelte.

Ellie seufzte. Sie setzte die Brille ab und steckte sie in ein blaues Nylonetui, das sie in ihrer gesteppten Chanelhandtasche verstaute. »Nein, *ich* muß mich entschuldigen, Wetzon. Ich vermisse Goldie, ich ertrage dieses Haus nicht mehr, und ich wünschte bei Gott nicht den Tod dieses armen Trottels, aber es tut mir nicht leid, daß er fort ist. Ash war ein Unruhestifter.«

»Unruhe welcher Art?«

»Ach, was weiß ich. Er war ein Schnüffler. Er brachte uns so weit, daß wir uns alle gegenseitig an die Gurgel gingen. Oje.« Sie kicherte. »So habe ich es nicht gemeint.«

»Sie gegen Goldie?«

»Um Gottes willen, nein. Goldie, Neil und ich auf einer Seite und Search und Destroy auf der anderen.«

»Und Dougie?«

»Wer weiß? Er ist sich selbst der beste Freund.« Ellie zuckte die Achseln. »Wie lange kennen Sie Dougie schon? Jahre, würde ich wetten. Ich auch. Er ist eine Sphinx. Ich meine, spricht er Sie sexuell irgendwie an?«

Wetzon zog das in Erwägung. »Nein«, räumte sie ein. »Obwohl er ziemlich sensibel ist.«

»Ja, das stimmt. Aber ich vermute, das hat nichts zu bedeuten. Er macht vermutlich mit Search und Destroy gemeinsame Sache, aber nur, wenn er glaubt, daß sie gewinnen werden.«

»Was gewinnen?«

»Alles. Diese Firma. Luwisher Brothers ist eine Goldgrube. Das ist das einzige, was sie wirklich interessiert.«

»Mir sagt sexuell keiner von denen zu. Na ja, vielleicht Neil.«

»Hm, Neil hat wenigstens richtiges Blut in den Adern.«

»Und Goldie?«

»Goldie hatte sexuelle Ausstrahlung. Und ob.« Sie sah Wetzon an, ausgeliefert, forderte sie zu einer Bemerkung heraus.

»Ms. Kaplan?«

Aufgeschreckt erhoben sich die beiden Frauen. Ein übergewichtiger Detective in beigen Hosen und braunem Sportsakko blickte von Wetzon zu Ellie.

»Ich bin Ellie Kaplan.«

»Kommen Sie dann mit, wenn Sie nichts dagegen haben. Lieutenant Weiss ist jetzt für Sie da.« Der Detective machte kehrt und ging an den Uniformierten vorbei in Richtung Empfangsbereich.

»Aber bin ich für Lieutenant Weiss da?« murmelte Ellie. »Und selbstverständlich habe ich etwas dagegen. Ich hätte was Besseres zu tun.«

Ich auch, dachte Wetzon, während sie Ellie nachsah, die den Flur hinunterging. Immer noch stehend, rief sie den Uniformierten zu: »Darf ich mal kurz weggehen?« Sie deutete zum hinteren Ende der Etage.

Die Männer sahen einander an und nickten. Wie eineiige Zwillinge. Gut, daß nicht einer eine Frau war, denn dann wäre sie begleitet worden.

Sie ging an Davids Büro vorbei, indem sie sich dicht an der Wand hielt, und schlüpfte durch die Tür in Ellies Zimmer. Sie sah sich um. Was um alles in der Welt machte sie hier? Wonach suchte sie?

Ellies Schreibtsich war ein geordnetes Chaos von Papieren. Die Maschine war abgeschaltet. Wetzon setzte sich an den Schreibtisch und zog eine Schublade nach der anderen heraus. Briefpapier, Umschläge, Notizblöcke, Nagellack – ein schönes Rosa von Estée Lauder. Nagellackentferner. Ein Flasche mit Kalziumtabletten aus Austernschalen. Ein Röhrchen Valium. Zehn Milligramm. Schweres Geschütz. Sie schloß diese Schublade.

Die untere Schublade enthielt das blaue Make-up-Täschchen und den Standspiegel. Sie zog den Reißverschluß auf. Drei Lippenstifte, eine Puderdose. Lidschatten, Mascara, ein Lidstift, Bürsten. Um das Farbetikett an der Unterseite sehen zu können, drehte sie einen Lippenstift um, und ein kleiner Fetzen weißes Papier löste sich und flatterte auf den Boden. Sie hob es auf; es war etwas daraufgeschrieben. Es sah wie ein Stück von einem Brief aus. Wetzon steckte die Hand tief in das Täschchen und fand weitere kleine Papierfetzen, die meisten davon beschrieben.

Es war ihr klar, daß sie sich zuviel Zeit ließ. Sie mußte zurückgehen, oder sie würden Verdacht schöpfen. Sie suchte alle Schnipsel zusammen, einschließlich dem auf dem Fußboden, und ließ sie in den Geldbeutel fallen, zu den U-Bahn-Marken und den Münzen.

Vermutlich hatte es nichts zu bedeuten. Ganz gewiß ging es sie nichts an. Du meine Güte, sie wurde Smith immer ähnlicher. Eine Freundin hintergehen. Ohne jedes Gewissen. Nein. Falsch. Arbeitete sie nicht für Luwisher Brothers? Wie dem auch sei, sie hatte allen Grund, sich schuldbewußt zu fühlen. Ellie war eine nette Frau. *Also tu die Schnipsel dahin, wo du sie gefunden hast, Wetzon,* sagte sie sich. Nein, keine Chance.

Sie vergewisserte sich, daß die Schubladen geschlossen waren, und schlich aus dem Zimmer.

»Wetzon?« Neil Munchen kam von der Herrentoilette her auf sie zu. »Wie geht es Ellie?«

Hoppla, dachte sie, *auf frischer Tat ertappt.* Sie strahlte ihn an. »Ich denke, gut. Sie wird gerade ausgefragt. Ich habe eben ihren Kaffeebecher ausgespült.«

Er schien ihre dämliche Erklärung hinzunehmen, als wäre er in Gedanken woanders, und es überraschte ihn nicht, daß sie aus Ellies Büro kam. »Sind Sie als letzte dran?«

»Scheint so. Wie ist es gelaufen?«

»Sie wollen bloß wissen, wer was und wann gesehen hat. Alibis und so weiter. Der übliche bürokratische Mist bei einem Unfall.«

Wetzon ging mit ihm zum Boardroom zurück. »Worum ging es bei dem Bericht, Neil – dem Bericht, den Ash für die Firma geschrieben hat?«

»Das kann ich Ihnen nicht sagen.« Er ging von einem Schreibtisch zum anderen und kontrollierte, ob alles weggeschlossen war.

»Wissen Sie es?« Sie folgte ihm.

»Er hatte ihn nicht ganz fertig. Er wollte ihn am Montag bei der Sitzung den leitenden Direktoren vorstellen. Er wollte ihm an diesem Wochenende den letzten Schliff geben.«

»Dieses Wochenende?«

»Mhm.«

»Hat ihm jemand bei der Arbeit geholfen? Eine Sekretärin?«

»Weiß ich nicht.« Er wurde böse. »Lassen Sie mich in Ruhe, verstanden, Wetzon?«

»Nein, Neil, das werde ich nicht tun. Sie müssen eine Ahnung haben, worum es in dem Bericht ging. Sie sind hier Direktor.«

Seine dunklen Augen fixierten sie müde. »Na gut, ich weiß Bescheid. Wir haben Ash engagiert, damit er eine Machbarkeitsstudie erstellt, aber wir wissen nicht, welche Schlüsse er gezogen hat.«

»Eine Machbarkeitsstudie wovon?«

»Meine Idee war es nicht, und Goldie war dagegen.«

»Was? *Verdammt,* Neil.«

»Ich kann Ihnen nichts sagen, Wetzon.«

»Okay, sagen Sie mir nichts, aber Sie werden es der Polizei sagen müssen. Mann, Neil, Goldie ist tot. Jetzt ist Ash tot. Wenn da ein Zusammenhang besteht? Und wenn es sich um einen Mord handelt?«

Er fuhr sich mit der Hand über die Augen.

»Es *war* Mord, schlaue alte Wetzon.« Keiner von beiden hatte Ellie bemerkt, bevor sie sprach. Sie drehten sich um. Ellies Gesicht sah im Neonlicht gespenstisch aus. »Der Polizeiarzt hat Weiss gerade mitgeteilt, daß der fette Arsch schon tot war, bevor er sich den Schädel auf der Marmortreppe aufschlug.«

Weiss hatte sich im Konferenzzimmer eingeigelt. Die Luft war so dick vom beißenden Qualm seiner Zigaretten, daß Wetzons Augen zu brennen begannen und ihr Tränen über die Wangen liefen. Sie tupfte sie mit einem Papiertuch weg und hustete, während Weiss sich mit einem sportlich aussehenden hellhäutigen Schwarzen besprach, der energisch an einer stinkenden Zigarre kaute.

»Auch das noch, Zigarre«, sagte sie leise. Das und der immer stärker spürbare Leichengeruch von Carlton Ashs Körper, der noch nicht von der Treppe weggeschafft worden war, spielte Wetzons Magen übel mit. Die Tischdecke, die Neil über Ashs sterbliche Hülle geworfen hatte, war weg, und sie markierten gerade die Umrisse der Leiche mit Kreide, als sie sich vorbeidrückte. Während ein Polizist in Uniform ausführliche Notizen machte, maßen zwei Techniker mit Zirkeln und Linealen so genau, als wären sie Architekten. Ein Fotograf knipste unaufhörlich. Alle hatten sie anscheinend die Person vergessen, die da lag, ausgeliefert, schutzlos und tot.

Wetzon preßte ein Papiertaschentuch auf den Mund. Sie spürte, wie ihr übel wurde, und bis zur Toilette würde sie es nicht schaffen.

Weiss blickte auf. »Hol Wasser für die Frau, Drake. Und sieh dich um, ob du eine Papiertüte findest.«

Drake hatte ein Gesicht wie aus Eiche geschnitzt, dazu ein dichtes Muster aus Sommersprossen über seiner markanten Nase, den Backenknochen und der Stirn. Er rollte den Zigarrenstummel im Mund und kaute weiter, während er sie skeptisch anstarrte.

»Und wirf die Zigarre weg.« Weiss schob Papiere auf die Seite und setzte sich Wetzon gegenüber.

Wetzon legte den Kopf auf den Konferenztisch, so elend, daß es ihr nichts mehr ausmachte, wenn sie sich dumm benahm, und schnappte nach Luft.

Drake machte die Tür auf und ging aus dem Zimmer, ohne sie hinter sich zu schließen. Ein wenig Rauch zog mit ihm ab.

»Atmen Sie ganz tief und langsam.« Weiss betrachtete seine Notizen und runzelte die Stirn. »... Ms. Wetzon ... Durch den Mund. Woher kenne ich Ihren Namen?«

Irgendwo hatte Drake eine Papiertüte gefunden, und sie forderten sie auf, sie vor den Mund zu halten und hineinzuatmen. Die Übelkeit ließ nach. Drake – zigarrenlos – schloß die Tür des Konferenzzimmers und setzte sich. Er verströmte den ekelhaften Geruch der Zigarre. Wetzons Kehle verkrampfte sich.

»Möchten Sie sich frisch machen, Ms. Wetzon?« Weiss blätterte die Seiten seines Notizblockes durch und sah nicht auf.

Sehe ich so schlimm aus? dachte sie. Doch sie schüttelte den Kopf.

»Ja?« fragte er ungeduldig, indem er den Notizblock beiseite schob und sie streng ansah.

»Nein.« Sie ärgerte sich. Toller Detective. Er würde vielleicht mehr bemerken, wenn er die Person, mit der er sprach, ansähe.

»Sie sind . . .«

»Leslie Wetzon. Meine Firma heißt Smith & Wetzon. Wir sind Personal- und Managementberater für Firmen in der Wall Street. Luwisher Brothers ist ein Kunde.«

Weiss nahm ein frisches Päckchen Camels in die Hand, riß das Cellophan auf und schnickte eine Zigarette heraus. Er wollte sie gerade an der Kippe seiner alten anzünden.

»Bitte nicht«, sagte Wetzon.

»Was?« Er zog eine dichte schwarze Augenbraue hoch und zündete die Zigarette an. Die Finger seiner rechten Hand waren gelbbraun verfärbt.

»Das. Die Zigarette.« Sie spürte, daß er sie genau verstanden und dennoch die Zigarette angezündet hatte. »Mir wird davon übel.« Sie gab sich keine Mühe, nicht wütend zu klingen.

Weiss stieß einen übertriebenen Seufzer aus. Er drückte die Zigarette in dem überlaufenden Aschenbecher auf seiner rechten Seite aus, wobei Asche und Kippe auf den bereits mit Asche bestäubten Konferenztisch fielen.

»Aschenbecher!« rief sie aus.

»Was glauben Sie wohl, was ich tu, Ms. Wetzon?« Sein Ton war ein wenig geringschätzig.

»Nein, nicht das. Mir ist gerade eingefallen, daß die Aschenbecher voll waren, als ich heute morgen herkam, was bedeutet, daß wahrscheinlich eine frühe

Sitzung stattgefunden hatte, denn ich bin sicher, daß gestern abend alles weggeräumt wurde. Haben Sie Ihre ganze Asche zu der getan, die schon in dem Aschenbecher war?«

»Ms. Wetzon, wofür halten Sie uns?« Er sprach sonor und ein wenig gönnerhaft.

Sie antwortete nicht. Wo waren die ganzen Styroporkaffeebecher geblieben? »Was ist mit den Kaffeebechern?«

»Was für Kaffeebecher?« Weiss sah Drake an, der die Achseln zuckte.

»Es standen mindestens zwei auf dem Tisch. Und ein leerer Plastikteller mit Krümeln. Der Kaffee war noch warm.«

»Okay, das reicht.« Weiss schlug mit der flachen Hand auf den Tisch. »Fangen Sie von vorne an.«

Drake zog einen Notizblock aus der Innentasche seiner braunen Jacke, klappte ihn auf dem Tisch aus und notierte etwas mit einem Kugelschreiber.

»Dr. Ash bat mich, ihn heute morgen um sieben Uhr dreißig hier zu treffen. Er wollte mir eine Kopie der Studie geben, an der er arbeitete. Er gab mir mehr oder weniger deutlich zu verstehen, daß darin ein Hinweis zu Goldie Barnes' Tod enthalten sei. Er sagte, er wisse, warum Goldie ermordet wurde.«

»Sagen Sie, Ms. . . . Wetzon« Weiss schien Probleme mit ihrem Namen zu haben – »falls Luwisher Brothers Ihr Kunde ist, was noch nicht eindeutig erwiesen ist, warum mußten Sie dann versuchen, heimlich an eine Kopie dieser Studie zu kommen?«

Wetzon geriet allmählich in Wut. Vielleicht war etwas dran an dem, was er sagte, und das machte sie noch wütender. Sie setzte sich kerzengerade und bot ihre ganze Würde auf. »Kunden haben Geheimnisse vor ihren Beratern, und Berater haben Geheimnisse vor ihren Kunden. Das ganze Geschäft besteht aus Geheimnissen, alles beruht auf Vertraulichkeit. Ich ahnte – und Ash bestärkte mich darin –, daß in dieser Studie etwas steckte, das die Branche erschüttern würde. Ich mußte wissen, was es war.«

»Berichten Sie, was Sie über Goldie Barnes' Tod wissen.« Weiss richtete den Blick auf Drake, ohne den Kopf zu bewegen. »Versuchen Sie, dazu etwas aus dem Computer herauszuholen. Und fragen Sie Arditti, was die Gerichtsmedizin herausgefunden hat. Ich möchte, daß jedes Fitzelchen Material eingesackt wird.« Drake stand auf und verließ das Zimmer. Seine Pistole zeichnete sich hinten am Hosenbund durch sein Jackett ab.

Normalerweise hätte sie gelächelt und versucht, Weiss einzuwickeln, aber ihr gefiel sein Verhalten nicht. Wahrscheinlich haßte er Frauen, insbesondere erfolgreiche Geschäftsfrauen.

»Nun?« Sein höhnischer Ton bestätigte sie in ihrer Einschätzung.

»Es war bei einem Bankett zu Ehren Goldies, Mittwoch abend. Er zog sich vom Geschäft zurück oder so ähnlich.«

»So ähnlich?«

»Angeblich wollte er nicht. Sie haben ihn hinausgedrängt.«

»Hat *er* Ihnen das gesagt?«

»Du meine Güte, nein, aber das wußte jeder . . .«

»Wer ist *sie*?«

»Sie? Ach so, Hoffritz, Bird, vielleicht Culver, vielleicht andere.«

»Das war Silvestris Fall«, murmelte Weiss, mehr zu sich als zu ihr.

»Ja«, sagte sie, während sie überlegte, ob sie ihm sagen sollte, daß sie Silvestri angerufen hatte.

»Was haben Sie hier gemacht, so früh an einem Samstagmorgen?«

»Ich sagte es bereits. Dr. Ash rief mich an. Er bat mich herzukommen.«

»Warum Sie?«

»Keine Ahnung. Standen die Kaffeetassen hier auf dem Tisch, als Sie kamen?«

Drake kam mit einem Blatt Papier herein. Weiss warf einen flüchtigen Blick darauf und gab es Drake zurück. »Waren hier Kaffeetassen, als wir herkamen?« fragte Weiss Drake. »Ich möchte die Gewißheit haben, daß sie alles genaustens unter die Lupe genommen haben.«

»Ich überprüfe es.« Drake ging wieder hinaus.

Weiss wollte eine neue Zigarette anzünden, hielt inne und legte sie weg. Wetzon verließ der Mut. Ohne seinen Nikotinschuß würde er immer gemeiner werden. »Fahren Sie fort«, sagte er.

Wie brachte sie sich nur immer in solche Geschichten? »Ich sollte hier heraufkommen – ich meine, ich sollte ihn um halb acht bei den Aufzügen im siebenundsechzigsten Stock treffen, aber er war nicht da. Es war überhaupt niemand da. Also ging ich hinauf, weil ich dachte, er könnte das Konferenzzimmer gemeint haben. Jemand schlug die Tür zu und schloß mich ein.«

Wie steckte Chris mit drin? dachte sie plötzlich. War er zurückgekommen, hatte sie eingeschlossen und Carlton Ash ermordet? Nein. Chris war längst weg. Sie hatte ihn weggehen sehen. Aber was hatte er hier gemacht, und warum hatte er ihr so eindringlich geraten, nicht nach oben zu gehen?

»Und da haben Sie die Kaffeetassen gesehen?«

»Ich dachte, ich wäre über das Wochenende eingeschlossen.« Sie mußte gegen ihren Willen lächeln. »Ohne etwas zu essen. In einigen Bechern war noch Kaffee. Und der Kaffee war noch warm. Dabei fand ich das Inhaliergerät.« Sie warf ihm den Brocken vor und gab sich Mühe, sich die Schadenfreude nicht anmerken zu lassen.

»Einen Augenblick. Halt.« Weiss hielt eine Hand hoch. Jetzt hatte sie seine volle Aufmerksamkeit. Zum erstenmal sah er sie direkt an. »Was für ein Inhaliergerät?«

Drake kam zurück und setzte sich.

»Und?« sagte Weiss, ohne Wetzon aus den Augen zu lassen.

»Keine Kaffeebecher, keine Tassen oder Teller oder sonst was«, berichtete Drake.

»Prima.« Er starrte Wetzon wortlos an und sagte schließlich: »Sie wollten uns von dem Inhaliergerät erzählen?«

»Ich glaube, es gehörte Dr. Ash.«

»Wie kommen Sie darauf?«

»Er litt unter Atembeschwerden, vielleicht wegen seines Gewichts – oder er hatte Asthma, ich weiß es nicht. Aber ich sah, wie er das Gerät benutzte, bei dem Bankett und auch bei der Sitzung, die wir gestern hier hatten.«

»Wo war es?«

»Das Bankett oder das Inhaliergerät?«

»Sie wissen ganz genau, daß ich das Gerät meine.« Er starrte sie wütend an.

»Es lag unten in einem Kaffeebecher.«

»Sie tranken den Kaffee?«

»Nein.« Meine Güte, wenn sie ihn nun getrunken hätte? »Glauben Sie, es war vielleicht Gift im Kaffee?«

Er zuckte die Achseln. »Ohne die Becher ist alles reine Vermutung, und wir arbeiten nicht mit Vermutungen.«

»Ich goß etwas von dem Kaffee in den anderen Becher, der leer war, und da lag das Gerät auf dem Grund.«

»Was haben Sie damit gemacht?«

»Nichts. Ich habe es nicht angerührt. Jemand kam und ließ mich hinaus, ich war so erleichtert, daß ich nicht mehr daran dachte.«

»Wer ließ sie hinaus?«

»Doug Culver.«

»Kommen wir auf den Bericht zurück. Niemand hat bis jetzt einen Bericht erwähnt.«

Sie vertuschen es, dachte sie. »Ich weiß nichts davon, außer daß Dr. Ash behauptete, er würde das Gesicht der Maklerbranche verändern.«

»Laß sein Büro versiegeln«, murmelte Weiss zu Drake.

»Dafür ist es zu spät«, sagte Wetzon.

»Was wollen Sie damit sagen? Goodspeed ist im Rokkefeller Center. Wie wollen Sie wissen ...«

»Tut mir leid. Von dem Büro weiß ich nichts. Er hatte auch hier ein Büro.«

»Das hat mir keiner gesagt.«

»Vielleicht haben sie es vergessen.«

»Wie praktisch. Woher wissen Sie, daß es zu spät ist?«

»Weil« – sie spürte, wie sie rot wurde – »weil ich hinging, um den Bericht zu suchen.«

»Und am Beweismaterial herumzupfuschen. Geben Sie mir eine Chance, liebe Frau.«

Wetzon sah ihm fest in die Augen. »Sie müssen wissen, daß ich mir nicht an Beweismaterial zu schaffen mache. Die Schubladen standen alle offen. Ich benutzte einen Federhalter, um die Papiere durchzublättern.«

»Verdammt noch mal, wo ist da der Unterschied?« Weiss stand auf, und jede Bewegung drückte Widerwillen aus. »Wo ist das Büro?«

»Ich versuche, Ihnen etwas Wichtiges mitzuteilen.« Wetzons Widerwillen stand seinem in nichts nach. »Sein Büro ist unten im Boardroom, gegenüber von Ellie Kaplans. Es ist ein heilloses Durcheinander, es ist demoliert worden.« Wodurch wurde Silvestri aufgehalten?

Weiss ging brummend auf die Tür zu. Er bedeutete Drake voranzugehen, sprach aber langsam und überlegt zu Wetzon. »Wo passen Sie in das Ganze hinein, Ms. Wetzon? Warum rief Ash *Sie* an?«

Offenbar hatten weder Hoffritz noch Bird den Auftrag erwähnt. »Weil ich für die Firma arbeite. Vielleicht dachte er, ich sei neutral genug – Mann, ich weiß es nicht. Sein Anruf überraschte mich sehr. Ich war ihm erst gestern vorgestellt worden. Er wußte, daß ich auf den Bericht sehr neugierig war. Ich kann nicht glauben, daß kein anderer etwas von dem Bericht gesagt hat.«

»Sie haben die Ehre, die erste zu sein.«

»Ich kann es einfach nicht glauben. Was haben Sie gesagt, was er hier zu tun hatte?«

»Sie sagten, er arbeitete für Goldie Barnes.«

»Für Goldie?« Nun war sie in Verlegenheit. »Ich

hatte den Eindruck, daß Goldie ihn unsympathisch fand.«

Weiss steckte ein Zigarette in den Mund, und diesmals zündete er sie an. Er inhalierte tief, und aus seinen Nasenlöchern kam der Rauch als dicker weißer Strom. »Sie sagten, daß Ash gestern gekündigt wurde.«

Ash war gekündigt worden, deshalb hatte er sie angerufen. Wenn Wall Street kündigte, wurden Schlüssel zurückgefordert, Schreibtische und Büros bekamen Vorhängeschlösser. Wie war er in das Gebäude gekommen? Chris. Chris konnte ihn eingelassen haben.

Diese Burschen – Search und Destroy, Dougie, Chris, Neil – gingen praktisch über Leichen, wenn es um Geldverdienen ging. Sie würden die eigene Großmutter verkaufen, wenn ein Profit winkte, sie alle. Würde einer von ihnen auch morden, um sich einen Platz an der Sonne zu sichern? Was könnte wohl in diesem Bericht stehen, das jemanden dazu bringen würde, zwei Menschen zu töten?

Wetzon betrachtete Weiss, der mit unverhohlenem Genuß rauchte. »Vermutlich wäre er nicht gekündigt geblieben«, sagte sie.

»Dafür ist er es jetzt endgültig.« Weiss hielt die Zigarette im Mundwinkel. »Geben Sie Drake bitte Ihre Adresse und die geschäftliche und private Telefonnummer.« Er hustete. Ein hohler Erkältungshusten.

Immer noch trocken hustend, geleitete er sie durch die Tür. »Damit sind wir hier fertig«, sagte er zu Drake.

Silvestri, die Augen hinter einer Sonnenbrille versteckt, stand mit Metzger oben an der Treppe. Sie redeten mit einem vierschrötigen Mann mit Ärztekoffer, dessen auf die Seite gekämmtes Haar einen kahlen Fleck in der Mitte bedeckte, so daß es wie ein schlechtes Haarteil aussah. Eine Frau mit einem groben Gesicht trat zu ihnen. Wetzon erkannte sie nach Zeitungsbildern und Fernsehreportagen als die stellvertretende Staatsanwältin wieder, die gerade mit Erfolg den Prozeß gegen den Mörder einer Studentin an der City University geführt hatte. Zwei Sanitäter hatten Dr. Ashs sterbliche Hülle in ein weißes Laken gehüllt, kamen nun aber nicht damit zurecht, ihn in einen blauen Leichensack zu packen, der die gleiche Farbe wie Ellies Make-up-Beutel hatte.

»Was führt Sie her, Silvestri?« Weiss ließ anklingen, daß das hier sein Revier war.

»Ich bekam einen Anruf.«

Wetzon wußte, daß Silvestri sie ansah, aber es war beunruhigend, seine Augen nicht zu sehen. »Ich habe ihn angerufen«, erklärte sie. »Ich dachte, er sollte Bescheid wissen, weil . . .«

»Ich bearbeite den Fall Goldie Barnes«, unterbrach Silvestri sie. »Ich möchte mir gern den offiziellen Bericht ansehen.«

Wetzon reckte das Kinn vor und sagte steif: »Silvestri, Dr. Ash behauptete, er wisse, warum Goldie ermordet wurde.«

»Hallo, Artie.« Drake gab Metzger einen kräftigen Klaps auf den Rücken. »Hab' dich seit einer Ewigkeit nicht gesehen.«

Metzgers Bassetgesicht leuchtete auf. Er und Drake schüttelten sich die Hand.

»Wenn ich hier nicht mehr gebraucht werde – ich habe ein Verabredung.« Sie fühlte sich plötzlich überflüssig, als sei sie zu weit gegangen.

Sie beachteten sie nicht.

»Kommen Sie mit, Silvestri«, sagte Weiss. »Ich setze Sie ins Bild.« Er strebte zum Konferenzzimmer zurück.

»Silvestri . . .«

»Du gehst jetzt, Les.« Er nahm die Brille nicht ab. Sie wußte, daß er sauer auf sie war und daß sie es noch zu hören bekommen würde.

Warum hatte sie ihm nicht mitgeteilt, was Carlton Ash am Telefon gesagt hatte? *Du hast Poker gespielt, Silvestri. Scheiße, Les.*

Während sie in dem sprechenden Aufzug nach unten fuhr, dachte sie darüber nach. Es war nicht nur deshalb gewesen, weil Ash sie auf Geheimhaltung eingeschworen hatte. Sie hatte sich in keinerlei Gefahr gefühlt, nicht einmal, als sie im Konferenzzimmer eingeperrt gewesen war.

Sie war gekommen, um eine Kopie von der Studie abzuholen, mehr nicht.

Deine nachträgliche Erklärung, sagte sie sich, als sie in der Halle aus dem Aufzug trat. Silvestri würde es sie spüren lassen. Ach, Mist. Warum passierte ihr das immer? *Weil du dich für so ungeheuer schlau hältst,* hörte sie Silvestri sagen.

Auf ihrer Armbanduhr war es elf Uhr dreißig. Sie sollte Laura Lee im *Burger Heaven* bei *Saks* um die Ecke um zwölf Uhr dreißig treffen. Nur eins wollte sie noch tun, bevor sie hinfuhr.

Sie mußte ein Weile in der Halle suchen, bis sie

Telefone fand. Es konnte nicht leicht gewesen sein, Carlton Ash zu töten, sein Büro auf den Kopf zu stellen, dann die Treppe durch sämtliche siebenundsechzig Stockwerke hinunterzurennen. Aber möglich war es. Übrigens konnte David Kim Ellie ja auch von der Halle aus angerufen haben. Ellie hatte ihn sicher nicht gefragt, von wo er anrief.

Sie mußte Smith das Neueste berichten, sonst würde die ihr die Hölle heiß machen. »R-Gespräch, bitte«, sagte sie der Vermittlung, nachdem sie eine lange Ziffernfolge gewählt hatte.

»Alles in Ordnung? Was hat er gesagt?« Smith' Stimme war verzerrt.

»Frühstückst du gerade?« fragte Wetzon neidisch. Sie war am verhungern, und es war nicht einmal Mittag.

»Mhm. Erzähl schon, was passiert ist.«

»Dr. Ash war tot . . . um es gleich zu sagen.«

»Wovon redest du überhaupt, Wetzon? Ich verstehe dich nicht.«

»Es war ein Scherz, Smith. Weißt du, ›Marley war tot, um es gleich zu sagen.«

»Wer ist denn nun schon wieder Marley, Wetzon? Was hat er damit zu schaffen?«

»Vergiß es. Ich bin albern.« Es war albern, Smith mit einer literarischen Anspielung zu kommen. Geschah ihr recht. »Ich meine, als ich kam, war niemand zu sehen. Ich wurde von jemandem im Konferenzzimmer eingeschlossen, und als man mich hinausließ, lag Dr. Ash tot auf der Treppe.«

»Um Gottes willen!«

»Aber mir geht es gut, Smith, danke für die Nachfrage.«

»Mach bitte keine Witze. Vielleicht sollte ich in die Stadt fahren und bei dir sein. Du klingst hysterisch.« Smith murmelte vor sich hin; offenbar hielt sie die Hand über die Muschel und redete mit Jake.

»Ich bin nicht hysterisch. Sag bitte Jake nichts davon.«

»Wetzon, Schatz, du weißt, daß du dich auf mich verlassen kannst. Trotzdem meine ich, ich sollte vielleicht kommen, um mit dir eine Strategie zu entwerfen.«

»Ach wo. Ich lege jetzt auf, weil ich sonst zu spät zu einer Verabredung komme. Du solltest es nur von mir erfahren, bevor du es in den Nachrichten hörst.«

Sie hängte den Hörer ein und schnitt Smith das Wort ab. Während sie am Aufzug vorbei und die überdachte Treppe zur Straße hinunterging, fragte sie sich, ob Carlton Ash bei Goodspeed eine Sekretärin gehabt hatte.

Auf der Vesey Street herrschte glühende Hitze. Die Mittagssonne schlug einem wie eine erstickende Decke von dem Beton entgegen, so daß jeder nach Luft schnappte. Sommer in New York, dabei hatte er nach dem Kalender noch nicht einmal angefangen.

Wetzon zögerte am Eingang zum World Trade Center. Bei dem Gedanken, da unten auf einem unklimatisierten Bahnsteig zu stehen, wo die Temperatur wahrscheinlich nahe 40 Grad war, wurde ihr schwach.

Ein Taxi fuhr direkt vor ihr vor und spuckte einen Mann, eine Frau und zwei Teenager aus, alle in Shorts, alle mit Kameras an Tragriemen. Sie plapperten auf Französisch, verrenkten sich die Hälse und zeigten zur Spitze der Türme hinauf.

Wetzon hielt die Taxitür auf. »Sind Sie frei?«

»Steigen Sie ein und schließen Sie die Tür. Sie lassen die ganze heiße Luft herein.« Der Fahrer hatte dunkles Haar in winzigen Löckchen und sprach mit russischem Akzent.

Sie stieg ein und machte es sich bequem. »49. und Madison.«

»Sehr heiß heute«, meinte der Fahrer. »Über dreißig, glaube ich.«

»Hm.« Sie hatte eigentlich keine Lust, sich zu unterhalten. *Einfach dasitzen, die Augen schließen und kühl denken,* dachte sie. Ihre Strumpfhose klebte feucht an den Kniekehlen und der Unterseite der Schenkel. Sie zupfte an den Ärmeln, dann rollte sie sie bis zu den Ellbogen auf, öffnete einen Knopf an der Bluse, dann noch einen. Sie hätte sie ganz aufknöpfen können, bei dem Brustansatz, den sie hatte – oder nicht hatte.

Sie blickte auf und ertappte den Fahrer dabei, wie er sie im Rückspiegel beobachtete. »Fahren Sie nur«, murmelte sie. Auf seiner Kennkarte stand Ari Savarti.

»Was führt Sie denn an so einem heißen Tag hier herunter?« fragte Ari Savarti, indem er zügig in den FDR Drive einbog.

Der East River war mit Segelbooten übersät, so daß man die Illusion haben konnte, Marblehead vor sich zu sehen. Die Sonne strahlte in einem hellen Gelb herunter und täuschte jemandem in dem klimatisierten Inneren vor, es sei draußen kühl und trocken und erträglich.

»Sitzen Sie gut?«

Wetzon seufzte. Das konnte nur ihr passieren, so ein geschwätziger Fahrer. »Sie wollen wissen, was mich hergeführt hat? Geschäfte.«

»Ach, wirklich? Was für Geschäfte?«

»Ich bin Headhunterin.«

»Im Ernst? Vermitteln Sie Computerleute? Ich bin ein sehr guter Programmierer. Ich mache auch Textverarbeitung.«

»Nein. Nur Börsenmakler.«

»Börsenmakler? Im Ernst? Ich habe einen Freund, der Börsenmakler ist.«

»Ach ja?« Sie horchte auf und rutschte vor. »Bei welcher Firma?«

»Dean Witter. Long Island. Garden City. Kennen Sie die Firma?«

»Ja. Wie heißt er?«

»Rueben Silver. Sie sollten ihn anrufen. Kann sein, er ist nicht besonders zufrieden. Sie können meinen Namen erwähnen. Ari Savarti.«

Als sie Ecke 49. und Madison aus dem Taxi stieg, war es zehn nach zwölf, sie hatte einen unerwarteten Vorsprung, und sie fühlte sich entschieden munterer. Es war zu früh, um Laura Lee zu treffen, was ihr recht war. Sie wollte noch telefonieren.

Die Sonne stach; der Teer auf der Straße gab unter Wetzons kleinen Absätzen nach wie Teig. Sie schlüpfte durch den Seiteneingang von *Saks* an der 49. Street und ging quer durch das Geschäft zu den Telefonen an der Seite zur 50. Street.

Im Geschäft drängelten sich die Kunden, Einheimische, die ihre letzten Einkäufe für den Sommer tätigten, bevor sie zu den Hamptons oder nach Connecticut aufbrachen, und Touristen, meist Japaner, alle mit Einkaufstüten und Kameras und Dollarbündeln.

Sie kam an einer Verkäuferin mit einer Sprühflasche vorbei, die ihr einen Spritzer von Elizabeth Taylors *Passion* anbot, was sie ablehnte, da sie genug von ihrem eigenen hatte. Zwei andere Verkäuferinnen priesen Estée Lauders neuestes Werbegeschenk an.

Einem völlig zerfetzten Telefonbuch, das in eine Metallplatte eingeschlossen offen auf der Theke lag, entnahm sie, daß Goodspeed Associates an der Rokkefeller Plaza 45 lag. Sie kritzelte die Telefonnummer auf eine Seite aus ihrem Block und wartete, bis ein Telefon frei wurde. Vielleicht konnte sie mit Carlton Ashs Sekretärin sprechen und herausbekommen, was in dem Bericht stand.

Ein grauhaariger Mann mit slawischem Gesicht und einem kleinen Bauch beendete gerade ein Gespräch. Ein kleiner Junge, der noch kaum laufen konnte, zerrte an ihm. Der Junge nahm seine Hand und zog ihn zu einer Frau, die mit einem leeren Sportwagen wartete. »Papi, Papi«, sagte der Kleine. Die Frau lachte den Jungen an und setzte ihn in den Sportwagen. Sie war selbst nicht weit von fünfzig.

So viele Frauen warteten mit Kindern, bis sie über dreißig oder vierzig waren, und das war gar nicht so schlecht, weil Kinder dann eine freie Entscheidung waren und zur Welt kamen, weil man sie wünschte. Was für eine wunderbare Welt mußte das sein, wenn nur Wunschkinder geboren würden.

Hier stand sie, achtunddreißig Jahre alt und nicht besonders mütterlich. Wollte sie Kinder? Nein. Bestimmt nicht jetzt. Wollte sie die Möglichkeit für später offenhalten? Aber sicher.

Wetzon wählte die Nummer von Goodspeed Associates. Es war Samstag. Ob überhaupt jemand dort war? Sie ließ es läuten . . . sechsmal . . . sieben . . . acht . . .

»Goodspeed Associates.« Die Stimme eines jungen Mannes, ein wenig hoch.

»Guten Tag, ob Sie mir wohl den Namen von Dr. Carltons Ashs Sekretärin sagen könnten?«

»Dr. Ash?«

»Ja, Carlton Ash. Er ist einer Ihrer Berater.«

»Ach so, Dr. Ash arbeitet schon eine ganze Weile nicht mehr hier, seit wenigstens sechs Monaten nicht mehr.«

»Wissen Sie das genau? Ist das der Auftragsdienst?«

»Bleiben Sie dran.« Sie hörte eine geflüsterte Unterredung.

»Wer spricht dort?«

Wetzon hängte sehr leise ein.

»Und dann kam die Rechnung, und jetzt paß auf, wir waren vierzehn, also teilte ich einfach die vierhundert Dollar durch vierzehn und sagte, jeder sollte mir achtundzwanzig Dollar geben.« Laura Lee biß gierig in ihren Roquefort-Burger. »Und du glaubst es nicht, da fängt doch diese Gans an, eine Szene zu machen, daß sie überhaupt keinen Reis gegessen habe und deshalb nicht bezahlen wolle.«

Wetzon legte die obere Hälfte des Brötchens auf die Seite und schnitt ihren Roquefort-Burger in vier Teile.

»Du kannst es dir wirklich leisten, den ganzen zu essen«, kommentierte Laura Lee. »Und dann sagte ich zu ihr, glaubst du vielleicht, wir bleiben hier sitzen und warten, bis jeder ohne Taschenrechner um elf Uhr nachts ausgerechnet hat, wieviel er schuldet?« Sie biß noch ein Stück von ihrem Burger ab. »Annie war wütend. Da saßen wir, es war Vittorios Geburtstagsparty. Er hatte die Leute alle eingeladen, jeder, der gekommen war, wußte, daß er selbst bezahlen würde. Annie und ich hatten den Kuchen beigesteuert... verflixt.« Die Frikadelle quoll aus dem Brötchen und verlor Saft und geschmolzenen Käse. Laura Lee ließ ihn auf den Teller fallen, leckte den Käse von den Fingern, nahm ihn wieder in die Hand und aß zu Ende.

Wetzon grinste sie an. »Du hast einen abenteuerlichen Umgang.« Sie griff in ihre Handtasche, fand ein Erfrischungstuch und reichte es Laura Lee.

»Und dann sagte Annie in voller Lautstärke, als wir im Aufzug runterfuhren, ›Was für ein Haufen Langweiler.‹ Ich mußte ständig ›pscht‹ zu ihr sagen.« Laura Lees Augen funkelten. Sie hatte die blonden Spitzen ihres kastanienbraunen Haars herauswachsen lassen und trug es jetzt in vollen Wellen oben auf dem Kopf und sehr glatt und kurz an den Seiten und hinten. Es stand ihr unglaublich gut, und sie sah mit der Frisur wie ein Kobold aus.

»Du hast eine wunderbare Frisur.«

»Warum denkst du nicht mal darüber nach, es auch zu machen? «Laura Lee rieb ihre Finger und Hände mit dem Erfrischungstuch.

»Was?«

»Deine Frisur ändern.«

»Ich? Um Gottes willen, nein. Dazu hätte ich nie den Mut.«

Wetzon tätschelte ihren Knoten, den sie schon in ihrer ersten Zeit als Tänzerin getragen hatte. »Du meine Güte, das wäre wie eine Amputation.«

Laura Lee lachte. »Du bist so langweilig. Eines Tages erwische ich dich in einem schwachen Moment.«

Sie tranken ihre Cola Light aus, zahlten die Rechnung und überquerten die aufgeweichte Straße zu *Saks*. Die Luft war womöglich noch feuchter, die Sonne noch heißer.

»Mann, wie in der Hölle.«

»Als ob du etwas davon wüßtest, liebe Wetzon. Kein Wunder, du bist ja auch bis unters Kinn angezogen.« Laura Lee sah kühl aus in dem kurzen Seidenrock, schwarz mit weißen Tupfen. Sie hatte mindestens ein halbes Dutzend indische Perlenarmbänder um das Handgelenk, und ihre nackten Füße steckten in schwarzen Lacksandalen.

»Ich mußte heute morgen zu einer Sitzung bei Luwisher Brothers.«

»An einem Samstag? Ist das nicht ein bißchen übertrieben?«

»Wenn es sein muß?«

Sie fuhren mit der Rolltreppe in den zweiten Stock.

»Die Max Maras sind runtergesetzt«, wußte Laura Lee.

»Mir gefällt Armani besser.«

»Ja, aber wer kann sich Armani leisten, selbst als Sonderangebot?« Sie blieb in der Calvin-Klein-Abteilung stehen und durchstöberte einen Kleiderständer mit reduzierten Artikeln. »Ich kann diese Burschen nicht ausstehen.«

»Welche Burschen?« Wetzon warf einen Blick auf das Preisschild an einer Leinenjacke. »Hilfe.«

»Du weißt schon. Hoffritz und Bird, Search und Destroy.«

»Woher kennst du sie?« Laura Lee hatte jetzt ihre ungeteilte Aufmerksamkeit.

»Hör mal, Wetzon, jeder kennt *jeden* in der Wall Street. Goldie war allerdings etwas anderes. Sieh dir den an, Wetzon.«

Sie hatte einen marineblauen Rock vom Ständer genommen. »Deine Größe.«

»Laura Lee, die Polizei sagte, Goldie wurde ermordet.«

»Ich weiß. Ich habe es in den Nachrichten gehört.«

Zwei Frauen mit zuviel krausem Haar und schwerem Goldschmuck blieben auf der anderen Seite des Ständers stehen und lauschten.

Wetzon zog Laura in eine weniger volle Ecke der Freizeitkleidungsabteilung. »Das bleibt unter uns, ohne die beiden neugierigen Damen. Während ich heute morgen da war, wurde ein Berater der Firma ermordet.«

»Was?« Laura Lee machte große Augen. »Kein Wunder, daß dir der Appetit vergangen ist. Wie konnte ich nur so dämlich sein und immerzu von gestern abend erzählen? Warum hast du mich nicht gebremst? War es furchtbar? Wer war es?«

»Na ja, schön war es nicht gerade. Er war von Goodspeed Associates. Dr. Carlton Ash. Oder zumindest glaubte ich, er sei von Goodspeed. Er arbeitete an einer Art geheimer Studie für Luwisher Brothers.«

»Geheime Studie? Daß ich nicht lache, Wetzon, in der Wall Street ist im Grunde nichts geheim. Deshalb werden sie auch Insidergeschäfte nie richtig verhindern können.«

»Immerhin war es, glaube ich, so geheim, daß jemand ihn tötete, damit er es nicht mehr erzählen konnte.«

Laura Lee schnalzte mit der Zunge. »Mmmm. Mal sehen, was ich über dieses sogenannte Geheimnis ausgraben kann, Wetzon. Jetzt machen wir uns aber über diese Kleiderständer her.«

Sie brauchten zwei Stunden, bis sie sich durch den zweiten und dritten Stock durchgearbeitet hatten.

Wetzon kaufte zwei Kostüme, ein paar sportliche Sachen von Donna Karan und ein schwarzes Leinenkleid. »Ich werde es nie tragen«, stöhnte sie. »Selbstverständlich trägst du es. Wo siehst du jemals wieder ein Valentino-Kleid, das auf zweihundert Dollar runtergesetzt ist und dir wie angegossen paßt? So, was haben wir jetzt?« Laura Lee stützte sich auf den Tisch und betrachtete die Ledergürtel. »Zwei Kleider, eine MaxMara-Jacke. Calvin-Hosen mit Blazer, zwei Vittadini-Pullover und zwei Gloria-Sachs-Kostüme.«

»Machen wir, daß wir rauskommen«, sagte Wetzon. »Mir tun die Augen weh. Und wir müssen über die Einladung für Annie sprechen. Ist dir klar, daß morgen in einer Woche zehn Frauen in meine Wohnung kommen?«

»Das planen wir alles heute nachmittag.« Laura Lee suchte ihre Tragetaschen zusammen. »Ich weiß genau, was wir tun müssen. Aber erst sehen wir nach, ob die Ferragamos im Angebot sind.«

Wetzon stöhnte auf. Die Ferragamos *waren* im Angebot, und es war nach vier, als Wetzon und Laura Lee auf die Fifth Avenue wankten.

»Suchen wir ein Taxi und fahren zu mir«, schlug Wetzon wor. »Dann können wir gleich entscheiden, auf welche Servierplatten wir was legen.«

»Ich möchte nur noch ganz schnell über die Straße zu *Dunhill's.*«

»Weshalb?«

»Ich möchte sehen, ob sie Pyjamas haben.«

»Gibt es einen neuen Mann in deinem Leben, Laura Lee? Einen, den du mir verschwiegen hast?«

»Er ist für *mich.*«

»Ein Pyjama.«

»Wunderbare feine Baumwolle. Fühlt sich an wie Seide. Worin schläfst du?«

»Übergroße T-Shirts. Feine Baumwolle. Fühlt sich an wie Baumwolle. Oder einfach Haut. Ich hasse alles Beengende, zum Beispiel Pyjamas.«

»Wetzon, Liebe, ich muß immer wieder über dich staunen.«

Dunhill waren Gott sei Dank die Pyjamas ausgegangen. Sie winkten also ein Taxi bei, stapelten ihre Pakete auf dem Vordersitz neben dem Fahrer und ließen sich erschöpft auf die Rückbank fallen.

»Ich sterbe vor Hunger«, sagte Wetzon. »Von Hitze und Schwitzen ganz zu schweigen.«

»Mir geht's genauso. Hast du etwas Eßbares zu Hause?«

»Niente, nichts. Bagels vielleicht.«

»Nein. Ich möchte einen Tequila Sunrise und etwas richtig Pikantes zu essen.«

»Warum laden wir nicht das ganze Zeug bei meinem Portier ab und gehen rüber zu *Panarella's?* Wir können einen großen Salat bestellen und die Party dort durchsprechen.«

Mit genau diesem waren sie eine Viertelstunde später beschäftigt, an einem kleinen Tisch auf der engen Galerie, von der aus man die Bar im Blick hatte. Wetzon hatte Laura Lee einmal mehr schockiert, als sie verstohlen die verschwitzte Strumpfhose hinunterrollte und in ihrer Handtasche verstaute. Sie wackelte mit den Zehen. »Oh, Mann, ist das herrlich.« Sie hatte ein kaltes Amstel vor sich stehen, und sie bestellten italienischen Salat.

»Okay«, begann Laura Lee. »Was meinst du? Teegebäck, Muffins, Teekuchen und belegte Brote.«

»Und eine Schokoladentorte.«

»Klar.«

»Wer übernimmt was? Ich habe ein gutes Rezept für Teegebäck.«

»Dann kümmerst du dich darum, und ich backe die Muffins. Wir backen beide einen Teekuchen.« Laura Lee nahm einen kräftigen Schluck von ihrem Tequila Sunrise und seufzte. »Ich kann auch die Schokoladentorte zubereiten. Wir brauchen *pain de mie* für die Sandwiches. Wir müssen es irgendwo bestellen.«

»Das übernehme ich. Wir können die Sandwiches morgens fertig machen und unter einem feuchten Geschirrtuch frischhalten.«

»Gut, dann ist das abgehakt.« Sie griff nach ihrem Drink und warf dabei eine Gabel auf den Boden. Als sie sich bückte, um sie aufzuheben, rief sie aus: »Sieh mal, wer da ist.« Gebogen wie eine Brezel, blickte Laura Lee auf die kleine Bar unter ihnen.

Wetzon konnte die Bar von ihrem Platz nicht sehen. »Wer?«

»Chris Gorham. Der im weißen Tennisdreß und mit dem gelichteten Haar.« Sie lachte. »Mann, das muß ganz schön Kummer machen.«

»Chris?«

»Ach so, habe ich ganz vergessen. Er ist doch jetzt bei Luwisher Brothers. Du mußt ihn kennen.« Sie setzte sich wieder normal hin.

»Ja, ich kenne ihn. Ich frage wohl lieber nicht, woher du ihn kennst.«

»Frag nicht.«

Wetzon runzelte die Stirn. Chris Gorhams Erscheinen hatte Laura Lee einen deutlichen Dämpfer verpaßt. »Bist du sicher, daß es Chris ist?«

Laura Lee sah sie spöttisch an und bog sich wieder zur Brezel. »Oh, oh, er hat Gesellschaft bekommen.«

»Das muß ich sehen.« Wetzon rutschte herum und schielte über das Geländer. Unten schüttelte ein dunkelhaariger Mann in grauen Hosen und schwarzem T-Shirt Chris Gorhams Hand. Chris bestellte anscheinend Drinks. Der zweite Mann drehte sich um und lehnte sich an die Theke. »Hast du Töne«, sagte Wetzon. Sie drehte sich um und lehnte sich zurück.

Ihre Salate wurden serviert.

»Was war da, Wetzon?« fragte Laura Lee, als die Kellnerin gegangen war.

Sie antwortete Laura Lee nicht. Ihr Blick wurde nach unten gezogen, obwohl sie wußte, daß sie in dieser Haltung nichts sehen konnte. Der Mann bei Chris Gorham war David Kim.

In einer gesteppten blauen Satinweste, den kleinen Kopf zwischen den hochgezogenen Schultern, grinste John Hoffritz dämonisch. »Die Einsätze.« Er unterstrich seine Worte, indem er Rauchringe groß wie Fahrradschläuche blies, die über dem Konferenztisch schwebten.

»Wie steht's mit den Drinks, Mädchen?« Destry Bird schnalzte mit den Fingern vor Wetzons Gesicht.

»Geben Sie auch für mich, geben Sie auch für mich«, bat jemand aus der Dunkelheit.

»Was?« Wetzon schüttelte sich. Wo war sie?

»Die Drinks!« schrie Destry sie an.

»Frauen«, bemerkte Hoffritz.

»Sie gehören nicht ins Spiel«, sagte Dougie. Seine Hand ruhte auf ihrem nackten Arm.

Wetzon bemerkte, daß sie ein schulterfreies, beinahe busenfreies Goldmoirékleid mit schwarzem Spitzenbesatz anhatte. Du lieber Gott, wie geschmacklos. Sie zupfte mit der linken freien Hand an dem Mieder des Kleids, während sie auf der Handfläche der rechten ein Metalltablett mit einer Flasche Bourbon und sechs Gläsern balancierte. Mann, dachte sie, gerade wie sie damals gekellnert hatte, als sie nach New York gekommen war, um Tänzerin zu werden.

Sie trug schwarze Netzstrümpfe und hochhackige Schuhe mit Riemchen um die Knöchel. Gwen Verdon in *Sweet Charity. Das ist nicht die Wirklichkeit,* dachte sie. War es eine Probe?

Die Männer um den in Rauch gehüllten Konferenztisch warteten, daß sie etwas tat, also machte sie einen Bunny-Knicks, stellte das Tablett auf den Tisch und räumte es ab.

»Geben Sie auch für mich, geben Sie auch für mich«, kam es wieder aus dem Schatten am Ende des Zimmers.

Die Spieler schauten auf und lächelten sich verschlagen zu. »Das ist ein König«, sagte Hoffritz, »und eine Drei. Nichts zu machen.«

Sie spielten mit riesigen Karten, die seltsame Bilder trugen. Wetzon drängte sich in die Runde, um besser zu sehen. Eine Hand kroch dreist an ihrem Bein hoch und kam bis zum Oberschenkel, bevor sie sich herumwarf und dem Vordringenden Einhalt gebot. Chris Gorham in schwarzer SS-Uniform, einen Schmiß auf der Wange, grinste sie anzüglich an und warf seine Chips ins Spiel.

»Könige, ein Paar Könige, hierher.«

Wetzon sah sich am Tisch um. Hoffritz gab. Bird mit schwarzer Augenklappe saß neben Hoffritz. Neil, Dougie, Chris – sie spielten alle. Sie spähte durch den Rauch. Sechs Gläser hatte sie gebracht. Der sechste Mann war David Kim. Er baute mit einem anderen Kartenspiel ein Haus.

»Der große Mann an der Börse, er hat die Macht.«

»Hierher, Miss Ellie«, rief David Kim plötzlich. »Blas auf meine Karten, das bringt Glück.« Er hatte ein gewaltiges Kartenhaus mit Terrassen und Türmchen gebaut.

»Nein«, schrie Wetzon. »Tun Sie's nicht. Sie blasen das Haus um.«

Ellie Kaplan, üppig in einem grünen Samtkleid, das um den Körper wie ein Korselett geschnitten war, materialisierte sich aus dem Rauch und blies verführerisch in David Kims Ohr. Das Kartenhaus schwankte, stürzte aber nicht ein.

»Achten, seht, ein Paar Achten.«

»Geben Sie auch für mich, geben Sie auch für mich.«

»Karozwei, nichts. Pikas. As sticht.«

»Asse und Achten«, schrie Neil und sprang auf. »Dead Man's Hand. Ohne mich.«

»Setz dich, Neil, ich gebe«, stieß Hoffritz wütend hervor. »Wo bleibt die Unterhaltung?« Er klatschte in die Hände, und eine verschleierte Tänzerin in einem Haremkostüm aus rotem Taft mit einer roten Schleife auf der üppigen Brust flitzte ins Zimmer. Sie trug ein riesiges Tablett mit einer zugedeckten Schüssel.

»Geben Sie auch für mich, geben Sie auch für mich.« Die Stimme war drohender geworden.

»Asse und Achten gesetzt. Okay. Der Einsatz steht.«

»Ich erhöhe«, sagte Dougie leise.

Die Frau im roten Taft bewegte sich schwerfällig in einem Schreittanz zu gruseligen New-Age-Klängen und stellte dann, als die Musik aufhörte, das Tablett herrisch mitten in das Spiel. Sie riß den Deckel von der Schüssel. Darunter lag auf einer Platte der Kopf von Goldie Barnes. Seine Augen waren offen und starr, das weißblonde Haar stach grell vom bläulichen Gesicht ab.

»Was sind meine Optionen?« schrie Ellie.

»Bringt mich weg von hier«, rief Wetzon.

Goldies Kopf zwinkerte ihr zu. »Nur über meine Leiche«, sagte er.

»Ich nehme den Einsatz, weil die Zweien wilde Karten sind«, sagte Dougie, indem er nach Goldies Kopf griff.

Wetzon schrie. Hände packten sie. Arme hielten sie fest.

»Nein, nein, nein!«

»Les ...«

Sie wehrte sich gegen den Druck.

»Les, hör auf.«

Sie gab die Gegenwehr auf. Silvestri hatte die Arme um sie geschlungen und drückte sie an das krause Haar auf seiner Brust.

»Mein Gott.« Sie schlug die Augen auf und stöhnte, während sie sich in seine Arme kuschelte. Die rauhen Stoppeln an seinem Kinn kratzten sie an der Wange. Er streichelte ihren Rücken und glitt mit den Fingern über ihre Wirbelsäule. »Mein Gott«, wiederholte sie und hörte ihr Herz rasend gegen seinen ruhigen Herzschlag pochen.

Die Klimaanlage brummte, die Jalousien waren wegen der unerbittlichen Sonne geschlossen.

Er stützte sich auf einen Ellbogen und streichelte ihr Gesicht. »Möchtest du es mir erzählen?«

»Noch nicht.« Sie zog ihn neben sich herunter.

Sonntag. Tag zum Ausruhen. Tag zum Wiedergutmachen.

»Liebe am Morgen. Lieutenant, paß auf«, sang sie in

sein Ohr. Ihr Magen knurrte gequält. »Ich sterbe vor Hunger.« Sie setzte sich auf.

»Kannst du nicht mal eine Minute still liegen?« fragte Silvestri, indem er sie an sich zog. Sie legte den Kopf in seine Armbeuge. Er roch nach Schweiß und Rauch und aromatischem Aftershave. »Jetzt erzählst du mir, was dir angst macht.«

Sie rieb die Augen. »Also es war ein Pokerspiel, wie *Maverick* ...«

Sein Piepser meldete sich.

»Scheiße«, sagte sie.

Silvestri küßte sie, setzte sich auf und rief zurück.

Er ist fort, dachte sie. *Das war's dann.* Sie stand auf und ging unter die Dusche. Er kam kurz zu ihr.

»Ich muß in die Stadt«, sagte er, während er ihr den Rücken einseifte.

»So was Dummes. Wir hätten den Tag zusammen im Bett verbringen können.«

»Lügnerin. Wie ich dich kenne, hast du schon Pläne gemacht. Ich wollte allerdings mit dir wegen gestern reden.«

Sie rubbelte Shampoon in ihr Haar. »Ich habe mich schon gefragt, wann das auf den Tisch kommt.«

»Les, du bist so was von störrisch. Ich möchte nur nicht, daß dir etwas passiert.«

»Du kannst mich nicht vor dem Leben schützen, Silvestri.«

»Das möchte ich aber.«

»Ich drehe das kalte Wasser auf«, warnte sie.

»Danke, das kann ich brauchen«, erwiderte er, indem er auswich, aber nicht schnell genug. Das eisige Wasser schoß aus der Dusche über beide.

»Autsch!« schrie sie.

Er lachte und trat unter der Dusche vor.

»Ich bin froh, daß du mich nicht anbrüllst«, sagte sie.

»Würde das nützen?«

»Ich wollte mich wirklich nicht einmischen. Ich wollte bloß wissen, was in der Studie steht, um Smith und mir vielleicht einen Vorsprung zu verschaffen.« Sie rollte ihr langes Haar in ein Handtuch.

»Ist das so etwas wie Insider-Information?«

»O, Mann, Silvestri. Nein. Das ist was anderes.«

»Inwiefern anders?«

»Ich bot nicht an, sie zu kaufen, und ich wollte sie nicht für Geschäfte auf dem Aktienmarkt benutzen.«

»Auf dem Aktienmarkt nicht, aber wie steht es mit dem Stellenmarkt?« Er grinste sie an.

»Das reicht. Du hast wirklich einen gemeinen Zug, Silvestri, weißt du das? Hör auf, mich zu quälen. Ich muß darüber nachdenken.«

»Prima, Les. Ich meine, es lohnt, darüber nachzudenken.« Er war plötzlich todernst.

In ein Badetuch gehüllt, folgte sie ihm durch die Wohnung, während er sich anzog. Er wählte einen Anzug. »Warum der Anzug heute?«

»Es ist kein gewöhnliches Treffen.«

»Aha? Hat es mit Carlton Ash und Goldie Barnes zu tun?« Sie stand hinter ihm. Im Spiegel traf sie der Blick seiner türkisfarbenen Augen. Er kämmte sein dunkles Haar zurück, hinter seinen zurückweichenden Haaransatz. »Du hast einen schönen Skalp«, neckte sie ihn.

Er drehte sich um und packte sie, bevor sie flüchten konnte. »Du hast vor keinem Respekt«, sagte er, während er ihr Gesicht in den Händen hielt.

»Doch, Silvestri. Du verstehst bloß die Frauen nicht.«

Er lachte und küßte sie. »Ich verstehe *diese* Frau nicht. Ich werde sie nie verstehen. In ihrer Nähe wird es immer kompliziert.« Er hob seine Jacke auf.

Ein greller Blitz, dann übertönte ein gewaltiger Donnerschlag das Brummen der Klimaanlage. Sie zog die Jalousien hoch. »Es ist ganz dunkel draußen.«

»Ich fürchte mich nicht.« Silvestri ging durch den Flur auf die Tür zu.

»Keinen Kaffee, kein Frühstück?«

»Ich kaufe mir etwas im Vorbeigehen.« Er tätschelte seinen kaum sichtbaren Bauch und machte die Tür auf. Die *New York Times* lag auf der Matte. Er hob sie auf und reichte sie ihr. »Was für Pläne hast du?«

»Meinst du nicht, es wäre Zeit, daß du mich einweihst, um welches Gift es sich handelt?« Sie stand in der Tür, während er auf den Aufzug wartete.

»Nein.«

»Traust du mir nicht? Ich sage es bestimmt nicht weiter.« Du lieber Himmel, sie hörte sich wie Smith an.

»Das will ich hoffen.«

Die Sprechanlage summte. Sie warf die *Times* auf den Boden und ließ die Tür ins Schloß fallen, um zu antworten. »Ja?«

»Ms. Smith ist auf dem Weg.«

Mist! Was zum Kuckuck hatte Smith hier zu suchen? Sie ging wieder an die Tür. Silvestri wartete immer noch auf den Aufzug, inzwischen ungeduldig. Er trat von einem Fuß auf den anderen. »Smith ist unterwegs.«

Er blieb stehen und musterte sie. »Du wolltest den Tag mit ihr verbringen?«

»Nein, ich wollte den Tag nicht mit ihr verbringen«, erwiderte sie heftig. »Wir, du und ich, sollten eigentlich Carlos und Arthur zum Brunch bei *Sarabeth's* treffen, und danach wollten wir zum Markt auf der Amsterdam Avenue gehen, der jetzt vielleicht ins Wasser fällt.«

Der Aufzug öffnete sich, und Smith stieg aus und Silvestri ein, wobei es ihm trickreich gelang, Smith' rasch angebotene Wange zu umgehen. Die Tür schloß sich.

Smith rümpfte die Nase. »Hm.«

»Du hättest anrufen und mich wissen lassen können, daß du kommst«, sagte Wetzon.

Smith drückte die Tür auf und ging um sie herum in die Wohnung. »Zieh dich lieber an.«

Wetzon schloß die Tür. »So? Warum?«

»Jake parkt noch den Wagen und kommt dann rauf.«

»Um Himmels willen«, sagte Smith. »Ich weiß nicht, warum du in bezug auf Jake so stur bist. Er steckt genauso in der Sache wie wir.« Sie trug verwaschene Seidenbluejeans und ein schwarzes Seidenmieder mit schmalen Trägern. Ihre Arme waren nußbraun von der Sonne. »Ich gebe ihm nur einen Kuß und bin sofort wieder da.« Sie verließ Wetzons Wohnung wieder.

»Übrigens wünschte ich mir, es wäre dein letzter Kuß für diesen Mistkerl, ein für allemal«, rief Wetzon hinter ihr her.

Smith drückte den Aufzugsknopf und schaute gekränkt drein. »Ich schreibe dir nicht vor, wen du treffen sollst und wen nicht.«

»Ach ja? Seit wann? Wer nimmt hier wen auf den Arm?« Wetzon knallte die Wohnungstür zu, stampfte durch den Flur und tobte mit dem Donner um die Wette. Verdammte Smith. Was meinte Smith damit: *Er steckt genauso in der Sache wie wir?* Vermutlich hatte sie Jake alles erzählt.

Wetzon zog Shorts an und das rote T-Shirt mit dem

Aufdruck MURDER INK, das der pfiffige alte Carlo in einem Buchladen gleichen Namens in dem Viertel gefunden hatte.

»Mord«, hatte er gemeint, »ist dein Markenzeichen.«

Als es an der Tür klingelte, goß sie gerade Wasser auf den Kaffee im Melittafilter. Sie knirschte mit den Zähnen. »Warte bis du schwarz wirst«, knurrte sie.

»Zuckerstück, wo steckst du?«

Wetzon ließ sie ein. »Ich wette, du hast ihm alles erzählt, die Abmachung mit Luwisher Brothers, Janet Barnes' Einladung zum Mittagessen . . .«

Smith machte große unschuldige Augen. »Du weißt, daß ich eine vertrauliche Mitteilung niemals weitersagen würde.« Sie runzelte die Stirn. »Warum bist du so mies gelaunt? Hast du dich mit Silvestri gestritten?« Es klang so hoffnungsvoll, daß Wetzon fast lachen mußte.

»Wenn du nichts verraten hast, warum wollte er dann mitkommen? Und inwiefern hängt er genauso drin wie wir?« Sie goß Kaffee in Becher und gab ihm einem Süßstoff für Smith.

»Jake möchte mit uns befreundet sein.«

»Klar doch. Sei du mit ihm befreundet, ich nicht. Hoffentlich hast du nicht vergessen, was er getan hat. Leute wie er bringen die Branche in Verruf. Ich mag seine Spiele nicht.«

Sie reichte Smith den Becher. »Ich frage mich, was für ein Spiel er gerade jetzt treibt.«

»Ich gebe auf. Du bist schrecklich feindselig, Wetzon. Ich strenge mich doch wirklich an, es dir recht zu machen.« Tränen stiegen in Smith' Augen auf und flossen über. Sie ging ins Wohnzimmer und setzte sich aufs Sofa. Dann nahm sie ein Tuch aus der Tasche und betupfte vorsichtig ihr Make-up.

»Ach, Scheiße. Tut mir leid. Komm her.« Wetzon setzte sich neben sie und drückte sie kurz an sich. »Es war dumm von mir. Aber erst haucht Carlton Ash auf mysteriöse Weise seinen Geist aus, unmittelbar bevor wir uns treffen wollten, und dann hatte ich so einen entsetzlichen Traum.«

Smith hörte auf zu schniefen und entzog sich Wetzons Umarmung. »Das ist eigentlich der Grund, warum wir – warum ich so früh in die Stadt zurückgefahren bin. Hat er dir gesagt, wer Goldie ermordete?«

»Nein, meine liebe Partnerin, er besaß nicht den Anstand, das zu tun, bevor er starb. Ich sah ihn nicht einmal.« Wetzon dachte einen Moment nach und starrte ins Leere. »Verdammt. Möchtest du etwas wirklich Faszinierendes hören? Alle Spieler waren gestern da. Jeder von ihnen könnte ihn getötet haben. Genau wie in meinem Traum.« Sie stand gedankenverloren auf und ging in die Küche, um die Kaffeebecher zu holen.

»Los, erzähle. Ich deute ihn.«

Regen trommelte gegen die Fenster, prasselte wie Kieselsteine auf die Klimaanlage.

Wetzon nippte am Kaffee und schloß die Augen. Sie sah den Tisch vor sich, die Gesichter und die Karten. »Sie spielten Poker, alle, mit großen Karten.«

»Du meinst Tarockkarten. Ich wußte es, als ich sie heute morgen legte. Du hattest einen parapsychischen Traum, Schatz. Mit was für Karten spielten sie? Wer spielte was?«

Wetzon kramte in ihrem Gedächtnis. »Ich verstehe nicht genug davon, um mich an Einzelheiten zu erinnern.«

»Vielleicht sollten wir dich hypnotisieren lassen.«

»Das kannst du vergessen. Einer von denen versuchte, mich zu befummeln.«

»Ach, du liebe Güte. Wer?«

»Ich weiß nicht. Es war ein gespenstischer Technicolor-Traum. Aber am schlimmsten war die Tänzerin mit Goldies Kopf auf einer Platte.« Sie schauderte. »Es war ekelhaft.«

»Herrlich!« Smith sprang auf und warf dabei beinahe ihren Kaffeebecher um. »Denk nach, hat einer von ihnen geredet?«

»Alle redeten sie, einschließlich Goldies Kopf.« Sie kicherte.

»Das ist nicht lustig. Du hast irgendeine Botschaft erhalten.«

»Nein, nein, Smith. Du weißt, daß ich davon nichts halte.«

»Und was hat Goldies Kopf gesagt? Lach nicht, Wetzon.«

Wetzon lachte. Smith' Mund zuckte.

»Er sagte«, rezitierte Wetzon. *»Nur über meine Leiche.«* Sie starrten einander an, dann quietschten sie vor Lachen.

»Ich muß gehen«, bedauerte Smith. »Er wollte in einer Stunde zurück sein.«

Wetzon seufzte. »Sag ihm bitte nichts.«

»Versprochen.«

Sie begleitete Smith zur Tür. »Vermutlich werden wir nicht herausbekommen können, was in dem Bericht, an dem Ash arbeitete, gestanden hat.«

»Es sei denn, Janet Barnes weiß es, und wir können es aus ihr herausholen.«

»Woher sollte sie es wissen?«

Das Telefon läutete.

»Ich finde allein hinaus.« Smith schien es plötzlich eilig zu haben.

»Hallo«, meldete sich Wetzon am Telefon.

»La-di-da, Häschen.« Carlos' Stimme war überschäumend. »Der Himmel hat seine Schleusen geöffnet, aber das Fest wird vermutlich weitergehen. Gilt unsere Verabredung zum Brunch noch?«

»Nur für mich. Silvestri mußte zur Arbeit.«

Sie legte auf und machte einige Pliès und Streckübungen an der Barre, die an der Wand ihres Eßzimmers entlanglief, vor Spiegeln vom Boden bis zur Dekke. Sie war wieder gut in Form, ihr Körper schien ihr lang und biegsam. *Gott, Sie sind so ein winziges Ding,* sagten die Leute immer zu ihr, und sie verstand nicht, warum. Sie hielt sich für groß, also war sie es. Sie lachte laut heraus und betrachtete sich im Spiegel. Sie hatte mit den Netzstrümpfen in ihrem Traum ganz schön sexy ausgesehen.

Leichtfüßig ging sie über den Flur ins Schlafzimmer und zog ein weites gelbes Strandkleid von Laura Ashley an, das leichteste, was sie besaß. Es bestand wenig Hoffnung, daß der Regen eine Atempause von der Hitze bringen würde.

Wie als Antwort darauf begann der Himmel sich aufzuhellen, und als sie ihre Wohnung verließ und die Amsterdam hinunterschlenderte, brannte die Sonne wieder, und die Feuchtigkeit erinnerte an den Regenwald. Auf beiden Straßenseiten wurden die Kleiderauslagen und Antiquitäten wieder aufgestellt. Würstchen brutzelten, und die belgischen Waffelbäkker hatten zu tun. Ketten aus Luftballons von Lichtmast zu Lichtmast schmückten die Avenue. Eine Salsaband spielte sich ein.

Die Avenue war für den Autoverkehr gesperrt und füllte sich allmählich mit Menschen. Sicherheitsbeamte murmelten in Walkie-talkies und beobachteten die Menge.

Wetzon traf vor Carlos und Arthur bei *Sarabeth's Kitchen* ein. »Drei«, sagte sie und nannte der jungen Frau am Eingang zum Speisezimmer ihren Namen.

»Sie müssen sich noch etwa zehn Minuten gedulden«, sagte die Frau. »Nett, Sie wiederzusehen.«

Die vordere linke Seite des Restaurants war ein Brotladen mit wunderbaren Muffins, Plätzchen und Kuchen, Marmeladen und Gelees im Angebot. Sie musterte die Auslage und kam zu dem Schluß, daß sie vielleicht ein Honigbrötchen zum Frühstück essen würde.

»Ms. Wetzon, Ihr Tisch ist fertig.«

Sie wurde an einen Tisch im hinteren Teil des Restaurants geführt, als Carlos mit Arthur im Schlepptau eintraf – ein ernster Arthur mit feierlichem Gesicht und grauem Bart und ein ausgelassener Carlos. Sie waren seit zwei Jahren zusammen, und sie hatte Carlos nie glücklicher erlebt. Er warf ihr einen Kuß zu und blieb dann an mehreren Tischen stehen, wo er jemanden kannte.

»Er ist unglaublich.« Wetzon streckte Arthur die Hand hin.

»Er ist anstrengend.« Arthur beobachtete Carlos vergnügt. Er drückte ihre Hand, dann hob er sie an die Lippen. Durch den Raum strahlte Carlos sie an.

»Kommst du endlich rüber«, rief Wetzon, »ich sterbe vor Hunger.«

»Kaffee?« fragte die Kellnerin und ließ drei Speisekarten auf den Tisch fallen.

»Koffeinfreien für mich. Orangensaft und ein Honigbrötchen bitte.«

»Schwarzen Kaffee und ihr Koffein dazu«, sagte Arthur lachend. »Orangensaft, Rührei und einen Kleiemuffin.«

»Was nimmt Mr. Wonderful?« fragte Wetzon, als Carlos sich zu ihnen vorarbeitete.

»Hafergrütze und schwarzen Kaffee«, bestellte Carlos, während er sie mit Küssen überschüttete. »Also, Häschen, was tut sich diese Tage im Dschungel?«

»Sehr witzig.«

»Bei Luwisher Brothers ist einiges los«, bemerkte Arthur.

»Ziemlich viel. Sie sind Kunden.«

»Sie zieht Mord wie ein Blitzableiter an«, spottete Carlos. »Ich glaube, wir müssen dich exorzieren lassen.«

»Du hörst dich langsam wie Smith an.«

»Da sei der Himmel davor«, sagte Carlos dramatisch mit rollenden Augen.

Sie waren gerade bedient worden, als die Empfangsdame an ihren Tisch kam. »Ms. Wetzon?«

Sie trank einen Schluck Kaffee. »Ja.« Ihre Finger berührten das klebrige Brötchen.

»Am Eingang ist ein Officer der Polizei, der nach Ihnen fragt.«

»Mannomann.« Carlos stand auf, legte die Hand über die Augen, um nicht geblendet zu werden, und starrte zur Vorderfront des Restaurants.

»Setz dich hin, Carlos.« Ihr Herz klopfte. War Silvestri etwas zugestoßen? »Ich bin gleich wieder da.« Sie stand langsam auf, leckte den Honig von den Fingern ab und folgte der jungen Frau nach vorn.

Ein stämmiger uniformierter Polizist stand draußen vor dem Restaurant. Er hatte eine blasse rote Haut, und unter seiner Mütze kroch karottenfarbenes Haar hervor. Er beobachtete die Leute und das Treiben auf dem Straßenmarkt. Wetzon öffnete die Tür und trat hinaus.

»Ich bin Leslie Wetzon. Geht es um Silvestri?«

Er sah verwirrt aus. »Silvestri?« Er nahm die Mütze ab und wischte sich den Schweiß von der Stirn. »Der Deputy Chief möchte Sie unten in der Stadt sehen.«

»Der Deputy Chief?«

»Ja, Ma'am. Der Deputy Chief of Detectives. Ian McMann.«

»Wohin fahren wir?« Wetzon schielte nach seinem Namensschild. SIEGEL. Die Straße unter ihren Füßen war wie ein Heizkörper. Ächzend überforderte Fensterklimaanlagen spien noch heißere Luft auf sie herunter.

»Eins Police Plaza.« Officer Siegel wischte sich mit einem Taschentuch den Schweiß von der Stirn und hielt die hintere Tür des Streifenwagens für sie auf. Schweißflecken zeichneten sich auf seinem hellblauen Sommeruniformhemd ab. Zwei junge Männer, die einen Dobermann ausführten, blieben stehen und glotzten, als sie einstieg. Auf der anderen Straßenseite unterbrachen eine Mutter und zwei kleine Kinder ihren Weg zum Markt.

»Mira, mira«, rief der kleine Junge und deutete mit dem Finger.

Eine Schlagzeile der *New York Post* – *Headhunter vermittelt Sex als Nebenjob* – schoß ihr durch den Kopf. Sie hatte nichts Unrechtes getan. Warum fühlte sie sich schuldig?

Es war noch schlimmer, als Siegel, der den Streifenwagen in der zweiten Reihe neben anderen Polizeiwagen nahe dem 20. Revier an der 82. Street geparkt hatte, in die Columbus einbog und die Sirene einschaltete. Unerklärlicherweise gedemütigt, ließ Wetzon sich tiefer in den Sitz sinken. Sie zog den Rock ihres Kleides gerade und machte sich klar, daß ihre augenblickliche Aufmachung mit Sandalen, dem ärmellosen gelben Baumwollkleid und dem gelben bedruckten Schal, den sie lässig um den Pferdeschwanz gebunden hatte, nicht gerade die angemessene Kleidung für eine Begegnung mit dem Deputy Chief of Detectives sei.

Siegel bog um die Ecke wie ein Rennfahrer und verfehlte um Haaresbreite einen Lieferwagen der *New York Times.* Wetzon rutschte über den durchgesessenen Ledersitz hin und her wie eine Stoffpuppe. Sie flog mit einem dumpfen Schlag an die entgegengesetzte Tür.

»Warum so eilig, Officer Siegel?« Sie setzte sich auf und hielt sich an der Lehne fest. Dann untersuchte sie ihren Oberarm. Bestimmt würden sich da schwarze und blaue Flecke bilden.

»Der D.P. sagte ›schnellstens‹, Ms. Wetzon, und der D.P. bekommt, was er will.« Rotes Haar, von dem Wassertröpfchen fielen, ringelte sich auf seinem Nakken.

»Genau wie Lola«, bemerkte Wetzon.

»Wie bitte, Miss?«

Bin ich so alt, fragte sie sich, *daß niemand mehr meine Anspielungen versteht?*

Sie bogen vom FDR Drive ab, hinein in das untere Manhattan, wo an diesem heißen Sommersonntag kaum Verkehr war, wenn man von den wenigen Touristenbussen absah, die nach Chinatown oder Little Italy unterwegs waren.

Schweiß rann wie salziger Regen von ihrer Stirn auf die Lippen und das Kinn. Die offenen Fenster ließen dampfige Schwaden mit der ungesunden Mischung aus Öl, Schmiermitteln, Benzin und Abgasen in den Wagen, so daß sie husten mußte. Ihre Sonnenbrille rutschte auf der feuchten Nase vor. Sie schob sie hoch, und sie rutschte wieder vor.

Es mußte mit den Morden zusammenhängen. Silvestri hatte sich an diesem Morgen in Schale geworfen. Traf er sich mit dem Deputy Chief of Detectives?

Das Gebäude Nummer eins Police Plaza, wo der Commissioner sein Büro hatte und von wo alle wichtigen Entscheidungen der New Yorker Polizei für die Stadt ausgingen, war ein Musterbeispiel für Fehlplanungen in Manhattan. Es war vierzehn Stockwerke hoch und wirkte wie hingeworfen hinter dem Municipal Building, absichtlich häßlich, als wollte es die New Yorker wissen lassen, daß Äußerlichkeiten nicht wichtig seien. Wichtig war allein, wie die Arbeit erledigt wurde.

Siegel hetzte sie durch die fast leere Garage zum Aufzug und drückte auf die Dreizehn.

Phantastisch! Da wurde sie wie eine Verdächtige zu einem Büro eskortiert, und das ausgerechnet in einem der wenigen Gebäude in New York, die einen dreizehnten Stock besaßen.

Siegel führte sie durch eine offene Tür in einen großen Raum, einem Bereitschaftsraum nicht unähnlich, in dem ramponierte Schreibtische standen, einige mit Computerterminals, andere mit Schreibmaschinen. An der gegenüberliegenden Wand sah Wetzon in großen blauen Buchstaben: Detective Bureau. Gerahmte Fotografien, zweifellos von ehemaligen Chefs, schmückten die Wand, die ursprünglich vielleicht einmal weiß gewesen war, jetzt aber eher nach Grau tendierte. Siegel ging an den Schreibtisch und drückte auf die Gegensprechanlage. Es knackte in der Leitung. Sie hörte keine Stimme.

»Ms. Wetzon ist hier«, meldete Siegel.

»Schicken Sie sie herein.« Die Stimme war rauh vom jahrelangen Bier- und Zigarrengenuß.

Sie wurde in ein kühlhauskaltes Büro geführt. Der Mann im eleganten grauen Straßenanzug wirkte gewaltiger als der schwere Mahagonischreibtisch, hinter dem er saß.

Aus dem Augenwinkel sah sie Silvestri und Weiss an einem kleinen Konferenztisch mit Papieren, Notizbüchern und Fotos zwischen sich ausgebreitet. Weiss hustete und räusperte sich. Rauch hing über seinem Kopf wie eine dunkle Wolke.

Chief McMann stand auf. Er war ein bulliger Mann, vermutlich auf die Sechzig zugehend, mit hängenden Schultern und scharfen dunklen Augen. Sein Gesicht hatte tiefe Furchen von der Nase zum Kinn, und die Haut unter den Augen hing in schweren Falten. Er hatte riesige Ohren, und sein volles graues Haar fiel über den kurzen dicken Hals bis tief auf den Hemdkragen. »Ms. Wetzon«, sagte er. Seine Stimme rumpelte wie ein Dieselmotor. Er bot ihr eine eigenartig kleine Hand mit Wurstfingern, die sie schüttelte, und ein knappes Lächeln, das Sie erwiderte. »Ich entschuldige mich, daß ich Sie so kurzfristig hierherbringen lasse. Nehmen Sie doch bitte Platz. Wie ich höre, können Sie uns vielleicht helfen; wir wissen Ihre Mitarbeit zu schätzen.«

Wetzon durchbohrte Silvestri mit Blicken, die er ungerührt erwiderte. Sie fühlte sich in die Ecke getrieben. Silvestri rutschte einen Stuhl weiter und machte den, der dem Chief am nächsten war, für sie frei.

Im Zimmer war es unerträglich kalt, und Wetzon fröstelte in dem dünnen unpassenden Kleid. Wortlos zog Silvestri sein Jackett aus und legte es ihr um die Schultern, packte sie geradezu ein und zog die Revers gerade. Entweder war es ein Akt der Zärtlichkeit, oder er machte einen Anspruch auf sie als »meine Frau« geltend. Sie bedachte ihn mit einem mißtrauischen Blick, konnte sich aber weder für das eine noch das andere entscheiden, und er wich dem Blickkontakt aus.

»Wie ich höre, sind Sie beide miteinander bekannt«. begann McMann mit der winzigen Andeutung eines Lächelns.

»Ich habe auch Lieutenant Weiss kennengelernt.« Wetzon nickte Weiss zu, der rauchend dasaß, von einem Klemmbrett las und nicht aufblickte.

Alle drei saßen da und sahen den Chief an, wie Studenten, die warten, daß der Professor mit seiner Vorlesung beginnt. Hinter ihm an den Wänden hingen unzählige Tafeln und gerahmte lobende Erwähnungen. Auf seinem Schreibtisch standen zwei Telefone, eine riesige Rolodex, ein Kasten mit Knöpfen und Lämpchen – die Polizeiversion eines Quotron. Ein grauer Computer stand an der Seite, anscheinend außer Gebrauch. An einer Wand hing ein großer elektronischer Stadtplan mit blinkenden bunten Lämpchen.

McManns Blick richtete sich auf sie. »Wir haben hier zwei in Zusammenhang stehende Mordfälle. Beide

Opfer arbeiteten für dieselbe Firma, beide wurden mit der gleichen Substanz getötet . . .«

»Substanz?« wiederholte sie und erhielt einen kräftigen Stoß von Silvestris Fuß unterm Tisch. Sie widerstand dem Drang zurückzutreten.

»Sie arbeiten als Beraterin für Luwisher Brothers.«

»Meine Partnerin Xenia Smith und ich.«

»Ja. Dies muß streng vertaulich bleiben, Mrs. Wetzon. Das bedeutet, wie auch immer Sie sich entscheiden, keine Diskussionen mit Ihrer Partnerin.«

»Sir, entschuldigen Sie. Worum geht es hier überhaupt?«

»Wir möchten, daß Sie mit uns zusammenarbeiten. Sie kennen diese Leute. Die Erkenntnisse weisen auf einen aus der Firma hin, jemanden bei Luwisher Brothers, aber wir haben bisher für keinen Mord ein eindeutiges Motiv gefunden. Die Abteilung benutzt hin und wieder fremde Berater, und wir sind bereit, Sie auf die Gehaltsliste zu setzen.«

»Mich auf die Gehaltsliste zu setzen?« Obwohl sie sich bemühte, ruhig zu bleiben, und Silvestris Knie sich gegen ihres drückte, hörte sie, wie ihre Stimme eine Oktave höher sprang.

»Wir möchten Informationen, die uns zu einem Mörder führen. Jemand, der bereits zweimal getötet hat. Wir glauben, es gibt Leute bei Luwisher Brothers, die wissen, warum diese zwei Männer getötet wurden, und vielleicht sogar, wer es getan hat. Wir meinen, Sie können uns helfen.«

»Sir – es tut mir leid. Es tut mir wirklich leid. Sie möchten, daß ich als Maulwurf tätig werde. Das kann ich nicht.«

Sie beobachtete, wie McManns Hand nach einer

großen schwarzen Heftmaschine griff, die er langsam auseinandernahm, leerte und mit denselben Heftklammern wieder füllte.

Nervös brach Wetzon das Schweigen. »Ich kann es einfach nicht. Bitte, verlangen Sie es nicht von mir.«

Noch immer sprach keiner. McMann klappte die Heftmaschine zu, stellte sie beiseite und richtete den Blick wieder auf sie.

»Es ist uns ernst, Ms. Wetzon. Wie ich höre, verfügen Sie über einen angeborenen Forscherinstinkt. Wenn Sie irgend etwas entdecken, wird Ihr Leben in Gefahr sein.«

Nachdenklich bürstete sie eingebildete Fusseln von den Revers an Silvestris Jackett. »Es ist nämlich so.« Sie gestikulierte unbewußt mit den Händen und bemerkte, daß McManns Blick zu ihren Händen wanderte, dann wieder zu ihrem Gesicht. Sie spürte, wie ihr das Blut in die Wangen stieg. »Ich habe das Gefühl, einen Vertrauensbruch zu begehen, wenn ich Ihnen das sage.«

Silvestri blickte sie finster an. Was für ein Problem hatte er? Dieses eine Mal genoß sie Weiss' volle Aufmerksamkeit.

»Sie . . . bitte verraten Sie mich nicht . . .«

Silvestri räusperte sich.

Der Deputy Chief wartete.

»Es war, bevor Carlton Ash ermordet wurde. Sie engagierten meine Partnerin und mich, um den Mord zu untersuchen – das heißt, den Mord an Goldie.«

»Himmeldonnerwetter, Les!« Silvestri sprang wie von einer Tarantel gestochen auf.

»Setzen Sie sich, Silvestri. Das möchte ich hören. Sie sagten, *sie?*«

»Hoffritz, Bird, Culver, Munchen. Alle. Aber im Grunde Hoffritz.«

»Jetzt reden wir!« McMann schlug mit der Faust auf den Tisch, und die Sprechanlage spuckte knackende Geräusche aus. Er schaltete sie ab, ohne einen Blick auf den Kasten zu werfen, als ob das häufig vorkäme. »Ich möchte Ihre Mitarbeit an dieser Sache, Ms. Wetzon. Ich lasse es als Bitte stehen. Ich möchte Ihnen vor Augen halten, daß Sie und Ihre Partnerin sich bereits einer gewissen Gefahr ausgesetzt haben, indem Sie einer internen Untersuchung zustimmten. Ich könnte hinzufügen, daß dies eine sehr dumme Entscheidung war, Ms. Wetzon.«

»Hoffritz wollte, daß wir herausbekommen, wer es getan hat, bevor Sie es aufdecken«, platzte Wetzon heraus, als ihr plötzlich klar wurde, wie gefährlich das war.

»Diese Leute sind alle Hauptverdächtige. Und ich wiederhole, sie alle wissen, daß Sie den Mord untersuchen. Denken Sie darüber nach.«

Verdammt, dachte Wetzon. Er hat recht. Diese Morde hatte kein Außenseiter begangen, und Hoffritz wußte das genau. Was hatte Smith ihnen da eingebrockt?

»Ich werde tun, was ich kann«, sagte Wetzon leise.

»Silvestri und Weiss werden es gemeinsam vom Midtown North aus leiten«, erklärte der D.P. »Ich lasse Sie jetzt allein, um die Einzelheiten auszuarbeiten. Ms. Wetzon, gehen Sie keiner Spur ohne Absprache mit Silvestri oder Weiss nach. Oder mit mir. Darauf möchte ich Ihr Wort.«

»Viel Glück«, murmelte Silvestri, ohne die Lippen zu bewegen, so daß nur Wetzon und Weiss es hörten.

Ein Schauder der Aufregung lief ihr über den Rükken. »Selbstverständlich«, sagte sie, nachdem sie kurz überlegt hatte, ob sie auf Holz klopfen sollte. Das ist kein Spaß, schalt sie sich. Sie lächelte den Chief an, der auf seine Uhr sah und sich erhob.

Wetzon stand ebenfalls auf. »Darf ich fragen . . .« Silvestri packte sie fest bei den Schultern, doch sie schüttelte seine Hand ab. Sie ging um den Konferenztisch und reichte McMann die Hand. »Darf ich fragen, was die Mordwaffe war?«

»Das wissen Sie nicht?« Er drückte ihre Hand beruhigend. »Ich komme zu spät zum Mittagessen mit dem Bürgermeister. Sagen Sie es ihr, Silvestri. Schön, daß Sie dabei sind, Ms. Wetzon.«

»Das sind sehr hübsche Zahlen, Bert«, sagte Smith. »Sie haben da drüben wohl etwas laufen.« Sie lachte verführerisch. »Mmm, da bin ich mir sicher.« Sie notierte etwas auf der Karteikarte vor ihr. »Ich gebe die Rechnung zur Post. Ich hoffe, diesmal müssen wir nicht bis Weihnachten auf unser Geld warten.« Sie drehte sich um und zwinkerte Wetzon zu, die am anderen Telefon mit Sharon Murphy sprach.

»Sharon, ich habe für Sie diese Woche zwei Termine nach Börsenschluß ausgemacht. Einen morgen mit Marty Rosen bei Loeb Dawkins und den anderen am Donnerstag mit Carl Fisher bei Dayne Becker. Beide sind gute Manager. Marty ist etwas weniger durchorganisiert. Beide Firmen haben für heutige Verhältnisse einen passablen Bestand an Kommunalobligationen.«

»Und sie sind auch beide in Midtown? Ich möchte nicht da runter fahren.«

»Weiß ich. Ja, beide.«

»Ich bin ganz schön nervös. Wenn die hier rauskriegen, daß ich mich woanders vorstelle, fliege ich.«

»Sie bekommen es nie heraus, wenn Sie keinem was sagen, Sharon. Und außerdem – wenn sie Sie feuern, sind sie selbst die Dummen. Sie kommen für die laufenden zwölf auf mehr als dreihundertfünfzigtausend. Jede Firma würde sich die Finger nach Ihnen lecken. Denken Sie nur daran, Kopien von allen Geschäftsberichten mitzunehmen.« Wetzon legte auf.

»Du verbringst insgesamt zuviel Zeit damit, die Egos von diesen Schlampen aufzubauen«, schimpfte Smith.

»Ich mag Sharon, und ich habe es ehrlich gemeint. Ich wollte, du wärst nicht so zynisch, Smith. Dann hättest du viel mehr Spaß.«

»Aber würde ich auch mehr Geld verdienen, Zukerstück? Das zählt nämlich.« Sie tippte ein paar Zahlen in den Taschenrechner. »Du weißt, was ich immer sage, Wetzon. Das Geheimnis des Erfolgs ist . . .«

». . . das Geld aus ihren Taschen in unsere zu bekommen«, beendete Wetzon den Satz.

»Mhm.«

»Waren das Jordan Shapiros Jahresschlußzahlen, die du von Bert bekommen hast?«

»Genau.« Smith hatte ein seliges Lächeln im Gesicht. »Möchtest du sie gern hören?«

»Sag schon.«

»Vierhunderttausend.«

»Hurra! Das bedeutet sechzehn reizende kleine Tausender für uns am hinteren Ende, plus die zwölf, die wir letztes Jahr am vorderen Ende bekommen haben. Wir haben es geschafft. Ich wußte, daß er es bringt. Er brauchte nur die richtige Umgebung.«

Wetzon freute sich für Jordan. Auf die vertraglich vereinbarten fünfzig Prozent vorab hatte er noch zweihunderttausend Dollar draufgesetzt.

Harold klopfte an ihre Tür und kam sofort herein. »Tag.« Seine Augen blinzelten nervös hinter den Brillengläsern.

»Unerträglich.« Smith schlug die Augen zur Decke auf. Sie hatten ihn immer wieder gebeten, auf eine Aufforderung zu warten, bevor er die Tür öffnete.

»Mach jetzt keine große Geschichte«, zischte Wetzon ihr aus dem Mundwinkel zu.

Smith richtete den Blick auf Harolds hochgekrempelte Hemdsärmel und die Hosen, die tief auf der Hüfte saßen und über die Absätze seiner Schuhe schleiften. »Worum geht es, mein Lieber?« Ihr Ton war zuckersüß.

Harold blickte verunsichert von Smith zu Wetzon.

»Ja, bitte, Harold?« sagte Wetzon.

»Wir haben fünf Kandidaten für Luwisher Brothers, die bereit sind, Termine auszumachen.« Er hielt einen Stapel von Karteiblättern in der Hand.

»Ausgezeichnet. Gib sie mir, und ich stelle sie vor«, sagte Smith und streckte die Hand aus.

»Äh ... ah, ich dachte, ich könnte mich darum kümmern.« Er gab die Karteiblätter nicht aus der Hand.

Smith schnalzte mit den Fingern nach ihm. »Denk noch mal darüber nach.«

Harold machte ein enttäuschtes Gesicht, als er ihr die Bogen gab. »Wir sind noch mit anderen im Gespräch.«

»Gut. Mach die Tür hinter dir zu.« Sie kehrte ihm den Rücken. Die Tür ging zu. »Ist er weg?«

»Smith, du bist gemein zu ihm.«

»Ich traue ihm nicht. Merkst du nicht, daß er einem nicht in die Augen sieht? Woher wissen wir, daß er nicht zur Konkurrenz geht oder eine eigene Firma aufmacht? Du sagst doch selbst, daß er glaubt, er weiß alles.«

»Ach was, Smith. Das würde er nicht machen. Irgendwie hängt er an dir, meinst du nicht?«

»Hm.« Smith öffnete die Badezimmertür und betrachtete sich in dem Ganzfigurspiegel. »Ich meine, wir sollten die Fragen durchgehen, die wir Janet Barnes heute beim Mittagessen stellen wollen.«

»Einverstanden.«

Smith strich sich über die schmalen Hüften, drehte sich um und betrachtete sich über die Schulter von hinten. »Ich glaube, ich nehme zu.« Sie trug ein enganliegendes weißes Leinenkleid, das sich nur die größte und dünnste Frau der Welt leisten konnte.

»Unsinn. Aber wenn du es glaubst, warum versuchst du es nicht mit ein bißchen Bewegung?«

»Bewegung?«

»Du weißt schon – Tanzen, Aerobics, Jogging.«

»Sex?«

»Dazu sage ich nichts.« Wetzon grinste. »Soll ich Chris wegen unserer Kandidaten anrufen?«

»Ach, würdest du das tun, Schatz? Ich wollte nämlich schnell rüber zu Vicki springen und mir einen anderen Nagellack auftragen lassen. Es ist erst zehn; das Mittagessen ist nicht vor halb eins.« Sie ließ die Karteiblätter auf Wetzons Tisch fallen.

»Geh nur.« Wetzon überflog die Blätter. »Das sind ziemlich gute Leute. Wenn sie nicht für Luwisher Brothers arbeiten, können wir sie an Bear vermitteln.« Smith antwortete nicht. Wetzon redete mit einem leeren Zimmer. Seufzend nahm sie das Telefon ab und wählte Chris' direkte Nummer.

»Hallo, was haben Sie für mich?« Sein Ton war immer so intim, fast so, als fiele er durch das Telefon über sie her. Das war der Stil der Börsenmakler, die in einer Telemarketingfirma gelernt hatten. Chris sprach mit jedem so.

Sie kam sofort zur Sache, indem sie schnell die Kandidaten durchging und Termine ausmachte. Sie wollte schon auflegen, als er sagte: »Und wie geht's sonst?« Er hatte noch kein Wort von Carlton Ash gesagt.

»Sie haben am Samstag eine kleine Aufregung verpaßt.«

»Das habe ich gehört.«

»Ich nehme nicht an, daß Sie zufällig Dr. Ash oben begegnet sind, bevor ich Sie traf?«

»Nehmen Sie nichts an, Wetzon. Es könnte schlecht für Ihre Gesundheit sein.«

»Na! Das sind aber nette Worte.«

»Nein, ich habe Ash nicht gesehen. Ich war dort, um Papiere zu holen, die ich übers Wochenende lesen wollte. Das Haus war leer.« Er lachte rauh. »Sie versuchen, Ihr Honorar als Detektiv zu verdienen, wic ich sehe.«

»Ach, lassen Sie, Chris. Ich dachte, wir wären Freunde. Was soll das?«

»Sie nehmen alles so ernst, Wetzon.« Er lachte wieder. »Können wir uns am Donnerstag zum Abendessen treffen? Ich hole Sie vom Büro ab.«

»Aha? Könnten Sie mir vielleicht einen Tip geben, worum es geht?«

»Sagten Sie nicht gerade zu mir, daß Sie dachten, wir wären Freunde?«

»Ja.«

»Nun, ich habe etwas Geschäftliches mit meiner Freundin zu besprechen. Was sonst?«

Sie empfand die geflüsterte Intimität in seiner Stimme plötzlich als beunruhigend, aber ihr Terminkalender war für Donnerstag abend frei. »Donnerstag ist prima«, sagte sie.

»Seien Sie nicht zu begeistert, Wetzon.«

Sie legte auf. Er wollte von Luwisher Brothers weg. Oder drängten sie ihn hinaus, wie sie es mit Ellie machten? Sie schnitt eine Grimasse. Alles war ein Rätsel. Und sie war ein Maulwurf. Sie fragte sich, ob sie Silvestri berichten sollte, daß sie am Donnerstag mit Chris zu Abend essen würde. Sie mußte sich eingestehen, daß es ihr gefiel, an einer Ermittlung beteiligt zu sein. Es war aufregend, und das winzige Element von Gefahr machte es gerade reizvoll.

Sie ging hin und her, öffnete die Tür zum Vorzimmer und ließ sie offen. Sie wollte Geräusche, andere Leute reden hören. Dann schob sie die Jalousien beiseite und starrte durch die Glastüren in den Garten, ohne etwas wahrzunehmen. Im Geist sah sie Goldies blauen Kopf auf der Servierplatte.

Ihr kam in den Sinn, wie sie Silvestri zur Rede gestellt hatte, nachdem der D.P. gegangen war. »So, Silvestri, jetzt hast du, was du wolltest. Gib mir die Gegenleistung.«

Sie hatte sich geärgert, daß er sie überlistet hatte, in die Zusammenarbeit mit ihnen einzuwilligen. Jetzt bestand kein Zweifel mehr, daß sie einen Klienten hinterging.

Weiss lächelte amüsiert. Er zündete eine Zigarette an, neigte den Kopf zurück und blies vollkommene Rauchringe.

»Mach schon, Silvestri«, sagte sie. »Rück es heraus. Was war es? Arsen? Strychnin? Zyanid? Lauge? Rattengift?« Ihre Füße hatten jedes Gift mit einem Stepschritt unterstrichen.

»Laß den Quatsch, Les.« Silvestris Augen waren schieferkalt. »Sie wurden beide mit einer kräftigen Dosis Sulfitpulver getötet.«

Sie hörte abrupt auf. »Sulfitpulver?«

»Mhm«, knurrte er. »Bist du nun klüger als zuvor?«

Silvestri hatte recht. Daß sie nun das Gift kannte, änderte überhaupt nichts; nur ihre Neugier war befriedigt.

Das Telefon läutete.

»Smith & Wetzon«, meldete sich B. B. »Moment bitte.« Er sah auf. »Len Bernhardt für dich.«

»Gut. Es wird um Tony Weinstein gehen, wenn du zuhören willst, B. B. Komm rein.« B. B. hatte den Kontakt zu Tony Weinstein hergestellt und ihn als sehr tauglichen Kandidaten an Wetzon weitergegeben. Tony machte eine Million Dollar, war aber unglücklich über die Fusion von Hutton und Shearson.

»Tag, Len.«

»Er ist nicht wieder aufgetaucht, Wetzon. Es reicht mir. Rufen Sie ihn an und sagen Sie, wenn er mir seine Geschäftsberichte nicht schickt und kein Eintrittsdatum nennt, ist er für mich gestorben. Vorbei.« Sie hielt den Hörer vom Ohr weg. Len war so wütend, daß B. B. jedes Wort verstehen konnte.

»Oh, tut mir leid. Ich sehe, was passiert ist.« Sie legte auf.

B. B. war empört. Seine Prämie hing davon ab, ob »seine« Kandidaten vermittelt wurden. »Das ist schrecklich. Wohin können wir ihn sonst schicken?«

»Tony produziert weit über eine Million, B. B. Len wird ihm verzeihen. Jeder wird ein bißchen flunkern, und Tony wird schließlich hingehen, weil es das beste Geschäft in Wall Street ist.«

Bis Smith zurückkam, hatte Wetzon die meisten Telefonate erledigt und die Wogen zwischen Weinstein und Bernhardt geglättet.

»Es ist gräßlich draußen«, sagte Smith. Sie fächelte sich mit dem *Journal* Luft zu. »Was habe ich verpaßt?« Sie streckte ihre langen Finger vor, damit Wetzon die französische Maniküre mit den weißen Rändchen bewundern konnte.

»Sehr hübsch.«

»Paßt toll zu meiner Bräune. Irgendwas, worüber ich Bescheid wissen sollte? Hast du mit Ellie Kaplan gesprochen?« Sie runzelte die Stirn. »Bring deine Frisur in Ordnung. Sie löst sich auf.«

»Nein, mit Ellie habe ich nicht gesprochen, tu ich aber noch. Wir hatten die üblichen Absagen, Terminverschiebungen, und Tony Weinstein hat Len Bernhardt wieder einmal versetzt.« Sie hatte Ellie vergessen. Oder vielleicht vermied sie es, sich mit ihr zu befassen.

»Ein Tag wie jeder andere.« Sie blätterte ihre rosa Nachrichtenzettel durch. »Ich habe ein paar potentielle neue Kunden, mit denen ich reden muß.«

»Gute, hoffe ich. Keine kleinen Firmen mehr mit Liquiditätsproblemen, bitte«, sagte Wetzon, während sie im Bad ihr Make-up auffrischte und ihr Haar neu steckte, obwohl alles in Ordnung war.

»Aber, aber, Wetzon, Zuckerstück. Du hörst dich langsam an wie ich.«

Wer mit den Hunden zu Bette geht, steht mit Flöhen wieder

auf, dachte Wetzon, als sie auf dem Weg zu Janet Barnes' Wohnung in der Park Avenue im Taxi saßen. Meine Güte, das war scheußlich, ermahnte sie sich. Wie konnte sie nur so etwas denken?

Wrightman House, ein Apartmenthaus mit dem Aussehen eines Arsenals, nahm das ganze Gelände zwischen 90. und 91. Street ein. Es war in den zwanziger Jahren gebaut worden und hatte einen riesigen Hof, auf den man fahren konnte, vergleichbar nur mit fünf oder sechs anderen Gebäuden in Manhattan, etwa mit dem Apthorp an Broadway und 79. Street und dem Dakota an der Central Park West.

Ein Portier, der wie ein englischer Bobby gekleidet war, bat um ihre Namen und schrieb sie auf eine Karte. Die Karte wurde dann einem anderen Bobby übergeben, der sie in ein Nebenzimmer trug und nach oben telefonierte.

Smith und Wetzon wurden aufgefordert, in einem feudalen Empfangszimmer zu warten, ganz wie in der Halle eines Grandhotels, mit mittelalterlichen Gemälden in Öl und einer Skulptur von Max Ernst.

»Du meine Güte«, sagte Wetzon. »Ist das hier der Palast?«

Smith kicherte. »Sei nicht taktlos, Wetzon.«

»Ms. Smith und Ms. Wetzon?« Der Telefonbobby kam zum Eingang. »Sie können jetzt nach oben gehen. Mrs. Barnes ist in Wohnung neun. Das ist der Aufzug links.«

Smith verdrehte die Augen und stand auf.

»Sei nicht taktlos, Smith.«

Sie gingen in die Richtung, die der Bobby angezeigt hatte.

»Welches Stockwerk hat er gesagt?« fragte Smith.

»Ich weiß nicht mehr. Du hast mich abgelenkt. Sagte er neun?«

»Ich weiß nicht. Sei so gut und lauf zurück und frage ihn.«

Smith drückte den Aufwärtsknopf am Aufzug.

Hol's der Teufel, dachte Wetzon, als sie über den dick ausgelegten Gang zum Telefonraum ging, aus dem sie den Summer hören konnte.

»Ja, Mrs. Barnes.«

Wetzon blieb vor der Tür stehen.

»Mach ich, Mrs. Barnes. Ja.« Dann: »Patrick, ruf ein Taxi für Mr. Culver. Er kommt im Lastenaufzug runter.«

»Ms. Smith und Ms. Wetzon, Madam«, meldete der Butler sie mit einem förmlichen britischen Akzent an.

Janet Barnes sah auffallend gut aus für eine Frau, die nach vierzig Ehejahren gerade ihren Mann verloren hatte. Ihr Haar war noch genauso schimmernd kastanienbraun wie vor Jahrzehnten, als sie Sprecherin einer Waschmaschinenfirma war. Sie unterbrach das Gespräch mit den zwei Männern im Zimmer und stand auf, um sie zu begrüßen. »Vielen Dank, daß Sie gekommen sind.« Sie war überschwenglich und unaufrichtig und schien den Männern, die sie nicht aus den Augen ließen, etwas vorzuspielen.

Wie die Eingangsgalerie hatte das Zimmer, in dem sie standen, eine hohe Decke. Hauchdünner weißer Organdy bedeckte die hohen Fenster an der einen Wand, und die Polstermöbel hatten Schonbezüge in einem grün-weißen Lilienmuster. Ein kunstvoll gearbeiteter Parkettboden war mit türkischen Läufern bedeckt.

»Kennen Sie Alton?« Janet Barnes zeigte beiläufig

auf Alton Pinkus, den Wetzon an dem unseligen Abendessen für Goldie zum ersten Mal getroffen hatte. Pinkus stand, als sie ins Zimmer kamen, und jetzt gab er zuerst Smith und dann Wetzon die Hand. Er hatte sich zwar bemüht, sein eisengraues Haar glatt zurückzukämmen, jedoch mit geringem Erfolg, so daß er ein wenig struppig aussah. Seine warmen braunen Augen strahlten Humor und Intelligenz aus. Er trug einen marineblauen Blazer und Hosen in derselben Farbe, dazu ein weißes T-Shirt von La Coste und ausgetretene Slipper mit weißen Socken.

»Und das ist Twoey«, sagte Janet.

Der andere Mann, der ebenfalls aufgestanden war, trat vor. Das kastanienbraune Haar hatte er von seiner Mutter geerbt. »Ms. Wetzon.« Er sprach mit einem leichten, nicht unangenehmen Lispeln. Goldies Sohn hatte haselnußbraune Augen mit dunkelbraunen Sprenkeln, die durch eine Brille mit Goldrand blickten, und eine Unmenge von Sommersprossen auf Wangen, Kinn und Stirn. Er wirkte wie Ende Dreißig und hatte den Körperbau seines verstorbenen Vaters.

»Mr. Barnes«, sagte Wetzon. Twoey hatte einen festen, ein wenig feuchten Händedruck. Auch unter dem rötlichen Haar auf seinem Handrücken waren Sommersprossen.

»Ms. Smith.« Twoey wandte sich an Smith und war weg. Wetzon konnte es nicht fassen.

»Mr. Barnes«, sagte Smith in ihrer Schulmädchenstimme und achtete nicht mehr auf Janet. Sie legte ihre Hand in seine, als böte sie sich ihm dar.

»Nennen Sie mich bitte Twoey. Wie alle.« Er hielt immer noch ihre Hand und kroch beinahe in sie hinein.

Smith lächelte und zog alle in ihren Bann. »Wenn Sie möchten ... Goldman ist eigentlich ein sehr hübscher Name.«

»Jetzt ist er es, Ms. Smith«, erwiderte Twoey. Er versuchte, seinen Blick von Smith loszureißen, aber es gelang ihm nicht.

»Ach, sagen Sie doch bitte Xenia. Und alle reden Wetzon mit Wetzon an.« Smith sah Twoey lächelnd in die Augen.

Er ist völlig weg, dachte Wetzon, empört über Smith' Vorstellung. *Nicht zu fassen.* Und dann fiel ihr ein, daß Smith das gleiche mit Silvestri gemacht hatte, als sie ihn kennenlernte, doch er hatte sich davon erholt. Wetzon verzieh Twoey im Geist. Smith war die verführerischste Person, die Wetzon kannte, und sie sollte sich eigentlich inzwischen an Smith' Wirkung auf Männer gewöhnt haben. Die Qualität eines Mannes machte Wetzon daran fest, wie schnell er den Zauber überwunden hatte.

»Das Essen ist serviert, Madam«, verkündete der Butler. Er sah aus wie ein Operettenbutler, ein schlaksiger, ausgezehrter Mann mit einem so schmalen Gesicht, daß es wie von einem Schraubstock zusammengedrückt aussah. Als er sich verneigte, sah Wetzon, daß sein Haar kaum die rosa Kopfhaut bedeckte.

»Danke, Sheldon. Kommen Sie bitte mit.« Janet trug fließende grüne Seidenhosen und eine passende Bluse mit einer, im Unterschied zu Barbara Bush, dreifachen Kette echter Perlen um den Hals. Sie nahm eine Schale mit weißen Rosen in das Speisezimmer mit und stellte sie auf den geschmackvoll gedeckten Tisch.

Ihr Gang und die ein wenig unharmonischen Bewegungen lösten bei Wetzon eine Erinnerung aus. Aber erst, als sie Platz genommen hatten, erkannte sie das tanzende Mädchen aus ihrem Traum, das Goldies Kopf auf der Platte getragen hatte – nur war das Mädchen eigentlich eine Frau, und die Frau war Janet Barnes.

»Du sitzt hier und Ms. Smith ...«

»*Xenia* bitte.«

»Xenia also, Sie sitzen neben Twoey. Ms. Wetzon – äh, Wetzon – Gott, Sie sind so ein zierliches kleines Ding – rechts von mir neben Alton.«

Zierliches kleines Ding, wiederholte Wetzon für sich. Sie haßte Leute, die das sagten. Das war ein Grund für Mord. Die Frau zwitscherte geradezu. Von Trauer war nichts zu spüren.

Der Tisch war mit weißen leinenen Platzdeckchen, geschliffenen Kristallgläsern und silbernen Platztellern gedeckt. Sie bekamen einen dicken, pikanten Gazpacho vorgesetzt, danach Hähnchenfleisch und Speckscheiben in warmem Fladenbrot. Ein Krug Eistee stand auf der Anrichte neben einer gekühlten Flasche eines kalifornischen Chardonnay.

Wetzon paßte bei dem Wein, doch Smith und die anderen tranken. Das Gespräch war belanglos und drehte sich um die Probleme eines Bürgermeisters der Stadt New York und um eine Gasexplosion, die sich auf Roosevelt Island ereignet hatte.

Beerenkompott und zarte Zuckerplätzchen wurden als Dessert gereicht, und Janet sagte: »Das ist alles, Sheldon.«

Sheldon zog die mahagonigetäfelten Schiebetüren zum Speisezimmer von beiden Seiten auf sich zu, ging hinaus und schloß sie.

Endlich, dachte Wetzon. *Jetzt kommen sie zur Sache.*

»Soll ich für uns alle sprechen, Mutter?«

»Ja, bitte, Twoey. Ich unterbreche dich, wenn ich etwas hinzufügen möchte.« Sie lächelte Smith und Wetzon an. »Alton ist als enger persönlicher Freund und in seiner Eigenschaft als Mitglied des Aufsichtsrats von Luwisher Brothers hier.«

»Bevor wir zur Sache kommen«, sagte Twoey, der immer noch Smith ansah, »möchten wir Ihr Wort haben, daß alles, was Sie heute hier hören, vertraulich ist.«

Schon wieder? Diesmal kreuzte Wetzon zwei Finger unter dem Tisch. Jeder schien ihr das Versprechen abzuverlangen, nichts weiterzusagen. Diesmal wußte sie, daß sie es nicht halten würde.

»Selbstverständlich«, erwiderte Smith ein wenig zu schnell. Wetzon sah sie an. Smith würde ihr Wort auch nicht halten.

»Luwisher Brothers ist Teil unserer Familiengeschichte«, begann Twoey. Er sah Wetzon an, die aufmunternd, wie sie hoffte, nickte, und dann Smith, die ihm ihr betörendstes Lächeln schenkte. »Äh ...« Er war verwirrt.

Wetzon überspielte ein Kichern mit einem leichten Hüsteln, wobei sie die Hand vor den Mund hielt, und wurde dabei von Alton Pinkus ertappt. Sein Blick verriet, daß er ihre Gedanken las.

»Was Twoey meint ...«, griff Janet energisch ein.

»Ich stelle es schon richtig dar, Mutter.« Twoeys sommersprossige Haut färbte sich. »Wir besitzen nun zusammen, meine Mutter und ich, fünfundvierzig Prozent der Aktien von Luwisher Brothers.«

»Ich dachte, beim Ausscheiden oder dem Tod eines Teilhabers müsse der Anteil an die Firma zurückverkauft werden«, warf Wetzon ein. Sie legte ihren Dessertlöffel auf das weiße Platzdeckchen, und sofort drang ein Rest von der tiefroten Soße in das weiße Gewebe ein ... wie frisches Blut.

»Das war Tradition, seit Nathan und Jeremiah Luwisher die Firma um die Jahrhundertwende gründeten. Aber nirgendwo steht, daß wir es tun müssen. Mein Vater hat sein Leben in diese Firma gesteckt.«

Mein Vater, dachte Wetzon. Endlich tauchte Goldie in der Gleichung auf.

»Wir glauben«, sagte Janet nachdrücklich, »daß wir genügend Anteile auf unsere Seite bringen, um Twoey den Vorsitz zu verschaffen.«

»Hoffritz wird davon nicht erbaut sein«, bemerkte Wetzon.

»John Hoffritz ist ein Nichts.« Twoeys Temperament brach durch.

Smith lächelte, ein langsames, träges Lächeln, ähnlich einer Katze, die sich in der Sonne streckt.

»Alton hat im Verwaltungsrat alles vorbereitet, die Aktionäre zur Abstimmung zu bitten, sobald wir grünes Licht geben.«

Alton nickte. Er war ein stämmiger Mann, nicht so groß wie Twoey, mit einer Figur wie ein Athlet, der sich ein wenig gehen ließ. Die Hand, die das hohe hauchdünne Weinglas hielt, war sonnengebräunt, die Nägel makellos manikürt. Er sah Wetzon an, und ihr Herz klopfte ein bißchen schneller, weil sie Angst hatte, durchschaut zu werden. *O nein, Sie wissen nichts*, dachte sie und schob den Gedanken von sich.

»Ich verstehe nicht«, sagte Wetzon vorsichtig, »wo wir ins Spiel kommen.«

»Darauf komme ich noch«, versicherte Twoey. »Wir wissen, daß Sie gute Arbeit für die Firma leisten, und wir möchten die Beziehung fortsetzen. In anderen Worten, wir möchten Sie hierbei auf unserer Seite wissen.«

»Aber...«, begann Wetzon und schob ihren Stuhl zurück.

»Wir sind auf Ihrer Seite«, versicherte ihm Smith.

»Einen Moment, Smith«, widersprach Wetzon rasch.

»Es wird zu einem Kampf um die Kontrolle kommen, und er kann schmutzig werden«, erklärte Twoey, indem er Smith ansah.

»Das geht in Ordnung«, sagte Smith, »wir sind hart im Nehmen.«

»Einen Moment.« Wetzon stand auf. Hatte Smith gewußt, worum es ging? Hatte sie sie wieder einmal reingelegt? »Warten Sie bitte«. Alle hörten ihr jetzt aufmerksam zu. »Wir können nicht für jeden arbeiten. Was möchten Sie wirklich von uns, Twoey? Und warum erwähnt keiner, daß Goldie und Dr. Ash ermordet wurden und daß der Bericht, an dem Dr. Ash schrieb, verschwunden ist?«

»Sie sagen es, Wetzon«, antwortete Twoey. »Wir haben mit Mördern zu tun.«

»Und wie steht es damit, daß Dr. Ash diesen Bericht für Goldie erarbeiten sollte?«

»Dr. Ash? Goldie?« Janet schien verwirrt. »Dr. Ash arbeitete nicht für Goldie. Im Gegenteil, Goldie wollte nichts mit ihm zu tun haben.«

»Vergessen Sie Dr. Ash«, unterbrach ihr Sohn sie. »Wir möchten wissen, ob Sie auf unserer Seite sind, wenn es in der Firma rundgeht.«

»Ich glaube nicht...«, sagte Wetzon.

Jetzt stand Smith auf. »Selbstverständlich wünschen wir im voraus eine finanzielle Vereinbarung.«

»*Smith!*«

»Einverstanden«, sagte Twoey.

»Mein Anwalt setzt sich mit Ihrem in Verbindung«, erklärte Smith.

»Gehen wir zu *Bloomie's.*« Smith hakte sich in der Halle unten bei Wetzon unter. »Ich muß unbedingt . . .«

Wetzon riß ihren Arm los. »Smith, wie konntest du bloß? Wir arbeiten für Luwisher Brothers, und das heißt für Hoffritz und Bird. Gerade eben hast du zugestimmt, ihren Feind zu unterstützen.«

Und, dachte sie, *ich arbeite für die New Yorker Polizei.* Ihr schwirrte der Kopf.

»Es kann nicht schaden, für beide Parteien zu arbeiten. So wird es doch immer gemacht.«

»Taxi?« fragte der als Bobby verkleidete Portier.

»Ja«, sagte Wetzon zu Smith, ohne auf ihn zu achten, »aber wir geben nicht nur, wir nehmen auch. Das ist etwas ganz anderes.«

»Wetzon, meine alte Heimleiterin sagte immer: ›Wenn sie geben, nimmst du, und wenn sie nehmen, schreist du.‹ Laß mich nur machen. Ich weiß, was ich tu. Ich habe einfach so ein Gefühl, als säßen die Sieger dort« – sie zeigte nach oben. »Außerdem« – sie strahlte glücklich – »bin ich *verliebt.*«

Die Tulpen auf dem Streifen zwischen den Richtungsfahrbahnen der Park Avenue zitterten im heißen Wind. Sie ließen die Köpfe hängen, trocken, welk und verbrannt. Der Himmel war blau und wolkenlos, während auf der Straße die Abgase von Millionen Autos und Lastwagen in Wetzons Nase stachen und sich auf ihre Luftröhre legten. Sie sah Smith an. »Was hast du gerade gesagt?«

»Du hast dich nicht verhört, Zuckerstück. Ist er nicht reizend?«

»Verschone mich. Was ist mit Jake?«

»Jake? Von wem sprichst du?«

»O, Mann.« Wetzon mußte lachen.

»Ja, hast du dir das nicht gewünscht?«

»Du meine Güte, ja, tausend Dank. Ich bin wirklich froh darüber.«

Smith drehte sich zum Portier um. »Taxi bitte.«

Der Portier pfiff nach einem Taxi. Sie stiegen ein und ließen sich von der Klimaanlage erfrischen. Salsamusik dröhnte aus dem Radio.

»*Bloomingdale's*«, gab Smith an. »Und wären Sie so freundlich, den Lärm abzustellen.«

Ein gemarterter Jesus an einem gigantischen Kreuz hing am Rückspiegel und schaukelte während der Fahrt.

Der Fahrer war ein Lateinamerikaner mittleren Alters.

»Wo ist das?« fragte er.

»Was?« Smith beugte sich vor.

»Wo Sie hinwollen.«

»*Bloomingdale's*, um Himmels willen. Nicht zu glauben, Sie leben hier und nehmen unser Geld, und Sie kennen sich nicht aus.«

»59. und Lexington«, sagte Wetzon und stieß Smith mit dem Ellbogen an.

»Danke, das ist nett.«

»Kommen wir noch mal darauf zurück, was du uns gerade eingebrockt hast, Smith.«

»Überlaß das alles mir, Kleines. Ich habe die besseren Instinkte. Das weißt du. Glaub mir, wir haben uns gerade mit der Siegermannschaft verbündet.«

»Ich meine, wir sind moralisch verpflichtet, John Hoffritz mitzuteilen, daß wir kein Geld von ihm nehmen können.« Smith hatte tatsächlich gute Instinkte, fand Wetzon, aber ziemlich oft lag sie auch daneben.

»Moralisch verpflichtet? In welchem Jahrhundert leben wir eigentlich? Begreifst du nicht, Liebes, daß wir von ihnen nur Geld nehmen, um den Mörder zu finden? Die übrige Arbeit hängt von bestimmten Bedingungen ab.«

»Aber es gibt einen stillschweigend geschlossenen Vertrag.« In Wetzons Kopf begann es zu klopfen. »Gut, ich gebe auf.« Smith hatte alles so durcheinandergebracht, daß es unmöglich war, wieder herauszufinden.

»Halten Sie hier«, sagte Smith.

»Das ist aber die 60. Street.«

»Das ist *Bloomingdale's*«, fuhr Smith ihn an. »Es geht von der 59. bis zur 60. Street durch.« Sie zog ein paar Scheine aus der Tasche, legte sie in den Metallschieber, der an der Trennscheibe angebracht war und knallte ihn zu.

Sie standen vor *Bloomingdale's* und versuchten, sich über dem Geheule eines zerlumpten Bettlers, der ihnen einen Plastikbecher hinstreckte, zu verständigen. »Ich möchte wieder ins Büro, Smith. Ich habe zu tun.« Wetzon kramte in ihrer Handtasche nach ein bißchen Kleingeld und ließ es in den Plastikbecher fallen, der aussah, als habe jemand am Rand gekaut. »Ich muß Ellie anrufen. Ich habe viel zu tun.« Sie hörte sich schlecht gelaunt an.

»Komm doch bitte nur auf einen Sprung mit. Ich möchte, daß du mir hilfst, eine Krawatte für Mark auszusuchen.«

»Na gut. Aber nur ein paar Minuten.« Sie ließ sich von Smith durch die Drehtür in das Geschäft führen. »Was hast du dir für den Sommer vorgenommen?«

Smiths Gesicht verdunkelte sich plötzlich. »Ich schikke ihn auf die Ranch, aber nur im Juni und Juli. Den August verbringen wir zusammen in Connecticut.«

»Das ist schön, Smith. Und Jake?«

Smith strahlte wieder. »Tja, wer weiß?«

»Twoey steht unter der Fuchtel seiner Mutter, sei also vorsichtig.«

»Du unterschätzt mich, Wetzon. Ich kann mit Janet umgehen.« Smith lachte. »Sie kann genauso ausgeschaltet werden wie Goldie.«

»Wie kannst du so etwas sagen.«

»Es war bloß Spaß, Wetzon, warum nimmst du immer alles so ernst? Das kann einen richtig nerven. Was ist bloß aus dem unternehmungslustigen Mädchen, das ich einmal kannte, geworden?«

»Es konnte die Unruhe, die du ständig verursachst, nicht mehr ertragen.«

»*Ich* verursache Unruhe? Nun mach mal einen Punkt. Wer von uns gerät denn ständig in irgendwelche Mordgeschichten?«

Sie suchten eine Ripskrawatte für Mark aus, und Wetzon ließ Smith den Ständer mit den heruntergesetzten Designerkleidern im vierten Stock allein begutachten.

Sie fühlte sich seltsam unwohl, als sie *Bloomingdale's* verließ, fast als hätte sie etwas vergessen. Alles war so verworren. Sie wäre gern zu Fuß die Third Avenue hinuntergegangen, aber die Hitze war unerträglich. Sie winkte einem Taxi, das sie zurück zum Büro fuhr.

B. B. war allein und mit Telefonieren beschäftigt. »Wo ist Harold?«

»Er ist spät zum Mittagessen gegangen. Silvestri rief zweimal an. Er gab mir eine Telefonnummer.« B. B. reichte ihr einen Stapel rosa Nachrichtenzettel.

»Gut. Ich rufe zurück ... es ist wahnsinnig heiß draußen.«

Sie schleppte sich in ihr Büro, wobei sie die Nachrichten durchblätterte, und schloß die Tür zum Garten. Sofort begann sie, die äußere Schicht abzuschälen – Jacke, Bluse, Schuhe. Sie machte ein Handtuch naß, wusch sich Gesicht, Hals und Arme und hielt die Handgelenke unter das kalte Wasser. Dann rieb sie sich trocken und zog die Bluse wieder an. Ihre Füße waren geschwollen; sie setzte sich vor den Schreibtisch und legte die Beine hoch.

Sie schloß die Augen. Smith war verrückt, aber sie war scharfsinnig und intuitiv begabt. Und schwer zu begreifen. Mit einem Seufzer fischte Wetzon Ellies »Fahndungsbogen« heraus und wählte ihre Durchwahlnummer.

»Ms. Kaplans Büro. Dwayne.«

»Ms. Kaplan, bitte.«

»Wer ist da, bitte?«

»Leslie Wetzon«

»Hallo, guten Tag, ich hole Ellie an den Apparat.«

Wieder hörte Wetzon eine besondere Vertraulichkeit in seiner Stimme, als ob er und sie sich kennen würden.

»Wetzon?« Die Stimme war rauh und spröde; sie hörte sich nicht nach Ellie an.

»Ellie? Sind Sie dran?«

»Mir ist nicht nach reden, Wetzon.« Ihre Stimme stockte. »Rufen Sie in einem Monat an, wenn das alles überstanden ist.«

»Ellie, einen Monat noch. Was ist denn los?«

»Fragen Sie mich bitte nicht. Alles läuft schief.«

»Ellie, treffen wir uns heute abend auf einen Drink.«

»Nein, Wetzon. Mir steht der Kopf nicht nach Geselligkeit. Außerdem habe ich einen Termin.«

»Dann morgen. Bitte. Nur wir zwei. Wie wäre es mit dem *Four Seasons?* Ich garantiere Ihnen, daß Sie sich danach besser fühlen.«

»Ach, ich weiß nicht.« Ellie war unschlüssig. »Eigentlich wäre die Oak Bar im *Plaza* bequemer . . .«

»Abgemacht, dann in der Oak Bar. Um fünf.«

Wetzon legte auf und wählte Silvestri. Sie kannte die Nummer, die er hinterlassen hatte, nicht. Als er sich meldete, fragte sie: »Silvestri, wo steckst du?«

»Midtown North. Bei Weiss.«

»Wirst du später zu Hause sein?«

»Mhm.«

»Smith und ich waren heute zum Mittagessen bei Janet Barnes.«

»Aha? Möchtest du mir davon berichten?«

»Jetzt nicht, nicht am Telefon. Ich suche mir jetzt einen Makler, mit dem ich am Nachmittag einen Drink zu mir nehmen kann.«

»Sehr beschäftigt, wie?«

»Eifersüchtig?« Alton Pinkus' Gesicht tauchte vor ihr auf, und sie verdrängte es.

»Klar. Liegt in der Familie.«

»Möchtest du eine Pizza mitbringen?«

»Ich denke drüber nach.«

Sie wollte auflegen, als sie ihn sagen hörte: »Les ...«

»Ja?«

»Sei vorsichtig. Bitte. Lauf nicht unüberlegt irgendwohin.«

»Ich?«

Er legte abrupt auf.

Na ja, sie hatte es wohl verdient. Sie lachte. Diese Ermittlung würde nicht gefährlich für sie werden. Man mußte nur den Verstand gebrauchen. Sie zog ihr Ringbuch vor, dann schlug sie die Telefonnummer der Auskunftsstelle der New Yorker öffentlichen Bibliothek nach und rief dort an. »Sulfite oder Sulfitpulver«, sagte sie zu der Männerstimme, die sich meldete. »Können Sie mir sagen, was das ist?«

»Einen Moment bitte.« Sie zog eine leeres Blatt aus dem Ringbuch und malte Männchen, während sie wartete. Er war im Nu wieder am Apparat.

Sie hörte zu, legte auf und dachte über seine Auskunft nach. Ein Salz oder Präparat ... als Konservierungsmittel benutzt, bis seine Anwendung an frischem Obst und Gemüse 1986 von der Lebensmittelaufsicht verboten wurde, weil es bei empfindlichen Personen schwere allergische Reaktionen auslösen kann ...

Die Lämpchen am Telefon leuchteten alle auf einmal auf, und es läutete und läutete. Wo war Harold? Sie tappte an die Tür und machte sie auf. B. B. versuchte, mit den Anrufen klarzukommen. Harold war immer noch nicht da, obwohl es schon drei Uhr war.

»Himmel!« Wetzon übernahm eine Leitung. »Smith & Wetzon.«

»Wetzon? Sind Sie es?« Die Stimme war ihr bekannt, aber sie konnte sie nicht auf Anhieb einordnen. »Hier ist David, David Kim. Es ist etwas passiert, und ich muß sofort mit Ihnen sprechen.« Er verhaspelte sich vor Aufregung.

»David, beruhigen Sie sich. Gleich, worum es sich handelt, wir können darüber reden.« Sie sah auf die Uhr. »Ich kann Sie um halb sechs im *Berkshire* treffen, in der 52. Street zwischen Fifth und Madison. Paßt das?«

»Okay. Warten Sie einfach dort, falls ich mich etwas verspäte.«

»Hat das etwas mit den Ereignissen bei Luwisher Brothers zu tun, David?«

»Sie sagen keinem, daß ich Sie angerufen habe?« Panik.

»Bestimmt nicht, David.«

»Gut, denn ich möchte nicht Geschichte sein wie Goldie und der fette Arsch.«

Sie hatte an diesem Nachmittag für drei Kandidaten Termine bei Keith Burns, Verkaufsmanager bei Marley, Strauss für die Region Nordost, vereinbart. Es gab zwei Managerposten zu besetzen, einen in New Haven und einen in Wellfleet am Cape. Nur einer von den dreien hatte bereits eine Zulassung für das Management. Carolyn Johnson.

Wetzon hatte die Termine so gelegt, daß Jeff Levin als erster um zwei Uhr drankam, danach Carolyn um Viertel vor drei und zuletzt Gary Walsh um halb vier. Sie hatte noch ein bißchen mehr jonglieren müssen, weil Carolyn und Jeff im selben Dean-Witter-Büro arbeiteten und es tödlich wäre, wenn sie sich über den Weg liefen. Deshalb war ausgemacht, daß Carolyn im 20. Stock warten sollte und Keith, der die Gespräche im 21. führte, beim Empfang Bescheid sagen würde, wenn Jeff fertig war.

Alles sehr verschwörerisch, aber notwendig, um Vertraulichkeit zu wahren. In ihrer Anfangszeit als Headhunterin hatte Wetzon entdeckt, was für eine kleine Welt Wall Street im Grunde war. Jeder kannte jeden, und Geheimnisse ließen sich nur schwer wahren. Weil Makler so oft wechselten, war es nahezu unmöglich, daß ein Makler zu einem Vorstellungsgespräch ging, ohne jemandem über den Weg zu laufen oder von jemandem erkannt zu werden, mit dem er früher zusammengearbeitet hatte oder der ein Freund von jemandem war, der in derselben Firma beschäftigt war. Wenn der Chef einen Makler bei etwas Illoyalem ertappte, etwa daß er einen Wechsel zu einer anderen Firma ins Auge faßte, konnten sofort seine Bücher konfisziert werden, ehe er Gelegenheit hatte, sie zu kopieren, und er konnte auf der Stelle rausgeworfen werden. Falls er genügend produzierte, konnte es auch sein, daß sein Chef ihn mit besonderen Vergünstigungen bestach zu bleiben, zum Beispiel, daß er einen Kundenwerber für ihn bezahlte, bestimmte Auslagen übernahm oder ihm Hauskunden übertrug.

Die Vertraulichkeit wurde häufig gebrochen, weil Makler oft miteinander redeten und sich gegenseitig halb vertrauten. Neuigkeiten, Gerüchte, Klatsch verbreiteten sich wie Buschfeuer in Wall Street. Wetzon hatte einmal mit einem Makler gearbeitet, dessen Bruttoproduktion zwischen 400 000 und 450 000 Dollar lag. Er konnte seinen Chef nicht leiden und beging den Fehler, einem anderen Makler, einem Freund, wie er meinte, zu erzählen, daß er ernsthaft überlege, zu einer anderen Firma zu gehen. Der Freund ließ es den Chef wissen, der Chef stellte den Makler zur Rede, zog seine Bücher ein und setzte ihn vor die Tür. Der Freund wurde mit einigen Kundenkonten des Maklers belohnt. Ein Wechsel war nie einfach, und wenn nicht bei einer andern Firma alles unter Dach und Fach war, konnte es total danebengehen. Der Chef dieses speziellen Maklers griff zum Telefon und rief jeden Kunden an, um ihm freie Geschäfte anzubieten, wobei er durchblicken ließ, dem Makler sei gekündigt worden, weil er etwas Anrüchiges gemacht und das Konto des Kunden nicht sachgemäß geführt habe.

Wetzon sah auf die Uhr. Beinahe vier. Wahrscheinlich konnte sie Jeff und Carolyn erreichen. Von Gary konnte sie sich morgen berichten lassen.

Ihre Hand lag auf dem Hörer, als sie die Haustür zuschlagen hörte, dann hektische Geschäftigkeit, und schließlich klopfte es. »Ja, bitte?«

Harold öffnete zögernd die Tür. Er war klitschnaß, als wäre er schwimmen gewesen. Harold schwitzte von Natur aus stark. Als er merkte, daß Smith nicht da war, atmete er erleichtert auf, reckte sich und wirkte gleich weniger unterwürfig und wieder selbstbewußter.

»Späte Mittagspause, Harold?«

»Mann, tut mir wirklich leid, daß es so lang gedauert hat, Wetzon.«

»Wo zum Teufel warst du?«

»Ich war beim Augenarzt und mußte endlos warten.«

Bei jedem anderen hätte sie geglaubt, er habe eine Matinee eingeschoben – heißer Sex an einem heißen Nachmittag –, aber *Harold?* Sie sah ihn kritisch an. Nein.

»Okay, Harold. Du hast bestimmt eine Menge Arbeit auf deinem Tisch. Ich habe jedenfalls zu tun . . .« Sie wandte sich wieder den Karteibogen auf ihrem Schreibtisch zu.

»Kommt Smith noch einmal?«

»Weiß ich nicht. Wohl eher nicht.« Sie wartete, bis er die Tür hinter sich geschlossen hatte, dann griff sie zum Telefon und rief Jeff Lewin an.

»Jeffrey Lewin.«

»Hallo, Jeff. Hier ist Wetzon. Wie ist es gelaufen?«

»Gut, denke ich. Er hat mir die Stelle angeboten.«

»Was? Das Büro in New Haven?«

»Ja. Ich sagte, ich müßte es mir noch genau überlegen.«

»Das ist gut. Sie haben ja noch nicht einmal Ihre Zulassungen. Sie brauchen die Serie 8 und die R.O.P., die Lizenz als Eigenhändler für Optionen ...« Das war verrückt.

»Ich fragte ihn, wann er eine Antwort braucht, und er sagte, letzte Woche. Heißt das, daß dort zur Zeit überhaupt kein Manager ist? Ich möchte wissen, was aus dem letzten geworden ist.«

»Ich weiß es nicht.« Sie würde sich umhören müssen. »Er wird einen höheren Posten in der Firma bekommen haben. Haben Sie über Geld gesprochen?«

»Ja. Er sagte, etwa fünfunddreißig als Fixum, dazu meine eigene Produktion. Eine Vorauspauschale und einen höheren Gewinnanteil. Aber hören Sie, Wetzon, ich möchte unbedingt wissen, was aus dem anderen Manager geworden ist. Ich muß mit Amy reden. Wir sind gerade in eine neue Wohnung umgezogen ...«

»Okay, Jeff, Sie reden mit Amy, und ich spreche mit Keith und erkundige mich nach dem alten Manager.«

Sie legte auf. Hatte Keith nicht mehr alle Tassen im Schrank? Jeff war erste Klasse, keine Frage; Wetzon kannte ihn seit sieben Jahren. Doch wie konnte Keith ihm nach einem ersten halbstündigen Treffen anbieten, ein Büro zu leiten? Kein Wunder, daß die Branche in Schwierigkeiten steckte. Sie wurde von Leichtgewichten angeführt.

Sie erreichte Carolyn, die über alle Konzessionen

verfügte und schnell und reibungslos beginnen könnte.

»Keith war sehr freundlich, sagte aber, daß im Augenblick kein Posten im Management zu besetzen ist.«

»Ach ja? Haben Sie sich auf ein Gebiet beschränkt?«

»Nein. Ich sagte, Connecticut, Massachusetts oder auch New York würden mir zusagen.«

»Okay. Betrachten Sie es als eine Begegnung zum Kennenlernen. Jetzt sind Sie ihm bekannt, und Sie können darauf wetten, daß Sie ihm einfallen, wenn das nächstemal eine Stelle frei ist.« *Was für eine Lügnerin du bist,* Wetzon, dachte sie, als sie auflegte. Es war wieder einmal ein klarer Fall von Wir-wollen-keine-Frau-in-unserem-Privatklub. Was für eine Berufsauffassung war das, daß man jemandem einen wichtigen Posten nach einer halben Stunde anbot, mochte er noch so gut aussehen? Und Jeff sah phantastisch aus. Er war einer der bestgekleideten Makler, die sie jemals kennengelernt hatte. Er hätte für *GQ* Model spielen können. Trotzdem, Carolyn war eine attraktive Kandidatin auf dem Papier und erst recht in Person. Und sie war zugelassen. Es würde nicht Monate dauern, bis sie die Prüfungen hinter sich hätte.

»Ach, Scheiße«, sagte sie laut und warf den Federhalter hin. Sie tippte Keith' Nummer ein.

»Gary ist gerade gegangen«, sagte Keith. Er sprach so schnell, daß er kaum mit dem Atmen hinterherkam und man Mühe hatte, dem Wortschwall zu folgen. »Er ist ein guter, solider Kerl, der mit beiden Beinen auf dem Boden steht. Genau, was wir brauchen, Wetzon. Wir möchten ihn für das Büro in Wellfleet.«

»Was ist mit Jeff Lewin?«

»Dem habe ich New Haven angeboten.«

»Ist zur Zeit ein Manager auf der Stelle?«

»Ja, aber er bleibt nicht.«

»Sie ersetzen ihn?«

»Ja, aber er weiß noch nichts davon. Ich hätte Lewin sagen sollen, daß er nichts verlauten läßt . . . Sagen Sie es ihm, Wetzon. Es ist streng vertraulich. Es könnte sehr peinlich werden, wenn es herauskäme.«

»Das kann ich mir denken. Und Carolyn? Sie erfüllt alle Zulassungsbedingungen?«

»Ja, Carolyn. Sie ist in Ordnung. Gefiel mir. Gute Frau. Nur habe ich gerade im Moment nichts für sie. Sagen Sie Jeff und Gary, daß ich sie nächste Woche sprechen will.«

»Klar, Keith.« Soviel zur Chancengleichheit in Wall Street.

Wetzon sortierte die Papiere vor sich und machte eine Liste der Anrufe, die sie am nächsten Tag zu erledigen hatte. Die Klimaanlage tuckerte angestrengt, und das Büro war nicht mehr so kühl wie vorher; vielleicht drosselten die E-Werke den Energieverbrauch.

Ihr Garten draußen sah schlaff und versengt aus, da er seit Tagen in der Sonne briet. Dabei sah man die Sonne jetzt kaum, nur den schwefligen Dunst aufgrund des mangelnden Luftaustauschs. Sie trat vom Fenster zurück und setzte sich. Was würde sie darum geben, wenn sie jetzt weiße Socken und die pinkfarbenen Reeboks anziehen könnte anstatt Strumpfhosen und Pumps für ihre Verabredung mit David Kim.

Sharon Murphy hatte morgen einen Termin bei Loeb Dawkins. Wetzon hoffte, es würde gutgehen. Sharon war nervös und ein bißchen verrückt, aber sie machte einen guten Umsatz.

Wetzon machte die Tür zum vorderen Büro auf. B. B. telefonierte. Das zweite Lämpchen war an, ohne zu blinken, also war Harold vermutlich am anderen Apparat. Das Telefon läutete. »Ich gehe ran«, sagte sie, dann dachte sie, vielleicht sollte sie lieber nicht. Wenn es ein Problem gäbe, würde sie zu spät kommen . . . ach, was soll's. »Smith & Wetzon.«

»Nimmt Ms. Wetzon ein R-Gespräch von Ms. Smith an?«

»Um Gottes willen.« Smith machte das ständig. Sie hätte es am liebsten nicht angenommen. Aber stattdessen sagte sie: »Ms. Wetzon am Apparat. Ich übernehme die Gebühr.«

»Smith, du bist unmöglich. Nur du kommst auf die Idee, ein R-Gespräch zu führen, wenn du weniger als fünfzehn Straßen von hier weg bist.«

»Sei still und hör zu.« Im Hintergrund war Straßenlärm zu hören, und Smith wirkte aufgeregt.

»Wo bist du?«

»Third Avenue, nicht weit von *Bloomie's*. Ist noch jemand in der Leitung?«

»Wie kommst du darauf?« Wetzon betrachtete das Telefon. Drei Lämpchen waren an, blinkten aber nicht. »Nur du und ich, Schatz«, imitierte sie Bogart.

»Ich habe keine Zeit für deine Späße, Wetzon. Ich bin herumgerannt, um in dieser Stadt ein funktionierendes Telefon zu finden. Du glaubst nicht, was ich gesehen habe. Ich kann's nicht glauben.«

»Was hast du denn gesehen? Sag es bitte und erlöse mich von meiner Qual.«

»Für dich ist alles Spaß, Wetzon, aber das wirst du nicht komisch finden, so wenig wie ich.«

»Oh, Mann, Smith – *was*?«

»Ich war so empört, daß ich mich erst einmal ins *Yellow Finger* setzen und eine Limonade trinken mußte, um mich zu beruhigen.«

»Smith, ich bringe dich eigenhändig um, wenn du's mir nicht endlich sagst.«

»Wer ist dieser widerliche Schleimscheißer – unser größter Konkurrent?«

»Tom Keegen.«

»So, Wetzon, jetzt rate mal, wen ich vor weniger als einer halben Stunde tête-à-tête mit diesem Ekel gesehen habe?«

»Ich gebe auf. Wen?«

»Unseren kostbaren Harold.«

Die Eingangshalle des *Berkshire* war unkonventionell, aber nicht protzig. An der Rückseite, einige Treppenstufen tiefer, gab es einen gemütlichen offenen, mit Teppichen ausgelegten Bereich mit bequemen Sesseln, Sofas und Kaffeetischen mit Marmorplatten, die zu kleinen Sitzgruppen angeordnet waren. Hier konnte man Tee und Kuchen, Kaffee und Drinks bestellen. Es war eine wohltuende Insel in der Hetze und dem Trubel der Stadt.

Sie entdeckte David Kim sofort, weil er auf und ab schritt, mit wildem Blick, anscheinend ohne zu merken, daß er auf die ankommenden und abreisenden Hotelgäste ein wenig verrückt wirken mußte. Sie machten einen großen Bogen um ihn. Er paßte nicht zu dem Stereotyp des unerschütterlichen Asiaten. Ein schlanker, etwas pedantischer Portier in mittelbraunem Anzug steuerte gerade auf ihn zu, als David Wetzon entdeckte, stehenblieb und wartete, bis sie zu ihm kam.

Sie begrüßten sich, und Wetzon führte ihn in den hinteren Bereich der Halle, wo er sich auf ein Zweiersofa warf, während sie den Lous-seize-Stuhl neben der Harfe nahm.

Er trug einen grauen Nadelstreifenanzug und ein weißes Hemd, trotz der Hitze kaum zerknittert, bemerkte Wetzon. Sein Haar war eine Spur zu lang für die Wall Street und fiel ihm über die Stirn auf die dunklen Brauen. Mit einer ungeduldigen jungenhaften Geste strich er es zurück. Er sah ein wenig wie Rob Lowe aus, wenn man sich diesen als Koreaner vorstellte. Alles in allem ein Charmeur, besonders, wenn er lächelte, was er in diesem Augenblick tat.

Wetzon fand ihn sehr sympathisch, noch genauso wie vor fast zwei Jahren, als er auf seinen Lebenslauf gleich einen Anruf folgen ließ und sie überredete, sich mit ihm zu treffen, obwohl sie ihm versicherte, sie könne nichts für ihn tun, weil er nicht die richtige Fachrichtung hatte. Er war Doktorand in Mathematik an der Columbia.

»Ich möchte der erste Amerikaner asiatischer Abstammung sein, der eine Börsenmaklerfirma leitet«, hatte er gesagt.

»Sie kommen zu spät, Gerald Tsi hat es schon vor Ihnen geschafft.«

»Er ist Chinese, und außerdem hat es bei Smith Barney nicht so gut geklappt, so daß er schließlich an Sandy Weill verkaufen mußte. Ich möchte Sandy Weill sein.« Seine schwarzen Augen waren ernst, aber er war schlagfertig und geistreich. Wetzon hatte ihn von Anfang an gemocht.

Er suchte einen Ferienjob für den Sommer, etwas, das er zum Beruf ausbauen könnte, sobald er seinen Doktor hätte. Wetzon erklärte, daß Smith & Wetzon nicht nur keine Anfängerstellen vermittelten, sondern sich erst recht nicht mit Sommerjobs befaßten. Aber David bot seinen ganzen Charme auf und rang ihr ein Versprechen ab, an ihn zu denken, falls sie bei einem Kunden etwas hören sollte. Zufällig hatte sie dann auch nur zwei Wochen später von Doug Culver gehört, daß Luwisher Brothers vorübergehend einen Verkaufsassistenten für Ellie Kaplan suchte, und Wetzon schlug David Kim vor. Aus dem befristeten Job war eine feste Stelle geworden, und alle hatten von der Empfehlung profitiert – außer Smith & Wetzon, weil kein Honorar gezahlt wurde.

Wetzon strich es gern als uneigennützige Tat heraus – eine Gefälligkeit oder so. Irgendwann würde es sich durch Empfehlungen und nützliche Kontakte auszahlen. Smith reagierte dagegen sehr ungehalten. »Wir können unsere Miete nicht bezahlen, wenn wir umsonst arbeiten«, hatte sie gemeckert.

Wetzon bestellte eiskalten Koffeinfreien und David einen Bourbon on the rocks. Er hatte sich, also an den bei Luwisher Brothers bevorzugten Drink gewöhnt.

»Okay, David, schießen Sie los. Worum geht es?«

»Ich weiß nicht einmal, wie ich es Ihnen sagen soll ...« Er brach ab und starrte sie an. »Ich weiß nicht, ob ich das Richtige tue.« »Alles, wovon ich immer geträumt habe, kann vorbei sein. Ich ...« Er hob die Schultern und hielt die Hände hoch.

Ihre Getränke wurden auf goldgeprägten Cocktailservietten serviert. Eine Frau mit langem, blondem Haar setzte sich an die Harfe und begann zu spielen. Alle Sitzgruppen waren inzwischen besetzt, und direkt vor ihnen sah Wetzon zwei Frauen in angeregtem Gespräch, von denen eine ständig mitschrieb. Irgendein Interview. Sie wandte sich wieder an David.

»Was spielt sich dort unten ab, David?«

»Etwas Schlimmes, glaube ich. Irgendeine Schweinerei. Es wird herauskommen, und ich finde nie mehr eine neue Stelle.«

»Aber wieso sind Sie davon betroffen?«

Er sah plötzlich elend aus und nahm einen kräftigen Schluck Bourbon. »Ellie . . .« Er ließ es in der Schwebe, und Wetzon starrte ihn an.

»Ellie? Ellie ist in etwas Illegales verwickelt?« Er zögerte, bevor er widerstrebend sagte: »Es ist möglich. Ich hatte keine Gelegenheit, mich zu vergewissern. Es könnte auch sein, daß man sie einlegen will.«

»Ich kann es nicht glauben. Vergewissern Sie sich. Sprechen Sie eventuell mit ihr.«

Er schüttelte den Kopf. »Ich kann es einfach nicht. Ich . . . wir . . .« Er blickte in sein Glas.

»Wer noch?«

»Chris Gorham müßte davon wissen . . . und die anderen auch.«

»Und Goldie?«

»Das weiß ich nicht.«

»Möchten Sie mir erzählen, was Sie vermuten?«

Er schüttelte den Kopf und trank wieder einen Schluck. »Erst wenn ich mir sicher bin. Es hat mit sehr viel Geld zu tun.«

»Warum reden wir miteinander, David?«

Er lächelte sie nervös an. »Weil ich Ihnen vertraue, Wetzon. Weil Sie meine Freundin sind. Weil Sie mir geholfen haben, die Stelle zu bekommen. Weil ich weiß, daß Sie nicht weitersagen, was ich Ihnen erzähle. Stimmt das?«

Wetzon seufzte. »Stimmt.«

Vorsichtig sagte er: »Falls ich recht habe, müßte ich

eine Mitteilung an die SEC wegen eines Rechtsbruchs machen, wenn es denn einer ist – oder nicht?«

Bat er sie um Erlaubnis, jemanden zu verpfeifen? Sie konnte sich keinen Reim darauf machen, was er von ihr wollte. »Wollen Sie mir erzählen, daß Hoffritz, Bird und Culver alle an diesem Betrug oder was immer es ist beteiligt sind?«

»Das ist der springende Punkt, Wetzon. Ich weiß es nicht. Und wenn ich den Falschen anspreche, könnte es mein Tod sein.« Seine Hand zitterte, als er sein Glas hob, um noch einen Drink zu bestellen. »Es ist so schlimm geworden, daß ich jeden Tag Angst habe hinzugehen.«

»Nehmen Sie doch eine Woche Urlaub. Vielleicht kommt alles früher als Sie denken heraus.«

»Schon möglich. Die Buchprüfer kommen diese Woche. Chris hat es mir gesagt.«

»Was möchten Sie von mir, David?«

»Was würden *Sie* tun, Wetzon? Ich glaube, Sie würden das Richtige tun.«

»Ich würde zur Polizei gehen, weil mein Leben in Gefahr ist, und was hilft Geld oder die Stelle oder sonst was, wenn man tot ist? Aber ich bin nicht Sie, David, und das müssen Sie selbst entscheiden.« Sie erinnerte sich an das Pokerspiel in ihrem Traum und an das Kartenhaus, das David gebaut hatte.

»Werden Sie mir helfen, da herauszukommen?«

Er bat sie, ihn zu vermitteln. Allein darum ging es also.

»Sie wissen, daß ich tu, was ich kann. Haben Sie einen eigenen Umsatz, getrennt von Ellie?«

»Ja, ein wenig. Und einige ihrer Kunden bleiben vielleicht lieber bei mir.«

»Aber angenommen, Ellie steckt nicht mit drin?«

»Vielleicht bleiben sie trotzdem lieber bei mir. Sie vertrauen mir. Ellie ... na ja, die Sache mit Goldie hat sie sehr mitgenommen.« Er stand auf und beugte sich vor, um ihr die Hand zu geben. »Danke, Wetzon. Ich halte Sie auf dem laufenden.«

»Kopieren Sie Ihre Bücher«, sagte sie automatisch, während sie zehn Dollar in die Lederhülle zur Rechnung legte. *Arme Ellie,* dachte sie. David war Börsenmakler geworden.

Wetzon ging am Plaza Hotel und der langen Doppelreihe der davor geparkten Limousinen vorbei, überquerte die Central Park South, vorbei an den Pferden und Kutschen, die auf Fahrgäste warteten, und betrat den Central Park. Augenblicklich brach der Lärm ab. Sie ging langsam, denn es war unerträglich drückend. Eine Pferdekutsche mit Touristen rumpelte vorbei, und der Kutscher machte die Familie auf den Wohlman Rink aufmerksam, den der New Yorker Unternehmer Donald Trump publikumswirksam drei Jahre schneller als geplant wieder instand gesetzt hatte. Im Sommer wurde er zum Rollschuhlaufen, im Winter zum Schlittschuhlaufen benutzt.

Vom Hügel aus konnte Wetzon durch das spärliche Laub der mächtigen Eichen den Minigolfplatz sehen, eine weitere Großtat von Trump nicht weit vom Wohlman Rink. Das Karussell war inzwischen renoviert worden und drehte sich wieder. Sie liebte das Karussell, kletterte gern auf eines der springenden Pferde und ließ sich endlos im Kreis drehen.

Während sie weiterging, rief sie sich das Gespräch mit David ins Gedächtnis und versuchte dahinterzukommen, was das alles bedeutete. Es gab keine Pferdeäpfel mehr, um die man Haken schlagen mußte, seit die Stadt angeordet hatte, daß Kutschpferde Plastikbeutel tragen mußten. Die sahen albern aus, aber längst nicht so albern wie die kanadischen Windeln.

Ein paar junge Männer spielten mit stark gebremster Energie Volleyball. Ein *Good Humor*-Verkäufer stützte sich auf seinen Eiswagen und beobachtete das Spiel. Wetzon setzte sich auf eine Bank im Schatten einer alten Kastanie und zog die pinkfarbenen Reeboks an.

Also traf sich »mein kostbarer Harold« heimlich mit Tom Keegen. Smith hatte ihm demnach zu Recht nicht getraut. Allerdings hatte Smith Harold auch so schofel behandelt, daß sie ihn womöglich selbst Keegen in die Arme getrieben hatte. Wetzon hatte Harold sofort zur Rede stellen wollen, doch Smith war strikt dagegen gewesen. Sie wollte dabeisein.

»Paß auf, daß er nichts aus dem Büro mitnimmt.«

»Wenn du nicht willst, daß ich Alarm schlage, wird das nicht einfach sein. Warum kommst du nicht noch mal vorbei, und wir erledigen es sofort?«

»Ich kann mir jetzt keinen Harold zumuten, Wetzon, es ist zu heiß. Ich gehe nach Hause.«

Wetzon hatte aufgelegt und kurz nachgedacht, dann war sie ins vordere Büro gegangen. »Hört mal her, ich habe euch etwas zu sagen. Es ist zu heiß zum Arbeiten. Geht nach Hause. Ich schließe das Büro für heute.«

Sie lehnte in der Tür zu Harolds Kämmerchen. Harold suchte »Fahndungsbogen« zusammen und verstaute sie in seinem Diplomatenkoffer. »Nein, Harold. Ich meine es ernst. Heute abend wird nicht gearbeitet.

Die Hitze macht uns noch alle krank, wenn wir es übertreiben. Ich möchte, daß ihr nach Hause geht, du und B. B., euch ausruht und ausschlaft. Keine Anrufe heute abend. Keine Arbeit. Morgen geht es uns allen dann um so besser.«

»Aber ...« Seine Augen blickten unschuldig. Vielleicht hatte Smith doch nicht recht.

»Nein, wirklich. Komm schon. Laß alles liegen. Du brauchst deinen Koffer nicht, Harold.« Sie wartete an der Tür, bis er die Bogen wieder in den Schreibtisch legte.

Mit gespielter Fürsorge hatte sie B. B. und Harold liebenswürdig bis zur Haustür begleitet, und als sie weg waren, hatte sie sofort abgeschlossen. Gut, daß Harold keinen Schlüssel besaß. Oder doch? Sie erinnerte sich nicht. Ohne Skrupel inspizierte sie seinen Diplomatenkoffer. *Journal* und *Time* von gestern. Unter den Karteibogen auf seinem Tisch fand sie eine Liste der Merrill-Makler in New York. So ein falscher Kerl. Sie konfiszierte die Liste.

Für Harolds Treffen mit Keegen konnte es eine logische Erklärung geben. *Oh, oh, Wetzon, wenn du ihm das abnimmst, dann läßt du dir wohl jeden Bären aufbinden.*

»Achtung, der Ball!« Der Fußball traf die Bank mit Wucht und verfehlte sie nur knapp.

»Entschuldigung.« Ein drahtiger kleiner Kerl in Turnhosen und schillerndem, blauem T-Shirt fing den zurückspringenden Ball und grinste sie an.

»Macht nichts«, sagte Wetzon. Sie stand auf und ging weiter, nach Norden, dann nach Westen.

Der eingezäunte Bereich, Sheep's Meadow, wo New Yorker Bauern noch bis ins 20. Jahrhundert ihre Schafe hatten weiden lassen, war leer bis auf ein paar ganz Hartnäckige, die auf dem Gras lagen und Smog und Hitze trotzten. Normalerweise war die weite Grasfläche voller Menschen, die lasen, sich leise unterhielten, meditierten oder einfach schliefen. Von der Parkverwaltung als Ruhezone ausgewiesen, waren hier Radios, lautes Schreien und Ballspiele untersagt. Für sie war der Central Park nie etwas anderes als eine Oase gewesen, und soviel sie sonst gegen das Land hatte – wann immer sie durch das magische Tor in den Park trat, verspürte sie ein Gefühl der Ehrfurcht, des Vergnügens und, ja, des Friedens.

Wetzons Reeboks knirschten auf einem kurzen Stück Kiesweg. Die Jacke, die sie über den Arm gehängt hatte, war schweißnaß. Sie beschloß, den Park an der 72. Street zu verlassen, und ging auf dem steilen Fußweg an Strawberry Fields, dem Denkmal für John Lennon, vorbei. Ein paar ältere Leute saßen auf den Bänken nahe der 72. Street und wirkten wie gelähmt von der Hitze. Zwei Teenager sausten auf Fahrrädern aus dem Park auf die Central Park West, ohne sich umzuschauen, und wären um ein Haar von einer Limousine überfahren worden, die nach links zum Dakota abbog. Das Dakota, eine Wohnfestung mit Türmchen, war das älteste Apartmenthaus an der West Side, und wenn man zusammenstellte, wer aus Kunst, Politik oder Wirtschaft darin wohnte oder irgendwann gewohnt hatte, ergab sich eine unglaubliche Liste. Es war John Lennons Zuhause gewesen – er wurde vor dem Gebäude ermordet –, und Yoko wohnte immer noch dort.

Als Wetzon die 72. Street und das Museum für Naturgeschichte erreichte, fiel ihr das Atmen schwer.

Auf der Columbus ging sie in einen Supermarkt und kaufte einen Sechserpack Amstel Light direkt aus dem Kühlschrank.

Javier saß in der Halle unter dem riesigen Ventilator, der heiße Luft umwälzte. Der Portier machte Anstalten, aufzustehen und ihr zu helfen, doch sie winkte ab. Sie stellte die Einkaufstasche am Aufzug ab, drückte auf den Knopf und ging zu den Briefkästen, um die Post herauszunehmen, zu müde, sie durchzusehen.

Der Aufzug roch nach Pizza, und sie lächelte unwillkürlich. Silvestri hatte sie überholt, und das bedeutete, daß die Klimaanlage liefe und es in der Wohnung angenehm kühl sein würde. Sie hatte recht.

Nach dem Essen saßen sie im Wohnzimmer und tranken den Rest des Sechserpacks. Silvestri hatte die Füße in den weißen Baumwollsocken auf den Couchtisch gelegt. Wetzon war gerade mit ihrem Bericht über das Mittagessen bei Janet Barnes fertig.

»Deine Partnerin ist ein Fall für sich.« Er nahm eine Handvoll Gummibärchen und warf sie in den Mund.

»Bier und Gummibärchen?«

»Smith und Wetzon? Ihr zwei paßt zusammen wie Bier und Gummibärchen.«

»Hast du mit Carlos Erfahrungen ausgetauscht? Sprechen wir von etwas anderem – etwa davon, wie du mich gestern reingelegt hast. Ich sollte furchtbar wütend auf dich sein, aber dazu bin ich ein viel zu netter Mensch.«

Er faßte ihr zärtlich unters Kinn. »Ich habe dich reingelegt, weil wir dich brauchen. Wir stecken in einer Sackgasse. Und übrigens, warum hat es der Chief im Gegensatz zu mir geschafft, dich zu überzeugen?«

»Schmeicheleien und Anerkennung.«

»Aha. Du möchtest einfach eine amtliche Erlaubnis zum Schnüffeln.« Er legte den Arm um sie und küßte sie auf die Nase. »Ich liebe diese Nase.«

»Worüber willst du also mit mir reden, außer über meine Nase?«

»Warte mal, wir müssen MGM für jeden Verdächtigen suchen.« Er stand auf, ging aus dem Zimmer und war im Nu mit seinem Notizbuch wieder da.

»Em-ge-em?«

»Motiv, Gelegenheit, Methode. Wir kennen die Methode; suchen wir also ein Motiv.«

»Ach, das habe ich ganz vergessen.« Sie setzte sich auf. »Ich hatte heute nachmittag ein eigenartiges Gespräch mit David Kim.« Mit der Hand vorm Mund murmelte sie: »Du meine Güte, was tu ich da? Ich kann es dir nicht sagen.«

»Was soll das? Warum kannst du es mir nicht sagen?«

»Weil er es mir im Vertrauen gesagt hat, als Headhunterin, und ich darf nicht verraten, was er geäußert hat, außer — Silvestri, jetzt werde nicht wütend – ich kann soviel sagen, daß er wahnsinnige Angst hat.«

»Okay, ich greife ihn mir und kriege heraus, wovor er Angst hat.«

»Um Gottes willen, Silvestri, muß das sein? Dann weiß er, daß ich ihn verraten habe.«

»Wir sprechen mit jedem. Er wird nie erfahren, daß du etwas damit zu tun hast.«

Sie massierte ihre Schläfen, um den plötzlichen stechenden Schmerz zu lindern, der sich wie ein straffes Band um ihren Kopf legte. »Ich habe gerade alle Regeln verletzt«, sagte sie beschämt.

»Les, verdammt. Das ist kein Spiel. Wir reden von

zwei Morden. Auch wenn kein Blut vergossen wurde – vergiß nicht, wie gefährlich es ist.«

»Ich bin nicht allergisch gegen Sulfite, Silvestri.«

»Er könnte seinen Modus operandi jederzeit ändern. Wir haben es mit einem Soziopathen zu tun.«

»Er?«

»Okay, nehmen wir uns die Gruppe vor. Ladies first. Janet Barnes. Sie hatte die Gelegenheit und möglicherweise ein Motiv.«

»Und das wäre?«

»Vielleicht kamen Goldie Barnes und sein Sohn nicht miteinander aus. Sohn eines übermächtigen Vaters und so weiter. Wenn Goldie aus dem Weg geräumt war, konnte Twoey Barnes in die Leitung von Luwisher Brothers einsteigen.«

»Aber warum sollte Janet Barnes Dr. Ash töten?«

»Vielleicht belastete sein Bericht Goldie irgendwie, was ein schlechtes Licht auf Twoey geworfen hätte. Was ist mit Ellie Kaplan? Gelegenheit hatte sie auch.«

»Sie haßte Dr. Ash – aber ob das reichte, um ihn zu töten? Ich weiß nicht. Allerdings soll sie auch Goldies Geliebte gewesen sein.«

»Aha! Das ist mir neu. Warum hast du mir das nicht gesagt?«

»Ich habe es doch gerade. Bisher habe ich da keinen Zusammenhang gesehen.«

»Warum haßte Ellie Dr. Ash?«

»Sie sagte, er stellte zu viele Fragen. Ich glaube, sie hatte vor diesem Bericht Angst.«

»Das reicht nicht als Motiv für einen normalen Menschen. Hatte Goldie vor, das Verhältnis zu beenden?«

»Ich glaube nicht. Ich mag Ellie, Silvestri. Sie ist ein

netter Mensch. Sie ist große Klasse in ihrem Beruf. Irgendwo habe ich gelesen, daß sie sich sehr stark in der Aids-Hilfe engagiert. Aber ich glaube, sie hat etwas mit David Kim.«

Silvestri sah sie vielsagend an und nahm einen kräftigen Zug aus seinem Bierglas. »Nehmen wir uns David Kim vor.«

»War er bei Goldies Bankett? Mir ist er nicht aufgefallen, aber ich habe allerdings auch nicht nach ihm gesucht. Vermutlich hätte er beide Morde verüben können. Aber warum?«

»Wer befreit mich von diesem ungestümen Priester?« Silvestri schien stolz auf sich zu sein.

»Alle Achtung, Silvestri. Ich hatte keine Ahnung, daß du *Mord im Dom* kennst.« Sie beugte sich vor und küßte ihn auf die schwärzlich beschattete Wange. »Könnte David es für Ellie getan haben? Vielleicht. Und Twoey? Vatermord?«

»Motiv vielleicht, aber keine Gelegenheit. Er nahm nicht am Abendessen bei Luwisher Brothers teil, oder doch?«

»Jetzt, wo du davon sprichst, nein. Ist schon komisch, daß er ein Bankett zu Ehren seines Vaters ausläßt. Alton Pinkus?«

Silvestri schüttelte den Kopf. »Soviel wir wissen, weder Gelegenheit noch Motiv bei Dr. Ash.«

»Okay.« Sie langte nach der Glasschale, fischte zwei Lakritzekugeln heraus und ließ sie auf der Handfläche herumrollen. »Bleiben Hoffritz, Bird, Dougie Culver und Neil Munchen. Gelegenheit hatten sie wahrscheinlich alle, aber welches Motiv? Wenn, dann müßte es etwas mit dem Bericht zu tun haben. Warum habt ihr ihn nicht finden können?«

»Irgendwo ist ein Bericht in Umlauf. Wir glauben, daß Hoffritz das Original hat, aber ohne Vorladung haben wir es ihm nicht wegnehmen können. Er sagt, er will den Inhalt auf einer Pressekonferenz gegen Ende der Woche bekanntgeben.«

»Verdammt, was soll das?« Wetzon warf die Kugeln in den Mund und ließ die Lakritze auf der Zunge zergehen.

»Er behauptet, daß der Bericht mit keinem der Morde auch nur das geringste zu tun hat.«

»Er hatte ein Motiv und die Gelegenheit. Genau wie Bird.«

»Hoffritz mogelte sich mit einer regelrechten Komödie durchs College.«

»Du nimmst mich wohl auf den Arm. Er ist ungefähr so komisch wie ein Krückstock.«

»Destry Bird hat seinen Collegeabschluß in Biologie gemacht.«

»Glaubst du, daß er vorhatte, Medizin zu studieren? Du lieber Himmel, Gewinn für die Medizin, Verlust für die Wall Street. Aber im Ernst, Destry kann nicht mit Menschen umgehen, er ist sozusagen nicht für die Bettkante geeignet. Er wäre vermutlich in einem Labor gelandet.« Sie warf einen Blick auf Silvestri. »Er könnte also wissen, wie man mit giftigen Substanzen umgeht.«

Silvestri zuckte die Achseln. »Wie steht es mit Culver?«

»Er kocht sein eigenes Süppchen. Ich kenne mich bei Dougie nicht aus. Als Mörder kann ich ihn mir nicht vorstellen. Er erscheint mir eher wie ein Geier, der über der Mordszene schwebt und dann herabstößt, um das Fleisch von den Knochen des Toten zu reißen.«

»Um Himmels willen, Les.« Er sah sie streng an.

Sie winkte ab. »Du hast mich gefragt, ich antworte. Neil Munchen, Examen am MIT. Er war Goldies Schützling. Vermutlich konnte er Dr. Ash nicht leiden. Ich kann zu Neil nicht viel sagen. Er ist wie Ellie, glaube ich. Er hätte Goldie niemals umgebracht. Kurz bevor Goldie umkippte, hörte ich entweder Neil oder Goldie durch die Wand, die die Herren- und Damentoilette trennt, etwas sagen, das sich wie ›nur über meine Leiche‹ anhörte.«

Er sah sie spöttisch an, indem er eine Braue hochzog. »Eines nicht so fernen Tages wird dich jemand dabei ertappen, wie du an Schlüssellöchern lauschst.«

»Ach, laß, Silvestri, es war Zufall. Einfach Glück.«

»Klar.« Silvestri runzelte nachdenklich die Stirn. Er trommelte mit dem Kugelschreiber auf den Tisch. »Neils Familie besitzt ein koscheres Feinkostgeschäft in der Second Avenue.«

»Kein Wunder, daß sie alle auf ihn herabsehen. Ihm fehlt das blaue Blut. Aber was hat das mit Neil und den Morden zu tun?« Ihr schwirrte der Kopf. »Ach so!«

»Richtig. Wer will wissen, ob nicht noch eine vergessene Büchse Sulfitpulver im Lagerraum des Ladens herumlag, nachdem es verboten worden war?«

»Tom Keegen.« Smith schürzte die Lippen, während sie langsam die Silben aussprach. Sie stützte eine Hüfte auf die Schreibtischkante, halb sitzend und mit dem Bein schaukelnd.

»Tom Keegen?« Harolds linkes Augenlid zuckte heftig hinter der Hornbrille. Er wandte den Kopf abwechselnd von Smith zu Wetzon.

»Ja, Harold. Hast du von ihm gehört?« fragte Wetzon.

»Hm ... äh, ja ...«

»Wer ist denn das, mein Lieber?« schnurrte Smith. In ihrer Stimme lag soviel Gehässigkeit, daß sogar Wetzon erschrak.

»Hm ... äh ... er ... ich meine ...«

»Heraus damit, Harold.«

»Er ... äh, er ist Headhunter.« Harold trat von einem Fuß auf den anderen und sah Wetzon hilfesuchend an, doch sie hatte sich mit ihrem Stuhl gedreht und kehrte ihm den Rücken.

»Ganz recht, mein Lieber. Und was ist sein Spezialgebiet?«

»Hm . . . äh, du meinst . . . Börsenmakler?«

»Ausgezeichnet, Lieber. Ist das nicht ausgezeichnet, Wetzon?«

Wetzon drehte sich wieder zurück »Ja, wahrhaftig. Was hast du gestern mit Tom Keegen gemacht, Harold?«

»Ich . . . hm . . . oh . . .« Harold betrachtete seine abgestoßenen Schuhe und hob wieder den Kopf. »Du hast mich gesehen?«

»Ich nicht, aber Smith. Ich habe im Büro gearbeitet und mich gewundert, warum du so lange für den Arzt brauchst.«

»Ach so.«

»Arbeitest du gern hier, mein Lieber?« fragte Smith zuckersüß.

»Ja . . . äh . . . sicher.« Er geriet ins Stottern.

»Ich glaube nicht, daß er gern hier ist, du etwa, Smith?« bemerkte Wetzon.

»Nein, ich auch nicht.«

»Bitte . . . Smith, Wetzon. Wir gehen zum selben Augenarzt. Ehrlich. Er hatte den Termin vor meinem. Er sagte, er kennt meinen Namen, weil die Makler sich so freundlich über mich äußern.«

»Harold, wie konntest du bloß? Nach allem, was wir für dich getan haben?« Smiths Stimme war hart.

»Nein . . . ich . . . bitte, Smith. Ich habe nichts getan. Er . . . äh, er hat mich zu einem Drink eingeladen. Ich wollte eigentlich nicht mitgehen.«

»Aber du bist mitgegangen?«

»Na ja . . .« Harold fing sich. »Ich dachte so für mich, was du wohl tun würdest, Smith, und da war mir sofort klar, daß ich annehmen und ihm etwas vormachen sollte, um zu hören, was er mir erzählen würde.«

Dieser raffinierte kleine Lügner, dachte Wetzon. Doch er hatte recht, nicht nur in bezug auf Smith. Auch Wetzon hätte versucht, Keegen auszuhorchen.

»Hm.« Smith' Augen waren dunkle Schlitze. »Und was hatte er Schönes zu sagen?«

»Das wollte ich dir erzählen, ehrlich, aber du warst nicht hier, als ich zurückkam.«

»Du hättest es *mir* sagen können«, meinte Wetzon. »Ich war hier, oder nicht?«

»Ja, aber ich wollte es euch *zusammen* erzählen.« Er hörte auf zu stottern und wurde selbstbewußter. »Er bot mir eine Stelle an.«

»Ach wirklich?« Smith gähnte übertrieben.

»Habt ihr über Zahlen gesprochen?« fragte Wetzon. Jetzt spürte sie, daß er die Wahrheit sagte.

»Na ja, sicher. Er sagte, ich würde bei ihm viel mehr verdienen.«

»Moment mal«, mischte Smith sich wieder ein. »Hast du diesen Spruch nicht schon einmal gehört? Hast du ihn nicht selbst gebraucht?«

»Aber, Smith, ich würde nie daran denken, hier wegzugehen. Ihr habt mir alles beigebracht, was ich kann, ich fühle mich hier wohl ...«

»Ich möchte dich daran erinnern, Harold«, sagte Smith, »daß du einen Vertrag mit uns hast. Du hast ihn unterschrieben, als du anfingst, und er verlängert sich automatisch um ein Jahr, wenn er nicht von dir oder uns drei Monate vorher gekündigt wird.«

Wetzon hatte den Vertrag ganz vergessen. Jetzt fiel ihr ein, daß Leon, ihr früherer Anwalt, ihn auf Smith' ausdrücklichen Wunsch hin aufgesetzt hatte, allerdings mit dem Kommentar, daß er vor Gericht wahrscheinlich nicht anerkannt werden würde.

»Ja, richtig ... der Vertrag.« Wetzon war sicher, daß Harold ihn ebenfalls vergessen hatte. »Aber ich würde sowieso nie etwas mit Tom Keegen anfangen. Ihr braucht euch keine Gedanken zu machen.«

»Hat Keegen dich ausgefragt, wie es bei uns läuft?« wollte Wetzon wissen.

»Er fragte, aber ich habe selbstverständlich nichts gesagt.«

»Darauf hätten wir gern dein Wort, Harold«, verlangte Smith.

»Ehrlich. Ich schwöre es. Ihr braucht euch meinetwegen keine Sorgen zu machen.« Er hielt die Hand hoch, als leiste er einen Eid.

Smith stand auf. »Also gut, Harold. Du kannst gehen.«

Harold wandte sich mit unnatürlicher Würde um, ging hinaus und zog die Tür leise hinter sich zu.

»Glaubst *du* ihm?« fragte Smith, die Hände auf die Hüften gestützt. »Ich könnte ihn *umbringen.*«

»Harold umbringen? Er ist es nicht wert.«

»Harold? Nein, diesen Widerling Keegen.«

»Vergiß es. Und Harold, ich weiß nicht. Lassen wir es vorerst auf sich beruhen, aber ich meine, wir müssen ihn im Auge behalten.«

Smith seufzte und setzte sich hin. »Es deprimiert mich, daß wir ihm nicht vertrauen können. Aber was das Treffen mit Keegen betrifft, hat er recht gehabt. Jede von uns hätte es auch getan, um zu hören, was der Schleimer zu sagen hat.« Sie schlug mit der flachen Hand auf die Tischplatte. »Was für eine *Frechheit*! Für wen hält er sich eigentlich? Ich hätte große Lust, ihn anzurufen und ihm zu sagen, was er mit sich machen soll.«

»Du verschwendest bloß deine Energie. Erfolg ist immer die beste Rache.« Wetzon dachte nach. »Vielleicht sollten wir Harolds Prozente auf fünfunddreißig anheben.«

»Es ist mir zuwider, diesen Kriecher noch zu belohnen, wenn er sich illoyal verhalten hat.«

»Das wissen wir nicht. Wenn auch die Umstände dafür sprechen.« Wetzon lächelte. »Denk darüber nach.« Sie warf einen Blick auf die Papiere auf ihrem Schreibtisch. »Ich habe jede Menge Arbeit . . .«

»Wollen wir zusammen zu Abend essen und das durchsprechen?«

»Heute kann ich nicht. Ich treffe mich mit der schönen Ellie auf einen Drink. Wo ist Jake?«

»In Atlanta, um sich über eine Firma zu informieren, die an die Börse gehen will.«

»Und morgen?« erkundigte sich Wetzon.

»Abgemacht.«

»Wir könnten bei *Baci* Pasta essen.«

»Aber das ist an der West Side.«

»Na und? Was hast du gegen die West Side? Zu durchwachsen für dich?«

»Um Himmels willen.«

Wetzon grinste sie an, griff zum Telefon und rief Sharon Murphy an. »Ich möchte Ihre Verabredung mit Marty Rosen bei Loeb Dawkins bestätigen, heute um vier Uhr dreißig.«

»Oh, Wetzon, gut, daß Sie anrufen. Ich bin ziemlich nervös deswegen. Es könnte mich jemand erkennen. Es geht einfach nicht. Bitte fragen Sie, ob er mich nicht woanders treffen kann.«

»Alles klar. Ich melde mich wieder.« Wetzon sah Smith an, die Notizen auf einen gelben Block machte.

»Was gibt's?« fragte Smith, ohne den Kopf zu heben.

»Sie möchte ihn außerhalb des Büros treffen.«

»Du richtest dich immer nach ihren Wahnvorstellungen.«

»Sharon hat einen Grund, Smith. Jeder kennt jeden an der Wall Street. Jemand in Martys Büro könnte sie erkennen und es jemanden in ihrem Büro wissen lassen, und dieser Jemand könnte es ihrem Chef erzählen ...« Wetzon tippte Marty Rosens Nummer ein.

»Klar«, meinte Rosen. »Sagen Sie ihr, ich treffe sie um fünf im *Pierre.* Und schildern Sie ihr, wie ich aussehe, Wetzon.«

»Und wie sehen Sie aus, Marty?«

»Wie ein Börsenmakler, Wetzon. Dunkelblauer Anzug, Brille, einsachtzig, achtzig Kilo, dunkles Haar. Wonach soll ich mich umsehen?«

»Ich würde Sie überall entdecken. Sharon sieht ein bißchen wie Tina Turner aus, wenn Tina Irin wäre.«

»Heißt das weiße Irin oder schwarze Irin?«

»Finden Sie es selbst heraus.«

Rosen gluckste. »Das wird wenigstens interessant.«

»Ich rufe Sie morgen an, Marty. Denken Sie daran, daß Sharon ein aggressives Büro sucht, ihren eigenen Telefonwerber wünscht und sich unbedingt verändern möchte.«

»Verlassen Sie sich auf mich, Wetzon.«

Wetzon legte auf. Sie war nicht beruhigt. »Die Wendung ›*Verlassen Sie sich auf mich*‹ ist ein Codewort für ›*Sie können mich mal*‹«, hatte ein Makler sie einmal aufgeklärt. »Marty Rosen hat eben gesagt, ich könnte mich auf ihn verlassen.«

Smith seufzte und warf den Federhalter hin. »Ich kann mich nicht darauf konzentrieren.«

»Was machst du denn?«

»Den Bericht für Hoffritz. Ich bin immer noch wütend wegen Tom Keegen. Wir können ihm das einfach nicht durchgehen lassen. Ich hätte nicht übel Lust ...«

»Wir können nichts unternehmen, solange du nicht etwas ausheckst, womit wir Keegen eins auswischen können, ohne uns selbst zu schaden. Komm jetzt, machen wir uns an den Bericht. Obwohl wir ja leider nicht viel zu schreiben haben.«

»Ich frisiere ihn ein bißchen.«

»Was willst du über das gestrige Mittagessen mit Janet und den anderen sagen?«

»Nur, daß wir mit Janet und Twoey sprachen und daß wir Towey als Verdächtigen eliminieren.«

»Das ist wirklich geniale Arbeit. Mann, Smith, Twoey ist der einzige, der weder den einen noch den anderen Mord verübt haben kann. Und Janet war im Fall Dr. Ash nicht in der Nähe, also sollten wir ihnen wohl berichten, daß wir auch sie als Verdächtige ausschalten.«

»Okay.« Smith fing wieder an zu schreiben. Wetzon stand auf, um über Smith' Schulter einen Blick auf deren Gekritzel zu werfen.

»Übrigens wurden sowohl Goldie als auch Dr. Ash mit Sulfiten getötet.«

»Sulfite? Was ist das?«

»Es ist ein farbloses, geschmacksneutrales Pulver, gegen das manche Menschen furchtbar allergisch sind.«

»Du meinst, Goldie und Dr. Ash?«

»Ja ... Du lieber Gott, wie konnte der Mörder bloß wissen, daß *beide* allergisch gegen Sulfite sind? Ist das nicht sehr sonderbar?«

»Und wenn der Zufall mitgespielt hat?« fügte Smith hinzu. Ihre Augen glänzten. »Ich möchte wissen, ob Tom Keegen allergisch gegen Sulfite ist.«

»Smith, sei ernst. Reg dich wegen Keegen ab. Du läßt dich von ihm aus der Konzentration bringen. Was schreibst du da?«

»Daß die beiden durch Sulfur getötet wurden.«

»Sulfite.«

»Egal. Es macht sich gut in dem Bericht. War es in ihrem Essen?«

»Bei Goldie im Drink. Bei Dr. Ash vermutlich im Kaffee.« Ein Gedanke schoß Wetzon durch den Kopf und war wieder weg. Sie runzelte die Stirn. Es war ein zu großer Zufall. Smith hatte recht. Und der eine Tod folgte dicht auf den anderen. Sie erinnerte sich, daß Ash bei dem Abendessen neben Goldie gesessen hatte.

»Au, Wetzon, was ist los?« Smith zog die Schulter weg, weil Wetzon sie so fest anpackte.

»Oh, entschuldige. Mir fiel gerade etwas Unglaubliches ein. Der Mörder konnte nicht mit Sicherheit wissen, daß die Sulfite sein Opfer töten würden, also mußte er wirklich verzweifelt sein und keine andere Wahl gehabt haben. Und er wäre vielleicht ungeschoren davongekommen, wenn nicht zufällig eine andere allergische Person am selben Tisch gesessen hätte. Eine Person, die aus Versehen nach Ashs Glas griff.«

»Was plapperst du da für dummes Zeug, Wetzon?« Smith machte ein wütendes Gesicht.

»Nur mal probehalber: Wenn Goldie nun gar nicht als Opfer ausersehen war, was dann?«

Ellie Kaplan hatte Verspätung. Auch das war etwas Neues. Dadurch hatte Wetzon Zeit, über ihre Theorie nachzudenken. Wenn Carlton Ash von Anfang an das Opfer sein sollte, war Goldie durch ein Versehen getötet worden. Dann konnten es sowohl Neil als auch Ellie getan haben. Alles lief auf die Studie hinaus, an der Ash gearbeitet hatte.

Die Oak Bar im *Plaza* war überfüllt von Leuten, die den Abend mit einem Drink einleiteten. Größtenteils Touristen. Es war kein Lokal, in dem sie sich normalerweise mit Maklern traf, obwohl es kein schlechter Ort war, um jemanden zu treffen, der von keinem anderen in der Branche gesehen werden wollte. Die Bar hatte etwas leicht Schäbiges und Heruntergekommenes. Die Kellner waren älter, abgestumpft, ihre schwarzen Smokinguniformen abgetragen; der Service war miserabel, das Knabberzeug in den Schalen oft alt. Es war nicht mit Wetzons geliebtem *Four Seasons* zu vergleichen, das sie für einen Drink nach Büroschluß jeder anderen Umgebung vorzog.

Aber Ellie hatte sich für die Oak Bar entschieden.

Genaugenommen hatte sich Ellie dafür entschieden, Wetzon überhaupt nicht zu treffen, als diese angerufen hatte, um ihre Verabredung zu bestätigen.

»Ich möchte es verschieben«, hatte Ellie mit schwerer, belegter Stimme gesagt. »Ich kann mich im Augenblick nicht mit so wichtigen Dingen befassen, schon gar nicht mit einem Stellenwechsel.«

»Wir brauchen über das alles nicht zu reden. Geben Sie sich einen Ruck. Wir unterhalten uns von Frau zu Frau.«

»Von Frau zu Frau«, hatte Ellie wiederholt. »Meine Güte. Na gut, Wetzon, aber denken Sie daran, ich habe Sie gewarnt.«

»Vorschriftsmäßig gewarnt«, murmelte Wetzon vor sich hin, indem sie einen Käsekräcker aus der Schale vor sich nahm und am Perrier nippte. Sie blickte hinaus auf die Central Park South mit ihrem Gewühl von Taxis und Personenwagen. Der Berufsverkehr verstopfte die breite, großzügige Straße, die am unteren Ende des Central Park verlief. Draußen war es immer noch über fünfunddreißig Grad warm, und die Menschen gingen langsam und sahen schlapp und erschöpft aus. Die Pferde und Kutschen, die man hier sonst sah, waren in ihren Unterständen, wie es den Vorschriften bei großer Hitze entsprach.

»Oooh, Dar!« Der Schrei rührte von einer Frau in mittleren Jahren am Nebentisch, die dichtes lockiges aschblondes Haar mit einem gelockten Pony bis über die Augenbrauen hatte. Sie winkte aufgeregt einer anderen Frau, die am Eingang stehengeblieben war und sich umschaute. Dar hatte die gleiche Frisur in Braun. Eine dritte Frau mit der gleichen Frisur gesellte sich zu ihnen, und zusammen hatten sie so viele Einkaufstaschen – *Saks, Bergdorf's Bloomie's, Bendel's* –, daß sie zwei Extrastühle brauchten. Es war eine Art Wiedersehensfeier, und Wetzon, die wie immer die Ohren spitzte, erfuhr, daß Dar aus Boston eingeflogen war. Bald stieß eine große Frau mit einer Mütze aus rötlichem Haar und eine andere, etwa in Wetzons Größe, mit weißem Bubikopf zu ihnen. Sie schienen sich über das Wiedersehen so zu freuen, daß Wetzon lächeln mußte, während sie sie beobachtete.

Sie erfuhr nie den Anlaß des Zusammentreffens. Ellie Kaplan erschien, und Wetzon streckte eine Hand hoch, um auf sich aufmerksam zu machen.

Auf einen flüchtigen Blick hätte Ellie eine Stadtstreicherin sein können. Ihr gelbes Leinenkleid war zerknittert, das silberne Haar hing ihr feucht in die Augen. Das Make-up war verschmiert und die Augen verquollen.

Mit einer nervösen Bewegung strich Ellie das Haar zurück und ließ sich schwer auf den Stuhl fallen. »Bitte einen Booth-Martini, pur und sehr trocken«, sagte sie zum Kellner. Sie nahm ein goldenes Zigarettenetui aus der Handtasche, klappte es auf und hielt es Wetzon hin, die den Kopf schüttelte.

»Ein hübsches Etui.«

Ellie nahm eine Zigarette heraus, ließ das Etui zuschnappen, klopfte die Zigarette elegant auf das geschlossene Etui und zündete sie mit einem goldenen Feuerzeug an. Sie sah Wetzon mit einem durchdringenden, abschätzenden Blick an. »Reden wir nicht davon, zu welchem Friseur wir gehen.«

»Okay.«

Statt dessen unterhielten sie sich über die frühe

Hitzewelle, den öffentlichen Verkehr in der Stadt, Politik und hatten gerade ein Bewertung des nationalen Haushaltsdefizits abgeschlossen, als der Kellner, ein älterer Mann in fadenscheinigem Smoking, den Martini brachte und vor sie stellte. Eine auf einen Zahnstocher gespießte Olive lag unten im Glas. Ellie sagte zu ihm: »Bringen Sie mir doch bitte gleich noch einen, dann brauche ich später nicht nach Ihnen zu suchen. Einverstanden, Wetzon? «Sie nahm einen kurzen, scharfen Zug an der Zigarette, indem sie den Rauch inhalierte und durch die Nase ausatmete.

»Natürlich.« Ellie hatte schon vorher getrunken, wie Wetzon sah, und war auf dem besten Weg, betrunken zu werden.

»Ich weiß, daß Sie vom Geschäft reden möchten, Wetzon. Sie sind im Geschäft; ich bin im Geschäft.« Ellie lachte. »Und ich möchte nicht vom Geschäft reden. Was haben Sie sonst anzubieten?« Sie trank den Martini zur Hälfte aus, erwischte den Zahnstocher mit dicken Fingern und steckte die Olive in den Mund, dann zerbrach sie den Zahnstocher in kleine Stücke.

»Ich *liebe* es!« kreischte eine der Frauen am Nebentisch.

»Wie wäre es mit Freundschaft?« schlug Wetzon vor.

»Was ist damit?« Ellie trank den Martini aus und starrte in das leere Glas. »Wissen Sie, wie es Frauen in dieser Branche geht, wenn sie nicht mit denen mitspielen wollen?« Sie starrte Wetzon an. »Was ist nur los mit mir? Natürlich wissen Sie es. Tut mir leid, Wetzon. Im Leben geht es immer anders, als man möchte. Man macht Pläne, man denkt, man hat alles geordnet, und dann zerrinnt es einem einfach, und der Schutt ist schlimmer als alles vorher.«

Wetzon blies die Eiswürfel in ihrem Glas herum. Sprach Ellie von David?

»Sie sagen ja gar nichts, Wetzon. Sie müssen auch Ihren Beitrag zu unserem Gespräch leisten.«

»Woher kommen Sie, Ellie?«

»Ursprünglich?« Sie nahm einen großen Schluck vom neuen Martini. Wetzon nickte. Ellie saß mit dem Rücken zum Fenster, und Wetzon, ihr gegenüber, sah nur ihre Silhouette, umrahmt vom letzten Sonnenlicht.

»Ich wuchs in Forest Hills auf. Mein Vater lehrte Geschichte am Queens College. Ich ging mit Hilfe eines Stipendiums ans Vassar und bekam schließlich eine Lehrerstelle am Fieldston, wo ich in Goldie meinen Henry Higgins fand.« Ihre Worte wurden undeutlich. »Hätte niemals ... hätte mich lassen ...« Sie nahm wieder einen Schluck Martini und behielt die Flüssigkeit im Mund, bevor sie schluckte. »Zu viele Scheiß-Verpflichtungen ... ich könnte eine Freundin brauchen ...«

Sie starrte Wetzon an, dann ließ sie müde den Kopf hängen. «Eine, die mich nicht verurteilt. Wollen Sie meine Freundin sein, Wetzon?«

Eine plötzliche Anwandlung von Mitgefühl überkam Wetzon. Sie langte über den Tisch und berührte Ellies Hand. »Ellie, sprechen Sie von dem, was Sie tun. Der Optionenmarkt ist so spezialisiert, ich würde furchtbar gern mehr darüber erfahren.«

Ellie zog ihre Hand weg. »Ist das aus Kurs Nummer zwei-null-zwei, einen Börsenmakler bei Laune halten? Bring ihn dazu, von sich zu reden.«

»Es gibt nicht viele Leute in Wall Street, die mit Optionen arbeiten wie Sie, und ganz bestimmt nicht viele Frauen. Ich möchte wirklich gern mehr davon verstehen.«

»Denken Sie daran, den Beruf zu wechseln?«

»Keineswegs. Ich mag meine Arbeit. Jetzt müssen Sie mich geduldig ertragen. Tun Sie so, als belehrten Sie eine etwas zurückgebliebene Person über Optionen.«

Ellies Lachen war bitter. »Gibt es einen Mann in Ihrem Leben, Wetzon? Sind Sie verheiratet?«

»Ja zum ersten, nein zum zweiten.«

»Ich hoffe, er arbeitet nicht in der Wall Street.«

»Nicht in dem Sinn, wie Sie meinen.« *Mehr in den Niederungen,* dachte sie.

»Ist er nett?«

»Ja. Er ist mein Freund.«

»Ach, Wetzon, so einfach ist es nie. *Optionen* sind einfacher als die widerstreitenden Beziehungen zwischen Männer und Frauen. Optionen sind sauberer.« Ellie seufzte und griff zu ihrem Martini. »Okay, und das ist wirklich für die Unbedarften, Anwesende ausgenommen. Optionen sind Wetten. Es gibt zwei Sorten, Rückprämien und Vorprämien. Vorprämien sind Wetten, ein Wertpapier zu einem festen Preis innerhalb einer festen Frist zu kaufen, und Rückprämien sind Wetten zu verkaufen. Eine Vorprämie setzt darauf, daß die Aktien steigen wird, eine Rückprämie, daß sie fallen wird. Optionen werden in Dreimonatszyklen gehandelt. Sie werden am dritten Freitag jedes Monats am Ende des Tages fällig.«

»Die dreifache Hexenstunde.«

»Es kommt nur viermal im Jahr vor. Die letzte Geschäftsstunde unmittelbar bevor die Verträge auslaufen, um sie zu Geld zu machen und neue Terminverträge abzuschließen.« Ellie spielte mit dem Zahnstocher und der Olive in ihrem Glas. »Da werden so viele Geschäfte getätigt, weil die Arbitrageure und Händler ihre Werte abstoßen wollen. Die Aktienpreise können unglaublich ausschlagen.«

»Wie geht das vor sich, wenn ich glaube, General Electrics werde in drei Monaten steigen?«

»Zuerst unterschreiben Sie eine Vereinbarung mit der Maklerfirma, daß Sie die Risiken von Optionen kennen und in der Lage sind, am nächsten Tag bar zu zahlen, wenn Sie falsch getippt haben. Dann kaufen Sie einen Vertrag zu jeweils hundert Anteilen, die Sie kontrollieren möchten. Weil Sie mit einer Kapitalanlage mit geborgten Mitteln arbeiten, können Sie eine Menge Geld verdienen, wenn Sie richtig raten, und wenn Sie falsch raten, verlieren Sie Ihr ursprüngliches Kapital. Es ist eine gute Wette, wenn Sie wissen, was Sie tun.«

»Aber es ist eine Wette.«

»Was meinen Sie, Wetzon? Bessere Chancen am Würfeltisch? Nur, wenn Sie nicht in guten Händen sind. Es ist tückisch, wenn Sie sich nicht auskennen, und die meisten Makler verlieren ihr letztes Hemd im Optionsgeschäft.«

»Und Sie, Ellie?«

Ellie lächelte selbstzufrieden. »Bei mir läuft es sehr gut. Das hängt von Instinkt, Erfahrung und Selbstvertrauen ab. Die arbeiten für mich. Ich wollte, ich käme mit dem Rest meines Lebens genauso gut zurecht.« Sie trank den Martini aus und drückte die Zigarette aus. »Nun haben Sie mich doch dazu gebracht, von mir zu reden.«

Wetzon lächelte und sagte nichts.

»Lassen Sie die Finger von Optionen, Wetzon. Du

lieber Gott, ich muß furchtbar aussehen. Ich muß gehen.« Sie stand auf. »Danke.«

»Wofür?«

»Sie wissen schon. Warum besorgen Sie mir nicht für nächste Wochen einen Termin bei Tucker?« Ellie tätschelte ihre Hand und ging weg, machte plötzlich kehrt und kam zurück. »Ach, was ich noch sagen wollte«, begann sie, »ich habe herausbekommen, worum es in der Studie von dem fetten Arsch ging.«

Wetzon Puls beschleunigte sich. »Wirklich?«

»Es war eine Machbarkeitsstudie über die Abschaffung von Provisionen und Einführung fester Gehälter für Börsenmakler.«

»Was?«

»Doch, wirklich.«

»Das ist unmöglich.«

»Machen Sie sich nichts vor, Wetzon. Es kommt bestimmt.«

Während sie auf die Rechnung wartete, nahm Wetzon ihr Ringbuch vor und blätterte es bis zu den leeren Seiten durch. Falls ihre Kunden die Börsenmakler auf feste Gehälter setzen sollten, wo blieben dann die Headhunter?

Sie schrieb *Personalvermittlung* und darunter *ein Prozent je tausend Dollar,* denn so wurden Stellen mit festem Gehalt wie Sekretärinnen oder Buchhalter bezahlt. Smith würde jedenfalls eine Anfall bekommen. Sie hatte immer gesagt, diese Art von Arbeit sei unter ihrer Würde. Außerdem brauchte man eine staatliche Lizenz, um Stellenvermittlungen auf der unteren Ebene zu betreiben. Auf der anderen Seite konnte praktisch jeder ein Büro aufmachen und sich zum Stellenvermittler für Führungskräfte erklären. Der Unterschied lag darin, daß Vermittlungsfirmen für Führungskräfte nicht reglementiert wurden und ihr Gedeihen oder Scheitern von gutem Ruf, guter Arbeit und guter Geschäftsentwicklung abhing.

Der Lärmpegel im Raum hatte seinen Höhepunkt erreicht, wozu die Frauen am Nebentisch beitrugen.

Wetzon war zu dem Schluß gekommen, daß es Freundinnen vom College waren, denn sie erzählten sich Geschichten, die mit schallendem Gelächter und »wißt ihr noch, wie Dekan Kuschinsky...« durchsetzt waren.

Wetzon blickte durchs Fester auf die Central Park South.

Unter *Personalvermittlung* schrieb sie *Dinosaurier.* Der Headhunter würde verschwinden. Wenn die Provision wegfallen sollte, würden sich manche Kritiker der Branche freuen, weil die Zahlung nach Bruttoprovisionen kein Anreiz mehr wäre. Zufrieden wären auch manche Makler am unteren Ende der Skala, die die Sicherheit eines regelmäßigen Gehalts brauchten, aber welcher große Produzent würde mit einem festen Einkommen arbeiten wollen? Selbst wenn Prämien winkten, falls er bestimmte festgelegte Höhen erreichte, würde der Makler nie soviel verdienen, wie mit Provisionen möglich war. Sie schrieb Tötet Anreiz!

Sie zahlte die Rechnung mit ihrer Kreditkarte und schrieb *Geringere Motivation zum Stellenwechsel.* Wenigstens würde das bei den großen Häusern der Fall sein. Warum für die gleiche Sache von einer Firma zur anderen wechseln? Es wäre sogar denkbar, daß die Häuser in heimlichem Einverständnis handelten und Grundgehälter und Provisionen festlegten. Nach Jahren schärfster Konkurrenz feste Preise. Natürlich nach der Devise »Wir sitzen alle im selben Boot«. Der Börsenmakler würde auf fürstliche Weise reingelegt.

Sie schüttelte entsetzt den Kopf und schrieb *Kleine und regionale Firmen.* Für sie wäre es absurd, mitzuspielen und Maklern Gehalt zu zahlen, wenn die großen Häuser das taten. Sie konnten nicht konkurrieren.

Sehr unternehmerische Makler großer Firmen würden dann vielleicht die kleineren Häuser als echte Alternativen betrachten. Manche würden sich sogar selbstständig machen und über Bear oder Pershing oder eines der anderen Häuser verrechnen, die solche Dienstleistungen gegen Gebühr für kleine Firmen übernahmen. Und diese Gebühr war so niedrig, daß der Makler viel mehr für sich behalten konnte, als wenn er für eine börsenfähige Firma arbeitete. Ein großer Produzent einer wichtigen Firma wurde ungefähr im Verhältnis sechzig zu vierzig bezahlt, sechzig für die Firma, vierzig für den Produzenten. In einer viel kleineren Firma, die nicht die hohen laufenden Geschäftskosten für Marketing, Forschung, Information und andere personalintensive Bereiche hatte, konnte das Verhältnis fünfzig zu fünfzig oder noch höher zugunsten des Maklers sein.

Die Firmen würden der Öffentlichkeit erklären: Seht, wir schützen euch vor den wenigen Banditen, die durch unsere strenge Prüfung schlüpfen, indem wir die Möglichkeit der Preistreiberei ausschalten – das Kaufen und Verkaufen von Wertpapieren durch den Makler zu dem Zweck, seine Bruttoprovisionen zu steigern.

Sie schrieb *Auftragsempfänger.* Der Börsenmakler würde auf die unkreative Position eines Auftragsempfängers beschränkt. Er würde die Firmenprodukte verkaufen, anstatt sich nach dem besten Produkt in der Wall Street umzusehen. Die Kunden würden der Firma treu bleiben, nicht dem Makler.

Die Makler würden sich organisieren müssen, dachte sie plötzlich, um sich zu schützen. Makler, die meinten, ihre eigenen Geschäfte zu führen, würden feststellen, so sehr von der Geschäftsleitung manipuliert zu werden, daß sie sich eine Vertretung schaffen müßten. Sie schrieb *Gewerkschaft?* Dann schrieb sie Alton Pinkus!

Vielleicht konnten Smith & Wetzon umsatteln und Gewerkschaftsfunktionäre werden. Der Gedanke war so verrückt, daß sie laut lachen mußte, und sie lachte immer noch, als sie sich in der Saunahitze zur Sixth Avenue schleppte und den Bus »7« erwischte. Er war nur mäßig klimatisiert, aber immerhin besser als die Straße; sie fand hinten einen Sitzplatz, neben einer kleinen weißhaarigen Frau, die Zeitungsausschnitte in einen riesigen Zieharmonikaordner einsortierte. Ihre Füße in Nike-Turnschuhen baumelten ein gutes Stück über dem Boden des Busses.

Wetzon zog *Die letzte noch lebende Rebellenwitwe erzählt* aus der Aktentasche und schlug sie beim Lesezeichen auf.

»Besitzen Sie einen Hund?« fragte die Frau.

»Wie bitte?« Wetzon hob verblüfft den Kopf und blickte in hellblaue Augen in einem dichten Netz von Runzeln.

»Verstehen Sie mich nicht falsch. Ich liebe Hunde. Meine Enkelkinder haben welche. Was kann ich machen? Nichts. Es sind ja nicht die Hunde, sondern die Leute, die sie besitzen. Überall Hundehaufen – im Park, wo die Kinder spielen. Ich kann Ihnen gar nicht sagen, was ich gesehen habe. Schreckliche Augenkrankheiten, Infektionen, Parasiten. Natürlich behandelt mich jeder, als wäre ich verrückt.« Sie berührte Wetzon zart am Arm. »Goldie Hawn wollte sich meiner Biographie annehmen, aber ich habe mich nicht dazu hergegeben. Ich habe ein gutes Herz, was soll ich sagen? Aber wir sind umzingelt von schmutzigen Hunden, Krankheit und fahrlässigen Hundehaltern.«

Die Frau sammelte ihr Material ein und stieg an der 79. Street aus. Auf der Straße sah Wetzon sie bei einer anderen Frau mit drei Schäferhunden an der Leine stehenbleiben. Wahrscheinlich, um ihr zu sagen, daß sie keine drei Hunde brauche.

Als sie die Tür zu ihrer Wohnung öffnete, war es genauso heiß wie auf der Straße, und sie rannte von Zimmer zu Zimmer, um die Klimaanlage anzuschalten. Sie würde diesen Monat eine gesalzene Stromrechnung bekommen, aber wen scherte das? Komfort war alles.

Sie schälte sich aus den feuchten Sachen und duschte eiskalt, dann zog sie kurze Radlerhosen und eines von Silvestris ärmellosen T-Shirts an. Die Wohnung war etwas abgekühlt. Sie setzte sich mit übergeschlagenen Beinen auf das Bett und rief Sharon Murphy an.

»Sharon? Hier ist Wetzon.«

»Hallo, bin grade nach Hause gekommen«, antwortete Sharon. »Bleiben Sie kurz dran, ich hole mir einen Drink.« Ihre Stimme klang rauher als sonst.

Wetzon wartete geduldig und hörte ein paar Minuten später das Klicken von Eis gegen Glas. »Okay«, sagte Sharon.

»Was halten Sie davon?«

»Marty finde ich sympathisch. Wir unterhielten uns über eine Stunde lang. Sie haben einen anständigen Bestand an Obligationen. Er zeigte mir, was sie an einem bestimmten Tag haben.«

»Worüber haben Sie noch gesprochen?«

»Ach, ich weiß nicht. Direktinvestitionen. Marty verschafft mir einen Termin bei dem Typ, der die Abteilung leitet.«

»Gut. Wie sind Sie verblieben?«

»Wir bleiben im Gespräch. Er gab mir auch die Nummer eines Freundes in Boston, der gerade von Slutton zu Loeb Dawkins gewechselt hat und mir also die Unterschiede erklären kann.«

»Haben Sie Slutton gesagt?«

»So sagen wir alle. Paßt, meinen Sie nicht?«

Wetzon lachte. Shearson Lehman Hutton. Slutton. »Wenn Sie es sagen.« Die Branche war eine Brutstätte für geistreiche zynische Späße, die sich wie Viren ausbreiteten, meist von den Börsensälen aus. »Das ist doch ein guter Anfang, meinen Sie nicht auch?«

»Wetzon, um die Wahrheit zu sagen: Ich bin, glaube ich, nicht besonders an Loeb Dawkins interessiert. Sehen Sie, ich habe mich ziemlich ernsthaft mit Luwisher Brothers unterhalten, und mir gefällt wirklich, was die dort machen.«

Wetzon ließ fast den Hörer fallen. »Moment mal, Sharon. Luwisher Brothers? Die sind doch dort unten. Ich dachte, dort wollten Sie unter keinen Umständen hin?«

»Ja, stimmt, das habe ich gesagt, aber es gibt ja Schnellbusse von meinem Viertel. Es ist nicht leicht, aber es wird schon gehen. Für das, was ich dort unten bekomme, kann ich eine kleine Unannehmlichkeit in Kauf nehmen.«

»Na ja, Luwisher Brothers ist eine Kundenfirma, und es ist wunderbar, dort zu arbeiten. Das habe ich Ihnen ja auch letzte Woche gesagt und wollte, daß Sie sie im Auge behalten, wenn Sie sich nicht so eisern dagegen gewehrt hätten. Mit wem sprechen Sie dort?«

»Chris Gorham. Er ist wirklich nett. Wir aßen letzte Woche miteinander zu Abend, und wir verstanden uns auf Anhieb prima. Es tut mir leid, Wetzon, aber ich stehe kurz vor einem Vertrag. Ich würde sehr gern mit Ihnen arbeiten, aber Sie haben mir Luwisher Brothers nicht gezeigt, und ein anderer hat es getan.«

»Ach so, dann arbeiten Sie mit einem anderen Headhunter?«

»Ja, und ich möchte lieber nicht sagen, mit wem. Ich lernte gestern alle bei Luwisher Brothers kennen. John Hoffritz, Destry Bird. Sie wollten mich ohne eine verbindliche Zusage gar nicht mehr gehen lassen.«

»Okay, Sharon. Chris ist toller Kerl. Sie sind alle prima, aber ich meine, Sie sollten sich etwas Zeit lassen. Dort unten zu arbeiten wird Ihre Lebensqualität verändern.«

»Das weiß ich«, erwiderte Sharon bedauernd. »Mein Psychiater hat seine Praxis in der entgegengesetzten Richtung.«

»Na ja, wie ich schon gesagt habe, gefällt Luwisher Brothers mir ausgezeichnet. Es ist ein aggressives Haus, das auf Dividendenpapiere spezialisiert ist. Wollen Sie darauf umsteigen? Haben Sie nicht zu mehr als fünfzig Prozent mit festverzinslichen Wertpapieren zu tun?«

»Warum müßte ich umsteigen?«

»Weil Luwisher Brothers sich ziemlich wenig mit Festverzinslichen abgibt. Ich sage nicht, Sie sollen nicht hingehen, weil es wirklich keinen besseren Platz zum Arbeiten gibt. Wenn ich Makler wäre, würde ich dort arbeiten wollen, aber stellen Sie die richtigen Fragen, bevor Sie sich festlegen. Informieren Sie sich über ihren Bestand an Festverzinslichen.«

»Gut, das werde ich tun, Wetzon. Und vielen Dank.«

»Was soll ich Marty sagen?«

»Sagen Sie ihm, daß ich es mir überlege.«

Als Wetzon auflegte, fühlte sie sich richtig abgeblitzt. Sie würde nicht nur das Honorar für Sharon verlieren, sondern Sharon beging auch einen schwerwiegenden Fehler. Andererseits konnte Wetzon ihr das nicht sagen, weil es nicht anging, daß sie schlecht über einen Kunden redete, auch wenn das bedeutete, daß der Makler die falsche berufliche Entscheidung traf. Und sie würde dann auch als Brunnenvergifterin dastehen. Außerdem hatte die Atmosphäre bei Luwisher Brothers Wetzon immer gefallen – bis zu den Ereignissen der letzten Tage.

Sie wollte zum Telefon greifen, um Smith anzurufen und die Neuigkeit mitzuteilen, als es läutete. »Hallo!«

»Friß mich nicht, Beste.«

»Oh, Laura Lee. Tut mir leid. Der Tag war eine einzige Tortur, deshalb tut es richtig gut, mit dir zu reden. Was für schöne Neuigkeiten hast du?«

»Ich bin nicht so sicher, ob du die Neuigkeit für so schön halten wirst.«

»Hm. Sag bloß nicht, die Hochzeit ist geplatzt.«

»Nein, ganz und gar nicht. Weißt du noch, daß ich versprach, dieser mysteriösen Studie nachzugehen?«

»Ja, und wenn du mir erzählen willst, daß es eine Untersuchung war, wie man Börsenmakler auf ein Gehalt setzen könnte, dann weiß ich es bereits, und es ist nicht sehr wahrscheinlich.«

»Ach, Wetzon, Beste, ich bin froh, daß du schon Bescheid weißt, aber was ich dir zu sagen habe, ist eine ganz üble Geschichte. Halt dich fest.«

Wetzon stöhnte auf und lehnte sich an die kühlen Kissen.

»Sag schon.«

»Search und Destroy geben das neue Programm am Donnerstag auf einer Pressekonferenz bei Luwisher Brothers bekannt.«

Wetzon boxte das Kissen mit der Faust. »*Was* für ein neues Programm? Sie sind meine Kunden, warum sagen sie *mir* nichts?«

»Tja, dann will ich die erste sein, die dir die Neuigkeit mitteilt. Am ersten Juli setzen deine geschätzten Kunden alle Makler auf ein Gehalt.«

Wetzon ging in großer Erregung in ihrer Wohnung hin und her. Smith war das einzige lebende Wesen auf der Welt, das keinen Anrufbeantworter benutzen wollte, deshalb gab es keine Möglichkeit, eine Nachricht für sie zu hinterlassen. Verdammt, dann mußte Smith eben warten.

Wetzon massierte die Waden, dann machte sie zwanzig Minuten Pliés und Relevés, ein ganz schönes Training, bei dem sie unterbrochen leise murrte, bis sie sich im Wohnzimmer auf das Sofa fallen ließ. Ein Exemplar der letzten Nummer des *Forbes* lag auf dem Couchtisch. Sie blätterte es durch, ohne etwas zu lesen, und warf es auf den Boden.

Anscheinend kam Silvestri nicht nach Hause. Zu dumm. Sie wollte ihn mit ihrer Theorie, daß Goldies Tod ein unglücklicher Zufall war, konfrontieren. Frustriert, einsam und hungrig wanderte sie in die Küche, fand ein Bagel, schnitt es in drei Scheiben und steckte die beiden äußeren in den Toaster. Sie bereitete Eiskaffee mit Espressobohnen und durchstöberte den Kühlschrank nach etwas, das sie dazu essen konnte.

Aha! Sie zog ein Glas in Öl eingelegte Oliven und eine in Cellophan gewickelte halbe Fleischtomate heraus. Ihr Lieblingssandwich war ein Bagel, das mit fruchtigem Olivenöl getränkt und mit dünnen Tomatenscheiben belegt war, die mit Pfeffer gewürzt und mit noch mehr Olivenöl beträufelt wurden.

O, Mann! Sie ließ ein paar Oliven zum Knabbern auf den Eßteller fallen.

Um zehn Uhr schrieb sie Smith und Silvestri ab und ging mit der ältesten noch lebenden Rebellenwitwe zu Bett. Doch es fiel ihr schwer, sich auf eine Seite zu konzentrieren, weil ihre Gedanken immer wieder auf den Plan von Luwisher Brothers zurückkamen, Makler auf ein Gehalt zu setzen. Sie fühlte sich hintergangen. Falls es bei Luwisher Brothers funktionierte, konnte man darauf wetten, daß Merrill Lynch, Shearson und Dean Witter ihnen nacheifern würden.

Die Buchstaben tanzten vor ihren Augen.

Sie blickte auf und sah, daß sie auf einer Bank im Central Park saß, nicht weit von den Volleyballspielen. Chris Gorham saß in Turnhosen und einem Hemd mit der Aufschrift LUWISHER BROTHERS neben ihr. Er beugte sich über seine beharrten, muskulösen Beine und band die Riemen seiner Avias.

Luwisher Brother trat gegen die Gewerkschafter an, so stand es wenigstens auf den Sweatshirt der anderen Mannschaft. Hoffritz und Bird, Neil, sogar Ellie hatte sich mit passenden Turnhosen und T-Shirts herausgeputzt. David Kim schmetterte den Ball hart zu den Gewerkschaftern zurück, während Ellie betrunken herumtorkelte. Der Ball kam zurück, und Hoffritz gab Ellie einen kräftigen Stoß, der sie umwarf. »Verschwinde hier«, sagte er. »Du bremst uns.«

Ellie lag niedergestreckt auf dem Teer, ohne sich zu rühren. Die Spieler tänzelten um sie herum.

Wetzon sprang auf. »Halt!« rief sie. »Jemand muß Ellie helfen.« Ellie lag auf dem Rücken, wie eine Leiche, die Hände über der Brust gefaltet.

»Verschwinde, Wetzon«, fauchte Hoffritz. »Es ist zu spät, Ellie ist nicht mehr zu helfen. Sie hat sich selbst ruiniert.«

»Verduften Sie, Wetzon!« rief Alton Pinkus. »Das ist nicht Ihr Kampf.«

Der Ball kam mit ungeheurem Tempo auf sie zu. Sie schleuderte ihn mit beiden Händen weg. Der Schwung warf sie beinahe zu Boden.

Wetzon ging leise zu Ellie hinüber, aber Ellie war verschwunden. An ihrer Stelle stand eine antike Piratenschatztruhe aus Leder und Holz und mit Messingbeschlägen verziert. Sie kniete hin und öffnete die Truhe; sie war mit Geld gefüllt, Papier und Münzen. Oh, jetzt wußte sie Bescheid – sie kämpften um die Truhe.

Silvestri setzte eine Trillerpfeife an den Mund und blies.

»Was machst du hier, Silvestri?« wollte sie wissen.

»Gib auf das Spiel acht«, sagte er.

»Du nennst das *Spiel*?«

»Ziehen Sie sich aus.« Er lächelte und löste sich in Luft auf.

Sie stand auf. Das Spiel wurde immer aggressiver; der Ball verwandelte sich in ein rundes Geschoß, das mit Nägeln bedeckt war wie eine Keule. Alle erlitten Verletzungen und bluteten. Hoffritz hatte einen blutigen Lumpen um den Kopf gebunden. Neil hatte eine schlimme Schnittwunde auf der Wange, Destrys Oberschenkel war aufgeschlitzt, Chris blutete stark aus einem Schnitt direkt über dem Auge, und Blut rann aus David Kims Nase. Nur Dougie blieb unverwundet. Auf Zehnspitzen stehend sah Wetzon, daß die andere Mannschaft ähnlich angeschlagen und blutverschmiert war.

»Hören Sie damit auf, Dougie. Sie bringen einander um.« Und wofür? »Hier!« schrie sie. Sie tauchte eine Hand in die Truhe und schleuderte nach beiden Seiten Scheine und Münzen. »Nehmt es, nehmt das Geld, hört nur auf.«

Dougie nahm ihre Arme und zog sie von der Truhe weg.

Freundlich lächelnd sagte er: »Das ist ein perfektes Beispiel dafür, warum Frauen nicht in die Wall Street gehören, Wetzon.«

»Sind Sie verrückt? Lassen Sie mich los.«

»Was Sie nicht verstehen, ist, daß das nur ein *Spiel* ist, Wetzon.«

Ein wüster Donnerschlag zerriß die Luft, der Blitz folgte unmittelbar darauf. Dann öffnete sich der Himmel, und dichter Schnee fiel herab, fast wie in den altmodischen Briefbeschwerern, die man schüttelte und auf den Kopf stellte. Der Schnee traf ihr Gesicht, stach Augen und Lippen – aber es war gar kein Schnee. Es war irgendein weißes Pulver. *Gefahr, Gefahr,* erklang ein Sirene in ihrem Kopf. Es schneite Sulfite.

Alle Spieler sahen jetzt, bedeckt von dem weißen Pulver, wie Gespenster aus. Das Spiel war zu Ende. Als der nächste Donnerschlag kam, zuckte sie zusammen, warf dabei das Buch auf den Boden und wachte auf.

Sei still, mein Herz, dachte sie, indem sie die Hände

auf die pochende Brust preßte. Sie war bei Licht eingeschlafen und hatte einen ihrer berühmten Träume gehabt. Silvestri war nach Hause gekommen; sie konnte ihn in der Diele hin und her gehen und mit dem Schlüssel klappern hören. Wahrscheinlich hatte er die Tür zugeschlagen und sie dabei geweckt. Sie sah auf die Uhr. Halb eins. Sie stand auf und hob das Buch auf.

»Tag«, sagte er, während er durch den Flur stampfte. Bevor er noch ins Zimmer kam, merkte sie, daß er gereizt war. Er hängte seine Jacke in den Schrank, schüttelte die Schulterhalfter ab und hängte sie über den Türgriff. Das blaue Baumwollhemd war voller Schweißflecken. Als er sie endlich ansah, fiel ihr auf, daß seine Augen vor Erschöpfung gerötet waren. Sein Gesicht war dunkel von den Bartstoppeln.

»Du bist schlecht gelaunt«, sagte sie.

»Ich bin seit zwanzig Scheißstunden auf den Beinen. Ich haben den Chief im Nacken sitzen und muß mich mit der verdammten Primadonna Weiss rumschlagen. Und der Scheißbürgermeister, der Forderungen stellt. Da kannst du darauf wetten, daß ich schlechte Laune habe.« Er setzte sich auf die Bettkante und zog die Schuhe aus. »Rutsch rüber.«

Sie rollte auf seine Bettseite, und er legte sich hin und reichte ihr die Hand. Er roch nach Zigaretten, Kaffee und Schweiß. »Ich merke, daß du bei Weiss gewesen bist. Du riechst wie ein Aschenbecher.«

»Ich bin fix und fertig, und wir kommen nicht weiter.«

»Hast du zu Abend gegessen?«

»Ein paar Scheiben Brot bei Weiss.« Er schloß die Augen. Seine Wimpern waren dicht und seidig. Er öffnete ein Auge. »Hübscher Anzug«, murmelte er und schloß es wieder. »Sexy.«

»Irgend was Neues in dem Fall?«

»Fehlanzeige. Nur Krümel. Nichts Handfestes.«

»Ich habe eine Theorie. Willst du sie hören?«

Er sah sie jetzt groß und türkis an. »Was bleibt mir anderes übrig?«

Sie kitzelte ihn an den Rippen. »Ich könnte es dem Chef direkt mitteilen. Er und ich, wir sind *so.*« Sie hielt zwei Finger zusammen.

Er rollte sich ohne Vorwarnung auf sie und preßte sie aufs Bett. »Ach ja? Spuck's aus.«

»Okay. Denk mal über die Folgen nach.« Sie küßte ihn auf den Kinnbart. »Tierisch.« Sie rieb ihren Fingernagel an den Stoppeln.

»Ich warte.«

»Also gut. Wenn Goldie nun nicht die Zielscheibe gewesen wäre? Er saß beim Essen neben Ash. Sie litten beide an Asthma oder einem Emphysem oder was immer. Es ging an diesem Tisch so hektisch zu. Alle drängten sich um Goldie. Ich meine mich zu erinnern, daß ein Drink verschüttet wurde. Goldie könnte das falsche Glas genommen haben ...«

Silvestri rollte von ihr herunter. »Setz dich auf, Les. Ich möchte das von Anfang an durchgehen. Du sagst, Ash war das Ziel und Goldie war ...«

»Ein Versehen – ein unglücklicher Zufall.«

»Erzähle mir noch mal, was du gesehen hast.«

»Alle drängten sich um den Tisch und redeten mit Goldie, unmittelbar bevor er aufstand, um zu sprechen. Destry, Hoffritz, Dougie, Neil, Ellie, Chris. Dr. Ash saß neben Goldie. Alle hatten sie Drinks.« Sie schloß die Augen. »Chris stieß Goldies Drinks um, und Dr. Ash sprang auf, um sich in Sicherheit zu bringen. Er bekam trotzdem ein bißchen was ab. Irgendwer brachte einen neuen Drink.«

»Irgendwer?«

»Ich kann mich nicht erinnern, wer.«

»Ein Kellner?«

Sie dachte angestrengt nach. »Ich weiß nicht. Die Drinks könnten verwechselt worden sein. Kannst du herauskriegen, ob Goldie und Ash das gleiche tranken?«

»Ja.«

»Ja, du kannst es herauskriegen, oder ja, sie tranken den gleichen Drink?«

»Ja, sie tranken den gleichen Drink – Jack Daniel's auf Sulfit.«

»Weißt du was, Silvestri, du hast einen makabren Sinn für Humor.«

»Interessante Theorie, Les. Es würde bedeuten, jemand wollte Ash um jeden Preis aus dem Weg räumen, so daß er es ein zweites Mal und mit derselben Methode versuchte.«

»Methodisch und phantasielos.«

»In Panik.« Er stand auf und begann sich auszuziehen. »Ich muß unter die Dusche.« In der Tür blieb er stehen. »Ach, übrigens habe ich heute abend bei Goldman Barnes II. vorbeigeschaut.«

»Was? Er wird doch nicht verdächtigt?«

»Wir schließen noch keinen aus.«

»Hast du etwas aus ihm herausgekriegt?« Sie rollte sich wieder auf ihre Bettseite und kroch unter die Dekke. Ihre Augenlider waren schwer. Sie würde einschlafen, bevor er vom Duschen zurückkäme.

»Er hatte eine Frau bei sich . . .«

»Aha.« Sie spürte, wie der Schlaf sie allmählich überkam.»Eine, die ich kenne?«

»Allerdings, Xenia Smith.«

Der Mittwoch dämmerte mit einem klebrigen, trägen Dunst herauf; die Lokalnachrichten meldeten, daß die Nachttemperatur nicht unter 30 Grad gefallen war. Die City vibrierte vor Hitze, und die New Yorker nahmen allmählich das trübe Aussehen von Menschen an, die eine Naturkatastrophe durchlebten.

Wetzon, in lindgrüner kurzärmeliger Seidenbluse zum cremefarbenen Seidenkostüm, dessen Jacke sie ordentlich gefaltet über dem Arm trug, erwischte an der Central Park West ein klimatisiertes Taxi und kam kaum später als zur gewohnten Zeit in ihr Büro. Sie bewegte sich ziemlich langsam, doch das taten bei dieser unablässigen Hitze alle.

The Times stellte dem Bürgermeister die Titelseite zur Verfügung, als er ein Fahrverbot für Autos mit nur einer Person in der City ankündigte und drohte, den gesamten Autoverkehr zu verbieten, falls die Inversionslage anhielte. Einige Tage zuvor hatten *Times* und *Journal* die Hauptberichterstattung über die Wall-Street-Morde auf die hinteren Seiten verbannt und sie den hysterischen Schlagzeilen der *News* und der *Post* überlassen. Doch jetzt hatte die extreme Hitze alles verdrängt, sogar die Politik.

Sie bezahlte den Fahrer mit einem Fünf-Dollar-Schein, den sie aus dem Reißverschlußfach ihrer Handtasche zog, und sprang auf die Tür zum Büro zu, indem sie die Luft anhielt, um möglichst wenig Schadstoffe einzuatmen.

»Sie ist hiiiiier«, rief Harold laut. Er saß auf der Kante von B. B.s Schreibtisch und las einen Fahndungsbogen, wobei ein etwas selbstgefälliges Lächeln über sein Gesicht huschte. B. B. sah sie nervös an, dann wandte er sich ab.

»Guten Morgen . . . glaube ich.« Wetzon merkte sofort, daß etwas in der Luft lag.

»Wetzon!« rief Smith. »Komm mal gleich rein.«

»Was ist denn los?«

»Komm herein und mach die Tür zu. Nicht stören, B. B. Nehmen Sie nur alle Nachrichten an.« Smith schien außer sich; ihr Haar war zerwühlt. Sie wedelte mit den Armen und schritt durchs Zimmer wie ein Tier im Käfig, ein Leopard im weißen Kleid mit schwarzen Tupfen. »Jetzt hast du's tatsächlich geschafft. Wie *konntest* du bloß? Du weißt doch, wie vorsichtig wir sein müssen.«

»Moment mal. Was soll ich getan haben?« Wetzon warf Handtasche und Aktentasche auf ihren Stuhl und zog die Kostümjacke an. Dann, ordentlich gewappnet, sah sie Smith an.

»John Hoffritz hat eben angerufen und mir gesagt, daß du Luwisher Brothers bei Sharon Murphy schlechtgemacht hast. Er sagt, wir werden nie mehr für sie arbeiten. Ich glaube, dir ist klar, wie hart ich an dieser Beziehung gearbeitet habe, wie schwierig Hoffritz zu handhaben ist. *Du* brauchst dich ja nur mit Maklern zu befassen.« Sie blieb stehen und baute sich, die Hände auf den Hüften, vor Wetzon auf. »Wie *konntest* du bloß?« Ihre Stimme *schlug in hysterisches Jammern um. »Und sie schulden uns noch soviel Geld.«*

»Zu deiner Information – ich habe Luwisher Brothers *nicht* schlechtgemacht. Wer behauptet das?« fragte Wetzon wütend.

»Wirklich nicht?« Smith ließ sich, ein wenig abgeregt, auf den Stuhl fallen. »Du mußt irgendwas gesagt haben. Die greifen das doch nicht aus der Luft.«

»Zunächst einmal habe ich ihr gesagt, daß ich Luwisher Brother so ungefähr für die beste Stelle in Wall Street halte, und dann geraten, sich über die Schuldenseite zu informieren. Sie macht mehr als fünfzig Prozent ihres Umsatzes mit festverzinslichen Wertpapieren, und auf dem Gebiet kann Luwisher Brothers nicht mit dem Bestand der größten Häuser mithalten.«

»Das stimmt natürlich, aber mußtest du ihr das *sagen?«* klagte Smith.

»Smith, *unseren* Kandidaten hätte ich es auch gesagt. Was für einen Sinn hat es, einen Makler zu einer Firma zu schicken, wo er seine Geschäfte nicht machen kann? Was ist passiert, hat sie das dem anderen Headhunter weitergesagt?«

»Welchem anderen Headhunter? Haben nicht wir sie zu Luwisher Brothers geschickt?« Smith war verwirrt.

»Nein, eben nicht. Sie wollte keinesfalls dort runter. Und sie arbeitet zu stark mit Festverzinslichen.«

»Der andere Headhunter also ...« Langsam dämmerte es Smith.

»Ja. Ich rufe auf der Stelle Hoffritz an.« Wetzon stellte die Handtasche und die Aktentasche auf den Boden unter den Tisch, setzte sich und tippte Hoffritz' Durchwahlnummer in der Hoffnung, nicht von einer Sekretärin abgewimmelt zu werden.

»Hoffritz.« Gut, er hatte selbst abgenommen.

»John, hier ist Wetzon.«

»Wetzon, ich habe Ihren Bericht über den Mord gelesen. Meinen Glückwunsch. Ich möchte ihn noch Destry zeigen, und dann setzen wir drei uns zusammen und denken über eine Strategie nach.«

Kein Wort, sie habe die Firma schlechtgemacht. »John, ich habe Luwisher Brothers nicht schlechtgemacht, und jeder, der das behauptet, ist ein Lügner.«

»Wetzon ...«

»John, ich sagte Sharon, Sie seien eine tolle Firma und ich würde dort arbeiten wollen, wenn ich Makler wäre, und sie solle sich über Ihre Festverzinslichen informieren, weil sie soviel Umsatz mit Kommunalobligationen macht.«

»Wir haben inzwischen einige Makler für Obligationen eingestellt, Wetzon, und wir bemühen uns, die Abteilung auszubauen.«

»Prima, zeigen Sie ihr, was Sie ihr bieten können. Warten Sie nicht, um sie damit zu überraschen, wenn sie schon bei Ihnen ist. Ich kenne Sharon seit vielen Jahren. Sie fragt mich immer wieder um Rat. Sie ist nervös und tut sich schwer, eine Entscheidung zu fällen, aber sie ist eine gute Produzentin.«

»Wetzon, wenn Sie uns helfen, mit ihr einen Abschluß zu machen, zeigen wir uns Ihnen erkenntlich.«

Wetzon wußte, daß das Scheißgeschwätz war. Wo Geld und Loyalität im Spiel waren, hatten die Herren an der Spitze ein kurzes Gedächtnis. »Danke, John, aber ich nehme Ihnen wirklich übel, daß Sie voreilige Schlüsse ziehen, was ich gesagt haben soll, und ich nehme Ihnen die Drohung übel . . .«

»Pst!« Mit einer Hand in der Luft fuchtelnd, versuchte Smith, sie zu bremsen.

»Ich habe doch nur ein bißchen Dampf abgelassen, Wetzon. Sie wissen, daß ich es nicht so meine.«

»Klar, John. Wollen Sie mir nicht verraten, wer der andere Headhunter ist?«

»Damit habe ich kein Problem. Er ist ein guter Mann. Tom Keegen. Wir unterhalten uns später.«

Wetzon legte wütend den Hörer auf.

»Wer war es?« fragte eine kleinlaute Smith.

»Mußt du noch fragen?«

»Ich bringe ihn um«, sagte Smith mit zusammengebissenen Zähnen. »Auf langsame, schmerzliche Weise.«

»Nicht, wenn ich ihn zuerst erwische. Ich möchte Tom Keegens Daumen an die Türschwelle des Penthauses auf dem Luwisher Tower nageln.« Ihr Mund war trocken, und sie ging auf die Tür zu, um eine Tasse Kaffee zu holen.

Smith stand auf und stellte sich ihr in den Weg. »Es tut mit wirklich leid, daß ich so über dich hergefallen bin, Zuckerstück.«

»Hoffentlich. Warum denkst du immer das Schlechteste über mich? Wir sind fast acht Jahre zusammen. Ich bin nicht mehr das Mädchen aus der Tanztruppe, das den Beruf lernt. Ich habe ihn gelernt. Meinst du nicht, es wäre Zeit, das zu akzeptieren? Und wie kommst du darauf, der Umgang mit Maklern sei in irgendeiner Weise leichter als der Umgang mit Kunden?«

»Du hast ja vollkommen recht.« Smith legte die Arme um Wetzon und drückte sie kurz an sich. »Es kommt einfach daher, daß du so winzig bist und ich dich immer als kleines Mädchen sehe. Ich vergesse es. Bitte, verzeih mir. Du weißt, wie gern ich dich habe. Du bist meine beste Freundin.«

»Okay, okay, nun übertreibe es nicht.«

»Meinst du das im Ernst? Das gehört zu unserem Job, das können wir am besten.«

Wetzon lachte. Smith hatte ja so recht. Sie hielt Smith auf Armeslänge von sich und kam zu dem Schluß, daß Smith eindeutig weicher wurde. »Wir müssen jetzt wichtigere Dinge bereden.«

»Ja?« Smith wurde rot und sah nach unten, als betrachtete sie einen wichtigen Gegenstand auf dem Boden. »Vermutlich hat dein neugieriger Freund dir gesagt . . .«

»Was gesagt?« Sie hatte nicht vor, Silvestri zu verraten. »Ich versuchte gestern den ganzen Abend, dich zu erreichen, aber du warst nicht zu Hause, und wie sollte ich ohne Anrufbeantworter eine wichtige Nachricht hinterlassen?«

»Oh, gut«, sagte Smith geziert, ohne auf Wetzon einzugehen. »Na ja, wenn du es unbedingt wissen willst, ich war gestern abend mit Twoey zusammen . . .«

»Wirklich?« fragte Wetzon.

»Er ist ganz reizend.«

»Und reich.«

»*Sehr* reich.«

»Ich bin begeistert, daß dein Liebesleben diese magische Wende genommen hat, Smith, aber wir haben wirklich ein Problem, über das wir uns ausführlich unterhalten müssen. Steht unsere Verabredung zum

Abendessen heute abend noch, oder versetzt du mich wegen deiner neuen Liebe?«

»Harold scheint sich beruhigt zu haben, glaube ich, aber wieso kommst du auf den Gedanken, ich würde dich wegen Twoey versetzen? Wir sind verabredet. Das Abendessen geht in Ordnung. *Baci's* um sieben.«

Wetzon mußte lachen. Smith hätte nicht die geringsten Bedenken, etwas abzusagen, wenn sich etwas Interessanteres ergäbe. »Es geht mir nicht um Harold. Ich erfuhr gestern abend, daß Luwisher Brothers die Makler auf ein Gehalt setzen will.«

»Wie bitte?« Smith starrte sie stirnrunzelnd an.

Wetzon zog ihr Ringbuch aus der Aktentasche und riß ihre Notizen heraus. »Wir sind aus dem Geschäft, falls das durchgeht. Ich suche mir besser was anderes.« Sie reichte Smith die Seiten, die kaum einen Blick darauf warf und sie auf den Tisch warf.

»Wovon redest du überhaupt, Wetzon? Ich werde aus dir nie klug. Du hast *gehört,* daß sie Makler auf ein Gehalt setzen? Du mußt dich irren. Das können die nicht machen; das würde den Anreiz töten.«

»Es würde den Headhunter töten.« »Verdammt, Wetzon, du mußt dich einfach irren. Wie willst du das überhaupt erfahren haben? Ich habe den Insiderkontakt mit dem Management.« Als sie Wetzons Gesicht sah, hielt sie die Hände hoch und zuckte die Achseln. »Entschuldige.«

»Ellie sagte mir, Dr. Ashs verschwundene Studie habe sich damit befaßt, und dann rief mich Laura Lee an und berichtete, daß sie es morgen auf einer Pressekonferenz bekanntgeben wollen.«

»Das können sie nicht machen, ohne es mir – uns zu sagen.«

»Ach, wirklich? Meinst du, sie haben es Tom Keegen gesagt?«

»Wir werden sie zur Rede stellen.«

»Ich traue ihnen nicht, Smith.« Wetzon öffnete die Tür. »Gib uns jetzt bitte die Nachrichten, B. B.« Sie nahm die zwei rosa Stapel und überreichte Smith den einen.

»Wir müssen uns eine Taktik zurechtlegen, eine Antwort, weil man uns fragen wird, wie es uns trifft.«

»Ja. Ich sehe schon die Titelseite des *Journals* vor mir – ›Headhunterinnen werfen Luwisher Brothers Kastration vor.‹« Sie lachte.

»Das ist nicht der Augenblick für deinen sonderbaren Humor, Wetzon.« Smith blickte finster und blätterte ihre Nachrichten durch. »Das ist ernst. Es ist unser Lebensunterhalt. Wir müssen uns wehren, aber erst, wenn sie gezahlt haben, was sie uns schulden.«

»Wir können beim Abendessen eine Strategie ausarbeiten.« Strategie. Das erinnerte sie an Hoffritz' Kommentar zu dem Bericht, den Smith ihm gegeben hatte.

»Gott, gerade wo alles so gut läuft.« Smith schloß die Lider halb und lächelte Wetzon anzüglich an.

»Du brennst darauf, mir davon zu erzählen.«

»Mmm. Sex bei solcher Hitze ist so gemein und schmutzig. Einfach herrlich.«

»Ich kann gar nicht erwarten, wie du es Jake beibringst.«

Da möchte ich zusehen, dachte Wetzon. Der Widerling würde endlich bekommen, was er verdiente.

»Wir arbeiten auch dazu heute abend eine Strategie aus. Ich kann deinen Rat brauchen.«

Wieder eine Strategie. »Sind die Telefone nicht unheimlich still? Als würde sich die Branche schon zurückhalten.«

»Das ist es nicht, es liegt an diesem scheußlichen Wetter. Es ist allen viel zu heiß, um an etwas zu denken ...«

»Außer an Sex.«

»Sei still. Ist Ellie bereit, sich bei ein paar Firmen umzusehen?«

»Ja. Ich mache für nächste Woche einen Termin bei Tucker aus.« Wetzon setzte sich an den Schreibtisch und nahm ihre Notizen aus der Aktentasche. »Was hast du übrigens in dem Bericht geschrieben, den du Hoffritz geschickt hast? Er gratulierte mir und schlug vor, sich zusammenzusetzen und eine Strategie zu entwerfen.« Als keine Antwort von Smith kam, hob Wetzon den Kopf. »Smith?«

Smith fuhr sich mit den Fingern theatralisch durchs Haar. Sie schlenderte zu ihrem Tisch und tat so, als sähe sie auf ihre Papiere, alles in Zeitlupe.

»Smith!« rief Wetzon.

»Reg dich nicht so auf, Zuckerstück, und sei bitte etwas leiser.«

»Was hast du gesagt?«

»Ich habe ihnen nur mitgeteilt, daß wir wissen, wer der Mörder ist.«

Es war ein langer, öder Tag gewesen. Um fünf Uhr verkündete Wetzon, daß sie nach Hause ginge. Sie wollte Smith um sieben bei *Baci* treffen.

Die Hitze strahlte von Beton, Glas, Stein und Stahl ab. Es mußte über vierzig Grad im Schatten sein, und kein Taxi war zu sehen. Mit brennenden Augen ging Wetzon zur First Avenue hinüber, um einen Bus nach Norden zu nehmen, und stieg an der 86. Street in einen Bus zur West Side um, wo sie, welch Wunder, einen Sitzplatz bekam. Da erst merkte sie, daß die Klimaanlage versagt hatte und die offenen Fenster heiße dicke Luft hereinließen. Während immer mehr Leute sich hineinzwängten, müde und nach Schweiß riechend, erschien ihr der Bus einem Viehwagen immer ähnlicher. Eine ältere Frau fiel irgendwo vorne in Ohnmacht, und die Leute standen so dicht gedrängt, daß es bis zur Haltestelle an der Central Park West, wo alle nach draußen drängten, keiner bemerkte.

Der Fahrer rief über Funk einen Notarztwagen, und zwei Männer hoben die arme Frau auf und legten sie über die Vordersitze. Sie fächerten ihr heiße Luft zu, während sie auf die Sanitäter warteten. Eine sportliche junge Frau mit Reeboks holte eine Flasche Evianwasser aus ihrem Rucksack, goß ein wenig in den Deckel und drückte ihn auf die Lippen der Frau.

Wetzon stieg durch den hinteren Ausgang aus dem Bus und ging die eineinhalb Straßen zu ihrer Wohnung, wobei es ihr immer schwerer wurde, einen Fuß vor den anderen zu setzen, während sie im Kopf zählte, *links dann rechts dann links dann rechts.*

Sie duschte kalt und legte sich aufs Bett, um sich von der Klimaanlage wiederbeleben und ihr Hirn wieder in Gang bringen zu lassen.

Smith hatte etwas ungeheuer Dummes getan. *Wenn wir wissen, wer der Mörder ist, und der Mörder sich unter uns befindet, dann hat Smith uns beide einer unmittelbaren Gefahr ausgesetzt.* Wetzon zog das Telefon von dem angemalten Waschtisch neben dem Bett, stellte es auf ihren Bauch und suchte Silvestris Dienstnummer heraus.

Eine fremde Stimme meldete sich. »Brafman.«

»Tag, hier ist Leslie Wetzon.« Sie erinnerte sich entfernt an ihn. Klein, blond, dünn.

»Ah, ja.« Er schien zu wissen, wer sie war. »Er ist nicht da. Probieren Sie's im Midtown North.«

»Ist Metzger in der Nähe?«

»Sie sind alle in Midtown North. Silvestri, Metzger und Mo.«

Silvestri, Metzger & Mo. Hörte sich an wie eine Anwaltskanzlei. »Haben Sie die Nummer von dort?«

»Bleiben Sie dran.« Brafman kam wieder an den Apparat und gab sie ihr.

»Danke.« Sie legte auf und rief Midtown North an, fragte nach Silvestri, dann nach Metzger und schließlich nach Weiss, wurde zehn Minuten lang herumgereicht, gab auf und hinterließ ihre Nummer. Wahrscheinlich hätte sie nach Mo fragen sollen, konnte sich aber nicht überwinden. Sie stellte das Telefon an seinen Platz zurück. Er hatte Mo mitgenommen. *Reiß dich zusammen, Dummkopf,* befahl sie. *Die Hitze hat dein Hirn arg mitgenommen.*

Im Eßzimmer, das auch als Fitneßstudio diente, rollte sie eine Matte auf dem Boden aus und machte einige langsame Yoga-Streckübungen, dann schlug sie eine Brücke und ging aus der Brücke heraus in einen Schulterstand. Das Blut schoß ihr in den Kopf, während sie tief und bewußt durchatmete.

Der Kreis der Personen mit einer Gelegenheit zu beiden Morden konnte auf Hoffritz, Bird, Dougie Culver, Neil Munchen, Chris Gorham, Ellie Kaplan und möglicherweise David Kim, falls er an dem Essen teilgenommen hatte, eingeengt werden. Immer noch im Schulterstand, schwang sie die Beine nach außen und dann hinter sich. Vor kurzem noch hatte sie Ellie und Neil wegen ihrer offensichtlichen Zuneigung zu Goldie im Geist ausgeschlossen, doch wenn Goldies Tod ein Unfall gewesen war, mußten beide wieder auf die Liste gesetzt werden. Machte zusammen sieben. Die nicht ganz so glorreichen sieben.

Sie streckte die Beine gerade in die Luft, indem sie die Hände auf die Hüften stützte, und atmete weiter tief. Sie spürte ein rosiges Glühen, etwas Strahlendes in sich aufwallen. *Du lieber Gott,* dachte sie. Wenn nun diese ganze Geschichte mit Carlton Ashs Bericht gar nichts mit den Morden zu tun hatte? Die Studie war eine Ablenkung, eine falsche Wendung, alles dummerweise ihre eigene Theorie.

Langsam ging sie aus dem Schulterstand in eine Brücke über, ließ sich langsam, Wirbel um Wirbel, auf die Matte herab und blieb liegen. Besser als Massage, weil das Gehirn beteiligt wurde.

Carlton Ash war über etwas gestolpert, als er während der Arbeit an der Studie bei Luwisher Brothers herumgeschnüffelt hatte. Etwas, das ihn veranlaßt hatte, seine Stelle aufzugeben. Als Berater bei Goodspeed mußte er ein sechsstelliges Einkommen gehabt haben. Wenn er also nicht über Treuhandvermögen verfügte, konnte er es sich nicht leisten, so eine Stelle einfach aufzugeben.

Wenn er ein unabhängiges Einkommen gehabt hätte, hätte er sich vermutlich nicht bei Goodspeed abgerackert, denn sie waren dafür bekannt, daß ihre Leute bis zum letzten schuften mußten. Er mußte geglaubt haben, daß er mit seiner Entdeckung für den Rest seines Lebens ausgesorgt hätte.

Verdammte Smith. Verdammt jeder einzelne der glorreichen sieben. Es mußte einer von ihnen sein. Sie war ziemlich sicher, daß weder Ellie noch David in Smith' Bericht für Luwisher Brothers eingeweiht waren. Ergo konnten sie, falls jemand versuchte, Smith und Wetzon umzubringen, die Verdächtigen auf fünf beschränken. *Sehr komisch, Wetzon,* dachte sie.

Mit Bedauern ging sie in den Stand und machte einige Pliés. Ihre Haut kribbelte. Wo war Silvestri? Sie wollte nicht ausgehen, ohne mit ihm zu sprechen, ohne ihm zu berichten, wie Smith sie zu Lockvögeln gemacht hatte.

»Ach, quak, quak, Zuckerstück«, machte sie Smith nach und tanzte ins Schlafzimmer. Sie zog einen langen weißen Hosenrock und ein kurzärmliges Baumwollhemd mit V-Ausschnitt an und schlupfte mit bloßen Füßen in Sandalen. Dann kämmte sie ihr Haar zu einem Pferdeschwanz zurück und verdeckte das Band mit einem Baumwollschal in Violett und Weiß.

Wie mutig du bist, Wetzon, dachte sie, indem sie sich selbst verspottete. Sie war nicht ängstlich, einfach ein bißchen überdreht. Verhielt sie sich dumm? Ihre Uhr zeigte Viertel vor sieben an. Sie ging in die Küche, riß ein Blatt von dem Notizwürfel neben dem Telefon und steckte ihn an der Außenseite der Tür unter den Spion. Dann schrieb sie darauf: *S – Treffe Smith um 7 bei Baci's. Dringende Nachricht. Komm bitte. L.*

Es kam ihr selbst alles melodramatisch vor, und er würde wahrscheinlich zurückrufen und diese Nachricht erst vorfinden, wenn er nach Hause käme, und wer weiß, ob er überhaupt kommen würde. *Merde.* Sie ging nach drinnen, packte die Handtasche, ging hinaus, schloß die Tür und drehte den Schlüssel zweimal herum.

Ein Telefon läutete. Sie legte ein Ohr an die Tür. Ihr Telefon. Verflixt. Sie fummelte am Schloß herum, bekam es auf, stürzte zum Telefon und war vor dem fünften Läuten, bei dem sich der Anrufbeantworter einschaltete, dort. »Hallo«, keuchte sie.

»Wetzon?«

»Hier ist Wetzon. Ich verstehe Sie kaum. Sprechen Sie bitte lauter. Wer ist dort?«

»Wetzon«, flüsterte die Stimme. »Sie sagten, Sie sind meine Freundin. Jetzt brauche ich eine Freundin.«

»Ellie? Sind Sie das? Was ist los?«

»Wetzon ... helfen Sie mir ... bitte. Alles ist irgendwie schiefgegangen ... ich ...« Ein schepperndes Geräusch, als habe Ellie das Telefon fallen gelassen.

»Ellie, sprechen Sie deutlich. Ich komme nicht mit.«

Keine Antwort.

»Ellie? Ellie!«

Sie hörte einen leisen Schrei, wie das Miauen einer Katze, dann war die Leitung tot.

Wetzon legte den Hörer auf. Ellie trank. Ellie war bewußtlos geworden und hatte das Telefon fallen lassen. Ellie steckte in Schwierigkeiten. Ob sie die 911 anrufen sollte? Nein, das wäre übertrieben. »Okay, denken wir in aller Ruhe darüber nach«, sagte sie laut. Wo wohnte Ellie? Wetzon versuchte, sich zu erinnern. Irgendwo an der West Side ... Lincoln Towers?

Das New Yorker Telefonbuch führte dreißig E. Kaplans auf, davon sieben an der West Side, und eine Ellie im falschen Stadtteil. Was nun? Sie erinnerte sich nicht, Ellies Privatadresse für den »Fahndungsbogen« aufgenommen zu haben – was immer schlecht war, wie sie Harold und B. B. häufig vorgehalten hatte –, aber die private Telefonnummer war vermutlich ordentlich eingetragen, und das Blatt lag auf ihrem Schreibtisch im Büro.

Sie setzte sich auf den Boden, kreuzte die Beine nach Yoga-Art und schloß die Augen. Nachdenken. Vielleicht würde ihr etwas einfallen. Das Telefon läutete, und sie nahm erleichtert ab. Silvestri würde wissen, was zu tun war. »Bin ich froh, daß du anrufst«, sagte sie, ohne sich zu melden oder zu warten.

»Na na, la-di-da, Häschen«, sagte Carlos. »Ich bin auch froh, daß *ich* es bin.«

»Oh, Carlos, ich kann jetzt nicht reden«, jammerte sie. »Eben rief mich eine Maklerin an, die in Schwierigkeiten steckt, ich weiß nicht, wo sie wohnt, und im Telefonbuch stehen dreißig E. Kaplans, und Smith wartet vermutlich schon bei *Baci* auf mich, und ich komme zu spät ...«

»Ts, ts, das letzte Problem ist das kleinste. Laß den Barrakuda warten. Sie hat dich oft genug warten lassen.«

»Wiedersehen, Carlos.«

»Es geht mir gut, Herzblatt, danke für die Nachfrage.«

»Carlos, es ist wichtig. Ich muß jetzt auflegen. Ich bin sicher, daß Silvestri versucht, mich zu erreichen, und ich muß ihm das mit Ellie berichten.«

»*Ellie* Kaplan? Du meinst die Ellie Kaplan aus der Wall Street?«

»Ja, ja. Mir ist jetzt nicht nach Späßen zumute, Carlos.«

»Kein Grund zur Aufregung. Bleib, wo du bist. Ich rufe zurück.«

»Carlos!«

Er hatte aufgelegt.

Es war fast sieben. Wetzon stand auf und wanderte nervös durch die Wohnung. Es war heiß wie in einem Backofen, weil sie die Klimaanlage ausgeschaltet hatte, bevor sie gegangen war. Bestimmt ein Fehler. Sie stellte alle Geräte auf klein. Sie würde sie laufen lassen. Smith kam immer zu spät, dachte sie. Sie schlug die Nummer von *Baci's* nach und hinterließ die Nachricht, daß sie aufgehalten worden war.

Sowie sie auflegte, läutete das Telefon.

»Wenn du nicht so ein Dickkopf wärst und mit deinem Anruf gewartet hättest, Schatz, hätte ich nicht in diesen entscheidenden Minuten ständig das Besetzzeichen bekommen ...«

»Ich kann Warten nicht ausstehen. Es ist unhöflich und häßlich. Was hast du gefunden?«

»Vier-acht-null West 71. Street. Es ist eine Sackgasse, das letzte Haus. Die untere Maisonette.« Er rasselte die Telefonnummer herunter, die sie schnell hinkritzelte.

»Carlos, du bist einmalig, ein Genie. Wiedersehen.«

»Moment mal! Du liest mich mit dem Taxi vor Arthurs Haus auf. Ich warte unten.«

»Nein, mach' ich nicht.«

»Keine Widerrede, Häschen. Jemand muß auf dich aufpassen.« Er legte auf.

»Männer!« murmelte Wetzon vor sich hin. Sie wählte ohne große Hoffnung Ellies Nummer und ließ es zehnmal läuten. Keine Antwort.

Sie legte auf, und wieder läutete es sofort.

»Wetzon«, sagte Smith, »gut, daß ich dich noch erwische. Ich bin spät dran. Soll ich dich im Taxi abholen?«

»Ich habe selbst Verspätung. Ellie Kaplan rief an und hörte sich so eigenartig an, dann legte sie auf oder wurde ohnmächtig. Ich will nur kurz vorbeischauen, ob alles in Ordnung ist.«

Smith stöhnte auf. »Sie ist eine Säuferin. Ich habe schöne Geschichten gehört. Ich möchte wissen, warum du diesen Tick hast, ständig anderen Leuten helfen zu wollen ...«

»Wiedersehen, Smith. Ich treffe dich ungefähr um acht – oder möchtest du absagen?«

»Nein, ich möchte nicht absagen. Du mußt dir über deine Prioritäten klarwerden. Du hast selbst gesagt, daß wir eine wichtige Angelegenheit zu besprechen haben. Wichtiger als Ellies Alkoholproblem. Laß mich nicht warten . . .«

Wetzon legte auf, ohne sich zu verabschieden, davon überzeugt, daß die Milch der Nächstenliebe in Smith' Adern gerann.

Bereit zu gehen stand sie an der Tür und starrte noch einmal aufs Telefon, als wolle sie ihm befehlen, wieder zu läuten, doch als es schwieg, schloß sie schnell ab und ging. Während sie auf den langsamsten Aufzug der Upper West Side wartete, strich sie ›7‹ auf dem Zettel, an der Tür, und schrieb dafür ›8‹ hin.

Es war zwanzig nach sieben, als sie auf die Straße kam und weniger als eine halbe Stunde nach Ellies Anruf. Die Hitze war drückend, und die verschmutzte Luft trieb ihr Tränen in die Augen. Das Tageslicht war giftig gelblich. Ein Taxi setzte jemanden vor dem Gebäude ab, und Wetzon stieg ein und dirigierte den Fahrer zur West End Avenue und 90. Street, wo Carlos und Arthur wohnten.

Carlos, frisch und forsch in khakifarbenen Shorts und blauweiß gestreiftem Hemd, stieg übersprudelnd vor Energie neben ihr ein.

»71. und West End, bitte«, murmelte Wetzon.

»Oh, ich sehe, wir sind mißgestimmt.« Carlos beugte sich hinüber und küßte sich auf die Wange.

»Ich bin kein kleines Kind«, sagte sie steif. »Ich will nur nach Ellie sehen. Ich brauche keinen Aufpasser.« Sie schürzte verächtlich die Lippen.

Er verdrehte die Augen. »Drollig, Schatz, wirklich drollig.«

Das Taxi schlingerte, da es anscheinend zielsicher jedes Schlagloch traf, und sie fiel gegen Carlos. »Lern lieber fahren«, murmelte sie in sich hinein, während sie versuchte, sich aufzusetzen, doch Carlos hielt sie fest.

»Mann, sind wir mürrisch.« Er sah sie finster an, doch seine Augen glitzerten schalkhaft. »Warum gibst du nicht auf und sagst einfach, ›Lieber wunderbarer Carlos, ich bin so dankbar, daß du mir gesagt hast, wo Ellie wohnt . . .‹«

Wetzon kam sich albern vor und war zerknirscht. Sie legte einen Arm um ihn. »Lieber wunderbarer Carlos, ich *bin* dankbar. Wie hast du die Nummer herausgefunden?«

Er lächelte. »Na, das klingt schon mehr nach dem Häschen, das ich kenne und liebe. Ich rief Dwayne an. Er nahm an dem Jazzkurs teil, den ich vor drei Jahren am Y gab.«

»Bei dir kann man sich darauf verlassen, daß du überall bist und jeden kennst.«

»Ich sage doch auch immer, daß es nur dreißig Menschen auf der Welt gibt, Schatz.« Er hielt inne und wurde ernst. »Hör zu, Häschen, Dwayne sagt, daß Ellie in schlechter Verfassung ist – daß sie sehr deprimiert ist und trinkt. Wir wissen nicht, was wir vorfinden werden. Er will uns bei ihr treffen.«

»Meinst du, sie ist selbstmordgefährdet, Carlos?«

»Hoffen wir, daß Dwayne sich irrt.«

»Mein Gott, Carlos.« Sie umarmte ihn. »Ich bin dir so dankbar.«

»Ich weiß, daß das eine dumme Frage ist, ausgerechnet an dich, Häschen, aber willst du dich da wirklich hineinziehen lassen?«

»Sie bat mich, ihr zu helfen, Carlos.«

»Ich wußte, daß es eine dumme Frage war.«

Der Fahrpreis betrug genau vier Dollar. »Laß mich«, sagte Wetzon, »ich kann's absetzen.« Als sie im Geldbeutel zwei Vierteldollar als Trinkgeld suchte, sah sie die zerrissenen Papierschnipsel, die sie in Ellies Make-up-Beutel gefunden hatte. *Du bist mir ein schöner Detektiv, Wetzon,* dachte sie, über sich selbst verärgert. Sie hatte ein Gedächtnis wie ein Sieb. Als sie nach Carlos aus dem Taxi stieg, nahm sie sich fest vor, an die Schnipsel zu denken und sie später zusammenzusetzen.

Ein großer Jogger in glänzenden grauen Shorts, mit einer Mütze verkehrt herum auf dem Kopf und einem Atemschutz vor Mund und Nase, bog aus der 71. Street in die West End Avenue ein, ohne auf den Verkehr zu achten, und rannte dann in mäßigem Tempo auf das Lincoln Center zu. Er war nicht der einzige, der unterwegs war; diese Jogger achteten fanatisch darauf, keinen Tag auszulassen, ob bei Regen, Graupelschauern, Schnee, Hagel oder vergifteter Luft.

Ellie wohnte in einer georgianischen roten Backsteinvilla in einer der schönsten Straßen der West Side. Die Häuser zu beiden Seiten der Straße waren sehr gepflegt, mit Kästen an den Fenstern, in denen trotz der Hitze die Blumen üppig wuchsen, Türklopfern aus Messing, massiven Eichentüren und Bleiglasfenstern. Einige waren frisch getüncht und hatten blau angestrichene Fensterrahmen. Bis auf das leise Brummen der Klimaanlagen, die vor vielen Fenstern hingen, war die Straße still.

Dwayne erwartete sie nicht vor dem Haus. »Was jetzt?« Wetzon sah Carlos an, der die Schultern hob.

Zwei genau gleiche Haustüren auf Straßenniveau in einem kleinen gepflasterten Hof, jede mit einer Gittertür davor, wiesen darauf hin, daß zwei Parteien in Ellies Haus wohnten. Die rechte Tür stand einen Spalt offen.

»Die linke«, sagte Carlos hinter ihr. Und tatsächlich, als sie die Tür öffnete, las sie *E. Kaplan* auf dem Briefkasten neben der Klingel. Ein Schirmständer aus Bambus mit zwei zusammengerollten Schirmen stand in einer Ecke des winzigen Vorraums.

»Wir müssen wohl auf Dwayne warten.«

»Er müßte längst hier sein. Er wohnt nur achtundzwanzig Straßen weiter unten, Manhattan Plaza.« Carlos runzelte die Stirn. »Probieren wir, ob sie antwortet.« Er drückte auf den Summer, aber sie hörten kein antwortendes Geräusch aus der Wohnung. Er wartete, drückte noch einmal auf den Summer. Nichts. Kein Lebenszeichen. Wetzon wippte nervös.

Sie sahen einander an, jeder die Gedanken des anderen lesend.

»Ich bin beunruhigt, Carlos. Verdammt! Wo zum Kuckuck ist Dwayne?« Wetzon rüttelte an der inneren Tür. »Ellie!« Sie klopfte noch einmal, stärker jetzt!

»Moment mal.« Carlos drehte den Messingknauf. Die Tür ging auf. Genau wie kürzlich, bei Luwisher Brothers. Die Tür war nicht abgeschlossen.

Jetzt hatte sie wirklich Angst. Vielleicht war jemand eingebrochen und hatte Ellie verletzt.

»Mann«, sagte Carlos, während er hineinspähte. Die Wohnung roch muffig; es herrschte totale Dunkelheit. Er reichte Wetzon die Hand, und sie traten ein. Irgendwo surrte eine Klimaanlage, ohne etwas auszurichten.

»Weißt du, was du vorhast?« flüsterte sie.

»Ich improvisiere. Warum flüstern wir?« Er ging weiter und zog Wetzon hinter sich her. Die Außentür schlug zu. »*Merde.* Jetzt ist unser Licht weg.«

»Ich kümmere mich darum.« Sie ging zurück und machte die Tür auf. Das Tageslicht erzeugte einen staubigen Dunst in der kleinen Diele.

Jemand stöhnte.

»Ellie!« schrie Wetzon.

Carlos fand den runden Dimmerknopf und drückte darauf. Nichts.

Ein leises Angstgefühl beschlich Wetzon.

»Die Sicherungen müssen durchgebrannt sein.« Carlos' Stimme hatte ihren lebhaften Rhythmus verloren. *Nicht ungewöhnlich,* sagte sich Wetzon streng, *wenn an jedem Fenster eine Klimaanlage läuft und die Leitungen aus der Zeit vor dem Zweiten Weltkrieg stammen.* Sie schoben sich an der Wand entlang.

Sie kamen an eine Öffnung, vielleicht ein gewölbter Durchgang. Von hier schien die Dunkelheit undurchdringlich. Eine Diele unter Carlos' Füßen quietschte laut. Er rief: »Ellie?« und Wetzon hörte die Unsicherheit aus seiner Stimme heraus.

Erneut drang ein Stöhnen aus der Dunkelheit. Seine Rückenmuskeln spannten sich unter ihrer Hand. Die Diele quietschte wieder. Warum zögerten sie? Sie waren doch zu zweit. Gott sei Dank hatte er sie nicht allein gehen lassen. Aber Ellie hörte sich schrecklich an. »Gehen wir zu ihr, Carlos«, drängte sie flüsternd.

Er drehte sich um. »Häschen . . .« Sie spürte seine Angst. »Könnte sein, daß wir nicht allein sind. Wir sollten vorsichtig sein. Du bleibst hier, und ich gehe weiter. Wenn mir etwas passiert, lauf weg.«

»Auf keinen Fall! Wir gehen zusammen.«

Sie spürte, wie er die Schulter hochzog. Er schob sich weiter vor, aber ihre Hand war von seiner Schulter geglitten. Entschlossen tastete sie sich vorwärts, wobei ihre Hände Bilderrahmen berührten und sie zweifellos schief zurückließen. Sie schienen sich in einem Gang zu befinden, der in ein größeres Zimmer führte. Carlos blieb abrupt stehen, und sie stieß einen leisen Schrei aus, als sie mit ihm zusammenstieß.

»Warte hier«, sagte er bestimmt. »Keinen Schritt weiter. Ich gehe in die Diele zurück, mal sehen, ob ich den Sicherungskasten finde.«

Sie blickte über seine Schulter. Es war pechschwarz.

»Okay«, sagte sie. Er ging an ihr vorbei, und sie hörte ihn in die Diele gehen. Wenn sie nur ein Streichholz . . . Halt. Sie hatte in der *Oak Bar* eine Schachtel mitgenommen – oder doch nicht? Sie kramte in ihrer Handtasche und fand eine Streichholzschachtel. Ungeschickt versuchte sie, nach Gefühl ein Streichholz anzuzünden. Sie würde sich vermutlich selbst in Brand setzen. Sie kratzte ein Streichholz über die Seite der Schachtel, und ein schwaches Flämmchen flackerte auf. Voller Freude hielt sie es vor sich und ließ es beinahe fallen. In dem gewölbten Durchgang zu einem sehr geräumigen Wohnzimmer lag ein Körper mit ausgebreiteten Armen auf dem Teppich.

»Ellie!« Wetzon ließ die Handtasche fallen und sprang vor. Das Streichholz ging aus. Unter ihren Sandalen knirschte etwas. Sie hörte Carlos in dem anderen Zimmer an den Schaltern herumfummeln, aber es ging kein Licht an.

Ellie stöhnte wieder. Wetzon zündete ein neues Streichholz an. »Ellie, ich bin da. Alles in Ordnung.«

Sie ließ sich neben Ellie auf die Knie fallen und spürte einen scharfen Schmerz im Knie, als etwas durch ihren Rock ins Fleisch schnitt. Als sie das Streichholz höher hielt, sah sie, daß der Fußboden mit scharfen Glasscherben bedeckt war. Der Schnitt brannte. Das Streichholz erlosch. Sie spürte warmes Blut auf dem verletzten Knie. Sie bückte sich, berührte Ellies Schulter, streifte mit den Händen klamme Stengel und Blüten, fühlte die feuchte Kleidung und erstaunlich starke Muskeln. Sie streckte die Hand aus und strich über Ellies Haar, hielt inne, rieb die Finger gegeneinander und erkannte die klebrige Nässe von Blut.

»Alles in Ordnung?« rief Carlos.

»Ja«, log sie. »Ellie, können Sie sich aufsetzen? Nein, warten Sie.« Wetzon stand auf. Mit den Sohlen der Sandalen über den Boden schlurfend versuchte sie, die größten Glassplitter von Ellies Körper wegzuschieben. »So, jetzt, versuchen Sie es, Ellie. Ich helfe Ihnen.«

Sie zündete noch ein Streichholz an. Im flackernden Licht konnte sie Ellies blasse Haut und schlanke muskulöse Beine sehen. Was zum Teufel hatte sie an? Shorts. Irgendwie hatte sie sich Ellie nie in Shorts vorgestellt. Ellie stöhnte wieder und rollte auf die Seite. Wetzon beugte sich über sie, um zu helfen.

In diesem Augenblick leuchteten Porzellanlampen auf und verbreiteten ein weiches Licht im Zimmer.

Wetzon blickte auf Ellie hinunter, doch die Gestalt auf dem Boden war gar nicht Ellie. Es war Dwayne.

Ein Schrei brach aus ihr heraus und nahm ihr den Atem. »Um Himmels willen, Dwayne!« Wetzon hockte sich neben ihn, wobei sie vor Schmerzen im Knie zusammenzuckte.

»Geht es Ihnen gut? Entschuldigung, blöde Frage. Was ist denn passiert?«

»Häschen?« rief Carlos.

»Carlos, es ist Dwayne.«

Dwayne stöhnte auf und legte seine Hände über den Kopf. Er stöhnte noch einmal und schlug die Augen auf. »Das Schwein hat mich mit Ellies Baccarat-Vase k.o. geschlagen.« Der Fußboden war mit rosa Rosen, Blütenblättern und Glasscherben bedeckt.

Wetzon unterdrückte ein hysterisches Kichern, als Carlos ins Zimmer gestürzt kam. Er ließ sich Wetzon gegenüber neben Dwayne fallen.

Dwayne stützte sich mühsam auf die Ellenbogen; eine welke Rose fiel von seinem Rücken. »Das Arschloch hat nicht mal die Blumen herausgenommen.« Er berührte vorsichtig seine Backenknochen. »Hat er mein Gesicht verletzt?«

»Nein«, beruhigte ihn Carlos. »Gut, daß du so einen harten Schädel hast. Komm, laß dir aufhelfen.«

»Sollen wir einen Krankenwagen rufen?« Wetzon sah sich im Zimmer um. Keine Spur von Ellie.

Carlos half Dwayne auf die Beine. »Dwayne«, sagte Wetzon, »wo ist Ellie?«

Dwayne hing da wie der schiefe Turm. »Weiß nicht.« Er schwankte. »Sofa.« Er zeigte auf ein üppiges geblümtes Chintzding, auf dem unzählige Kissen lagen.

»Was ist mit dem Licht passiert?« Carlos hatte einen Arm um Dwayne gelegt und trug ihn halb. »Stütz dich auf mich.«

»Das Schwein muß den Hauptschalter ausgeschaltet haben«, murmelte Dwayne.

»Genau das hat er getan.«

»Es war dunkel, als ich herkam. Ellie muß weggegangen sein, ohne die Tür abzuschließen.« Dwayne sank auf dem Sofa zusammen.

»Ich kann nicht glauben, daß sie das tun würde.« Wetzon bemerkte die Schärfe in der eigenen Stimme. Im Hinterkopf hörte sie sich dasselbe zu David Kim sagen.

»Ach, ja?« Dwayne rieb sich den Kopf. »Hm, diese Frau tut viel, was Sie nicht glauben würden.«

»Seid still, ihr zwei.« Carlos entdeckte das Telefon auf dem Boden neben einem Sessel. Er hob ab, lauschte und schüttelte den Kopf. Er starrte Wetzon an. »Häschen, du hast Blut am Knie.«

»Das ist von Dwayne. Ich glaube, wir schaffen ihn am besten in ein Krankenhaus.« Sie wollte verhindern, daß er anfing, sich ihretwegen unnötig aufzuregen. Sie hatte auch nicht die Absicht, mit ihnen ins Krankenhaus zu fahren.

Dwayne stöhnte. »Ist mein Gesicht ganz bestimmt in Ordnung?«

»Soweit ich es sehen kann, ja«, versicherte ihm Wetzon. »Ich mache mir jetzt aber vor allem um Ellie Sorgen.«

»In der Küche ist noch ein Telefon – und ein Anrufbeantworter«, sagte Dwayne. Er machte Anstalten aufzustehen, wurde erschreckend graugrün im Gesicht und kippte um.

Wetzon berührte seine Stirn. Sie war feucht und kalt. »Carlos . . .«

Carlos war auf dem Weg zur Küche. Er kam im Nu mit einem sauberen Geschirrtuch zurück. »Das Telefon ist tot.« Er wickelte das Handtuch wie einen Turban um Dwaynes Kopf. »So, jetzt siehst du großartig aus. Ich gehe auf die Straße und rufe die 911 und bestelle die Ambulanz.«

»Nein!« Dwayne war wieder bei Besinnung. »Ich will keine Ambulanz.«

»Carlos, ich bleibe bei Dwayne, und du besorgst ein Taxi. Du kannst ihn ins Lenox Hill Hospital bringen. Die haben dort eine gute Notaufnahme.«

»Okay, Häschen. Ich bin gleich wieder da. Schließ hinter mir ab.«

Sie folgte ihm durch den Flur, indem sie das Humpeln glänzend überspielte. *Ich hätte nie vom Theater weggehen sollen,* dachte sie.

Nachdem sie abgeschlossen hatte, ging sie an dem quietschenden Brett vorbei ins Wohnzimmer zurück und setzte sich neben Dwayne. Sie zog den Rock hoch und untersuchte ihr Knie. Ein schöner großer Schnitt und reichlich Blut. Und es schmerzte, wenn sie sich bewegte. Wo konnte Ellie stecken?

»Was für eine Schweinerei«, sagte Dwayne, während er versuchte, auf die Beine zu kommen.

Wetzon legte die Hand auf seinen Arm. »Nur langsam, Dwayne.« Licht drang durch die dichten Vorhänge an der hinteren Wand und aus drei großen chinesischen Porzellanlampen.

Auf Dwaynes Hemd, das den Aufdruck SOME OF MY BEST FRIENDS ARE trug, waren Streifen aus getrocknetem Blut. »Was für eine Schweinerei«, wiederholte er. Er sah sie an. »Sie bluten.«

»Ich weiß.«

»Jeder Glassplitter ist hundert Dollar wert.«

»Was?«

»Die Baccarat-Vase.«

»Ach so.« Wetzon blickte sich im Zimmer um, das voller Chintzbezüge und dick gepolsterter Möbel war, die mit einem weißen gemauerten Kamin kontrastierten. Auf dem Boden nahe dem gewölbten Eingang zum Zimmer lagen die Reste der schweren Kristallvase, die Dwaynes Kopf verletzt hatte. Abgesehen vom Wasser, einigen Blutflecken und den Glasscherben und verstreuten Blumen wies nichts auf . . . Ein Stuhl lag umgekippt neben der Treppe, und ein Orientteppich mit geometrischem Muster in Rost und Gold warf Wellen, als sei jemand darüber gestolpert. Die Schubladen einer eingebauten Eckvitrine für Porzellan standen halb offen, der Inhalt quoll wahllos heraus.

»Dwayne . . .« Sie wandte sich ihm wieder zu und sah, daß er die Besinnung verloren hatte. Sein blutiger Kopf machte Flecken auf den Chintzkissen. Verdammt. Sie warf einen Blick auf die Uhr. Es war acht. Smith würde einen Anfall bekommen. Verdammt, verdammt. Dwayne stöhnte. Warum war Carlos noch nicht zurück?

Sie stand auf und ging in die Küche, die lang und schmal war und graue Granitarbeitsflächen und weiße Schränke mit Glastüren hatte. In der Kaffeemaschine stand eine volle Kaffeekanne, und auf der Theke waren zwei Tassen bereitgestellt.

Auf einem offenen Regal sah sie ein weißes Telefon auf einem Anrufbeantworter stehen. Ein Lämpchen blinkte, was anzeigte, daß jemand eine Nachricht hinterlassen hatte. Sie probierte das Telefon in der optimistischen Hoffnung, es habe sich selbst repariert. Nicht einmal ein Freizeichen. Es war tot. Ihr Blick folgte der weißen Schnur bis zum Ende. Das Telefonkabel war durchgeschnitten worden.

Sie ging mit einem kühlen, nassen Papiertuch ins Wohnzimmer zurück und sah Dwayne genau an. Etwas Farbe war in sein Gesicht zurückgekehrt. Sie würde auf die Straße gehen und nach Carlos Ausschau halten müssen.

Die Türklingel läutete zweimal. Wetzon ließ das Papiertuch auf das Sofa fallen und rannte durch den Flur.

»Wie konntest du wissen, wer es war, Häschen? Du hast einfach die Tür aufgemacht, ohne nachzusehen«, schalt Carlos. »Draußen wartet ein Taxi.«

Zusammen brachten sie Dwayne hinaus und in das Taxi.

»Steig ein, Häschen«, sagte Carlos, während er Dwayne näher zu sich zog, um Platz für sie zu machen.

»Ich komme nicht mit. Du brauchst mich nicht. Ich hinterlasse eine Nachricht für Ellie, und dann treffe ich mich mit Smith.«

Er sah sie zweifelnd an, und Dwayne stöhnte.

Wetzon winkte ihnen nach und ging wieder in Ellies

Wohnung. Sie wollte nur schnell nachsehen, ob Ellie nicht ohnmächtig irgendwo lag, und dann wollte sie endlich zu *Baci* und mit Smith zu Abend essen.

Oben befand sich ein Schlafzimmer nach der Straße hin, mit hohen Fenstern, die Vorhänge aus hauchdünner weißer Gaze hatten. Die Wände waren mit einem hellgrauen Streifenmuster tapeziert, der Fußboden mit einem hellgrauen Teppichboden ausgelegt. Das niedrige französische Bett und alle anderen Möbel waren aus schwarzem Lack, sehr karg, sehr raffiniert. Das Bett war konventionell mit einer grau-weißen gesteppten Tagesdecke zugedeckt. Ein großer Kleiderschrank stand links von der Tür, die Türen weit offen, der Inhalt durcheinander. Verdammt.

Rechts von ihr führte eine andere Tür in ein geräumiges Ankleidezimmer, ganz aus schwarzem und weißem Marmor, und weiter in ein riesiges Badezimmer, das mit einem Jacuzzi prunkte. *Sehr hübsch,* dachte sie neidisch, während sie die Tür auf der anderen Seite des Badezimmers öffnete und ein kleineres Bad betrat.

An der Rückseite des Hauses befand sich ein weiters Schlafzimmer, ein Gästezimmer mit einem Himmelbett und viel Rüschenkram, ebenfalls ordentlich gemacht mit einer antiken Steppdecke und einem großen alten Teddybär mit einem Auge und einem überraschten Gesichtsausdruck. Aber keine Ellie.

Wetzon wollte gerade die Treppe hinuntergehen, als sie vor Schreck erstarrte. War Carlos zurückgekommen? Nein, zu früh. Von der Stelle, wo sie stand, konnte sie mit Mühe und Not gerade den gewölbten Eingang zum Wohnzimmer sehen. Mit der Hand auf dem Geländer wartete sie, lauschend, mit klopfendem Herzen.

Da war das Geräusch wieder, deutlicher jetzt, und diesmal erkannte sie es. Es war das Quietschen der losen Fußbodendiele.

Wetzon ging rückwärts wieder hoch und preßte sich gegen die Seitenwand. Ihre Hände zitterten; sie konnte das eigene Herz hören. Ein großer Schatten war drohend an der Wand unten zu sehen. Ellie konnte es nicht sein; sie würde nicht heimlich in ihr eigenes . . . der große Schatten verwandelte sich eine lebendige Person.

»Smith!« Wetzon sprang aus ihrem Versteck vor und blieb oben an der Treppe stehen.

»Oh!« Smith stieß einen kleinen Schrei aus und ließ sich auf einen der üppigen Klubsessel fallen. Eine Hand drückte sie an die Brust. »Wetzon, um Himmels willen, du hast mich zu Tode erschreckt.«

Wetzon humpelte die Treppe hinunter. »Reden wir nicht darüber, wer wen zu Tode erschreckt hat«, sagte sie, schwindlig vor Erleichterung. »Was zum Teufel machst du denn hier?«

»Ich konnte ja nicht ewig in dem blöden Restaurant warten. Ich hasse es, versetzt zu werden.«

»Ich wollte nicht . . .«

»Also setzte ich mich in ein Taxi und fuhr her. Ich

dachte, du hättest vielleicht mit Ellie Probleme gekriegt.«

Ihr Blick schweifte durchs Zimmer.

»Aber woher hast du gewußt, wo es ist?«

»Die Browns wohnen nebenan.«

»Entschuldige.« Wetzon setzte sich auf das Sofa und bog ihren Fuß vorsichtig. »Die Browns?«

»Du kennst doch die Browns, Kleines, dieses nette junge Paar. Sie haben die Speisen und Getränke für meine letzte Party geliefert.« Smith stand auf und untersuchte den Gipshund auf dem Kaminsims, indem sie ihn hochhob und umdrehte, um die Marke zu lesen.

»Ich kann immer noch nicht folgen.«

»Die *Browns.* Zuckerstück«, sagte Smith so behutsam, als sei Wetzon geistig behindert. Sie stellte den Gipshund wieder an seinen Platz. »Jen und Tom Brown wohnen in der Maisonette über Ellie. Ich wußte, daß sie hier wohnt, weil sie mich fragten, ob ich sie kenne. Von Wall Street zu Wall Street. Jeder kennt jeden.«

Die ganze Mühe, herauszufinden, wo Ellie wohnte, und Smith hatte es die ganze Zeit gewußt. »Warum hast du mir nicht gesagt, wo sie wohnt?«

»Du hast mich nicht gefragt.« Smith ging langsam durch das Zimmer und machte Inventur. »Hat Ellie sich hingelegt? Das ist ein sehr schönes Stück.« Sie streichelte den Beistelltisch mit den Lilienintarsien. »Was ist das?« Sie bückte sich. »Gott, wie fahrlässig. Baccarat«, sagte sie, während sie zu Wetzon aufsah, die immer wütender wurde.

»Smith, siehst du etwas, ohne das du einfach nicht leben kannst?« fragte Wetzon sarkastisch.

Smith richtete sich auf und wischte die Hände an

ihrem grellroten kurzen Rock. Sie sah Wetzon verletzt an. »Freche Bemerkungen stehen dir nicht, Zuckerstück. Was für ein Chaos das hier ist! Hast du Ellie zu Bett gebracht?«

»Ich traf Ellie nicht an. Ich fand ihren Assistenten auf dem Boden liegend, mit einer Baccarat-Beule auf dem Kopf.«

»Was du nicht sagst. Sie ist also eine von den gewalttätigen Säufern.«

»Nein, das war nicht Ellie. Sie hätte das nicht getan. Die Tür war offen, und jemand war hier, um nach etwas zu suchen – vielleicht.«

»Du hättest mich wirklich anrufen können.« Smith drehte mit der Spitze ihres weißen Keds-Slippers die Kante des Orientteppichs um.

»Das Telefon ist tot.«

»Wo ist der Assistent?« Sie schlenderte in die Küche und kam zurück.

»Carlos brachte ihn ins Krankenhaus.«

»Carlos? Also wirklich. Du holst Carlos, wenn du mich hättest holen können.« Ihr Ton war vorwurfsvoll.

»Ich wußte nicht, daß du ihre Adresse kennst, und ihr Assistent entpuppte sich als einer von Carlos' Tanzschülern.« So ging es, sie befand sich schon wieder in der Defensive.

Smith setzte sich aufs Sofa. »Du weihst mich in nichts mehr ein, Kleines. Sind wir nicht angeblich Partner? Wir hatten immer soviel Spaß zusammen.«

Wetzon setzte sich neben Smith. »Aber, aber, Smith. Daran hat sich nichts geändert.« Doch Wetzon wußte es besser. Ihre Freundschaft war immer eine wacklige Angelegenheit gewesen, eng nur, wenn Smith das Sagen hatte. Smith war ausgesprochen exzentrisch; stets auf Widerspruch eingestellt, sah sie die Welt anders als Wetzon. Anfangs hatte Wetzon die Leitung der Firma Smith' dominanterer Persönlichkeit überlassen, doch in den letzten Jahren war Wetzon selbstbewußter geworden. »Ich bin derselbe Mensch, Smith. Ich bin nur erwachsen geworden. Meinst du nicht, es war höchste Zeit?« Sie drückte Smith' zusammengepreßte Hände. »Komm schon, denk drüber nach. Ich bin immer noch hier.«

Smith stockte der Atem, als sie nach unten blickte. »Dein Rock, dein Knie . . .«

Wetzon folgte Smith' Blick. Die klaffende Wunde sah ziemlich häßlich aus. »Das wird schon wieder. Ich habe mich an dem Glas geschnitten, als ich Dwayne fand.«

»Ich wußte es. Das Tarock lügt nie. Wir säubern das lieber, bevor es sich entzündet.«

»Ach, Smith.«

»Hör auf mich. Ich bin Mutter. Ich kenne mich aus.« Sie stand auf und packte Wetzon am Arm. »Gibt es hier unten ein Bad?«

»Ich habe keines entdeckt, aber die Küche . . .« Sie hielt abrupt inne. »Moment. Hast du die Außentür abgeschlossen?«

»Ich weiß nicht mehr.« Smith runzelte die Stirn. »Ich gehe nachsehen.« Sie ging so zuvorkommend durch den Flur, an der knarrenden Diele vorbei, daß Wetzon grinsen mußte. Die neue Xenia Smith. Wetzon hörte die Tür aufgehen, zuschlagen, dann das Klicken von Schlössern. Danach Stille.

»Smith?«

Ihre Rückkehr wurde mit einem schwungvollen »Komme!« angekündigt. Dann eine Erklärung: »In der Diele hängt ein wunderschöner Wandteppich.«

»Smith!«

»Also dann, Kleines«, sagte Smith, ohne darauf zu reagieren, »wo waren wir stehengeblieben?«

»Claires Knie.«

»Claire? Ah, verstehe, einer von deinen Scherzen, Wetzon. Verschone mich. Ich denke, wir haben wichtigeres zu tun.«

»Es war ein französischer Film.«

»Ja, die Küche.« Smith marschierte in die Küche, drehte alle Wasserhähne auf und öffnete alle Schränke.

»Was machst du, wenn ich fragen darf?« Wetzon war hinter ihr her gehumpelt.

»Möchtest du den Rock ausziehen?«

»Nein. Ich zieh' ihn hoch.«

Smith kramte in einer Schublade und hielt eine große Küchenschere hoch. »Na bitte!«

»Nein!«

»Halt still. Stell dich nicht an. Der Rock ist sowieso hin.« Smith schnitt den Rock über dem Riß ab. »Du trägst die Röcke viel zu lang.«

Der untere Teil des Rocks fiel auf den Boden um Wetzons Fesseln, und sie seufzte. »Ich habe diesen Rock immer gern getragen.«

»Setz dich, hierher. Laß mich dein Knie ansehen.« Smith zog ein sauberes Leinentuch aus einer anderen Schublade, machte es naß, wrang es aus und wischte vorsichtig das angekrustete Blut von Wetzons Knie.

Das lauwarme Wasser brannte, und Wetzon zuckte zusammen.

»Au!« rief sie aus. »Das tut weh.«

»Kleines, die Wunde ist tief.« Smith beugte den Kopf tief über Wetzons Knie. Ihre Stimme klang besorgt.

»Ich will sie nur ein bißchen säubern. Ich glaube, das muß genäht werden.«

Wetzon riß die Augen auf. »O, nein, keine Naht.« Sie betrachtete das Knie. Es blutete wieder. »Scheiße«, sagte sie. »O ja. Ich habe das oft genug gesehen, glaub mir, ich kenne mich aus.«

»Können wir das Bluten nicht abstellen?«

»Rühr dich nicht vom Fleck«, befahl Smith. »Oben im Bad muß es doch Bacitracin und Heftpflaster geben. Halte nur still.«

Smith ließ Wetzon mit dem Fuß auf dem zweiten Stuhl sitzen. Wetzon schloß die Augen. Ihr war schwindlig und übel. Sie öffnete die Augen. Auf der Küchenuhr war es Viertel nach neun. Essen. Sie sah sich in der Küche um. Sie mußte unbedingt etwas essen – einen Kräcker, egal was.

Das Lämpchen blinkte immer noch am Anrufbeantworter. Sie konnte über sich Smith' Schritte hören. Es war ein altes Haus und hatte seine eigenen Geräusche. Das Lämpchen an dem Gerät blinkte weiter, eine Aufforderung. *Das geht dich nichts an*, sagte sie sich.

Dann nahm sie vorsichtig das Bein vom Stuhl. Blut sickerte aus dem Schnitt und lief in Rinnsalen am Bein hinunter. Sie starrte auf die Wunde. Smith hatte recht. Es war häßlich. Das Lämpchen am Anrufbeantworter rief nach ihr, ein Sirenenruf. »Scheiß drauf«, sagte sie. Sie humpelte hinüber und untersuchte das Gerät. Es war ein Panasonic, wie ihres. *Spiel mich ab,* blinkte es. Sie drückte auf die Rücklauftaste.

Klick, klick, klapper, klapper, piep, sagte es, dann eine Männerstimme: »Acht Uhr heute abend, Ellie, bei mir. Wir müssen bei dieser Sache zusammenhalten.«

Piep.

»Ellie?« Eine andere Männerstimme, diese wütend. »Ellie! Nehmen Sie ab, verdammt, ich weiß, daß Sie da sind. Ich habe Ihre Nachricht erhalten. Ellie? Hören Sie mich? Machen Sie keine Dummheiten. Ich warne Sie . . .« Dann das Auflegen, ein paar Pieptöne, und das Gerät schaltete sich aus.

»Um Gottes willen.« Smith stand mit offenem Mund in der Tür, in der Hand einen Erste-Hilfe-Kasten.

»Hast du die Stimme erkannt?«

»Du nicht?« Smith stellte den Kasten auf die Granittheke und dirigierte Wetzon zum Stuhl zurück.

»Doch.« Wetzon setzte sich und legte das Bein auf den anderen Stuhl. »Die erste Stimme war Neil, und die letzte war John Hoffritz.«

Wetzon beobachtete, wie Smith die Bacitracinsalbe aus einer Tube auf die Mullbinde drückte.

»Halte das.« Smith gab ihr den Verband. »Ich wasche das Blut noch einmal ab. Wenn du Ruhe gehalten hättest, würde es nicht mehr so bluten.«

»Wenn ich sitzen geblieben wäre, hätten wir nicht gehört, wie Neil sich mit Ellie verabredete, möglicherweise um die Taktik in der Gehaltsfrage zu besprechen, und wir hätten Hoffritz' Drohung nicht gehört – *autsch.* Das hat weh getan.«

»Gib mir das.« Smith umwickelte die Wunde locker mit dem Verband.

»Er wird verrutschen.«

»Ich will ihn nicht zu straff ziehen, damit er nicht das Bein abschnürt. Halte nur still.« Sie rollte das Heftpflaster geschickt über die Ränder des Verbands und warf alles, wie es kam, in den Erste-Hilfe-Kasten.

»Warte, ich mache das.« Wetzon nahm den Kasten, schraubte die Kappe auf die Tube und wickelte die Mullbinde auf.

Smith wusch sich die Hände am Spülbecken und trocknete sie mit einem frischen Handtuch ab. »Ich sterbe vor Hunger«, verkündete sie.

»Ich auch.« Wetzon machte eine Hüftbeuge und hob den blutverschmierten Rest ihres Rocks vom Boden auf. Bedauernd ließ sie ihn in den Plastiksack im Mülleimer unter dem Spülbecken fallen.

»So, dann verschwinden wir hier. Ellie ist offenbar zu dem Treffen gegangen.« Smith lachte in sich hinein. »Oder vielleicht ist sie mit dem lieben Johnny Hoffritz ausgegangen.«

»Lach nur«, sagte Wetzon, »aber der liebe Johnny Hoffritz, genaugenommen die ganze Bande, hat uns verraten. Ich möchte wissen, was Ellie gegen ihn in der Hand hat. Glaubst du, daß er Goldie und Ash umgebracht hat?«

»Herr im Himmel«, seufzte Smith. »Falls sie Makler auf ein Gehalt setzen wollten und Goldie dagegen war, kam es sehr gelegen, daß er starb. Was macht deine Wunde?«

»Tatsächlich . . .« Wetzon bog das Bein. »Es geht. Das hast du gut gemacht – Mom.« Sie bog es noch einmal und zuckte zusammen. Ein rosa Fleck zeichnete sich auf dem Verband ab.

»Warum überrascht dich das?« Smith goß Kaffee in die zwei bereitstehenden Tassen. »Meckere bitte nicht über das Koffein. Eine kleine Anregung tut dir gut, Kleines, das macht dich munterer.«

Sie tranken langsam den heißen Kaffee und hingen beide ihren Gedanken nach.

»Meine Theorie, nach der Goldie durch einen unglücklichen Zufall starb, löst sich in Wohlgefallen auf«, begann Wetzon.

»Na, Hoffritz wäre nicht so dumm.«

»Bist du dir da sicher?«

»Hmm, tja, sie waren dabei, Goldie hinauszudrängen ...«

»Wenn er nun drohte, mit ihren Plänen an die Öffentlichkeit zu gehen, bevor sie alles unter Dach und Fach hatten?«

»Ich weiß nicht, es ist sehr verworren.«

»Ich war sicher, daß Carlton Ash Geld bekam, damit er den Mund hielt. Jetzt weiß ich nicht mehr so recht.«

»Wie willst du es anpacken?« Smith stellte ihre leere Tasse auf die Untertasse.

»Was?«

»Die Ankündigung natürlich – falls es denn dazu kommt – über die Gehälter.«

»Ich meine, wir sollten ihnen keine Makler mehr schicken, kassieren, was sie uns schuldig sind, und *sie* plündern auf Teufel komm raus. Die wirklich unternehmerischen Makler werden dort wegwollen.« Wetzon trug die Tassen und Untertassen zur Spüle, schwenkte sie aus und stellte sie in die Spülmaschine.

»Ich neige zur gleichen Ansicht. Kannst du dir denken, worum es bei dem Treffen mit Neil gehen soll?«

Wetzon schüttelte den Kopf. »Keine Ahnung. Vielleicht denken die Makler auch über Strategien nach.«

»Was hältst du davon, sich zu organisieren?« Smith ging ins Wohnzimmer und ließ sämtliche Schubladen und Schränke in der Küche offenstehen. »Ich muß aufs Klo.«

Wetzon nahm den Erste-Hilfe-Kasten, schloß die Schubladen und Schränke und folgte ihr. »Wo hast du das gefunden?« Sie hielt den Kasten hoch.

»Im Schränkchen unter dem Waschbecken im zweiten Bad. Ich benutze Ellies.« Smith rannte die Treppe hoch und verschwand.

Wetzon folgte ihr langsam, eine Stufe nach der anderen. Die Wunde war steif geworden, und sie hatte ein taubes Gefühl im Knie.

Oben angekommen, blickte sie in das Wohnzimmer hinunter. Es machte einen leeren und hoffnungslosen Eindruck. Ihr schauderte bei diesem trüben Gedanken.

Sie fand den Schalter rechts an der Wand im Gästezimmer und knipste das Licht an. Zwei Lampen zu beiden Seiten des Betts gingen an.

Der Erste-Hilfe-Kasten kam unter das Waschbecken im Bad, dann wusch sie Hände und Gesicht und trocknete sich mit einem Gästetuch ab. Im Arzneischrank fand sie ein Glas mit Feuchtigkeitscreme und rieb sich Gesicht und Hände damit ein.

Wir fühlen uns langsam in Ellies Wohnung wie zu Hause, dachte sie mit einem Anfall von schlechtem Gewissen, während sie in das Gästezimmer schlenderte. Es war wirklich ein hübscher Raum. Mädchenhaft beinahe. Der einäugige Teddybär starrte sie verständnisvoll an.

»Smith?« Smith antwortete nicht, doch Wetzon hörte die Toilettenspülung und laufendes Wasser.

Das Fenster hatte weiße gekräuselte Gardinen mit Raffhaltern über geschlossenen rosa Jalousien. Mehrere Bücher lagen auf dem Nachttisch neben einem Foto im Silberrahmen. Obwohl es ein Gästezimmer war, hatte es eine persönliche Note. Man konnte sie fast greifen. David Kim? Nein, bestimmt nicht. Es hatte eher eine weibliche Ausstrahlung.

Sie ging in Ellies strenges Schlafzimmer und klopfte an die geschlossene Tür zum Ankleidezimmer. »Smith! Nun komm schon!«

»Bin gleich da.«

Sie schlenderte zurück in das hübsche Schlafzimmer. Die Fenster mußten auf den Garten gehen. Für einen Garten würden New Yorker morden. Sie fragte sich, wie Ellie dazu gekommen war. Jeder Garten in Manhattan war ein winziges einzigartiges Kleinod. Vermutlich war es jetzt zu dunkel, um ihn sehen zu können.

Wetzon zog die rosa Jalousie auf und schaute nach unten. Mondlicht fiel durch den dunklen Flaum der heißen Juninacht. Weiches Licht drang aus Fenstern der umliegenden Wohnungen. Sie erkannte einen hohen Zaun, einen Baum, einen Schimmer von Wasser – vielleicht ein winziger Fischteich –, Gebüsch, Gartenmöbel. Ein an einem weißen Metalltisch befestigter gestreifter Schirm war aufgespannt und hielt Mondstrahlen ab.

Bei dem Baum stand ein Liegestuhl mit Polstern, mit der Lehne zu den Fenstern. Jemand hatte, wie es schien, ein Handtuch oder ein Kleidungsstück darauf liegengelassen.

Sie starrte nachdenklich hinunter, schluckte, fuhr zurück und stieß dabei mit Smith zusammen, die unbemerkt ins Zimmer gekommen war.

»Entschuldige«, sagte Smith.

»Smith . . .« Wetzon zog die Jalousie ganz hoch.

»Was machst du?«

»Smith, schau nach unten. Was siehst du?«

Smith warf einen Blick in den Garten. »Einen Garten. Diesen Haus muß ein Vermögen wert sein.«

»Smith«, half Wetzon nach. »Ich meine den Liegestuhl. Was siehst du?«

»Was meinst du ... nein, um Gottes willen!« Sie packte Wetzon.

Wetzon machte sich von ihr los, dachte nicht mehr an ihr Knie und rannte zur Treppe.

»Warte!« Wetzon hörte Smith hinter sich schreien, als sie die Treppe hinunterstürzte.

Ihr einziger Gedanke war *Ellie* . . . Ellie lag seit mindestens zwei Stunden oder länger da draußen auf dem Stuhl – krank, verletzt vielleicht. Wetzon fummelte ungeschickt an den Schnüren herum, versuchte, die richtige für die bodenlangen Übervorhänge zu finden, die die hintere Wand des Wohnzimmers bedeckten. Endlich zog sie an der richtigen Schnur, die Vorhänge glitten nach links und legten eine Tür und ein großes Doppelfenster frei. Der Garten wirkte wie eine Radierung in dem kalten Licht des Vollmondes. Von da konnte sie die Gestalt auf dem Stuhl nicht sehen.

Smith' eisige Hand berührte Wetzons nackten Arm. »Ich meine, wir sollten nicht hinausgehen. Wahrscheinlich schläft sie nur ihren Rausch aus.«

»Du brauchst nicht mitzukommen.« Wetzon zog die Tür zum Garten auf und trat auf die geflieste Terrasse hinaus, knapp an einer hochhackigen Sandale vorbei, die umgekippt dalag.

Irgendwo am Himmel dröhnte ein Flugzeug träge im Landeanflug auf Kennedy. Die Luft war schwer, heiß und feucht, getränkt vom lieblichen Duft der Rosen, der aus den üppig wuchernden Büschen entlang dem westlichen Zaun kam. Und noch etwas. Whisky und Urin. Stadtstraßengeruch, nicht die Düfte eines privaten Gartens.

Der Pfad teilte sich, wobei ein Weg zu dem beschirmten Tisch führte, den sie von oben gesehen hatte; sie folgte dem anderen zu dem kleinen Fischteich, dem Baum und dem Stuhl.

Im Mondlicht schien Ellies linke Hand über einer unverschlossenen Flasche Jack Daniel's, die am Boden lag, zu schweben.

»Sieh sie nur an«, sagte Smith, als sie neben Wetzon trat. »Was habe ich gesagt?«

Ellie lag auf dem Rücken ausgestreckt, in einem teilweise zugeknöpften Frotteebademantel, den Kopf nach vorn auf die Brust geneigt, das Haar über dem Gesicht. Die rechte Hand ruhte auf der Hüfte, beinahe eine Rose umfassend. Der untere Teil des Bademantels war verrutscht und verhüllte kaum den Spitzenslip und ihre Beine. Ein Fuß war nackt, der andere trug das Gegenstück zu der hochhackigen Sandale.

»Ellie?« Wetzon beugte sich über sie. Kalter Schweiß trat auf ihrer Stirn und Oberlippe aus, lief an ihren Armen hinunter.

»Sie hat sich naß gemacht«, sagte Smith. »Das ist ekelhaft. Ich weiß nicht, wie du das aushältst. Ich gehe hinein. Ich schlage vor, du läßt sie ausschlafen und kommst mit zum Essen.« Sie drehte sich um und machte Anstalten zu gehen.

Wetzon legte eine Hand auf Ellies Stirn und hob

ihren Kopf, um ihn an das Kissen zu lehnen. Ellies Kopf fiel eigenartig auf die Seite, als hätte ihr Hals keine Wirbel. Vorsichtig strich Wetzon das wirre dicke Haar aus Ellies Gesicht. »O, Gott!« Wetzon sprang zurück, fuchtelte mit den Armen, stieß gegen den Baumstamm und hielt sich fest.

Das Mondlicht schimmerte wie ein Spotlight herunter und beleuchtete Ellies Gesicht. Ihre Augen waren offen, vorquellend und starrend. Wetzons Knie gaben nach; der Boden schwankte.

»Smith!« Der beißende Uringeruch war überwältigend.

Smith, die gerade die Tür zum Wohnzimmer erreicht hatte, kam zurückgerannt. »Was ist los?«

Wetzon deutete auf den Liegestuhl. Ellies Kinn war schlaff, der Mund offen, die Zunge herausgestreckt, das Gesicht verzerrt und aufgedunsen. Geplatzte Äderchen überzogen wie Spinnweben die Augen, die Zunge und die Wangen. Am Hals waren dunkle Druckstellen.

»Ist sie tot?« Smith' Gesicht war aschfahl in dem kalten Licht.

»Ich glaube.« Wetzon schmeckte den bitteren Kaffee in der Kehle. Sie rieb sich den Hals, als wäre sie diejenige mit den Würgemalen.

»Mir wird schlecht«, sagte Smith mit schwacher Stimme. Sie preßte die Hand vor den Mund, rührte sich aber nicht von der Stelle.

»Wir müssen die 911 rufen. Ich glaube, sie ist erwürgt worden.« Wetzon wandte das Gesicht ab.

»Du wirst ja ganz grün«, sagte Smith. »Die Browns lassen uns rein – komm schon.«

»Nein.« Wetzon schüttelte den Kopf. »Geh du. Ich bleibe hier . . . nur für den Fall.« *Nur für den Fall, was?*

fragte sie sich. Sie riß sich von dem Baum los. »Ich schließe hinter dir ab.«

»Wer kann das getan haben?« flüsterte Smith, als sie in die Wohnung zurückgingen. Wetzon schloß die Tür, zog aber nicht die Vorhänge davor. Dann brachte sie Smith zum Eingang. »Ich bin gleich wieder da«, sagte Smith. »Bleib du nur hier.«

»Sag der 911, sie sollen Silvestri beim Midtown North benachrichtigen.« »Midtown North.« Smith nickte steif. Ihre Augen waren glasig.

Wetzon schloß ab, nachdem Smith gegangen war. Dann warf sie den Riemen der Umhängetasche über die Schulter, atmete tief durch und ging wieder in den Garten. Das Mondlicht warf lange Schatten von den Sandsteinhäusern der Umgebung und den Hochhäusern im Süden bei den Lincoln Towers, ein Filmeffekt, als habe Fritz Lang Regie geführt.

Irgendwo in der Nähe ging die Alarmanlage eines Autos los, und das anhaltende Jaulen zerschnitt die Stille. Die Menschen hielten sich drinnen auf, versteckten sich in klimatisierten Räumen, verbarrikadierten sich gegen die Hitze der Straßen und gegen ihre Mitmenschen. Niemand drinnen konnte den Alarm durch das Brummen der Klimaanlagen hören. Es schien alles so vergeblich. Tränen liefen über Wetzons Wangen. Arme Ellie. Sie schien kaum die Frau zu sein, die einen Fremden in ihre Wohnung ließ, doch sie hatte getrunken und möglicherweise vergessen abzuschließen, was man in New York sonst nicht mehr zu tun wagte. Oder es konnte jemand gewesen sein, den sie kannte. Wetzon blieb am Fischteich stehen. Eine leere Blechdose trieb an der Oberfläche, zusammen mit – sie zählte sieben toten Goldfische unterschiedlicher Größe und Färbung. Hatte jemand Ellie überfallen, während sie die Fische fütterte, so daß sie den ganzen Futterbehälter in den Teich hatte fallen lassen?

Sie war nicht so dumm, irgend etwas an einem Tatort anzufassen. Auf eine leere Seite, die sie aus ihrem Ringbuch riß, schrieb sie *Fischteich – Fischfutter,* dann *Nachrichten auf Anrufbeantworter.* Sie würde Silvestri davon berichten.

Indem sie ihren ganzen Mut zusammennahm, betrachtete sie Ellie genauer. Es war entsetzlich. Und schlimmer noch, es lag etwas Surreales über der Szene, beinahe als wäre sie kunstvoll geschaffen worden. Ellie lag da wie eine Komposition, mit einer Rose in einer Hand. Doch bei genauerer Prüfung sah man, daß sie die Rose gar nicht hielt, obwohl sie die Hand zusammenpreßte. Jemand hatte die Rose hingelegt; jemand hatte Ellie auf den Liegestuhl gelagert, nachdem er sie woanders erwürgt hatte. Am Fischteich vielleicht. *Sachte, sachte, Wetzon,* dachte sie. *Du kannst das auf nichts stützen, außer auf ein Gefühl im Bauch.*

Wetzon berührte den Frotteebademantel an Ellies Schulter. Er war klamm, klammer als in einer heißen Sommernacht zu erwarten war. Ihr schauderte, und sie preßte die Lippen fest aufeinander, rannte ins Wohnzimmer, schlug die Tür zu und lehnte sich keuchend dagegen. Sie würde sich nicht an den Tod gewöhnen, solange sie lebte ... Ein hysterisches Lachen stieg in Wetzon hoch. Sie sank auf den Boden.

Es läutete an der Haustür. Zweimal, Dreimal. Eindringlich. Dann Klopfen.

Wetzon rappelte sich auf und ließ Smith herein.

»Sie waren nicht zu Hause«, beklagte sich Smith. »Ich wußte von einer Telefonzelle aus telefonieren.«

Smith sah ein wenig zerzaust aus. »Ich kann nicht glauben, daß ich in so was hineingezogen werde.« Ein erfreuter Unterton schwang in dieser letzten Bemerkung mit. »Ich bin froh, daß du drinnen geblieben bist.«

»Was hast du denen gesagt?«

»Ich sagte, es sei jemand ermordet worden, und sie sollten den italienischen Prinzen benachrichtigen.«

»Wehe dir!« Wetzon starrte Smith empört an, dann mußte sie lachen. »Du bist schrecklich.«

»Du bist nicht die einzige mit Sinn für Humor.« Smith packte Wetzon an den Schultern und schüttelte sie ein wenig. »Ich habe es nicht gesagt, aber ich hätte große Lust gehabt.« Sie betrachtete Wetzon. »Du bist totenbleich. Wir können beide noch eine Tasse Kaffee gebrauchen.«

Wetzons Kopf dröhnte. Ihr Gesicht kam ihr steif vor, wo das Salz der Tränen angetrocknet war, und ein nagender Schmerz, halb Übelkeit, halb Hunger, zerrte an ihrem Magen.

Smith zog einen Beutel mit Brezeln aus der Speisekammer, riß ihn auf und hielt ihn Wetzon hin. »Ellie kann nichts mehr dagegen haben«, sagte sie, während sie in einen Schrank griff und zwei Kaffeebecher herausholte.

Sie saßen am Küchentisch wie zwei Zombies, völlig verausgabt.

»Wie lange, meinst du, werden sie brauchen?« fragte Wetzon. Sie fing einen Tropfen Kaffee an der Seite des Bechers mit dem Finger auf, bevor er auf den Tisch fiel.

»Du kennst diese Stadt so gut wie ich.«

Sie hörten das Geräusch im selben Augenblick. Ihre

Köpfe fuhren auf, die Blicke trafen sich, die Augen wurden groß. Wetzon stellte ganz leise den Becher ab, legte einen Finger an die Lippen und stand auf. Da war das Geräusch wieder.

»Was war das?« flüsterte Smith mit rauher Stimme.

»Schsch.« Wetzon schüttelte energisch den Kopf.

Das war es wieder. Ein klapperndes Geräusch, als mache sich jemand an der Haustür zu schaffen.

Sie drehte sich zu Smith um, die hinter sie getreten war und ihren Arm mit kalten Fingern umklammerte. Das Geräusch brach ab. Sie atmeten beide auf und fielen sich kichernd in die Arme. »Wir sind blöd«, flüsterte Wetzon.

Doch da war es wieder – nur anders.

Jemand schloß die Haustür auf - *schloß auf.* Wetzon schlicht auf Zehenspitzen aus dem Wohnzimmer, Smith an ihren Fersen, kaum atmend.

Wer war das mit einem Schlüssel? Bestimmt nicht der Notarztwagen oder die Polizei. Jemand wie David Kim? Der Mörder, der an den Schauplatz des Verbrechens zurückkehrt? Wer?

Smith' kalte Hand umklammerte ihre. Ein dumpfer Schlag von etwas Schwerem, das fallen gelassen wird. Dann ein Ausruf: »Hallo, Mom, ich bin da.«

Smith ließ Wetzons Hand los, und Wetzons erster Gedanke war, *was macht Mark hier?* Aber das war nicht Mark. Sie schüttelte den Kopf. *Ellie hatte eine Tochter.*

»Mom?« Flinke Schritte kamen näher.

Sag es ihr, sag es ihr. Wetzon zwang sich, an die Tür zu gehen. »Hab bitte keine Angst«, sagte sie. Die Gestalt vor ihr blieb stehen. »Wir sind Freundinnen deiner Mutter . . .« Sie zeigte auf Smith.

Ein Mädchen von etwa elf oder zwölf Jahren kam ins Zimmer, das Gesicht verblüfft verzogen, das lange rote Haar gewollt wild und ungekämmt, wie es gerade in Mode war. »Wo ist meine Mutter?« fragte sie, während sie sich umsah.

Wetzon wechselte besorgte Blicke mit Smith, die sagte: »Ich bin Xenia, und das ist Leslie.«

»Ich bin Melissa.«

»Tja, Melissa . . .« Wetzon kam nicht weiter. Sie spürte einen dicken Kloß im Hals.

»Komm, setz dich, Melissa«, mischte Smith sich ein. »Du bist eine kleine Überraschung.«

»Ich weiß.« Mit einer Geste, die an Ellie erinnerte, strich sich Melissa das Haar aus dem Gesicht. »Ich wollte erst morgen nach Hause kommen, aber dann hat mich jemand im Auto mitgenommen.« Sie trug glänzende, enganliegende blaue Shorts, die am halben Oberschenkel endeten, rote knöchellange Reeboks und ein abgeschnittenes Baumwollhemd, das eine magere Schulter frei ließ. Lolita.

Die Türglocke läutete.

»O, Mann,« stöhnte Smith. Sie sah Wetzon an.

»Melissa ... mein Gott.« Wetzon schluckte. Smith legte den Arm um Melissa und nickte Wetzon aufmunternd zu. Sie standen verlegen vor dem Eingang zum Wohnzimmer. Melissas Blick wanderte an ihnen vorbei zu den aufgezogenen Vorhängen.

Es läutete wieder.

»Melissa«, sagte Wetzon, die das Gefühl hatte, das Mädchen oder ein Bild von ihm irgendwo schon einmal gesehen zu haben. »Deine Mutter hatte einen Unfall.«

Das Mädchen wurde blaß. »Wo ist sie? Wie geht es ihr?«

»Halt dich an mir fest, mein Schatz«, sagte Smith mit ungewohnter Zärtlichkeit. Sie steuerte Melissa zum Sofa und setzte sich mit ihr hin.

Jetzt hämmerte es gegen die Tür. »Polizei. Machen Sie auf.«

Wetzon rannte durch den Flur und wäre beinahe über die große Segeltuchtasche und den Lederrucksack bei der Tür gestolpert. »Einen Moment, ich komme«, rief sie und riß die Tür auf.

Ein uniformierter Polizist – klein, dick und schwitzend – stand im Vorraum, zwei Sanitäter hinter ihm.

Auf der Straße draußen wetteiferten das Drehlicht des Streifenwagens und das Blinklicht der Ambulanz miteinander. Sein Blick registrierte ihr wirres Haar, die verquollenen Augen, das verbundene Knie. »Sie sind Ms. Smith?« Ein Schnäuzer bedeckte seine Oberlippe; auf seinem Namensschild stand Kalish.

»Ich bin Leslie Wetzon. Ms. Smith ist drinnen bei Ellie Kaplans Tochter.« Wetzon kickte das Gepäck aus dem Weg und trat an die Seite, um sie einzulassen.

Lautes Weinen kam aus dem Wohnzimmer, und als Wetzon den Männern durch den Flur folgte, sah sie, daß Melissa in den Garten laufen wollte, während Smith versuchte, sie zum Sofa zu ziehen.

»Bitte zurückbleiben«, sagte Kalish streng. »Du möchtest bestimmt nicht dort draußen sein. Überlaß das lieber den Sanitätern. Sie kennen sich da aus.«

Melissa gab nach, und Smith brachte sie zum Sofa zurück.

Eine schlaksige Polizistin erschien, die dunkle Haut glänzend vor Schweiß. Sie setzte die Mütze ab, wischte sich mit einem großen weißen Taschentuch übers Gesicht und sah sich verwirrt um.

»Sie sind draußen«, erklärte Wetzon, die an den Fenstern stand. »Im Garten.«

Die Polizistin setzte die Mütze wieder auf und ging hinaus.

Wie benommen saß Melissa kerzengerade da, die Hände verkrampft auf dem Schoß. Smith sah elend aus.

Wetzon wußte, daß es im Haus bald wimmeln würde von Detectives, Technikern und medizinischen Spezialisten, ganz zu schweigen von jemandem von der Staatsanwaltschaft. Das war kein Ort für ein Kind.

Kurz darauf kamen die Sanitäter wieder ins Wohnzimmer und verließen die Wohnung. Keiner konnte mehr etwas für Ellie tun.

Die Polizistin trat ins Wohnzimmer und schloß die Tür zum Garten. »Wo ist das Telefon?« Auf ihrem Namensschild stand Andrews.

»In der Küche, aber das Kabel ist durchgeschnitten«, sagte Wetzon.

Andrews zuckte die Achseln und stapfte durch den Flur nach draußen.

Melissa lag völlig aufgelöst in Smith' Armen, und Smith selbst wirkte ziemlich mitgenommen. *Das hat sie nun von der Freude dabeizusein,* dachte Wetzon. Aufgeregt ging sie durch den Flur und stellte sich an die Haustür. Die Sirene des Notarztwagens zerschnitt kurz die Luft, während der Wagen davonfuhr, dann herrschte Stille, die nur ab und zu durch Störgeräusche aus dem Funkgerät des Streifenwagens unterbrochen wurde. Eine kleine neugierige Gruppe hatte sich versammelt. Ein weiterer Streifenwagen fuhr an der Stelle vor, wo eben noch die Ambulanz gehalten hatte, und ein Polizist begann konzentriert, eine Absperrung vor dem Eingang aufzustellen und gelbes Band darum zu spannen. Dabei summte er falsch vor sich hin.

Schwitzend und gleichzeitig fröstelnd preßte Wetzon die Stirn gegen den kühlen Türpfosten. Ellies Tochter. Warum hatte sie nie erwähnt . . .?

Ein neutrales Auto traf ein, und zwei Detectives stiegen aus. Sie blieben stehen, um mit Andrews zu reden, die im Streifenwagen saß und in das Funkgerät sprach. Ein zweites Auto spie Techniker und Ausrüstung aus. Ein dritter Wagen fuhr mit quietschenden

Reifen vor, und vorn stiegen Silvestri und Weiss aus, Metzger vom Rücksitz.

Wetzon trat auf die Seite und ließ sie alle vorbeiziehen. Silvestri als letzten. »Warum trifft man Sie immer am Tatort an, gnädige Frau?« fragte Silvestri über die Schulter.

»Das ist wohl eine rhetorische Frage?«

»Weshalb hast du den Verband?« Diesmal machte er sich nicht die Mühe, sich umzudrehen, sondern ging einfach weiter.

Sie holte ihn ein. »Nichts weiter – ein Kratzer. Silvestri, es war entsetzlich.« Ihr war zumute, als löse sich ihr Gesicht auf, als würden die Augen schwer, liefen Wangen und Kinn ineinander.

Er drehte sich um und legte einen Arm um ihre Schultern.

»Hier draußen«, sagte Weiss, der den Kopf vom Garten hereinsteckte.

Wetzon sah sich im Wohnzimmer um. Smith und Melissa waren verschwunden. Hatte sie das Mädchen hinausgebracht, damit es seine tote Mutter sah? Um Gottes willen. Nein. Niemand würde so grausam sein. »Wo . . .«

»Ich habe der Frau und dem Kind gesagt, sie sollen oben warten.« Weiss machte sich unsichtbar.

Silvestri blickte sich im Zimmer um. Er bemerkte das zerbrochene Glas, die offenen Schubladen. »Wann bist du hergekommen?«

»Ungefähr halb, Viertel vor acht.«

Sie berichtete ihm von Ellies Anruf und daß sie mit Carlos hergekommen war und Dwayne gefunden hatte. Er hörte zu, nickte ab und zu. »Geh nach oben«, sagte er. »Versuche, nichts anzufassen.«

»Könnte ich nicht noch ein bißchen hier unten bleiben? Ich komme euch nicht in die Quere.« Sie setzte sich aufs Sofa. »Siehst du.«

Er zuckte die Achseln und steckte den Kopf in die Küche. »Warum sollte ich glauben, du würdest diesmal auf mich hören?« Noch eine rhetorische Frage.

»Smith und ich tranken Kaffee, nachdem sie mir die Schnittwunde gesäubert hatte.« Sie bemerkte sein Stirnrunzeln. »Wir konnten doch nicht wissen, daß etwas nicht stimmte. Ich meine, wir wußten, daß etwas nicht stimmte, aber wir wußten nicht, daß Ellie tot ist. Wir dachten, sie wäre bei dem Treffen ...«

»Was für ein Treffen?«

»Das Neil auf dem Anrufbeantworter erwähnt. Ach so, tut mir leid. Auf dem Anrufbeantworter in der Küche sind zwei Nachrichten.«

»Himmelherrgott, Les, es ist immer alles so kompliziert, wenn du damit zu tun hast.« Er ging hinaus und rief einen Uniformierten. »Ich möchte eine Bestandsaufnahme von der Küche«, sagte er, als ein älterer, korpulenter Riese auftauchte.

Wetzon ließ den Kopf auf die Sofalehne fallen; sie war ausgepumpt. Ihr Blick folgte Silvestri in den Eingang zum Garten, der bereits mit dem gelben Band abgesperrt war. Auf dem kleinen Fleck drängten sich Polizisten und Beamte. Niemand achtete auf sie. Sie stand auf und stieg die Treppe hoch. In Ellies Zimmer war niemand. Sie fand Smith und Melissa zusammengerollt auf Melissas Rüschenbett, beide schlafend.

Seufzend ging sie wieder nach unten. Sie war sehr müde. Sie streifte ihre Sandalen ab und machte es sich in den Polstern des Sofas wie in einer Höhle bequem. Wenn man es nicht besser wußte, konnte man bei dem geschäftigen Treiben im Garten den Eindruck gewinnen, es finde eine Party statt.

Wetzon lehnte sich zurück und schloß die Augen. Was, fragte sie sich, würde mit Melissa passieren? Existierte irgendwo ein Ex-Mann von Ellie? Sie beschwor das Gesicht des Kindes herauf. Es sah wie Ellie aus ... nein, eigentlich nicht ... dennoch sah es vertraut aus.

Sie wurde langsam schläfrig; die Augenlider wurden bleischwer; das Sofa war so weich. Wer ... Wetzon merkte, wie sie in Schlaf versank, doch jetzt wußte sie es.

Melissa sah Twoey ähnlich.

Es schneite einen Konfettischauer aus kleinen Papierschnipseln, doch diesmal war ihr klar, daß sie träumte, denn es konnte unter keinen Umständen während einer New Yorker Hitzewelle im Juni schneien. Sie wachte, angespannt und verschwitzt, in einem Gewühl aus Laken und Steppdekke auf.

Die weiße Box auf ihrer Sony-Uhr zeigte fünf Uhr dreißig an. Sie stellte den Wecker ab, der auf sechs Uhr dreißig gestellt war, und setzte die Füße auf den Boden. Ein brennender Schmerz fuhr durch ihr Bein. Verdammt! Sie hatte die Schnittwunde vergessen, die ein Arzt im Roosevelt Hospital in den frühen Morgenstunden gesäubert, genäht und locker verbunden hatte. Es war ungefähr halb drei gewesen, als sie endlich ins Bett gekrochen war. Und dann hatte sie wachgelegen und versucht, die bedrückenden Gedanken an Ellie Kaplan zu verdrängen.

Silvestri war überhaupt nicht nach Hause gekommen. Er schien ganz gut mit viel weniger Schlaf als sie auszukommen, dachte sie ärgerlich.

Sie nahm ein oberflächliches Bad im Waschbecken, weil die Wundnaht nicht naß werden sollte, und am Ende stand alles unter Wasser. Ihr Spiegel zeigte ihr eine abgehärmte Hexe. *Du wirst nie mehr jung und hübsch aussehen, wenn du so weitermachst,* sagte sie sich. Sie füllte ein Glas mit Wasser und kippte es über das Spiegelbild. *Hier, du alte Schachtel.* Ihr Spiegelbild löste sich in kleine Rinnsale auf, und sie mußte lachen. *Du hast es verloren, Wetzon.*

Durch die Küche humpelnd erledigte sie ihre morgendliche Routine, kochte Kaffee mit ihrer alten Melitta, dann hörte sie den Anrufbeantworter ab, der blinkte.

»Dwayne geht es gut, aber er überläßt seinen Korpus dem Lenox Hill über Nacht«, meldete Carlos. »Häschen? Bist du da? Wo bist du zu dieser Uhrzeit? Du bist offenbar nicht da. Ich bin jedenfalls, wo ich sein soll. Also dann, tschüs und so weiter.«

Die andere, sehr viel interessantere Nachricht kam nach dem nächsten Piepton. Sie war von Doug Culver. Nur sein Name und die Telefonnummer in seiner gedehnten Redeweise.

Sie trödelte vor dem Orangensaft und ihrem Vitaminsortiment herum, dann nahm sie den Kaffeebecher ins Eßzimmer mit, und betrachtete die Barre, die sie nicht zu benutzen wagte, damit die Naht nicht aufriß. Irgend etwas spornte sie an, etwas, das sie im Schlaf gequält hatte. Konfetti. Papierschnipsel.

Sie fand die Papierfetzen, die sie aus Ellies blauem Make-up-Köfferchen stibitzt hatte, in ihrem Geldbeutel und breitete sie auf dem Eßtisch aus, indem sie sie zum Teil umdrehte, um die Stücke mit der Schrift nach oben zu legen. Einige Fetzen waren auf beiden Seiten leer. Sie starrte darauf und verschob die Stücke immer wieder. Einige Stücke fehlten anscheinend, weil ... es war wie ein kompliziertes Puzzlespiel. Mhm ... Moment, da war etwas.

Als oberen Rand setze sie eine Überschrift zusammen:

Memora   ton Ash. Was folgte, sah wie eine Liste von Namen und Adressen aus, mit Zahlen hinter den Namen auf der rechten Seite des Papiers. Sozialversicherungsnummern? Nein, nicht genügend Stellen. Sie runzelte die Stirn. Es handelte sich um eine Fotokopie, nicht um das Original. Und Ash hatte es vielleicht auf seinem Schreibpapier geschrieben.

Sie fand ein Blatt von ihrem eigenen grauen Schreibpapier. Dann rollte sie ein Stück Klebefilm um einen Finger und nahm damit jeden einzelnen Schnipsel auf, wie man Sammelmarken aufhebt. Sobald das Modell der Notiz komplett war, drehte sie es zu einer Rolle zusammen und steckte sie in einen Beutel, den sie in ihre Aktentasche packte. Silvestri würde den nächsten Schritt unternehmen, falls ein nächster Schritt gerechtfertigt war.

Um sieben rief sie Smith an. »Habe ich dich geweckt? Wie geht es Melissa?« Smith hatte darauf bestanden, daß Melissa die Nacht bei ihr, in Marks Zimmer, verbrachte.

»Nein, du hast mich nicht geweckt. Das hat Gail Munchen schon getan. Und Melissa steht noch unter Schock.«

»Neils Frau? Wieso weiß sie, wo Melissa ist?«

»Ich weiß es nicht, und es ist mir auch egal. Warum fragst du nicht, wie *ich* mich fühle?«

»Wie fühlst *du* dich, Smith?«

»Kaputt, vielen Dank. Sie kommt in etwa einer Stunde Melissa holen, nach ihrer Tennisstunde.«

»Gail?«

»Was hast du denn, Wetzon? Ich spreche sehr deutlich«, fuhr Smith auf.

»Mann, tut mir leid. Ich habe letzte Nacht ja auch nicht das gleiche wie du erlebt.«

»Um Himmels willen! Warum bist du so empfindlich? Ich kann mir im Moment über dich und deine Gefühle keine Gedanken machen.« Die Pfeife des Teekessels schrillte. »Gail sagte, Ellie hätte es so gewollt, daß sie Melissa nimmt. Ich koche gerade Tee.«

»Ich komme vorbei und frühstücke bei dir.«

»Bring ein paar Muffins und etwas Milch mit – und Kaffee, falls du deinen koffeeinfreien willst. Ich habe keinen mehr.«

Als Wetzon mit einer Tüte voll Lebensmittel von *Zabar's* eintraf, saß Melissa an Smith' Eßtisch und starrte einen Sektkelch mit Orangensaft an. Sie sah blaß und herzzerreißend jung aus für ihre zwölf Jahre. Der Arzt hatte ihr am vorigen Abend ein Beruhigungsmittel gegeben. Die dunklen Flecke unter ihren Augen gingen in blasse Wangen über. Ihre flotte Aufmachung vom Vortag wirkte jetzt, am Morgen nach dem gewaltsamen Tod ihrer Mutter, matt und unpassend.

Gail Munchen tauchte wenige Minuten später auf, jung, sehr blond und sichtlich schwanger. Sie trug ein lockeres rotes Baumwolltop über pinkfarbenen Baumwolleggins und Tretorn-Turnschuhe. In der Hand hatte sie einen Tennisschläger in einer Segeltuchhülle mit den goldenen Initialen G.L.M.

»Wie weit sind Sie?« fragte Smith. »Möchten Sie Tee

oder Kaffee?« Smith' Gesicht war noch verquollen vom Schlaf – oder vom versäumten Schlaf –, und Gails frische jugendliche Erscheinung bildete einen deutlichen Kontrast, der Smith nicht entgehen konnte.

»Fünfeinhalb Monate. Orangensaft bitte.« Gail drückte Melissa an sich, küßte sie auf den Kopf und streichelte ihr wildes Haar.

Smith blickte Gail finster an und ging in die Küche. Wetzon lächelte. Smith führte sich auf, als hätte sie das größte Unglück ihres Lebens erlebt und alle benähmen sich egoistisch und lieblos.

»Ich hole meine Sachen«, murmelte Melissa. Mit gesenktem Kopf verließ sie das Zimmer, ohne den Orangensaft angerührt zu haben.

»Eine schreckliche Geschichte«, bemerkte Gail,

»Ich hätte Melissa sehr gern hier behalten. Sie ist ein reizendes Kind«, erklärte Smith, während sie Gail ein Tulpenglas Orangensaft reichte. »Aber meine Arbeit, wissen Sie ...«

»Ellie war eine gute Freundin von uns. Sie würde wünschen, daß wir Melissa zu uns nähmen.«

»Warum setzen Sie sich nicht noch einen Moment?« Smith kratzte an den Tintenflecken an ihren Fingern, die von der Abnahme der Fingerabdrücke in der Nacht herrührten. Wetzons Abdrücke befanden sich bei den Akten der Abteilung, und Ellies Wohnung war gründlich auf Abdrücke untersucht worden. »Sie werden selbstverständlich mit ihrem Vater Kontakt aufnehmen müssen.« Wetzon erschrak, weil es sie an ihr Gefühl erinnerte, Melissa und Twoey hätten genügend Ähnlichkeit miteinander, um verwandt zu sein. Bruder und Schwester? Goldies Nachkommen. Goldies *Erben.* Und Goldie war tot.

Gail reagierte nicht auf den Trick, mit dem Smith etwas aus ihr herausholen wollte, sondern setzte sich auf einen Stuhl.

»Waren Sie nicht beunruhigt, als Ellie gestern abend nicht zu dem Treffen erschien?« fragte Wetzon, während sie einen Kleiemuffin in Viertel schnitt. Sie spürte Smith' Aufmerksamkeit mehr, als daß sie sie sah.

»Ach, dann wissen Sie also davon?« Gail sah erst Smith, dann Wetzon an.

»Ja, sicher«, sagte Smith. »Wir stehen ganz auf Neils Seite.«

»Tatsächlich glaube ich, daß Alton sich mehr darüber aufregte als Neil. Sie dachten, sie hätte einen Rückzieher gemacht, aber ich sagte ihnen, daß das nicht Ellies Art ist. Sie steht zu ihrem Wort.«

Alton, dachte Wetzon, die ein Stück Kleiemuffin kaute. *Alton Pinkus*. Sie sagte: »Alton ist ein Phantast, wenn er glaubt, Makler könnten sich organisieren.« Sie wischte ihre fettigen Finger an einer kleinen Papierserviette ab, die sie aus dem Päckchen zog, das Smith ziemlich ungnädig auf den Tisch geworfen hatte.

»Ich würde es mehr als eine Bedrohung für das Management sehen, Gail, Sie nicht?« fragte Smith schüchtern.

»Nur wenn Luwisher kneift und die anderen Firmen nicht mitziehen. Wenn das Wall-Street-Taktik werden sollte, werden die Makler eine Gewerkschaft bilden«, meinte Gail.

»Sie müssen«, sagte Wetzon, »um zu überleben.«

Smith' finsterer Blick auf Wetzon ging unter, weil Melissa in diesem Augenblick ihre Reisetasche in die Diele zerrte und Smith murmelte: »Sie zerkratzt meinen Fußboden.«

»Warte, ich helfe dir.« Gail stand auf.

Nachdem Gail und Melissa gegangen waren, stellte Smith das Geschirr in die Spüle, und Wetzon packte die Muffins weg.

Sie fuhren mit dem Taxi zum Büro und kamen gerade rechtzeitig, um zu hören, daß die Kurse absackten. Sie hatten auf die schlechte Nachricht über das Handelsdefizit zehn Punkte niedriger eröffnet. Dann sickerte durch, daß sich die Junk Bonds für die LBO von Southeast Delta nicht verkauften. Die ruhigen glücklichen Tage von Aufkäufen mit geborgtem Kapital waren vorbei. Minus fünfundzwanzig. Um zehn Uhr dreißig schalteten sich die automatisch über Computer ausgestellten Verkaufsaufträge zu, und nun sackten die Kurse erst richtig ab.

Dann kam Luwisher Brothers Ankündigung durch, daß Maklern ein auf einer Grundlage von bis zu $ 250 000 Bruttoprovisionen beruhendes Gehalt angeboten werden sollte. Jeder, der auf mehr käme, würde Gewinnprämien verdienen. Die Ankündigung bedeutete offiziell das Ende der Verkäufe auf Provisionsbasis, zumindest bei Luwisher Brothers. Ob die anderen Firmen folgen würden, blieb abzuwarten.

Laura Lee hatte die Neuigkeit telefonisch mitgeteilt, indem sie sagte: »Flippt nicht aus.«

»Tausend Dank, Laura Lee, Überbringerin böser Kunde.« Wetzon legte auf. »Tja, nun haben sie es getan.« Sie sah Smith an, die ein nachdenkliches Gesicht machte. »Jeder Tag ein kleiner Tod«, seufzte Wetzon. »Jetzt wissen wir also, worum es bei dem Treffen ging.«

»Das war sehr raffiniert von mir«, bemerkte Smith.

»Ja, sehr raffiniert. Und du hast es ganz allein gemacht.« Smith war in ihrer narzißtischen Höchstform und brachte Wetzon langsam in Rage.

»Ich habe in der *Times* gar nichts über Ellie gesehen.«

»Die *Times* verfolgt Morde normalerweise nicht.«

Smith öffnete die Tür zum Vorzimmer. »B. B., lauf mal los und besorge die *News* und dic *Post*, sei so gut. Harold kann sich um die Telefonate kümmern.«

»Wir hatten ein paar Anrufe von Luwisher-Maklern, die abspringen möchten. Wie verhalten wir uns?« Harold stand in der Tür hinter B. B., ganz gegen seine Art gut gekleidet in einem neuen hellgrauen Nadelstreifenanzug und einer auffälligen gelben Krawatte.

»Das ging aber schnell. Sag einfach, ich melde mich bei ihnen, sie sollen nichts überstürzt tun«, antwortete Wetzon.

»Sollen wir nicht sagen, daß wir für die Firma arbeiten und sie nicht wegvermitteln können?« fragte B. B.

»Noch nicht«, mischte Smith sich ein. »Heute haben wir Donnerstag – am Montag arbeiten wir vielleicht nicht mehr für sie. Seid vorsichtig. Sie schulden uns Geld. Wir dürfen uns nicht anmerken lassen, daß wir Makler bei ihnen wegholen, selbst wenn wir's tun. Mach schnell, B. B.« Sie schloß die Tür.

»Ich soll heute abend eigentlich mit Chris Gorham essen gehen.« Wetzon rieb sich die müden Augen und verschmierte das Mascara. »Verdammt!«

»Wer mit Maklern essen geht, steht mit Flöhen wieder auf.«

Wetzon lachte. »Ich glaube, der Spruch heißt, wer mit Hunden zu Bette geht, steht mit Flöhen wieder auf.«

»Das weiß ich auch, um Himmels willen.« Smith

setzte sich an den Schreibtisch und blätterte ihre Papiere durch. »Ich werde Hoffritz und Bird wohl sagen müssen, wer nach unserer Ansicht Goldie ermordet hat. Sie haben angerufen.« Sie hielt ihre Nachrichtenzettel hoch. »Halte also den Montag offen.«

»Erleuchte mich, du Scharfsinnige«, stimmte Wetzon an. »Wer war's? Wir haben eine unserer Verdächtigen verloren, also sind wir jetzt bei« – sie zählte an den Fingern ab – »Hoffritz, Bird, Culver, Gorham, Munchen, das sind fünf, und David Kim, macht sechs.«

»Wenn ich jetzt einen aussuchen müßte, könnte ich es nicht, und diesem David Kim bin ich nie begegnet«, gab Smith zu. »Aber ich werde mich in eine tiefe Meditation versenken, bevor ich das Tarock befrage, und danach werde ich mit Sicherheit klarsehen.«

Das Telefon läutete, hörte auf, läutete wieder und hörte auf. Ein Lämpchen blinkte. »Da ist ein Anruf auf WARTEN. Harold muß auf der ersten Leitung sein.«

Harold war heute ziemlich zurückhaltend, überlegte Wetzon, und das ausgerechnet bei dieser Marktsituation und der explosiven Ankündigung von Luwisher Brothers. *Gedämpft* war ein besseres Wort. Aber gedämpft mit einem teuren neuen Anzug und neuer Krawatte. Womöglich dachte er, er könnte sich gezwungen sehen, doch noch an die Universität zu gehen, wie er es ursprünglich geplant hatte, als er den Ferienjob bei ihnen antrat.

Wetzon hob den dritten Anschluß ab, als es wieder läutete. »Smith & Wetzon.«

»Ich komme um sechs bei Ihnen vorbei.« Es war Chris Gorham, und er hörte sich gequält an.

»Wie ist die Ankündigung heute über die Bühne gegangen?«

»Prima. Wenigstens ist niemand aufgestanden und gegangen. Merrill und Shearson sind außer sich.«

»Ist das nicht schrecklich mit Ellie?«

»Hm, tja, man kann die Kunden nicht immer bei Laune halten.«

Sie war nicht einmal schockiert. Vor langem hatte sie gelernt, daß die Bewohner der Wall Street über einen besonders makabren Humor verfügten und Gemeinheiten mit einem Genuß ausspuckten, die jeglichen guten Geschmack vermissen ließen. »Es könnte sich um Einbruch gehandelt haben, oder es hat vielleicht mit Goldie und Dr. Ash zu tun.«

»Klar«, sagte Chris lässig. »Sie tötete sie und dann sich selbst, weil sie damit nicht leben konnte.«

»Chris, das ist Unsinn. Ellie wurde erwürgt.«

»Was Sie nicht sagen, Wetzon. Die Buchprüfer sind hier, und ich habe wahnsinnig zu tun.« Er legte auf.

Verblüfft legte Wetzon den Hörer auf. War sie verrückt, oder waren die Reaktionen aller anderen heute einfach komisch, angefangen bei Smith und endend mit Chris Gorham?

B. B. kam mit den Zeitungen zurück, und Smith hielt die *Post* hoch und schüttelte sie in Wetzons Richtung. Die Schlagzeile lautete: Börsenmaklerin Erwürgt. Ein Bild von Ellie im Badeanzug, zwanzig Jahre jünger aussehend, zierte die untere linke Ecke der Titelseite.

»Geschmackvoll«, bemerkte Wetzon. »Hoffentlich sieht Melissa das nicht.« Das Telefon läutete.

Die *News*-Schlagzeile, wie die der *Post* in dicker 100-Punkt-Schrift, schrie: Millionen-Dollar-Mord, und die Zeitung deutete dunkle Geheimnisse an, Sex und Geld in Verbindung mit Ellies Geschäft bei Luwisher Brothers, indem sie ungenannte Quellen zitierte.

B. B. klopfte an die Tür. »Destry Bird für dich, Smith.«

»Okay. Mach bitte die Tür zu.« Smith ließ die Zeitungen auf den Boden fallen und griff zum Hörer. »Das ist es. Wir müssen bis Montag Bescheid wissen.« Ihr Blick klagte Wetzon an, als sei es deren Fehler, da sie nicht wußten, wer es getan hatte. »Destry, ich gratuliere«, flötete sie verführerisch ins Telefon. »Gut gemacht.« Sie hörte gespannt zu. »Montag. Nein, wir kommen zu Ihnen. Nach Börsenschluß paßt gut.« Sie legte auf.

»Verdammt, du hättest ihnen niemals sagen dürfen, daß wir es wissen. Du hast uns zur offenen Zielscheibe gemacht.« Die ganze aufgestaute Wut brach auf einmal aus Wetzon heraus.

»Quatsch.« Smith saugte an ihren beschmutzten Fingerspitzen.

»In dem ganzen Durcheinander wegen Ellie hatte ich keine Gelegenheit, Silvestri zu erzählen, was du getan hast, aber ich hole es nach. Und er wird wütend sein.«

»Oje, ich zittere schon vor Angst«, erwiderte Smith gedehnt.

»Es war unglaublich dumm, das zu tun, Smith. Du hast unser Leben in Gefahr . . .«

»Stell dich nicht so an, Wetzon, du dramatisierst immer alles so. Diese vielen Jahre am Theater . . .« Smith ließ den Satz in der Schwebe.

»Ach, halt den Mund, Smith.« Wetzon sprang auf, dann ließ sie sich wieder auf den Stuhl fallen. Smith gab ihr das Gefühl, sich wie ein schmollendes Kind zu benehmen, doch Wetzon wußte, daß sie recht hatte. »Doug Culver rief mich gestern abend an.«

»Ach ja? Was wollte er?«

»Ich war nicht zu Hause, weißt du nicht mehr? Ich rufe jetzt zurück. Meinst du, er weiß, daß du Hoffritz gesagt hast, wer der . . .«

»Sag nichts, Zuckerstück, nur für den Fall.«

»Sag nichts, Zuckerstück«, murmelte Wetzon. Sie tippte Dougies direkte Nummer ein.

»Doug Culver.«

Es klingelte an der Außentür.

»Doug, hier ist Wetzon. Sie haben gestern angerufen? Ich war bei Ellie . . .«

»Ja? Tragische Sache.«

»Ja.« Sie ließ eine Pause entstehen, wartete ab, daß er sie füllen würde, was er schließlich tat.

»Haben Sie schon Pläne für das Abendessen?«

»Leider ja. Was haben Sie auf dem Herzen, Dougie?«

»Ich höre, ihr wißt, wer Goldie ermordet hat?«

»Wie um alles in der Welt haben Sie das erfahren?«

»Jeder hier weiß es. Sie können so etwas nicht sehr lange geheimhalten. Stimmt es?«

B. B. klopfte an die Tür.

»Herein«, rief Smith. »Was hast du da?«

»Ein Päckchen für Wetzon und Mr. Barnes am Telefon für dich, Smith.«

»Nein, es stimmt nicht, Doug.«

»Hm, na schön. Ich möchte eine Theorie mit Ihnen besprechen, Wetzon«, fuhr Dougie fort.

»Mit mir? Ich fühle mich geschmeichelt.« Wetzon spielte mit der Klammer des Päckchens, das etwa die Größe einer Pralinenschachtel hatte und in einem dikken braunen Umschlag mit breitem Klebestreifen versiegelt war. »Was halten Sie davon, wenn ich Sie von zu Hause anrufe? Wo wohnen Sie?«

»Gramercy Park.« Er gab ihr seine Telefonnummer.

Wetzon legte den Hörer auf und sah hinüber zu Smith, die am Telefon turtelte. Seufzend wandte sie ihre Aufmerksamkeit dem Päckchen zu. Kein Absender. Sie hob es auf, drehte es um und drückte es vorsichtig. Ein Buch war es nicht. Sie griff zum Brieföffner. Hielt inne. Auf dem Aufkleber stand »Wetzon, Smith & Wetzon« in Maschinenschrift. *Privat und vertraulich* stand direkt unter ihren Namen.

Sie stand langsam auf. Was war es? Sie hielt den Umschlag vor sich. War sie dumm oder hysterisch oder ...

Smith legte den Hörer auf. »Wo gehst du hin?« wollte sie wissen.

Wetzon antwortete ihr nicht. Ihr einziger Gedanke war *Schaff das weg.* Sie öffnete die Tür zum Garten und rannte hinaus gegen die Wand aus Hitze und Feuchtigkeit. *Weg damit, weg damit.* Sie legte den Umschlag vorsichtig auf die Ziegelsteine in der Mitte des Gartens und rannte ins Büro zurück. »Smith«, schrie sie, »geh vom Fenster weg!« Sie zerrte Smith hinter sich her ins Vorzimmer und schloß die Tür. »Alle auf den Boden. Jetzt! B. B., ruf die 911«, kommandierte sie.

Smith, die immer noch mit den Händen auf den Hüften dastand, begann: »Was ist los mit dir, Wetzon? Ich ...«

Ein lauter Donnerschlag, wie eine gewaltige Fehlzündung, kam aus dem Garten, fast unmittelbar gefolgt vom Geräusch splitternden Glases.

Totenstille. Wetzon hob den Kopf und sah sich um. Sie kniete vor B. B.s Schreibtisch. Smith lag hingestreckt mit offenen Mund auf einem Stuhl. Harold stand mit verblüfftem Gesicht in der Tür seines Kämmerchens. Wetzons verletztes Knie begann zu klopfen.

B. B. umklammerte den Hörer mitten in der Luft, sprachlos, während eine metallische Stimme immer gereizter wiederholte: »911 Zentrale, hallo.«

Aus ihrem Büroraum hörte Wetzon ein leises klirrendes Geräusch und hoffte, daß es nicht das Glas ihrer Andy-Warhol-Zeichnung war. Sie stand auf und nahm den Hörer aus B. B.s starrer Faust, dann gab sie der Notrufzentrale ihren Namen und die Adresse an. »Ich glaube«, sagte sie sehr ruhig, »in unserem Garten ist gerade eine Bombe explodiert.«

»Eine Bombe?« B. B.s Augen waren blaue Kreise.

»Mannomann.« Harold setzte die Brille ab und rieb sein Gesicht.

»Das gibt's doch nicht! Das gibt's einfach nicht«, murmelte Smith.

Das Telefon läutete. »Wenigstens funktionieren die Telefone noch.« Wetzon öffnete beklommen die Tür zu ihrem Büro.

»Smith & Wetzon«, sagte B. B. hinter ihr mit wackliger Stimme.

Überall lagen Glasscherben und Splitter. Und Schmutz – Gartenerde, Fetzen von Pflanzen und Blumen. Sie waren durch die Fenster, die alle zerbrochen waren, geschleudert worden. Die Klimaanlage stöhnte mächtig, lief auf Hochtouren, begriff nicht, warum es unmöglich geworden war, den großen Raum zu kühlen. Die Jalousien hingen schief, waren durch die Explosion geknickt und gebrochen. Sie mußten ersetzt werden. Der Raum roch nach Schwefel, als wären tausend Streichhölzer angezündet worden.

Fahndungsbogen, Papiere und einzelne Zeitungsblätter lagen durcheinander auf dem Boden, aber sonst schien nichts weiter beschädigt zu sein. Andy Warhol war noch ganz.

Eine Sirene näherte sich und brach vor ihrem Büro ab. Wetzon kam ins Vorzimmer zurück und öffnete die Tür zur Straße. Die Hitze und Feuchtigkeit überfielen sie. Sie rieb sich die tränenden Augen. Ein blau-weißer Wagen, der wie eine Mischung aus Tankwagen und Zementmischer aussah, parkte vorm Haus. Und vor dem Wagen stand ein Feuerwehrauto mit einem blinkenden roten Licht auf dem Dach.

»Bitte, Schatz, mir geht es gut«, hörte sie Smith gereizt sagen. »Natürlich fehlst du mir, aber ich kann jetzt nicht reden, weil die Polizei hier ist.«

Auf Jake war Verlaß, daß er im passenden Augenblick anrief, dachte Wetzon. Eine weitere Sirene schrillte pausenlos, und ein Löschfahrzeug bog von der First

Avenue in die Straße ein. Drei schwerfällige Raumfahrer in blauen gepolsterten Anzügen und blauen Mützen kamen mit Metallkoffern auf sie zu. Sie konnte hören, wie sie über die Feuerwehrmänner herzogen, und hoffte, es werde nicht zu einem Gerangel um die Zuständigkeit zwischen Polizei und Feuerwehr kommen, was in New York häufig passierte.

»Sie ist schon hochgegangen«, sagte Wetzon. »Im Garten.« Sie folgte ihnen, als sie über das Durcheinander auf dem Fußboden und durch die Hintertür, die aus den Angeln gerissen war, stiefelten.

Zwei schwitzende Feuerwehrmänner in Gummimänteln kamen mit Äxten an. »Bleiben Sie zurück, Miss«, sagte einer. Der andere hob die Tür hoch und lehnte sie an die seitliche Wand. Sie gingen langsam hinaus, sondierten das Gelände und stießen mit den zwei Männern vom Sprengkommando der New Yorker Polizei zusammen.

»Ihr da, das ist unser Job, verpißt euch. Ihr vernichtet Beweise«, sagte ein bulliger Feuerwehrmann.

»Hört auf«, erwiderte einer der Raumfahrer vom Sprengkommando. »Hier brennt es nicht. Ihr könnt euer rotes Wägelchen nehmen und in euer rotes Häuschen zurückfahren.«

»Hör zu, du Sch . . .«

»Sie da«, rief Wetzon stocksauer von der völlig verdreckten Ziegelsteinterrasse. »Hier ist eine Bombe explodiert. Können wir uns vielleicht darauf konzentrieren?«

Der Garten sah wüst aus. Ziegelsteinbrocken lagen überall herum; Pflanzen waren herausgerissen. Wetzon konnte ein verkohltes Loch erkennen, wo sie den Umschlag hingelegt hatte. Leute standen an den Fenstern, riefen Fragen hinunter. Einige Fensterscheiben waren anscheinend zu Bruch gegangen, obwohl sich die größte Wucht der Explosion wohl auf den Garten beschränkt hatte.

»So geht es, wenn du uns in eine von deinen Mordgeschichten verwickelst«, zischte Smith direkt hinter ihr.

»Wenn ich? Wenn wer? Jetzt reicht's, Smith.« Wetzon merkte, daß sie zitterte. »Das ist *deine* Schuld. Wir können von Glück sagen, daß wir nicht in Fetzen hier rumliegen.«

Smith brach in Tränen aus. *Verdammt,* dachte Wetzon. »Ach, Mist, hör auf damit. Geh nach Hause. Es tut mir leid. Ich kümmere mich um alles.« Wetzon legte einen Arm um Smith. Warum entschuldigte sie sich am Ende immer bei Smith für etwas, das Smith getan hatte? »Harold!«

Harold stand in der Tür und glotzte auf das Chaos. Die Telefone läuteten pausenlos. »B. B., nimm die verdammten Telefone ab. Harold geh hinaus und besorge ein Taxi. Smith fährt nach Hause.«

»Ich kann nicht nach Hause gehen«, schniefte Smith. »Unsere Papiere, unsere Arbeit.« Sie zog ein Papiertuch aus einer Schachtel auf ihrem Schreibtisch, schüttelte den Schmutz ab und trocknete sich die Augen.

»Wir kümmern uns darum. Du gehst nach Hause und legst dich ins Bett. Ich rufe dich später an.«

»Taxi ist draußen«, säuselte Harold. »Möchtest du, daß ich dich nach Hause begleite, Smith?«

»Nein«, antwortete ihm Wetzon, die Smith zum Taxi führte. »Mann, ist er nicht lieb und besorgt?«

»Wer?«

»Harold.« Sie lächelte. »Mensch, Smith, wir müssen Tom Keegen ganz schön auf die Palme gebracht haben.«

»Tom Keegen?« Smith hatte schon die Taxitür geöffnet. »Du meinst, er war das?«

»Nein! Reg dich nicht so auf. Ich habe nur Spaß gemacht. Nein, was ich eigentlich sagen wollte, das ist genau das, wovor ich dich gewarnt habe. Hoffritz zu erzählen, wir wüßten, wer der Mörder ist, hat uns in Lebensgefahr gebracht.«

»Du irrst dich. Es war Tom Keegen. Ich weiß es.« Smith stieg ins Taxi und schloß die Tür. Das Taxi fuhr los, dann hielt es quietschend an und stieß zurück. Smith kurbelte das Fenster herunter. »Das Tarock lügt nie. Ruf mich später an.«

Verschon mich, dachte Wetzon. Es sah Smith ähnlich, jegliche Schuld von sich zu weisen. Sie sagte: »Ich esse mit Chris zu Abend.«

»Gut. Bearbeite ihn, aber sei vorsichtig. Er könnte derjenige sein.«

»Das bezweifle ich, dennoch vielen Dank.«

Smith drehte das Fenster hoch, und das Taxi fuhr los.

»Silvestri«, murmelte Wetzon. Es wurde alles langsam zu verworren.

Drei weitere Techniker, wahrscheinlich von der Feuerwehr, weil sie einen roten Kombi fuhren, trafen ein und begannen, die Trümmer im Garten zu durchkämmen und Gegenstände in Plastikbeutel zu packen. Wetzon las den Wust von Papieren auf und sortierte aus, welche ihr und welche Smith gehörten.

»B. B., erkundige dich, ob Mr. Diamantidou rüberkommen kann«, sagte sie. »Ich brauche einen Glaser, der die Fenster heute noch einsetzen kann. Ohne Klimaanlage können wir nicht arbeiten.«

Nachdem ein Techniker das Durcheinander im Büro untersucht hatte, fegte Wetzon den Schmutz und das Glas von den Schreibtischen auf den Boden und kehrte dann für den Fall, daß die Detectives vom Sprengkommando alles noch einmal durchgehen wollten, alles auf dem Boden zu einem Haufen zusammen. *Silvestri,* dachte sie wieder. Sie durfte den Anruf nicht länger aufschieben. Das Büro war unangenehm warm, obwohl sie die Klimaanlage angeschaltet gelassen hatte ... na ja, klar, ohne Fenster ... Ihre Knie begannen heftig zu zittern. Sie kippte Glas und Erde von ihrem Stuhl, setzte sich hin und legte den Kopf auf den Tisch. Eine Hand berührte ihren Arm, und sie schrak auf.

»Entschuldigung, Miss. Ich wollte Sie nicht erschrekken. Ich bin Sergeant Gans. Ich möchte untersuchen, was passiert ist.« Gans war gut einsachtzig groß und kräftig. Durch die Wattierung wirkte er noch breiter. Schweiß stand in glitzernden Perlen auf seinem Gesicht, tropfte unter der Mütze vor und rann durch sein Haar, das selbst für einen modernen Polizisten lang war.

»Ein dickes Päckchen kam ...«

»Mit der Post?«

»Ich weiß nicht. An Briefmarken darauf erinnere ich mich nicht. B. B.?«

»Ja?« B. B. kam an die Tür. Er hatte einen langen Schmutzstreifen im Gesicht.

»Ist das Päckchen mit der Post gekommen?«

»Nein. Ein Bote hat es abgeliefert.«

»Haben Sie etwas unterschrieben?« fragte Gans.

»Nein ... doch. Ja, ich glaube.« B. B. rieb sich die Backe, wobei er den Schmutz über das ganze Gesicht verteilte. »Warten Sie. Ja.« Er ging an seinen Schreibtisch und begann, seine Papiere zu durchsuchen. »Ich weiß, daß es da ist.«

»Lassen Sie sich Zeit«, sagte Gans.

»Sergeant.« Wetzon ging wieder zu ihrem Schreibtisch und setzte sich. Sie war fix und fertig. Hals und Schultern waren steif. Das Knie machte ihr schwer zu schaffen. Unter diesen Umständen würde es nie heilen. »Machen Sie die Tür zu, und ziehen Sie einen Stuhl bei«, sagte sie.

Gans schloß die Tür, zog Smith' Stuhl herüber, nachdem er ein knorriges Stück von einem Rosenstrauch abgeschüttelt hatte, und setzte sich zu Wetzon.

»Ich arbeite als Beraterin in einem Fall mit der Polizei zusammen«, erklärte Wetzon. »Es sind drei Wall-Street-Leute ermordet worden.« Sie brach ab. Gans hörte höflich zu, aber seine Miene drückte Zweifel aus.

»Bringen wir das hier auf die Reihe. Sie bekamen das Päckchen, machten es aber nicht auf.« Er nahm die Mütze ab und wischte sich mit einem Taschentuch den Kopf ab, der oben fast völlig kahl war. Wetzon fragte sich, ob er das lange Seitenhaar über die kahle Stelle kämmte, wenn er außer Dienst war. Gans setze die Mütze wieder auf und holte den Notizblock vor. »Was veranlaßte Sie, es hinauszutragen? Gut, daß Sie es getan haben«, fügte er hinzu.

»Ich weiß nicht. Kein Absender . . . Intuition . . . irgendwas. Hören Sie, ich weiß, es fällt Ihnen schwer, mir zu glauben, und ich habe Mühe, Worte für das alles zu finden.« Sie zeigte mit einer ausholenden Handbewegung auf das Zimmer. »Rufen Sie Midtown North an. Fragen Sie nach Lieutenant Silvestri oder Weiss ... oder Sergeant Metzger. Hier.« Sie schob das Telefon zu ihm. »Moment.« Sie fand ihr Ringbuch unbeschädigt in der Aktentasche unter dem Tisch, suchte die Durchwahlnummer heraus und gab sie ihm.

Gans tippte die Nummer ein und wartete. »Silvestri«, sagte er. »Gans, Sprengkommando.«

»Entschuldigen Sie mich«, sagte Wetzon. »Ich möchte lieber nicht noch eine Explosion miterleben.» Gans sah ihr kopfschüttelnd nach, als sie ins Bad ging, die Tür schloß und den Kaltwasserhahn voll aufdrehte. Sie wusch sich Gesicht und Hals, tupfte die Feuchtigkeit mit einem Papierhandtuch auf und starrte ihr abgespanntes Gesicht im Spiegel an. Haarsträhnen hingen in alle Richtungen. *Du siehst wie eine Irre aus,* dachte sie. Kein Wunder, daß Gans ihr nicht glaubte. Sie löste den Knoten und kämmte ihr Haar mit den Fingern, dann rollte sie es wieder zu einem ordentlichen Ballerinenknoten auf. *Okay, Wetzon, altes Mädchen,* dachte sie, *wappne dich.* Sie öffnete die Tür.

»Ja. Wir haben ein Stück vom Umschlag«, sagte Gans. »Der Junge sucht nach der Empfangsquittung. Ja. Ein einziger großer Knallfrosch kann einen Mordsschaden anrichten. Ja.« Er sah Wetzon an. »Da ist sie.« Er hielt ihr das Telefon hin.

Sie nahm den Hörer und flötete munter: »Hallo, Tagchen.«

»Les.« Silvestri räusperte sich. »Gans sagt, es geht dir gut.«

»Stimmt. Es geht mir prima. Aber Angst habe ich. Ich hätte es gestern erwähnen sollen, aber bei dem ganzen ... Smith hat den Typen bei Luwisher Brothers erzählt, wir wüßten, wer der Mörder ist, und würden es ihnen am Montag mitteilen.«

»Ist die denn von allen guten . . .« »Hör auf!«

»Das reicht. Ich ziehe dich von dem Fall ab.«

»Dafür ist es zu spät.« Sie konnte durch die Leitung hören, wie er vor Wut kochte. »Ich treffe mich heute mit Chris Gorham zum Abendessen, und Doug Culver hat mich angerufen. Ich soll später zurückrufen.«

Gans stand auf und schaute hinaus. Der Chef der Feuerwehrmannschaft kam herüber, und sie redeten leise, wobei sie sich einmal umdrehten und Wetzon ansahen. »Jag die Scheißkerle zum Teufel, Les.« Er war furchtbar aufgebracht.

»Silvestri, bitte – gib mir nur irgendwie Schutz. Und Smith wohl besser auch.«

»Ich würde mich verdammt wohler fühlen, wenn du raus aus der Sache wärst, aber ich weiß, du würdest die Finger doch nicht davon lassen. Okay, okay. Ich sorge für Schutz. Wie lange wirst du dort sein?«

»Ich rufe Chris an und frage, ob ich ihn im Restaurant treffen kann.«

Ein Triumphschrei kam von B. B.

»Les, sei vorsichtig. Keine Risiken, hörst du?«

»Ja, ehrlich, Silvestri. Ich bin brav. Du kannst dich darauf verlassen.«

»Genau das befürchte ich.« Er legte auf.

Die Tür flog mit einem Knall auf. »Ich hab' ihn gefunden.« B. B. wedelte mit einem gelben Zettel. »Ich hatte ihn die ganze Zeit in der Tasche.«

Wetzon streckte die Hand aus.

»Halt, ich nehme ihn.« Gans war mit drei Schritten an der Tür. Er nahm den Zettel, hielt ihn vor sich, und sie betrachteten ihn zusammen.

Es war ein schmales Blatt Papier, ungefähr sieben mal fünfzehn Zentimeter.

Quer über dem oberen Abschnitt stand:

Luwisher Brothers.

Da hatten sie es also. Die Bombe war von jemandem bei Luwisher Brothers gekommen. Sollte sie etwa überrascht sein? Sie hatte die ganze Zeit gewußt, daß der Mörder kein Außenstehender war. Sie wischte den Schmutz von ihrem Kalender. Sharon Murphy sollte sich nach Börsenschluß mit Carl Fisher bei Dayne Becker treffen. Sie mußte den Termin noch bestätigen. Die Show ging weiter.

Als Sharon an den Apparat kam, hörte Wetzon ihrer Stimme das Widerstreben an. »Ich weiß nicht, Wetzon«, wich sie aus. »Ich glaube nicht, daß ich zu denen gehen möchte.«

»Dann haben Sie sich für Luwisher Brothers entschieden?« fragte Wetzon enttäuscht.

»Nein. Chris Gorham drängt mich immer noch, aber nach dieser Ankündigung heute morgen kommt eine Firma, die mein Einkommen begrenzt, nicht in Frage.«

»Gute Überlegung, Sharon.«

»Ich denke also, daß ich besser vorerst hierbleibe. Sehen Sie sich die Kurse heute an. Schon ein Verlust von hundertachtundvierzig Punkten. Außerdem versprach Wally, mir einige Konten von Leuten zu geben, die gegangen sind.«

»Gut, Sharon, ich werde Sie nicht drängen. Sie sollen nur wissen, daß Marty Rosen Sie haben möchte und alles Notwendige tun würde, um Sie in seine Firma zu holen.«

»Außer mir dreißig Prozent im voraus zu geben.«

»Er kann nicht. Das ist Firmenpolitik. Auf Ihrem Niveau kann er nur fünfundzwanzig Prozent geben. Ihre laufenden zwölf Monate müßten auf fünfhunderttausend kommen, damit ihm dreißig Prozent bewilligt würden.«

»Rufen Sie mich in drei Monaten an, Wetzon. Ich fühle mich einfach zu sehr unter Druck, um mich jetzt zu entscheiden.«

Sie ist *zu sehr unter Druck,* dachte Wetzon, als sie die Verbindung unterbrach und Carl Fisher bei Dayne Becker anrief, um Sharons Termin abzusagen. »Sie hat eine Besprechung mit einem wichtigen Kunden«, log sie und versprach ihm, einen neuen Termin zu vereinbaren. Er hörte sich deprimiert an; während die Wall Street schrumpfte und Firmen fusionierten, wurde es für die Manager immer schwieriger, Makler einzustellen. Und bei diesem neuerlichen Kurseinbruch nun würden die Makler mißtrauischer denn je reagieren.

Als sie Marty Rosen bei Loeb Dawkins ans Telefon bekam, teilte er ihr mit: »Wir aßen gestern mit Sharon zu Abend.«

»Wir?«

»Ja. Bob Kankowitz, der Leiter unserer Direktinvestitionen, und ich. Ich glaube, wir haben sie.«

»Ich habe gerade mit ihr gesprochen, Marty, und ich

denke, Sie werden sie bekommen, aber sie sagte, sie möchte es noch ein paar Monate zurückstellen. Sie hat ein paar fette Konten an Land gezogen und möchte die Beziehungen festigen, bevor sie denen verrät, daß sie die Firma wechselt, besonders bei diesem Klima.«

»Hören Sie, Wetzon.« Marty klang sehr enttäuscht. »Wir alle wissen, daß man sie entweder gleich bekommt oder vermutlich gar nicht. Dann gehen sie irgendwohin, aber nicht zu dir. Der Schwung ist dann weg.«

»Ich weiß, aber ich verspreche Ihnen, daß ich an ihr dranbleibe. Ich weiß genau, daß sie sich gegen Luwisher Brothers entschieden hat.«

Marty gluckste. »Kein Makler, der etwas taugt, wäre so verrückt, zu denen zu gehen. Ich hörte, daß sie sich heute blaue Flecken bei United Can geholt haben. Was halten Sie davon, ein paar von den Guten für mich dort wegzuholen, Wetzon?«

Wetzon seufzte. »Das geht nicht, Marty. Es ist eine Kundenfirma.«

Martys letzte Bemerkung war zynisch. »Man kann nicht für jeden arbeiten, Wetzon.«

»Ich weiß, ich weiß«, sagte Wetzon, nachdem sie aufgelegt hatte.

Bei den vielen Fusionen wurde Wall Street allmählich so klein, daß sie und Smith am Ende Makler aus einer der drei großen Firmen herausholen und in einer der beiden anderen unterbringen würden. Mehr wäre dann nicht mehr übrig. Sie hätte gern gewußt, ob es stimmte, was Marty über Luwisher Brothers gesagt hatte, nämlich daß sie einen größeren Verlust bei United Can eingesteckt hatten. Ihre Händler waren für raffinierte Arbitragegeschäfte bekannt, aber lohnte sich das Risiko? Sie deckten sich mit einer Aktie ein, von der sie vermuteten, es sei ein Aufkaufkandidat. Wenn der Aufkauf eintraf und die Aktie nach oben schnellte, machten sie vielleicht eine Million gut, aber wenn der Aufkauf scheiterte, konnte der Verlust verheerend sein. Man mußte Millionen riskieren, um Millionen zu verdienen.

Im Zimmer war es zum Ersticken. Die Klimaanlage stöhnte, brauste und ratterte weiter. Wetzon stand auf und schaltete sie aus. Sie brachte ohnehin nichts und war schon überlastet.

»Mr. Diamantidou ist hier«, verkündete B. B.

Wetzon öffnete die Tür und bekam einen erfrischenden Schwall kalter Luft aus dem Vorzimmer ab.

Peter Diamantidou war der Hausverwalter. Er kümmerte sich um all die Sandsteinvillen und Reihenhäuser in ihrem Straßenabschnitt. Es war eine zeitaufwendige Stelle, jedoch nicht so schwierig wie die eines Verwalters in einem Wolkenkratzer mit Miet- oder Eigentumswohnungen, wo man mit hundert oder mehr Familien zu tun hatte. Er war ein kleiner, dunkler Mann von etwa fünfzig Jahren, der mit halb griechischem, halb amerikanischem Akzent sprach.

»Mannomann«, meinte er, während er das Durcheinander begutachtete, mit den Händen fuchtelnd, die grauen Arbeitshosen ausgebeult an den Hüften hängend. Durch das Hohlkreuz hatte er einen vorstehenden Bauch, war jedoch nicht dick. »Schöne Arbeit habe ich da.« Er verströmte den ranzigen Geruch vieler Schichten angetrockneten Schweißes. »Weiß nicht, was Mr. H. dazu sagen wird.« Er hatte seine Perlenschnur in der Hand und ließ sie durch die Finger gleiten.

»Ich glaube, wir sind versichert, also haften wir dafür,« erklärte Wetzon. Sie hoffte, daß sie recht hatte, und versuchte, nicht durch die Nase zu atmen. Die stehende Luft im Zimmer nahm rasch seinen starken Geruch an.

»Okay, okay, keine Sorge, Miss. Ich schicke einen Glaser vorbei.« Er untersuchte die Tür, indem er sie hin und her bewegte. »Nicht beschädigt, braucht nur frische Farbe und vielleicht neue Angeln. Ich sehe den Riegel nach.« Er starrte die Sprengstoffexperten an, die gerade mit ihrer Arbeit fertig wurden, und wich von der Öffnung zurück, als sie die Tür zum Garten mit gelben Band absperrten.

Nachdem die Techniker abmarschiert waren, sagte Wetzon: »Ich überlasse das alles Ihren fähigen Händen, Mr. Diamantidou. Nur müssen wir morgen hier bei funktionierender Klimaanlage arbeiten können.«

»Okay, okay, Miss. Ich tu' mein Bestes.« Seine schwieligen Hände waren mit dunklen Flecken von seiner Arbeit gezeichnet. Er würde nicht einmal Tintenflekke bemerken, wenn man ihm die Fingerabdrücke abnähme ...

Verdammt. Ihre Gedanken schweiften ab. *Konzentriere dich,* befahl sie sich. Sie mußte nur noch einen Anruf erledigen, dann würde sie zu einem schnellen späten Mittagessen zum *Il Nido Cafe* gehen. Sie verspürte plötzlich eine Heißhunger auf gefüllte Artischocken und einen eisigen Espresso. Doch vorher wollte sie Chris anrufen und eine anderen Treffpunkt vorschlagen.

»Er spricht am anderen Apparat, Wetzon, möchten Sie dranbleiben?« fragte Chris' Assistentin Ruth.

»Sagen Sie ihm, daß wir Handwerker im Büro haben und es besser ist, wenn ich ihn im Restaurant treffe.«

Glitzernde Glasstückchen blinzelten sie von verschiedenen Stellen auf ihrem Schreibtisch an.

»Gut, warten Sie. Ich sehe nach, ob ich ihn kurz stören kann.«

»Wie benimmt sich der Markt, B. B.?« rief sie. Ihre Telefone waren gespenstisch still geworden.

B. B. öffnete die Tür. Er hatte sich endlich das Gesicht gewaschen, sein Anzug dagegen sah übel aus. »Der Kurs erholt sich. Die Kaufprogramme schalteten sich ein, nachdem er um hundertsechzig Punkte gefallen war, und jetzt ist er nur noch neunundzwanzig im Minus.«

Wetzon schüttelte den Kopf. Das war nun bereits der zweite jähe Sturz in zwei Monaten, jedesmal dadurch ausgelöst, daß etwas mit Junk Bonds oder kurzfristigen Handelspapieren nicht stimmte, eine Firma zu stark verschuldet war oder man sich sorgte wegen des starken Dollars, des schwachen Dollars, der Inflation, der Rezession oder der Handelsbilanz. Und jedesmal, wenn es einen Sturz gab, bekamen die Makler Dekkungsaufforderungen bis zum Gehtnichtmehr. Was erklärte, warum die Telefone bei Smith & Wetzon nicht mehr läuteten. *Hallo, Mr. Gehtnichtmehr. Sie haben eine Deckungsaufforderung. Sie müssen entweder einige Aktien abstoßen oder mir schnellstens einen Scheck über eine Million zur Deckung schicken.*

»Wetzon?«

»Ja, Ruth?« Die Hitze drang langsam in ihr Hirn. Sie warf einen strengen Blick auf den Andy Warhol; er hing verwegen schief. Sie stand auf, um ihn geradezurücken.

»Chris schlägt vor, ihn um sechs im Bloomsbury Court zu treffen. Das ist Ecke Madison und 29.«

»Bloomsbury Court? Das Restaurant kenne ich gar nicht. Ist es neu?« Als Ruth nicht antwortete, dachte Wetzon, sie seien unterbrochen worden. »Ruth?«

»Es ist kein Restaurant, Wetzon. Das ist seine Wohnung.«

Beißender Dunst hing über der Stadt wie die Reste eines qualmenden Reisigfeuers. Die Schnittwunde im Knie zwickte unter der Strumpfhose. Sie begann zu jucken.

Als toskanisches Restaurant der gehobenen Klasse hatte *Il Nido,* wie mehrere andere Restaurants, ein weniger teures Café. Dieses hier war in das Atrium von 875 Third Avenue, zwischen 52. und 53. Street, gezwängt. Das Streichquartett auf dem Balkon, die domartig aufstrebende Decke, vier Reihen Cafétische aus falschem Marmor dicht an dicht, Leinenservietten, verliehen dem Lokal eine Gartencaféatmosphäre.

An der gegenüberliegenden Wand befand sich der Schaukasten mit den Speisen zum hier essen oder mitnehmen, alles von vegetarischer Lasagne bis zu Paprikasalat, warm oder kalt. Nachdem Wetzon die verlockenden Angebote betrachtet hatte, bestellte sie beim Kellner eine gefüllte Artischocke und einen koffeinfreien Espresso freddo und setzte sich an einen der Tische. Es war zwei Uhr. Die Mittagsgäste saßen wieder hinter ihren Schreibtischen, und Touristen waren kaum da. Ein grauhaariger Mann mit Hornbrille, zerrissenen Jeans und kurzärmeligem Arbeitshemd saß an einem Tisch, trank Espresso und schrieb in ein Notizbuch.

Wetzons Magen knurrte. Es war hier wie in einer kühlen und ruhigen Oase, ohne dieses New Yorker Gefühl zwanghafter Energie.

Sie machte sich über die Artischocke her und lauschte auf die Musik. Sie spürte, wie sie sich löste, wie die Spannung von ihr abfiel.

»Möchte die *signorina* noch einen Kaffee?«

Sie schüttelte den Kopf.

Ein älteres Paar, beide gebeugt, einander so ähnlich, daß es Zwillinge hätten sein können, kam und setzte sich in ihre Nähe, sich über den Tisch an den Händen haltend.

Irgendwie konnte sie sich nicht ausmalen, daß sie und Silvestri einmal so dasitzen würden.

Sie aß das Fleisch von den Artischockenblättern, bis sie zu dem zarten Herz kam. Sie und Silvestri würden ein altes Paar werden, das sich gegenseitig ankeifte. Wetzon mußte lachen. Wohin entführten ihre Gedanken sie bloß? Gefährliches Terrain. Dachte sie etwa daran, den Rest ihres Lebens mit Silvestri zu verbringen? Sie empfand plötzlich Panik. *Angst vor Bindungen, Les?* fragte sie sich. Vielleicht. Genaugenommen empfand sie mehr Panik bei dem Gedanken an die Ehe, als sie bei der Bombe gespürt hatte.

Sie stocherte am Artischockenherz herum. Denk an etwas anderes. Die Namenliste zum Beispiel. Warum hatte Ellie wohl eine xerokopierte Notiz von Carlton Ash zerrissen, aber nicht weggeworfen? Vielleicht hatte sie sie im Zorn zerrissen und dann bemerkt, daß sie wichtig war. Wer konnte dann wissen, was sie zu bedeuten hatte? Jemand, der mit Ash zusammengearbeitet hatte?

Wiederhergestellt, ließ Wetzon Geld für die Rechnung und Trinkgeld auf dem Tisch liegen und bekam auf der Third Avenue ein Taxi. Unterwegs ließ sie ihren Gedanken freien Lauf, aber leider kamen ihr keine neuen Einfälle.

Sowie zu Hause alle Klimaanlagen summten, rollte Wetzon das Blatt Papier auf und studierte die Namenliste. Zwei hatten dieselbe Postfachnummer. Sie holte ein Pepsi Light aus dem Kühlschrank, füllte ein Glas mit Eiswürfeln und goß die Limonade darüber, beobachtete, wie der Schaum sich setzte, und dachte nach.

David Kim mochte wissen, was das bedeutete. Sie biß sich auf die Lippe. Eigentlich mußte sie ihn ohnehin anrufen – ihr Beileid wegen Ellie aussprechen. Was er nun wohl machen würde? Er würde Ellies sämtliche Kunden bekommen. Sein Anschluß läutete und läutete. Niemand hob ab. Nicht einmal die Vermittlung von Luwisher Brothers meldete sich. Sie legte auf.

Dwayne. Sie rief Carlos an und sprach auf seinen Anrufbeantworter, daß sie etwas Wichtiges mit Dwayne besprechen mußte und daß er dessen Telefonnummer auf ihr Band sprechen solle. Dann schälte sie sich aus ihren feuchten, verdorbenen Sachen, nahm ein weiteres eisiges Bad am Waschbecken und streckte sich im Frotteemantel auf dem Bett aus.

Es war ein echtes Puzzle. Alles hing zusammen und wollte dennoch nicht passen.

Das Telefon weckte sie. Sie griff sofort zum Hörer und murmelte. »Hallo.«

»Tja, Miss Häschen Marple, ich habe mich schon

gefragt, wann du endlich dazu kommen würdest, deinen besten Freund anzurufen.« Dann wurde Carlos ernst: »Ich habe von Ellie gelesen. Das tut mir wirklich leid. Sie war eine nette Frau.«

»Carlos . . .«

»Und warum gehst du nicht in den Verliesen der Wall Street um und suchst nach noch warmen Leichen?«

»Na ja, weiß du, unser Büro ist in die Luft geflogen.«

»La-di-da. Ein ganz normaler Tag im Leben der Leslie Wetzon, Headhunterin.«

»Carlos, ich mache keine Witze.«

»Häschen . . .« Sein Ton veränderte sich.

»Ich bin nicht verletzt. Niemand wurde verletzt«, beantwortete sie die Frage, die er nicht stellen wollte.

»Darf ich fragen, ob es eine von diesen schönen, asbestverkleideten Gasleitungen war?«

»Es hörte sich mehr nach einer Briefbombe an. Smith ließ durchsickern, daß wir wissen, wer der Mörder ist.«

»Als ob du nicht wüßtest, daß die Böse Hexe aus dem Norden das tut, damit sie selbst gut aussieht.«

»Beinahe hätten wir deswegen tot ausgesehen.«

»Wißt ihr denn, wer der Mörder ist?«

»Nicht einmal einen Hinweis.«

»Und ich wette, daß du dich von solchen Kleinigkeiten wie Explosionen und Morden nicht abschrekken läßt, Dickkopf.«

»Du hast gewonnen.«

»Häschen, das gefällt mir nicht. Du brauchst einen Aufpasser, ernsthaft, und ich werde langsam zu alt, um mit dir mitzuhalten. Dwayne ist zu Hause. Warum willst du mit ihm sprechen?«

»So eine Ahnung.«

»Lieber Gott, wenn diese Frau eine Ahnung hat, stürzt der Himmel ein.«

»Mach dir nichts draus. Gib mir nur Dwaynes Telefonnummer.«

Er gab ihr die Nummer. »Paß auf dich auf.«

»Das geht in Ordnung. Silvestri weiß über alles Bescheid und gibt mir Deckung.«

»Phantastisch«, stöhnte Carlos. »Du findest dich noch mitten in einer Schießerei wieder.«

Sie legte auf und rief Dwayne an. Sein Anrufbeantworter schaltete sich ein und spielte »What I did for Love« aus *A Chorus Line. Tu mir das nicht an,* dachte sie. Nach einer Ansage und dem Piepton hinterließ sie die Nachricht, er möchte sie nach neun anrufen.

Sie zog das schwarze Seidenkostüm mit dem grünen Futter, das passende grüne schwarzgetupfte Jäckchen und flache Lacklederpumps an und fuhr mit dem Taxi zur 29. Street und Madison Avenue. Ohne ihre Aktentasche fühlte sie sich nackt.

Das Taxi setzte sie vor einem imposanten, ziemlich neuen Apartmenthaus ab. Es war ein eigenartiges Viertel. Bis vor kurzem hatten die Straßen hier von heruntergekommenen Menschen und Obdachlosen gewimmelt, weil sie in dem Heim in der Nähe untergebracht waren. Über der ganzen Gegend hing der pikante, durchdringende Geruch nach Curry, der von den vielen indischen Restaurants und Lebensmittelgeschäften ausging, die es in diesem Teil New Yorks im Überfluß gab und die sicher bald im Zuge der Luxussanierung vertrieben würden. Und an der 29. Street, nicht weit von der Fifth Avenue, befand sich als ein Wahrzeichen die Verklärungskirche, bekannt als

Kleine Kirche um die Ecke, die noch vor dem Bürgerkrieg gebaut worden war. Sie wurde in den siebziger Jahren des 19. Jahrhunderts als Kirche der Schauspieler bekannt, weil sie sich im Unterschied zu den meisten anderen nicht weigerte, Schauspieler zuzulassen. Edwin Booth hatte hier ebenso gebetet wie Sarah Bernhardt. Es war eine wunderschöne Kirche.

Sie sah sich um. Falls sie beobachtet wurde, konnte sie den Detective nicht entdecken. Ein Junge, der Sprünge mit dem Skateboard übte, verfehlte sie um ein Haar, als sie unter der weinroten Markise vor dem Gebäude stand. Glas und Messing bildeten das Leitmotiv der Fassade und setzten sich in der Halle fort.

Ein Portier in grauer Uniform kam auf sie zu. »Bitte sehr, Miss?« Sein Akzent war spanisch, jedoch nicht puertorikanisch.

»Ich möchte Mr. Gorham besuchen.«

»Ihr Name, bitte.«

»Ms. Wetzon. W-E-T-Z-O-N.«

»Bitte warten Sie. Ich glaube, er ist noch nicht zu Hause.«

»Miss Wetzon für Mr. Gorham in 24L«, sagte der Portier zu einem zweiten, jüngeren Mann, der ein Paket in ein Zimmer, vermutlich den Postraum, trug.

Der zweite Mann kam gleich darauf zurück. »Keine Antwort. Er ist nicht zu Hause, und seine Frau ist nicht in der Stadt.« Er betrachtete Wetzon abschätzend.

»Möchten Sie warten?« fragte der erste Mann. »Rechnet er mit Ihnen?«

»Ja«, antwortete sie mit einer Entschiedenheit, die das Gespräch beendete. Sie setzte sich auf einen schwarzen Ledersessel neben einen Topfbaum, um auf Chris zu warten, und beobachtete den stetigen

Strom von Männern und Frauen in Straßenkleidung, die von der Arbeit nach Hause kamen. Es war nach sechs; Chris hatte Verspätung; sie würden spät essen; sie würde spät nach Hause kommen ... Ein Mist das alles.

Sie hatte sich schon in Nervosität hineingesteigert, als sie den Portier sagen hörte: »Hier ist er«, als kündigte er einen Showmaster an.

Chris kam die vier Stufen in die versenkte Halle hinunter, wo sie zwischen den Pflanzen fast Wurzeln geschlagen hatte. »Wetzon, gut, daß Sie da sind.« Er sah gehetzt aus. Sein Hemdkragen war schlaff und ein wenig gelblich um den Hals. Der dunkle Anzug war zerknittert. Er nahm ihre ausgestreckte Hand, doch anstatt sie zu schütteln, klemmte er sie in den feuchten Gabardine seiner Armbeuge und schleppte sie zu den drei Aufzügen.

»Wohin gehen wir?« fragte sie. Er schien von ihr Besitz genommen zu haben.

»Ich dachte, vielleicht das *Park Bistro.*«

»Dann gehen wir aber in die falsche Richtung.«

»Es ist ein furchtbar anstrengender Tag gewesen. Das brauche ich Ihnen nicht zu sagen«, erklärte er, indem er '24' drückte. Der Knopf leuchtete auf. Der Aufzug war klein und elegant, ebenfalls Glas und Messing. »Und ich hatte die verdammten Buchprüfer da.«

»Ich dachte, wir wollten zu Abend essen.« Sie versuchte, ihre Hand zurückzuziehen, doch sie spürte, wie sich die Muskeln in seinem Arm spannten. Er hatte das schon einmal mit ihr gemacht, an dem Tag, als Ash ermordet wurde. Ein leises Angstgefühl beschlich sie.

»Machen wir auch. Ich möchte nur duschen und mich umziehen. Ich möchte keinen Anstoß erregen.«

»Das tun Sie nicht.« Sie lachte nervös.

»Ach ja? Warum, glauben Sie, hat mich dann meine Frau verlassen?«

Als er sah, daß sie nicht lachte, sagte er: »Sie bekommen einen Drink und warten auf mich in angenehmer Kühle. Einverstanden?«

»Das läßt sich hören«, antwortete sie, doch sie dachte, *das ist etwas sonderbar.* Sie wollte keinen naiven Eindruck machen, nur war es einfach nicht ihre Art. Tatsächlich erinnerte sie sich nicht, jemals in die Wohnung eines Maklers gegangen zu sein – abgesehen von Laura Lee natürlich.

»So, da sind wir.« Er stellte seinen Diplomatenkoffer auf den Hahnentritteppich und schloß die Tür auf. Der Korridor war kühl gewesen, aber das war nichts gegen den Schwall kalter Luft, der aus Chris' Wohnung strömte. Chris hielt die Tür auf und ließ sie vorgehen.

Eine Wand der Wohnung, die ein geräumiges L-förmiges Wohnzimmer hatte, bestand ganz aus Glas, mit einer Tür zur Terrasse. »Was für eine unglaubliche Aussicht.« Geradeaus konnte sie das ganze untere New York überblicken, an dem spitzen Aussichtsturm des Met Life Building vorbei auf die Zwillingstürme des World Trade Center. Links sah sie den East River und rechts den Hudson und die Klippen von New Jersey. Die ganze Szene wirkte wie ein Gruppenbild, gemalt, unwirklich. Sie wandte sich an Chris, um ihren Eindruck zu schildern. Er hatte das Jackett ausgezogen. Darunter trug er rote Hosenträger mit einem Rankenmuster. Er hatte die Ärmel des weißen Hemdes über die muskulösen Unterarme hochgekrempelt.

»Was trinken Sie?«

»Perrier ... Pellegrino ... Sodawasser.«

»Wie langweilig, Wetzon. Tauen Sie auf. Ich trinke ein Bier.«

Sie hätte ihm liebend gern gesagt, er solle sich zum Teufel scheren, doch sie lächelte und sagte: »Ich habe gehört, daß Sie einen gesalzenen Verlust mit United Can gemacht haben.« Er holte zwei Gläser aus der Vitrine und schloß die Tür, wobei er ihr den Rücken kehrte. Sein Hemd war maßgeschneidert und paßte auf seinen Sportlerkörper wie ein Trikot. »Ja, wir haben uns ein paar blaue Flecken geholt, aber wir können das wegstecken. Es hat uns nicht sehr weh getan – nur unseren Kunden. Neils Jungs im Börsensaal haben einiges abbekommen.«

»O, Mann, das ist gut. Nur die Kunden. So ist es richtig.«

Er blitzte sie kalt an. »Gehen Sie mir aus den Augen, Wetzon.«

»Worüber wollten Sie mit mir sprechen, Chris?« Sie wurde ungeduldig, und sie nahm ihm übel, daß sie sich vor ihm so treudoof vorkam. Was hatte sie hier überhaupt zu suchen? *Bringen wir es möglichst schnell hinter uns,* dachte sie. Ihre Nase juckte, und sie mußte zweimal niesen. »Entschuldigung.« Sie fand gerade rechtzeitig, bevor sie wieder niesen mußte, ein Papiertaschentuch in ihrer Handtasche. Bekam sie eine Erkältung? Er öffnete den Kühlschrank und nahm ein Bier und eine Dose Sodawasser heraus. Die Küche, die an beiden Ende keine Tür hatte, war klein und kompakt, eigentlich eine Kombüse. Er goß das Wasser in ein Glas, gab eine Limonenscheibe dazu und öffnete für sich ein Becks, das er aus der Flasche trank. Auf dem Boden lag ein Kinderspielzeug zum Ziehen, eine lange orange Raupe auf Rädern.

»Ich bin im Nu fertig. Dann können wir schnell was essen gehen.« Er merkte, daß sie die Raupe betrachtete, und zuckte die Achseln. »Fühlen Sie sich wie zu Hause.« Er schaltete die Stereoanlage ein und verschwand in ein Zimmer, bei dem es sich um das Schlafzimmer handeln mußte. »Warren?« hörte sie ihn sagen, dann schloß sich die Tür.

Carly Simon erklang im Raum, während Wetzon, wie ein guter Detektiv, das Terrain inspizierte. Warren? Wer war Warren? Als sie die Dusche laufen hörte, erlaubte sie sich, ein wenig herumzuschleichen. Sofa, Klubsessel, Couchtisch. Sie stellte ihr Getränk auf den Tisch. Weitere Beweise, daß hier Kinder wohnten, Spielsachen, Fotos. Ein mit Büchern gefülltes Regal. Sie nieste wieder. Zwei funkelnde gelbe Augen blinzelten sie vom obersten Brett des Bücherregals an. Ihr Herz machte einen Satz. Menschenskind, eine Katze. Eine große schwarze Katze. Kein Wunder, daß sie nieste.

»Guten Tag, Katze.« Die Katze starrte sie an und sprang herunter, dann wieder auf den Couchtisch hoch und beobachtete sie, wie sie durch das Zimmer streifte. Ein Schreibtisch. Ein Stapel Zeitungen. *The Journal* und *The Times. Ein Schreibtisch,* dachte sie. Schubladen. Sie zog sie leise auf, während sie auf die Dusche lauschte, blätterte Papiere durch, schob sie zu. Auf der Schreibtischplatte lagen mehrere Briefe unter einem Steubenapfel als Briefbeschwerer. Es waren private Briefe, handgeschrieben. Sie verrückte den Briefbeschwerer und befühlte die Briefe. Sie durfte es nicht tun. Sie würde es nicht tun. Sie tat es dennoch. Einer war von seiner Mutter. Er war in Kennebunkport, Maine, abgestempelt. Sie überflog ihn hastig. Mom machte ihm Vorhaltungen wegen der Trennung, wegen seines Berufs. Nett, Mom. Zurück in den Käfig. Brief von Abby, seiner Frau. Diesen überging sie. Zuunterst in dem Stapel lag ein Umschlag, auf den nur sein Name gedruckt war.

Sie zog das einzige Blatt heraus und faltete es auf. Es war eine Xerokopie der Namensliste, unversehrt, genau wie die Schnipsel von Ellie, die sie zusammengesetzt hatte.

Wetzon erstarrte, überrascht von einer Veränderung im Zimmer. Die Dusche. Das Geräusch hatte aufgehört.

Sie steckte das Blatt Papier wieder in den Umschlag, zögerte einen Augenblick, dann schob sie den Umschlag in ihre Handtasche. Sie spürte einen bohrenden Blick im Rücken, doch Chris war nicht im Zimmer. Es war Warren, die Katze.

»Laß das.« Sie drohte der Katze mit dem Finger.

Sie starrte sie weiter an, ohne zu blinzeln.

Beherzt langte sie um sie herum nach ihrem Drink, und eine schwarze Pfote mit einem weißen Handschuh erwischte ihre Hand und schlug verspielt danach, als wäre es eine Maus. Wetzons Hand zuckte und warf das Glas um. Warren sprang aufs Sofa und starrte wieder.

Das Glas lag umgekippt auf dem Couchtisch, und sein Inhalt ergoß sich über den Tisch und den Teppich. »Verdammt«, sagte sie zur Katze. Gott sei Dank war es nur Wasser. Sie rannte in die Küche, riß Papiertücher von einer Rolle an der Wand und begann, die Pfütze aufzuwischen.

»Ich sehe, Sie haben Warren kennengelernt«, sagte Chris leise, als er hinter sie trat. Sein Haar war vom Duschen feucht.

Erschrocken – sie hatte ihn nicht kommen hören – plapperte sie: »Ich habe etwas verschüttet, tut mir leid.«

»Macht nichts. Warren hat die Angewohnheit, Leute zu erschrecken. Es gefällt ihm, wenn sie sich dann schämen. Geben Sie her, ich nehme es.« Chris brachte das aufgeweichte Papier und das leere Glas in die Küche. Die Kühlschranktür wurde geöffnet und geschlossen. Der Eiswürfelautomat brummte.

Wetzon betrachtete Warren. Wie dumm von ihr. Sich von einer Katze zum Narren halten zu lassen. »Du«, sagte sie. Warren starrte sie immer noch unverschämt an, während er die rechte Pfote leckte.

»Bitte, fangen wir noch mal von vorne an.« Chris hatte ein neues Bier und reichte ihr ein frisches Glas Sodawasser. Er setzte sich aufs Sofa und schlug ein Bein über. Er schien es nicht eilig zu haben, zu seinem Abendessen zu kommen.

»Also, was spricht man dort unten bei Ihnen?« fragte sie. Warum war sie so verwirrt, so aus dem Gleichgewicht?

»Setzen Sie sich, Wetzon, Sie regen sich über irgend etwas auf. Das sieht man Ihnen an.« Chris klopfte auf das Kissen neben sich. »Hau ab, Warren.« Er gab der Katze einen Klaps, die Katze fauchte und sprang auf den Couchtisch.

»Warren. Was ist das für ein Name für eine Katze?« fragte sie obenhin. Vielleicht sollte sie sich entschuldigen und gehen. Nun starrten sie vier Augen an. Unlogisch fragte sie sich, ob Chris wußte, daß sie den

Umschlag an sich genommen hatte. Hatte Warren es ihm verraten?

»Warren Buffet«, sagte Chris.

»Warren Buffet?« Sie war verwirrt. War ihr etwas entgangen? Warren Buffet war das erstklassige Unternehmer- und Finanzgenie, dessen Firma, Burlington Hathaway, Beteiligungen an vielen Firmen hatte. Buffet selbst hatte einen Teil der Investmentbank Salomon Brothers gekauft, weil Solly finanzielle Probleme bekommen hatte und von dem Aufkaufkünstler Ron Perelman von Revlon angegangen wurde. Es hieß, Buffet sei aufgefordert worden, um Perelman zuvorzukommen, und es hatte funktioniert. Wovon redete Chris?

»Warren wurde nach Warren Buffet genannt.«

»Ach so.« Sie lächelte ihn an. »Na ja, warum nicht. Vielleicht hat er ein gutes Gespür für Aktien.«

»Ja, er wendet die Blindekuh-Methode an. Nun kommen Sie, setzen Sie sich. Ich möchte mein Bier zu Ende trinken, bevor wir aufbrechen. Erzählen Sie dem guten Onkel Chris, warum Sie so nervös sind.« Er bedachte sie mit einem jungenhaften breiten Grinsen.

Sie trank einen Schluck Sodawasser. Es hatte einen scharfen Beigeschmack. »Haben Sie da was hineingetan?« Sie stellte es auf den Couchtisch.

»Nur Limone.« Chris stand auf und ging in die Küche. Wieder ging die Kühlschranktür auf und zu. Er kam mit einem neuen Bier zurück.

Sie ging zur Fensterwand hinüber und schaute hinaus. Überall in der Stadt gingen die Lichter an. Die Aussichtsspitze auf dem Met Life Building leuchtete grün in dem gelben Sonnenuntergang.

Die Musik hörte auf. Chris stand auf und wechselte

die CD. Neil Diamond. »So, Sie möchten mir erzählen, weswegen Sie verstimmt sind.«

»Ich bin nicht verstimmt. Ich käme nur gern zu einem Abendessen.«

»Sie sind ein offenes Buch für mich. Wie lange kennen wir uns schon?«

Sie zögerte, immer noch am Fenster, dachte daran, wie sehr es sie ärgerte, wenn jemand das zu ihr sagte – sie sei für ihn ein offenes Buch. Es war so selbstgefällig und herablassend und, in diesem Fall, gegen sie als Frau gerichtet. Sie wandte sich wieder dem Panorama der New Yorker Dächer zu. »Jemand schickte uns eine Briefbombe.« Indem sie dem Fenster den Rücken kehrte, fuhr sie fort: »Sie explodierte in unserem Garten. Verletzt wurde niemand.«

Chris schien überrascht. »Warum könnte das denn jemand tun?«

»Weil jemand glaubt, wir wüßten, wer der Mörder ist. Haben Sie das nicht gehört? Wurde Sie nicht von Destry und Hoffritz informiert?«

»Nein, aber ich habe den ganzen Tag im Börsensaal Feuer gelöscht.« Er hielt inne und betrachtete sie, sein Gesicht eine hübsche Maske. »Wissen Sie es?«

Konnte er am Ende der eine sein? überlegte sie plötzlich. War sie dumm? Wo war ihr Schutz? »Erpreßte Dr. Ash Ellie?«

Etwas blitzte ganz kurz in seinen Augen und verschwand. »Weiß ich nicht. Warum?«

»Erpreßte er Sie?«

»Mich? Um Gottes willen, nein.«

Er hatte zu schnell geantwortet. »Trafen Sie und Ellie sich mit ihm letzten Samstagmorgen, als ich Ihnen am Aufzug begegnete?«

»Wetzon, Sie haben Phantasie, wissen Sie das?« bemerkte Chris. Er trat neben sie ans Fenster.

»Chris, seien Sie ehrlich. Falls er Sie erpreßt hat, geben Sie es zu, weil Sie der nächste sein könnten.«

»Der nächste wobei? Werden Sie nicht melodramatisch.«

»Der nächste, der ermordet wird. Wenn Sie etwas wissen, behalten Sie es nicht für sich. Wollten Sie darüber mit mir sprechen?«

Er lachte los, indem er sämtliche Zähne zeigte und den Kopf zurückwarf, doch von echter Heiterkeit war nichts zu spüren. Er nahm einen großen Schluck Bier. »Ich habe ein Angebot von L. L. Rosenkind bekommen«, sagte er. »Gute Pauschale und ein Stück vom großen Kuchen, was ich ganz sicher bei Luwisher Brothers nicht bekomme. Kommen Sie, setzen Sie sich einen Moment.«

»Aha.« Sie ließ sich zum Sofa führen. »Die haben neue Besitzer.«

»Ja. Kanadier. Ich weiß nicht, ob ich für sie arbeiten möchte.«

»Kanadier? Ich meine, ich hätte gelesen, daß sie aus Atlanta kommen.«

»Stimmt. Um Himmels willen, Wetzon, leben Sie hinterm Mond? Wenn wir einen als Kanadier bezeichnen, meinen wir einen Juden. Das weiß doch jeder, sogar die Kanadier.« Er nahm noch einen kräftigen Schluck aus der Flasche.

Ja, dachte sie, *lebte sie hinterm Mond?* Die Intoleranz der Wall Street machte sie zu einem Teil der realen Welt, wenn auch zu einem exklusiven Teil. Sie nieste und gleich noch einmal. Die Diskriminierung war häßlich, und dennoch stellte jeder sie stolz zur

Schau. »Starr mich nicht so an, Warren«. sagte sie zur Katze.

Chris lachte. Warren streckte eine Tatze nach ihm aus, und Chris schnippte sie mit einem Finger weg. Warren schnurrte laut. »Sie sind ein komisches Mädchen, Wetzon.«

»Werden Sie das Angebot annehmen?« fragte sie, indem sie versuchte, wieder das Geschäft in den Mittelpunkt zu rücken. Sie starrte Warren an und trank einen Schluck Wasser. Nein. Sie setzte das Glas ab. Er hatte Wodka hineingetan. Oder Sulfite? Ihre Finger waren naß vom schwitzenden Glas.

»Soll ich?« sagte er mit einem sonderbaren intimen Unterton.

»Sollen Sie was?«

»Das Angebot annehmen ...« Er legte einen Arm um sie. Er roch nach Kölnisch Wasser und Seife und Bier.

»Ich halte das nicht für klug, Chris», sagte sie scharf, während sie versuchte wegzurücken.

Er hatte plötzlich seine Hände auf ihren Schultern und drückte sie mit Gewalt auf den Rücken. »Du willst es«, atmete er ihr ins Gesicht. »Du weißt es. Du willst es.« »Hören Sie auf!« schrie sie, doch er küßte sie, indem er sie auf das Sofa drückte, den rechten Arm über ihrer Schulter, die linke Hand unter ihrer Jacke tastend. Sie wehrte sich, zu Tode erschrocken, wandte den Kopf ab. »Nein! Lassen Sie mich los.« Er war der Mörder. Er würde sie ermorden. Sie warf die Beine herum, versuchte, ihn mit dem Knie zu treffen.

»Komm schon, Puppe, komm schon«, sagte er, »du weißt, daß du es willst, und ich mache es dir besser, als du es jemals bekommen hast.«

Er zerrte ihre Jacke von den Schultern, nagelte ihre Arme an der Seite fest, während sie sich wehrte, mit den Beinen um sich trat, doch er lag auf ihr, zentnerschwer. In ihrer panischen Angst wußte sie, daß sie um ihr Leben kämpfte. Seine Hände waren unter ihrer Bluse, auf ihren Brüsten.

»Chris, lassen Sie das, hören Sie auf!«

Er holte mit der Faust aus, ohne daß sie es merkte, und schlug ihr ins Gesicht. Schmerz durchfuhr sie, machte sie taub, trug sie wie ein Sog davon. Ihr linkes Auge brannte wie Feuer. Warme Flüssigkeit lief aus ihrer Nase. *O Gott, o Gott,* dachte sie. *Werde nicht ohnmächtig.* Er schob ihren Rock hoch, zerrte an der Strumpfhose. *Ich werde vergewaltigt und ermordet..* Sie versuchte zu treten, aber seine Beine preßten sich gegen ihre, und er war stark. Nicht wehren, hieß es. Sagte man das wirklich? Man mußte sich doch wehren. Es war verrückt, es nicht zu tun, aber sie begann nachzugeben. Sie spürte selbst, wie sie abschaltete.

»So ist es brav, leg dich nur hin und genieße es«, flüsterte Chris. Sie hörte ihre Bluse reißen, spürte ihren BH nachgeben.

»Nein, Chris, bitte.« Ihre Lippen waren taub, nutzlos. Sie wußte, daß es vorbei war. *Armer Silvestri,* dachte sie, während sie allmählich spürte, wie sie ihren Körper verließ. Er würde sich die Schuld geben.

Ein hoher schauerlicher Schrei – dann noch einer und noch einer. Sie kam wieder zu sich. Sie schrie. Nein. Chris hatte geschrien. Er ließ los. Sie schlug die Augen auf. Er schien an seinem Rücken zu zerren und schrie dabei. Oder war es Warren, der so schrie? Warren stand wie ein Geier da, die Krallen in Chris' Nakken geschlagen.

Rühr dich, rühr dich, befahl sie sich. *Rühr dich.*

Sie bewegte sich, verdrängte den Schmerz, zog ihre Jacke über die Schultern hoch. *Lauf.* Sie zerrte die Handtasche vom Couchtisch. Lauf. *Nur weg, weg, weg.* Sie rannte unbeholfen, kämpfte mit der Tür, und die ganze Zeit das schreckliche Kreischen der Katze und des Mannes. Bekam die Tür auf. *Lauf.* Rannte auf den Flur, um Hilfe schreiend, an die Türen der anderen Wohnung schlagend, an Türklingeln läutend. Vergebens. *Lauf weiter.* Durch den Flur. Keiner, der half. Aber sie waren da, versteckten sich hinter ihren Türen. *Lauf.* Sie blieb abrupt stehen. Der Flur endete an einem Notausgang. Lärm hinter ihr. Sie stürzte durch die Tür.

Eine Treppe aus gekalktem Beton und Metall führte nach oben und nach unten. Wetzon holte Luft und rannte die Treppe runter, dankbar, daß sie flache Absätze trug, erstaunt, daß es ihr gelungen war, die Schuhe an den Füßen zu behalten. *Na ja, du Dummkopf, für die Füße hatte er sich weniger interessiert.* Zweiundzwanzig ... einundzwanzig ... zwanzig ... Sie rannte geschickt um die Ecken. Die Feuertreppe hatte keine Klimaanlage, aber ihr Schweiß war kalt und lag wie eine Glasur um ihren Körper. Die linke Seite ihres Gesichts, Kinn, Backenknochen, Auge, pochte in verschiedenen Rhythmen. Das genähte Knie meldete sich. Ihre Nase tropfte. Sie hielt sich am Geländer fest und machte eine Pause, um sich die Nase mit einem Kleenex abzutupfen. Sie fühlte sich nicht richtig an. Wenn sie nun gebrochen war? Sie betrachtete das Taschentuch. Es war blutig. Mein Gott. Er hatte ihr die Nase gebrochen. Tränen brannten in den Augen. Ihre Finger tasteten die dicke, anschwellende Wange ab. *Lauf weiter. Nicht stehenbleiben. Hinaus. Weg von hier. Hol Hilfe.*

Neunzehn ... achtzehn ... siebzehn ... sechzehn ...

Er hätte sie umgebracht. *Noch bist du nicht in Sicherheit. Immer weiter. Lauf. Lauf.*

Fünfzehn ... vierzehn ... dreizehn ...

Ohne Warren wäre sie mit Sicherheit vergewaltigt worden. Geschlagen. Tot.

Konzentriere dich auf die Treppe.

Zwölf ... elf ... zehn ...

Fast geschafft. *Geh. Geh. Geh.* Hatte sie etwas getan, um ihn zu verführen? Nein. Nein. Er war verrückt. Wenn er aber geglaubt hatte, sie würde mit ihm in die Wohnung kommen, weil sie es wollte? Nein. Nein. Sie hatte ihn nicht verführt. Was dachte sie bloß?

Neun ... acht ... sieben ... sechs ...

Sie wurde langsamer, keuchte, lauschte, indem sie die Treppe hinaufsah. Niemand folgte ihr. Wie war das möglich? Mein Gott, wenn er den Aufzug nach unten genommen hatte? Wenn er unten an der Treppe auf sie wartete? Sie zitterte so heftig, daß sie wie betrunken taumelte, das Geländer umklammerte, sich vorwärtstrieb.

Fünf ... vier ...

Sie verlor den Halt, fiel halb und rutschte halb auf dem Hintern zum Absatz im dritten Stock, wo sie stöhnend liegenblieb und versuchte, Luft zu bekommen. Wenn Chris der Mörder war, würde er sie jetzt finden und töten müssen, weil sie Bescheid wußte. Sie wußte Bescheid. Sie raffte sich auf und wankte die restlichen zwei Treppen hinunter bis zu einer roten Tür mit der Aufschrift Ausgang – nur im Brandfall benutzen.

Sie drückte gegen die Tür, daß es ihr weh tat vor

Anstrengung. Das Schloß gab nicht nach. Von oben kam ein Geräusch. Die Treppe führte weiter nach unten, und sie folgte ihr bis zu Ebene I. Nach unten spähend sah sie, wo Ebene II sein mußte, und hörte das rumpelnde Seufzen der Innerein des Gebäudes wie auf einem riesigen Passagierschiff. Der Dampfkessel war dort unten und wer weiß was noch. Sie kroch zurück auf Straßenniveau. Sie würde es ein letzes Mal am Notausgang probieren. Was blieb ihr anderes übrig? Hinein auf den Flur gehen und um Hilfe betteln? Wer in New York würde einer Fremden die Tür öffnen? Aber vielleicht konnte sie jemanden dazu bringen, die Polizei zu rufen.

Sie raffte ihre ganze Kraft zusammen, stützte sich auf den Riegel und stieß dagegen. Die Tür flog auf, und sie verlor den Halt und taumelte auf die Straße, landete auf dem Knie – dem verletzten. Schmerzwellen jagten durch ihr Bein, und sie brach auf dem Gehweg zusammen. *Gib jetzt nicht auf. Steh auf. Steh auf.* Wo war sie? Sie rollte zur Seite und setzte sich auf. Zwielicht. Ein bedeckter Himmel. Die nicht zu atmende Luft. Sie befand sich in der Nähe eines unbebauten Grundstücks an der stillen Seite der 29. Street, denn sie konnte die Kleine Kirche um die Ecke gegenüber in der Mitte des Straßenabschnitts sehen. Alle hielten sich in den kühlen Wohnungen auf, außer einer Stadtstreicherin auf der anderen Straßenseite, die im Rinnstein saß und an ihren überladenen Einkaufswagen gelehnt döste.

Wetzon zog sich an der offenen Metalltür hoch und schlug die Tür zu. Sie brauchte einen Arzt. Ihre Handtasche hatte sie noch. Sie würde ein Taxi rufen. Sie lehnte sich gegen die glatte Marmorseite des Gebäudes. Bis zur Straße würde sie es nie schaffen. Als sie zum erstenmal an sich hinabsah, merkte sie, daß ihre Bluse und der BH zerfetzt an ihr hingen. Sie knöpfte die Jacke zu, strich sich mit zitternden Händen das Haar aus dem Gesicht. Es hing um ihre Schultern, ihren Rücken. Es war so heiß. Es war so kalt. Sie konnte kaum das Gleichgewicht halten. Ein Auto bog von der Madison links ab und kam langsam im westlicher Richtung durch die 29. Street, fuhr vor einem Feuerhydranten an die Seite und hielt. Eigentlich durfte man da nicht parken. Es würde einen Strafzettel bekommen. Eine Hupe tönte.

Sie konnte es nicht sehen. War es ein Taxi? Mit ihrer ganzen Willenskraft löste sie sich von der Seite des Gebäudes, aber ihre Füße wollten sich nicht bewegen.

»Ms. Wetzon?« Jemand rief sie von dem Auto her. »Leslie?«

Eine Gestalt stieg aus dem Auto aus und kam auf sie zu. Sie duckte sich. Wer war das? Sie bedeckte ihr Gesicht mit den zitternden Händen. Chris hatte sie gefunden. Er kam sie holen. Nein. Es war eine Frau. Es war nicht Chris. Eine Frau, die sie kannte, die ihr helfen würde.

»Leslie? Was ist passiert?«

Sie blinzelte mit dem heilen Auge, versuchte zu sehen, wer es war. Mo. Es war Mo. Und sie war so schön. Wetzon kippte um, in weiche, totale Dunkelheit.

Ihr Mund war so trocken. Sie bewegte den Kopf und schlug die Augen auf – doch nur das eine reagierte. Das andere war verklebt. Ihr Gesicht fühlte sich an, als hätte ein Pferd darauf getreten. Um sie herum war es dunkel. Ein schwaches Licht drang durch die Glastür.

Sie sah das Bett, das weiße Leinen, die Knöpfe, die Schalter. Es roch nach Antiseptika. Sie versuchte, sich aufzusetzen, aber die Decke war zu schwer. Leute redeten leise, doch der Raum verschwamm und wirbelte um sie herum. In der Ferne hörte sie jemanden sagen: »Sie wird jetzt schlafen.« Und sie schlief.

Als sie wieder aufwachte, sprenkelte Sonnenlicht das Zimmer mit gelben Karos. Silvestri lächelte auf sie herab. Lächelte sie an, dachte sie. Er streichelte ihr Haar. »Wo bin ich?« fragte sie, doch mit der Stimme einer Fremden. Ihre Nase fühlte sich komisch an, irgendwie schwer. Mußte zu sein.

»Bellevue. Mo brachte dich letzte Nacht her. Du warst ganz schön zugerichtet.«

»Wasser«, krächzte sie.

Er hielt ihr den Strohhalm, und sie trank in kleinen Schlucken die Flüssigkeit. Sie schmeckte nach nichts.

»Chris hat es getan«, sagte sie. Sie hielt Silvestri die Hand hin. »Habt ihr ihn geschnappt? Er wollte mich vergewaltigen, dann ermorden.« Ihre Lippen bebten. *Hör damit auf,* befahl sie sich

»Les, du hast gestern nacht zugestimmt, Anklage zu erheben.«

»Wirklich?«

»Ja, Gorham steht sich die Beine in den Bauch, während er auf seine Kaution wartet.«

»Kaution? Er kommt gegen Kaution frei?«

»Er kommt gegen Kaution frei.«

»Das geht nicht. Er hat mich fast umgebracht.«

»Er behauptet, du hättest ihn verführt.«

Wut kam in ihr hoch, lief Amok, brannte in ihren Adern, ihren Finger, ihrem Bauch. »Er hat mich fast umgebracht. Glaubst du ihm?«

»Nein.«

»Warum kommt er dann raus?«

»So ist das Gesetz, wenn er Kaution hinterlegt.«

»Aber wer hat die Kaution so niedrig – ach, Scheiße. Er ist ein Mörder, und er wird frei herumlaufen.«

»Er ist kein Mörder . . . zumindest hat er Ellie Kaplan nicht ermordet.«

»Wieso weißt du das so genau?« Sie war wütend . . . verletzt . . . plapperte, weinte, zitterte . . .

Er setzte sich aufs Bett und nahm sie in die Arme. »Wir wissen es genau.«

»Er war es, Silvestri. Er war es. Ich weiß es. Er muß es sein.« Sie schlug schwächlich auf Silvestris Arm.

»Er hat ein hieb- und stichfestes Alibi.«

»Was für ein Alibi?«

»Er war in jener Nacht in polizeilichem Gewahrsam . . . wegen einer anderen Anklage festgenommen.«

»Nein! Das ist nicht möglich. Was war das für eine Anklage?«

»Vergewaltigung seiner Frau.«

»Es ist mehr die Hilflosigkeit als der Schmerz«, sagte Wetzon, während sie sich das Haar vorsichtig kämmte, weil alles weh tat, sogar die Kopfhaut. »Scheiße.« Sie würde gleich wieder anfangen zu weinen. Anscheinend hatte sie Mühe, ihr emotionales Gleichgewicht wiederzufinden. Der Spiegel über dem Waschbecken im Bad zeigte ein beängstigendes Bild. Die linke Seite ihres Gesichts war grotesk – das Auge schwarz und blau, zugeschwollen, die Backe rot und wund, schwarz und blau, geschwollen, die Nase geschwollen und innen vom Blut verkrustet. »Wie kann ich aus dem Haus gehen, wenn ich so aussehe?« jammerte sie.

»Für mich bist du schön.« Silvestri nahm ihr den Kamm aus der Hand. »Du lebst. Das ist im Augenblick das einzige, was zählt.« Er legte den Arm um sie und führte sie zum Bett. Das Krankenhausnachthemd und der Bademantel flatterten um ihre Knie. »Als ich den Anruf von Mo bekam . . .«

Tränen quollen ihr aus dem unverletzten Auge. Sie war nervös, sogar weinerlich. »Ich hatte solche Angst.

Er hätte mit mir machen können, was er wollte. Wenn Warren nicht gewesen wäre . . .«

»Wer?«

»Die Katze. Warren. Was ist mit ihm passiert?«

»Ich weiß nicht, aber Gorham sah aus, als hätte er mit einem Tiger gekämpft.« Er lächelte. »Ich dachte, du hättest das getan.«

Wetzon lächelte nicht. »Wenn er ihn doch getötet hätte«, brach es aus ihr heraus. »Ich hasse ihn.« Ihre Hand bewegte sich rastlos hin und her; sie fummelte an dem Verschluß ihrer Handtasche herum. »Weil er es geschafft hat, daß ich mich schwach fühlte und nicht mehr unter Kontrolle hatte, was mit mir passierte. Ich überlege unaufhörlich, was ich nur getan haben könnte, was ihn auf den Gedanken . . .«

»Hör auf mich, Les, der Mann hat Probleme. Du warst halt zufällig da. Du bist mit in seine Wohnung gegangen . . .«

»Silvestri, es ging um ein geschäftliches Abendessen. Er lud mich ein, mit nach oben zu kommen. Ich konnte doch nicht gut darauf bestehen, in der Halle zu warten oder ihn im Restaurant zu treffen. Das wäre beleidigend gewesen. Ich wäre mir so hinterwäldlerisch vorgekommen, so naiv und dumm . . .« Sie hielt inne. »Vermutlich wollte er, daß ich mich so fühle.«

»Du hast etwas getrunken.«

»Sodawasser.«

»Egal. Diese Typen, die über Frauen herfallen, haben eine kaputte Wahrnehmung von der Welt, Les. Es gibt ihnen eine Macht, die sie normalerweise im Beruf oder auf der Straße nicht haben. Es macht sie an. Gorham faßte deine Anwesenheit dort als bewußte Anmache auf.«

Sie spürte ihr Herz gegen den Brustkorb hämmern, als wollte es zerspringen. »Silvestri, ich schwöre, daß ich nichts getan habe.« Sie weinte schon wieder. Wie konnte sie das nur abstellen? Es reichte langsam.

»Ich weiß es, Les, aber du auch?« Sein Piepser meldete sich.

»Ich will's versuchen.« Sie lächelte ihn verkrampft an. »Wann wollte Carlos hier sein?«

»Zehn, halb elf.« Er gab ihr den Kamm zurück und griff zum Telefon auf dem Tisch neben ihrem Bett, tippte ein paar Zahlen, wartete, sagte dann: »Silvestri.« Er rückte die Schulterhalfter zurecht, während er murrend zuhörte.

Wetzon steckte den Kamm in die Handtasche und sah den gefalteten Umschlag, der die xerokopierte Liste enthielt.

»Halt!« Silvestri sah sie fragend an. Sie zerrte den Umschlag heraus, wobei sie einen willkommenen Adrenalinstoß verspürte, und winkte ihm damit.

»Ja«, sagte er ins Telefon. »Verstehe. Ungefähr fünfzehn Minuten.« Er legte auf. »Was ist das?« Er betrachtete den Umschlag, dann zog er das Blatt Papier heraus und faltete es auf.

»Ich fand es in Chris' Wohnung.«

»Aha?«

»Es ist genau das gleiche wie das Blatt, das ich in kleine Schnipsel zerrissen in Ellis Make-up-Beutel bei Luwisher Brothers gefunden habe – an dem Tag, als Dr. Ash ermordet wurde.«

»Ach ja? Na, wann hast du mir davon berichten wollen?« Er hörte sich stocksauer an.

Sie war beleidigt. »Ich habe es vergessen. Es schien mir wohl nicht so furchtbar wichtig. Ich konnte nicht wissen, ob es auf Ashs Notizpapier geschrieben war. Sei bitte nicht böse. Ich habe es gestern zusammengesetzt und hätte es dir am Abend gezeigt . . .«

»Herrgott noch mal, Les.«

»Schrei nicht. Ich fange an zu heulen.« Sie konnte nichts dagegen tun. Die Hände auf die Augen gedrückt, weinte sie.

Er hielt sie fest, und sie weinte auf sein sauberes weißes Button-down-Hemd, fühlte die Pistole in ihrer Hülle und fand sie dieses eine Mal beruhigend. *Gut, daß ich keine Waffe besitze,* dachte sie. *Ich hätte Chris Gorham umgelegt.*

»Ich liebe dich«, sagte Silvestri. Er küßte zärtlich ihre geschwollene Wange und zog ein Papiertuch aus der Schachtel neben dem Bett, um ihre Tränen aufzutupfen. »Du gehst immer auf Soloflug – auf deinem Hosenboden. Ich bin hier der Detective, wie du weißt, und wenn wir zusammenarbeiten, mußt du teilen.«

»Du hast recht. Aber wegen der Liste – bei allem, was passiert ist, hatte ich die Papierfetzen bis gestern vergessen.«

»Für wen könnte sie etwas bedeuten?«

»Du kannst Chris fragen, du hast ihn in Gewahrsam.«

»Darum ging es bei dem Anruf eben. Er ist draußen. Seine Frau besorgte die Kaution.«

»Und was er mit mir gemacht hat? Moment, ich verstehe nicht. Abby hat ihn rausgeholt? Ich dachte . . .«

»Sie hat die Anklage zurückgezogen.«

»So ein Mist, wie kann sie so dumm sein! Er wird es wieder tun, wenn er keine Hilfe bekommt. Glaubst du, sie ist wieder zu ihm in die Wohnung gezogen?«

Silvestri zog die Schultern hoch und steckte das Papier in den Umschlag. »Wie sieht es bei dir aus?« Er verstaute den Umschlag in der Innentasche seines hellbraunen Jacketts.

»Wie sieht was bei mir aus?«

»Deine Anklage.«

»Ich ziehe sie nicht zurück.«

»Das ist brav.«

»Du scheinst mich nicht sehr gut zu kennen, wenn du meinst, ich würde das tun.« Sie war beleidigt.

»Ich kenne dich überhaupt nicht. Du bist ein großes Geheimnis für mich.« Er strahlte sie an, und seine Augen wurden sehr türkis. »Ich liebe dich auch, Silvestri. Danke für die Schokolade.«

Er küßte sie auf die Stirn und ging.

Die riesengroße Tafel lag auf dem Tisch neben dem Telefon. Sie würde sie für zu Hause aufheben. Im Augenblick wünschte sie nur, hier herauszukommen. Sie wollte auf die Uhr sehen, aber sie befand sich nicht an ihrem Handgelenk. Wo war sie? Hatte sie sie verloren? Sie leerte die Handtasche aufs Bett und fand ihre Ohrringe und die Uhr, die sie anzog. Sehr aufmerksam von jemandem. Mo vielleicht. Ein wenig mißmutig dachte Wetzon: *Ich bin ihr zu Dank verpflichtet. Wenn sie nicht* . . . Sie ballte beide Hände zu Fäusten, dann dachte sie daran, daß Silvestri gesagt hatte, er liebe sie.

»Bist du in anständigem Zustand?« Carlos steckte den Kopf durch die Tür. Er sah aus wie Vanilleeis – Hosen, Jacke, einen Borsalino-Strohhut auf dem Kopf, eine Armani-Einkaufstasche in der Hand.

»Du siehst aus wie ein etwas dunkel geratener Tom Wolfe.«

»Und du siehst wie die Elefantenfrau aus.«

»Tausend Dank. Silvestri wird dir alles berichtet haben.«

»Hier sind deine Klamotten.« Carlos reichte ihr die Einkaufstasche. »Ja, er hat es mir erzählt. Und mir einen höllischen Schrecken eingejagt.« Er beugte sich über sie. »Laß dich betrachten.«

»Was meinst du?« fragte sie ängstlich.

Er musterte sie schalkhaft. »Häääßlich.«

»Ach, halt den Mund, du Ungeheuer.« Sie hielt sich die verschrammte Wange und lachte. »Ich könnte eines von den Dingern brauchen, die arabische Fundamentalisten ihren Frauen aufzwingen.«

»Eine Burqa? Vergiß es. Nicht romantisch genug. Ich habe dir genau das Richtige mitgebracht.« Er reichte ihr eine dunkle Brille mit gewaltigen runden Gläsern.

Sie setzte sie vorsichtig auf. »Wie sehe ich aus?«

Er faltete die Hände vor die Brust. »Auf mein Wort, Miss Garbo, darf ich Sie um ein Autogramm bitten?« Er grinste sie an. »Brauchst du Hilfe beim Anziehen?«

»Also wirklich, Carlos. Trete nur einen Schritt zurück und ziehe die Vorhänge zu, mein Lieber.« Sie stand langsam auf und leerte die Einkaufstasche auf das Bett, während er den Vorhang um ihr Bett zog und sie einschloß. »Wo hast du denn das gefunden? Ich habe es seit Jahren nicht mehr getragen.« Sie zog einen gelben Baumwolloverall mit kurzen Hosen heraus. Er hatte ihr den weißen DKNY-Baumwollanzug, BH, Höschen und die Keds mitgebracht. »Ich bin gleich fertig, aber in die mußt du mir helfen.«

»In was?« Er machte ein spöttisch lüsternes Gesicht, als er die Vorhänge teilte.

»Meine Keds.«

»Quatsch.«

Sie setzte sich auf die Bettkante, und er zog ihr die Schuhe an. »Wie sieht's draußen aus?«

»Ich bin auf dem Weg hierher an einer Kamelkarawane vorbeigekommen.«

»Prima. Was meinst du, was ich mit meinem Haar machen soll?«

Er neigte den Kopf zur Seite, legte einen Finger an das Kinn. »Hm, mal sehen.« Er flocht ihr Haar geschickt zu einem einzigen langen Zopf, langte in die Hosentasche, holte ein Gummiband heraus und schlang es um das Ende. »Was hältst du davon?«

»Faßt sich gut an. Wie sieht es aus?«

Er legte den Kopf wieder schief. »Mir gefällt es. Bist du bereit, dich der Welt zu stellen?«

»Ich glaube, ich muß mich abmelden.«

»Okay, ich gehe schon mal vor zur Stationsschwester und erkundige mich, was du brauchst. Hast du eine Krankenhauskarte dabei?«

»Machst du Witze? Die haben sie mir gestern abend aus der Hand gerissen.«

»Ich bin gleich wieder da. Bleib nur hier sitzen und bring dich nicht wieder in Schwierigkeiten, Häschen. Sei brav.«

Sie streckte ihm die Zunge heraus. Wann hatten alle angefangen, ihr zu sagen, sie solle »brav« sein?

Als sie mit baumelnden Beinen auf der Bettkante saß, dachte sie plötzlich, *du meine Güte, Smith!* Sie nahm das Telefon ab und rief im Büro an. Wie würde sie es Smith erzählen? Smith würde ... »Oh, Tag, B. B. Kannst du mir bitte Smith geben?«

Mehrere Sekunden verstrichen. »Mit wem spreche ich?« B. B. hörte sich vorsichtig an.

»B. B., ich bin's – ich, Wetzon.« Klang ihre Stimme so entstellt?

»Mann, Wetzon, tut mir leid. Bleib dran. Sie hat schon versucht, dich zu finden.«

»Wetzon!« schrie Smith auf. »Wo zum Teufel steckst du? Ich habe es bei dir probiert – ich weiß, was passiert ist.«

»Woher? Wer hat es dir gesagt?«

»Destry. Wo bist du, wir müssen reden.«

Destry? »Ich bin im Bellevue.«

»Alles in Ordnung?«

»Ich wäre nicht hier, wenn alles in Ordnung wäre.«

»Du brauchst nicht in diesem Ton mit mir zu reden. Ich bin völlig durchgedreht, seit ich es weiß. Du hättest deinen italienischen Dick Tracy bei mir anrufen lassen können.«

Smith machte sie müde. »Ich bin auf dem Weg nach Hause. Was hat Destry dir erzählt?«

»Er sagte, daß Chris zuviel getrunken hatte und sich nicht wie ein Gentleman benahm, daß er zu weit ging.«

»›Zu weit‹ ist gut.«

»Und? Ist es wahr?«

»Smith, Chris schlug mir mit der Faust ins Gesicht und versuchte, mich zu vergewaltigen. Hat Destry dir das gesagt?«

»Mein Gott, Zuckerstück, wie furchtbar für dich. Aber es ist nichts passiert, richtig? Er hat dich doch nicht vergewaltigt. Destry meint, du sollst nicht auf einer Anklage bestehen.«

»Und was meinst du, Smith?«

»Nun, natürlich kann ich solche Entscheidungen nicht für dich treffen, aber . . .«

»Das brauchst du auch nicht. Ich tu's nämlich.«

»Du tust was? Anklage erheben?«

»Ja.«

»Zuckerstück, ich weiß, du bist außer dir und verletzt, aber das geht vorbei. Du willst nicht daran festhalten. Du mußt vor Gericht erscheinen, und alles kommt heraus.«

»Was meinst du damit, alles kommt heraus?«

»Na ja, weißt du, dein Leben ... die Verhandlung kann *so* persönlich werden ... Außerdem hat Chris eingewilligt, sich einer Therapie zu unterziehen, also darfst du es einfach nicht tun.«

»Ich darf nicht?«

»Ja, du weißt schon, was ich meine. Du darfst nicht auf der Anklage bestehen.«

»Was redest du da für einen Mist? «Der unter der Oberfläche siedende Zorn wallte nun richtig auf. »Du mußt ihm eine Chance geben, sich behandeln zu lassen, und nicht alles noch schlimmer machen.«

»Seit wann sorgst du dich so um Chris? Bisher hast du ihn immer schlechtgemacht.«

»Kleines, du hörst mir nicht zu. Du darfst nicht auf der Anklage bestehen. Wir würden da ein schreckliches Signal aussenden.«

»Was für ein Signal?« Wetzon hörte ihre Stimme lauter werden.

»Jetzt beruhige dich einen Moment und laß mich reden. Jeder wird dadurch mitbekommen, daß wir Frauen sind, Schatz.«

»Wir *sind* Frauen!«

Smith ging darüber hinweg. »Es wird die Aufmerksamkeit auf uns als Frauen lenken, nachdem ich so hart daran gearbeitet habe, uns davon ...«

Wetzon legte auf.

»Ich verstehe nicht, warum dich das überrascht.« Carlos reichte ihr einen in ein Geschirrtuch gewickelten Eisbeutel. »Drück das auf die Schwellung.«

»Hör endlich auf, wie ein Kindermädchen hin und her zu rennen. Laß dich irgendwo nieder und unterhalte dich mit mir.« Sie schnickte den Zopf nach vorn über die Brust. »Wirf mir nur noch die Wolldecke rüber. Ich friere.« Sie lag mit angezogenen Beinen auf dem Sofa im Wohnzimmer und schlürfte Eistee, den Carlos zubereitet hatte.

Ihre Wohnung mit den Holzläden, den gesteppten Decken an den Wänden und den ländlichen Möbeln hatte nie schöner ausgesehen. Die Farben der Decken schienen zu leuchten, obwohl sie wußte, daß sie in Wirklichkeit matt waren. Sie berührte zärtlich den kleinen, mit einem geometrischen Muster bestickten Läufer, den sie als Blickfang auf das braune Sofa gelegt hatte, und betrachtete die sorgfältigen Stiche, die eine unbekannte Hand vor langer Zeit ausgeführt hatte. Das Eis klirrte in dem hohen Glas, während es schmolz, und der Tee war dunkel und seidig durch die Zitrone.

Sie war sicher, ihr Geruchssinn würde geschärft sein, wenn sie nur durch die Nase atmen könnte. Sie hatte eine furchtbare Begegnung mit dem Tod gehabt, und die Welt erschien ihr anders und neu.

Carlos ließ die Wolldecke auf ihre Beine fallen. »Du siehst besser aus, Häschen. Laß den Eisbeutel drauf.«

»Carlos, ich mag deinen scharfen Verstand.«

»Ich deinen auch.«

»Du meinst doch nicht, daß ich die Anklage zurückziehen sollte?«

»Nein. Ich möchte Chris Gorham geteert und gefedert und mit Schimpf und Schande aus der Stadt gejagt sehen. Ich meine, du mußt es dem Schwein heimzahlen, daß er dasteht wie Piksieben.«

Sie ließ den Eisbeutel in den Schoß fallen und streckte behutsam die Beine vor sich aus. »Piksieben . . .« wiederholte sie. Es löste etwas aus. Pik . . . Karten . . . ihr Traum vom Pokerspiel. Sie fröstelte.

»Falls du an den Barrakuda denkst, vergiß es. Sie würde ihr Kind verkaufen, wenn nur der Preis stimmte. Sie will dir ein Bein stellen.« Er setzte sich aufs Sofa und hob ihre Füße auf seinen Schoß, um sie zu streicheln. »Hör zu, Häschen . . .«

»Hm, jetzt macht er ein Gesicht, als sollte es ernst werden.« Sie grinste ihn schief an, dann zuckte sie zusammen. Sogar die Zähne taten ihr weh. Der Eisbeutel kam wieder auf die Wange. Carlos' Augen glitzerten. Er sah nicht viel älter aus als an dem Tag, an dem sie sich in einer Tanzklasse kennengelernt hatten. »Fünfzehn Jahre«, murmelte sie.

»Fünfzehn Jahre?«

»So lange kennen wir uns schon«, sagte sie zärtlich.

»Ach so. Ich machte mir schon Sorgen.« Er kitzelte die Sohle ihres nackten Fußes.

»Hör auf!« Sie versuchte, den Fuß wegzuziehen, aber er hielt sie am Knöchel fest.

»Ich höre auf, wenn du mich ausreden läßt.«

»Sprich.« Sie schloß die Augen.

»Ich mache die Choreographie für Mort Hornbergs nächste Show.«

»Was? Das ist toll. Worum geht es? Wann beginnst du mit den Proben?«

»Noch keine Termine. Irgendwann nächstes Jahr. Interessantes Thema, aber du weißt ja, was für ein Geheimniskrämer Mort ist. Ich möchte dich etwas Ernstes fragen, Häschen.«

»Okay, schieß los. Hoppla.« Sie schlug sich mit der Hand auf den Mund, wobei sie zusammenzuckte. »Tut mir leid. Ich höre auf, dich zu quälen. Ich bin wohl etwas hysterisch.« Sie kicherte, dann bekam sie Schluckauf.

»Mort ist Feuer und Flamme. Möchtest du als meine Choreographieassistentin zurückkommen?«

»In diesem Leben nicht, mein Guter.«

»Entschuldige, daß ich gefragt habe.«

Er machte ein so enttäuschtes Gesicht, daß sie sich aufsetzte und ihm einen Kuß auf die Wange drückte. »Ich freue mich trotzdem, daß du gefragt hast.«

»Laß den Eisbeutel darauf«, ordnete er streng an. »Das wäre nie passiert, wenn du beim Theater geblieben wärst.«

»Ja, weil die meisten von den Knaben schwul sind.«

»Das genügt. Ich verstehe einen Wink.« Er stand auf.

»Ich mache Spaß, ich mache doch nur Spaß!«

»Ich nehme deine Entschuldigung an, aber ich muß gehen. Ich habe eine Umbesetzung für heute abend, und ich komme zu spät zur Probe. Ist sonst alles in Ordnung?«

»Ja, Carlos. Vielen Dank. Von ganzem Herzen.«

»Ich weiß, Liebes. Laß dich auf die schiefe Nase küssen und erlaube mir zu gehen.«

Sie begleitete ihn bis zur Tür. »Wo hast du die Tafel Schokolade hingelegt?«

»Meinst du die riesige?«

»Mhm.«

»Auf die Küchentheke.«

»Okay, jetzt darfst du gehen.«

Mit der Hand auf dem Herzen sagte er: »Ich bin am Boden zerstört.«

Sie schob ihn zur Tür hinaus und schloß sie hinter ihm.

Es klingelte an der Tür. Der Klang schien um sie herum widerzuhallen. Sie öffnete die Tür.

»Hätte ich fast vergessen«, sagte Carlos. »Dwayne sagt, du hast bei ihm angerufen, aber sein Apparat hat deine Telefonnummer verschluckt, deshalb habe ich sie ihm gegeben.« Er wedelte ihr mit den Fingern zu und stieg in den Aufzug.

»Danke, Kumpel.« Sie fühlte sich wacklig auf den Beinen. Vielleicht würde Dwayne sie nicht vor morgen anrufen. Sie tappte in die Küche und fand die Tafel Schokolade, die sie erst in Stücke brach, bevor sie sie auswickelte. Dann legte sie ein kleines Stück auf die Zunge und ließ es zergehen. Sie wollte stark sein und sich durch das, was passiert war, nicht so weit bringen lassen, daß sie vor dem eigenen Schatten Angst hatte. Aber ihre Persönlichkeit war verletzt worden, und sie fühlte sich vergewaltigt. »Wenn du dich wie ein Opfer fühlst«, sagte sie laut, »dann wirst du zu einem. Laß das sein.«

Der Anrufbeantworter zeigte fünf Nachrichten an. Sie drückte auf Abspielen.

Doug Culver. Den hatte sie völlig vergessen. Sie hätte ihn am gestrigen Abend anrufen sollen. Nun, mittlerweile wußte er, warum sie nicht angerufen hatte.

Smith.

Laura Lee. Die Party für Anne fand am Sonntag statt. Auch das hatte sie vergessen. Ein schönes Bild würde sie abgeben. Nicht einmal ein Schleier würde helfen. *Wie wär's mit einem schönen bestickten Futtersack mit Atemlöchern, Wetzon?*

Noch einmal Smith.

Dann: »Leslie Wetzon, hier ist Abby Gorham, Chris' Frau. Ich bitte Sie, nicht auf der Anklage zu bestehen. Chris schämt sich furchtbar für das, was er getan hat. Er hat versprochen, sich in eine Therapie zu begeben. Ich habe zwei Kinder, die ihren Vater brauchen.«

Du meine Güte, im Moment hatte sie nicht gerade das Bedürfnis, sich nachsichtig zu zeigen. Erst Smith – mit ein wenig Nachhilfe von Destry – jetzt das. Wetzon fragte sich, woher Abby ihre Privatnummer hatte. Vielleicht stand sie in Chris' Adreßbuch. Oder steckte Smith dahinter?

Sie seufzte und rief Laura Lee an.

»Fühlst du dich nicht wohl? Man hat mir gesagt, daß du heute nicht im Büro bist.« Wetzon hörte Laura Lees anderes Telefon im Hintergrund summen.

»Ich hatte einen kleinen Unfall, aber es geht schon wieder . . . glaube ich.«

»Du hörst dich nicht gut an. Was ist passiert?«

»Eine Meinungsverschiedenheit. Ich wurde ein bißchen aufgemischt.«

»Smith?«

»Ach was, nein.« Wetzon mußte lachen. »Smith' Attacken sind immer emotional, Laura Lee.«

»War es jemand aus der Branche?«

»Mir ist jetzt nicht danach zumute, groß davon zu reden. Ich berichte es dir morgen.«

»Okay, dann gilt unsere Verabredung für morgen noch?«

»Na klar. Aber könntest du das Einkaufen erledigen? Ich sehe scheußlich aus. Ich werde maskiert zu der Party kommen müssen.«

»Maskiert?«

»Ich bekam einen Fausthieb ins Gesicht.«

Sie hörte, wie Laura Lee schnell Atem holte. »Es war Chris Gorham, ja?«

»Laura Lee, du hast es gehört?«

»Nein, das nicht. Was ich gehört habe, war, daß jemand bei Luwisher Brothers wegen häuslicher Gewaltanwendung festgenommen wurde – oder wie immer das männliche Establishment das Zusammenschlagen von Frauen nennt. Ich wußte nicht, daß es sich um dich handelte.«

»Wie hast du es dann geraten?«

»Das sage ich dir morgen«, antwortete Laura Lee mit gepreßter Stimme.

»Und jetzt bitte Ms. Wetzon, die unseren Ehrengast vorstellen wird.«
Sie stand auf und schwebte zum Pult, als wäre sie leichter als Luft. Die Band spielte »What's new, Pussycat.«

Sie blickte über die Masse der Gesichter im Saal der New Yorker Börse, sah sie auf und ab wogen wie Weizen im Wind. Wer war der Ehrengast, überlegte sie in Panik. Ihre Hand, die ein Blatt umklammerte, zitterte heftig. Sie faltete das Papier auf und verlas die Namen und Zahlen auf der fotokopierten Liste.

Kellner in schwarzen Smokings und OP-Masken schlängelten sich in einer Congakette um und über das Podium, während sie den »What's new, Pussycat«-Refrain sangen. Der Kellner an der Spitze balancierte auf der Fingerspitze ein Coca-Cola-Tablett mit einem einzigen Drink. Perrier mit Limone. Er bot es Wetzon an, die den Kopf schüttelte und zurückwich, doch das Ende der Congakette schwenkte herum und nagelte sie fest, eine lebende Barriere.

»Trinken Sie!« schrie der Kellner an der Spitze, die Stimme gedämpft durch die OP-Maske.

»Trink es!« rief Smith.

»Trinken Sie!« schrie Hoffritz.

»Ja, los«, sagte Destry, der die Nachhut bildete.

»Tun Sie's nur, Wetzon«, sagte Dougie Culver, indem er die Schultern hochzog und die Hände mit den Handflächen nach oben ausstreckte. »Ich kann Sie sehr gut leiden ... ich respektiere Sie ... aber Sie haben keine Option.«

»Keine Option, keine Option«, riefen alle im Chor.

Der Kellner stieß das Perrier nach ihr, mit Augen wie Onyx, ausdruckslos und schwarz. *Hilfe,* dachte sie. Er drückte den Rand des Glases an ihre Lippen, während die anderen sie festhielten, und sie schluckte die faulige Flüssigkeit und würgte. Die Weizenhalme schlossen sich um sie und wirbelten erstickenden Staub auf. Ihre Augen brannten und tränten. Sie riß sich von denen los, die sie gefangenhielten, und mit dem letzten Quentchen Kraft zerrte sie die OP-Maske vom Gesicht des führenden Kellners. Charlie Chan.

Er grinste und starrte sie ohne zu blinzeln an. »Die uralten Ahnen sagen, der ist ein weiser Mann, der Rauch vom Feuer trennen kann.«

»Aber ich bin eine Frau«, schrie sie, während sie sich in den Weizen sinken fühlte.

»Dann vertraue deiner Eingebung«, sagte die asiatische Stimme, während die Glocke tönte, die den Schluß des Börsentages ankündigte.

Und tönte.

Sie rollte auf ihre linke Seite, womit sie einen dumpfen klopfenden Schmerz auslöste, der sie aufweckte. Wieder auf dem Rücken liegend, nahm sie langsam ihre Umgebung wahr. Sie fühlte sich, als wäre sie mit Fäusten bearbeitet worden. Was ja auch zutraf. Sie öffnete die Augen und ließ die Finger den Schaden erkunden. Wunder über Wunder, ihr linkes Auge funktionierte wieder. Ein bloßer Schlitz, aber es ging wieder. Eine krustige Grindschicht hing an den Wimpern. Die geschundene Haut auf der Wange hatte einen Schorf so dick wie ein Teppich gebildet. Ihr Unterkiefer schmerzte. Sie ließ ihn vorsichtig kreisen, öffnete und schloß prüfend den Mund. Das leise Poltern von Silvestris Stimme kam aus dem Zimmer nebenan herüber und beruhigte sie. Im Halbschlaf jagte das Geräusch der Dusche sie wieder in den vergangenen Abend zurück, und sie krümmte sich unter der leichten Decke, bis ihr bewußt wurde, daß sie in Sicherheit war, und das Zittern hörte auf.

Ihre Uhr zeigte zwölf nach zehn an, und die Klimaanlage summte. Die geschlossenen Jalousien schalteten die Außenwelt aus – Tageslicht, Hitze, Menschen –, und das war ihr gerade recht. Sie hatte im Augenblick die Nase voll von ihnen. Abgesehen von Carlos und Silvestri wollte sie sich mit Frauen umgeben, mit Freundinnen. Flockige Baumwollwolken schwebten vor ihrem Auge vorbei. *Blauer Himmel lächelt mich an.* Und sie schlief wieder ein.

»Guten Morgen.« Silvestri weckte sie, indem er sich auf die Bettkante setzte, so daß die Matratze sich senkte.

Ihr Mund war innen trocken und faltig wie ein Herbstblatt, und die Lippen waren aufgesprungen. Sie hatte auf dem Rücken liegend mit offenem Mund geschlafen. Halb getrocknete Spucke klebte am rechten Mundwinkel. Sie schlug die Augen auf. »Du bist angezogen. Arbeitest du heute?« Silvestri hatte seine Schulterhalfter an. Sie zog sich langsam in eine sitzende Stellung hoch und nahm das Glas Orangensaft, das er ihr hinhielt. Der Saft war frisch und dick vor Fruchtfleisch, wie sie ihn mochte. Sie sah ihn mit einem ungewollt schiefen Lächeln an. »Ziehen Sie sich auf«, sagte sie.

Er musterte sie mit ernstem Blick, nickte dann zufrieden. »Ich gehe mir die Haare schneiden lassen.« Er strich sein Haar über den zurückweichenden Haaransatz zurück, als ob er einen vollen Schopf hätte. »Danach fahre ich nach Forest Hills raus.«

»Aha.« Seine Mutter wohnte in Forest Hills. Sie war Rechtsanwältin, spezialisiert auf Frauenprobleme. Sie hatte früh ihren Mann verloren, war an die Fordham gegangen und hatte ein Jurastudium absolviert. Wetzon war Rita Silvestri nie begegnet, hatte jedoch am Telefon mit ihr gesprochen. Silvestri schien geneigt, die zwei Frauen in seinem Leben auf Abstand zu halten, was Wetzon nur recht war. Wenn er sie zusammenbrächte, würde das heißen, daß er eine Verpflichtung ihrerseits wünschte.

»Das Lebensmittelgeschäft der Kims befindet sich in Forest Hills.« Sein Gesicht verriet nichts.

Sie runzelte die Stirn. »David Kim. Steht er noch unter Verdacht?«

»Wir werden auch mit Hoffritz, Bird, Culver und Munchen reden, obwohl Hoffritz und Bird behaupten, sie seien in einer Bar gewesen, als Ellie ermordet wurde.«

»Harry's?«

»Ja, woher weißt du das?«

»Die halbe Wall Street strömt nach Börsenschluß auf einen Drink dorthin. *Harry's* – hm, das ist gut. Um diese Uhrzeit gleicht *Harry's* einer Sardinenbüchse voll mit Maklern und Händlern. Wer sollte da wissen, ob sie wirklich dort waren oder nicht?« Sie starrte ihn nachdenklich an. »Sie geben sich also gegenseitig ein Alibi. Wie praktisch.« Sie beugte die Knie. »Laß mich versuchen aufzustehen.«

»Mach langsam, Les.« Er stand auf und nahm ihr das leere Glas aus der Hand.

»Ich glaube, der eine würde lügen, und der andere würde es beschwören.« Sie trug eines seiner T-Shirts, das ihr bis auf den Ansatz der Schenkel reichte.

»Meinst du, du kommst heute allein zurecht?«

Er hörte sich besorgt an. Das war nett. »Laura Lee kommt so um zwölf vorbei. Wir geben morgen die Einladung für Anne. Du möchtest vielleicht vorher verschwinden.«

»Die Sondereinheit steht unter Zeitdruck, bis wir das hier gelöst haben. Der Bürgermeister möchte nicht noch eine Schlagzeile über einen Mord lesen, während sein Wahlkampf in die heiße Phase kommt.« Er zog das hellbraune Jackett an und rückte es über der Schulterhalfter zurecht.

»Was ist mit der Liste?«

Er klopfte auf seine Brusttasche. »Ich habe sie dabei.«

»Warum werde ich das komische Gefühl nicht los, als wären wir die einzigen, die nicht wissen, was sie bedeutet?« Sie begleitete ihn langsam durch den Flur, wobei ihre Muskeln bei jedem Schritt laut protestierten. Die Barre war heute ein Muß. Und zwar bald.

»Dort steht Kaffee.«

»Herrlich!«

»Iß etwas.«

»Ich dachte, du magst meine Schlankheit.«

»Und ob.« Er tätschelte ihren Hintern und küßte sie auf die zerschrammte Wange. »Aber Rita wird sagen, du seist zu dünn.« Er brachte es ganz beiläufig. Dam da dam.

Ihr Herz drehte eine Pirouette in der Brust. »Ach?«

Er machte die Tür auf. »Die Zeitung liegt auf dem Stuhl«, sagte er.

»Das ist alles? Sonst sagst du nichts?«

Er sah sie spöttisch an.

»Okay, vergiß es, Clint.«

Er grinste sie an und schloß die Tür.

Sie öffnete sie einen Spalt. »Silvestri, Dwayne – Ellies Assistent – soll mich anrufen. Ich hatte vor, ihn nach der Liste zu fragen. Ist er ein Verdächtiger?«

Silvestri kam an die Tür zurück. »Nein, aber wann hast du mit ihm gesprochen?«

»Ich nicht. Carlos. Vor ein paar Tagen, nehme ich an.«

»Gut, falls er anruft, kriege heraus, wo er ist, oder sieh zu, daß du ihn herbei kommst. Ruf mich sofort an, wenn du von ihm hörst.«

»Das verstehe ich nicht.«

»Du sollst mir nur versprechen, nicht zu versuchen, das allein zu erledigen.« Seine Augen signalisierten unerbittliches Schiefergrau.

»Okay, okay, ich verspreche es. Aber was soll das alles?«

»Dwayne ist weg, abgehauen. Jemand sah ihn Donnerstag nacht mit einem Koffer aus seinem Haus rennen.«

Laura Lee unterbrach Wetzons Training ungefähr um eins.

»Hallo, jemand zu Hause?« Laura Lee stieß die Tür mit einem Zeh auf und ließ zwei randvolle Einkaufstüten von *Zabar's* und eine genauso überquellende Plastiktasche von *Fairway* auf den Boden fallen.

Wetzon hatte die Tür angelehnt gelassen, als der Portier meldete, Miss Lorelei sei auf dem Weg nach oben.

»Hier herein, Miss Lorelei.« Wetzon befand sich auf der Übungsmatte, die Füße hochgereckt im Schulterstand, eine Übung, die sie mit dem verkrusteten Blut in der Nase wahrscheinlich lieber lassen sollte. Auf dem Kopf stehend sah Wetzon, daß Laura Lee Shorts aus Jeansstoff und Espadrilles trug. Ihr weißes Baumwollhemd mit aufgestelltem Kragen war in der Taille geknotet. »Du siehst hübsch aus.« Sie wölbte den Rükken und brachte das eine Bein auf den Boden, dann senkte sie langsam das andere Bein, bis sie in der Brükke war.

»Liebe, wenn du das kannst, dann bist . . .«

»Es geht mir gut.« Wetzon ließ sich Wirbel um Wirbel sinken, bis sie flach auf der Matte lag.

»Oh, Mann«, rief Laura Lee aus, die über ihr stand.

»Danke.« Wetzon setzte sich auf und schlug die Beine nach Yoga-Art über. »Man kommt sich scheußlich vor.«

»Möchtest du mir sagen, was passiert ist?«

»Er suchte beruflichen Rat und mochte nicht, was ich ihm erzählte.«

»Nun mach schon, Wetzon.«

»Also gut, er suchte beruflichen Rat, das sagte er zumindest, und er lud mich zum Abendessen ein. Ich sagte zu. Ich hätte nie gedacht . . . na ja, er ist verheiratet, er hat Kinder . . . er sagte, er wolle zu einer anderen Firma.«

»Und er bat dich, in seiner Wohnung zu warten.«

Wetzon sah Laura Lee an. »Er fiel über mich her, und als ich mich wehrte, verpaßte er mir das als Geschenk, mit herzlichen Grüßen von ihm an mich. Sag es nicht, Laura Lee.« Sie senkte den Blick auf die Knie. Es tat weh, so lange nach oben zu schauen.

Laura Lee hockte sich vor sie. »Liebe Wetzon, ich habe nicht vor, jetzt etwas dazu zu sagen. Es ist alles vorbei, und man braucht dir kein Salz auf die Wunden zu streuen. Eins will ich dir sagen: Chris Gorham hat es geschafft, jahrelang mit diesem Benehmen ungestraft davonzukommen, weil niemand seine Festnahme veranlaßt hat – bis jetzt. Du bist eine Heldin.«

»Woher weißt du über ihn Bescheid, Laura Lee?« Wetzon blinzelte Tränen weg. »Kennst du Abby?«

Laura Lee schüttelte den Kopf. »Nein. Ich kannte eine, bei der er es gemacht hat, eine, die im selben Einführungskurs bei Merrill war. Das war vor seiner

Heirat. Wir lernten ihn bei *Harry's* kennen. Wir hatten gerade unseren Abschluß gemacht und feierten.« Laura Lee seufzte auf; der weiche südliche Tonfall war im Moment fast verschwunden. »Er war wirklich raffiniert. Sie ging immer öfter mit ihm aus, und es war echte Liebe – wenigstens bei ihr. Eines Tages erschien sie nicht zur Arbeit, deshalb rief ich sie an. Sie hörte sich furchtbar an.« Laura Lee stand auf und hielt Wetzon die Hand hin. »Sie wohnte in einem Sandsteinhaus in den Sechzigern an der West Side. Ich erzählte ihr, ich sei zufällig auf dem Heimweg vorbeigekommen.« Wetzon nahm ihre Hand und stand auf, ohne Laura Lees Hand loszulassen. »Ich kann dir sagen, daß sie viel schlimmer aussah als du.«

»Du hättest mich Donnerstag abend sehen sollen. Was ist aus ihr geworden?«

»Sie packte ihre Sachen und ging heim nach Tampa. Rief nie an, schrieb nie. Vermutlich wollte sie einfach alles auslöschen.«

»Und Chris kam ungestraft davon.«

»Und Chris kam ungestraft davon.«

»Nun, dieses Mal kommt er nicht durch«, erklärte Wetzon. Das Baumwolltrikot klebte klamm an ihr. »Smith bekommt Zustände, weil ich ihn anzeige.«

»Smith!"« Laura Lee stieß den Namen verächtlich hervor. »Deine ach so liebe Partnerin interessiert sich nur fürs Geschäft, das darunter leiden könnte. Habe ich recht?«

»Du hast recht.«

»Ich nehme an, Hoffritz übt Druck aus.«

»Nein, Hoffritz nicht. Destry Bird.«

»Wetzon, arme Kleine, Destry Bird ist ein Spiegel.«

»Wieso?«

»Er reflektiert, sonst nichts.«

»Sprechen wir nicht mehr davon. Laß sehen, was du eingekauft hast.«

Sie packten geräucherten Lachs, Brot, Kaffee und Käse aus den Tüten.

»Ich hoffe, du hast Brunnenkresse. Und Eier.«

»Klar.«

»Auch Gurken?«

»Ja.«

»Dann kann's ja losgehen. Ich backe eine Schokoladentorte mit Pekannüssen. Die Sandwiches bereiten wir morgen zu, kurz bevor sie kommen.«

»Hier ist das Mehl. Butter steht im Kühlschrank. Du kannst die Küchenmaschine benutzen, und ich nehme das Handrührgerät.« Wetzon holte eine Dose Kürbis aus dem Schrank. Sie hielt sich an das alte Rezept auf der Dose, verfeinerte es aber mit Vanille, Mandeln und frischem Muskat. Sie rührte alles zusammen, verteilte den Teig auf zwei gefettete Kastenformen und schob sie in den vorgeheizten Backofen. Sie streifte sich das Mehl von den Händen. »So macht mir das Backen Spaß. Eins, zwei, drei und in die Röhre.« Sie stellte sich auf die Zehenspitzen und drehte am Zeitschalter.

Nachdem sie jeden verfügbaren Meßbecher und jede Schüssel verwendet und die unglasierten Kacheln auf Wetzons Küchenboden mit Mehl eingestäubt hatte, goß Laure Lee den Schokoladenteig in eine eingefettete Springform und schob sie in die zweite Backröhre. »Das ist wirklich schön, daß du zwei Backröhren hast und keine davon eine Mikrowelle ist.«

Wetzon stellte sich noch einmal auf die Zehenspitzen, um den Zeitschalter zu erreichen. »Wie lang braucht deiner?«

»Vierzig Minuten.«

»Meine müssen eineinhalb Stunden drin sein, also richten wir uns nach deinem, weil diese Uhr nicht funktioniert und ich noch keine Gelegenheit hatte, jemand zum Reparieren herzubekommen.« Wetzon spülte die Geräte und das Geschirr ab und räumte alles in die Spülmaschine.

»Was ist das?« Laura Lee steckte die Nase in den Kühlschrank.

»Was?« Wetzon, die ihre Marmorarbeitsfläche abgewischt hatte, trocknete sich jetzt die Hände ab und sah Laura Lee über die Schulter. »Das ist ein Rest Pasta, Silvestri hat sie gestern abend zubereitet.«

»Mmm. Riecht lecker.« Sie nahm eine Gabel aus der Schublade und putzte den Rest weg. »Kochen kann er also auch. Diesen Mann müssen wir uns warmhalten.« Sie sah Wetzon unter ihren mit Mascara getuschten Wimpern heraus an.

Wetzon merkte, daß sie rot wurde. »Ich möchte dir etwas zeigen, Laura Lee.« Sie holte die Rolle mit dem aufgeklebten Papier aus der Aktentasche und hielt sie Laura Lee hin, die ihr gefolgt war. »Wonach sieht das für dich aus? Hast du Lust auf Eistee? Ich habe eine fertige Flasche zum Kühlhalten im Kühlschrank.«

»Ja. Mit viel Zitrone bitte.« Laura Lee betrachtete aufmerksam das Blatt Papier.

Während sie den starken Tee über Eiswürfel und Zitronenscheiben goß, konnte Wetzon sie im Wohnzimmer laut die Namen vorlesen hören.

»Du weißt, was das ist?« rief Laura Lee.

»Nein, deshalb zeige ich es dir.« Wetzon kam mit zwei Gläsern ins Wohnzimmer.

Laura Lee schlug mit dem Blatt nach ihr. »Na, mir

sieht es sehr nach einer Liste von Maklerkunden mit Kontonummern aus.« Sie streifte die Espadrilles ab und zog die Beine aufs Sofa hoch.

»Diese Zahlen sind Kontonummern?«

»So sehen sie auf einer Kopie aus. Aber sieh mal hier.« Laura Lee zeigte etwas auf dem Blatt Papier.

»Moment.« Wetzon stellte die Gläser auf die Glasplatte des Couchtisches und setzte sich neben Laura Lee. »Okay. Was gibt's?« Sie starrte auf Laura Lees langen rosenroten Fingernagel.

»Fällt dir nichts Eigenartiges auf?«

»Mmm.« Sie überflog die Namen. »Nein. Was siehst du?«

»Wetzon, zwei von diesen Namen haben dieselbe Kontonummer. Siehst du . . . hier.«

Wetzon sah sofort, daß Laura Lee recht hatte. Adam Park und Jonathan Young hatten dieselbe Kontonummer.

»Dazu kommt noch, daß sie beide Postfächer an der Knickerbocker Station haben.«

»Das habe ich gesehen, aber was heißt das? Manche Leute haben nun mal Postfächer.«

»Liebe Wetzon, zwei Leute können nicht dieselbe Kontonummer haben. Es geht einfach nicht. Die Rechtsabteilung würde das sofort aufgreifen.«

Die Rechtsabteilung, dachte Wetzon, indem sie sich zu erinnern versuchte. »Die Rechtsabteilung. Wenn nun deren Direktor in einer kleinen Firma einen Unfall hätte – sterben würde oder was weiß ich –«

»Er müßte ersetzt werden.« Laura Lee nahm einen Schluck Tee aus dem beschlagenen Glas. Eiswasser tropfte auf ihren Schoß. »Wo hast du Servietten?«

»In der obersten Schublade, dort. Laura Lee, wenn

ein leitender Angestellter der Firma in der Rechtsabteilung einspringen würde, bis ein Ersatz gefunden werden könnte?«

»Na gut, aber er müßte sich in der Arbeit auskennen.« Sie ließ eine Serviette auf Wetzons Schoß fallen, plumpste aufs Sofa und legte eine unter ihr nasses Glas.

»Und wenn nun dieser Angestellte nicht bemerkte, daß die zwei Konten dieselbe Nummer haben?«

»Das könnte wohl passieren ... unter solchen Umständen.« Sie schien unschlüssig. »In einer wirklich kleinen Firma vielleicht. Aber das alles ist illegal. Man kann damit nicht ewig ungestraft davonkommen.«

»Mit nichts kann man ewig ungestraft davonkommen.« Wetzon trank einen Schluck Tee.

»Aber solange man damit durchkommt, kann man eine Menge Geld verdienen.«

Wetzon sprang auf und verschüttete dabei beinahe den Tee. »Laura Lee, du bist phantastisch«, rief sie.

»Hm, vielen Dank. Könntest du mir vielleicht erklären, worum es bei dem Ganzen geht?«

»Carlton Ash. Er wurde ermordet, weil er, als er das Büro des verstorbenen Direktors der Rechtsabteilung benutzte, etwas Illegales entdeckte, woran der Direktor gearbeitet hatte.«

Laura Lee runzelte die Stirn und stützte das Kinn auf die gebeugten Knie. »Dann mußt du nur noch herauskriegen, wer der Makler ist, der diese Konten betreut, und du hast den Mörder.«

Die Frage war: Welcher Makler hatte diese Konten unter seinen Kunden? Und wenn mehr als ein Makler dahintersteckte? Sie rief beim Midtown North an und gab die Information an Metzger weiter.

Es würde ziemlich leicht sein, den Makler zu finden. Von jedem Konto im Maklergeschäft war der Name des Finanzberaters, der das Konto betreute, im Computersystem gespeichert, und wenn nicht der Name, dann die Personalausweisnummer des Maklers. Alle Straßen führten nach . . .

Wetzon faltete Notizpapier in Streifen und riß die Streifen am Knick auseinander, dann schrieb sie *Sandwiches* zweimal, *Kürbisbrot, Kuchen, Plätzchen, Brötchen*, und ließ je einen Streifen auf die dafür bereitgestellte Servierplatte fallen.

»So, das genügt für heute.« Laura Lee kam vom Bad über den Flur und traf Wetzon dabei an, wie sie das Wohnzimmer begutachtete.

»Meinst du, es ist so richtig?« Wetzon fühlte sich verunsichert und nervös. Ihr Herz flatterte und hämmerte, beruhigte sich, begann erneut zu flattern und zu hämmern. »Ich hoffe, es wird kühl genug sein.« Sie spürte Laura Lees besorgten Blick auf sich ruhen und wich ihm aus.

»Ich lasse dich furchtbar ungern allein.«

»Nein, nein, Laura Lee. Geh du nur. Ich habe Momente blinder Panik, aber im Grunde bin ich hart wie Fels.« Sie lächelte. »Ein leicht gesprungener Fels. Und du darfst den General nicht enttäuschen.«

Laura Lee mußte lachen. »Kannst du dir das vorstellen, ich altes Haus mit einem General? Wie Daddy sich darüber freuen würde. Zu schade, daß er es nie erfahren wird.« Laura Lee machte es Spaß, ihre Eltern mit Geschichten von jüdischen liberalen Nordstaatlern, mit denen sie ausging, zu quälen. An der Tür stehend, umarmte sie Wetzon. »Wir Frauen müssen zusammenhalten.«

»Ich weiß. Ich bin dir dafür dankbar, Laura Lee, aber ich möchte jetzt lieber allein sein. Ehrlich. Ich begleite dich ein Stück. Ich möchte nach der Post sehen und mich vielleicht mit einem mexikanischen Essen zum Mitnehmen verwöhnen. Dann werde ich mich tüchtig einweichen und mit einem Buch zu Bett gehen.« Irgendwo in der Wohnung mußte sie Scott Turows neuestes haben.

»Na gut, dann zieh dir was für die Straße über, weil ich jetzt losgehen möchte. Der General fliegt zum Abendessen und zum Juillard String Quartet herauf.«

Ungeschickt streifte Wetzon einen Baumwollminirock über das Trikot und band die Riemen der Keds zu. »Hört sich ernst an.«

Laura Lee verdrehte die Augen. »Biii-ttte. Schon bei dem Gedanken bekomme ich einen Ausschlag.«

Während sie den Strohhut über die Stirn zog und die Sonnenbrille aufsetzte, sagte Wetzon: »Der Grund ist, daß du eigentlich nicht heiraten möchtest. Das kann ich verstehen.« Sie grinsten sich an.

Laura Lee musterte sie. »Man kann nie wissen. Was wirst du den Leuten erzählen?«

»Daß ich gegen eine Tür gerannt bin. Oder die Wahrheit. Ich möchte nicht, daß jemand glaubt, es sei Silvestri gewesen.«

Draußen war die Hitze unerträglich, und Manhattan sah wie eine Zementwüste aus. Laura Lee stieg in ein Taxi, und Wetzon schlenderte zum Broadway hinüber. Die Luft war feucht und schwer. Die West Side wirkte wie eine Geisterstadt. Bis auf Stadtbusse gab es kaum Verkehr, und das einzige Taxi, das sie sah, war das, in das Laura Lee eingestiegen war.

An der Ecke Broadway und 86. Street schaute Wetzon nach Süden. Die verlassenen Straßen flirrten in der Sonne wie eine optische Täuschung. Es mußte an ihren Augen liegen. Sie nahm die Sonnenbrille ab. Es waren nicht die Augen. Die Palmen auf dem Streifen zwischen den Richtungsfahrbahnen ließen die Wedel bis auf die trockene Erde hängen. Palmen? War sie verrückt? Sie setzte die Brille auf. Noch eine optische Täuschung.

Das mexikanische Lokal mit Straßenverkauf hatte die Klimaanlage auf kalt gestellt. Wetzon bestellte eine Chimichanga zum Mitnehmen, und während sie wartete, beobachtete sie die flinken Hände des Kochs, der die Tortilla ausrollte, füllte, zusammenrollte und in das heiße Öl gleiten ließ. Sie fragte sich,ob er mit diesen Händen seine Frau oder Freundin schlug.

Hör auf damit, dachte sie.

Er ließ die Rolle abtropfen und legte sie gefällig in einen Behälter aus Alufolie, fügte Bohnen, Reis und Salsa hinzu, dann rollte er den Folienrand mit beneidenswertem Geschick um den Deckel aus Pappe, während er gleichzeitig mit einem sauberen weißen Tuch die verschüttete Soße um die Seiten abwischte.

Wieder draußen auf der Straße, stach die Sonne durch den Strohhut, und Schweiß floß Wetzon in Rinnsalen über das Gesicht, so daß die Sonnenbrille auf der Nase rutschte. Über ihr war der Himmel blau und wolkenlos und doppelt rücksichtslos. Sie fühlte sich wie auf einem Grill und fragte sich, bei welcher Temperatur Blut kochte.

Oben angekommen, ließ sie ihre Post und die Chimichanga auf die Küchentheke fallen und ging ins Wohnzimmer. Sie hängte den Strohhut über einen Knauf an der Stuhllehne, stellte sich vor die Klimaanlage, drehte sich um, ließ sich abkühlen, drehte sich wieder um und dachte über die Teile des Puzzles nach. Ihre Prellungen reagierten auf den Temperaturwechsel. Sie verließ die Kälte und schleppte sich ins Schlafzimmer.

Endlich lag sie auf dem Bett, begutachtete die Balken an der Decke, ließ den Blick über das Messingfiligran des Deckenventilators wandern, der sich träge auf der niedrigsten Stufe drehte.

»Warum«, hatte Wetzon Laura Lee gefragt, »legt ein Makler zwei Konten mit derselben Nummer an?«

»Es könnte sich um ein Versehen des Sekretariats handeln.«

»Wie ist das im Zeitalter des Computers möglich?«

»Liebes Kind, das passiert häufiger, als du denkst. Wir sind nur so gut wie die Hilfe, die wir bekommen, und bei den ganzen kostendämpfenden Maßnahmen bekommt man Helfer, die nicht lesen, schreiben oder begreifen können. Man bekommt, wofür man zahlt.«

»Okay, okay, langer Rede kurzer Sinn.« Wetzon lachte. »Ich verstehe den Hauptpunkt. Was könnte es noch bedeuten?«

»Also, Wetzon, du hast das nicht von mir – aber sieh dir mal die Namen an. Es könnten Scheinkonten sein, erfundene Namen, die alle zu demselben Makler führen.«

»Und das ist ungesetzlich . . .«

»Du meine Güte, was ist nicht alles ungesetzlich. Und wenn das Geschäft rege ist, können sie Aktien kaufen und verkaufen, ohne jemals dafür zu zahlen. Das ist so was wie Wechselreiterei, Kleines, und das ist streng verboten. Und wenn es sich um ein Optionskonto handelt, kann man Unmengen verdienen, weil man sich nicht an die Deckungsbedingungen halten muß.«

»Das verstehe ich nicht.«

»Schatz, die Vorschrift ist, daß du beim Geschäft mit Optionen Geld als Deckung auf dem Konto haben mußt. Wenn du mehrere Konten hast, kannst du immerzu von einem Konto zum andern wechseln und brauchst nie deine Karten auf den Tisch zu legen..«

»Das sieht mir aber nach ganz schön viel Streß aus.«

»Hör zu, liebe Wetzon, du glaubst nicht, wie vielen Leuten es durch solchen Streß blendend geht. Stelle ein habgieriges Computergenie mit einem Hang zum Diebstahl in ein Maklergeschäft, und du kannst dich darauf verlassen, daß er unendlich viele Möglichkeiten findet, um sein Schäfchen ins trockene zu bringen.«

»Mich laust der Affe!« kreischte Laura Lee. »Er möchte dein *intimer* Freund sein, aber er ist in seinen *Psychiater* verliebt?«

Nur fünf Frauen waren noch da. Laura Lee, Wetzon, Anne, Tobie und Sylvie. Sie hockten auf dem Sofa und dem Fußboden und versuchten, sich mit Geschichten über Männerbekanntschaften in New York gegenseitig zu übertreffen. Eis klirrte in Gläsern, und von den Sandwiches und Kuchen waren nur noch Krümel auf leeren Platten übrig. Tobie hatte gerade von ihrem letzten Verhältnis erzählt.

»Verschone mich mit Neuenglands Adel«, stöhnte Tobie. »Die könnten genauso aus Granit bestehen. Es ist unglaublich, wie wenig sie mit ihren Gefühlen zurechtkommen. Und sie lieben ihre kleinen Drinks.«

»Ganz meine Meinung«, sagte Laura Lee, die als Baptistin aufgewachsen war. »Mir sind jüdische Männer viel lieber. Sie mögen gutes Essen.« Sie wartete, bis das Gelächter sich gelegt hatte, dann fuhr sie fort: »Und jetzt wird uns Wetzon von den Italienern erzählen.«

»Ja, schieß los«, riefen die anderen, bis auf Anne, die sagte: »Ich zum Beispiel bin es leid, höflich zu sein, und möchte gern wissen, ob er dir das angetan hat.«

Wetzon strich über ihr malträtiertes Gesicht. »Nein, er würde das nie tun. Ich habe es von einem Kunden, neben einer versuchten Vergewaltigung, und ich fühle mich – ich weiß nicht – ich wollte euch einfach diesen Tag nicht verderben.« Sie schluckte schwer.

Laura Lee rutschte vom Sofa und hockte sich neben Wetzon, um sie an sich zu drücken. »Ist ja gut, Kleines, dafür sind wir Mädchen doch da, damit wir uns gegenseitig unterstützen, auch wenn wir uns nicht besonders oft sehen. Hab' ich recht, Mädchen?«

»Klar!«

»Unterhalte uns jetzt mit Geschichten von italienischen Männern«, verlangte Sylvie.

Sie lachten alle, und Wetzon, die Hand auf die zerschrammte Wange drückend, sagte: »Ich bin keine Expertin für Italiener. Er ist der erste.« Sie lächelte. »Und er ist nicht der typische Italiener, weil er Detective ist und deshalb seine mediterranen Emotionen verbirgt. Aber sie sind vorhanden, wißt ihr, unter den Oberfläche brodelt es ständig.« Ihre Augen füllten sich mit Tränen, und sie dachte, *warum kann ich nur meine eigenen Emotionen nicht kontrollieren?*

»Habt ihr das gehört, Mädchen?« Laura Lee füllte ihr Glas aus dem Krug mit Eistee auf dem Couchtisch nach. »Ich denke, wir werden Wetzon bald verlieren. Du wirst Annie ins eheliche Glück folgen.«

»Ich bin auch nicht bereiter als du zu heiraten, Laura Lee, obwohl ich im Augenblick übe.«

Sylvie streckte die Hand hoch. »Ich habe eine Geschichte, möchte sie jemand hören?«

»Prima.«

»Fang an.«

»Gut«, begann Sylvie, »ich lernte einen wirklich attraktiven Mann auf einer Cocktailparty der UJA kennen, und wir flirten auf Teufel komm raus. Wir steuern gleich das Hilton an, und er nimmt ein Zimmer, und wir gehen nach oben und fangen an, uns gegenseitig die Kleider vom Leib zu reißen. Und als ich praktisch nackt dastehe, holt er auf einmal Handschellen vor.« Sie hielt inne und erzielte die gewünschte Wirkung.

»Meine Güte!«

»Sylvie!«

»Pervers!«

»Was ist passiert?«

»Ich sagte, ›Mir fällt gerade ein, daß ich telefonieren muß‹, und ich schnappe meine Handtasche und meine Sachen und renne los. Und ich versuche, mich anzuziehen, und renne zum Aufzug, und da steigen zwei alte Leute aus dem Aufzug und starren mich an, als wäre ich verrückt. Ich springe in den Aufzug – und den zwei fallen fast die Augen aus dem Kopf, und ich sage, ›Das Fitneßstudio ist phantastisch, die kriegen einen hin wie der Blitz‹, und der Aufzug schließt sich.«

»Ich weiß nicht, Mädchen, Männerbekanntschaften in New York sind wie Zahnschmerzen«, sagte Laura Lee, nachdem sich das Lachen gelegt hatte.

»Die Philosophin spricht«, bemerkte Anne.

»Da gibt es zum Beispiel Howard«, begann Tobie. »Er ist zweiundsechzig und ganz reizend. Am Tag nach unserer Verabredung schickt er mir Blumen ins Büro. Die Kollegen nennen es meinen K.o.-Strauß.«

»Ist er sexy? Ich finde manche älteren Männer sexy«, sagte Wetzon, während sie versuchte, auf dem Rücken liegend Eistee zu trinken, ohne etwas über den Hals zu schütten, und schaffte es nicht. *Wie Alton Pinkus*, dachte sie. Sie setzte sich und tupfte mit einer Serviette auf, was sie verschüttet hatte.

»Habt ihr das gehört?« rief Laura Lee aus.

»Nenne einen außer Paul Newman«, sagte Sylvie.

»Na ja, einer von ihnen ist tot, Bart Giamatti.« Wetzon wartete, bis alle negativen Kommentare abgegeben waren, dann fuhr sie fort: »Felix Rohatyn.«

Aufstöhnen, Gelächter.

»Ich könnte keinen von beiden küssen, auch nicht, wenn ich einen schlechten Tag hätte. Ich ziehe Robbie Robertson vor«, meinte Laura Lee.

»Oder Harrison Ford«, schlug Anne vor.

»Nicht schlecht.« Diesen waren sich alle einig.

»Ich muß eine gewisse Neigung zu Tom Stoppard bekennen«, sagte Laura Lee.

»Der Autor?« Tobie, die sich auf dem Boden ausgestreckt hatte, setzte sich auf. »Ich habe ihn kennengelernt. Er ist einer von diesen raffinierten, intelligenten Typen.«

»Ich mag intelligente Typen«, äußerte Wetzon. »Ich ziehe sie den Muskelmänner jederzeit vor.«

»Ich hatte einmal etwas mit so einem intelligenten Engländer – man wäre nie auf die Idee gekommen, ihn als Typ zu bezeichnen –, der als Volkswirt für eine große Bank mit einer Filiale hier arbeitet, und er kam einmal im Monat rübergeflogen.« Anne lächelte. »Wir verbrachten dann das Wochenende im *Warwick*.«

»Das *Warwick*? Kaum zu glauben!« warf Laura Lee ein.

Tobie verschluckte sich am Tee und begann zu husten. Sylvie klopfte ihr auf den Rücken.

»Ja, ein bißchen von dem ganzen altmodischen englischen Zeug – alles in Ordnung, Tobie?«

Tobie nickte, nach Luft schnappend und lachend.

»Tja, das ging so etwa ein Jahr, und dann hörte ich nie wieder von ihm.«

»Cameron Kendall«, stieß Toby zwischen Husten und Lachen hervor. »In welchem Jahr warst du dort?«

»1988.« Anne sah sie verwirrt an.

»Ich '87.«

»Du nimmst mich auf den Arm!«

»Na, ist das nicht genau das, womit man in New York rechnet?« sagte Laura Lee.

»Ich war einmal mit einem Typ verabredet«, begann Wetzon, »der ganz in Ordnung schien und der mich nach der Show, in der ich auftrat, ich weiß nicht mehr, welche, zum Abendessen in den *Rainbow Room* ausführte. Jedenfalls ließ er ständig das Essen zurückgehen, und ich war so ausgehungert – ich aß nie vor einer Aufführung –, deshalb sagte ich, ›Bitte, es ist prima, wirklich, lassen Sie mich nur einen Bissen probieren, bevor Sie es zurückschicken‹, und er schnipste immerzu nur mit den Fingern nach dem Kellner – mit der Hand, die nicht die große dicke Zigarre hielt.«

»K.S.K.«, erklärte Laura Lee wissend.

»K.S.K.?« fragten alle.

»Kleiner-Schwanz-Komplex.«

»In der Wall Street ist mir da auch etwas aufgefallen«, bemerkte Wetzon. »Je kleiner der Mann, desto größer sein Ego.«

»Die Wahrheit ist«, verkündete Laura Lee, »daß Männer eigentlich eine ganz andere Rasse sind. Sie sprechen nicht einmal dieselbe Sprache wie wir.«

»Seid still, ich will jedenfalls keine Zahnschmerzen mehr.« Anne sprache plötzlich mitten in das Gelächter hinein.

»Ich glaube, darauf sollten wir trinken«, schlug Wetzon vor. »Möchte jemand Champagner?« Sie stand auf und ging in die Küche. Anne folgte ihr.

»Sag mir die Wahrheit, Wetzon, schlägt dein Typ dich?«

»Aber nein, wirklich nicht.« Wetzon zog den Champagner aus dem Kühlschrank. »Ich habe euch die Wahrheit gesagt; es war ein Kunde.«

»Wetzon, ich kenne das. Mach mir nichts vor. Charlie hat das jahrelang mit mir gemacht. Ich rede nicht darüber, aber ich kam mit der Hilfe von Menschen da heraus, die sich mit mißhandelten Frauen auskennen, und jetzt habe ich Ed, der ein echter Schatz ist. Hör auf mich, du brauchst dich nicht damit abzufinden.«

»Es ist in Ordnung, ehrlich, Anne. Silvestri ist wunderbar gewesen, und ich verklage meinen Kunden.«

Anne tätschelte ihr zweifelnd den Rücken und drehte am Korken der Champagnerflasche. Sie ging mit einem lauten Knall auf, und der Korken schoß an die Decke und fiel auf den Boden zurück, nachdem er oben eine kleine Delle hinterlassen hatte.

»Komm jetzt.« Wetzon stellte Gläser auf ein Tablett und trug sie ins Wohnzimmer.

Sie tranken sich zu und machten Schluß.

»Ich kann mir nicht vorstellen, verheiratet zu sein«, stellte Laura Lee fest, als alle gegangen waren. »Es ist so ... ich weiß nicht ... andauernd. Man kann nie allein sein, immer ist jemand um einen herum.«

»Du mußt jemanden in alle Pläne einbeziehen, in alle Entscheidungen.«

»Du kannst nicht kommen und gehen, wie du willst.«

»Deshalb magst du deine Fernbeziehung mit dem General.«

»Und deshalb lebst du mit einem Mann zusammen, der so komische Arbeitszeiten hat.«

Sie sahen sich an und mußten lachen. »Ich liebe meine Wohnung, wenn niemand bei mir ist«, sagte Wetzon. »Das gebe ich zu. Aber es ist wirklich schön, jemanden zu haben, der sich um einen sorgt.«

»Paß auf, Schatz, du wankst.« Laura Lee drohte Wetzon mit erhobenem Finger.

Um sieben waren alle fort, und die Wohnung gehörte wieder ihr. Wetzon ging durchs Wohnzimmer, hob eine Serviette auf und saugte die Krümel vom Boden, Tisch und Sofa auf. Sie nahm die leere Champagnerflasche vom Couchtisch und brachte sie in die Küche. Es gab einen lauten Knall, als sie sie in den Müllsack warf.

Die Gegensprechanlage summte.

»Ja?«

»Paket für Sie von gestern, Ms. Wetzon. Arlo vergaß, es Ihnen zu sagen.«

»Okay, ich komme runter.«

»Es ist zu schwer für Sie. Ich bringe es hoch.«

»Danke.« Sie nahm den Finger vom Antwortknopf. Was konnte das sein? Seit der Explosion im Garten war sie mißtrauisch gegenüber Paketen.

Als es an der Tür klingelte, machte Wetzon auf, und Sammy, das Sonntagsfaktotum, stand mit einer Weinkiste vor ihr. »Wo soll ich das hinstellen?«

»Gleich hier.« Sie musterte das Paket vorsichtig. Es war ein Getränkekarton, der ziemlich harmlos aussah.

»Danke, Sammy.« Sie schloß die Tür und tastete einen Umschlag oben auf dem Karton ab. Nichts als eine Karte. Keine komischen Drähte oder sonderbaren Instrumente. Auf der Karte stand, *Mit guten Wünschen, Douglas Culver.*

Ein gewaltiger Zorn überkam sie. Sie sah buchstäblich rot und trat an die Weinkiste, wobei sie sich die Zehen verstauchte. »Verdammt, verdammt!« Sie hüpfte herum und massierte den Fuß. Sie war wütend. Glaubte er, das könne wiedergutmachen, was ihr passiert war? Sie hatte nicht übel Lust, die Kiste zurückzuschicken an – sie bückte sich, um auf das Etikett zu schauen – *Liberty Liquors.*

Als sie an der Wellpappe der Kiste zerrte, riß sie sich einen Fingernagel ein und fluchte. Wie konnten sie es wagen, sie zu bestechen! Sie stemmte den Deckel der Kiste mit dem Brotmesser auf, zog eine Flasche heraus und starrte auf das Etikett eines wirklich edlen kalifornischen Cabernets, William Hill Reserve, 1987, als das Telefon läutete.

Immer noch den Flaschenhals haltend, sagte sie kurz angebunden: »Hallo.«

»Wetzon!«

»Wer ist da?«

»Dwayne.«

»Dwayne?« Sie hatte Ellies Assistenten ganz vergessen. War er nicht weggerannt, hatte er nicht die Stadt verlassen? »Wo sind Sie? Ich muß mit Ihnen sprechen.«

»Ich bin an der Penn Station. Ich habe mich in den letzten Tagen auf Fire Island versteckt, aber es geht nicht mehr. Ich möchte alles so wie früher. Und ich halte die Hitze nicht mehr aus. Carlos sagte, ich soll Sie anrufen, daß Sie – ich habe wirklich Angst . . .«

»Dwayne, beruhigen Sie sich. Setzen Sie sich in ein Taxi und kommen Sie her.« Er wußte etwas über die Morde, dessen war sie sich jetzt sicher. Er hörte sich verängstigt an. Sie beschloß, ihm nicht zu sagen, daß er von der Polizei gesucht wurde. »Machen Sie schon. Ich wohne in der West 86. Street.«

»Wetzon, ich nehme den nächsten Zug nach Baltimore. Ich treibe mich hier nicht noch länger herum.«

»Bitte, Dwayne. Wir brauchen Ihre Hilfe. Ich habe hier etwas, das Sie sich ansehen sollten.«

»Es geht nicht. Ich gehe hier nicht weg. Mein Zug fährt um neun.«

Sie entschloß sich schnell. »Dann komme ich zu Ihnen.« Die Penn Station war an einem Sonntagabend wahrscheinlich voll von Leuten, die vom Wochenende am Strand zurückkamen. Es würde ungefährlich sein.

»Hm, einverstanden.« Sie hörte sein Widerstreben heraus.

»Wo soll ich Sie treffen?« Sie hörte ihn atmen, doch er antwortete nicht. »Dwayne?«

»Es gibt da eine Bar, die *Bagel Bar* – unten, bei der Long Island Railroad.«

»Das finde ich. Bleiben Sie dort. Ich bin in etwa fünfzehn Minuten unten.«

»Wetzon, suchen Sie nicht nach mir. Ich finde Sie.«

Sie legte auf und rief Silvestri beim Midtown North an. Mo meldete sich. »Sie haben ihn knapp verpaßt«, sagte sie. »Wie fühlen Sie sich?«

»Mo, Dwayne – mir geht es gut – Dwayne hat mich gerade angerufen. Er hatte sich auf Fire Island versteckt. Ich habe ihm nicht gesagt, daß Sie ihn suchen. Ich fahre jetzt zur Penn Station, um mich mit ihm zu treffen. Er will abhauen.«

»Bleiben Sie, wo Sie sind, Leslie. Ich versuche, Silvestri zu erreichen.«

»Mo, das geht nicht. Er entwischt uns sonst. Sagen Sie Silvestri, daß ich Dwayne in der *Bagel Bar* in der unteren Halle bei der Long Island Railroad treffe.« Sie stützte die Weinflasche auf die Hüfte.

»Nein, Leslie, überlassen Sie das uns. Ich suche Silvestri ...«

»Sagen Sie mir nur eins, Mo – Dwayne wird immer noch nicht verdächtigt, das hat sich doch nicht geändert?«

»Ich darf nicht ...«

»In Ordnung. Ich weiß, daß er nicht verdächtigt wird. Das kann nicht sein.« Sie legte auf. Sie hatte keine Angst vor Dwayne. Er hatte Ellie nicht getötet, er war nicht bei dem Bankett gewesen, und er war auch nicht an dem Morgen, an dem Carlton Ash ermordet wurde, bei Luwisher Brothers gewesen. Ein scharfer Schmerz stach sie in der Hand. Sie sah auf die Flasche hinunter, die sie umklammerte. Ihre Fingernägel gruben sich in die Handfläche. *Ruhig Blut, Dummkopf,* dachte sie. Sie hob die Flasche noch einmal hoch und las das Etikett, drehte sie, um sie in die Kiste zurückzulegen, nahm sie wieder heraus und las das Etikett noch einmal. Ganz unten stand in großer Blockschrift:

ENTHÄLT SULFITE

Das Tageslicht begann zu schwinden, und ohne die intensive Sonneneinstrahlung schien es tatsächlich ein bißchen kühler zu sein. Wetzon vermeinte sogar eine leichte Brise zu spüren. Sie stellte sich kurz an die 86. Street, aber es waren keine Taxis zu sehen.

Bei der knappen Zeit wäre es vermutlich am besten, den IRT an der 86. und Broadway zu nehmen, der direkt zur Penn Station fuhr. Wenn sie nicht auf einen Zug warten mußte, konnte sie es in zehn, höchstens fünfzehn Minuten schaffen.

Das leise Dröhnen aus dem U-Bahn-Eingang verriet ihr, daß ein Zug einfuhr. Falls es der Local war, der hier hielt, hätte sie Glück. Sie kramte ungeschickt in der Handtasche nach einer Marke und sprang die Treppe hinunter, wobei sie beinahe einen Bettler umgerannt hätte, der unten an der Treppe mit einem Styroporbecher auf einem Pappkarton sein Geschäft eröffnet hatte.

Ein Local fuhr langsam in die Station ein, und am Schalter wartete eine Schlange. Sie würde es nie schaffen. Sie wußte, daß eines der Drehkreuze eigensinnig war. Manchmal ließ es einen ohne Marke durch. Sie schloß die Augen, sagte ein Gebet und stupste das Drehkreuz mit der Hüfte an. Es gab nach, und sie stürzte durch und in den Zug, als das Bing-bong-Signal anzeigte, daß sich die Türen schlossen.

Es war einer von den neuen Zügen – keine Graffiti, kein starkes Fahrgeräusch und gut klimatisierte Luft –, und er war überfüllt. Sie stellte sich zu den Leuten, die sich um eine Stange drängten, und hielt sie fest . . . Sie ließ die Gedanken wandern. Dwayne wußte etwas . . .

»Ich brauche noch einen Dollar für eine Limo, hört ihr?« schrie eine Frau vom hinteren Ende des Wagens. Ihre Stimme übertönte die Gespräche und das Rattern des Zuges.

Wetzon sah sich um, konnte aber niemand zu der Stimme entdecken. Ein junger Mann mit schulterlangem Haar hob den Kopf von seinem Taschenbuch und runzelte die Stirn. »Was?« fragte er. Als keiner antwortete, wandte er sich wieder seinem Buch zu.

»Nur einen Dollar«, sagte die Frau. »Ich möchte eine Limo.«

»Ich auch«, rief jemand.

Gelächter kam im Wagen auf.

Die Frauenstimme kam näher. »Nur einen Dollar«, wiederholte sie. »Nur einen Dollar.« Sie hatte sich noch keinen raffinierten Text ausgedacht und war deshalb nicht sehr erfolgreich.

»Nur einen Dollar? Du, sie will einen Dollar. Gib ihr einen Dollar, Mann.« Drei Teenager, zwei schwarz, einer weiß, stießen sich gegenseitig an und brüllten vor Lachen.

Wetzon wandte den Kopf ab und starrte durch das

Türfenster in die Dunkelheit des U-Bahn-Tunnels. Dann und wann blitzten rote und gelbe Lichter auf, dann hielten sie kurz in einer Station, um Fahrgäste auszuspeien und noch mehr aufzunehmen, und fuhren wieder in den dunklen Tunnel. Der Zug kam schnell voran.

Die bettelnde Frau sagte irgendwo hinter Wetzon wieder: »Nur einen Dollar.« Sie war jetzt am vorderen Ende des Wagens, und Wetzon hörte die Verbindungstür zum nächsten Wagen aufgehen. »Ihr geizigen Schweine«, schrie die Frau, die den Wagen gerade verließ, als Wetzon aufblickte, und sie sah eine ausgemergelte Schwarze in einem schmutzigen Regenmantel und Gummisandalen.

Beklommene Stille senkte sich über den Wagen, dann wurde eine Tür geöffnet, und eine Stimme vom hinteren Ende des Wagens sagte: »Ich heiße Robert, meine Damen und Herren, und ich mache das noch nicht lange. Ich bin Vietnam-Veteran. Ich bin ein Opfer von Agent Orange, ich habe Krebs, ich verlor meinen Job, als ich krank wurde, meine Wohnung brannte ab, und meine Frau kam im Feuer um. Ich und meine zwei kleinen Kinder, Robert junior und Nancy Lou, leben in einem städtischen Obdachlosenheim zusammen mit Drogensüchtigen und Irren. Können Sie mir helfen, aus dem Heim herauszukommen, damit ich wieder auf eigenen Füßen stehen kann?« Er ließ Münzen in einem Becher klingeln. »Die kleinste Münze, die Sie mir geben können, wäre wunderbar. Gott segne Sie.«

Wetzon seufzte. Er hatte die ganze Litanei heruntergebetet, mit allen Schlagworten. Durch den ganzen Wagen klirrte Kleingeld auf Metall. Die Leute leerten ihre Taschen für ihn. Das schlechte Gewissen vielleicht, weil sie der Bettlerin vorher nichts gegeben hatten. Waren New Yorker so abgestumpft, fragte sie sich, daß sogar ihre Schnorrer eine aufgemotzte Vorstellung geben mußten? Für Amateure rückten sie kein Geld heraus. Wenn aber nun alles eine Gaunerei war und die zwei Bettler unter eine Decke steckten? Vielleicht teilten sie an der Endstation South Ferry. An der Endstation teilen. Sie dachte, das war der Grund für die Morde bei Luwisher Brothers. Es gab eine gemeinsame Kasse – rechtswidrig erworben –, die jemand einfach nicht teilen wollte. Habgier war die Ursache für alles.

Der Zug fuhr in die Penn Station ein, als, Wetzon vor Kälte langsam eine Gänsehaut auf den Armen bekam. Die Fahrt hatte weniger als zwanzig Minuten gedauert.

Sie stieg in die betäubende Hitze auf dem Bahnsteig aus und ging die mit Penn Station, Long Island Railroad bezeichnete Treppe hinunter, streifte Leute, die heraufkamen, drängte sich an denen vorbei, die ihr zu langsam hinuntergingen.

Es roch ekelhaft nach Schweiß und Urin. Als sie sich durch das Drehkreuz schob und in die hell erleuchtete Halle kam, die mit den billigen Eßlokalen auf beiden Seiten einer Ladenstraße ähnelte, überdeckte der schale, ranzige Geruch von fettigem Popcorn alle bisherigen Gerüche.

Die *Bagel Bar*... wo war sie? Sie ging langsamer weiter. Dieser Bereich unter der Penn Station war spelunkenartig und altmodisch wie ein Vergnügungspark, mit Imbißbuden und billigen Souvenirläden, Zeitungsständen und sogar zwei Buchhandlungen. Für jeden Reisenden etwas. Amtrak, Lirr, die Path-Züge nach New Jersey und die U-Bahn-Linien der Seventh und Eight Avenue liefen alle hier zusammen.

Das war es. *Bagel Bar,* 24 Stunden geöffnet, in Neonbuchstaben und blinkend wie ein Gasthausschild an der Straße. Natürlich keine Tische. Nur eine lange Theke mit Barhockern links und ein Sims rechts, wo man seinen Bagel mit was darauf im Stehen essen konnte, ein Phänomen, das typisch für die stets gehetzten New Yorker war.

Ein Wartungstechniker in blauem Overall und mit einer Amtrak-Mütze stand am Sims und löste mit einem Kugelschreiber das Kreuzworträtsel der *Sunday Times.* Er verzehrte einen gewaltigen Zwiebelbagel mit einer mehr als fingerdicken Schicht Rahmkäse und rohe violetten Zwiebeln als Garnierung. *Ein Abenteuer in Cholesterin,* dachte sie, als sie sich vorbeidrängte und die anderen Gäste musterte. Dwayne befand sich nicht unter ihnen.

Zwei Frauen saßen nebeneinander an der Theke. Sie gehörten nicht zusammen, folgerte Wetzon, weil die eine der anderen ein wenig den Rücken zukehrte, rauchte und die Anzeigenseiten einer zusammengelegten *Newsday* las, einen Kaffeebecher auf der linken Seite. Sie quoll hinten und über dem Gürtel aus grauen Malerhosen, die Brüste hingen tief und locker unter einem T-Shirt mit dem Aufdruck Free the New York Yankees.

Die andere, die wesentlich jünger war, trug eine Porsche-Sonnenbrille und hatte langes gelocktes rotes Haar und einen hübschen blaßgoldenen Teint. Sie trug enge ausgebleichte Jeans, eine gestärkte weiße Baumwollbluse mit Stehkragen und goldene Ketten. Um die Taille hatte sie einen hellen Schal wie einen

Sarong gebunden. Sie schlürfte eine Cola geräuschvoll durch den Strohhalm und flirtete auf Teufel komm raus mit dem lateinamerikanischen Kellner.

Wetzon entschied sich für einen Platz an der Theke mitten im Lokal, setzte sich und konzentrierte sich auf den Eingang. Kein Dwayne. Sollte alles vergebliche Mühe gewesen sein? Es war gleich zehn nach acht. Dwayne hatte einen Neun-Uhr-Zug nach Baltimore erwähnt. Er mußte hier sein. Sie stützte die Ellbogen auf die Theke und klebte fest. Verdammt. Sie zog sie zurück, machte ein Taschentuch mit Spucke naß und wischte die klebrigen Flecke von den Ellbogen.

Die dicke Frau rutschte vom Barhocker, nahm die *Macy's*-Einkaufstasche und wartete. Die Registrierkasse klingelte. Der Kellner gab ihr das Wechselgeld heraus, zwinkerte der Rothaarigen anzüglich zu und schlenderte zu Wetzon hin.

»Was darf es sein, Kleines?« fragte er. Er musterte sie, und sie sah ihm an, daß er zu dem Schluß kam, daß sie der Rothaarigen das Wasser nicht reichen konnte.

»Cola Light, bitte.«

»Das ist alles?«

»Könnten Sie die Theke hier abwischen? Sie klebt.«

Er murmelte etwas vor sich hin, das unwirsch klang, und zapfte ihr ein Cola Light, schob es ihr hin, steckte einen verpackten Strohhalm hinein, dann wischte er die Theke um das Glas herum mit einem schmutzigen Lappen ab.

Wetzon zog den Strohhalm aus der Hülle und ließ das nasse Papier auf die Theke fallen. Aha, das erklärte, warum alles klebte, dachte sie. Er war schon eine seltsame Nummer. Sie zog eine Papierserviette aus dem Metallbehälter an der Wand am Ende der Theke und wischte die Schmiere auf. Silvestri müßte jeden Augenblick kommen.

Jemand setzte sich auf den Hocker neben ihr. Es war die Rothaarige. Stirnrunzelnd sagte Wetzon: »Leider halte ich den Platz für jemand frei.«

»Ja«, erwiderte die Rothaarige, indem sie sie mit glänzenden Paloma-roten Lippen nervös anlächelte. »Für mich.«

»Dwayne?« Wetzon starrte die attraktive Rothaarige mit offenem Mund an. Blanke Neugier stand dem Kellner im Gesicht geschrieben, und nur die Ankunft eines Kunden hinderte ihn daran, sich an die zwei heranzumachen.

»Sch. Lassen Sie sich nichts anmerken.« Dwayne schüttelte seine Locken auf und fummelte an einer der langen Ketten herum, die auf seinem frechen Busen lagen.

Es war verblüffend, dachte Wetzon – doch sie hatte ja auch einige Tänzer in *La Cage aux Folles* gekannt, und sie hatten sie genauso erstaunt. »Sie sind hübsch, aber warum ...?« Sie hielt inne. Vielleicht war er Transvestit, und sie wollte ihn nicht beleidigen.

Dwayne schüttelte den Kopf. »Ich ziehe mich manchmal so an, aber gerade jetzt möchte ich einfach von niemandem erkannt werden.«

»Niemand? Von wem zum Beispiel nicht?«

»Ich verschwinde aus der Stadt. Versuchen Sie nicht, mich aufzuhalten.« Seine Hände mit den grellroten Nägeln zitterten. »Trinken Sie die Cola?«

»Nein. Sie können sie haben.« Sie schob das Glas vor ihn. »Wovor haben Sie Angst, Dwayne?« Wo zum Teufel steckte Silvestri? Sie zog die zusammengestückelte Liste aus der Handtasche und breitete sie flach vor ihm aus. Feuchtigkeit drang von der Theke in das Papier, auf das sie die Stücke geklebt hatte. »Verflixt.« Sie riß es hoch und wischte die Rückseite des Blatts und die Theke mit einer Serviette ab, dann breitete sie es wieder aus.

»Mein Gott«, sagte Dwayne ganz leise, als er die Liste sah. »Sie wissen es.«

Treffer, dachte Wetzon. »Wurde Ellie deshalb getötet?«

»Du lieber Gott, was soll ich bloß machen?« Er stand vom Hocker auf und hob einen prallen roten Rucksack auf, den Wetzon vorher nicht bemerkt hatte. »Wissen es alle?«

Sie überging seine Frage. Am besten tat sie so, als wüßte sie, was er meinte. »Was ist mit Ihrer Stelle, Dwayne?«

»Meine Stelle? Das ist ein Witz.« Er starrte sie durch die dunklen Gläser an. Ihm brach die Stimme. »Ich muß hier weg. Ich muß weg. Hier ist es nicht sicher.«

Wetzon nahm das Blatt von der Theke und hielt es unter Dwaynes hübsche Nase. »Ich interessiere mich nicht dafür, ob Sie gehen oder bleiben. Sagen Sie mir nur, was diese Liste bedeutet.«

»Ich kann nicht . . . Dann bin ich so gut wie tot.«

»Verdammt, Dwayne, Sie sind tot, wenn Sie es mir nicht sagen.«

Dwayne zog den Kopf ein. »Es ist eine Aufstellung von Konten«, flüsterte er heiser, während er den schweren Rucksack auf den Hocker stellte.

»Wessen Konten? Welcher Makler?«

Dwayne starrte auf die Liste, bis sie glaubte, er sei in Trance gefallen. Schließlich sagte er: »Ellie.«

»Ellie? Ich kann nicht . . .« Wetzon hätte beinahe gesagt, sie könne das von Ellie nicht glauben. Er betrachtete seine Füße, und sie sah, daß er schwarze Lackschuhe mit Pfennigabsätzen trug. Als sie den Kopf hob, kam Silvestri in der Bahnhofshalle in Sicht. »Moment noch, Dwayne. Sind das einwandfreie Konten?«

Als Silvestri seine Hand wie einen Schraubstock auf Dwaynes Schulter legte, stieß Dwayne einen kleinen Schrei aus. Der Kellner und die Kundinnen sahen zu ihnen herüber.

»Dwayne, kennen Sie Lieutenant Silvestri schon?« Sie faltete die Liste zusammen und steckte sie in die Handtasche.

»Wir kennen uns«, sagte Silvestri. »Aber unterbrechen Sie mich, wenn ich mich irre – Sie hatten eine andere Frisur.«

Dwayne lächelte Silvestri gequält an, doch er sprach zu Wetzon. »Wie konnten Sie das mit mir machen? Carlos sagte . . .«

Wetzon spürte, wie ihre Wangen heiß wurden. Sie hatte ihn verraten.

»Hören Sie schon auf, die Frau hat Ihnen vermutlich gerade das Leben gerettet. Wir hätten Sie ohnehin gefunden, aber dann wäre es womöglich zu spät gewesen. Verschwinden wir hier.« Silvestri packte Dwaynes Ellbogen, und Dwayne schrie wieder leise auf. Der Kellner glotzte.

Wetzon legte zwei Dollarscheine auf die Theke und folgte dem seltsamen Paar nach draußen und die

Rolltreppe hinauf in den renovierten Wartesaal der Penn Station. Abfahrende Züge wurde angesagt, die Digitalanzeigetafel klapperte und zeigte Veränderungen bei den ankommenden Zügen an. Auch um Viertel vor neun an einem Sonntagabend wimmelte es noch von Menschen, die auf ihre Züge nach Hause warteten.

Dwaynes Absätze klapperten rat-a-tat-tat auf dem Marmorboden. Sie nahmen eine weitere Rolltreppe nach oben und kamen am Taxistand heraus, wo Silvestris schwarzer Toyota mit Mo am Steuer auf sie wartete. Zur 33. Street zog sich eine lange Schlange von erschöpften, verstaubten Reisenden, auf Taxis wartend, die nicht kamen.

»Les, rutsch vorne bei Mo hinein«, bestimmte Silvestri, während er die Tür öffnete.

Wetzon stieg ein. »Tag.« Silvestri schlug die Tür zu und machte die Hintertür auf, schob erst Dwayne hinein, die Hand auf seinem roten Lockenkopf, dann folgte er nach.

»Hallo.« Mos Blick hing an Dwayne. »Reizend«, befand sie.

»Halte in der Nähe der 32.«, sagte Silvestri. Ein Fahrer hinter ihnen lehnte sich auf seine Hupe. »Und stell das Licht obendrauf.«

Mo startete den Motor, und sie rollten ein paar Meter vor, dann hielt sie, nahm das Drehlicht vom Sitz, streckte einen Arm durch das Fenster hoch und setzte es aufs Dach. Das gelbe Licht strahlte vom Autodach aus und warf seinen zuckenden Schein auf die Zementwände um sie herum.

»Bin ich verhaftet?« Dwaynes Stimme war rauh.

»Noch nicht. Setzen Sie diese verdammte Brille ab.«

»Mein Gott.« Er setzte die Brille ab und vergrub sein Gesicht in den Händen. »Was soll ich nur machen?«

»Sie werden uns die Wahrheit sagen. Du hast die Liste dabei, Les?«

Dwayne setzte sich auf. Seine Augenlider waren dick mit grauem Lidschatten und verlaufener Wimperntusche bedeckt. Wetzon reichte Silvestri die Liste, und Silvestri faltete sie auf und hielt sie Dwayne unter die Nase. »Wir wollen alles wissen, Dwayne. Machen Sie schon. Sie sind eine Zielscheibe. Wir wissen, daß Sie keinen umgebracht haben, aber Sie hängen in dem Betrug mit drin.«

»Nein. Das stimmt nicht. Ich nicht. Wetzon . . .«

»Suchen Sie keine Hilfe bei ihr, Mann. Packen Sie aus.«

»Ich habe es Wetzon gesagt. Das sind Kunden.«

»Wessen Kunden?«

»Ellies, aber . . .«

»Was hat es mit diesen Konten auf sich? Warum zerriß Ellie die Liste? Spucken Sie's aus, oder ich schleppe Sie eigenhändig in Untersuchungshaft.«

»Nein, bitte.«

»Du gehst ein bißchen streng mit ihm um, Silvestri«, mischte sich Mo ein. »Kommen Sie, Dwayne. Sagen Sie es ihm.«

»Sie war außer sich. Ich weiß nicht. Dr. Ash schickte ihr die Liste und sagte, er würde alles verraten, wenn sie ihn nicht beteiligte. Sie wußte nicht, wovon er redete, aber dann entdeckte sie, daß sie alle unter ihrer Sachbearbeiternummer liefen.«

»Aber Sie wußten, wovon er redete, ja, Dwayne?«

»Ich wußte überhaupt nichts, Hand aufs Herz«, schluchzte Dwayne.

»Wer wußte es dann?«

»Chris Gorham. Ich meine, wir stellten später fest, daß er den gleichen Brief vom fetten Arsch bekommen hatte, aber es war der Tag, an dem das Abendessen für Goldie stattfinden sollte, und keiner hatte Zeit, der Sache nachzugehen. Dann starb Goldie, und alles ging durcheinander.«

»Wer setzte die frühe Sitzung letzten Samstag an?«

In Dwaynes Gesicht zuckte es, und er schniefte. Die Wimperntusche ließ seine Augen schwarz erscheinen. »Der fette ... Dr. Ash. Ich war nicht dort. Ich weiß nicht, was passierte. Bitte ...«

»Steckte Gorham mit in der Sache, was immer da vor sich ging?« fragte Silvestri. Wetzon war klar, daß er Chris liebend gern eine Mordanklage anhängen würde.

»Ich weiß nicht. Ich vermute, er sollte auch Geld rausrücken.«

»Moment mal«, sagte Silvestri. »Ich komme nicht ganz mit. Gorham und Ellie wurden erpreßt? Von Ash. Warum?«

Dwayne starrte Silvestri an, dann Wetzon. »Ich dachte, das wüßten Sie.« Er leckte sich die Lippen, dann preßte er sie zusammen. »Ich möchte mit einem Anwalt sprechen.«

»Dwayne«, mischte sich Mo wieder ein. »Wir können Sie als unentbehrlichen Zeugen festhalten.«

»Ich möchte einen Anwalt.«

»Dwayne, hören Sie«, sagte Wetzon. »Haben Sie mir nicht erzählt, daß Sie vor jemand Angst haben?«

Dwayne nickte.

»Vor wem haben Sie Angst?« Silvestri rückte näher zu ihm. »Wer ermordete Ellie? Sie sollten es uns lieber sagen, weil er todsicher hinter Ihnen her ist, wenn Sie wissen, wer es ist. Er hat schon drei, vielleicht vier Menschen umgebracht.«

Dwayne schluckte. »Ich wußte es zuerst nicht. Ich verstand es nicht. Ellie reimte es sich zusammen, als sie die Liste sah, aber sie wollte es nicht glauben. Sie wollte mit ihm reden, es sich von ihm erklären lassen.«

»Von wem? Was wollte sie nicht glauben?«

»Die Geschäfte. Ellie war für das Stellagegeschäft zuständig und suchte die Aktien aus – sie wußte nicht, daß die guten Geschäfte auf die Scheinkonten gingen und die schlechten auf die Konten der Kunden.«

»Du lieber Gott«, rief Wetzon aus.

»Wie lange ist das gegangen?«

»Ich weiß nicht ... ein Jahr vielleicht. Die Kunden beschwerten sich, weil sie Geld verloren.«

»Aber es war nicht Ellie. Sie kann davon nichts gewußt haben«, sagte Wetzon.

Silvestri sah sie warnend an.

»Sie hat es nicht getan.«

»Wer dann? Sagen Sie es, Mann. Sagen Sie es, und Sie sind in Sicherheit.«

Dwayne schluckte schwer. »Es war David Kim.«

»Möchten Sie Kaffee?« fragte Mo. Ihre Stimme war ausdruckslos wie die reglose Luft in dem fensterlosen Raum.

Dwayne schüttelte den Kopf. »Könnte ich ein Cola Light mit Zitrone und viel Eis bekommen?« Seine Hand lag heiß und feucht in Wetzons. Als hinge sein Leben daran, hatte er sich an ihr festgehalten, seit sie das Reviergebäude des Midtown North betreten hatten.

Mo grinste über ihn und sah Wetzon fragend an. »Und Sie, Leslie?«

»Danke, nein, ich brauche nichts.« Was nicht stimmte. Es ging ihr nicht gut. Sie fühlte sich fiebrig und müde. Ein dumpfer, klopfender Schmerz hatte sich wie ein Band um ihren Kopf gelegt. Außerdem fühlte sie sich schuldig an Dwaynes Elend. Und daß er mit dem Finger auf David Kim gezeigt hatte, war ihr unter die Haut gegangen. Es fiel ihr schwer, damit zurechtzukommen. Der David Kim, den sie kannte – zu kennen glaubte –, war kein Mörder – *konnte* einfach keiner sein . . .

Mo verließ den Raum kurz und kam mit einer Dose

Mineralwasser zurück. Sie riß sie auf und stellte sie vor Dwayne auf den zerkratzten und zerfurchten Metalltisch.

»Oh«, sagte Dwayne. Er ließ Wetzons Hand los, um die Dose zu nehmen. Schweiß strömte aus jeder Pore. Versagerschweiß, der nach Angst roch.

Silvestri und Weiss hatten sich mit einer stellvertretenden Staatsanwältin und Arthur Margolies, dem Anwalt und Freund von Carlos, den Wetzon in Dwaynes Auftrag angerufen hatte, in ein anderes Büro zurückgezogen.

Dwaynes rote Lockenperücke lag auf dem Tisch wie ein haariges totes Tier. Er fummelte an den Locken herum. »Dieses Mädchen muß schlimm aussehen!« murmelte er, während er sein Wasser trank. Tatsächlich sah er mit seinem überschlanken Körper und den feinen Gesichtszügen, dem kurzen Haar und dem femininen Make-up androgyn aus. Sein Rucksack war beschlagnahmt worden. »Haben Sie einen Spiegel?« Er sah Wetzon an.

»Ich weiß nicht.» Wetzon machte ihre Handtasche auf und fand im Reißverschlußfach einen Spiegel. Sie hielt ihn Dwayne hin.

»Nicht!« Mo beugte sich über den Tisch, schnappte den Spiegel und gab ihn Wetzon zurück. »Halten Sie ihn nur für ihn, aber geben Sie ihn nicht aus der Hand.«

Du meine Güte, dachte Wetzon, hatten sie Angst, Dwayne könnte Selbstmord begehen?

»Vorsichtsmaßnahmen«, beantwortete Mo ihren Gedanken.

Wetzon hielt den Spiegel für Dwayne hoch, der einen einzigen Blick auf sich warf und in Tränen ausbrach. Schluchzend wie ein Kind verbarg er das Gesicht in den Armen auf dem Tisch. Sie klopfte ihm auf den Rücken. »Aber, aber, Dwayne. Es wird alles gut. Und Sie wissen, daß sie Sie vor David schützen werden.« Sie wechselte Blicke mit Mo.

Die Tür ging auf, wodurch sie kurz von einem kühlen Luftzug gestreift wurden, und Arthur tauchte auf, gefolgt von Silvestri, Weiss und Rachel Konstantin, der stellvertretenden Staatsanwältin. Konstantin hielt ein Loseblattbuch in schwarzem Leder in der Hand. Sie machten alle einen zufriedenen Eindruck.

»Dwayne«, begann Arthur, indem er seine Hand auf Dwaynes Schulter legte. »Ich möchte ein paar Minuten allein mit meinem Klienten reden, danach kommen wir zu Ihnen zurück.« Arthur wirkte mit seinem ordentlichen grauen Bart und der Hornbrille so vernünftig und ruhig, daß Dwayne aufhörte zu weinen. Er schneuzte sich laut in das Papiertaschentuch, das Wetzon ihm reichte, dann zog er sich folgsam mit Arthur in das Zimmer zurück, aus dem eben alle gekommen waren.

»Wie sieht es aus?« fragte Mo.

»Wir haben ein Abkommen«, erklärte Silvestri. »Er bekommt Straffreiheit, und wir nehmen seine Geschichte auf Band auf, bereiten wir also alles vor.« Mo stand auf und verließ das Zimmer.

Wetzon hatte in der *Times* Bilder von Rachel Konstantin gesehen, weil sie einige wirklich große Fälle bekommen hatte, doch die Bilder hatten der Frau nicht geschmeichelt. Die stellvertretende Staatsanwältin hatte rotes Haar, dieselbe Farbe wie Dwaynes Perükke, aber sie trug es ganz kurz gestutzt. Ihr Gesicht war ein wenig zu breit und ein wenig zu rosig und sommersprossig, um im Fernsehen attraktiv zu sein, aber in natura hatte sie ein Glitzern in den Augen und eine knisternde Elektrizität im Auftreten. Sie zog die Aufmerksamkeit auf sich wie ein Magnet.

Silvestri sagte: »Rühr dich nicht vom Fleck, Les. Wir werden dich brauchen, um die Lücken auszufüllen.«

Konstantin griff zum Telefon, tippte eine Taste, wartete, kehrte ihnen dann den Rücken zu und begann, in atemberaubendem Tempo ins Telefon zu sprechen, wobei sie die ganze Zeit gestikulierte. Sie trug eine gelb-weiße Bluse und einen schwarzen Stretchrock, der mindestens eine Handbreit über dem Knie endete. Für diesen Rock hatte sie die falschen Knie.

Weiss stand mit Silvestri bei der Tür zum Flur. Er schüttelte eine Zigarette aus dem Päckchen und zündete sie mit einem großflammigen Feuerzeug an. Er sagte etwas von einem Durchsuchungsbefehl zu Silvestri, aber Wetzon bekam es nicht ganz mit.

Als Weiss ging, zog Silvestri einen Stuhl aus dem Weg und setzte sich gegenüber von Wetzon auf die Tischkante. Konstantin wandte ihnen immer noch den Rükken zu. Silvestri strich zärtlich über Wetzons Wange zu den Lippen.

»Durchsuchungsbefehl?« fragte sie. Sie küßte seine Finger und nahm seine Hand.

»Wir suchen nach Sulfiten.«

»Wo?«

Er führte ihre Hand an die Lippen. »Im Lebensmittelladen der Kims.«

Ihr wurde leicht schwindlig, und sie zog die Hand zurück. »Du glaubst also, es war David Kim?«

»Er hatte das beste Motiv.« Seine Stimme klang heiser.

»Kannst du ihn aufgrund eines Motivs festnehmen?«

»Nein, aber wir können ihn sehr wohl verhören und versuchen, ein Geständnis zu bekommen.«

»Hat er die amerikanische Staatsangehörigkeit?«

»Weiß ich nicht. Metzger kümmert sich um die Einwanderungsbehörde.«

Konstantin legte auf und drehte sich um. »Es kann losgehen.« Sie sah Wetzon an und verschränkte die Arme.

»Sie könnten versuchen, herauszubekommen, was dem Leiter der Rechtsabteilung bei Luwisher Brothers passiert ist, dem Mann, der den Unfall in der U-Bahn hatte. Ich weiß nicht einmal, wann es war, vor sieben oder acht Monaten.«

»Hm.« Konstantin nickte. »Er sprang, fiel oder wurde gestoßen, vergangenes Jahr, Oktober, November. Angelo La Rocca.«

»Vielleicht hat er etwas gemerkt und es David wissen lassen. Dann hatte er einen gelegen kommenden Unfall.«

»Mir fällt es schwer, zu glauben, daß Kaplan nicht wußte, was unmittelbar vor ihrer Nase vor sich ging.«

»Ellie war in ihn verliebt, Ms. Konstantin. Selbst wenn sie schon früh eine Spur von Zweifel gehabt hätte, glaube ich, hätte sie nicht nachgehakt. Die Menschen tun seltsame Dinge, wenn sie verliebt sind.«

Konstantin nickte.

»Ich glaube«, fuhr Wetzon fort, »erst als Dr. Ash versuchte, sie zu erpressen – es genügte ihm nicht, nur bei David abzukassieren –, begann sie, Verdacht zu schöpfen ... Du lieber Gott!«

»Was ist, Les?«

»Ms. Wetzon?«

»Tut mir leid. Ich habe mir gerade klargemacht, was das für Luwisher Brothers bedeutet. Sie können dichtmachen, wenn das herauskommt. Die Kunden verlieren das Vertrauen zu der Firma. Es wird ein schlechtes Licht auf die ganze Wall Street werfen. Ein fauler Fisch, und die ganze Kiste stinkt.«

»Mehr als einer, Les. Warum wurde das nicht intern überwacht? Jemand war eingeweiht – oder schaute vielleicht weg.«

Sie mußte sofort an Doug Culver denken. Er hätte sich damit befassen müssen. Wer hatte ihr noch gesagt, daß er für die Rechtsabteilung zuständig war, bis sie jemand gefunden hatten . . .? Hatte Dougie seine eigenen Pläne? Was hatte es zu bedeuten, daß er sich mit Janet und Twoey Barnes getroffen hatte? Sie sagte: »Die SEC hat Leute, die auf diese Vorgänge angesetzt sind, aber sie sind nicht immer ausreichend besetzt, und es läuft auf Stichproben hinaus. Die Firmen müssen lernen, sich selbst zu kontrollieren, die ganze Branche muß es lernen.«

»Das werden sie nie fertigbringen«, meinte Konstantin.

»Warum sollte David Goldie töten? Das ergibt keinen Sinn. Es sei denn, es war tatsächlich ein Unfall.«

»Das bekommen wir heraus.« Silvestri sah Konstantin an. »Wir haben immer noch keine Bestätigung, daß Kim auf dem Bankett war. Niemand scheint sich an ihn zu erinnern. Auf der Gästeliste stand er jedenfalls nicht. Hast du ihn gesehen, Les?«

»Nein.« Wetzon durchforstete ihre Erinnerung an jenen Abend, hörte Fetzen zorniger Worte aus der Herrentoilette, die wohl, wie sie nun im nachhinein merkte, eher mit der Gehaltsregelung für Makler zu tun hatten als ... sie sah Goldie und Neil auf einer Seite, Hoffritz und Bird auf der anderen. Und Culver, der sich zu Hoffritz und Bird hinüberbeugte, Gorham ... sie konnte nicht ohne einen Anfall von Panik an Chris denken. Sie sah die Investmentgemeinschaft in vollem Staat ... Jake Donahue, Smith, Ellie ... der Tisch. Halt. Zurück zu Smith.

Klar wie eine Glocke hörte sie Smith sagen: »Wall Street wird allmählich eine richtig schmuddlige Uno mit braunen, schwarzen und gelben Gesichtern, allerdings sehe ich Ellie Kaplan gerade mit einem ziemlich attraktiven Chinesen an der Bar sprechen ...«

Wetzon kam aus dem Bellevue Hospital und nahm ein Taxi zum Büro. Montag. Andauernde Hitze. *The Times* brachte einen weiteren Leitartikel von einem Wissenschaftler, der eine globale Erwärmung voraussagte, wenn die Ozonschicht nicht geschützt werde. Wetzons Knie verheilte gut, und nachdem das verkrustete Blut in der Nase entfernt war, konnte sie auch wieder besser atmen.

Ihr fiel der Läufer mit der Atemmaske ein, der aus Ellies Straße abgebogen und die West End Avenue hinuntergerannt war. Er hatte dunkles Haar und lange Beine gehabt. War das David Kim gewesen? Hatte er Ellie getötet und die Rose zurückgelassen, weil sie seine Geliebte gewesen war?

Es war noch früh, erst halb neun. Sie hatte Smith gestern abend nicht erreichen können, und sie hatte es an diesem Morgen um halb acht noch einmal versucht, bevor sie ins Krankenhaus gefahren war. Noch immer keine Antwort. Smith war letzte Nacht nicht nach Hause gekommen. Ihr fiel ein, daß sie von Smith nichts mehr gehört hatte, seit sie am Freitag über

Wetzons Entschlossenheit gestritten hatten, Anklage gegen Chris zu erheben. Eine solche Reaktion paßte überhaupt nicht zu Smith.

Der Verkehr stadtauswärts auf der First Avenue war an diesem Morgen nicht schlimm, aber die Stadt und ihre Bewohner hatten die gewohnte draufgängerische New Yorker Montagsmorgenskillerenergie verloren. Auch Wetzon war sie abhanden gekommen. Selbst der Taxifahrer fuhr bloß und sprach kein Wort. Eine Unterhaltung wäre zu anstrengend gewesen. Das perfekte Klima für einen Headhunter, dessen Erfolg vom Reden abhing. Sie lächelte und hatte nicht mehr so ein steifes Gefühl. Wenigstens ihr Gesicht nahm den Normalzustand wieder an.

Sie wollte die Außentür aufschließen, doch sie war gar nicht abgeschlossen. Waren B. B. und Harold so früh schon da? Sie stand im kühlen Vorzimmer. Kaffee tröpfelte in der Kaffeemaschine. »Hallo?« B. B.'s Schreibtisch war nicht besetzt.

»Wetzon!« schrie Smith. »Wo hast du gesteckt? Ich rief dich gestern abend an, und du warst nicht zu Hause.« Smith stand in der Tür zu ihrem gemeinsamen Büro. Sie trug das weiße Leinenkleid. Ihre Augen glänzten aufgeregt.

»Du hast keine Nachricht hinterlassen.«

»Ich legte nach dem vierten Läuten auf. Ich hasse deinen Anrufbeantworter. Ich habe dir so viel zu erzählen, Kleines. Komm gleich rein und setz dich. Du wirst staunen.«

»Ich muß auch mit dir reden, Smith. Wann sollen wir unten bei Luwisher Brothers sein?« Wann, fragte sie sich wütend, würde Smith ihr zerschrammtes Gesicht zur Kenntnis nehmen?

»Das ist es ja gerade, Liebes, wir gehen nicht hin. Twoey nimmt unseren Termin wahr.«

So wütend sie auf Smith war, erwachte doch ihre Neugier. »Twoey?«

»Ja – dein Gesicht sieht wirklich scheußlich aus – Twoey. Er ist ...«

»Entschuldige«, fiel Wetzon ihr ins Wort. »Das ist alles, was du zu dem, was mir passiert ist, zu sagen hast?«

Smith starrte sie an, die Hand auf dem Herzen. »Schatz, das haben wir doch alles durchgekaut. Dein Gesicht wird heilen, und es ist besser, keinen so großen Wirbel darum zu machen.«

»Mein Gesicht wird heilen.« Wetzon hörte ihre Stimme in kreischende Register ansteigen. Verdammt, sie hörte sich wie eine Hysterikerin an. Sie atmete tief durch, um sich zu beruhigen. »Ich zeige ihn an«, sagte sie trotzig, »ob es dir gefällt oder nicht.«

Smith wirkte verletzt. »Ich bin auf deiner Seite, Zukkerstück. Tu, was du tun mußt, aber natürlich sendest du damit die falschen Signale aus. Wir dürfen nicht für weinerlich gehalten werden.«

»Weinerlich? Herrgott noch mal, Smith, bring deine Prioritäten in Ordnung.«

Smith strahlte sie an. »Liebe Wetzon, seien wir uns einfach einig, daß wir uns hier nicht einigen können, okay? Jetzt laß dir alle Neuigkeien berichten.«

Warum hatte sie mit dieser Frau eine gemeinsame Firma? fragte sich Wetzon. In wichtigen Dingen würden sie niemals übereinstimmen. Sie sollte sich auf ihren Geisteszustand untersuchen lassen. »Bitte sehr.«

»Am Samstag fand eine Dringlichkeitssitzung des Vorstands statt, und sie stimmten dafür, zu verkaufen, falls Twoey mehr als fünfzig Prozent der Anteile bekäme, und die hat er. Er übernimmt Luwisher Brothers – vielmehr kauft L. L. Rosenkind die Firma, und Twoey wird sie als Abteilung von Rosenkind leiten.« Sie klatschte in die Hände. »Na, was hältst du davon?«

»Ich bin verblüfft. Was geschieht mit Destry Bird und John Hoffritz?« Es war sinnlos, Smith bewegen zu wollen, den Vorfall mit Chris aus ihrer Sicht zu betrachten. Reine Zeitverschwendung. Das Beste, was sie erhoffen konnte, war . . .

»Sie sind draußen. Einer von ihnen ist sowieso ein Mörder, also, wen kümmert es? Vermutlich haben sie gemeinsame Sache gemacht. Sie schafften sich Goldie vom Hals, aber sie konnten die Stimmenanteile nicht auf ihre Seite bringen. Ist das nicht aufregend?«

»Wer bei Luwisher Brothers war in diese Übernahme eingeweiht? Sie müssen einen wichtigen Insider neben Twoey und seiner Mutter gehabt haben.«

»Tja, . . . wie wäre es mit Doug Culver?«

»Der? Willst du mir erzählen, Doug habe seine Anteile abgegeben?«

Smith nickte. Sie blätterte die Seiten des *Journal* durch. »Ich sehe nichts – doch, sieh her, es heißt ›Gerüchte bezüglich der Möglichkeit eines großen Börsenverlusts bei Luwisher Brothers halten an. John Hoffritz, Vorstandsvorsitzender, weigert sich, einen Kommentar abzugeben.‹ Ha!«

»Was bekommt Dougie Culver für seine Treulosigkeit, wenn ich fragen darf?« »Wetzon, jetzt fängst du schon wieder an. Er war nicht treulos. Er denkt unternehmerisch.«

»Ach so, ›unternehmerisch‹ ist jetzt also das Synonym für Scheißkerl und Verräter.«

Smith lächelte gnädig. »Ich weiß, du bist nur deshalb so gehässig, weil du dich ärgerst, daß du in die ganze Geschichte nicht eingeweiht warst.«

»Das ist mir völlig egal.«

»Mein Gott, war das herrlich, einfach herrlich.« Smith tanzte durchs Zimmer. Sie war begeistert.

»Was hat Dougie als Belohnung bekommen?«

»Er wird die Abteilung Kapitalmärkte leiten.«

»Was ist mit Neil? Ist er dabei oder draußen?«

»Er ist der Leiter für Privatkunden.«

»Und Gehälter für Makler?«

»Eine gute Idee, für die die Zeit noch nicht reif ist.«

Wetzon konnte sich ein breites Grinsen nicht verkneifen. »Na, das gefällt mir.« Sie stand auf und füllte ihren Kaffeebecher. Die Fenster waren alle ersetzt worden. Das Büro sah aus wie vor der Explosion, bis auf den ungeordneten Stapel von ›Fahndungsbogen‹ auf ihrem Schreibtisch, der danach schrie, sortiert zu werden. »Das Büro sieht gut aus.«

»Die Jungs und ich haben ein bißchen saubergemacht. Den Garten müssen wir neu bepflanzen.«

»Kein Problem.« Sie betrachtete Smith und wußte genau, daß da noch etwas war. Smith platzte beinahe. »Also bist du jetzt mit Twoey zusammen?«

»Hmhm.«

»Und der arme gute Jake Donahue?«

Smith warf einen Handkuß und winkte Adieu.

Wetzon mußte lachen. Jake Donahue hatte es verdient. »Ich habe es gestern abend und heute morgen bei dir versucht. Ich wollte, du würdest dir einen Anrufbeantworter zulegen.«

Smith lächelte nachsichtig und plusterte ihre Locken auf. »Wenn es wichtig ist, rufen die Leute wieder an.« Sie zog eine Schublade auf und holte ein neues Paar Strumpfhosen heraus.

»Na ja, es war wichtig.«

Smith brach die Plastikhülle auf und zog die neue Hose aus dem Päckchen. »Ja?«

»Hörst du zu?«

Smith wand sich aus der alten Strumpfhose. »Selbstverständlich höre ich zu.«

»Hast du auf dem Bankett nicht gesagt, die Wall Street sähe immer mehr wie die UN aus?«

Smith zog die neue Strumpfhose an. »Ja. Schwarze, Japse . . .« Sie schlupfte wieder in die Schuhe und warf die alte Strumpfhose in den Papierkorb.

»Und hast du nicht gesagt, daß einer der Asiaten gut aussah?«

»Ja, der eine an der Bar bei Ellie?«

»Würdest du ihn wiedererkennen, wenn du ihn sähest?«

»Ich weiß nicht. Warum?«

»Würdest du es versuchen? Laß mich Silvestri anrufen, und dann sehen wir, ob du ihn als einen der Gäste an jenem Abend identifizieren kannst.«

»Wer ist dieser er?«

»Vielleicht David Kim.«

»Na, endlich werde ich doch noch aufgefordert, zu dieser Ermittlung beizutragen.«

»Ach, Smith, du warst so mit Twoey beschäftigt, daß du nichts anderes bemerkt hast. Ich rufe jetzt Silvestri an und frage, wann wir kommen können.« Sie nahm den Hörer ab und tippte mit dem Ende des Füllers die Nummer ein.

Die Außentür ging auf, und Harold erschien mit der Post und schon wieder einem neuen Anzug. »Guten

Morgen«, sagte er. Er schien überrascht, sie beide im Büro zu sehen. »Mann, was ist denn mit dir passiert, Wetzon?«

Wetzon lauschte auf das Rufzeichen. »Metzger.«

»Tag, Artie, hier ist Les.«

»Hallo, Les. Wie geht's? Als Mo dich hergebracht hat . . .«

»Es geht mir gut, Artie. Ich bin zäh.« Sie beugte das Knie, an dem sie genäht worden war. Der verheilte Schnitt war hart und juckte ein wenig unter der Strumpfhose.

»Das stimmt. Du willst mit deiner Partnerin kommen, um eine Identifizierung vorzunehmen?«

»Ja. Wann möchtest du uns dahaben?«

»Er geht jetzt die Einträge durch. Wie wäre es mit zehn Uhr dreißig?«

»Moment, Artie.« Sie fragte Smith. »Zehn Uhr dreißig, Smith?«

»Ja, paßt.«

»Zehn Uhr dreißig, Artie.« Sie legte auf.

Die Außentür ging auf, und B. B. kam mit einer Reisetasche herein. »Tag.«

»Schönes Wochenende?« fragte Wetzon und hob den Kopf. Jetzt starrten beide sie an, Harold und B. B. »Ach, das?« Sie berührte ihr Gesicht. »Hat Smith euch nichts gesagt?« Sie sah Smith an, die die Achseln zuckte. »Es sieht schlimmer aus, als es ist.«

»Okay, lange genug herumgestanden. Ist es nicht Zeit, daß wir nach den Dollars telefonieren, Mannschaft?« fragte Smith. »Aber haltet euch bei Luwisher Brothers und L. L. Rosenkind heraus. Sie fusionieren, und sie werden *unser* Kunde sein.« Sie schloß die Tür. »Ein *sehr* guter Kunde.«

»Dough Culver hat mir eine Kiste Wein geschickt«, sagte Wetzon. »Ich sehe mal, ob ich ihn erreiche.«

»Er ist zu beschäftigt, um jetzt mit dir zu sprechen. Warum wartest du nicht bis morgen?«

Wetzon hörte nicht darauf und wählte Dougies Durchwahlnummer.

»Büro Douglas Culver.«

»Hallo, Leslie Wetzon. Ist Doug zu sprechen?«

»Er ist in einer Sitzung. Kann ich etwas für Sie tun – oh, Moment, bleiben Sie dran. Er möchte Sie sprechen.«

Doug meldete sich mit einem Aufschrei. »Wetzon!«

»Doug. Ich höre, Sie hatten viel zu tun.«

»Ziemlich.«

»Na ja, dann sind Glückwünsche wohl angebracht. Ich rufe eigentlich an, um mich für den Wein zu bedanken. Es war ein sehr netter Einfall, aber er wird nicht viel nützen. Ich werde die Anklage gegen Chris nicht zurückziehen.«

»Wetzon, tun Sie, was Sie für richtig halten, aber wir haben Chris heute morgen gekündigt. Er ist Geschichte.«

»Sie haben ihn gefeuert?« Ihr wurde übel. »Sie brauchten ihn nicht ...«

»Wir haben es nicht für Sie getan, Wetzon. Nur, er ist nicht einer von uns, er paßt hier nicht herein.«

Was hatte sie glauben lassen, sie hätten es ihretwegen getan? Selbst eine Verurteilung wegen Vergewaltigung würde Chris nicht aus der Wall Street vertreiben. Sie seufzte. »Sagen Sie mir eins, Doug, da wir hier so ehrlich miteinander reden, haben Sie nicht entdeckt, daß etwas an Ellies Konten nicht koscher war, als Sie die Rechtsabteilung übernahmen?«

»Erst vor kurzem. David verstand es gut, seine Spuren zu verwischen, und ich hatte mit der Doppelbelastung zuviel zu tun.«

Warum glaubte sie ihm nicht? Weil es ihm so glatt über die Lippen kam.

»Wetzon, Sie sind sehr hilfreich gewesen, und Sie sollen wissen, daß wir dankbar sind. Wenn wir etwas für Sie tun können . . .«

Mann, danke, dachte sie. »Sie können mir einen kleinen Gefallen tun.«

»Worum handelt es sich?« Er hörte sich zweifelnd an, als habe er nie damit gerechnet, sie könnte ihn beim Wort nehmen.

»Dwayne, Ellies Assistent. Ich würde mich freuen, wenn Sie ihn behielten, wenn Sie eine Stelle für ihn bei jemandem fänden.«

In Dougs Antwort klang Ironie an. »Aber die Absicht hatte ich die ganze Zeit, Wetzon. Ich bin dem armen Schwein etwas schuldig.«

»Wie das?«

»Ich war es, der ihn in jener Nacht bei Ellie mit der Vase zusammengeschlagen hat.«

Wetzon atmete tief ein und verschluckte sich fast. »Du meine Güte, Doug, Sie hätten ihn umbringen können. Was zum Teufel haben Sie überhaupt dort gemacht?«

»Warum sollte ich Ihnen das verraten, Wetzon?«

»Warum nicht, Doug? Lassen Sie mich Ihren Machiavellischen Denkprozeß bewundern.«

»Komisch, Wetzon. Okay, da das, was ich Ihnen sage, vertraulich ist und Sie immer noch für uns arbeiten, habe ich nichts dagegen, Hypothesen aufzustellen.« Er hörte sich belustigt an. »Wenn nun Melissa und Ellie

Stimmanteile hatten – nicht viele, aber genügend? Und wenn Ellie mir ihre Vollmacht geben wollte? Und wenn ich Ellie dann dort mit dem Kopf im Fischteich fand, tot?«

»Also haben Sie sie auf den Liegestuhl gelegt und ihr die Rose gegeben.«

»Ich konnte sie ja nicht gut im Fischteich liegen lassen.«

»Rührend, Doug. Warum riefen Sie nicht die Polizei, damit sie versuchen konnten, sie ...«

»Sie war tot. Da war nichts mehr zu machen. Werden Sie erwachsen, Wetzon. Das ist die reale Welt. Wenn der Ball im Spiel ist, laufen Sie entweder mit, oder Sie sind aus dem Spiel.«

»Ist es das, Doug? Ein Spiel?«

»Genau das ist es, und Verlieren ist keine Option.«

»Zu dumm, daß Sie die Vollmachten nicht bekommen konnten.«

»Ich habe sie«, sagte Doug genüßlich. »Sie lagen einfach so auf der Küchentheke, unterschrieben. Dort hat mich Dwayne überrascht. Wie sich herausstellte, brauchten wir sie nicht. Wir bekamen die Stimmen von anderer Seite.«

»Ach tatsächlich? Von wem?«

»Gail Munchen. Sie ist eine Luwisher.«

Das Midtown North befand sich in der 42. Street zwischen Eighth und Nineth Avenue, nicht weit vom Komplex des Manhattan Plaza entfernt. Es war ein altes Immigrantenviertel, meist Italiener, und war es bis heute geblieben, nur versorgten die Metzgereien, Bäckereien und Lebensmittelhändler jetzt die gemischte Bevölkerung, die sich in dieser Gegend in der Nähe des Lincoln Tunnels nach New Jersey niedergelassen hatte.

In den frühen Siebzigern war der Bauboom bei neuen Wohnhochhäusern mit der Finanzkrise der Stadt New York zusammengebrochen, und Manhattan Plaza, das als Luxusapartmenthaus geplant war, stand leer, bis jemand den klugen Einfall hatte, es könnte für Theaterleute, Schauspieler, Musiker und Produzenten ideal sein. Man fand einen Kompromiß: Die Wohnungen wurden schnell mit Mietern gefüllt, die Zuschüsse erhielten, ein Drittel Personen aus der Unterhaltungsbranche, ein Drittel ältere Menschen und ein Drittel alteingesessene New Yorker. Für die Theaterleute war es ein Wunder gewesen, so nahe beim Theaterdistrikt erschwinglichen Wohnraum zu finden. Für ein heruntergekommenes und sogar gefährliches Viertel war es ein Geschenk des Himmels. An allen Ecken machten entzückende kleine Bistros auf, und nichtkommerzielle Off-Broadway-Theatergruppen gediehen in der näheren Umgebung des Midtown North, das in das alte McGraw-Hill Building umgezogen war.

Smith und Wetzon warteten in einem Vorzimmer, wo eine überdimensionale Klimaanlage im Fenster unter größtmöglicher Geräuschentwicklung kalte Luft ausblies.

»Hm«, machte Smith, als sie auf die Uhr sah. »Eine halbe Stunde sind wir schon hier. Wissen die hier nicht, daß wir eine Firma zu leiten haben?« Sie schlug ein Bein über das andere. »Worauf warten wir?«

Wetzon fragte sich das gleiche. Die Atmosphäre im Haus war von beherrschter Energie geprägt. Polizisten in Uniformen und Detectives gingen ihren Beschäftigungen nach. Mo hatte Smith und Wetzon in Eile hereingeführt und dann alleingelassesn. »Vielleicht warten wir auf die stellvertretende Staatsanwältin. Es ist Rachel Konstantin.«

»Muß man sie kennen?« fragte Smith gereizt.

»Sie war im vergangenen Winter auf dem Titelblatt von *New York*. Erinnerst du dich nicht? Sie vertrat die Anklage bei dem Mord im Madison Square Garden.«

»Rachel Konstantin . . . dick und häßlich . . .«

»Nein, eigentlich nicht. Sie sieht in Person ganz hübsch aus. Alex Konstantin ist ihr Bruder.« Sie wußte, daß Smith Alex Konstantin kennen würde, weil er ein M & A-Genie war und gerade bei Shearson aufgehört hatte, um eine eigene Firma zu gründen.

»Ach, tatsächlich?« Smith reckte den Kopf, und die

mürrischen Falten auf der Stirn verzogen sich im selben Augenblick, als Mo wieder erschien, ohne sich zu entschuldigen.

»Wenn Sie bitte mitkommen möchten.« Mo ging ihnen aus dem Zimmer und über einen breiten Flur voraus.

Smith verpaßte Wetzon einen übertriebenen Stoß in die Rippen, während sie hinter ihr hergingen. Sie deutete mit dem Kinn auf Mos Hinterteil. Mo trug enge Baumwolleggins und ein weites Hemd, das kaum ihren attraktiven runden Hintern bedeckte. Ein Pistolengurt saß auf ihrer Hüfte und ragte unter dem Hemd heraus. Das kastanienbraune Haar fiel ihr über die Schultern. Sie hatte etwas Überreifes und Schwüles an sich. »Silvestri steht bestimmt darauf«, flüsterte Smith in Bühnenlautstärke.

Mo straffte die Schultern. »Halt den Mund, Smith«, zischte Wetzon, aber es war natürlich zu spät. Ein Toter hätte Smith' lautes Flüstern hören können.

»Leslie.« Metzger, die Pistole an der Hüfte, wartete am Ende des Flurs auf sie. Er brachte sie in einen Raum mit zwei Reihen von Klappstühlen vor einem großen dunklen Panoramafenster. Ein riesiger staubiger Ventilator wälzte heiße Luft um. Metzger musterte ihr Gesicht. »Wie geht es dir? Du hast uns einen schönen Schrecken eingejagt.«

»Es geht wieder, danke, Artie.«

»Ich bin Xenia Smith«, stellte sich Smith vor, indem sie Rachel Konstantin, deren Garderobe aus zu kurzen Röcken zu bestehen schien, die Hand reichte. Eine passende rote Jacke hing über der Lehne eines Klappstuhls. Auf dem letzten Platz in der ersten Reihe saß ein Mann, Anfang Dreißig, in einem zerknitterten braunen Anzug; eine schäbige Lederaktentasche stand offen neben seinen Füßen. Er setzte die metallgefaßte Brille ab und wischte sich mit einem Taschentuch den Schweiß von der Stirn, dann putzte er die Gläser und setzte die Brille wieder auf. Die Ende eines spärlichen Schnauzbartes trafen sich mit den Enden eines ebenso spärlichen Kinnbartes.

»Richard Fuchs, Rechtsbeistand«, stellte er sich vor. Wetzon schüttelte seine feuchte Hand; Smith übersah ihn.

»Fangen wir an«, sagte Weiss. Er zündete eine Zigarette an.

»Können wir nicht darauf verzichten?« Konstantin runzelte die Stirn. »Hier ist ohnehin keine Luft zum Atmen.« Weiss sah sie kurz an, dann ließ er die Zigarette fallen und trat sie mit der Sohle seines Ballyslippers aus.

Als Silvestri erschien, bemerkte Wetzon sofort, daß es Probleme gab. Sein Gesicht war dunkel, fast mürrisch. »Sind wir soweit?« fragte er abrupt, indem er ihrem Blick auswich.

»Möchten die Damen bitte hier Platz nehmen?« Weiss deutete auf die erste Reihe.

Smith strahlte ihn an. Wetzon sah ihr an, daß sie zusammenrechnete, was er für den teuren Anzug und die Schuhe bezahlt haben mußte. »Selbstverständlich, sagen Sie mir nur, was Sie von mir wünschen.« Es kam wie eine sexy Aufforderung heraus, während Smith ihm zuzwinkerte.

»Du lieber Gott.« Wetzon verdrehte die Augen.

»Wir führen eine Gruppe von Personen vor. Sie können uns weder sehen noch hören. Wir möchten von Ihnen nichts weiter, als daß Sie versuchen, die

Person auszuwählen, die Sie bei Goldie Barnes' Bankett gesehen haben, falls er einer dieser Männer ist.« Weiss ließ den Blick nicht von Smith.

»Lassen Sie sich Zeit, Ms. Smith«, sagte Konstantin. »Wir möchten eine gültige Identifizierung.«

Silvestri nahm einen Hörer an der Wand ab. »Anfangen«, sagte er.

Hinter dem Panoramafenster ging ein Licht an. Eine Stimme sagte: »Vortreten und in einer Reihe aufstellen, Gesicht nach vorn.«

Eine Reihe von sechs Asiaten kam heraus und sah sie an. Drei waren groß, zwei mittelgroß, und einer war sehr klein. Wetzon betrachtete sie einen nach dem anderen. Der große Mann am Ende der Reihe war nervös; er hatte das Kinn auf der Brust.

»Köpfe hoch«, befahl die Stimme.

Der Mann am Ende hob den Kopf. *Sollte das ein Witz sein?* dachte Wetzon.

»Sie sehen für mich alle ziemlich ähnlich aus«, meinte Smith.

»Nach rechts drehen«, befahl die Stimme.

»Ich ...« Wetzon spürte einen festen Händedruck auf ihrer Schulter. Es war Silvestri. Er schüttelte den Kopf. Was zum Teufel ging hier vor?

»Nach links drehen.«

»Ich weiß nicht«, sagte Smith. »Der Mann, den ich sah, hatte ein sexy Lächeln und schöne Zähne.« Sie sah Weiss an und strahlte.

»Gesicht nach vorn. Lächeln.«

Es war wie eine Stellprobe, die nicht klappte. Wetzon fröstelte. Totenkopflächeln.

»Tut mir leid«, sagte Smith. Sie sah Weiss an und schüttelte den Kopf.

»Gesichter rechts«, sagte die Stimme. »Sie können aufhören zu lächeln.«

»Was meinst du, Les?« half Silvestri nach, indem er ihr Redeerlaubnis erteilte.

Sie drehte sich auf dem Stuhl um. Er lehnte an der Rückwand, die Hände in den Hosentaschen. Sie blickte durchs Fenster auf die sechs Männer. Waren sie ernst zu nehmen? War dies eine abgekaterte Sache?

»Nun, Ms. Wetzon?« sagte Konstantin ungeduldig.

»Ich verstehe das nicht«, sagte Wetzon. »Keiner von diesen Männern ist David Kim.«

»Du könntest mir ruhig erklären, worum es hier überhaupt geht«, beschwerte sich Smith, als sie sich bei *Manganaro's* an den Kunden vorbei zu dem kleinen Restaurant im hinteren Teil des italienischen Lebensmittelgeschäfts durchschlängelten. Weder Schnee noch Hitze, noch sonst etwas hielt New Yorker davon ab, essen zu gehen. Das Lokal war überfüllt, nur an einem oder zwei Tischen war noch Platz. Sie wurden sofort zu Plätzen unmittelbar neben einem übergewichtigen Mann im Straßenanzug geführt, der in *Ad Age* las. Eine Serviette in den Kragen gestopft, aß er aus einem großen Suppenteller nach Knoblauch duftende Spaghetti mit roter Muschelsoße.

»Bestellen wir erst. Möchtest du Pasta mit Ricotta mit mir teilen?«

»Ja, gern.« Smith holte einen Spiegel aus der Handtasche und zog die Lippen nach.

»Pasta mit Ricotta«, bestellte Wetzon bei einer matronenhaften Frau in schwarzem Kleid. »Wir nehmen eine zusammen.«

»Zu trinken?«

»Eine Flasche Pellegrino, einverstanden, Smith?«

»Ja doch, sicher.« Smith' Stimme war hart geworden.

»David Kim ist ihnen entwischt.«

»Nicht gerade die feine Art«, bemerkte Smith sarkastisch.

Wetzon überging es. »Nummer sechs in der Reihe haben sie festgenommen, weil er ihnen sagte, er sei David Kim, und ich nehme an, sie denken wie du, daß alle Asiaten gleich aussehen.«

»Verschone mich, Mutter Teresa.« Smith sah ihren Nachbarn angeekelt an. Er verschlang die Spaghetti mit lauten schlürfenden Geräuschen, und seine Serviette war blutig vor roter Soße.

»Übrigens heißt er wirklich David Kim. Es war der falsche, das ist alles.«

»Wie ist das möglich?«

»Weil Kim in Korea so verbreitet ist wie Smith bei uns.«

»Nur weiter, Wetzon, ich gönne dir deine kleinen Späße. Das trifft mich nicht.«

Die Frau brachte die Flasche Pellegrino, öffnete sie und goß das leicht perlende Wasser in ihre Gläser.

»Das ganze Fiasko verschaffte dem echten David Kim Zeit, sich abzusetzen.«

»Du fängst schon an, wie die zu reden.«

»Die?«

»Die Bullen. Jargon.«

»Egal. Aller Wahrscheinlichkeit nach ist er auf dem Weg zurück nach Korea, wo er mit seinen unrechtmäßig erworbenen Gewinnen wie ein König leben wird.«

Sie erzählte Smith nicht, daß Silvestri sie gewarnt

hatte. »Geh nicht allein irgendwohin. Packe keine eigenartigen Pakete aus. Halte dich unter Menschen auf, bis wir ihn haben.«

»Nachdem er drei Menschen getötet und uns zu töten versucht hat. Ich möchte das Geld zurückbekommen, das uns die Fenster gekostet haben, und wie teuer der Garten wird, kann ich mir nicht einmal vorstellen.«

»Zum Teufel damit. Das ist nur Geld, und davon verdienen wir genug. Wir leben. Das ist das einzige, was zählt.«

»Oh, bitte«, sagte Smith pikiert.

»Und ich glaube, er hat sogar vier Leute getötet. Der Direktor der Rechtsabteilung war der erste. Er stieß ihn vor einen U-Bahn-Zug und kam ungestraft davon. Als Dr. Ash ihn dann erpreßte, glaubte er, er könne sich Ash leicht vom Hals schaffen, weil er allergisch gegen Sulfite war. Der Lebensmittelmarkt von Davids Familie hatte noch Dosen mit Sulfitpulver im Keller.«

»Ach?«

»Silvestri sagt, es sei ein so feines Pulver, daß man es nicht merkt, wenn man keine Allergie dagegen hat. David würzte damit den Bourbon, den Ash trank, aber er konnte nicht damit rechnen, daß Goldie ebenfalls allergisch gegen Sulfite war, ebenfalls Bourbon trank und aus Versehen zu Ashs Glas greifen würde.«

Die Pasta wurde bereits in zwei Portionen geteilt gebracht. Der Ricotta war über den heißen Nudeln zu einer dicken Creme geschmolzen. Die Kellnerin mahlte frischen Pfeffer über beide Teller und stellte ein Töpfchen mit geriebenem Käse hin.

Smith streute Käse über die Pasta. »Himmlisch.« Sie steckte eine Gabel mit Fettuccine in den Mund.

»Was meinst du übrigens, wo Hoffritz und Bird wieder auftauchen werden? Die werden sich nicht aus dem Geschäft verabschieden.« Wetzon brach ein Stück Brot ab und tunkte es in die Soße. »Hm, war das eine gute Idee.«

»Ihre Anteile müssen ausgezahlt werden. Es wird ihnen nicht weh tun.«

»Nicht in ihren Brieftaschen, aber an ihrem Selbstbewußtsein.«

Smith lachte. »Dieser David Kim. So eine unwichtige Person entpuppt sich als Mörder...«

»Ich glaube nicht, daß sie ihn schnappen.« Wetzon aß den letzten Bissen Pasta und goß Pellegrino in ihr Glas nach.

»Du meinst, er wird entkommen? Mit dem ganzen Geld?«

»Nein, ich will sagen, ich glaube nicht, daß er es riskiert, lebend gefaßt zu werden. Ich glaube, die Asiaten haben einen ausgeprägten Sinn für Familie und Ruf. Ich weiß nicht. Ich kann mich immer noch nicht mit der Tatsache abfinden, daß dieser nette, intelligente, eifrige Junge Menschen ermordet haben soll.«

»Wie dem auch sei.« Smith tat das Thema unbekümmert mit einer Handbewegung ab. »Gehen wir wieder ins Büro. Twoey will mich anrufen, wenn die Sache unter Dach und Fach ist.«

»Ich dachte, das wäre sie bereits.«

»Im Prinzip ja, aber du kennst doch Rechtsanwälte. Sie müssen alles bis ins kleinste Detail ausarbeiten, damit ihr Honorar gerechtfertigt erscheint. Zahl bitte die Rechnung, Wetzon. Ich habe kein Kleingeld dabei.« Sie ging an der Kassiererin vorbei und betrachtete in der Feinkostabteilung die verschiedenen Schinkensorten.

Einmal wenigstens würde Wetzon gern erleben, daß Smith eine Rechnung beglich, aber jetzt war es zu heiß, um deswegen zu streiten.

Als sie auf die Nineth Avenue hinauskamen, war es halb zwei, und die Sonne brannte wie ein heißer Feuerball, der Himmel war strahlend wolkenlos. Smith trat auf die Straße, schnalzte mit den Fingern, und ein Taxi fuhr an den Bordstein. Der Fahrer kurbelte das Fenster herunter. »Nur Upper West Side«, erklärte er. »Ich habe Dienstschluß.«

»Paßt uns.« Smith kroch auf den schmalen Rücksitz und winkte Wetzon, ihr zu folgen.

»Smith! Das geht nicht!«

»Willst du wohl reinkommen?« Als Wetzon einstieg und die Tür schloß, sagte Smith: »49. zwischen First und Second.«

Das Taxi, das gerade angefahren war, als Smith zu sprechen anfing, kam mit kreischenden Bremsen zum Stehen. »Ich habe Ihnen gesagt, nur Upper West Side. Steigen Sie aus, Sie.«

Smith rührte sich nicht. Sie war nicht einmal eingeschüchtert. Wetzon hatte die Hand am Türgriff. »Faß diese Tür nicht an, Wetzon. Schreib Namen und Nummer dieses Mannes auf. Wir melden ihn.«

»Gottverdammte Scheiße. Das wird Ihnen noch leid tun, Weibsstück.« Er fuhr los und raste wie der Henker zu ihrem Büro. Smith legte sechs einzelne Dollar in das Fach, und sie stiegen aus in die stickige Hitze.

»Ich dachte, du hast kein Kleingeld«, murrte Wetzon, ohne sich anzustrengen, die Verärgerung zu überspielen.

»Ich fand welches in meiner Tasche. Und was diesen Taxifahrer betrifft, sie müssen uns von Rechts wegen fahren, wohin wir wollen. Wir sollten ihn wegen seiner Ausdrucksweise melden. Hast du seinen Namen aufgeschrieben?«

»Nein, habe ich nicht. Eines Tages wird dir einer wegen deines Benehmens eine runterhauen.«

»Hör um Himmels willen auf.«

Sie stellten fest, daß der Index über fünfzig Punkte gefallen war, als sie wieder an ihren Schreibtischen saßen, und so ging es für den Rest der Woche weiter – runter, runter, runter. Montag minus einundfünfzig, Dienstag plus zwanzig, Mittwoch minus zweiundvierzig, Donnerstag noch einmal minus dreißig. Die Gurus sagten wieder einmal das Schlimmste voraus und rieten allen zu verkaufen.

Wetzon hatte Silvestri kaum gesehen, der unter enormen Druck stand, David Kim zu verhaften und die Untersuchung der Wall-Street-Morde abzuschließen. Die ganze Stadt war alarmiert. Die Schlagzeilen von *Post* und *News* schrien nach Blut.

Und die starke Hitze ließ nicht nach. Die Nerven lagen bloß. Ein Wetteransager bei einem der lokalen Fernsehsender wurde von einer aufgebrachten Menge angegriffen, verprügelt und fast nackt vor der TKTS, der Theaterkasse an der 47. und Broadway, liegengelassen, obwohl er einen Wetterumschlag versprochen hatte.

Als Wetzon am Freitag im Büro eintraf, hatte sie das Gefühl, einen vollen Tag gearbeitet zu haben, und dabei war es gerade erst halb zehn. Sie benutzte keine öffentlichen Verkehrsmittel mehr. In den Untergrund hinunterzusteigen war so ähnlich, wie freiwillig in ein

Flammenmeer zu gehen; die Hitze auf den Bahnsteigen der U-Bahn war so intensiv, daß Lippenstifte in den Kapseln schmolzen. Menschen führten Selbstgespräche, und es fiel schwer, Gesunde und Verrückte auseinanderzuhalten.

»Tag, Wetzon.« Harold stand in der offenen Tür seines kleinen Büros und plauderte mit B. B.

»Harold, B. B.« Sie öffnete die Tür zu ihrem Büro. Die Klimaanlage verrichtete ihre Arbeit hervorragend. Smith war nicht da. »Irgendwelche Anrufe?«

»Ja.« B. B. reichte ihr zwei Nachrichten: eine von Smith, die mitteilte, sie werde später kommen, und die andere von Marty Rosen.

Was hatte das zu bedeuten? fragte sie sich. »Haben wir jemand, der sich Marty Rosen bei Loeb Dawkins vorstellen soll?«

»Nein«, antwortete B. B.

»Du, Harold?«

»Hmhm.«

Sie schloß die Tür und setzte sich an den Schreibtisch, dann blätterte sie ihr Adreßbuch nach Martys Nummer durch und rief ihn an.

»Büro Marty Rosen. Marcia am Apparat.«

»Tag, Marcia. Hier ist Wetzon. Marty wollte mich sprechen.«

»Bleiben Sie dran.«

»Wetzon!«

»Was liegt an, Marty?«

»Sharon Murphy. Sie ist bei Loeb Dawkins.«

»Sharon Murphy? Sie ist bei Ihnen?«

»Nein. Sie ging in Ron Mitchells Büro.«

»Das glaube ich nicht. Wie ist denn das möglich? Sie war mit Ihnen im Gespräch. Sie lernte die Abteilungsleiter durch Sie kennen. Sie hat nie erwähnt, daß sie noch mit einem anderen bei Loeb Dawkins sprach.«

»Sie können mir glauben. Sie ist hier.«

»Ich werde mit ihr sprechen und rufe Sie dann gleich wieder an.«

»Moment mal. Sie waren das nicht?«

»Herrgott, Marty, ich schicke Makler doch nicht zu zwei verschiedenen Managern in derselben Firma, ohne es mit beiden Managern abzuklären. Wofür halten Sie mich? Antworten Sie darauf nicht.« Er hätte durchaus sagen können, *Sie sind Headhunterin,* mit der ganzen Verachtung, die das Wort manchmal beinhaltete. Vielleicht handelten manche Headhunter wie Huren, taten unmoralische Dinge, aber sie nicht. Sie legte auf, empört, malte sich einundzwanzigtausend Dollar aus, die den Bach hinunter waren. Sie rief Ron Mitchells Büro an und fragte nach Sharon Murphy. Sharon war tatsächlich da, denn sie stellten sie durch, verdammt. Wetzon war so wütend, daß sie Smith nicht ins Zimmer kommen sah.

»Sharon Murphy.«

»Sharon, hier ist Wetzon.«

»Ah, Sie sind's.«

»Ja, was tun Sie in Rons Büro?«

»Nun, er machte mir ein besseres Angebot als Marty.«

»Das konnte er nicht. Die Abmachungen sind die gleichen. Haben Sie ihm nicht gesagt, daß Sie mit Marty im Gespräch sind? Es ist nicht moralisch, den einen Manager gegen den anderen auszuspielen.«

»Ich weiß nicht, warum Sie einen solchen Wirbel darum machen. Ich bekam dreißig Prozent im voraus von Ron, und Marty sagte mir, er könne mir nur fünfundzwanzig geben. Das sind siebzehn fünf mehr in meiner Tasche.«

»Ich weiß nicht, wie Ron das an der Regionalleitung vorbei vereinbaren konnte. Haben Sie mit einem anderen Headhunter gearbeitet?« Smith stieß einen seltsam erstickten Laut aus, und Wetzon schaute auf und nickte ihr zu.

»Ich möchte es lieber nicht sagen. Ron brachte den Abschluß als Paket mit zwei anderen Maklern, die er einstellte, durch.«

»Lassen Sie mich raten. Es war Tom Keegen, ja?« Sie sah mit geschürzten Lippen nach Smith, die durch die Zähne zischte.

»Ja.«

»Ja, sagt sie.« Wetzon legte auf. »Du hast es gehört. Keegen hat uns soeben einundzwanzigtausend Dollar weggenommen.«

Smith schrie auf.

Der Markt ging mit einem Minus von fünfundsiebzig in die Schlußrunde, und der Abwärtstrend hielt noch an. Verkaufsprogramme hatten sich zugeschaltet, und es gab immer weniger Käufer. Eine innere Unruhe machte Wetzon zu schaffen. Sie fühlte sich fix und fertig, bedrückt von der gnadenlosen Hitze und Luftfeuchtigkeit, deprimiert durch die Ereignisse der vergangenen Woche. Daß sie Silvestri so gut wie nicht sah, machte alles noch schlimmer.

David Kim ein Mörder. Konnte sie mit ihrem Urteil so danebenliegen? Chris Gorham war ja wohl von allen derjenige, der am ehesten zu Gewalttätigkeit neigte. Nicht David, der intelligente, charmante David, dem alle Möglichkeiten offenstanden.

Automatisch räumte sie die verstreuten Notizen und rosa Telefonnachrichtenzettel vom Schreibtisch weg und stellte ihren Plan für Dienstag auf, nach dem langen Wochenende um den 4. Juli.

»Verdammt noch mal.« Smith knallte den Hörer auf. »Ich habe es restlos satt, seit vier Monaten Entschuldigungen zu hören. ›Der Scheck ist unterwegs.‹ Wir haben Rechnungen zu bezahlen.«

»Hm.« In Gedanken ganz woanders, nahm Wetzon Smith' brummige Kommentare bei der Durchsicht der Geschäftsunkosten für das erste Halbjahr nur vage wahr.

»Ist das alles, was du dazu zu sagen hast?«

»Hm«, erwiderte Wetzon, indem sie den Inhalt ihrer Aktentasche auf den aufgeräumten Schreibtisch kippte und sich systematisch durch die Ansammlung von Zeitungen, Karteiblättern, Einladungen zu Vernissagen in Museen und Galerien, Tanzkonzerten – die alle ohne ihre Anwesenheit vorbeigegangen waren – und einer Schlußverkaufsanzeige von *Barney's* durcharbeitete. Sie warf alles in den Papierkorb, bis auf die Karteiblätter, die in ihren aktuellen Ordner kamen.

»Und hier ist der Kostenvoranschlag für den Garten«, murmelte Smith. »Nicht zu fassen, dreitausend Dollar. Schwimmen wir hier im Geld?«

»Hm.« Versteckt unter den ›Fahndungsbogen‹ war das Tütchen mit der aufgerollten Liste, die sie aus Ellies zerrissenen Fetzen zusammengesetzt hatte, die Kopie der vollständigen, die sie auf Chris Gorhams Schreibtisch gefunden hatte. Sie nahm sie aus dem Tütchen und rollte sie in die andere Richtung, um sie zu glätten. Die Namen und Adressen sagten ihr nichts ... oder doch? Sie griff zum Telefon und rief Silvestri an. Sie wurde gebeten zu warten.

Es klopfte an der Tür.

»Herein?« rief Smith.

B. B., leger in Khakihosen und Laufschuhen und mit aufgekrempelten Hemdsärmeln, machte die Tür auf. »Kann ich mich davonmachen?«

»Selbstverständlich, Zuckerstück.« Voller Freundlichkeit strahlte Smith ihn an.

Lächelnd legte Wetzon den Telefonhörer an das andere Ohr. B. B. sah aus wie ein Yale-Student, der zu einem Segelwochenende aufbricht. »Viel Spaß.«

Die Tür schloß sich hinter seinem Dankeschön.

»Wo fährt er hin?« Smith seufzte und begann, Zahlen in den Taschenrechner zu tippen.

»East Hampton. Wohin sollten die jungen und ungebundenen New Yorker sonst hingehen?« Sie bekam Ohrenschmerzen vom Telefon.

»Hm. Ich habe vergessen, wie es ist, jung und ungebunden zu sein. Was hat Harold vor?« Smith stand auf und machte die Tür auf.

»Verdammt.« Wetzon legte den Hörer auf den Tisch und rieb sich das Ohr. Als sie den Hörer wieder ans Ohr legte, hörte sie das Freizeichen. Sie legte auf und studierte wieder die Namen.

Smith rief: »Harold!« Dann ging sie wieder an ihren Schreibtisch.

Harold erschien in der Tür. »Was gibt's?«

»Du kannst auch Schluß machen, mein Lieber. Es ist sowieso niemand mehr zu sprechen.« Smith lächelte ihn strahlend an.

»Oh ... okay.« Er setzte die Brille ab und rieb sich die Augen. »Ich bin gerade dabei, meine Zeit für die nächste Woche einzuteilen.«

Auf Wetzon wirkte er angeheitert. Als hätte er etwas genommen. Als er draußen war, fragte sie: »Was ist mit Harold los?«

»Was meinst du?«

»Ich weiß nicht. Er hört sich high an – als ob er komische Zigaretten geraucht hätte.«

»Du verstehst alles falsch, Schatz. Er brauchte nur seine Tracht Prügel, und die hat er bekommen. Das gefällt ihm.« Sie wandte sich wieder ihrer Arbeit auf dem Schreibtisch zu. »Ich bin fast fertig. Hast du Lust auf einen Drink?«

»Hm.« Wetzon starrte auf die Namenliste, indem sie über das Papier strich, damit es sich nicht aufrollte. Sie spielte mit einer Haarsträhne, die sich aus dem Knoten gelöst hatte, dann rief sie Silvestri wieder an.

»Silvestri.«

»Tag, ich bin's.«

»Mach es kurz, Les.« Er war ungewohnt schroff.

»Gut. Hast du alle Adressen auf der Namenliste, die ich dir gab, geprüft? Vielleicht ist David ...«

Er fiel ihr barsch ins Wort. »Mo hat es getan. Geh nach Hause und ruh dich aus, Les.«

»Warte, Silvestri. Ist es nicht möglich, daß David auch tot ist – ermordet?«

Sie hörte ein Durcheinander, Fröhlichkeit. Dann: »Ich nehme es. Les, mach die Leitung frei. Sag es Weiss.«

»Moment ...« Doch sie hörte wieder das Freizeichen. »Verflixt.« Er hatte sie nicht einmal angehört. Sie knallte den Hörer auf.

»Könntest du mal still sein, Wetzon. Du murmelst und brummst vor dich hin, während ich hier versuche, zum Ende zu kommen. Es lenkt mich ab.«

Wetzon stand auf und zog das Aktenfach heraus, während sie sich zu erinnern versuchte, wie sie David Kim zu erstenmal begegnet war. Hatte jemand ihn an sie verwiesen? Es mußte einen Lebenslauf von ihm geben. Der entsprechende Ordner könnte etwas ergeben. Sie zog den Ordner heraus und blätterte ihn durch. Du meine Güte, da waren noch die Lebensläufe aus dem Jahr eins. »Nichts mehr wert«, murmelte sie, indem sie sie aussortierte und wegwarf. »Aha, da ist er.« David Kims Kurzbiographie mit einem Begleitschreiben. Der übliche Brief. Doch die Privatadresse war nicht Forest Hills, sondern 2904B Mott Street. Sie stieß einen Freudenschrei aus, schwenkte den Lebenslauf in der Hand und schob die Ordnerschublade mit einem Knall zu.

»Das reicht!« Smith warf den Bleistift hin und drehte sich um. »Was hast du, Wetzon? Du murmelst vor dich hin, knallst Telefonhörer auf, zerreißt Papiere und strafst unschuldige Aktenschubladen.«

»Sieh dir das an.« Wetzon ließ den Lebenslauf vor Smith auf den Tisch fallen. »Und ...« Sie sprang zu ihrem Tisch, schnappte die Namenliste. »Und jetzt das.« Sie legte sie neben den Lebenslauf. »Was siehst du?«

»Ist das die Liste der falschen Konten?« Smith' Blick erfaßte den Lebenslauf und die Liste, schwenkte hin und her vom einen zum andern. Sie kaute am Radierende ihres Bleistifts, dann fuhr sie mit einem leuchtend korallenroten Fingernagel über die Namenliste und hielt bei einer Adresse inne. 2904B Mott Street, die Adresse von Collin Lee. Das war auch die Adresse, die David Kim auf seinem Lebenslauf benutzt hatte.

Sie starrten einander an.

»Was ...« begann Wetzon.

»Die Polizei weiß von der Liste«, unterbrach Smith sie.

»Und hat sie vermutlich überprüft und nichts gefunden.« Wetzon legte eine Hand auf Smith' Schulter. »Smith, hör mir einen Moment zu. Wenn David es nicht getan hat? Wenn er von einem anderen bei Luwisher Brothers hereingelegt wurde? Hoffritz vielleicht, oder Destry Bird.«

»Oder Doug Culver?«

»Ja. Wenn er nun verletzt oder tot irgendwo liegt?«

»›Irgendwo‹ wie 2904B Mott Street?« Smith lächelte strahlend.

»Danke.« Wetzon schnappte den Lebenslauf und die Namenliste von Smith' Schreibtisch, faltete sie zusammen und steckte sie in ihre Handtasche. Sie zog die Brieftasche heraus. »Vierzig Dollar. Gut.« Sie hatte genug Geld dabei.

»Und was, wenn ich fragen darf, gedenkst du jetzt zu tun?«

»Ich fahre nach Chinatown runter und sehe mich in 2904B Mott Street um.«

»Aber was wird aus unserem Drink?«

»Es ist ja nicht das letztemal, daß wir uns sehen.«

Smith schlupfte in ihre Pumps und machte die Tür auf. »Harold, Wetzon und ich gehen jetzt. Denk daran, das Licht auszumachen, wenn du gehst, und schließe hinter dir ab.«

»Okay«, rief Harold fröhlich. »Ich bin hier fast fertig.«

»Was hast du vor, Smith?« Wetzon hängte die Tasche über die Schulter und ging auf die Tür zu.

Smith folgte ihr auf dem Fuß. »Du glaubst doch nicht im Ernst, ich lasse dich das allein lösen?«

Canal Street, die Anfang des 19. Jahrhunderts tatsächlich einmal ein Kanal und ein Spazierweg gewesen war, stellte sich nun als ein einziger Warenmarkt dar, wo Straßenhändler alles verkauften, von Batterien und Socken bis zu Fisch und Gemüse. Sie diente auch als Pforte in eine andere Welt – Chinatown, ein Labyrinth aus dunklen, gewundenen, dicht bevölkerten Straßen im unteren Manhattan, ein hervorragend geeigneter Ort zum Verstecken, besonders für einen Asiaten.

Durch Canal Street im Norden, Lafayette im Westen und die Bowery im Osten begrenzt, wimmelte das Viertel von Einwanderern, legalen und illegalen. Gefürchtete Straßenbanden verkauften Schutz für die kleinen Geschäfte, vor allem Restaurants, die sich zur Straße hin in der Mott, Pell, Bayard, Baxter, Division und am Chatham Square aneinanderreihten. Noch mehr Restaurants hatten sich in Obergeschossen und Kellern eingerichtet. Gegrillte Enten baumelten glänzend in den Schaufenstern neben einer Auswahl des sonstigen Angebots. Ungeachtet der Hitze feilschten

Käufer – meist Asiaten – lautstark mit Verkäufern, während sie mit halbgeschlossenen Augen die zwei weißen Frauen in Bürokleidung beobachteten.

Ausgeschlossen, dachte Wetzon, daß sie und Smith nicht auffielen, besonders Smith, die durch die hohen Absätze noch größer war. Sie bogen von der Bowery rechts ab in die Pell Street, den unverfälschten Bauch von Chinatown, und schoben sich an den Menschen vorbei, die die schmalen Bürgersteige verstopften. Alle hier schienen zu schreien. Wo die Pell auf die Mott stößt, blieben sie stehen. Seit sie aus dem Taxi gestiegen waren, hatten sie kein Wort gesprochen.

Auf beiden Seiten von heruntergekommenen Mietshäusern gesäumt, die sich gegenseitig zu stützen schienen, waren diese engen, nicht für den Autoverkehr geschaffenen Straßen von Lastern und Personenwagen verstopft. Exotische Düfte mischten sich mit Müllgestank; eine Bäckerei in einem anderen Straßenladen verkaufte Reiskuchen und Mandelplätzchen, und die reglose Luft roch süßlich.

»2904B Mott Street«, murmelte Wetzon. »Da ist es.«

Smith blickte sich suchend um. »Wenn man sie braucht, sind sie natürlich nicht da.«

»Wer?« Wetzon wurde von zwei älteren Chinesen angerempelt, die sich nicht entschuldigten, sondern ihr Gespräch fortsetzten, als wären die zwei Frauen Luft.

»Die Bullen.« Smith betrachtete das Mietshaus mit zusammengekniffenen Augen. »Nein. Da gehen wir nicht allein hinein.«

Die Ladenfront des Gebäudes beherbergte ein weiteres Restaurant, das *Blue Flamingo Tea House.* Durch die beschlagenen Fenster spähend, sahen sie eine

Imbißtheke, an der ein paar Leute saßen, rauchend, mit Schüsseln vor sich. An der Seite standen Resopaltische, wo ein alter Mann saß und Zeitung las.

Rechts vom Restaurant und eine von Generationen von Fußtritten ausgehöhlte Stufe höher befand sich eine Tür mit einem großen schmutzigen Fenster. Wetzon hielt einer widerstrebenden Smith die Tür auf. Sie betraten einen klammen, schmutzigen Vorraum; der schlammbraune Linoleumboden war rissig und abgetreten. Der Gestank nach Urin und Schimmel überlagerte alles. Sechs Briefkästen mit fehlenden oder durchgestrichenen und darübergeschriebenen Namen waren an der rechten Wand angebracht. Jeder war mit einem Buchstaben gekennzeichnet.

»Ich gehe nach oben.« Wetzons Stimme klang hohl.

»Hör auf mich«, sagte Smith mit heiserem Flüstern. »Ich gehe nicht hinauf und du auch nicht. Wir könnten von Mädchenhändlern entführt werden und auf Nimmerwiedersehen verschwinden.«

Wetzon lachte schallend. »Du willst mich wohl auf den Arm nehmen.«

Die Tür zum Treppenhaus hing schief und halb offen von der zerbrochenen oberen Angel, die protestierend quietschte, als Wetzon sie ganz aufzog und hineinspähte. An einer schmutzverkrusteten Leitung baumelte eine nackte Glühbirne, die eine so niedrige Leistung und ein so mit Staub und Schmiere verkrustetes Glas hatte, daß sie kaum Licht abgab.

Smith beugte sich über Wetzons Schulter, um das düstere Treppenhaus und den Schmutz zu mustern, und schauderte trotz der drückenden Hitze. »Das ist widerlich dort oben. Du kannst nicht ...« Sie schob Wetzon beiseite und blockierte den Eingang.

»Ich bitte dich nicht, mitzukommen. Genaugenommen ist es besser, du bleibst unten. Und ich habe keine Lust, hier herumzustehen und zu streiten. Ich bin gleich wieder da. Laß mich vorbei.«

Smith zuckte mit den Schultern und trat beiseite, sehr vorsichtig, um nicht die schmierige Wand zu streifen. »Hier warte ich nicht. Das stinkt ja zum Himmel.«

»Dann warte draußen.« Wetzon mußte grinsen, als sie sich die große, gertenschlanke Smith in Bürokleidung draußen auf der Straße vorstellte, vor dem *Blue Flamingo Tea House* herumstehend wie eine Nutte.

Die steile schmale Treppe war mit einem rissigen Gummiläufer belegt, und das ganze enge Gebäude schien sich nach rechts zu neigen. Stimmen und der gedämpfte Klang von klirrendem Porzellan und Geschirr drangen durch die gesprungenen und abgestoßenen Wände.

Am Ende der Treppe fand sie einen kurzen Flur, zwei Türen und eine weitere Treppe nach oben. Irgendwo über ihr fing ein Kind an, lauthals zu plärren. Schritte erschütterten das Gebäude, und das Kindergeschrei hörte auf.

Wetzon lauschte an der ersten Tür, wobei sie versuchte, nichts zu berühren. Auf dem Treppenabsatz roch es nach Hühnersuppe, gemischt mit bratendem Fleisch, Kohl, sämtlichen Gerüchen, die sich von denen, die hier gestorben oder weggezogen waren, angesammelt hatten. Sie klopfte an die Tür. Keine Reaktion. Schweiß tropfte ihr von der Stirn, von der Oberlippe. Sie leckte die Lippen ab und schmeckte Salz. *Mein Gott,* dachte sie und klopfte an die zweite Tür.

»Beeil dich, ja«, rief Smith nervös von unten herauf.

Wetzon hob die Hand, um noch einmal zu klopfen, doch die Tür öffnete sich einen Spalt, gerade weit genug, um zu sehen, daß David Kim genauso entsetzt war, sie vor sich zu haben, wie umgekehrt. Selbst in dem trüben gelblichen Licht aus dem Flur sah sein Gesicht weiß aus, die Haut spannte sich über die Wangenknochen, die dunklen Augen waren eingesunken. Ein Totenkopf.

»Um Himmels willen, David.«

Er wich ins Zimmer zurück, und sie stieß die Tür ganz auf und folgte ihm in ein Labyrinth von kleinen, schachtelartigen Zimmern. Wie Eisenbahnabteile. Ein Sofa und ein Ledersessel. Ein cremefarbener und blauer Noppenteppich. Indirekte Beleuchtung. Und eine sehr komplizierte Stereoanlage, mit einem Fernseher und einem Videorecorder kombiniert. Ein Ventilator drehte sich, aber es war drückend heiß. Ein seltsam summendes Geräusch schien vom Sofa zu kommen.

»David, Gott sei Dank geht es Ihnen gut.« Warum hatte sie keine Angst? Im tiefsten Innern wußte sie, daß er unschuldig war.

Er ließ sich auf den Sessel fallen und lehnte den Kopf zurück, die Augen geschlossen. Er sah aus, als habe er seit Tagen, seit Wochen nicht mehr geschlafen.

»David«, sagte sie noch einmal. »Was ist bloß passiert? Was hat das alles zu bedeuten?«

Er öffnete die Augen, und sie sah die Todesangst. »Ich habe es nicht getan. Die haben mich reingelegt.«

»Ich wußte es«, rief sie triumphierend. Sie setzte sich auf die Sofakante und beugte sich zu ihm vor. »Wer hat es getan?« Als er nicht antwortete, sagte sie: »David, kommen Sie mit und sagen Sie aus, daß Sie es nicht waren.«

Er schüttelte den Kopf. »Es geht nicht. Sie werden mir nicht glauben. Ich habe kein Geld. Man muß reich sein, um sich verteidigen zu können.«

»David, wissen Sie, wer Ellie getötet hat?«

»Ich habe schreckliche Angst.« Seine Hände zitterten. Sie nahm sie in ihre; sie waren trocken und kühl.

»Ich gehe mit Ihnen. Es wird alles gut. Kommen Sie.« Sie stand auf, um ihm aufzuhelfen, und in dieser Haltung sah sie den neuen Vuittonkoffer hinter der noch offenen Tür stehen. Sie wandte sich wieder zu David um. »Sie wollten weglaufen.«

Er nickte stumm.

Ein altes schwarzes AT & T-Telefon lag versteckt unter einer Zeitung, ausgehängt und summend. Sie kniete, warf die Zeitung weg, nahm den Hörer und wählte Silvestris Nummer beim Midtown North.

»O'Connor.«

»Lieutenant Silvestri bitte.«

»Nicht hier.«

»Ist sonst jemand da?«

»Ja, ich. Was wünschen Sie?«

»Hier ist Leslie Wetzon. Sagen Sie Silvestri, daß ich bei David Kim bin, 2904B Mott Street. Er will ...« Ein gewaltiger Vorschlaghammer traf sie, streifte ihren Kopf, schlug auf die Schulter, und sie spürte, wie sie zusammensackte und über das Telefon fiel.

Der Koffer, dachte sie. Er hatte sie mit dem Koffer geschlagen. Sie lag keuchend da, versuchte, Luft zu bekommen, hörte O'Connors Stimme von weither in der Leitung knacken, hörte Davids dumpfe Schritte auf der Treppe. *Wetzon, du Idiot,* dachte sie, während sie sich mühsam aufrichtete. Sie ging zur Tür und bekam genug Luft, um zu schreien: »Smith!«

Dann polterte sie die Treppe hinunter, hörte Bremsen kreischen, einen furchtbaren Schrei, als sie erst die eine Tür aufstieß, dann die andere auf die Straße. Von überall her flog Papier herum, Fetzen. Smith rieb sich den Knöchel, schien aber mit sich zufrieden. Ein Taxi. Eine Menschenansammlung tanzte, plapperte Chinesisch und Englisch, schnappte nach dem durch die Luft schwebenden Papier. Es war Geld ... Banknoten. Der Taxifahrer, ein Pakistani mit einem bleistiftdünnen Schnurrbart, stand händeringend und lamentierend neben seinem Wagen. »Er lief mir direkt ins Auto ... haben Sie es gesehen? ... Sie haben es gesehen, er lief mir direkt ins Auto ...«

»Ich habe ihm ein Bein gestellt.« Smith drückte sie fest an sich. »Gott sein Dank ist dir nichts passiert. Ich stellte ihm ein Bein, und er flog auf die Straße.«

Wo war David? Wetzon machte sich von Smith los. »David!« Eine Sirene heulte in der Ferne. Ein Fünfzig-Dollar-Schein schwebte an ihrer Nase vorbei, und Smith griff gierig danach.

Wetzon drängte sich durch die Menge. David lag auf dem Rücken auf der Straße, verdreht zwischen den Orangenschalen, Zeitungsfetzen und Hühnerknochen, während die Leute nach dem Geldregen schnappten, den Fünfzigern und Hunderten, die sich aus dem aufgeplatzten Koffer auf der Motorhaube des Taxis ergossen.

»David.« Seine Augen standen offen. Der Mund bewegte sich. Wetzon kniete auf der schmutzigen Straße. Sie berührte sein Gesicht, legte die Finger an sein Handgelenk. Der Puls war noch da, schwach, doch regelmäßig. »Oh, David«, sagte sie. »Warum? Sie hatten es geschafft. Ellie liebte Sie.«

Er stöhnte. »Sie wollte alles kaputtmachen. Sie hätte es verraten.«

»Lieber Gott, war es das wert, David? Das Geld« – sie zeigte mit der Hand in die Runde – »sehen Sie, alles ist weg.«

Seine Augen waren schwarze Kugeln. Er sagte: »Ich fühle meine Beine nicht.«

Wetzon streichelte seine Hand.

Er sah sie an und sagte: »Es tut mit leid, Vater.«

Die Sirenen füllten die Leere.

Am Chatham Square bekamen sie schnell ein Taxi. Smith war redselig, Wetzon schweigsam.

»Alles in allem war es ein sehr einträglicher Nachmittag«, sagte Smith. Sie klopfte auf ihre aufgeblähten Taschen.

»Du darfst das Geld nicht behalten.«

»Warum nicht? Was macht das schon, und wer merkt es überhaupt?«

»Smith!«

»Was denn, die ganzen Leute auf der Straße haben ihres bekommen, warum nicht auch wir?« Sie klopfte an die Trennscheibe aus Plexiglas. »Fahrer, setzen Sie mich bitte an der 49. und First ab.«

»Du gehst noch einmal ins Büro?«

»Es ist noch früh. Ich möchte die Buchhaltung abschließen, und außerdem habe ich meine Armbanduhr auf dem Schreibtisch vergessen. Wir können uns allerdings jetzt auch einen Drink gönnen, wenn du magst. Ich könnte einen brauchen.«

»Nein. Ich habe genug. Ich gehe nach Hause.«

Doch sie ging nicht heim, wenigstens nicht direkt.

Sie konnte nicht. Sie war aufgedreht, und ein Drink mit Smith war nicht ihre liebste Methode, sich zu entspannen. Sie ließ sich bei *Zabar's* absetzen. Sie würde etwas zu essen einkaufen. Ein Pfund Hummersalat, Eli Zabars extradünnes Sauerteigbrot, einen herben Ziegenkäse aus Vermont, koffeinfreien Espresso für kalten Kaffee. Sie würde Gemüse für einen hellen Gazpacho und Obst für eine Torte kaufen. Häusliche Dinge verrichten.

Silvestri war im Augenblick wohl im Bellevue, um eine Aussage von David Kim zu erhalten. Er würde den Fall abschließen und nach Hause kommen, und alles würde sein wie eh und je. Wirklich? Sie empfand eine Angst, die an Vorahnung grenzte.

Bei *Zabar's* ging es gesittet zu, ohne das übliche Gedränge bei Käse und Delikatessen. Wahrscheinlich, weil die Hitze die Leute früh aus der Stadt vertrieben hatte.

Der Himmel war bedeckt, als sie mit ihrer Einkaufstasche aus *Zabar's* herauskam. Endlich wollte es doch noch regnen. Das könnte die lange Hitzeperiode beenden. Ein leichter Wind wehte von Süden her den Broadway hoch und kühlte ihren Nacken.

Sie machte bei einem asiatischen Obst- und Gemüseladen halt und kaufte drei Schachteln Himbeeren für die Torte, eine Gurke, Tomaten, Paprika. Mit Weißwein war sie dank Doug Culver für Monate eingedeckt.

Innen im Markt, in der Mitte, gab es eine große Salatbar mit warmen und kalten Speisen. So eine würde sie nie mehr ansehen können, ohne an David Kim zu denken. Er hatte sich mit der ansteckenden Krankheit der Wall Street infiziert – Habgier. Gewiß, als Mathematiker in der akademischen Welt hätte er nicht die Motivation oder Gelegenheit für solches Geld gehabt, wie es in der Wall Street verdient wurde. Aber konnte man jemanden mit guter Moral, einen ehrlichen Menschen, mitten in die nackte Habgier werfen und glauben, er bliebe unverdorben? Ja. Ein Mensch mußte wohl bereits eine Anlage zur Habsucht und Unehrlichkeit mitbringen. Die Gelegenheit veränderte David Kim nicht; sie machte es ihm bloß leichter. Aber wie hatte er glauben können, mit diesem Betrug ungestraft davonzukommen? Er hatte es nicht einmal besonders schlau angestellt, es zu vertuschen. Aber so schlau waren sie nie. Er hätte nach dem ersten Mord aufhören können – an dem Direktor der Rechtsabteilung. Aber inzwischen hatte er das viele Geld, das er verdiente, lieben gelernt und konnte nicht mehr Schluß machen. Er hielt sich für unbesiegbar. Als Dr. Ash dann begann, ihn zu erpressen, tötete er wieder.

Donner grollte leise in der Ferne. Irgendwo regnete es – vielleicht Washington Heights, vielleicht New Jersey. Sie bog zu ihrem Haus in der 86. Street ein. *Lichtman's,* die wunderbare österreich-ungarische Bäkkerei, die an der Ecke 86. und Amsterdam gewesen war, existierte nicht mehr, ein Opfer der steigenden Mieten, und an ihrer Stelle befand sich jetzt ein Antiquitätengeschäft, das auf Kunstglas und Möbel der Arts and Crafts-Bewegung spezialisiert war. Sie fragte sich, ob sie jemals wieder eine Bäckerei finden würde, die eine so perfekte Schokoladenbabka herstellte wie *Lichtman's.*

Ein Blitz zuckte hinter einer violetten Wolke und ließ ihren Rand glitzern. Der Regen war so nahe, daß Wetzon beinahe die Feuchtigkeit auf dem Gesicht spürte.

Ihre Wohnung war heiß und beengend wie ein Grab. Sie ließ die Post auf der Theke bei den Himbeeren und dem Gemüse liegen, räumte alles andere in den Kühlschrank und drehte alle Klimaanlagen auf. Nach einer langen kühlen Dusche zog sie schwarze Baumwolleggings und ein weites rosa T-Shirt an und stellte den Wirtschaftsreport auf Kanal 13 an. Der Index war um beinahe dreihundert Punkte gefallen. *Katastrophe, Schatz,* würde Carlos sagen. Was soll's, das war das Drama der nächsten Woche. Dieses Wochenende wolte sie sich freinehmen.

Nachdem sie die Beeren abgebraust und zum Trocknen ausgebreitet hatte, maß sie die Zutaten für die Torte in die Küchenmaschine ab und verrührte alles, bis es sich noch nicht ganz zur Kugel formte, dann leerte sie den Inhalt auf die Marmortheke. Als das Telefon läutete, hob sie den Teig gerade in die Form, vorsichtig, damit der Kreis, den sie ausgerollt hatte, nicht riß. Sie wollte nicht unterbrechen, den klebrigen Teig von den Händen wischen und zum Telefon gehen. Rechtzeitig würde sie es sowieso nicht schaffen und auf allem, was sie anfaßte, einen schmierigen Mehlfilm hinterlassen. In solchen Situationen sagte Carlos immer, deshalb habe der liebe Gott Anrufbeantworter geschaffen. Sie mußte laut lachen und fühlte sich besser. Der Boden paßte hübsch in die Form. Ihr Anrufbeantworter schaltete sich während des fünften Läutens ein und klickte einige Male. Konzentriert arbeitete sie den übrigen Teig unter und drückte die Seiten glatt.

Sie schob den Tortenboden gerade in den Kühlschrank, als sie einen frustrierten Aufschrei hörte. »*Wetzon!* Wo steckst du?« Smith heulte buchstäblich.

»Ruf mich im Büro an, *sofort.* Harold ist weg, und er hat *alles* mitgenommen.«

Verdammt. Der kleine Scheißer. Wetzon hielt die Hände unter den Heißwasserhahn, bekam sie halbwegs sauber und griff zum Telefon, doch Smith hatte aufgelegt. *Immer mit der Ruhe,* sagte sie sich. Wie konnte Smith so sicher sein, daß Harold gegangen war? Es war ein langes Wochenende. Wahrscheinlich hatte er nur seinen Schreibtisch gründlich aufgeräumt.

Sie holte ein Bier auf dem Kühlschrank und ging ins Wohnzimmer, um den Anrufbeantworter abzuhören. Er zeigte zwei Nachrichten an. Die eine von Smith, die andere aber mußte gekommen sein, während sie unter der Dusche stand. Silvestri vielleicht, um ihr zu sagen, sie habe es gut gemacht – hoffentlich – und er werde zum Abendessen heimkommen.

Sie rief erst Smith an, ehe sie die andere Nachricht abhörte, und traf sie in heller Aufregung an.

»Die *Schlange.* Ist das denn die Möglichkeit, nach allem, was wir für ihn *getan* haben. Er hat uns reingelegt.«

»Moment mal, woher weißt du das? Du fällst ein Urteil, ohne zu wissen ...« Sie warf einen Blick auf die Barre, die sie aufforderte, sich zu strecken und zu entspannen. Genau das brauchte sie jetzt.

»Schätzchen, du kannst mir glauben. Er ließ eine Nachricht liegen. Ich bringe das Miststück um.«

»Beruhige dich. Was steht auf dem Zettel?«

»Nur, daß er mit sofortiger Wirkung kündigt und daß er gern bei uns gearbeitet hat.«

»Nur das? Das ist alles?«

»Was willst du sonst noch? Er hat es außerdem hinterlistig angestellt. Als wir beide nicht hier waren.« Wetzon konnte hören, wie sie Schubladen und Schränke öffnete und schloß. »Er hat seinen Schreibtisch ausgeräumt und Gott weiß was.« Ein Aufschrei und noch ein Knall. »Ich kann's nicht *glauben.* Die Ratte hat unsere Kopie seines Vertrags mitgenommen.«

»Sie war sowieso nichts wert.«

»Und vielleicht möchtest du noch wissen, wohin er gegangen ist?«

»Wie können wir das wissen – oje, sag nichts.« Wetzon setzte sich auf den Boden, streckte die Beine aus und beugte sich über die Knie vor.

»Ja. Ich rief Tom Keegens Büro an, sagte, ich sei bei Merrill, und fragte nach Harold. Ich bekam zu hören, er sei gerade nicht an seinem Tisch und werde zurückrufen. Ist das denn die *Möglichkeit?«*

»Smith, beruhigen wir uns und durchdenken es vernünftig. Wenn Makler mit ihm Geschäfte machen wollen, sollen sie es tun. Es funktioniert genauso wie bei den Kunden der Makler. Ist das nicht unser Risiko?«

»Auf Logik kann ich im Moment verzichten, Wetzon. Ich lasse gerade die Schlösser auswechseln, während wir reden. Ich spreche dich später.« Sie legte auf.

Wetzon stand müde auf und legte mit einem Seufzer den Hörer auf die Gabel. War das ein Tag gewesen. Erst David. Jetzt Harold. Es tat ihr leid, daß Harold gegangen war. Er nervte einem manchmal mit seinem Gehabe, aber er war ein guter eifriger Arbeiter gewesen. Vielleicht konnten sie B. B. jetzt befördern und einen neuen Kundenwerber einstellen.

Träge drückte sie die Rücklauftaste, und die Maschine klickte mehrfach und spulte das Band zurück, klickte wieder. Dann hörte sie Chris Gorham in vertraulichem Flüsterton sagen: »Jetzt bringe ich mich um, Wetzon, und du mußt ewig damit leben.«

Sie spielte das Band zurück. Chris wollte sich umbringen. *Keine Überreaktion,* sagte sie sich. *Panik nutzt nichts.* Sie fand seine Privatnummer in ihrem Kundenbuch und wählte sie mit zitternden Händen. Es läutete dreimal, dann: »Wohnung Gorham.«

»Gott sei Dank . . .« Es war jemand zu Hause.

»Zur Zeit ist niemand zu Hause. Hinterlassen Sie bitte Namen und Telefonnummer und eine kurze Nachricht nach dem Piepton. Wir rufen zurück.«

Sie legte vor dem Piepton auf und rief Silvestri im Midtown North an. Der Apparat war besetzt. Chris konnte höchstens vor einer halben Stunde angerufen haben, vielleicht weniger. Sie durchschritt die Wohnung, versuchte es noch einmal. Immer noch besetzt. Blitze zuckten über den Himmel, und Donner krachte direkt über ihr; dann kam der Regen, schlug hart gegen die Fenster, klatschte auf die Klimaanlage. Sie fühlte sich gefangen. Sie lief ins Schlafzimmer und schlupfte in die Keds, schnappte einen Schirm und die Handtasche.

Sie stoppte vor der Tür, machte kehrt und rief Smith im Büro an. Es läutete und läutete. *Nimm ab, verdammt Smith, nimm ab.* Endlich: »Smith & Wetzon.« Smith hörte sich miserabel an.

»Smith, hör zu, mit Harold befassen wir uns noch. Wir kriegen das schon hin, vergiß nicht, wie toll wir sind. Sag einfach okay.«

Smith zog die Nase hoch. »Okay.«

»Smith, kannst du mir einen Gefallen tun? Es ist sehr wichtig.«

»Was?« Sie hörte sich mißtrauisch an.

»Ich komme nicht zu Silvestri durch.« Sie atmete schwer und schien nicht genug Luft zu bekommen. »Kannst du es bitte für mich weiter versuchen? Chris rief gerade an. Er will sich umbringen. Ich muß ihn davon abhalten.«

Smith sog hörbar die Luft und sagte scharf: »Das läßt du bleiben.«

»Sag mir nicht, was ich tun soll. Ich muß dringend fort.« Sie gab Smith Silvestris Nummer und Chris' Adresse und legte einfach auf, nur hoffend, daß Smith alles mitbekommen hatte.

Im Aufzug fragte sie sich, worauf sie sich nun schon wieder einließ. Warum fühlte sie sich nach dem, was Chris Gorham ihr angetan hatte, für ihn verantwortlich? Er wollte sie verantwortlich machen. Ihre Finger spielten auf den Knöpfen. Wenn sie in die Halle käme, würde sie sofort die 12 drücken und gleich wieder nach oben fahren. Sollte der Widerling sich doch umbringen.

Doch als sie die Tür zur Halle öffnete, stieg sie aus, grüßte Mitbewohner, die mit tropfnassen Regenschirmen nach Hause kamen, Gesichter, die sie erkannte, ohne den zugehörigen Namen zu wissen. Sie hatte ihn tot gewünscht, hatte ihn sogar selbst umbringen wollen, doch ihr Zorn war abgeflaut. Er hatte zwei Kinder. Sie wollte nicht, daß er sich selbst tötete. Wie könnten die Kleinen damit leben? Wie könnte sie? Worauf wartete sie noch? Sie spannte den Schirm auf und trat vor ihr Haus in den monsunartigen peitschenden Regen und Sturm.

Da das Tageslicht völlig verfinstert war, hatte die Welt eine gelbe, schweflige Aura. Scheinwerfer strahlten verschwommen auf nasse Straßen, wo Ölflecke regenbogenbunte Pfützen bildeten.

Keine Taxis. Am sichersten war es, hinüber zur Columbus zu gehen und zu versuchen, dort eines stadteinwärts zu erwischen. Den Schirm fest am Schaft umklammernd, kämpfte sie sich gegen den Wind zur Ecke 86. und Columbus vor. Der kühle Regen roch süß und frisch, wie wildes Geißblatt. Der Wind rüttelte an ihrem Schirm, den sie krampfhaft festhielt, schlug ihn nach außen um und blies ihn, als sie ihn senkte, wieder nach innen.

Leute eilten vorbei, die Zeitungen oder Aktentaschen über die Köpfe hielten; andere versuchten gar nicht, sich zu schützen, so schön war das Gefühl. Überall lächelnde Gesichter. Kameradschaft. Die Hitzewelle war vorbei – wenigstens fürs erste. Seht her, wir sind durchgekommen.

Der Regen durchnäßte sie trotz des Schirms, den sie mit aller Kraft über sich zu halten versuchte. Ihre Keds waren schon nach wenigen Minuten klitschnaß, als sie auf die Columbus lief und ein Taxi herbeiwinkte. Im selben Augenblick versengte ein Blitz den Himmel, und ein scharfer Donnerschlag folgte unmittelbar.

»29. und Madison.« Sie schlug die Tür zu.

»Was für ein Unwetter«, meinte der Fahrer. »Na ja. War auch einmal nötig.« Abe Kravitz. Ein schwerer Mann in den Sechzigern, ein Schopf aus krausem grauem Haar. Aus seinem Funkgerät knisterte eine Stimme und blendete aus, kam wieder und nannte eine Adresse in Greenwich Village. Kravitz griff zum Mikrofon und sagte: »Ich bin in zehn Minuten bei der 29. und Madison. Ich kann von dort zur 10. Street kommen, wenn Sie solange warten.«

Einen Augenblick später stotterte das Funkgerät: »Mrs. Goldsmith, sechs zehn West 10. Für dich reserviert, Abie.«

Sie rasten auf der Querverbindung durch den Park zur 65. Street, zur Park Avenue, dann rechts ab und Richtung Süden.

»Schön gehört, daß die den Japs haben?«

Wetzon sah verwirrt auf. »Wie bitte?«

»Sie wissen doch, den Japs, der die Wall-Street-Leute ermordet hat.«

»Er ist kein Japaner, sondern Koreaner.«

»Kommt aufs gleiche raus.«

Wetzon brummte. *Halt den Mund und fahr,* dachte sie.

»Lehnen Sie sich zurück, damit Sie sich nicht weh tun.«

Sie seufzte und hatte sich gerade zurückgelehnt, als das Taxi von einem anderen Taxi, das in dem die Sicht behindernden Regen plötzlich die Spur wechselte, gestreift wurde. Sie wurde aus den Sitz geschleudert, setzte sich langsam wieder auf und lauschte in sich hinein. Sie war nicht verletzt, aber verdammt, sie mußte zu Chris kommen, bevor er es tat. Beide Fahrer sprangen heraus und schrien mit geballten Fäusten aufeinander ein.

Wetzon kurbelte ihr Fenster herunter. »Fahren wir weiter oder nicht?«

Kravitz setzte sich wieder hinters Steuer und sagte in Richtung Windschutzscheibe: »Tut mir leid.« Er schaltete die Uhr ab. »Sie können zahlen und aussteigen oder warten, bis die Polizei kommt.« Auf allen Seiten begannen Autos zu hupen. Der Lärm war ohrenbetäubend. Wetzon wischte den Dunst von der Scheibe und sah, daß sie die Einmündung der 34. Street blockierten. Dann war es also nicht mehr weit.

»Ich kann nicht warten.« Sie gab ihm sieben Dollar und ging in den Platzregen hinaus, spannte den Schirm auf und blinzelte, um sich zurechtzufinden. Dann lief sie in mäßigem Dauerlauf die Park Avenue hinunter. Nur fünf Straßen. Sie hörte in der Ferne eine Sirene über den Autohupen – entweder zu dem Unfall unterwegs, oder möglicherweise hatte Smith ihren Auftrag schon erledigt und war zu Silvestri durchgekommen.

Warum mußte sie überhaupt hier sein, wenn man es genau betrachtete? Weil Chris einen Anruf an sie gerichtet hatte. Das war gehässig und feindselig. Schuld ist das Opfer. *Und du mußt dich wieder zum Opfer machen. Halte dich heraus. Kehre um und geh nach Hause. Du hast genug getan.*

Laßt mich in Ruhe, sagte sie sich. *Laßt es mich auf meine Weise tun.*

Durchnäßt joggte sie auf der 29. Street in westlicher Richtung zur Madison. Überall um sie herum lagen Bruchstücke von Regenschirmen, zerrissene Skelette, auf den Bürgersteigen und Überwegen, aus Abfallkörben ragend, in Fetzen gerissen. Ein New Yorker Ritual. Wie viele Schirme brachte sie in einem Jahr durch – fünf, sechs, mehr?

Der Regen hatte etwas nachgelassen, und Dampf stieg aus Kanaldeckeln auf und schwebte wie träger Rauch zum Himmel.

Sie flüchtete sich unter die Markise vor Chris' Haus, schüttelte den Schirm aus und klappte ihn zu. Was sollte sie dem Portier sagen? überlegte sie, als er ihr die Tür öffnete.

»Ja, Miss?« Er erkannte sie offenbar.

»Ich möchte Mr. Gorham besuchen. Er fühlt sich nicht gut ...«

»Ihr Name?«

Ihr war nicht wohl in ihrer Haut, sie trat mit ihren nassen Keds von einem Bein aufs andere, zog das klamme T-Shirt von der Brust weg, sah sich um. Eine Frau mit Aktentasche und Einkaufstasche von *D'Agostino* ging auf dem Weg zum Aufzug an ihr vorbei. Sie mußte in das Haus kommen, mußte zu Chris, bevor...

»Guten Abend, Mrs. Steinkoller«, sagte der Portier. Er wandte sich wieder an Wetzon und wiederholte: »Ihr Name?«

»Ms. Wetzon«. Sie fröstelte. Die Klimaanlage der Halle ließ sie in den nassen Sachen frieren.

»Gehen Sie gleich nach oben. Er erwartet Sie. Vierundzwanzig L.« Er überreichte ihr einen Umschlag, und sie sah ihren Namen in Schreibschrift daraufgeschrieben. Was hatte diese Vorkehrung zu bedeuten? Sollte sie alles noch einmal erleben? Nein. Inzwischen war sie ein bißchen klüger. Außerdem würde Silvestri kommen, der Rettungsdienst ... Sie stieg mit der Frau in den Aufzug ein und tastete den Umschlag ab. Er erwartete sie? Ja. Der Umschlag enthielt einen Schlüssel.

Ihr Herz hämmerte gegen die Rippen. Sie drehte das nasse Nylon des Schirms in der Hand, bis er eine Keule war.

»Na, wenigstens ist die Hitze vorbei«, bemerkte die Frau. Sie nahm die Aktentasche in die andere Hand und hob die Einkaufstasche auf. »Gute Nacht.« Sie stieg im fünfzehnten Stock aus.

»Ja, gute Nacht.« Es schien Wetzon, als wolle jeder sich unterhalten ... und sie wollte mit niemandem reden. Sie stieg im vierundzwanzigsten Stock aus und rannte über den Flur, den Schirm als Waffe fest umklammert. Die Tür zu seiner Wohnung war geschlossen. Was hatte sie erwartet? Sie drehte den Griff. Abgeschlossen. Also erwartete er sie vielleicht doch nicht. *Klingle, Dummkopf.* Doch wenn sie zu spät kam und er es schon getan hatte?

Sie ging zum Aufzug zurück und drückte auf Abwärts. *Verschwinde von hier,* dachte sie. Moment, was machte sie da? Sie hatte den Schlüssel. Sie riß den Umschlag auf. Ja, es war ein Schlüssel. Entschlossen ging sie wieder über den Flur auf die Tür zu. Laute Rockmusik kam aus einer Wohnung. Sie hörte eine Frau jemanden anschreien, er solle den Fernseher leiser stellen. Küchengerüche drangen auf den Flur. Aus Chris' Wohnung kam kein Laut. Sie steckte den Schlüssel ins Schloß und öffnete die Tür. Hinter ihr am Ende des Flurs ging die Aufzugtür auf und zwei Sanitäter stiegen aus, gefolgt von einem uniformierten Polizisten.

»Hierher«, rief sie, indem sie die Tür mit dem

Schirm aufstieß. Die Wohnung war dunkel und still. Sie trat zögernd ein. »Chris?« Sie ging ins Wohnzimmer auf die Terrasse zu. Am Himmel zeigten sich Streifen in rosa und blauer Färbung. Eine Decke, wahrscheinlich durch den Sturm von einer anderen Terrasse weggeweht, hing schlaff von der Terrasse über Chris' Wohnung herunter. Sie baumelte und drehte sich im Wind.

Die Männer vom Rettungsdienst kamen in die Wohnung. Sie drehte sich nach ihnen um, dann musterte sie wieder die Decke. Sie trug Schuhe, mit den Spitzen nach unten.

Wetzon lehnte die Stirn an die kalte Kühlschranktür; sie glühte innerlich. Die Tür war voller Zettel unter Hershey-Magneten: ein Rezept für Geflügelfrikassee aus einer Zeitschrift, eine Kinderzeichnung mit Buntstiften von einer Mutter, einem Vater und zwei Kindern. Der Vater war riesengroß.

Sie konnte sie arbeiten hören, im Wohnzimmer, auf der Terrasse, beim Versuch, Chris herunterzuholen. Jemand war nach oben gegangen, um das Seil durchzuschneiden, das er an das Geländer der Terrasse direkt über seiner gebunden hatte.

Ihr Magen hob sich. Ein Funksprechgerät knackte, unterbrach Stimmen mitten im Satz. Sie hörte Stöhnen und einen Ruf, dann: »Okay, leg ihn auf den Boden.«

Es gab nichts zu tun, nichts, warum sie noch hierbleiben sollte. Sie schlenderte aus der Küche, blieb kurz stehen und betrachtete die Konturen der Männer, die sich um Chris bemühten, dann ging sie durch die offene Tür auf den Flur. Nichts. Nichts zu tun. Leute standen in den Türen ihrer Wohnungen. Jemand rief: »Wem ist schlecht?« Aber sie konnte nicht klar sehen. *Niemandem ist schlecht,* antwortete sie im Geist. Die Leute sahen alle aus, als befänden sie sich unter dickem Glas, vorquellend und Shimmy tanzend. Was sagten sie? Sie verstand nichts.

Sie trat ein wenig beiseite und sah sich selbst den Abwärts-Knopf drücken und dann in den Aufzug steigen. Also folgte sie, hielt sich eng an sich, damit niemand bemerkte, daß es zwei waren. Eine Frau in Shorts mit Minnie-Mouse-Beinen, die in riesigen Laufschuhen endeten, dehnte, gegen die Aufzugwand gestützt, ihre Kniesehnen. Sowie die Tür aufging, joggte die Frau aus dem Aufzug, und Wetzon folgte ihr durch den Haupteingang, an zwei Polizisten vorbei, die gerade hereingingen. Sirenen, wie Perlen an einer Schnur, heulten, schwiegen, heulten, schwiegen, und Lichter drehten sich auf dem weißen Notarztwagen, mischten Blau und Gelb mit den Lichtbändern auf den zwei Streifenwagen, die gegen die Richtung vor dem Haus geparkt waren.

Sie ließ sich von ihren Keds führen, und sie brachten sie über die 29. Street und auf die Fifth Avenue zu.

Der Himmel zeigte sich in Wasserfarben, und die nasse Erde des Gartens roch süß und fruchtbar. Riesige Bäume schüttelten ihre Blätter im sanften Wind und besprühten sie mit Regentropfen. Sie ging durch die Pforte und unter dem Steinbogen durch den gewundenen Weg zur kleinen Kirche um die Ecke hinauf.

Sie öffnete die schwere Eichentür und trat durch die Vorhalle in die Kirche ein. Vorn flackerten Kerzen auf einem kleinen Altar. Rechts von ihr öffnete sich die eigentliche Kirche, mit bunten Glasfenstern an Nord- und Südwand, die den Blick auf den glänzenden, schimmernden Altar lenkten. Der Altarraum glühte vor Licht, war jedoch geschlossen. Sie wandte sich nach rechts und betrat eine trübe beleuchtete Kapelle. Eine Frau kniete mit gesenktem Kopf in der zweiten Bank. Sonst war die Kapelle leer.

Die milde Ruhe zog sie hinein, und sie ließ sich von ihr einlullen. Die Bänke waren so eng, daß ihre Knie fast an die Bank davor stießen. Kissen zum Knien hingen in der Nähe. Er hatte sich das Leben genommen und ihr die Schuld zugeschoben. Ihr anderes Ich meldete sich zu Wort: »Es ist nicht deine Schuld.« Er hatte gewollt, daß sie ihn so fand. Um mit ihr abzurechnen. Um sie zu bestrafen. Es war so gemein. Sie betrachtete das Deckenmosaik und dachte, wenn sie nicht in das Abendessen mit ihm eingewilligt hätte, wenn sie nicht in seine Wohnung mitgegangen wäre, würde er vielleicht noch leben. Ihr Urteilsvermögen ließ sie im Stich. Hochmut. Sie war zu stolz. Würde sie sich jemals wieder auf sich selbst verlassen können?

Sie schloß die Augen und empfand die Gegenwart aller lieben Menschen, die sie verloren hatte ... das liebe Gesicht ihrer Mutter, ihr Vater, Freunde, die gestorben waren ... und sie mußte weinen. Wegen ihrer Eltern, wegen der Freunde, die ihr fehlten, wegen Ellie, wegen der Menschen, um die sich niemand kümmerte, wegen David, sogar wegen Chris.

Die Eichentür wurde geöffnet, und sie hörte dumpfe Schritte, als jemand die Kapelle betrat, stehenblieb und sich dann neben sie setzte.

»Wieso wußte ich, daß ich dich hier finden würde?« fragte Silvestri, indem er ihre Hand nahm.

»Du bist ein guter Detective. Der beste.« Tränen quollen unter den geschlossenen Lidern hervor.

Silvestri drückte ihre Hand. »Du bist selbst ziemlich gut.«

»Warum hat Chris das getan?«

»Er war krank. Hör auf mich, Les. Es ist nicht deine Schuld.« Silvestri legte einen Arm um sie und zog sie an sich.

»Wird David durchkommen?«

»Ja, er kommt durch. Wenn der Gauner nicht abgewartet hätte, bis der letzte Scheck eingelöst war, dann hätte er ohne weiteres verschwinden können. Siebenundneunzigtausend Dollar.«

»Meinst du, es kommt davon, hier geboren zu sein? Liegt es an diesem Land? Sieh nur, was er in Bewegung gesetzt hat. Sieh nur, wie viele Menschenleben ...« Sie hielt inne. »Wie Wellen, die sich ausbreiten. Angelo, Goldie, Ash, Ellie – und jetzt Chris. Warum geschehen solche Dinge? Was für eine gemeine, böse Welt ist das?«

Er tupfte ihr die Tränen mit seinem Taschentuch ab. »Ich möchte dich so gern vor all dem Schmutz auf der Welt beschützen, aber das kann ich nicht.«

Sie öffnete die Augen und sah ihn, sicher wie ein Fels, und lächelte. »Ich würde dich auch nicht lassen.«

»Ja, das stimmt.« Er stand auf und hielt ihr die Hand hin. Sie verließen die Kirche und blieben einen Moment auf dem Gartenweg stehen. Silvestri schaute auf sie hinunter. »Das heißt aber nicht, daß ich es nicht versuchen werde.«

»Okay.«

»Okay? Du hast okay gesagt?«

»Ja.«

Seine Augen machten sich über sie lustig. »Dann ziehen Sie sich aus.«